PETER F. HAMILTON
DER DRACHENTEMPEL

STERNEN TRÄUME

ROMAN

Ins Deutsche übertragen
von Axel Merz

BASTEI LÜBBE TASCHENBUCH
Band 23 254

1. Auflage: November 2002

Vollständige Taschenbuchausgabe

Bastei Lübbe Taschenbücher
ist ein Imprint der Verlagsgruppe Lübbe

Deutsche Erstveröffentlichung
Titel der englischen Originalausgabe:
Fallen Dragon, Part 1, Kapitel 1–10
© 2001 by Peter F. Hamilton
© für die deutschsprachige Ausgabe 2002 by
Verlagsgruppe Lübbe GmbH & Co. KG, Bergisch Gladbach
Lektorat: Martina Sahler/Stefan Bauer
Titelillustration: Jim Burns/Agentur Schlück GmbH
Umschlaggestaltung: QuadroGrafik, Bensberg
Satz: Heinrich Fanslau, Communication/EDV, Düsseldorf
Druck und Verarbeitung:
Brodard & Taupin, La Flèche, Frankreich
Printed in France
ISBN 3-404-23254-2

Sie finden uns im Internet unter
http://www.luebbe.de

Der Preis dieses Bandes versteht sich einschließlich
der gesetzlichen Mehrwertsteuer.

Für Kate, die »Ja« gesagt hat.

Kapitel eins

Es hatte einmal eine Zeit gegeben, da wäre ein Mann von Zantiu-Brauns Abteilung für strategische Sicherheit in der Bar hoch willkommen gewesen. Sein erstes Bier wäre auf das Haus gegangen, und gespannt hätte man seinen Geschichten über das ach so andere Leben draußen auf den neuen Koloniewelten gelauscht. Doch das galt während des halben vierundzwanzigsten Jahrhunderts für fast jeden Flecken auf der Erde. Der Glanz der interstellaren Expansion verblasste im öffentlichen Bewusstsein wie der Zauber einer alternden Schauspielerin.

Wie bei allen Dingen im Universum war Geld daran schuld.

Die Bar hatte keines. Lawrence Newton bemerkte es in dem Augenblick, als er eintrat. Der Laden war seit Jahrzehnten nicht mehr renoviert worden. Ein langer Raum mit Holzwänden und dicken Balken, die das Dach aus Wellkarbon trugen, ein Tresen, der durch die gesamte Länge verlief, trübe Neonreklamen für längst untergegangene Biermarken und Eiscremes auf der Wand dahinter. Große Ventilatoren, die ihre Garantiedauer um wenigstens zwei Jahrhunderte überlebt hatten, kreisten über ihm an der Decke, und ihre primitiven Elektromotoren surrten angestrengt, während sie die abgestandene Luft durcheinander wirbelten.

Es war der Weg der Dinge in Kuranda. Hoch oben im felsigen Tafelland über Cairns hatte die Stadt profitable Jahre als eine der großen Touristenfallen von Queensland erlebt. Schwitzende, sonnenverbrannte Europäer und Japaner waren mit dem Skycable über den Regenwald hinweg hierher gekommen und hatten sich unterwegs an der üppigen Vegetation erfreut, bevor sie durch die Kuriositätenläden und Bistros gewandert waren, die sich entlang der Hauptstraße reihten. Anschließend waren sie mit der alten Eisenbahn durch das Barron Valley wieder nach unten gefahren, diesmal, um die bizarren Felsenklippen und die weiß schäumenden Wasserfällen rechts und links der Strecke zu bestaunen.

Zwar kamen auch heute noch Touristen, um die Naturschönheiten des nördlichen Queensland zu bewundern, doch handelte es sich bei ihnen größtenteils um Angestellte von Z-B mit ihren Familien, die zu dem weitläufigen Raumhafen versetzt worden waren, der Cairns heute physisch und ökonomisch beherrschte. Sie hatten nicht viel Geld übrig für authentische, von Aborigines gefertigte T-Shirts oder handgeschnitzte Talismane, die den Geist des Landes repräsentierten, und so waren die Läden entlang der Hauptstraße einer nach dem anderen niedergegangen, bis auf die billigsten. Heutzutage stiegen die Menschen aus dem Skycable-Terminal und marschierten geradewegs zu dem malerischen, nur ein paar hundert Meter entfernten Bahnhof aus den zwanziger Jahren des neunzehnten Jahrhunderts. Die Stadt ließen sie links liegen.

Damit waren die übrig gebliebenen Bars frei für die einheimische Bevölkerung. Die Männer machten regen Gebrauch davon – es gab sonst nichts für sie zu tun. Z-B unterhielt die Basis mit Hilfe eigener Fachkräfte, gut ausgebildetem Personal von außerhalb, mit Universitätsabschlüssen und Erfahrung in Spaceware und Technologie. Die amtlichen einheimischen Beschäftigungsinitiativen hatten nur die niedrigsten Jobs anzubieten. Kein Mann aus Kuranda würde jemals einen davon annehmen. Falsche Kultur.

Damit war die Bar für Lawrence Newtons Zwecke nahezu perfekt. Er blieb im Eingang stehen und warf einen prüfenden Blick in die Runde, während eine Formation TVL88 taktischer Unterstützungshelikopter auf dem Weg nach Norden zum Übungsgelände von Port Douglas über seinen Kopf hinweg donnerte. In der Bar trieben sich vielleicht ein Dutzend Typen herum, die Schutz suchten vor der bösartigen Mittagssonne. Große Burschen, ausnahmslos, mit fleischigen Gesichtern, die gerötet waren von der ersten Runde Alkohol des Tages. Zwei von ihnen spielten Pool, einer trank für sich allein an der Theke, der Rest saß zusammengedrängt in kleinen Gruppen an Tischen entlang der hinteren Wand. Lawrence merkte sich mögliche Fluchtwege, während sein Gehirn auf Hochtouren arbeitete.

Die Männer beobachteten schweigend, wie er zum Tresen ging und seinen Strohhut mit der grotesk breiten Krempe absetzte. Er bestellte eine Dose Bier bei der nicht mehr ganz jungen Kellnerin hinter der Theke. Auch wenn er Zivilkleidung trug, eine blaue knielange Bermuda-Shorts und ein weites Great-Barrier-Reef-T-Shirt, verrieten seine gerade Haltung und der strenge militärische Haarschnitt ihn als Angehörigen der Z-B-Kommandos. Sie wussten es, und Lawrence wusste, dass sie es wussten.

Er zahlte sein alkoholarmes Bier mit Bargeld und

blätterte die schmuddeligen Pacific-Dollar-Noten auf das Holz des Tresens. Falls die Kellnerin bemerkte, dass Lawrences rechte Hand und sein rechter Unterarm größer waren, als sie sein sollten, dann behielt sie es für sich. Lawrence murmelte ihr zu, das Wechselgeld zu behalten.

Der Mann, den Lawrence suchte, saß für sich allein an einem Tisch neben dem Hinterausgang. Sein Hut direkt neben dem Bier auf dem Tisch besaß eine Krempe, die genauso breit war wie die von Lawrences.

»Hättest du nicht einen mehr abseits gelegenen Treffpunkt aussuchen können?«, fragte Staff Lieutenant Colin Schmidt. Die gutturale deutsche Aussprache ließ mehrere der Einheimischen aufhorchen. Sie beobachteten ihn aus misstrauisch zusammengekniffenen Augen.

»Dieser Treffpunkt ist genau richtig«, entgegnete Lawrence. Er kannte Colin seit zwanzig Jahren, seit seinem ersten Tag in Zantiu-Brauns Abteilung für strategische Sicherheit. Sie hatten damals gemeinsam das Basistraining in Toulouse absolviert. Grüne neunzehnjährige Kinder, die nachts über den Zaun geklettert und in die Stadt mit ihren Clubs und den Mädchen ausgerissen waren. Colin hatte sich einige Jahre später für die Offiziersausbildung beworben, nach dem Quation-Feldzug. Ein Karriereschachzug, der niemals richtig aufgegangen war. Er besaß weder die Initiative, die die Company wünschte, noch die Menge an Aktienpaketen wie die meisten jüngeren Offiziere. In den letzten fünfzehn Jahren hatte er sich lediglich seitwärts bewegt, bis er in der Strategischen Planung gelandet war, ein besserer Laufbursche für die KI-Programme, deren Aufgabe die Ressourcenverteilung war.

»Was zur Hölle wolltest du mich fragen, das du auf der Basis nicht fragen kannst?«

»Ich möchte einen Posten für mein Platoon«, antwortete Lawrence. »Du kannst ihn mir verschaffen.«

»Was für einen Posten?«

»Einen auf Thallspring.«

Colin verschluckte sich fast an seinem Bier. Als er antwortete, klang seine Stimme leise und schuldbewusst. »Wer hat dir von Thallspring erzählt?«

»Dorthin geht es doch. Dort machen wir die nächsten Forderungen flüssig.« Wie auf ein Stichwort hin zog das nächste Geschwader TVL88 Helikopter in geringer Höhe über die Stadt. Ohne aktivierten Tarnmodus war das Schlagen der Rotorblätter laut genug, um das Dach aus Wellkarbon klappern zu lassen. Sämtliche Blicke gingen nach oben, als der Lärm jegliche Unterhaltung erstickte. »Hör mal, Colin – du wirst mir doch nicht mit diesem Scheiß von wegen Need-to-know-Basis kommen, oder? Wer zur Hölle soll die armen Bastarde warnen, dass wir ihre Welt erobern? Wir sind dreiundzwanzig Lichtjahre von ihnen entfernt. Jeder auf der Basis weiß, wohin es geht, und ganz Cairns außerdem.«

»Schon gut, schon gut. Was willst du?«

»Einen Posten bei den Verbänden, die Memu Bay besetzen.«

»Nie davon gehört.«

»Überrascht mich nicht. Ein kleines unbedeutendes Nest. Bioindustrie und Fischerei, viereinhalbtausend Kilometer von der Hauptstadt entfernt. Ich war beim letzten Mal dort stationiert.«

»Ah.« Colins Griff um die Bierdose entspannte sich ein wenig, während er ein paar Sekunden nachdachte. »Was gibt es dort?«

»Zantiu-Braun wird die Biochemikalien und die technischen Güter einsammeln, das ist alles auf der Aktivpostenliste. Alles andere ... lässt uns Spielraum für ein paar private Unternehmungen. Wenn man zu der unternehmungslustigen Sorte gehört.«

»Scheiße, Lawrence, ich dachte, du wärst noch ehrlicher als ich! Was ist aus deinen Ambitionen geworden? Ich dachte, du wolltest zur Raumflotte?«

»Ich bin seit fast zwanzig Jahren dabei und hab's bis zum Sergeant gebracht, und das auch nur, weil Ntoko nicht mehr von Santa Chico zurückgekommen ist.«

»Herrgott, verdammtes Santa Chico. Ich hatte ganz vergessen, dass du auch dort gewesen bist.« Colin schüttelte den Kopf, als ihn die Erinnerungen übermannten. Moderne Historiker verglichen Santa Chico schon heute mit Napoleons Invasion Russlands. »In Ordnung, ich verschaffe dir die Abordnung nach Memu Bay. Was kriege ich?«

»Zehn Prozent.«

»Hübsche Zahl. Von was?«

»Was auch immer wir finden.«

»Erzähl mir nicht, du hast die letzte Episode von *Flöhe am Horizont* gefunden.«

»Das heißt immer noch *Flight: Horizon*. Aber nein, so viel Glück hatte ich nicht.« Lawrences Miene blieb ausdruckslos.

»Ich muss dir also vertrauen, eh?«

»Du musst mir vertrauen.«

»Ich denke, damit kann ich leben.«

»Ich bin noch nicht fertig. Ich brauche dich in Durrell, der Hauptstadt, in der logistischen Abteilung. Du musst dafür sorgen, dass wir hinterher sicher aus der Gegend verschwinden können, am besten vielleicht mit einem Medevac – aber das überlasse ich dir. Finde einen Piloten, der unsere Fracht in den Orbit schafft, ohne Fragen zu stellen.«

»Finde einen Piloten, der keine Fragen stellt«, grinste Colin. »Diese korrupten Bastarde.«

»Er muss den gleichen Rang haben wir ich. Ich lasse mich nicht ausnehmen. Hörst du? Diesmal nicht.«

Colins Humor verblasste, als er erkannte, wie viel unterdrückter Zorn in seinem alten Freund schwelte. »Sicher, Lawrence, du kannst dich auf mich verlassen. Von wie viel Masse reden wir hier?«

»Ich weiß es nicht genau. Aber wenn ich mich nicht irre, etwa einen Rucksack pro Mann. Genug jedenfalls, um einen Anteil zu kaufen, der jedem von uns einen Posten im Management sichert.«

»Gottverdammt! Leichte Beute.«

Sie stießen die Ränder ihrer Bierdosen gegeneinander und tranken darauf. Lawrence sah drei der Einheimischen nicken und erhob sich.

»Du hast einen Wagen?«, fragte er Colin.

»Sicher. Du hast gesagt, ich soll nicht mit dem Zug herkommen.«

»Geh zu ihm. Verschwinde von hier. Ich erledige das.«

Colin musterte die sich nähernden Männer abschätzend. Er war kein Frontkämpfer, seit Jahren nicht mehr. »Wir sehen uns auf Thallspring.« Er setzte sich den lächerlichen Hut auf den Kopf und ging die drei Stufen zur Hintertür hinauf.

Lawrence sah den drei Männern entgegen. Er seufzte resignierend. Sie hatten sich den falschen Tag ausgesucht, um Bäume anzupinkeln und ihr Revier zu markieren. Diese Bar war sorgfältig ausgewählt worden, sodass niemand bei Zantiu-Braun von diesem Treffen erfahren würde. Und Thallspring war Lawrences allerletzte Chance auf eine einigermaßen anständige Zukunft. Was ihm wirklich keine große Wahl ließ.

Der vorderste der drei, der größte von ihnen, trug das angespannte Lächeln des Mannes, der wusste, dass er das Siegtor schießen würde. Seine beiden Kumpane hielten sich schräg hinter ihm, der eine kaum älter als zwanzig, mit einer Bierdose in der Hand, der andere in einer eng sitzenden ärmellosen Weste, die den Blick auf leuchtende, von Messernarben verunstaltete Tattoos freigab. Ein unbesiegbares Trio.

Es würde damit anfangen, dass einer der drei einen abfälligen Kommentar von sich gab: *Ich dachte, ihr Typen von der Company wärt euch zu schade, um mit uns zu trinken?* Nicht, dass es eine Rolle spielte, was er sagte – das Reden an sich war ihre Art, sich anzustacheln, bis einer von ihnen heiß genug war, den ersten Schlag anzubringen. Das gleiche dumme Ritual wie in jeder heruntergekommenen Spelunke auf jeder von Menschen besiedelten Welt.

»Nicht«, sagte Lawrence tonlos, bevor sie anfangen konnten. »Haltet einfach den Mund und setzt euch wieder hin. Ich verschwinde, in Ordnung?«

Der Große grinste seine beiden Kumpane wissend an, *Ich hab euch doch gesagt, dass er ein Hühnerschiss ist*, und schnaubte verächtlich als Antwort auf Lawrences gespielte Tapferkeit. »Du gehst nirgendwohin, Junge.« Er holte mit seiner mächtigen Faust aus.

Lawrence bog sich in der Hüfte nach hinten, automatisch und blitzschnell. Er trat aus, und sein Stiefelabsatz krachte gegen die Kniescheibe des Großen. Der in der Baumwollweste packte einen Stuhl und schwang ihn gegen Lawrences Kopf. Lawrence riss den zu dicken rechten Arm hoch, um den Schlag abzublocken. Ein Stuhlbein traf ihn kurz über dem Ellbogen, doch Lawrence zuckte nicht einmal zusammen, geschweige denn, dass er vor Schmerz aufgestöhnt hätte. Der Mann stolperte rückwärts, als er das Gleichgewicht verlor. Es war, als hätte er gegen massiven Stein geschlagen. Er starrte Lawrence aus weit aufgerissenen Augen an, als die Erkenntnis durch den Nebel von Alkohol hindurch dämmerte.

Überall ringsum stießen Männer ihre Stühle zurück und erhoben sich. Um ihren Kumpanen zu helfen.

»Nein!«, brüllte der Mann in der Baumwollweste. »Er ist ein Skin!«

Es spielte keine Rolle. Der jüngste der drei zog das Bowie-Messer, das in einer Scheide an seinem Gürtel steckte. Niemand hörte auf die Warnungen des zweiten. Sie näherten sich von allen Seiten.

Lawrence hob den rechten Arm hoch über den Kopf. Er spürte ein sanft wogendes Erschauern an den Handgelenken, als seine peristaltischen Muskeln die Pfeile aus den Magazinen in die Abschusskanäle schoben. Über seiner Handwurzel öffnete sich ein Ring kleiner trockener Löcher, die sich zu schwarzen Mündungen weiteten. Ein Schwarm aus Pfeilen brach hervor.

Als Lawrence die Bar verließ, drehte er das Pappschild an der Tür herum, sodass es »GESCHLOSSEN« zeigte. Diese gottverdammten Idioten vom Waffenarsenal! Diese Bastarde gingen immer auf Nummer Sicher. Immer auf hundertfünfzig Prozent. Er hatte gesehen, wie zwei der Männer am Boden angefangen hatten zu zucken. Das Gift der Pfeile war viel zu hoch konzentriert, um die Opfer nur kampfunfähig zu machen. Die Bar würde sehr bald vor Polizei nur so wimmeln.

Ein südamerikanisches Paar saß auf der Terrasse der Bar und studierte die laminierte Speisekarte. Lawrence lächelte ihnen freundlich zu und marschierte die Straße hinunter in Richtung Skycable-Terminus davon.

Simon Rodericks TVL77D Executive Liaison Helikopter kreiste im Flüstermodus über der Stadt. Die Hauptstraße von Kuranda war in einem Umkreis von dreißig Metern links und rechts der Bar verstopft mit kreuz und quer parkenden Polizeifahrzeugen und Krankenwagen. Offensichtlich gab es keine Knoten, die den Verkehr regelten und durch die Straßen Kurandas schleusten, ganz im Einklang mit dem rückständigen Charakter der Stadt.

Simon betrachtete kopfschüttelnd das Chaos unter sich. Krankenwagenfahrer konnten der Versuchung einer dramatischen Vollbremsung am Ort des Geschehens einfach nicht widerstehen. Pech, wenn einer der Verwundeten dringend ärztliche Hilfe benötigte – die am nächsten stehenden Fahrzeuge gehörten ausschließlich zur Polizei. Sanitäter in grünen Overalls manövrierten Bahren durch das Gewühl, die verschwitzten Gesichter waren verzerrt vor Anstrengung.

»Gott, was für eine Bande von Gehirnlosen!«, beschwerte sich Adul Quan auf dem Sitz hinter Simon. Der Intelligence Operative hielt das Gesicht an die Seitenscheibe des Helikopters gepresst und starrte direkt hinunter auf die Stadt. Er benutzte den Sensorinput seines Direct Neural Interface nur widerwillig; angeblich wurde ihm wegen des Perspektivwechsels schwindlig. »Wir sollten ihnen wirklich anbieten, die zivilen Operationen des Staates zu managen. AS-Koordination würde sie wenigstens in dieses Jahrhundert bringen.«

»Wir haben bereits die Lizenz für die urbanen Gegenden«, entgegnete Simon. »Und all unsere Leute verfügen über den einen oder anderen medizinischen Monitor für den Fall, dass es ein Problem gibt. Wir können sie bergen, wo auch immer sie sich aufhalten. Das ist alles, was zählt.«

»Aber es wäre gute PR, wenn wir einen Teil unserer Ressourcen dazu verwenden, Zivilisten zu helfen.«

»Wenn sie unsere Hilfe wollen, können sie Anteile von uns kaufen. Ihren Teil beitragen.«

»Jawohl, Sir.«

Simon bemerkte die Skepsis in der Stimme des anderen, doch er verzichtete auf einen Kommentar. Adul hatte eine Menge Geld in Zantiu-Braun investiert, um dahin zu kommen, wo er heute war – doch selbst das hatte nicht ausgereicht, um ein Verständnis für echte Zugehörigkeit in ihm zu entwickeln. Es scheint fast, dachte Simon, als versteht niemand außer mir, was Zugehörigkeit bedeutet. Doch das wird sich eines Tages ändern.

Simon benutzte sein DNI, um dem Autopiloten eine Serie von Befehlen zu erteilen. Der Helikopter schwang über dem kleinen runden Park am Ende der Hauptstraße herum. Simon flog zurück zu dem freien Flecken, den er bereits als möglichen Landeplatz entdeckt hatte, und bemerkte ein großes Auge, das Kids mit Sprühdosen auf das Dach einer leerstehenden Halle gemalt hatten. Sein Blick folgte Simon, als der Hubschrauber das Fahrwerk ausfuhr und hinunter auf die gebackene Erde des Parkplatzes sank. Der Abwind unter den Rotoren sandte einen Schauer von zerdrückten Blechdosen und Verpackungsmüll durch die Luft, während der Rumpf seine himmelblaue Tarnfarbe verlor und das Mattschwarz sichtbar wurde.

Simon wartete, während die Turbinen herunterdrehten. Seine persönliche AS hatte Trawler ausgesandt, die sämtlichen E-Traffic der Notdienste im lokalen Datapool auffingen. Die relevanten Nachrichten wurden direkt in sein DNI eingespeist. Ein indigofarbenes Displaygrid leuchtete in Simons Sichtfeld auf und präsentierte einen Strom von Informationen, ohne wirklich harte Fakten zu enthüllen. Niemand am Ort des Geschehens hatte bisher herausfinden können, was sich tatsächlich ereignet hatte. Bisher gab es nur den einen unbestätigten Bericht von einem offensichtlich Amok laufenden Mann in einem Skinsuit.

Simon aktivierte eines der medizinischen Grids, und fünf Diagramme dehnten sich vor seinem Blickfeld aus, während er die Kabine des Helikopters verließ, Datenströme aus den Analysegeräten, mit deren Hilfe die Sanitäter das Blut der Opfer auf das eingesetzte Gift untersuchten und die mit der Datenbank des General Hospital von Cairns vernetzt waren.

Simon setzte eine altmodische Panoramasonnenbrille auf. »Interessant«, murmelte er. »Sehen Sie das?« Er hatte Kopien der Analysen an die Biowaffendivision von Zantiu-Braun geschickt und innerhalb weniger Sekunden eine positive Identifikation erhalten. Er übermittelte das verschlüsselte Paket an Adul.

»Ein lähmendes Hautgift«, beobachtete Adul. »Eine starke Überdosis.« Er schüttelte missbilligend den Kopf, bevor er seine Sonnenschutzmembran vor den Augen entfaltete. »Ein definitiver Todesfall. Die beiden mit allergischen Reaktionen werden bleibende Nervenschäden zurückbehalten.«

»Wenn sie Glück haben«, sagte Simon. »Und auch dann nur, wenn die Sanitäter sie schnell genug ins Krankenhaus schaffen.« Er fuhr sich mit der Hand über die Stirn und wischte den dünnen Schweißfilm ab, der sich unter dem Einfluss der großen Hitze in Sekundenschnelle gebildet hatte.

»Soll ich veranlassen, dass man dem Hospital das Gegengift zur Verfügung stellt?«

»Lähmgifte bauen sich von alleine ab. Dafür sind sie gemacht.«

»Die Überdosis wird ihren Nieren höllisch zu schaffen machen.«

Simon blieb stehen und starrte Adul an. »Mein lieber Freund, wir sind hier, um zu untersuchen, warum und wie dieses Gift benutzt wurde, und nicht, um uns als Kindermädchen für eine Bande geistig minderbemittelter Zivilisten zu betätigen, die sich zu langsam geduckt haben.«

»Jawohl, Sir.«

Schon wieder dieser Tonfall. Simon beschloss, bei nächster Gelegenheit über Aduls Nützlichkeit als Security Operative nachzudenken. In seinem Geschäft war Empathie eine wertvolle Begabung, doch wenn daraus Mitgefühl entstand ...

Sie bahnten sich ihren Weg durch das Labyrinth von Krankenwagen und Polizeifahrzeugen auf der Hauptstraße. Die Durchgänge waren von Menschen verstopft, mürrischen, stillen Einheimischen und vereinzelten aufgeregten, verängstigten Touristen. Vor der Terrasse rannten Polizisten in Shorts und weißen Hemden hin und her und waren bemüht, sich einen geschäftigen, zielstrebigen Anschein zu verleihen. Die Einsatzleiterin, eine großgewachsene Frau Mitte vierzig im Rang eines Captains mit navyblauer Uniform, stand am Geländer und lauschte einem jungen Constable, der aufgeregt seinen Bericht ablieferte.

Simons AS informierte ihn, dass die Einsatzleiterin Captain Jane Finemore hieß. Ihre Personalakte erschien auf dem virtuellen Display. Simon überflog sie kurz und verwarf sie wieder.

Die Polizisten verstummten, als er und Adul nach vorne traten. Captain Finemore wandte sich zu ihnen um, und Simon bemerkte, wie Verachtung über ihre Gesichtszüge huschte, als sie die malvenfarbene Zantiu-Braun-Flottenuniform von Adul erkannte. Dann musterte sie Simon in seinem konservativen Geschäftsanzug, und ihre Miene wurde nichtssagend und defensiv.

»Kann ich Ihnen helfen, Freunde?«, fragte sie.

»Ich fürchte, es verhält sich genau andersherum, Captain, äh, Finemore«, erwiderte Simon lächelnd, während er demonstrativ das Namensschild an ihrer Uniform entzifferte. »Uns ist ein Bericht zugegangen, nach dem ein Mann in einem Skinsuit in feindselige Handlungen verwickelt gewesen sein soll.«

Sie wollte gerade antworten, als die Tür der Bar aufgestoßen wurde und ein Team von Sanitätern mit einer Bahre nach draußen eilte. Simon wich ihnen aus und drückte sich gegen das Terrassengeländer. Der Patient war mit zahlreichen medizinischen Apparaten verbunden, und kleine Leuchtdioden blinkten drängend. Er war bewusstlos, doch er zuckte am ganzen Leib.

»Das konnte ich bisher nicht bestätigen«, sagte Captain Finemore irritiert.

»Doch es war der erste Bericht«, entgegnete Simon. »Ich bin angewiesen, ihn auf seinen Wahrheitsgehalt zu untersuchen, und zwar dringend. Falls jemand mit einem Skinsuit frei herumläuft, müssen wir uns augenblicklich darum kümmern, bevor die Situation noch weiter außer Kontrolle geraten kann.«

»Dessen bin ich mir durchaus bewusst«, sagte Captain Finemore. »Ich habe unser bewaffnetes Einsatzkommando in Alarmbereitschaft versetzt.«

»Bei allem Respekt, Captain, ein Skinsuit würde seinem Träger einen gewaltigen Vorteil gegenüber Ihren Einsatzbeamten verschaffen. Ich empfehle dringend, das Problem unserer internen Sicherheitsdivision zu überlassen.«

»Wollen Sie damit andeuten, dass wir Ihrer Meinung nach außerstande sind, alleine mit diesem Problem fertig zu werden?«

»Ich biete Ihnen im Gegenteil jede nur erdenkliche Hilfe an, damit Sie mit diesem Problem fertig werden.«

»Nun, dann danke ich Ihnen. Ich weiß gar nicht, was wir ohne Sie tun würden.«

Simons Lächeln gefror zu einer Maske, während ringsum andere Polizeibeamte kicherten. »Dürfte ich erfahren, von wem der ursprüngliche Bericht stammt?«

Captain Finemore deutete mit einer Kopfbewegung in Richtung Bar. »Die Kellnerin. Sie ist hinter der Theke in Deckung gesprungen, als der Mann das Feuer eröffnet hat. Keiner der Pfeile traf sie.«

»Ich würde gerne mit ihr reden.«

»Sie befindet sich noch immer in einem Schockzustand. Ich habe speziell ausgebildete Offiziere bei ihr, die sie verhören sollen.«

Simon benutzte sein DNI, um eine Nachricht an Finemore zu übermitteln. Die Einsatzleiterin verfügte nicht über ein eigenes DNI – dazu reichte das Budget der Queensland State Police nicht aus –, doch er hatte bemerkt, dass ihre Iris in leichtem Purpur schimmerte. Sie besaß kommerziell erhältliche optronische Membranen, die ihr einen raschen Datenzugriff ermöglichten. »Hat sonst niemand den Mann im Skinsuit gesehen? Er war wohl kaum unauffällig.«

»Nein...« Die Einsatzleiterin versteifte sich, als Simons Nachricht vor den optronischen Membranen materialisierte. »Nur die Kellnerin.« Sie sprach sehr langsam und maß jedes ihrer Worte ab. »Das ist auch der Grund, warum ich noch keine Straßensperren rings um die Stadt habe errichten lassen.«

»Dann besteht Ihre erste und dringlichste Aufgabe darin, es herauszufinden. Je länger Sie warten, desto weiter müssen Sie den Einschließungsgürtel ziehen, und desto geringer sind die Erfolgsaussichten.«

»Ich habe bereits Streifenwagen auf die Hauptstraße nach Cairns geschickt. Weitere Beamte bewachen den Bahnhof und den Skycable-Terminus.«

»Ausgezeichnet. Dürfte ich nun dem Verhör der Kellnerin beiwohnen?«

Captain Finemore starrte ihn an. Simons warnende Botschaft war sehr eindeutig gewesen, und er hatte Rückendeckung vom Gouverneursbüro des Staates. Doch sie war auch privat gewesen und ermöglichte ihr, vor ihren Beamten das Gesicht zu wahren. Außer natürlich, sie entschied sich, die Sache publik zu machen und damit ihre berufliche Karriere zu zerstören. »Ja. Wahrscheinlich ist sie inzwischen über das Schlimmste hinweg«, sagte sie, als würde sie Simon einen Gefallen erweisen.

»Danke sehr, das ist wirklich sehr entgegenkommend von Ihnen.« Simon stieß die Tür der Bar auf und trat ein.

Mehr als ein Dutzend Sanitäter arbeitete im Innern. Sie knieten bei den Opfern und brüllten sich gegenseitig Fragen und Befehle zu oder kramten hektisch in ihren Taschen auf der Suche nach Gegenmitteln. Überall lagen medizinische Ausrüstungsgegenstände verstreut. Die optronischen Membranen schimmerten weiß mit Ratschlägen für mögliche Behandlungsmaßnahmen.

Die Opfer zitterten und zuckten und trommelten mit den Absätzen auf dem Dielenboden. Sie schwitzten übermäßig und wimmerten unter dem Einfluss furchtbarer Alpträume. Einer steckte in einem schwarzen Leichensack.

Es war nichts, das Simon nicht bereits während früherer Gewinnrealisierungskampagnen gesehen hätte – üblicherweise in viel größerem Maßstab. Ein einzelner Skin führte genügend Munition mit, um einen ganzen Mob mitten auf der Straße aufzuhalten. Vorsichtig trat er um die Bewusstlosen herum, bemüht, die Sanitäter nicht zu stören. Polizeibeamte und Personal der Spurensicherung untersuchten Wände und Tische und vergrößerten noch das allgemeine Durcheinander.

Die Kellnerin saß am anderen Ende des Lokals auf dem Tresen und umklammerte mit einer Hand ein Glas Whisky. Sie war eine Frau mit einem fleischigen Gesicht und einer altmodischen Frisur, und sie schien nicht viel von dem zu sehen oder zu hören, was rings um sie herum vorging.

Mit erschrockenem Abscheu erkannte Simon, dass sie eindeutig nicht ein einziges viral synthetisiertes Chromosom in ihrer DNS besaß. Angesichts ihrer Herkunft bedeutete das Fehlen von v-synthetisierten Chromosomen unausweichlich, dass sie von geringer Intelligenz, unterlegener Physiologie und ohne jeglichen Ehrgeiz war. Sie gehörte zu den ewigen Underdogs des Lebens.

Eine weibliche Beamtin mit verständnisvollem Gesichtsausdruck saß neben der Kellnerin auf einem Barhocker. Hätte sie auch nur einen Bruchteil ihrer teuren Spezialausbildung begriffen, dachte Simon, hätte sie die Frau als Erstes nach draußen und weg vom Ort des Verbrechens geschafft.

Er startete eine Suchanfrage durch sein DNI, doch er fand den Namen der Kellnerin nicht. Offensichtlich verfügte die Bar weder über Management- noch über Buchführungsprogramme. Die Suchanfrage lieferte nicht einmal einen registrierten Link zum Datapool. Es gab nichts außer einem ganz gewöhnlichen Telefonanschluss.

Simon ließ sich auf dem zweiten freien Hocker neben der Kellnerin nieder. »Hallo, geht es Ihnen inzwischen ein wenig besser, Miss ...?«

Sie sah ihn aus verheulten Augen an. »Sharlene«, schluchzte sie.

»Miss Sharlene. Eine schlimme Geschichte. Es muss ein heftiger Schock für Sie gewesen sein.« Er lächelte die Polizistin an. »Ich würde gerne einen Augenblick lang alleine mit Sharlene reden.«

Die Beamtin bedachte ihn mit einem missmutigen Blick, dann stand sie wortlos auf und ging davon. Ohne Zweifel, um sich bei Captain Finemore zu beschweren.

Adul hatte sich hinter Sharlene postiert und behielt die Bar im Auge. Die meisten Menschen machten einen weiten Bogen um ihn.

»Ich muss wissen, was passiert ist, Sharlene«, sagte Simon. »Und ich muss es verdammt schnell wissen, fürchte ich.«

»Meine Güte!« Sharlene erschauerte. »Ich will überhaupt nicht mehr daran denken!« Sie wollte einen Schluck aus dem Whiskyglas nehmen und blinzelte überrascht, als sie Simons Hand auf der ihren wiederfand.

»Er hat Ihnen einen heiligen Schreck eingejagt, wie?«

»Das können Sie verdammt noch mal laut sagen!«

»Verständlich, Sharlene, durchaus verständlich. Sie haben mit eigenen Augen gesehen, wie viel körperliche Schmerzen er Ihnen bereiten kann. Ich hingegen kann Ihnen nicht nur körperliche Schmerzen bereiten – ich kann mit einem einzigen Anruf Ihr Leben zerstören. Doch damit würde ich mich nicht zufrieden geben. Ich würde Ihre Familie ebenfalls vernichten. Keine Arbeit für keinen von ihnen, niemals wieder. Nur Sozialhilfe und Abfall, für Generationen. Und wenn Sie mich noch länger ärgern, dann werde ich dafür sorgen, dass auch die Sozialhilfe noch gestrichen wird. Wollen Sie, dass Sie und Ihre Mutter als Straßendirnen für die Mannschaftsdienstgrade von Zantiu-Braun alt werden, Sharlene? Denn das ist alles, was Ihnen dann noch bleibt, was ich Ihnen noch lasse. Sie und Ihre Mutter werden einen frühen Tod sterben, unten auf dem Strich von Cairns.«

Sharlenes Unterkiefer sank herab.

»Und jetzt erzählen Sie mir hübsch, was ich wissen will. Konzentrieren Sie diesen erbärmlichen Klumpen Brei, den Sie Gehirn nennen, und ich verschaffe Ihnen vielleicht sogar eine Belohnung. Wie wollen Sie es haben, Sharlene? Ärger oder Kooperation?«

»Ich ... ich helfe Ihnen«, stammelte sie.

Simon lächelte breit. »Ausgezeichnet. Nun gut – hat der Fremde einen Skinsuit getragen?«

»Nein, keinen richtigen. Es war sein Arm. Ich hab es bemerkt, als er sein Bier bezahlt hat. Er war ganz dick und hatte so eine merkwürdige Farbe.«

»Braun, wie von der Sonne?«

»Ja, genau. Dunkel, aber nicht so dunkel wie bei einem Aborigine.«

»Nur sein Arm?«

»Ja. Aber er hatte auch die Anschlüsse am Hals. Sie wissen schon, wie Frankensteinbolzen, aber aus Fleisch. Ich hab sie unter dem Kragen gesehen.«

»Und Sie sind ganz sicher?«

»Absolut sicher, Sir. Ich erfinde das nicht. Er war ein Zantiu-Braun-Squaddie.«

»Was also ist passiert? Er kam herein und hat um sich geschossen?«

»Nein. Er hat sich mit einem anderen Mann unterhalten. Dann sind Jack und zwei andere rüber zu ihm. Schätze, sie wollten ihm Scherereien machen. Jack ist eben so, auch wenn er eigentlich ein netter Kerl ist. Dann ist es passiert.«

»Der Mann feuerte Pfeile ab, und alle fielen um?«

»Ja. Ich sah, wie er den Arm hochhielt, und irgendjemand rief, dass er ein Skin wäre. Ich ging hinter dem Tresen in Deckung. Dann hörte ich, wie alle anfingen zu schreien und zu Boden gingen. Als ich wieder hinter dem Tresen auftauchte, lagen sie da. Ich dachte ... ich dachte im ersten Augenblick, sie wären alle tot.«

»Und dann haben Sie die Polizei gerufen.«

»Ja.«

»Haben Sie diesen Mann früher schon einmal in der Bar gesehen?«

»Ich glaube nicht, nein. Aber vielleicht war er schon einmal da. Wir haben eine Menge verschiedener Gäste hier, wissen Sie?«

Simon schaute sich in der Bar um, und es gelang

ihm gerade noch, seine Mimik unter Kontrolle zu halten und seine Abscheu nicht zu zeigen. »Sicher«, sagte er. »Was ist mit dem Mann, mit dem er geredet hat? Haben Sie ihn schon einmal gesehen?«

»Nein. Aber...«

»Ja?«

»Er war auch einer von Zantiu-Braun.«

»Sind Sie sicher?«

»Ja. Ich hab in den verschiedensten Bars überall in der Gegend gearbeitet. Man kriegt ein Auge für Squaddies, nicht nur wegen der Anschlüsse am Hals.«

»Sehr schön. Also der Schütze kam herein und kaufte ein Bier, und dann ging er geradewegs zu dem anderen an den Tisch, ist das korrekt?«

»Ja. So war es.«

»Versuchen Sie sich zu erinnern – wirkte einer der beiden überrascht, den anderen zu treffen?«

»Nein. Der Mann, der zuerst da war, saß allein an seinem Tisch. Als würde er auf jemanden warten. Auf den anderen.«

»Danke sehr, Sharlene, Sie haben uns ein gutes Stück weiter geholfen.«

Captain Finemore musterte Simon mit einem überraschten Blick, als er aus der Bar kam. »Was ist passiert?«

»Nichts«, entgegnete Simon. »Es war kein Skinsuit. Er hat eine Art Scatter-Pistole benutzt. Ich schätze, die Giftpfeile stammen aus einem illegalen Labor. Schade, dass der Chemiker bei seinen Bemühungen, die Substanz nachzubauen, der Molekularstruktur nicht mehr Aufmerksamkeit gewidmet hat.«

»Schade?« Captain Finemores Lippen waren nur ein dünner Strich. »Wir haben einen Toten, und Gott allein weiß, ob sich die anderen wieder erholen werden!«

»Dann sind Sie sicher froh zu hören, dass wir Ihnen nicht länger im Weg herumstehen werden.« Simon deutete auf das Chaos und Gewimmel entlang der Hauptstraße. »Es gehört alles Ihnen. Falls Sie Hilfe brauchen, um den Schützen zu fassen, zögern Sie nicht und fragen Sie uns. Unsere Jungs können immer ein wenig praktisches Training gebrauchen.«

»Ich werd' dran denken«, erwiderte Finemore.

Wie schon zuvor wichen Polizisten und Zivilisten gleichermaßen mit misstrauischer Ablehnung vor ihm zurück. Er startete die Turbinen des TVL77D und hob ohne weiteres Zögern ab. Sein neurales Interface meldete, dass es keinen unautorisierten Zugriff auf einen Skinsuit aus den Waffenarsenalen der Basis in Cairns gegeben hatte.

»Überprüfen Sie das für mich«, befahl er Adul. »Ich will wissen, wer in einem Skinsuit herumgelaufen ist.«

»Einer unserer Squaddies wurde in einer Bar angegriffen. Glauben Sie wirklich, dass es irgendeine Bedeutung haben könnte?«

»Der Zwischenfall sicherlich nicht. Aber die Tatsache, dass kein Skinsuit verschwunden ist. Außerdem bin ich neugierig, warum zwei unserer Leute sich an einem so gottverlassenen Ort getroffen haben.«

»Jawohl, Sir.«

Die Basis von Zantiu-Brauns Dritter Flotte umschloss den alten Cairns International Airport nördlich der Stadt. Es gab keine kommerziellen Flüge mehr; die Hauptverkehrsverbindung war heute die TranzAus MagRail, die Menschen und Güter mit großer Effizienz und einer Geschwindigkeit von fünfhundert Stundenkilometern nach Norden brachte. Auf den Vorfeldern parkten heute Helikoptergeschwader der Dritten Flotte neben Scramjet-getriebenen Raumflugzeugen und ein paar dunklen, projektilförmigen Überschalljets für leitende Angestellte der Company. Acht überalterte Turboprop-Maschinen, die von Zantiu-Braun unterhalten wurden, dienten der Küstenwache und dem Seenotrettungsdienst bis nach Neuguinea hinaus. Was zur Folge hatte, dass der Luftraum über Cairns der betriebsamste des Kontinents war, abgesehen vielleicht von Sydney, wo die wenigen noch existierenden Fluglinien ihren Knotenpunkt hatten. Synthetische Treibstoffe hatten die natürlichen Petroleumprodukte ersetzt, ökologisch verträglicher, doch wesentlich teurer in der Herstellung, sodass die Kosten für Flugreisen wieder an dem Punkt angekommen waren, wo im zwanzigsten Jahrhundert alles angefangen hatte – ein Luxus, den sich nur Regierungen, Konzerne und die Reichen leisten konnten.

Nachdem der Massentourismus abgeebbt und die Landwirtschaft durch ultraviolette Strahlung und Lebensmittelproduktion in großen hydroponischen Anlagen effektiv zum Erliegen gekommen war, hatte sich Queens in ein ökonomisches Brachland verwandelt. In dieser Situation hatte man Zantiu-Braun im Jahre 2265 weitreichende Steuervorteile angeboten und dem Konzern geeignete Grundstücke zur Verfügung gestellt, um eine neue Serie von orbitalgebundenen Operationen ins Leben zu rufen.

Damals war es um rein kommerzielle Unternehmungen gegangen. Frachtmaschinen hatten Fabrikmodule zu den Stationen im niedrigen Orbit gebracht und waren mit wertvollen Mikrogravitationserzeugnissen zurückgekehrt, während Passagiermaschinen Kolonisten zu den Raumschiffen transferiert hatten. Nach 2307 änderte sich alles. Gewinnrealisierung wurde zur neuen Priorität, und die Art der Fracht, die von den Raumflugzeugen in den Orbit transportiert wurde, wechselte dementsprechend. Die Zahl der Kolonisten, die von Cairns abflogen, sank innerhalb eines Jahrzehnts auf Null und wich strategischem Sicherheitspersonal. Industrielle Güter wichen der militärischen Logistik für die Dritte Flotte.

Die Basis expandierte; Baracken und Quartiere für verheiratete Angehörige der strategischen Sicherheitsdivision sprossen aus dem Boden. Neue Hangars und Werkstätten beherbergten die Helikopter. Lager und Logistikgebäude drängten sich entlang der Peripherie. Große Gebiete wurden von der Regierung als Übungsgelände gepachtet. All das erforderte die entsprechenden Verwaltungsgebäude. Türme aus Glas und Marmor erhoben sich in den Ausläufern der Berge und überragten die Basis und den Ozean dahinter.

Simon Roderick saß in einem Büro, das die halbe obere Etage des Quadrill-Blocks in Anspruch nahm, dem neuesten und feudalsten Bau der kleinen Management-Enklave von Zantiu-Braun. Nachdem der Helikopter auf dem Dach gelandet war, wartete eine weitere Runde taktischer Meetings und Besprechungen mit Planungskomitees auf ihn. Leitende Mitarbeiter gaben sich die Türklinke in die Hand, als sei sein Büro eine Transithalle, jeder mit eigenen Vorschlägen, Berichten oder Beschwerden. Es versetzte Simon immer wieder aufs Neue ins Staunen, dass in einem Zeitalter, das sich so sehr auf Artificial Sentience verließ, so wenig ohne menschliche Intervention und Supervision erreicht wurde. Menschen benötigten – bildlich gesprochen – noch immer einen verdammt guten Tritt in den Hintern, um sie zu motivieren und dazu zu bringen, dass sie sich wie Erwachsene verhielten. Etwas, das nicht einmal Switch Neurotronic Pearls erreichen konnten.

Nach drei Jahren auf der Basis wusste Simon, dass er dem Vorstand der Company nach Abschluss des Projekts Thallspring einen recht drastischen Vorschlag würde unterbreiten müssen. Fünfundvierzig Jahre ununterbrochener Expansion hatten die Strategische Sicherheitsdivision der Dritten Flotte so kopflastig werden lassen, dass der gesamte Apparat vor lauter Kompetenzrangeleien zwischen zu vielen Offizieren und Managementspezialisten zum Erliegen zu kommen drohte. Jedes Büro produzierte täglich Berichte und Anforderungen; selbst mit den Routing-Routinen einer AS wurde es zunehmend schwieriger, sie zu koordinieren und auszuwerten. Der Einsatz von Managementschleifen war einmal eine großartige, vorausschauende Idee gewesen, doch nach vier Jahrzehnten akkumulierter Optimierung war die Software der Dritten Flotte zu klassischer Bloatware geworden, totes Gewicht.

Die Theorie hinter Managementschleifen war bestechend; Erfahrungen aus dem letzten Projekt wurden als Grundlage für das nächste eingearbeitet. Beispielsweise waren diesen und jenen Platoons bei der letzten Gewinnrealisierung die Blutpacks für ihre Skins zehn Tage früher ausgegangen, als es die Programme vorausberechnet hatten. Diesmal wurden also spezielle Anforderungsprofile für die Logistik der betreffenden Platoons erstellt. Wer konnte Argumente gegen eine erstklassige Versorgung der Truppen an der Front vorbringen? Doch die zusätzlichen Blutpacks mussten in den Orbit geschafft werden, was zusätzliche Flüge bedeutete, die wiederum mehr Wartungszeit und Personal und zusätzlichen Treibstoff benötigten, und alles musste in die existierenden Pläne eingearbeitet werden. Es war ein Dominoeffekt, der jedes Mal aufs Neue eine Lawine auslöste. Simon war überzeugt, dass die Struktur der gesamten Dritte Flotte in einem solchen Ausmaß reformiert und vereinfacht werden musste, dass es einer Außerdienststellung und der Schaffung einer vollkommen neuen Organisation gleichkam. Einer Organisation, der von Anfang an modernste Managementprinzipien zugrunde lagen.

Im Verlauf der letzten vier Monate, seit Beginn der Planungen für die Thallspring-Kampagne, hatte sich Simon auf die persönliche Überwachung der praktischen Erfordernisse konzentriert, auf das Einhalten von Wartungs- und Beschaffungsmaßnahmen, Verfügbarkeit ausreichender Mengen Helikopter und den Zustand der allgemeinen Ausrüstung. Doch seine Befehle und Anordnungen mussten in die bereits übersättigte Kommandostruktur integriert werden, was zu einer weiteren Autoritätsschicht geführt hatte, mit der sich die Management-AS abmühen musste. Simon genoss die Vorstellung, dass seine Intervention die Vorbereitungen beschleunigt hatte, doch mit letzter Gewissheit konnte er es nicht sagen. Die Eitelkeit der herrschenden Klassen. *Wir allein halten die Dinge am Laufen.*

Adul Quan tauchte erst wieder auf, als die Sonne bereits hinter den Hügeln am Rand der Basis versank. Simon stand am Panoramafenster und beobachtete die goldenen Strahlen, die hinter den runden Gipfeln hervor schimmerten, während die letzten Raumschiffskommandanten das Büro verließen. Die Runwaybeleuchtung im Vordergrund trat so deutlich hervor wie das Straßengitter einer imaginären Stadt und rief die Helikopter für die Nacht zurück. Ein Stück weit im Süden erstrahlte bereits die Korona von Cairns am dunkelblauen Himmel. An der Strandpromenade öffneten die Casinos und Clubs und Bars für den Abend – billige Spielchen und Mädchen, die den Squaddies ihr breites, berechnendes Grinsen schenkten.

Es gab Zeiten, da verspürte Simon fast so etwas wie Neid auf diese einfache Art von Existenz: Kämpfen, Vögeln, Entspannen – obwohl sie das Gegenteil von allem war, woran er glaubte.

Doch sie mussten nicht den gleichen Druck ertragen, den er Tag für Tag erlebte. Es war einer der Gründe, warum er dem Schützen von Kuranda eine höhere Priorität gegeben hatte, als wahrscheinlich gut war – eine Ausrede, um wenigstens für ein paar Stunden aus dem Büro zu flüchten.

Die Tür schloss sich hinter dem letzten Commander. »Haben Sie einen Namen für mich?«, fragte Simon.

»Ich fürchte nein, Sir«, gestand Adul. »Es ist eine sehr rätselhafte Geschichte.«

»Tatsächlich?« Simon kehrte zu seinem Schreibtisch zurück und setzte sich. Er löschte die Diagramme und Berichte auf den holographischen Scheiben und blickte seinen Intelligence Operative erwartungsvoll durch das transparente Material hindurch an. »Fahren Sie fort.«

»Ich habe zuerst das Waffenarsenal überprüft, Sir. Skins, die zur Reparatur dort lagern, erschienen mir als die offensichtlichste Möglichkeit. Unser Mann könnte sich einen Arm genommen haben, während der Computer den gesamten Skinsuit als in Reparatur registriert hat. Ich habe jeden Techniker persönlich vernommen, und jeder hat geschworen, dass seine Skins vollständig integriert sind. Keine fehlenden Gliedmaßen.«

»Kann einer von ihnen der Amokläufer gewesen sein?«, fragte Simon.

»Keine Chance. Man kann vielleicht für eine halbe Stunde nach draußen schlüpfen, ohne dass es jemand bemerkt, aber nicht für einen Trip nach Kuranda. Ich habe die Sicherheitskameras mit meiner persönlichen AS überprüft. Sie waren alle da, die ganze Zeit.«

»In Ordnung. Fahren Sie fort.«

»Die nächste Möglichkeit wäre ein Squaddie im Training, der sich unbemerkt vom Gelände entfernt hat. Es wäre ohne weiteres machbar. Heute waren achtzehn Platoons in Skins draußen. Das Kuranda am nächsten liegende Gebiet ist immer noch fünfundsechzig Kilometer entfernt. Sämtliche Skins sind heute Morgen vor Ort gewesen, und meine AS hat jeden Platoon-Leader gleich heute Nachmittag zu Beginn meiner Untersuchungen angewiesen, seine Leute zu zählen.«

»Niemand abwesend?«

»Niemand. Ich habe sogar eine Liste der Squaddies, die heute Nachmittag nicht auf dem Gelände waren. Drei von ihnen sind verletzt; das Hospital bestätigt, dass sie dort liegen. Zwei hatten Fehlfunktionen in den Skins und wurden zur Basis zurückgeschickt; das Waffenarsenal hat bestätigt, dass die Anzüge zur Reparatur abgegeben wurden.«

»Interessant.«

»Also habe ich mich mit Skyscan in Verbindung gesetzt.« Er nickte in Richtung der holographischen Scheiben, und seine DNI lenkte die Bilddateien auf die Schirme.

Simon beobachtete, wie die Luftaufnahme vor ihm materialisierte. Kurandas Hauptstraße direkt von oben, etwas zu blasse Farben. Er erkannte das Dach mit dem aufgemalten Auge. Von dort aus fiel es ihm leicht, das Gebäude zu finden, in dem die Bar lag. Auf der Straße fuhren ein paar Pick-up-Trucks, und nur vereinzelt waren Menschen unterwegs. Ein weißer Cursor legte sich über einen davon und begann zu blinken.

»Das ist unser Mann«, sagte Adul. »Und Gott weiß, wie er aussieht.«

Simon befahl eine Vergrößerung und grinste. Die Geschichte begann ihm zu gefallen. Ein würdiger Gegner und alles, was damit zusammenhing. Die Bildqualität ließ eine Menge zu wünschen übrig – die winzigen Spionagesatelliten, mit deren Hilfe Zantiu-Braun die gesamte Erdoberfläche überwachte, waren lediglich dazu gedacht, einen allgemeinen Überblick zu gewährleisten. Sie waren zur Echtzeitüberwachung geschaffen und nicht auf höhere Auflösung programmiert. Trotzdem reichte die Speicherkapazität aus, um Simon zu zeigen, dass er sich nicht irrte.

»Ein großer Hut«, stellte er fest.

»Jawohl, Sir. Ich habe ihn zurückverfolgt bis zu dem Augenblick, an dem er im Bahnhof von Kuranda aus dem Zug gestiegen ist. Er trägt den Hut die ganze Zeit über und sieht nicht ein einziges Mal nach oben.«

»Was ist mit dem anderen? Dem Mann, mit dem er sich getroffen hat?«

»Das gleiche Problem.« Das Bild wechselte, und der Zeitindex sprang acht Minuten zurück. Jetzt war ein vierradgetriebener Jeep zu sehen, der hinter der Bar einparkte. Jemand stieg aus und betrat das Lokal.

»Offensichtlich gibt es reißenden Absatz für diese Hüte«, murmelte Simon. Er beugte sich vor. »Ist das einer von unseren Jeeps?«

»Ja, Sir«, sagte Adul schwer. »Skyscan hat die Nummer identifiziert: 5897ADL96. Nach dem Inventarverzeichnis des Transportpools hat der Wagen den ganzen Nachmittag in der Basis gestanden. Trotzdem konnte ich mit Hilfe von Skyscan verfolgen, wie er von der Basis losgefahren und wieder zurückgekehrt ist. Sowohl bei der Abfahrt als auch bei der Rückkehr hat er Tor zwölf benutzt. Ich habe die exakten Zeiten. Keinerlei Aufzeichnungen im Logbuch des Tors.«

»Wird das Tor E-Alpha bewacht?«, fragte Simon scharf.

»Nein, Sir. Auch der Transportpool nicht. Doch es gibt eine Sicherheitsverschlüsselung der Stufe drei.«

»Dann sind sie also wirklich gut.« Simon nickte anerkennend in Richtung der holographischen Scheibe. »Jede Wette, dass es Ihnen nicht gelingt, den Amokschützen beim Besteigen des Zuges in Cairns zu beobachten oder beim Verlassen des Skycable-Terminals.«

»Meine AS arbeitet daran.«

Simon löschte das Bild vom Display und schwenkte mit seinem Sessel herum, bis er auf die Fenster sehen konnte. Die beeindruckenden Sonnenstrahlen waren hinter den Hügeln verschwunden. Die scharf umrissenen Silhouetten verblassten zusehends vor dem dunkler werdenden Hintergrund des Himmels. »Sie wissen genau, wie man Skyscan entgeht, und sie sind fähig, sich Ausrüstungsgegenstände aus der Basis zu beschaffen, ohne eine Spur zu hinterlassen. Das bedeutet, es handelt sich entweder um Offiziere mit hohen Sicherheitsberechtigungen oder sehr erfahrene Squaddies, die das System in- und auswendig kennen. Diese Kellnerin meinte, die beiden wären Squaddies gewesen.«

»Das ergibt aber doch keinen Sinn, Sir. Warum sollten zwei Squaddies all die Mühe auf sich nehmen, um sich auf einen Drink zu treffen? Sie springen schließlich jede Nacht über den Zaun, um in die gottverdammte Stadt zu rennen!«

»Gute Frage. Offensichtlich waren sie der Meinung, dass der Aufwand gerechtfertigt ist.«

»Was soll ich jetzt tun?«

»Bleiben Sie dran an der Sache. Geben Sie nicht auf, wenn Skyscan keine weiteren Ergebnisse liefert. Oh, und bleiben Sie mit der guten Captain Finemore in Verbindung. Ich bezweifle, dass sie irgendetwas

herausfindet, aber man kann nie wissen. Vielleicht gibt es ein Wunder.«
»Also kommen sie ungeschoren davon.«
»Womit auch immer, ja, sieht ganz danach aus.«

Kapitel zwei

In der Nacht hatte es ununterbrochen geregnet. Die Steinplatten auf den Straßen von Memu Bay waren nass und schlüpfrig am frühen Morgen. Als die tropische Sonne über dem Meer aufging, begannen die blassen Steine zu dampfen und die Luftfeuchtigkeit in unerträgliche Höhen zu treiben. Doch gegen Nachmittag hatte sich alles verflüchtigt, und zurück blieb eine süße Klarheit in der Luft.

Denise Ebourn ging mit den Kindern nach draußen, um den Rest des Tages zu genießen. Das Gebäude der Vorschule war zu den Seiten hin offen; das rote Schieferdach wurde von hohen Säulen aus Ziegelstein getragen. Zahlreiche Schlingpflanzen wanden sich daran empor und verstopften die Dachrinnen mit Kaskaden purpurner und dunkelroter Blüten. Unter dem Dach war es recht angenehm, doch genau wie ihre kleinen Schützlinge wollte Denise draußen sein und die Freiheit genießen.

Sie rannten durch den von Mauern umsäumten Garten, tanzten und sprangen und schrieen und tobten voller Energie. Denise wanderte zwischen den Schaukeln und Rutschen umher und achtete darauf, dass sich keines der Kinder zu sehr verausgabte oder ein anderes zu etwas Gefährlichem anstiftete. Nachdem sie sich überzeugt hatte, dass sich alle so gut benahmen, wie man das von Fünfjährigen erwarten konnte, legte sie die Arme auf die brusthohe Mauer, atmete tief durch und blickte hinaus auf die kleine Stadt.

Memu Bay lag zum größten Teil in einer halbrunden Bucht aus Schwemmland am Ende eines Gebirgszugs, ein perfekter natürlicher Schutzhafen. Die vornehmeren Häuser befanden sich an den sanft geschwungenen Hängen – römische Villen und spanisch-kalifornische Haziendas mit weitläufigen Gartenterrassen. Hier und da glitzerte ein türkisfarbener Swimmingpool zwischen Reihen aus hohen Pappeln und kunstvollen Rosenspalieren, die weite Sonnenterrassen umgaben. Der größte Teil des Stadtgebiets erstreckte sich jedoch unten an der Basis der Berge. Wie alle von Menschen errichteten Städte hatte auch Memu Bay breite, von Bäumen gesäumte Boulevards, die sich quer durch das Zentrum zogen und in den Vorstädten in ein Netz kleinerer Straßen verzweigten. Apartmentblocks und kommerzielle Gebäude waren ausnahmslos weiß gestrichen, blendend und grell in der nachmittäglichen Sonne. Die dunklen Rauchglasfenster wirkten wie schwarze Risse in der Raumzeit. Auf den Balkonen wucherten Topfpflanzen. Auf den Flachdächern drehten sich segelartige Solarpaneele träge in den Wind und warfen lange Schatten über die silbernen gerippten Kühlbleche der Klimaanlagen darunter. Mehrere Parks durchbrachen die schmerzhafte Grellheit der Stadt, üppig grüne Oasen inmitten eines Ozeans aus Weiß mit Teichen und Springbrunnen, die in der Sonne glitzerten.

Denise fand die Farbe der terrestrischen Vegetation stets ein wenig sonderbar, paradox unnatürlich. Wenn sie landeinwärts blickte, erkannte sie vor den großen Bergketten in der Ferne die Grenze, gerade eben sichtbar. Irdisches Gras hatte sich bis zum Rand der mit Gammastrahlung sterilisierten Zone ausgebreitet. Dahinter erstreckte sich die einheimische Vegetation Thallsprings, so weit das Auge reichte. Sie besaß eine vertrautere Farbe, ein Blau-Grün, mit dickeren Blättern und glänzenden Stängeln.

Denise war im Hinterland von Thallspring aufgewachsen, in Arnoon Province, wo die menschliche Kolonisation keine sichtbaren Auswirkungen auf die einheimische Flora hatte. Siedler flüchteten vor den Einschränkungen der städtischen Gegenden in neue, unerforschte Gebiete, wie es an jeder menschlichen Grenze der Fall ist. Sie lebten inmitten der fremdartigen Schönheit, wo die Vegetation für den Unvorsichtigen gefährlich werden konnte. Die Flora Thallsprings brachte nicht die Sorte Proteine hervor, die Menschen oder Tiere von der Erde verdauen konnten. Allerdings wuchs in den Hochlandwäldern von Arnoon Willow-Web, und die Siedler ernteten sie. Richtig versponnen ergab sie eine seidenartige Wolle, die von den Stadtbewohnern geschätzt wurde. Es war keine besonders profitable Arbeit, doch sie gestattete den Siedlern, ihre Unabhängigkeit und die lockere Gemeinschaft zu erhalten. Sie waren ein stilles Völkchen, deren erwähltes Leben Denise eine glückliche Kindheit und eine ausgezeichnete Ausbildung ermöglicht hatte, wie es nur eine raumfahrende Spezies kann, während sie zugleich fest verwurzelt bleibt in ihrer adoptierten Welt.

Es war ein sicheres, behütetes Leben gewesen – bis zu jenem Tag, an dem die Eroberer landeten.

Lautes Kinderlachen riss sie aus ihren Gedanken.

Hinter ihr drängten sich mehrere Jungen und Mädchen und schoben Melanie nach vorne. Immer war es Melanie, die Mutigste von ihnen allen, die einzige, die keine Ermunterung brauchte. Eine natürliche Anführerin, ein bisschen wie ihr Vater, der Bürgermeister, dachte Denise. Das kleine Mädchen zupfte an ihrem Rock und lachte fröhlich. »Bitte, Miss!«, bettelte die Kleine. »Eine Geschichte! Erzähl uns eine Geschichte!«

Denise legte die Hand an den Hals und tat überrascht. »Eine Geschichte?«

»Ja, ja!«, erschallte es im Kreis.

»*Bitte, bitte!*«, bettelte Melanie mit hoher Stimme. »Also schön«, lenkte Denise ein und tätschelte Melanies Kopf, während die anderen in lauten Jubel ausbrachen. Zuerst hatte Mrs. Potchansky Zweifel gehabt, ob sie Denise für die Schule einstellen sollte. So jung, kaum über Zwanzig, und auch noch im Hinterland aufgewachsen. Ihre Zertifikate waren einwandfrei, aber ... Mrs. Potchansky hatte ein paar sehr veraltete Vorstellungen von Sitte und Anstand und die *richtige Art*, etwas zu tun, Vorstellungen, von denen man in Arnoon Province wahrscheinlich noch niemals etwas gehört hatte. Mit kühlem Zögern hatte sie sich schließlich einverstanden erklärt, Denise eine Probezeit einzuräumen – immerhin schickten eine Menge *sehr bedeutsamer* Leute ihre Kinder in die Vorschule.

Das war nun ein Jahr her. Denise war in der Zwischenzeit sogar sonntags zum Mittagessen bei Mrs. Potchansky und ihrer Familie eingeladen gewesen. Viel höher ging die gesellschaftliche Anerkennung in Memu Bay nicht.

Denise nahm auf einer der Holzschaukeln Platz und schlang die Arme um die Ketten, während sie die Sandalen abstreifte. Die Kinder setzten sich erwartungsvoll vor ihr ins Gras.

»Ich werde euch die Geschichte von Mozark und Endolyn erzählen, die vor langer, langer Zeit lebten, in den frühen Tagen der Milchstraße.«

»Bevor das Schwarze Herz zu schlagen angefangen hat?«, rief einer der Jungen.

»Etwa um die Zeit, als es damit anfing«, sagte sie. Viele Male hatte sie den Kindern vom Schwarzen Herzen der Milchstraße erzählt und wie es Sterne und Materie auffraß, ganz gleich, was das Ring-Imperium tat, um es aufzuhalten, und jedes Mal kreischten und schrieen sie vor Furcht. »Diese Geschichte spielt zu der Zeit, als das Ring-Imperium den Zenit seiner Macht erreicht hatte. Es bestand aus Tausenden unterschiedlicher Königreiche, die alle in Frieden und Harmonie miteinander lebten. Die Leute lebten auf Sternen, die das Zentrum der Milchstraße umkreisten, Milliarden und Abermilliarden von ihnen, glücklich und zufrieden. Sie hatten Maschinen, die ihnen alles gaben, was sie sich wünschten, und die meisten wurden Tausende von Jahren alt. Es war eine wunderbare Zeit, und Mozark war ganz besonders glücklich, weil er als Prinz eines der größten Königreiche geboren worden war.«

Jedzella streckte die Hand in die Höhe und schnippte mit den Fingern. »Waren sie Leute wie wir?«

»Ihre Körper sahen anders aus«, erklärte Denise. »Einige der Rassen, die Mitglied des Ring-Imperiums waren, besaßen Beine und Arme wie wir, andere hatten Flügel, manche hatten vier Beine oder sechs oder zehn, manche hatten Tentakel, manche waren Fische, und manche waren so groß und furchtbar anzusehen, dass wir beide auf der Stelle weglaufen würden, wenn wir sie sähen. Aber wonach beurteilen wir andere Leute?«

»Nach dem, was sie sagen und tun!«, riefen die Kinder fröhlich im Chor. »Nicht nach dem, wie sie aussehen!«

»Das ist richtig. Doch Mozark entstammte einer Rasse, die ein wenig aussah wie wir Menschen. Er hatte vier Arme und Augen ringsum am Kopf, sodass er in jede Richtung zugleich sehen konnte. Seine Haut war von einem hellen Grün und härter als unsere, wie Leder. Und er war kleiner. Doch abgesehen davon dachte er wie wir, ging zur Schule, als er größer wurde, und spielte Spiele. Er war freundlich und nett und besaß all die Qualitäten, die ein Prinz haben sollte, wie Weisheit und Bedacht. Und alle Leute im Königreich dachten, welch ein großes Glück sie hatten mit ihrem Prinzen, der so offensichtlich ein guter Herrscher sein würde. Als der Prinz nun älter wurde, lernte er Endoliyn kennen, und sie war das schönste Mädchen, das er jemals gesehen hatte. Er verliebte sich auf den ersten Blick in sie.«

Die Kinder seufzten und lächelten.

»War sie eine Prinzessin?«

»War sie arm?«

»Haben sie geheiratet?«

»Nein«, antwortete Denise. »Sie war keine Prinzessin, doch sie war ein Mitglied von dem, was wir den Adel nennen. Und er bat sie, ihn zu heiraten. An diesem Punkt fängt unsere Geschichte an. Denn als er sie fragte, sagte sie nicht ja oder nein, sondern sie stellte ihm eine Gegenfrage. Sie wollte wissen, was er mit seinem Königreich machen würde, wenn er erst König war. Versteht ihr, obwohl es ihr sehr gut ging und sie große Reichtümer und viele Freunde besaß, sorgte sie sich darum, was ihr Leben ausfüllen und wie sie es verbringen würde. Und so antwortete Mozark, dass er regieren würde, so gut er konnte, dass er gerecht sein wollte und auf das hören, was seine Untertanen wollten, und dass er sie nie im Stich lassen würde. Was eine sehr vernünftige Antwort ist, doch sie reichte Endoliyn nicht. Sie hatte alles gesehen, was das Königreich besaß, all die fabelhaften Schätze und all das Wissen, und es machte sie sehr, sehr traurig.«

»Warum denn?«, fragten alle überrascht.

»Weil jeder im Königreich die gleichen Dinge sah, die gleichen Dinge tat und mit den gleichen Dingen glücklich war. Es gab niemals Unterschiede und niemals jemanden, der anders war. Wenn man alles weiß und alles hat, dann gibt es nichts Neues mehr. Und das ist es, was Endoliyn traurig machte. Sie sagte Mozark, dass sie einen König wollte, der stark und stolz war und der sein Volk führte, und niemanden, der einfach mitlief und versuchte, es jedes Mal allen recht zu machen, denn niemand kann so etwas, und am Ende hat man immer nur alle verärgert.« »Wie unhöflich!«, erklärte Melanie. »Wenn mich ein Prinz bitten würde, ihn zu heiraten, würde ich auf der Stelle ja sagen!«

»Was für ein Prinz?«, schnaubte Edmund.

»Irgendein Prinz. Und das bedeutet, dass ich eine richtige Prinzessin werde und du dich vor mir verbeugen musst, wenn ich vorbeigehe.«

»Tu ich nicht!«

Denise klatschte in die Hände, und alles wurde still. »So war es in diesem Königreich nicht, Prinz und Prinzessin zu sein. Es war kein mittelalterliches Königreich wie auf der Erde, mit Baronen und Rittern. Die Adligen des Ring-Imperiums mussten sich den Respekt verdienen, den die Menschen ihnen entgegenbrachten.«

»Aber ...«, regte sich Edmund auf.

»Was wurde mit Mozark?«, fragte Jedzella besorgt. »Hat er Endoliyn nun geheiratet oder nicht?«

»Nun, Mozark war schrecklich enttäuscht, dass sie nicht gleich ja gesagt hatte. Doch weil er weise und stark war, beschloss er, sich ihrer Herausforderung zu stellen. Er würde etwas finden, das sie inspirieren konnte, etwas, dem er sein Leben widmen könnte und das jedermann im Königreich zugute kommen würde. Er ließ ein großes Raumschiff bauen, um damit im Ring-Imperium umherzureisen und all seine Wunder zu besichtigen, in der Hoffnung, dass eines so anders war, dass seine Leute dafür ihr Leben änderten. Das gesamte Königreich bewunderte Mozarks Schiff und seinen kühnen Plan, denn selbst in jenen Zeiten unternahmen nur wenige Leute weite Reisen. Mozark versammelte seine Mannschaft um sich herum, die stolzesten und tapfersten unter den Edelleuten des Königreiches, und verabschiedete sich von Endoliyn. Das wunderbare Raumschiff startete in einen Sternenhimmel hinauf, wie wir ihn wohl niemals sehen werden, denn auf der einen Seite befand sich das Zentrum der Galaxis mit einer Million hell leuchtender Gasriesen, und auf der anderen lag der Ring selbst, ein schmales goldenes Band aus Licht, das von einem Horizont zum anderen reichte. Sie flogen von einem Stern zum anderen, weiter und weiter, ohne je das Ring-Imperium zu verlassen, bis sie in Gegenden kamen, wo der Name ihres eigenen Königreiches nichts als ein Name war. Und dort endlich fanden sie das erste Wunder.«

»Was denn?«, kreischte einer der Jungen. Seine Freunde brachten ihn schnell wieder zum Schweigen.

»Der wirkliche Name des Planeten war seit Jahrhunderten in Vergessenheit geraten. Er hieß überall nur noch ›Die Stadt‹. Ein Ort, der für Mozark genau so geheimnisvoll war wie sein Königreich für die Bewohner der Stadt. Die Leute, die dort lebten, waren ganz und gar mit der Erschaffung der wunderschönsten Gebäude beschäftigt, die man nur bauen konnte. Sie alle lebten in Palästen mit eigenen Parks und Flüssen und Seen, und ihre öffentlichen Gebäude waren so majestätisch wie Berge. Das ist der Grund, warum ihre Welt ›Die Stadt‹ genannt wurde – weil jedes Haus so groß und wunderbar war und auf seinem eigenen gewaltigen Grundstück stand, dass sie sich über die gesamte Oberfläche ausgebreitet hatten, von den Wüsten bis zu den Polkappen, nirgendwo gab es noch einen Flecken freies Land. Ihr mögt nun vielleicht sagen, das war kein Kunststück, weil das Ring-Imperium diese Maschinen besaß, mit denen man alles bauen konnte. Doch die Bewohner der Stadt wollten keine Maschinen, um ihre Häuser zu bauen. Sie glaubten, dass jede Person ihr Haus mit den eigenen Händen errichten sollte und dass man die wahrhafte Größe nur dann zu schätzen wüsste, wenn man alles selbst gemacht hätte.

Jedenfalls landeten Mozark und seine Besatzung auf dieser Welt und wanderten zwischen all den wunderbaren Bauwerken umher. Und obwohl sie nicht zur gleichen Spezies gehörten wie die Erbauer der Stadt, wussten sie die Großartigkeit dessen zu schätzen, was sie dort sahen. Türme erhoben sich wie Kathedralen kilometerhoch in den Himmel. Kristallröhren wanden sich an Bergen hinauf und beherbergten jede Pflanze, die in jeder Klimaregion des Planeten zu finden war. Sehr einfache Gebäude, exquisite, kunstvolle Gebäude, Gebäude, die mit der Landschaft zu verschmelzen schienen, so natürlich wirkten sie. Die Stadt hatte von allen etwas, Wunder, wohin das Auge sah. Mozark verbrachte viele Wochen dort, so überwältigt war er von allem, was er sah. Er glaubte, es sei die größte Errungenschaft, die irgendeine Spezies nur erreichen konnte. Jeder Bürger lebte in Luxus und war von Schönheit umgeben. Doch schließlich rief er seine Besatzung auf das Schiff zurück und sagte, dass die Stadt trotz aller Pracht für das Königreich nicht als Vorbild dienen konnte. Sie verließen den Ort und setzten ihre Reise fort.«

»Warum?«, fragten die Kinder.

»Erstens, weil die Stadt bereits existierte«, erklärte Denise. »Und zweitens, weil Mozark nach einer Weile erkannt hatte, was für eine Torheit alles war. Die Bewohner der Stadt taten nichts, außer ihre Gebäude zu erhalten. Einige Familien lebten seit zwanzig oder dreißig Generationen im gleichen Haus. Sie bauten an, bauten um, doch den Kern veränderten sie niemals, die Essenz, die sie zu dem machte, was sie waren. Fremde waren die Einzigen, die ein wirkliches Interesse an der Stadt zeigten. Andere Wesen, die von überall aus dem Ring-Imperium herbeigeströmt kamen, um die Stadt zu bewundern und über ihre Bedeutung zu sprechen. Die Stadt war wunderbar, doch sie war auch dekadent. Sie zelebrierte die Vergangenheit, nicht die Zukunft. Sie war alles, dem Endoliyn so sehnlich zu entkommen trachtete. Und so blieb auch Mozark keine andere Wahl. Er musste weiter.«

»Wohin ist er dann gegangen?«
»Was ist als Nächstes passiert?«

Denise sah auf ihre antike Uhr. Es war eine Männeruhr, groß und massig an ihrem dünnen Handgelenk, und ihr Großvater hatte den Quarz sorgsam eingeregelt, sodass er mit dem Fünfundzwanzigeinhalb-Stunden-Tag von Thallspring synchron lief. »Ihr werdet euch bis morgen gedulden müssen, um mehr zu erfahren«, sagte sie.

Lautes Stöhnen und Buh-Rufe folgten auf ihre Ankündigung.

»Ihr wusstet das ganz genau!«, protestierte sie und tat, als sei sie erstaunt. »Das Ring-Imperium ist gewaltig, und Mozark erlebte Unmengen von Abenteuern auf seiner Reise. Ich würde Wochen benötigen, um sie alle zu erzählen. Für heute ist Schluss. Legt die Spielsachen in die Kisten zurück, bevor ihr geht. In die richtigen Kisten!«

Ein wenig besänftigt wegen der Aussicht auf weitere Geschichten aus dem Ring-Imperium wanderten sie über das Gras in das Gebäude zurück und sammelten unterwegs die verstreuten Spielsachen auf.

»Sie haben ja so eine Phantasie, meine Liebe!«

Denise wandte sich um und bemerkte Mrs. Potchansky ein paar Meter hinter sich. Sie wirkte ein wenig besorgt.

»Ring-Imperien und kleine grüne Prinzen auf einer großen Reise, nein wirklich! Warum lesen Sie ihnen nicht einfach die Klassiker vor, wie Twain oder Tolkien?«

»Ich glaube nicht, dass sie heutzutage noch so bedeutsam sind.«

»Es ist so schade, wirklich. Sie mögen archaisch erscheinen, doch es sind wunderbare Geschichten. Ich habe den guten alten Bilbo Bentlin geliebt! Ich besitze sogar ein richtiges gebundenes Buch von Tolkien. *Der kleine Hobbit*; es wurde zu Tolkiens Zweihundertjahrfeier herausgegeben.«

Denise zögerte. »Die Geschichten, die ich erfinde, haben alle eine Moral.«

»Das ist mir aufgefallen. Obwohl ich glaube, dass ich die Einzige aus Ihrer Zuhörerschar bin. Sie sind äußerst subtil, meine Liebe.«

Denise grinste. »War das ein Kompliment?«

»Mehr eine Feststellung, denke ich.«

»Möchten Sie, dass ich aufhöre, den Kindern über das Ring-Imperium zu erzählen?«

»Um Himmels willen, nein!« Mrs. Potchansky schien aufrichtig überrascht. »Hören Sie, Denise, Sie wissen selbst, wie gut Sie den Kindern tun! Sie müssen bei mir nicht um Komplimente fischen. Ich mache mir lediglich Sorgen, dass Sie irgendwann in das Lager der Profis überwechseln und all diese farbenfrohen Gedanken geradewegs auf I-Media festhalten. Wie sollte ich Sie ersetzen?«

Denise legte der alten Lady die Hand auf den Arm.

»Ich werde Sie nicht verlassen. Es gefällt mir sehr gut hier. Was sollte sich je in Memu Bay ändern?« Die Worte schlüpften heraus, bevor sie es verhindern konnte.

Mrs. Potchansky blickte zu dem klaren, türkisfarbenen Himmel hinauf, und die Fältchen um ihre Augen vertieften sich in einem Ausbruch bitteren Grolls, der in seltsamem Kontrast zu ihrer vornehmen Erscheinung stand.

»Verzeihung«, sagte Denise hastig. Mrs. Potchansky hatte bei der letzten Invasion ihren Sohn verloren. Sie wusste kaum mehr als das Datum.

»Es ist schon gut, meine Liebe. Ich versuche immer zu sehen, wie wir heute leben. Es ist ein gutes Leben, das wir hier führen, besser als auf allen anderen besiedelten Welten. Das ist unsere Rache an ihnen. Sie können unsere Natur nicht zerstören, und sie brauchen uns so, wie wir sind. Ich genieße die Ironie.«

In Augenblicken wie diesem hätte Denise am liebsten alles herausgeplappert, hätte der wunderbaren alten Dame am liebsten von all dem Hass und all den Plänen erzählt, die sie und die anderen mit nach Memu Bay gebracht hatten. Stattdessen umarmte sie Mrs. Potchansky herzlich. »Sie werden uns nicht schlagen. Niemals, das verspreche ich Ihnen.«

Mrs. Potchansky tätschelte Denises Rücken. »Danke, Liebes. Ich bin ja so froh, dass Sie den Weg zu unserer Schule gefunden haben.«

Wie üblich wurden einige der Kinder erst spät abgeholt. Der alte Mr. Anders kam, um seinen Enkel mitzunehmen. Francine Hazledine, die fünfzehnjährige

Tochter des Bürgermeisters, sammelte ihre kleine Schwester ein, und beide lachten glücklich bei ihrem Wiedersehen. Peter Crowther winkte seinen Sohn nervös in eine große Limousine. Denise kümmerte sich im Klassenzimmer um die übrigen Kinder und gab ihnen große Media Pads, auf denen sie mit den Fingern malen konnten, während sie warteten.

Als das letzte Kind gegangen war, brauchte sie eine Viertelstunde, um alles für den nächsten Tag vorzubereiten. Sie löschte die psychedelischen Muster von den Media Pads, sortierte Spielsachen in die richtigen Kisten, stellte die Stühle zurück an die Tische und pumpte neue Luft in die undichte Jelfoam-Matratze, die Einzige, die es im Haus gab. Mrs. Potchansky kam herein, bevor sie alles Geschirr und Besteck in die Spülmaschine geräumt hatte, und sagte, dass sie den Rest erledigen würde. Denise sollte in die Stadt gehen und den schönen Tag genießen. Die alte Lady hatte noch nicht gefragt, ob Denise endlich einen Freund gefunden hatte, doch es würde nicht mehr lange dauern – die Frage kam alle drei Wochen aufs Neue, zusammen mit hilfreich gemeinten Ratschlägen, wo nette junge Männer zu finden wären. Denise geriet jedes Mal in Verlegenheit und hatte Mühe, Mrs. Potchansky von diesem Thema abzulenken. Manchmal fühlte sie sich, als wäre sie noch zu Hause und müsste sich vor ihrer Mutter rechtfertigen.

Die Schule lag ein paar Kilometer landeinwärts, daher war der Weg hinunter in die Marina leicht. An verregneten Tagen nahm sie die Trams, die auf den größeren Boulevards verkehrten, doch an diesem Nachmittag schien die Sonne immer noch von einem wolkenlosen Himmel herab. Denise wanderte den

Bürgersteig entlang und achtete darauf, unter den weit ausladenden Vordächern der Geschäfte zu bleiben. Sie trug nur ein dünnes Kleid, und die Sonne war um halb vier nachmittags immer noch stark genug, um gefährlich zu werden. Der Weg war einigermaßen vertraut, und sie traf unterwegs mehrere Bekannte, die sie mit freundlichem Kopfnicken grüßte. Es war so anders als an ihren ersten Tagen in der Stadt, als sie jedes Mal zusammengezuckt war, wenn ein Wagen mit quietschenden Bremsen anhielt, und als sie beim Anblick von mehr als fünf Menschen auf einem Haufen klaustrophobische Zustände bekommen hatte. Sie hatte mehr als zwei Wochen benötigt, nur um sich daran zu gewöhnen, mit Freunden in einem der zahlreichen Cafés oder Restaurants von Memu Bay zu sitzen.

Selbst jetzt noch hatte sie sich nicht an den Anblick von Dreiecksbeziehungen auf der Straße gewöhnt, auch wenn sie sich bemühte, die Leute nicht offen anzustarren. Memu Bay war stolz auf seine liberale Tradition, die bis 2160 zurückreichte, das Jahr der Gründung. Die Stadtväter waren von der überbevölkerten Erde weggegangen, wo sie sich in ihrer persönlichen Freiheit unerträglich beschnitten gesehen hatten, fest entschlossen, auf ihrer neuen Welt eine entspanntere, aufgeklärtere Gesellschaft zu errichten. In den Anfangstagen hatten die Menschen in Kommunen zusammengelebt, gebildet aus den Belegschaften der jeweiligen industriellen Unternehmungen. Nach und nach war dieser sanfte Radikalismus von der Wirklichkeit ausgehöhlt und waren kollektive Schlafsäle in immer kleinere individuelle Apartments umgewandelt worden. Anteile waren ausgegeben und gehandelt worden, um neue Gelder für die Expansion der Fabrikanlagen zu sammeln. Das Überbleibsel aus jener Epoche früher gesellschaftlicher Experimente waren die Dreiehen, deren Beliebtheit anhielt, lange nachdem anderer Hippie-Chic seine Anziehungskraft verloren hatte. Doch selbst Dreiehen waren nicht mehr so populär wie einst – spätestens, wenn die Partner ein mittleres Alter erreicht hatten, das unausweichlich von Hypothekenzahlungen, morgendlichen Schulfahrten und häuslichen Ansprüchen mitsamt den dazugehörigen Auseinandersetzungen begleitet war. Scheidungen von Dreiehen verliefen in der Regel bitter und hinterließen verstörte Kinder, die sich blind schworen, niemals die Fehler ihrer Eltern zu wiederholen. Heutzutage waren weniger als ein Viertel aller Eheschließungen Dreiehen, und die meisten davon wurden zwischen einem Mann und zwei Frauen geschlossen. Homosexuelle Dreiehen waren noch viel seltener.

Der Verkehr ließ ein wenig nach, als Denise den Livingstone District hinter der Strandpromenade erreichte; die Straßen hier waren enger und verstopft mit Fahrrädern und Rollern. Dies war die Einkaufszone der Stadt, wo kleine schrullige Läden sich mit Clubs, Bars und Hotels abwechselten. Dies war auch die Gegend, wo sich die Touristen drängten; daher hatten die Stadtplaner dem Viertel das Aussehen einer alten südländischen Stadt verliehen. Kleine Fenster und schmale Balkone säumten Plätze voller Straßencafés im Schatten von Zitrusbäumen. Zuerst hatte Denise sich nicht zurechtgefunden; die Straßen waren ihr wie ein kompliziertes Labyrinth erschienen. Heute bewegte sie sich durch das Gewühl wie eine Einheimische. Die Marina selbst war voll mit

Segelyachten und Sportbooten. Ein Stück weiter die Küste hinauf jagten Jetski und Windsurfer durch die Brandung und kurvten fluchend umeinander. Kleine Passagierboote brachten Taucher und Schnorchler nach einem Tag zwischen den Riffs wieder zurück nach Hause. Draußen am Horizont waren mehrere Inseln des Archipels zu sehen, winzige Kegel einheimischer Korallen mit einem Gewirr terrestrischer tropischer Vegetation. Sie sahen phantastisch aus, kleine paradiesische Flecken, verstreut auf einem fremdartigen Ozean. Die Gammastrahlung hatte die Korallen bis in eine Tiefe von drei Metern unter dem Wasserspiegel abgetötet, und Bautrupps waren nach draußen gefahren, um die Inseln mit einer Kappe aus Beton zu überziehen und auf diese Weise daran zu hindern, auseinander zu brechen. Der Sand für die wunderbaren Strände war mühselig aus den umliegenden Lagunen herbeigeschafft worden, und Entsalzungsanlagen versorgten die Vegetation durch ein unterirdisches Bewässerungssystem, alles zum Wohl der Touristen. Die lebenden Korallen in größeren Wassertiefen waren atemberaubend und zogen jedes Jahr Tausende von Besuchern an, während die Marina eine Hauptattraktion für die Wassersportbegeisterten bildete. Die vielfältigen sportlichen Möglichkeiten zusammen mit dem lockeren Lebensstil machten Memu Bay zu einem unwiderstehlichen Magneten für die jüngere Bevölkerung von Thallspring, die außerhalb der Metropole und anderer nüchterner Städte nach Abwechslung suchte.

Das Junk Buoy lag direkt an der Strandpromenade. Touristen auf dem Weg zurück zu ihren Hotels und Apartments verkehrten hier. Es war kein besonders schicker oder exklusiver Laden, doch hier trafen sich nach Feierabend Tauch- und Bootslehrer aus der Marina, was dem Junk Buoy zu einem außerordentlichen Prestige verhalf. Es gab eine große, überdachte Außenterrasse, wo die Touristen sitzen und zusehen konnten, wie die Sonne hinter dem Vanga-Peak versank, während sie Cocktails mit fantasievollen Namen aus geeisten Gläsern tranken.

Denise schob ihre Sonnenbrille in die Stirn hinauf, als sie das Lokal betrat. Mehrere junge Männer beobachteten, wie sie den Raum durchquerte, und lächelten sie an in der Hoffnung, dass sie zu ihnen an den Tisch kam. Denise ignorierte die einladenden Gesten und marschierte geradewegs in den hinteren Teil des Ladens, wo ihre Kameraden warteten. Die allabendliche Fleischbeschau hatte bereits begonnen. Touristen in Badekleidung oder mit eng sitzenden T-Shirts begutachteten sich mit neugierigen Blicken. Mehr als die Hälfte von ihnen trug PSA-Armbänder, in denen ihre sexuellen Vorlieben einprogrammiert waren. Einige glänzten golden und auffällig wie Talismane, andere waren schwarz und unauffällig, und wiederum andere hatten den Chip einfach in ihrer Armbanduhr eingebaut. Die Geräte sandten ein unaufdringliches Kitzeln in das Handgelenk, wenn jemand mit dem gleichen PSA näher als zehn Meter herankam. Dann verstummten jedes Mal die Unterhaltungen, während aufgeregt richtungsanzeigende Displays überprüft wurden.

Denise war sich bewusst, dass einige Armbandträger ihre Displays daraufhin untersuchten, ob der Richtungsanzeiger auf sie deutete, auch wenn sie kein Armband trug. Mit flüchtigen sexuellen Begegnungen konnte sie ja noch leben – nicht, dass sie je selbst eine eingehen würde. Doch die unpersönliche Kälte des PSA-Systems stieß sie ab. Sie nahm den Menschen all das, was eigentlich das Schönste an einer Beziehung hätte sein sollen, das Entdecken eines anderen Menschen.

Raymond Jang und Josep Raichura saßen auf ihrem üblichen Platz. Und wie gewohnt hatten sie zwei Mädchen bei sich, jung und leicht zu beeindrucken, in Badeanzügen und Sarongs. Ray und Josep benötigten keine PSA-Armbänder. Für sie war dieser Teil der Mission wie ein Geschenk des Himmels. Als sie in Memu Bay eingetroffen waren, hatten beide einen Job als Tauchlehrer bei einer der großen Freizeitgesellschaften angenommen, was sie in täglichen Kontakt mit einer ganzen Schar junger Frauen brachte. Tauchlehrer waren ausnahmslos schlank und fit, doch Ray und Josep verfügten über eine perfekte Physis, und ihre Haut war goldbraun gebrannt. Denise musste angestrengt nachdenken, um in den beiden die ungeschickten kleinen Jungen zu erkennen, mit denen sie in Arnoon aufgewachsen war, einer ganz dürr und schlaksig, der andere ein richtiger Stubenhocker, der kaum jemals vor die Tür ging. Heute wirkten die beiden Schlaffis wie Magneten auf die Mädchen, und sie genossen jede einzelne Sekunde ihres Hierseins. Besser noch, ein Teil ihres Auftrags lautete, Freundschaften zu schließen. Es war ein wichtiger Bestandteil der nächsten Stufe des Plans.

Die vier amüsierten sich so großartig miteinander, dass Denise fast Gewissensbisse spürte, weil sie das Quartett stören musste. Sie räusperte sich vernehmlich, um ihre Aufmerksamkeit zu erwecken. Die beiden Mädchen sahen hoch und musterten sie mit feindseligen Blicken, während sie herauszufinden versuchten, ob Denise eine Konkurrentin war oder nicht. Sie kamen zu dem Ergebnis, dass sie ungefährlich sein musste – sie war genauso alt wie die beiden Jungen und besaß die geschmeidige, sportliche Figur, die eigentlich nur bedeuten konnte, dass sie eine Kollegin der beiden war. Darüber hinaus verriet ihr ungeduldiger Gesichtsausdruck, dass sie nicht zum Vergnügen gekommen war.

»Hallo«, sagte eines der Mädchen mit erhobener Stimme. »Waren wir in einem früheren Leben vielleicht Freundinnen?«

Denise war um eine schlagfertige Antwort verlegen. Die Brüste des Mädchens waren so gewaltig, dass Denise zum ersten Mal eine Andeutung dieses höchst ärgerlichen Reflexes spürte, der allen Männern zu eigen war. Sie war doch noch viel zu jung für eine viral geschriebene Vergrößerung?

»Hi, Denise.« Ray stand auf und gab ihr einen brüderlichen Kuss auf die Wange. »Mädels, das ist unsere Mitbewohnerin, Denise.«

Die beiden jungen Frauen warfen sich schweigende Blicke zu und sagten schließlich widerwillig: »Oh. Hallo, Denise.«

»Wir müssen rasch ein paar Worte mit Denise wechseln«, sagte Josep. Er gab seinem Mädchen einen flüchtigen Klaps auf den Hintern. »Dauert nur eine Minute, dann sind wir wieder zurück und können überlegen, wo wir heute Abend essen gehen.«

Das Mädchen leckte etwas Salz vom Rand seines Margaritaglases. »Ja, gerne.« Sie ging mit ihrer Freundin davon, und beide flüsterten miteinander. Hin und wieder warfen sie scheue Blicke nach hinten zu den Jungen.

»Ihr arbeitet hart, wie ich sehe«, sagte Denise mit einem schiefen Grinsen. Jedes Mal, wenn sie die beiden mit neuen Mädchen traf, sagte sie sich, dass es sie nichts anging. Und jedes Mal aufs Neue sprudelte ihre Missbilligung aus ihr hervor.

Ray grinste. »Wir befolgen nur unsere Befehle.«

Denise schluckte ihr Unbehagen herunter und setzte sich auf einen der Stühle. Die Tische ringsum waren frei, und aus den Lautsprechern klang melodische Gitarrenmusik. Nicht, dass sie von der Polizei überwacht wurden oder die Ordnungskräfte auch nur etwas von ihrer Existenz ahnten, doch einfache Vorsichtsmaßnahmen konnten später eine Menge unnötiger Probleme ersparen. »Heute ist alles ruhig«, sagte sie leise. »Das Prime hat keinerlei verschlüsselte Signale im Spacecom-Netz entdeckt.«

»Sie werden trotzdem kommen«, sagte Josep.

Er klang verständnisvoll, ganz ähnlich dem alten Josep. Er schien ihre Frustration bemerkt zu haben; er war stets der emotional empfänglichere der beiden gewesen. Sie lächelte ihm verhalten dankend zu. Er besaß ein breites Gesicht mit hohen Wangenknochen und hübschen braunen Augen. Sein dichter blonder Haarschopf wurde von einem dünnen Lederband aus der Stirn gehalten – das Geschenk einer seiner vielen früheren Freundinnen. Raymond war vom Typ das genaue Gegenteil. Sein Gesicht war rund, die Nase schmal, das dunkle Haar kurz geschoren. Sie sah von einem zum anderen. Raymond trug nichts weiter als eine alte grüne Shorts, und Joseps Hemd stand vorne offen. Ihre Körper waren die von Zwillingen. Sie fragte sich, ob es den Mädchen auffiel, mit denen sie das Bett teilten.

»Ich weiß.« Sie verdrängte ihre abschweifenden Gedanken. »Irgendetwas Neues von eurer Seite?«

»Offen gestanden – ja«, sagte Ray. Er deutete auf die beiden Mädchen. »Sally kommt aus Durrell. Sie geht dort zum College und studiert Geologie.«

»Gut, das klingt viel versprechend.«

»Außerdem haben wir einen möglichen Kontakt, der vielleicht überprüft werden sollte«, sagte Josep. »Sein Name lautet Gerard Parry. Er hat heute bei meinem einwöchigen Taucherlehrgang angefangen. Wir sind ins Reden gekommen. Er ist von hier, arbeitet oben bei Teterton Synthetics im Vertriebsmanagement.«

Die d-geschriebenen neuralen Zellen in Denises Gehirn verbanden sich mit dem Pearl-Ring an ihrem Zeigefinger. Das Prime-Programm lieferte eine kurze Zusammenfassung von Teterton, und vor ihrem geistigen Auge materialisierten die Details einer kleinen chemischen Produktionsfirma, die einheimische Nahrungsmittelhersteller mit speziellen Vitamin- und Proteinbeimischungen belieferte. »Wie klang er? Steht er auf unserer Seite?«

»Das herauszufinden ist deine Aufgabe. Aber ein Kontaktmann dort könnte sehr nützlich werden. Uns fehlen immer noch einige Substanzen.«

»In Ordnung. Wie kann ich ihn treffen?«

»Wir haben ihm ein Blind Date versprochen. Heute Abend.«

»Du meine Güte!«, stöhnte sie. Ihr blieb kaum genug Zeit, um nach Hause zu gehen und sich umzuziehen.

»Er ist ein netter Kerl!«, protestierte Josep. »Ich finde ihn sympathisch. Empfindsam, fürsorglich, all das, worauf ihr Frauen steht.«

»Alles, wenn er nur nicht so ist wie du!«, giftete Denise zurück.

»Aua.« Er grinste. »Nun, hier ist deine Chance, es vorzeitig herauszufinden. Da kommt er.«

»Was?«

Ray stand auf und winkte fröhlich. Denise wandte sich um und sah einen Fremden herankommen. Mitte Dreißig, übergewichtig, mit dünner werdendem Haar. Er besaß das zurückhaltende Lächeln eines leidenschaftlichen Junggesellen, der verzweifelt zu verbergen trachtete, wie verzweifelt er nach einer Partnerin oder einem Partner suchte. Am rechten Handgelenk trug er ein breites, schwarz glänzendes PSA-Armband. Mehrere Mädchen in seiner Umgebung überprüften ihre richtungsanzeigenden Displays und sahen dann hastig weg.

Denise erhob sich, um ihn zu begrüßen, und ihr linker Absatz fand Joseps nackte Zehenspitzen.

Sie kehrte erst weit nach elf Uhr abends wieder nach Hause zurück. Zu diesem Zeitpunkt war ihr anfänglicher unterschwelliger Zorn längst einer stumpfen Gleichgültigkeit gegenüber der Welt gewichen. Sie wollte nur noch so schnell wie möglich ins Bett und den ganzen Abend vergessen.

Trotz seines Aussehens war Gerard Parry kein übler Mann. Er konnte eine Unterhaltung am Leben erhalten, wenigstens über einheimische Themen, und war bereit, anderen bis zu einem gewissen Punkt zuzuhören. Er kannte sogar ein paar Witze, auch wenn ihm die Nonchalance fehlte, sie richtig zu erzählen. Sie konnte sich vorstellen, wie er angestrengt versuchte, einen Witz zu behalten, den er im Büro gehört hatte.

Zu Beginn hatten sie zusammen mit Ray und Josep ein paar Drinks genommen, sehr zur Bestürzung der beiden Mädchen. Dann war das Thema auf das Abendessen gekommen, und Josep hatte es irgendwie fertiggebracht, dass sie sich trennten. Gerard hatte Denise in ein einigermaßen gutes Restaurant geführt, und sie hatte die Gelegenheit ausgenutzt, ihn über seine politischen Ansichten auszuhorchen. Von diesem Augenblick an war alles schief gelaufen.

Denise wusste nie, wie viel Schuld sie selbst an persönlichen Katastrophen wie dieser trug. Es war schon eigenartig, wenn man bedachte, mit welcher fast unfehlbaren Sicherheit es ihr immer wieder aufs Neue gelang, sich mit potentiellen Rekruten anzufreunden, die nicht ›männlich und partnerlos‹ waren. Sie stellte Gerard all die Fragen, auf die sie Antworten suchte, und war bemüht, auch andere Fragen zu stellen und Anteilnahme an seinem persönlichen Leben zu zeigen. Doch er kam recht schnell dahinter, dass sie nicht an einer länger währenden Beziehung interessiert war oder auch nur an einer kurzen, leidenschaftlichen Affäre. Männer merkten das bei ihr immer. Und immer endeten Abende wie dieser damit, dass sie gesagt bekam, sie sei zu kühl oder zu gefühlsbetont oder zu distanziert – zweimal war sie sogar verdächtigt worden, eine Lesbe zu sein.

Es störte sie weniger, dass sie niemals merkte, wann der Abend kippte. Was sie hasste, war die Tatsache, dass sie ihnen den Grund dafür nicht nennen durfte. Dass sie eine Aufgabe zu erfüllen hatte, die weit wichtiger war als ihre Bekanntschaften oder sie selbst. Es hätte ihr Verhalten gerechtfertigt. Doch sie würden es niemals erfahren. Für all diese Bekanntschaften war sie nur ein weiterer verschwendeter Abend.

Gerard Parry war recht schnell betrunken gewesen, besonders für einen Mann von seiner Statur. Die Unterhaltung verwandelte sich in einen bitteren Monolog. Er klagte darüber, dass Frauen niemals hinter sein Äußeres blickten, und stellte rhetorische Fragen, was sie und der Rest des weiblichen Universums überhaupt von einem Mann wollten. Während seiner weitschweifigen Reden gelang es ihm, ein halbvolles Glas Rotwein umzustoßen, und der Inhalt ergoss sich über den Tisch und ihren Schoß. Sie stand auf und ging ohne ein Wort. Der Kellner rief ihr ein Taxi.

Auf dem Rücksitz des AS-gesteuerten Fahrzeugs kämpfte sie gegen die Tränen, während draußen vor den Fenstern die lebendige Stadt vorüberzog. Innere Kraft war etwas, das man im Gegensatz zur Physis nicht installieren konnte. Innere Kraft musste sie selbst finden.

Das Prime-Programm in ihrem Pearl-Ring hatte die verschlüsselten Emissionen von Gerards PSA-Armband aufgezeichnet. Ein grober Bruch der Etikette; PSAs waren zum gegenseitigen Austausch gedacht. Sie überflog die Daten und zog ein gewisses Maß an Befriedigung aus der Erkenntnis, was für ein Ferkel der Kerl war. Es dämpfte ihr schlechtes Gewissen gehörig, dass sie ihn einfach jammernd vor seinem Wein hatte sitzen lassen.

Der Bungalow, den sie mit Ray und Josep teilte, lag in einer kleinen spröden Siedlung, die sich außerhalb des Stadtzentrums am Ufer des Nium River hinzog. Es bedeutete jeden Morgen und jeden Abend eine zwanzigminütige Fahrt mit der Tram, um zur Arbeit und wieder nach Hause zu kommen, doch die Miete war relativ günstig. Und nachts gab es regelmäßig genügend Wind vom Wasser her, um die Temperaturen im Haus einigermaßen kühl zu halten, vorausgesetzt, die großen Fenster standen offen. An den Außenwänden des Hauses wuchs Jasmin, und Unmengen dunkelroter Blüten verbreiteten ihren süßen Duft.

Denise betrat das Haus durch die Vordertür und ließ ihren kleinen Rucksack auf den Tisch im Flur fallen. Sie drückte sich mit dem Rücken gegen die Wand, reckte sich und atmete tief durch. Alles in allem ein wirklich bescheidener Tag.

Im Wohnzimmer brannte gedämpftes Licht. Sie spähte hinein und sah eines der beiden Mädchen aus dem Junk Buoy mit dem Gesicht nach unten auf dem Sofa liegen. Sie schnarchte auf die laute, unregelmäßige Weise der Volltrunkenen. Aus Joseps Schlafzimmer drangen Stimmen und Kichern und vertraute rhythmische Geräusche. Josep, Ray und das Mädchen mit den riesigen Brüsten brachten die Nähte der alten Jelfoam-Matratze an den Rand ihre Belastungsgrenze.

Kein Problem, dachte Denise, sobald ich erst auf meinem Zimmer bin und die Tür hinter mir geschlossen habe. Aus vergangenen Erfahrungen wusste sie, dass die Schallisolation einigermaßen funktionierte und sie in Ruhe einschlafen konnte. Dann blickte sie an sich hinunter und bemerkte den großen Rotweinfleck. Das Kleidungsstück musste sofort gewaschen werden, damit der Fleck nicht für alle Zeiten sichtbar blieb. Sie steckte die Bluse in die Waschmaschine und programmierte den Reinigungszyklus; dann fiel ihr der Stapel sauberer Wäsche wieder ein, den sie am Morgen eilig in einen Korb gelegt hatte. All ihre Arbeitskleidung war dabei. Sie hatte vorgehabt, die Wäsche am Nachmittag zu bügeln und zu falten. Da stand sie nun, um Viertel nach zwölf nachts, hundemüde und elend, in ihrem Bademantel in der Küche und bügelte die Bluse für den morgigen Tag, während andere Leute wilde Orgasmen erlebten und ihr Stöhnen durch das Haus hallte.

Falls es so etwas wie Karma gab, dann würde irgendjemand in diesem Universum verdammt dafür bezahlen müssen, um das wieder gutzumachen.

Kapitel drei

Lawrence Newton hatte bis zu seinem zwölften Lebensjahr niemals eine Wolke gesehen. Bis zu diesem Tag war der Lichtzeithimmel über Amethi ein ungetrübtes Azurblau gewesen, das von einem Horizont bis zum anderen reichte. Als der Orbit des Satelliten Amethi schließlich in den Kernschatten seines Primärplaneten Nizana, einem Gasriesen, eintrat, begann die Dunkelzeit, und die Sterne kamen zum Vorschein. Sie leuchteten mit einer ungekannten Intensität, so klar war die kalte Luft. Und weil Templeton, die Metropole, in der der junge Lawrence aufwuchs, auf der stets von Nizana abgewandten Hemisphäre des Planeten lag, war bis dahin niemals etwas Lebendiges am Himmel zu sehen gewesen. Landschaftlich gesehen war Amethi erdrückend langweilig. Nichts bewegte sich am Himmel, nichts wuchs in der eisigen Tundra.

Für die Zwecke der McArthur Corporation, deren Erkundungsschiff *Renfrew* das System im Jahre 2098 entdeckte, waren die Bedingungen geradezu ideal. Im späten einundzwanzigsten Jahrhundert hatte die stellare Expansion einen Höhepunkt erreicht, und die großen Companys und Finanzkonsortien hatten Dutzende neuer Kolonien gegründet. Jeder Planet mit einer atembaren Atmosphäre wurde in Besitz genommen und besiedelt. Doch diese Unternehmungen waren kostspielig, und die fremdartigen Biosphären, die für die Erzeugung der kostbaren Luft verantwortlich waren, hatten sich als ausnahmslos giftig und feindlich gegenüber irdischen Organismen herausgestellt. Einige führten zum augenblicklichen Tod. All das trieb die Kosten für die Besiedelung in astronomische Höhen. Nicht so Amethi.

Als die *Renfrew* in den Orbit um Nizana einschwenkte, stellten die Astronomen an Bord fest, dass der größte Mond in einer Isostarre verfangen war. Einhunderttausend Jahre zuvor war ein Dinosaurierkiller eingeschlagen, ein irrlaufender Asteroid, der groß genug war, um jegliche normale Klimaaktivität auszulöschen. Der verblüffte spektrographische Offizier James Barclay warf einen Blick auf die ersten Bildanalysen der abnormalen weißen Decke, die sich über die gesamte Nizana zugewandte Hemisphäre erstreckte, und rief: »Meine Güte, das ist vielleicht ein höllischer Eiswürfel!« Der Riesengletscher wurde nach ihm benannt.

Obwohl es sich bei Amethi rein technisch gesehen um einen Mond handelte, war die Evolution in den für eine Welt dieser Größenordnung normalen Bahnen verlaufen. Es hatte mit einer dünnen Atmosphäre angefangen, die sich langsam veränderte, während das Leben aus den Urozeanen gestiegen war. Primitive, zur Photosynthese fähige Organismen hatten Sauerstoff erzeugt. Kohlendioxid war von Flechten und Amöben abgebaut worden. Ein wenig bemerkenswerter Vorgang, der sich unter ähnlichen Bedingungen auf unzähligen Welten überall im Universum wiederholte. Der einzige Unterschied zwischen dieser und jeder anderen Biosphäre hätte in der Form und Struktur der höheren Lebensformen bestanden, die sich aller Wahrscheinlichkeit nach innerhalb weniger Hundert Millionen Jahre entwickelt hätten, und den spezifischen Proteinen, auf denen das Leben dieser Welt basierte. In dieser Hinsicht zumindest war jede Welt einzigartig – die möglichen auf Kohlenstoff basierenden Verbindungen waren zu vielfältig, als dass sich die Natur jemals wiederholt hätte.

Amethi hatte sogar einen Vorteil gegenüber allen anderen Welten irgendwo in der Galaxis – der Orbit um den Gasriesen bedeutete, dass es nicht zu jenen dramatischen jahreszeitlichen Klimaschwankungen kam, die auf einzelnen Welten wie der Erde oder Thallspring zu finden waren. Mit einer Entfernung von 250 Millionen Kilometern war die F4-Sonne des Systems weit genug entfernt, um das ganze Jahr über eine gleichmäßige Strahlungsdosis zu liefern. Selbst die Sonnenfleckenaktivität hatte nur geringe Auswirkungen. Der einzige Wechsel, dem sich das entstehende Leben anpassen musste, war der Übergang zwischen Lichtzeit und Dunkelzeit, während Amethi seine zwölf irdische Tage währende Eigenrotation einmal durchlief, und selbst dieser Übergang war sanft. Es gab keinen Winterschlaf, keine Migration über Ozeane, und die Pflanzen waren ausnahmslos Immergrün.

Wie als Reminiszenz an die Normalität gab es vereiste Polkappen – doch die ungewöhnliche Form und Lage der einzigen temperierten Klimazone Amethis kam ausschließlich durch den Orbit zustande. Der Planet befand sich im Gravitationstrichter von Nizana, und die Hemisphäre, die dem gewaltigen Gasriesen zugewandt war, erhielt das wenigste Sonnenlicht. Es herrschte ständige Dunkelheit aufgrund ewiger Superkonjunktion, und dort in der Dunkelheit war es kühler als in den umgebenden Tropenzonen. Das Leben dort war langsamer und robuster als überall sonst auf der Oberfläche.

Die Evolution schritt ganz normal voran, bis der Asteroid durch Nizanas gewaltiges Gravitationsfeld eingefangen wurde. Zweihundert Millionen Jahre, nachdem die ersten primitiven Amöben angefangen hatten, sich zu teilen, waren die Meere voller Fische, und Pflanzen hatten das Land erobert. Es gab große Insekten mit federleichten Flügeln und Kleinlebewesen, die nicht weit von der terranischen Reptilienwelt entfernt waren. Alle starben in den Nachwehen des Einschlags.

Die Explosion wirbelte genug Staub und Dampf in die Atmosphäre, um die gesamte Oberfläche damit zu bedecken. Es war der Auslöser für die ultimative Eiszeit. Die Gletscher, die sich von den Polarkappen her ausbreiteten, überzogen die merkwürdige gemäßigte Zone immer weiter, bis sie sich am Äquator tatsächlich trafen. Meere, Ozeane und Seen verloren ihr Wasser an den einzelnen Riesengletscher, während er ständig weiter expandierte. Überall sanken die Temperaturen drastisch, und zusammen mit dem Verlust an freiem Wasser und der verdunkelten Atmosphäre führte dies zum Absterben sämtlichen Lebens mit Ausnahme der widerstandsfähigsten Bakterien. Amethi fiel zurück in einen nahezu jungfräulichen Zustand. Doch nachdem nun ein Fünftel der Oberfläche mit einer mehrere Kilometer dicken Eisschicht bedeckt und der Rest zu einer marsartigen Wüste geworden war, gab es keinen potentiellen Katalysator mehr, der eine Änderung hätte herbeiführen können. Amethi war in Stasis gefangen. Die Isostarre.

Für die Konzernleitung von McArthur war Amethi die perfekte Welt. Eine atembare Atmosphäre und kein einheimisches Leben. Für jede andere Welt, in die investiert wurde, hätte man zuerst eine terrestrische Biosphäre importieren und etablieren müssen. Auf Amethi musste keine existierende Biosphäre ausgelöscht werden, um Raum zu schaffen. Es war nur ein leichter Temperaturanstieg erforderlich, um die Isostarre zu beenden und einen normalen meteorologischen Zyklus zu ermöglichen.

Templeton wurde im Jahre 2115 gegründet. Zuerst kaum mehr als eine Ansammlung vorgefertigter Iglus mit einer einzigen Straße, die zu einem in die gefrorenen Dünen planierten Rollfeld führte. Die Ingenieure und Techniker, die hierher kamen, hatten die Aufgabe, eine Industrie zu schaffen, die sich selbst versorgen konnte. Die Idee war, dass man nach der anfänglichen Investition nur noch einheimische Rohstoffe auf der einen Seite hineinschaufeln musste, damit letzten Endes jedes gewünschte Produkt auf der anderen Seite zum Vorschein kam. Danach würden die einzigen Importe aus Menschen und neuen Konstruktionsplänen bestehen, mit deren Hilfe die ersten Fabriken aufgerüstet und erweitert wurden. Es kostet nichts, Informationen zwischen den Sternen zu transportieren, und die Menschen würden sich ihre Tickets zu einer neuen Welt mit ihren unendlichen Möglichkeiten selbst kaufen.

Im Verlauf der ersten drei Jahre waren Raumflugzeuge damit beschäftigt, Fracht von acht Schiffen aus dem Orbit nach unten zu schaffen. Am Ende dieser

Frist waren kälteisolierte industrielle Anlagen und Fabrikationskomplexe in der Lage, den größten Teil der Bedürfnisse der neu entstehenden Kolonie zu befriedigen. Doch nicht alle. So war es immer – ein paar spezialisierte Systeme oder chemische Ausgangsverbindungen oder Ersatzteile, die nur die Erde mit ihren überreichen Produktionsanlagen liefern konnte. Wieder und wieder bat der Gouverneur von Templeton die Konzernleitung um weiteres Material, ohne dessen Lieferung das gesamte Projekt zu scheitern drohte.

Es war kein Problem, das nur Amethi oder gar nur McArthur betraf. So sehr die AS-Managementprogramme sich auch bemühten, die Industrie der Koloniewelten im Rahmen ihrer Budgets auf dem technologischen Stand zu halten, die Erde mit ihren uferlosen intellektuellen Ressourcen und den Forschungs- und Entwicklungslabors hatte stets die Nase vorn. Ständig wurden Systeme und Verfahren, die nur ein klein wenig effizienter oder ausgeklügelter arbeiteten, zu den Koloniewelten exportiert. Geld floss stets nur in eine Richtung, von der Erde zu den Koloniewelten.

Die finanziellen Belastungen, die Amethi für McArthur bedeutete, waren nicht ganz so hoch wie die der meisten anderen Koloniewelten, wo terranische Biochemiker einen verzweifelten Kampf gegen fremdartige Biosphären führten. Hier auf Amethi musste nur HeatSmash, das Klimaprojekt, gestartet werden. Templetons erste eigenständige industrielle Unternehmung bestand in der Errichtung einer Orbitalfabrik, Tarona. Nachdem Tarona im Jahre 2140 in Betrieb gegangen war (nahezu ein Drittel der Systeme waren von der Erde importiert), begann man mit der Produktion von Antriebsaggregaten, die zum Einfangen von Asteroiden gebraucht wurden. Nizana verfügte über eine derart große Menge an Felsen im Orbit, dass das Material ausgereicht hätte, ein Dutzend Welten aufzuheizen. Der erste Einschlag erfolgte im Jahre 2142. Ein Eisenmeteorit von achtzig Metern Durchmesser wurde in das Zentrum von Barclays Glacier geschossen.

Die Explosion verdampfte fast einen Kubikkilometer Eis und brachte ein Mehrfaches davon zum Schmelzen. Es war innerhalb einer Woche wieder gefroren.

Die Dampfwolken erreichten nicht einmal den Rand des gewaltigen Gletschers, bevor sie zu harten Eiskörnern gefroren und herunterhagelten.

Nachdem die Planeteningenieure die Daten des ersten Einschlags ausgewertet hatten, errechneten sie, dass die Atmosphäre sich bei einem Einschlag pro Jahr und Meteoriten der vierfachen Masse des ersten nach einhundertelf Jahren genügend aufgeheizt haben würde, um eine Gletscherschmelze einzuleiten. Immer unter der Voraussetzung, dass die Einschläge genügend Kohlendioxid freisetzten, und das konnte nur geschehen, wenn es unter dem Eis in ausreichender Menge abgestorbene Biomasse gab.

Unter dieser einigermaßen günstigen Prognose begannen die Kolonisten mit dem Errichten ihrer neuen Welt. Als Lawrence Newton im Jahre 2310 geboren wurde, hatten ökonomischer und sozialer Wandel auf der alten Heimatwelt zu weitreichenden Veränderungen in der Kolonie geführt. Das Terraformprojekt war ohne Störung vorangeschritten, doch Amethi war nicht länger das Ziel von optimistischen Pionieren auf der Suche nach einer Heimstatt inmitten einer Wildnis, die langsam wieder erstand.

Der große Schulbus glitt gemächlich über den North Highway von Templeton. Dicke Reifen klebten an dem dreckigen Beton mit seinem Gitterwerk aus winzigen Rissen. Fünfundzwanzig Kinder im Alter zwischen neun und zwölf Jahren schnatterten aufgeregt durcheinander oder bewarfen sich gegenseitig mit zerknüllten Butterbrotpapieren und Biskuitschachteln, um sich anschließend hastig hinter den Sitzen zu ducken und der Vergeltung zu entgehen. Mr. Kaufman und Miss Ridley, die beiden Lehrer, saßen vorne und gaben sich die größte Mühe, das Geschehen hinter sich zu ignorieren. Sie hatten die Kuppel der Schule erst vor zehn Minuten verlassen; es würde ein langer Tag werden.

Lawrence saß mitten im Bus. Der Platz neben ihm war unbesetzt. Es war nicht so, dass er in der Schule keine Freunde gehabt hätte, nein. Auch hatte er mehrere Cousins und einen ganzen Stamm entfernter Verwandter. Er hatte eben nur keine wirklich engen Freunde. Seine Lehrer beschrieben ihn als rastlos. Er war intelligent – eine Selbstverständlichkeit angesichts der Tatsache, dass er ein Newton war –, doch seine Intelligenz ließ sich nicht vom Lehrstoff fesseln. In jedem seiner Zeugnisse stand der alte Spruch: Er könnte mehr, wenn er sich anstrengen würde. Er war zu anders, um sich problemlos in die wettbewerbsorientierte Umgebung der Schule einzufügen, wo Leistung und Noten alles bedeuteten. Kein Rebell –

dazu war Lawrence noch zu jung –, doch es gab mehr als genügend Alarmzeichen, dass er aus dem Schema fallen würde, wenn man nicht recht bald etwas dagegen unternahm. Eine fast beispiellose Entwicklung in der wohlorganisierten Gesellschaft der Kolonie. Und für ein Mitglied einer der führenden Familien des Konzerns absolut undenkbar.

Also saß Lawrence für sich allein und ignorierte die Mätzchen seiner Kameraden. Er sah durch die Scheibe auf die vorbeiziehende Stadt. Zu beiden Seiten der Straße erstreckten sich die langweiligen geschwungenen Wände aus Nullthene, gewaltige ultradünne grau-durchsichtige Membranen, aus denen die Stadtkuppeln errichtet waren. Die Kuppeln besaßen alle vierhundert Meter Durchmesser, die Standardgröße, hergestellt ausschließlich aus einheimischen Rohstoffen und in einem Stück in der McArthur-Fabrikationsanlage. Sie waren relativ billig, einfach zu errichten und wurden in jeder Stadt und jeder Siedlung auf dem Planeten eingesetzt. Man brauchte nichts weiter als einen ebenen Flecken Erde, um sie auszubreiten. Das Material war von einem hexagonalen Geflecht mikroskopisch dünner Kohlefaserschläuche durchzogen – hergestellt in der Orbitalfabrik Tarona –, die mit Epoxy vollgepumpt wurden. Der entstehende Druck reichte aus, um die Kuppel wie einen gigantischen Ballon aufzublähen. Die Ränder mussten rasch gesichert werden, denn die Molekularstruktur der Membrane leitete so gut wie keine Wärme. Die Luft im Innern erwärmte sich rasch auf nahezu tropische Werte und erzeugte einen beträchtlichen Auftrieb. Im Innern arbeiteten große Umwälzanlagen und Wärmetauscher – ebenfalls aus einheimischer

Produktion – und sorgten dafür, dass im Innern das nötige Temperaturgleichgewicht herrschte. Nachdem die Kuppel auf diese Weise fertiggestellt war, mussten nur noch Feuchtigkeit und irdische Bakterien eingeführt werden, um den Boden neu zu beleben. Nach kurzer Zeit war er bereit für die ersten Pflanzen.

Die meisten Kuppeln im Zentrum der Stadt waren öffentlich. Sie besaßen eine überdurchschnittliche Größe von sechshundert Metern, und in der Mitte stand ein einzelner Apartmentblock, der bis unter die Decke reichte und zugleich als zentrale Stütze diente. Rings um die Wohnblöcke erstreckte sich eine Parklandschaft mit kleinen Seen und Bächen. Niemand – außer den wichtigsten Managern – benutzte Fahrzeuge, um sich in der Stadt zu bewegen. Die einzelnen Kuppeln waren mit einem ausgedehnten Schienennetz untereinander verbunden. Die einzigen Fahrzeuge auf der Straße, außer dem Schulbus, waren zwanzigrädrige Schwerlaster, landwirtschaftliche Maschinen und technische Hilfsfahrzeuge. Ihre Brennstoffzellen erzeugten dichte Wolken von Wasserdampf, die in die dünne Luft aufstiegen.

Zwischen den Kuppeln erstreckten sich Fabrikationsanlagen, flache Bunker aus Glas und Aluminium. Dünner Staub von vielen Jahren lag auf den Glasflächen, eine Folge der Abwärme aus den Kuppeln, die den Boden auftauen ließen und lockerten. Die Luft war durchsetzt von Partikeln und Dampf, wie es seit einhunderttausend Jahren nicht der Fall gewesen war, aufgewirbelt von den Zügen und den großen Klimaanlagen der Kuppeln – jahrzehntelang der einzige Wind, den die Welt kannte. Doch er reichte aus, um die Pflanzen gedeihen zu lassen. Überall entlang den Straßen sah Lawrence dichte Büschel saftig grünen Grases aus dem rötlichen, unberührten Boden sprießen.

Weiter vom Stadtzentrum entfernt wichen die Kuppeln nach und nach landwirtschaftlichen Produktionsanlagen. Industriekomplexe, die selbst so groß waren wie kleine Städte, in denen Enzymreaktoren, Proteinkonverter und Drucktanks durch ein Labyrinth dicker, isolierter Rohre miteinander verflochten waren. Heißer Dampf brachte die Luft noch Hunderte von Metern über den stumpfen metallenen Flächen zum Flirren, wo kleine Fusionsreaktoren ihre Megawatt in die komplizierten Prozesse pumpten, die Amethis menschliche Bevölkerung am Leben erhielten. Jede Raffinerie besaß ihre eigene Grube, gewaltige Krater mit senkrechten Wänden, und AS-gesteuerte Bulldozer fraßen sich auf der unermüdlichen Suche nach Rohstoffen tiefer und tiefer in den gefrorenen Boden. Karawanen von Schwerlastern bewegten sich Tag und Nacht über die Rampen entlang den Grubenwänden und brachten Hunderte von Tonnen der seltenen, kostbaren Mineralien zu den Schmelzöfen.

Die Pipeline durch das Rackliff-Becken endete irgendwo auf dieser Seite der Stadt. Eine Pipeline, die sich um ein Viertel des Planeten erstreckte bis zu den Endmoränen des Barclay-Gletschers und lebenswichtiges Wasser heranführte. Es war billiger, es heranzupumpen, als es aus dem lokalen Boden zu schmelzen. Sowohl die Wohnkuppeln als auch die Raffinerien waren gierige Verbraucher.

Mit beiläufigem Interesse beobachtete Lawrence

die verschiedenen menschlichen Unternehmungen, aus denen die Stadt bestand, während er sich vorstellte, wie Templeton und seine Umgebung aus dem Weltraum aussehen musste. Wie eine seltsame Plastikblume mit einem Durchmesser von siebzig Kilometern, die auf dieser öden Welt erblüht war, nachdem sich die Atmosphäre erwärmt hatte.

Eines Tages würde sie platzen. Die Nullthene-Membranen würden aufreißen, und die irdische Brut in ihrem Innern würde sich über den gesamten Planeten ausbreiten. Erst mit diesem Bild im Kopf gelang es ihm, die enorme Größe des Unternehmens zu begreifen, das seine Heimatwelt war. Die endlosen Statistiken und Simulationen wollten ihm einfach nicht in den Kopf, all die Dinge, die ihnen in der Schule vermittelt wurden.

Hinter den letzten Produktionsanlagen und Raffinerien erstreckte sich die Tundra bis zum scharf umrissenen Horizont; schmutziger, rötlicher Boden, der nur von Felsbrocken und uralten bröckelnden Gräben durchzogen war. Große dunkle Flecken durchsetzten die Einöde. Als sich der Barclay-Gletscher gebildet hatte und die Temperaturen ins Bodenlose gefallen waren, hatte es noch immer Wälder gegeben. Die Bäume waren längst abgestorben, vertrocknet und erfroren, doch der Gletscher hatte die Winde ersterben lassen, die einst über den Planeten gezogen waren. Nichts hatte die dicken Stämme erodiert. Die im Boden verbliebene Feuchtigkeit war zu Eis kristallisiert und hatte die Oberfläche hart wie Beton gemacht. Sand und Staub waren festgefroren.

Und die toten, geschwärzten Pflanzen waren aufrecht stehen geblieben. Allein die Zeit hatte sie altern lassen, denn es gab keine Witterung mehr. Doch im Verlauf von hunderttausend Jahren hatten selbst die Bäume ihre Kraft verloren. Sie waren langsam korrodiert; schwarze Flocken waren abgefallen und ringsum auf den Boden geschneit, bis die Stämme so viel Substanz verloren hatten, dass die gesamte brüchige Säule in sich zusammengefallen und zersplittert war wie antikes Glas. Meist hatten sie weitere Stämme in ihrer Umgebung mit sich gerissen. Wo einst die Wälder gestanden hatten, erstreckten sich nun ausgedehnte schwarze Ebenen aus totem organischem Material.

Die Kinder verstummten nach und nach, als sich die neue Landschaft vor dem Bus entfaltete – hier war der Ort, an dem ihre Zukunft Gestalt annehmen würde. Die ersten Auswirkungen von HeatSmash waren bereits zu sehen. Einschnitte und Vertiefungen waren von winzigen arktischen Pflanzen bevölkert. Sie waren allesamt genetisch an die Bedingungen dieser Welt angepasst, nicht nur, um die Kälte zu ertragen, sondern auch die ausgedehnten Hell-Dunkel-Phasen. Pflanzen, die oberhalb des irdischen Polarkreises gediehen, waren am ehesten geeignet, um auf Amethi zu gedeihen. Ihre Gene hatten nur wenige virale Modifikationen benötigt, um der Feindseligkeit dieser eisigen Wüste zu widerstehen.

Einige der Pflanzen blühten sogar, winzige goldene und korallenfarbene Trompeten oder Sterne. Die bedeutendste Errungenschaft der Genetiker war die Anpassung des Bestäubungsvorgangs; die Sporen wurden von aufreißenden Staubbeuteln unter Druck in die stille Luft hinauf geschleudert. Die schwachen Winde, die nach und nach wieder erwacht waren, ersetzten die Notwendigkeit von Insekten. Keine dieser winterharten mehrjährigen Pflanzen war in einem Treibhaus herangezüchtet und von Menschenhand ausgepflanzt worden – sie hatten sich selbst ausgebreitet. Die ersten ungeschützten terrestrischen Kolonisten.

Auf den Felsen wuchsen gelbe und rote Flechten, überzogen Klippen und kleinste Steine inmitten der ausgedehnten schwarzen Dünen. Ihre Sporen waren von automatischen Flugzeugen aus großer Höhe verstreut worden, um den neuen ökologischen Zyklus zu beschleunigen. Die steigende Wärme und Feuchtigkeit trugen ihren Teil zur Verbreitung bei.

Lawrence mochte die bunte Invasion, die sich über die bleiche Tundra ausbreitete, ein Zeichen für die gewaltige Errungenschaft der Menschen auf Amethi. Es war zutiefst beruhigend, dass menschliche Wesen imstande waren, derart visionäre Unternehmungen durchzuführen. Lawrence musste lächeln. Hier draußen war es leicht, sich in Tagträumereien zu ergehen, während der Bus in ein Reich grenzenloser Möglichkeit raste.

Sein Blick glitt nach oben, und er blinzelte. Plötzlich war er hellwach. Er wischte mit den Händen seinen Atem von der trotz der Isolierung beschlagenen Scheibe. Dort oben am Himmel bewegte sich etwas sehr Merkwürdiges. Er schlug gegen das Glas, um den anderen zu zeigen, wohin sie sehen sollten. Dann, als ihm bewusst wurde, dass niemand auf ihn achtete, griff er nach oben über das Fenster, wo sich der rote Nothaltegriff befand. Ohne jedes Zögern riss er ihn herunter.

Das AS-Steuerprogramm brachte den Bus zum Halten, so schnell seine physikalischen Parameter es erlaubten. Die Verkehrsleitkontrolle von Templeton wurde automatisch benachrichtigt, und Rettungsdienste wurden mobilisiert. Die Sensoren im Innern des Busses und die Umgebungssensoren wurden auf irgendein ungewöhnliches Zeichen hin untersucht. Nichts zu finden – doch die manuelle Intervention durch einen Menschen durfte nicht ignoriert werden. Der Bus kam zum Stehen; Sicherheitsnetze pressten die Fahrgäste in ihre Sitze. Schreie hallten durch den langen Mittelgang. Mr. Kaufman verlor seinen Kaffeebecher und sein Biskuit und brüllte erschrocken: »Was in drei Teufels Namen...?«

Eine Sekunde später stand der Bus bewegungslos auf der Piste. Dann setzte die Alarmhupe ein, zusammen mit gelben Blinklichtern vorn und am Heck. Mr. Kaufman und Miss Ridley warfen sich verständnislose Blicke zu und öffneten ihre Sicherheitsnetze. Das Licht über einem der Nothaltegriffe blinkte drängend. Mr. Kaufman fand keine Gelegenheit, nach dem Grund für das Betätigen der Bremse zu fragen. Der junge Lawrence kam nach vorn gerannt und sprang zur Tür, die sich automatisch geöffnet hatte. Er zerrte den Reißverschluss seiner weiten Thermojacke hoch.

»Was ist denn...?«, sprudelte Miss Ridley hervor.

»Es ist draußen!«, kreischte Lawrence. »In der Luft! Es ist oben in der Luft!«

»Warte.«

Sie rief ins Nichts, denn Lawrence war bereits aus dem Bus gesprungen und stand auf der Piste. Die anderen Kinder rannten Lawrence hinterher. Sie hatten sich schnell von dem Schreck erholt, und jetzt standen sie in einer großen Gruppe am sandigen Straßenrand und waren damit beschäftigt, ihre Jacken zu schließen und die Handschuhe überzustreifen, denn die eisige Luft biss sich in jeden Flecken ungeschützter Haut. Lawrence stand ein Stück abseits von ihnen und suchte am Himmel nach dem bizarren Umriss, den er gesehen hatte. Hinter ihm wurde bereits der erste Spott laut, während alle ungeduldig warteten.

»Dort!«, rief er und deutete nach Westen. »Dort! So seht doch!«

Der Tadel, den Mr. Kaufman bereits auf den Lippen gehabt hatte, blieb unausgesprochen. Eine große weiße Wolke schwebte majestätisch über ihnen am Himmel, der einzige Makel eines ansonsten vollkommen gleichmäßig blauen Himmels. Schweigen breitete sich unter den Kindern aus, als sie das unerklärliche Wunder bestaunten.

»Sir, warum fällt es nicht zu Boden?«

Mr. Kaufman regte sich wieder. »Weil es die gleiche Dichte hat wie die umgebende Luft.«

»Aber es ist *fest*!«

»Nein.« Er lächelte. »Es sieht nur so aus. Erinnert ihr euch, wie wir durch das Teleskop zum Nizana gesehen haben? Ihr konntet die Wolken sehen und die Stürme. Sie flogen über die Oberfläche hinweg. Das dort ist das Gleiche, eine Wolke, nur viel, viel kleiner.«

»Bedeutet das, dass es auch hier Stürme geben wird, Sir?«

»Eines Tages, ja. Aber keine Sorge, sie werden längst nicht so schwer sein wie die auf dem Nizana.«

»Woher ist sie gekommen?«

»Vermutlich vom Barclay-Gletscher. Ihr alle habt die Bilder vom Ablauf gesehen. Das dort oben ist eines der Resultate. Wenn ihr größer seid, werdet ihr noch eine Menge mehr davon zu sehen bekommen.« Er ließ sie noch eine Weile auf den Vorboten am Himmel starren, bevor er sie in den Bus zurückscheuchte.

Lawrence war als Letzter auf den Stufen. Er konnte sich nur schwer von seiner bemerkenswerten Entdeckung lösen. Außerdem erwartete ihn die unausweichliche Rüge...

Die Lehrer waren sehr viel nachsichtiger, als er erwartet hatte. Miss Ridley sagte, dass sie verstehen könnte, wie fremdartig ihm die Wolke erschienen sein müsse, dennoch bestand sie darauf, dass er um Erlaubnis fragte, bevor er so etwas jemals wieder tat. Mr. Kaufman nickte schroff und bestätigte damit jedes ihrer Worte.

Lawrence kehrte zu seinem Platz zurück, und der Bus setzte sich erneut in Bewegung. Die anderen Kinder hatten ihre Spiele vergessen und unterhielten sich aufgeregt über das Wunder, das sie gerade gesehen hatten. Schon jetzt entwickelte sich die Fahrt zum besten Ausflug in Freier Ökologie, den sie je gemacht hatten. Lawrence beteiligte sich sporadisch an den Diskussionen und Spekulationen, und seine Entdeckung verlieh ihm ein Prestige, wie er es bis dahin nicht gekannt hatte. Die meiste Zeit jedoch war er bemüht, die Wolke am Himmel nicht aus den Augen zu verlieren.

Immer wieder musste er an den gewaltigen Weg denken, den sie zurückgelegt hatte. Halb um die Welt herum, über unbekannte Länder hinweg. Wie absurd, dass eine Wolke mehr von Amethi zu sehen bekommen hatte als er selbst. Lawrence wollte dort oben bei ihr sein, wollte mit ihr über das Land fliegen und die leeren Ozeane, über den Barclay-Gletscher und den Auslauf, diesen Wasserfall, der so breit war wie eine Meeresküste. Wie wunderbar das wäre! Doch hier saß er, gefangen in einem Bus auf dem Weg zu einer dämlichen Slowlife-Farm, und musste sich irgendwelchen Mist über Ökologie anhören, während er in einer anderen Schule lernen konnte zu fliegen. Es war einfach nicht fair.

Die Slowlife-Farm sah aus wie alle anderen Industriegebäude auf Amethi auch, eine fantasielose Schachtel aus Glas und Aluminium, die sich einsam an den Rand eines flachen Tals schmiegte. Ein leeres Flussbett schlängelte sich durch den Talboden. Die arktischen Pflanzen gediehen hier besonders gut und drängten sich an den ehemaligen Ufern, wo das Sediment am fruchtbarsten war.

Einige Kinder stellten diesbezüglich Fragen, während sie aus dem Bus in die Wärme der Anlage eilten. Lawrence versuchte immer noch, seine Wolke zu erspähen, die vor einiger Zeit im Norden verschwunden war. Die großen Außentüren der Fabrik schlossen sich hinter ihnen, und ein Schwall warmer Luft blies auf die Neuankömmlinge herab. Sie hatten damit gerechnet; die Thermoschleuse war überall auf Amethi Standardausstattung, eine große undichte Luftschleuse, die verhindern sollte, dass die Temperaturen in den Kuppeln sprunghaft sanken. Hier jedoch schien sie irgendwie keinen Sinn zu machen. Im Innern der Anlage war es nicht annähernd so warm wie in den Kuppeln, kaum mehr als ein paar Grad über dem Gefrierpunkt. Sie ließen alle ihre Jacken an und zu.

Die Leiterin der Station kam heraus und begrüßte sie, eine Mrs. Segan, die zusammen mit drei Mitarbeitern ganz allein für den Betrieb verantwortlich war. Sie trug einen gefütterten roten Overall mit einer eng sitzenden Kapuze und bemühte sich, nicht zu zeigen, wie sehr sie vom Besuch einer weiteren Bande Kinder genervt war, die ihren Zeitplan durcheinander warfen.

»Was ihr hier sehen werdet, hat in der Natur nicht seinesgleichen«, erklärte sie auf dem Weg ins Innere des Gebäudes. Der an die Türen angrenzende Bereich erinnerte mehr an eine Fabrik als an eine Farm; dunkle Metallkorridore mit Glaswänden, hinter denen irgendwelche Tanks standen. »Wir produzieren hier Würmer. Züchten wäre nicht das richtige Wort, jeder einzelne dieser Würmer ist geklont.« Sie trat zu einem Fenster. Der Raum dahinter war mit Reihen von Regalen ausgefüllt. Auf den Regalen standen Behälter mit einer geleeartigen Masse darin, die an Froschlaich erinnerte. »Alles Slowlife ist künstlich. Die DNS wurde vom Fell Institute in Oxford auf der Erde speziell für uns entwickelt. Wie ihr wisst, neigt ein Organismus umso mehr zu Krankheiten und anderen Problemen, je komplexer er wird. Deswegen sind unsere Würmer hier extrem einfach. Sie besitzen keinerlei Fortpflanzungsorgane – sehr nützlich für uns, denn wir benötigen sie ausschließlich für dieses Stadium des Terraformprozesses. Sie haben eine Lebenserwartung von etwa zehn Jahren, und wenn wir aufhören, sie zu produzieren, sterben sie aus.« Sie nahm ein Glas mit der geleeartigen Substanz aus einem Regal und reichte es einem der Jungen. »Gib das bitte weiter, und bitte atmet nicht zu viel darauf. Slowlife ist dazu gedacht, bei Temperaturen unterhalb des Gefrierpunkts zu leben. Euer Atem ist für diese Würmer wie Feuer.«

Als das Glas zu Lawrence kam, sah er nur eine Masse durchsichtiger Eier mit einem stecknadelkopfgroßen dunklen Fleck in der Mitte eines jeden Einzelnen. Wie langweilig.

Mrs. Segan führte sie durch die Zuchtanlage, eine langgestreckte Halle mit Reihen großer Plastikboxen, die durch Laufstege aus Metall voneinander getrennt waren. Aus Rohren über den Tanks spritzte in kurzen regelmäßigen Abständen eine zähe Flüssigkeit in die Tanks. Die Luft roch nach Zucker und zertretenem Gras.

»Jeder unserer Plattwürmer ist im Grunde genommen eine kleine Bakterienfabrik«, erklärte Mrs. Segan, während sie die Gruppe über einen der Laufstege führte. »Wir bringen sie in der Tundra aus, und sie fressen sich durch die tote Biomasse im Erdreich. Ihre Exkremente sind angereichert mit den Bakterien aus ihren Eingeweiden. Sie bereiten den Boden für unsere irdischen Pflanzen vor, die ausnahmslos Bodenbakterien benötigen, um zu gedeihen.«

Die Kinder lehnten sich über den Rand des Tanks, auf den Mrs. Segan deutete. Ihr Interesse war plötzlich wiedererwacht angesichts von Kreaturen, die Pilze und andere winzige Lebewesen erzeugen konnten. Der Boden des Tanks war von einer glitzernden Masse muschelgrauer Plattwürmer bedeckt, die sich wie in Zeitlupe bewegten. Sie waren vielleicht fünfzehn Zentimeter lang und zwei Zentimeter breit. Alle riefen Oh! und Ah! und starrten die Minimonster aus weit aufgerissenen Augen an oder schnitten ihnen Grimassen.

»Ist das der Grund, warum sie Slowlife genannt werden?«, fragte ein Junge. »Weil sie sich so langsam bewegen?«

»Zum Teil«, antwortete Mrs. Segan. »Die Temperaturen dort draußen bewirken, dass ihr Stoffwechsel nicht sonderlich schnell funktioniert, was ihre Bewegungen entsprechend verlangsamt. Ihr Blut basiert auf Glycerol, deswegen halten sie tiefste Temperaturen aus, ohne zu erfrieren.«

Lawrence seufzte ungeduldig, während sie sich in langen Statistiken erging, bevor sie sich weiteren Slowlife-Formen zuwandte. Manche sahen aus wie Fische und schwammen in den eisigen Abflüssen des Barclay-Gletschers umher, andere waren entfernt mit Tausendfüßlern verwandt und fraßen sich durch die gewaltigen Berge von Biomaterial, die Überreste der Wälder, die einst Amethi bedeckt hatten. Lawrence sah erneut hinunter in den großen Tank. Ein Klumpen sich umeinander windender Würmer. Na und? Wer um alles in der Welt scherte sich um das, was unter der Erde vorging? Warum entwickelten sie keine Vögel oder sonst irgendetwas *Interessantes*?

Mrs. Segan führte sie weiter, und die Kinder folgten plappernd. Lawrence bildete den Schluss. Er legte den Kopf in den Nacken und starrte durch das schmutzige Glasdach in den Himmel hinauf, um zu sehen, ob die Wolke vielleicht zurückgekehrt war. Er rutschte auf irgendetwas aus, ruderte nach Halt suchend mit den Händen und erwischte einen Plastiktank. Er landete auf dem Rücken und ein halbes Dutzend voll ausgewachsener Plattwürmer auf ihm.

Er rollte entsetzt zur Seite und ignorierte den Schmerz in seinem Rücken. Die erwachsenen Würmer waren gut vierzig Zentimeter lang und besaßen einen Durchmesser von sieben oder acht Zentimetern. Die Köpfe tasteten blind umher. Lawrence sprang hastig auf und blickte sich reflexhaft nach den beiden Lehrern um. Niemand hatte ihn fallen sehen. Er starrte auf die Plattwürmer hinunter, den einzigen Beweis für sein Ungeschick. Er überwand seinen Abscheu und bückte sich vorsichtig, um einen Wurm aufzuheben. Er fühlte sich abscheulich kalt und glitschig an, wie ein durchnässter Teppich, doch es gelang Lawrence, ihn zu packen. Als er den Wurm aufhob, beschleunigten sich seine langsamen, zittrigen Tastbewegungen. Statt den Wurm in seinen Tank zurückzulegen, hielt er ihn fest und beobachtete ihn. Nach kurzer Zeit zappelte die Kreatur förmlich in seiner Hand. Er ließ den Wurm auf den Boden fallen, und er wand sich hastig über den Gang davon. Um seine Leibesmitte, dort, wo Lawrence ihn festgehalten hatte, befand sich ein weinroter Fleck. »Aha«, murmelte er zu sich selbst. »Also doch nicht so langsam.« Es war logisch. Die Würmer waren nur in der Kälte langsam. Wenn es wärmer wurde, beschleunigten sich ihre Bewegungen.

Er rannte aufgeregt hinter der Gruppe her. »Alan!«, zischte er. »Alan! Komm mit, ich muss dir etwas zeigen!«

Alan Cramley steckte seinen Schokoriegel weg und blickte Lawrence neugierig an. »Was denn?«

Lawrence führte ihn zu der Stelle mit den ausgewachsenen Plattwürmern und zeigte ihm, was er herausgefunden hatte. Rasch verwandelte sich die Entdeckung in einen sportlichen Wettstreit. Jeder nahm einen Plattwurm in beide Hände, hielt ihn für dreißig Sekunden und legte ihn auf den Boden zurück. Gewonnen hatte der, dessen Wurm als Erster den nächsten Quergang erreichte.

»Was geht hier eigentlich vor?«, verlangte Mr. Kaufman zu erfahren.

Lawrence und Alan hatten ihn nicht kommen sehen. Er starrte auf die Plattwürmer, die sich hektisch über den Gang schlängelten. Ein paar der anderen Kinder waren bei ihm, und Mrs. Segan eilte ebenfalls herbei, um zu erfahren, was die Aufregung zu bedeuten hatte.

»Ich hab einen Tank umgestoßen, Sir, und wir wollten die Würmer wieder aufsammeln«, sagte Lawrence und hielt ihm zum Beweis die eisigen Hände hin. Schleim tropfte von den nassen, verschrumpelten Fingerspitzen. »Es tut mir Leid, wirklich, Sir.«

Mr. Kaufman sah ihn nachdenklich an. Er wirkte nicht überzeugt.

»Fasst sie nicht an!«, rief Mrs. Segan ihnen zu. Sie drängte sich an Mr. Kaufman vorbei, während sie dicke Handschuhe überstreifte. »Denkt an das, was ich euch gesagt habe – sie sind an die Kälte angepasst und vertragen keine Hitze.«

Lawrence und Alan wechselten einen verstohlenen Blick.

Mrs. Segan hob den ersten Plattwurm auf. Ihre Augen verengten sich zu schmalen Schlitzen, als sie das große rote Mal um seine Leibesmitte bemerkte. Sie trug den Wurm zum nächsten Tank. »Was habt ihr getan!«, schrie sie wütend. All die Plattwürmer im Tank hatten den gleichen roten Fleck. Keiner bewegte sich. Sie eilte zum nächsten Tank und stöhnte auf. Im dritten Tank waren noch ein paar Plattwürmer, die sich langsam bewegten – Lawrence und Alan hatten noch nicht alle herausgenommen und rennen lassen. Sie wirbelte zu den beiden Jungen herum. Lawrence wich einen Schritt zurück, aus Angst, sie würde nach ihm schlagen. Sie bebte vor Zorn. »Ihr habt sie alle verbrannt, ihr kleinen...!« Sie wandte sich zu Mr. Kaufman. »Die Führung ist vorbei. Schaffen Sie diese Bälger hier raus!«

Vor einigen Jahren hatte Lawrence die Robot-Werkstatt in Besitz genommen. Als man das AS-Programm für die Gartenpflege aufgerüstet hatte, waren die kompakten Kettenmaschinen, die ursprünglich die kunstvollen Gärten der Kuppeln instand gehalten hatten, gegen neuere, effizientere Modelle ausgetauscht worden. Lawrence hatte die alte Betonrampe inmitten einer Gruppe kupferfarben blühender Büsche entdeckt, die den nicht länger benötigten Eingang überwucherten. Auf Amethi waren Wartungsbauten entweder unterirdisch angelegt, oder sie befanden sich außerhalb der Kuppeln. Wo derartiger Aufwand erforderlich war, um beschränkten Lebensraum zu schaffen, taten die Bewohner alles, um die wertvolle Fläche nicht mit Straßen oder Wegen oder kleinen Gebäuden zu füllen. An der Basis der Rampe fand Lawrence ein Schwungtor mit alten, schwergängigen Hebelarmen. Es kostete den Neunjährigen erstaunliche Anstrengung und Beharrlichkeit, das Tor zu öffnen, doch schließlich gelang es ihm, und er wurde mit einer staubigen Betonhöhle belohnt, die sich gut zehn Meter vor ihm erstreckte. Die Decke war kaum zwei Meter hoch und genau wie die Wände und der Boden mit Metallschienen überzogen, über die einst Waldo-Arme gefahren waren. Es gab noch Strom, und der Datenknoten funktionierte ebenfalls noch.

Seit damals war die Höhle zu Lawrences Unterschlupf geworden. Er hatte alles Lebensnotwendige hineingeschafft und den Raum mit einem magentafarbenen Ledersofa, haufenweise Kissen, zwei Tischen, einem alten Desktop-Pearl und einem Soundsystem vollgestopft. Das Soundsystem besaß einen Schalldruck, um den ihn die meisten Rockbands beneidet hätten. Außerdem gab es zwei aktive Memory-Türme, die sein Vater im Büro für ihn abgestaubt hatte, und jede Menge Spielsachen, mit denen er nie spielte. Sobald die Tür geöffnet wurde, spielte ein Kaleidoskop von Bildern los, teilweise aus den Memory-Türmen, teilweise Lifestreams aus dem Datapool.

Es war ein großartiger Zufluchtsort, an dem er sicher war vor seiner Familie und dem Rest von Amethi. Selbst seine vier jüngeren Geschwister trauten sich nicht hierher, es sei denn, er lud sie ausdrücklich ein.

Unmittelbar nach dem Schulausflug in die Slowlife-Farm hatte sich Lawrence hierher zurückgezogen. Die Flachschirme zeigten verschiedene Bilder von Templeton, aufgenommen mit Kameras hoch oben in den Kuppeln. Auf einem war die helle Sichel von Nizana zu sehen, aufgenommen durch ein Teleskop auf der anderen Seite des Planeten. Eine weitere

Kamera war auf Barric gerichtet, den drittgrößten Mond des Systems.

Lawrence befahl dem Desktop-Pearl, eine Kamera zu suchen, die Bilder vom Raumhafen übertrug, und sie auf den größten Schirm zu legen, der gegenüber dem Sofa an der Wand hing und sie zur Hälfte einnahm. Die Kamera schien direkt auf dem Kontrollturm zu sitzen und zeigte das breite graue Betonfeld der Rollbahn, das nach draußen in die eintönige, rötlich schwarze Wüste ragte. Nichts bewegte sich dort.

»Dann besorg mit eine Folge von *Flight: Horizon*!«, befahl er dem Pearl.

»Welche?«, fragte das Programm.

»Ist mir egal. Nein, warte! Erste Staffel, Episode fünf. *Creation-5*. Ich möchte die dritte Person mit der Änderung, die ich beim letzten Mal eingefügt habe. Leg es auf den großen Schirm und schalte die anderen ab.« Er warf sich auf das Sofa und legte die Füße auf die Armlehne. Die kleinen Schirme wurden dunkel, während direkt vor ihm die Credits abrollten und der Soundtrack mit einer Lautstärke einsetzte, dass der Boden bebte.

Er hatte *Flight: Horizon* vor zwei Jahren entdeckt, als er eine Suchanfrage in die Kataloge von Amethis Multimedia-Companys geschickt hatte; soweit es ihn betraf, war es die großartigste Sciencefiction-Serie, die je produziert worden war. Nicht vollständig i, doch sie gestattete die Auswahl der Perspektive, sodass jede Episode aus dem Blickwinkel der verschiedenen Hauptfiguren angesehen werden konnte. Und sie war nicht *erzieherisch* – im Gegensatz zu all den anderen i-Dramen auf Amethi, die auf jugendliches Publikum abzielten.

Flight: Horizon spielte Hunderte von Jahren in der Zukunft und erzählte die Geschichte des unglaublich coolen Raumschiffs *Ultema*, dessen Aufgabe die Erkundung eines Spiralarms auf der anderen Seite der Galaxis war; einige Mitglieder der Crew waren Aliens, und die Planeten, die sie besuchten, waren faszinierend und gruselig zugleich. Außerdem standen sie einer bösartigen Rasse gegenüber, den Delexianern, die sie daran hindern wollten, wieder nach Hause zurückzukehren. Die Serie war vor dreißig Jahren von der Erde importiert worden, obwohl das Copyright von 2287 war. Die Bibliothek der Multimedia-Company beinhaltete nur dreißig Folgen, und Lawrence kannte sie inzwischen so gut, dass er die Dialoge fast auswendig wusste. Er konnte kaum glauben, dass nicht mehr Folgen produziert worden waren. Die Datapool-Adresse des Fanclubs auf der Erde gehörte zum Feature-Menü jeder Folge; Lawrence hatte die Raumschiffsgebühren bezahlt und eine Anfrage an den Club geschickt, in welcher er um mehr Informationen gebeten hatte. Jedes Mal, wenn ein Schiff über Amethi in den Orbit ging, überprüfte er seine Kommunikations-AS, doch bis zu diesem Tag hatte er keine Antwort erhalten.

Die Ultema war in eine gigantische Energieschlacht mit einem blauen Zwergstern verwickelt, dem die Delexianer eine Bewusstseinsmatrix aufgeprägt hatten, als sich mitten auf dem Schirm ein grünes Dringlichkeits-Icon öffnete. Das Raumschiff erstarrte, und eine Textmeldung lief über das Bild.

LAWRENCE, BITTE KOMM IN DAS BÜRO
DEINES VATERS.

Er sah auf die Uhr – Viertel vor sechs. Sein Vater war vor zehn Minuten nach Hause gekommen. Mr. Kaufman hatte keine Zeit verschwendet und seinen Bericht abgeschickt. »Verbinde mich mit der Pearl im Arbeitszimmer«, befahl er.

»Online.«

»Ich bin im Augenblick beschäftigt«, sagte Lawrence und legte verletzten Ärger in seine Stimme. Die AS im Desktop-Pearl seines Vaters erkannte die Nuancen.

»Lawrence, bitte. Ich habe den Bericht aus der Schule erhalten und als dringlich eingestuft. Dein Vater will dich auf der Stelle sprechen.«

Lawrence schwieg.

»Möchtest du, dass ich deinen Vater in diese Unterhaltung mit einbeziehe?«

»Also schön«, sagte er widerstrebend. »Ich muss wohl kommen, wie? Aber du musst der Schul-AS erklären, warum ich meine Hausaufgaben heute nicht erledigen konnte.«

»Du machst keine Hausaufgaben.«

»Mache ich wohl. Ich habe nur *Flight: Horizon* im Hintergrund laufen.«

Lawrence zog das Tor hinter sich zu und wand sich durch die Büsche. Die Werkstatt lag am Rand der Hauptkuppel, und das Klima näherte sich dem Ende des Sommers. Insgesamt gehörten der Newton-Familie sechs große Kuppeln – die größte in der Mitte mit gemäßigtem Klima und fünf kleinere ringsum, jede mit einer anderen Klimazone. Es war eine der größeren Besitzungen im Reuzia-Distrikt, wo sich die reichsten Bewohner der Stadt niedergelassen hatten.

Lawrence legte rasch die dreihundert Meter durch den Park bis zum Haus zurück. Der Landschaftsdesigner hatte das Gelände in geteilten Ebenen angelegt, ein Schachbrett aus englischem Rasen, gesäumt von blühenden Büschen und winterharten Stauden. In den Ecken der Rasenflächen standen hohe Bäume, Weiden, Tannen, Birken, Kastanien, deren weit ausladende Zweige bis auf den Boden reichten, wunderbare Abenteuerspielplätze für kleine Kinder. Lawrence hatte viele Sommer in diesen Gärten gespielt, genau wie seine Geschwister heute.

Ein Bachlauf zog sich in weitem Halbkreis durch die Kuppel, außen um die Parkflächen herum, wo das Gras wilder wuchs und Gänseblümchen und Vergissmeinnicht blühten. Er überquerte den Bach über eine schmale, moosbewachsene Steinbrücke und wanderte über den gepflasterten Weg und die Treppen, welche die einzelnen Rasenflächen miteinander verbanden, zum Haus. Die Residenz der Newtons war ein stattlicher Bau aus gelbem Stein, mit großen Erkerfenstern und von Geißblatt überwucherten Mauern. Pfauen stolzierten über die Kiesfläche rings um das Haus herum, und ihre langen Federschwänze strichen über die kleinen Steine. Ihr durchdringendes Geschrei war praktisch das einzige Geräusch in der gesamten Kuppel. Die Tiere scheuten vor Lawrence und rannten auseinander, während er an ihnen vorbeiging und die Stufen zum Haupteingang hinaufstieg.

Die Halle im Innern war kühl. Schwere Türen aus polierter Eiche führten in die formellen Zimmer des Erdgeschosses. Das Mobiliar bestand aus kostbaren Antiquitäten, genau wie die restliche Ausstattung.

Lawrence hasste sie; er hatte Angst, eines der Zimmer zu betreten, weil er vielleicht ein Stück des unbezahlbaren Erbes der Familie zerbrechen konnte. Worin bestand der Sinn eines solchen Hauses? Man konnte es nicht richtig benutzen, nicht wie die Häuser seiner Klassenkameraden, und es kostete ein Vermögen, so etwas zu bauen. Außerdem gehörte dieser Baustil nicht nach Amethi. So hatten die Menschen in früheren Zeitaltern gebaut, auf der Erde. In der Vergangenheit.

Eine Holztreppe führte hinauf in den ersten Stock. Er trottete hinauf, und der Hall seiner Schritte wurde von dem dunkelroten dicken Teppich verschluckt.

Seine Mutter stand oben und hielt seine zwei Jahre alte Schwester Veronica auf dem Arm. Sie bedachte ihn mit sorgenvollem Blick. Doch so waren Mütter nun einmal, ständig sorgten sie sich um irgendetwas. Seine Schwester lächelte ihn strahlend an und streckte die Hände nach ihm aus. Er grinste und gab ihr einen Kuss.

»Oh, Lawrence!«, sagte seine Mutter. Ihre Stimme enthielt diesen einzigartigen Ton von Verzweiflung und Missbilligung, der ihn stets dazu brachte, beschämt den Kopf zu senken. Es war schrecklich, seiner eigenen Mutter nicht in die Augen sehen zu können. Und nun hatte er sie erneut verärgert, schlimm genug – doch schlimmer noch: sie war im sechsten Monat schwanger. Nicht, dass er sich keinen weiteren Bruder oder eine Schwester gewünscht hätte, aber die Schwangerschaft machte sie immer so müde. Wann immer er etwas deswegen sagte, lächelte sie tapfer und antwortete, dass dies der Grund dafür war, dass sie seinen Vater geheiratet hatte. Um die Linie der Familie fortzusetzen.

Familie. Immer nur die Familie.

»Ist er wirklich sauer?«, fragte Lawrence.

»Wir sind beide sehr enttäuscht von dir. Wie konntest du so etwas Schreckliches tun! Stell dir vor, du hättest Barrel so behandelt!«

Barrel war einer der Familienhunde, ein zottiger schwarzer Labrador und Lawrences Lieblingstier aus der Meute, die im Haus umherstreifte. Sie waren zusammen aufgewachsen. »Das ist doch nicht das Gleiche!«, protestierte er. »Es waren nur Würmer!«

»Ich diskutiere nicht mit dir. Geh und sprich mit deinem Vater.« Mit diesen Worten wandte sie ihm den Rücken zu und stieg die Treppe hinunter. Veronica gluckste glücklich und winkte ihm.

Lawrence winkte elend zurück und ging langsam in Richtung des väterlichen Arbeitszimmers. Die Tür stand offen. Er klopfte an den Holzrahmen.

Kristina kam gerade heraus, das neue Kindermädchen für die Newton-Kinder. Sie zwinkerte Lawrence heimlich zu, eine Geste, die seine Stimmung beträchtlich steigen ließ. Kristina war einundzwanzig und unglaublich schön. Er hatte sich mehr als einmal gefragt, ob er vielleicht verliebt in sie war, doch er wusste nicht, wie es sich anfühlte. Er dachte häufig an sie – falls es das war. Abgesehen davon war Verliebtsein doof. Von ihrer Schönheit einmal abgesehen war es großartig, wenn sie arbeitete – sie war lustig, und sie spielte bei den Spielen mit, die seine Geschwister und er sich ausdachten, außerdem schien es ihr nichts auszumachen, wenn er zu spät aufstand oder ins Bett ging. Seine Brüder und Schwestern mochten sie zum

Glück ebenfalls, obwohl sie nicht besonders gut im Wechseln von Windeln oder im Zubereiten von Babynahrung war. Zu schade, dass sie nicht häufiger arbeitete.

Wie der Rest des Hauses war auch das Arbeitszimmer nicht für Kinder gemacht. Es besaß einen hohen, mit Marmor eingefassten Kamin, der nur holographische Bilder, niemals Flammen gesehen hatte. Zwei grüne lederne Lesesessel. Man musste schon angestrengt hinsehen, um irgendwo moderne Technik zu entdecken. Die beiden größten Ölbilder waren in Wirklichkeit Flachbildschirme, und der Schreibtischkalender war ein getarntes Eingabefeld. An den Wänden reihten sich Regale voll mit ledergebundenen Büchern. Lawrence hätte zu gerne einen der Klassiker aufgeschlagen – aber definitiv keinen Dichter – und darin gelesen – doch es waren keine Bücher zum Lesen, sondern zum Ansehen und zur Geldanlage.

»Schließ die Tür«, befahl sein Vater.

Seufzend tat Lawrence, wie ihm geheißen.

Sein Vater saß hinter dem Tisch aus Walnussholz und spielte mit einem silbernen Briefbeschwerer. Seine Freunde nannten ihn Doug – und in Templeton rissen sich eine ganze Menge Leute um diese Einstufung. Er war Mitte vierzig, doch die ausgeprägten genetischen Veränderungen machten es schwierig, das zu erkennen. Er war schlank und geschmeidig, und sein Grinsen ließ ihn aussehen wie fünfundzwanzig. Konkurrenten im Vorstand von McArthur hatten ihn wegen seines Grinsens für oberflächlich gehalten – ein Fehler, den sie sicherlich kein zweites Mal begingen.

»Also schön«, sagte er. »Ich werde dich nicht anbrüllen, Lawrence. In deinem Alter wäre das reine Zeitverschwendung. Du würdest einen Schmollmund ziehen und die Strafpredigt über dich ergehen lassen. Wenn ich es nicht besser wüsste, würde ich glauben, du kommst in die Pubertät.«

Lawrence errötete wütend. Das hatte er nicht erwartet – und genau deswegen redete sein Vater wahrscheinlich auf diese Weise mit ihm.

»Möchtest du mir nicht erzählen, was heute passiert ist?«

»Ich habe Dummheiten gemacht«, sagte Lawrence und achtete darauf, dass er reichlich zerknirscht klang. »Es waren doch nur Würmer. Ich wusste nicht, dass sie sterben, wenn ich sie anfasse. Das wollte ich nicht.«

»Nur Würmer, soso.« Doug Newton hörte auf, mit dem Briefbeschwerer zu spielen, und starrte zur Decke hinauf, als sei er in tiefe Gedanken versunken. »Die gleichen Plattwürmer, wenn ich mich nicht irre, die von entscheidender Bedeutung für das Entstehen der planetaren Ökologie sind?«

»Ja, aber sie klonen jeden Tag Millionen von ihnen allein in dieser Anlage.«

Der Briefbeschwerer wanderte wieder zwischen der rechten und linken Hand hin und her. »Das ist nicht der entscheidende Punkt, mein Sohn. Es ist nur eine weitere Episode von vielen. Du bist zwölf Jahre alt, und es ist normal für dieses Alter, dass die Leistungen in der Schule nachlassen und dass du dich daneben benimmst. Das ist der Grund, warum die Lehrer uns Eltern Berichte schicken – damit wir eure Hausarbeiten kontrollieren und euch zur Rechenschaft ziehen, wenn ihr im Museum auf die Sicherheitskameras pinkelt. Aber mir gefällt die Richtung nicht, in die du dich zu entwickeln beginnst, Lawrence. Du zeigst einen beunruhigenden Mangel an Respekt für alles, was wir auf dieser Welt erschaffen. Als wäre es dir völlig gleichgültig, ob Amethi eine Biosphäre erhält oder nicht. Möchtest du nicht eines Tages nur in einem T-Shirt und Shorts nach draußen vor die Kuppeln gehen können? Möchtest du nicht sehen, wie in den Wüsten Gras wächst und wie neue Wälder entstehen?«

»Natürlich möchte ich das!« Er war noch immer peinlich berührt wegen der Bemerkung über die Sicherheitskamera im Museum – er hatte nicht geahnt, dass sein Vater darüber informiert war.

»Und warum zeigst du es nicht? Warum handelst du genau entgegengesetzt? Warum benimmst du dich in letzter Zeit derart daneben und bereitest deiner Mutter so viel Kummer, obwohl sie schwanger ist und nicht in der Verfassung, deine absurden Mätzchen zu ertragen?«

»Ich zeige es ja! Ich habe heute eine Wolke gesehen!«

»Und du hast nichts Besseres zu tun, als die Notbremse des Busses zu ziehen? Höchst beeindruckend.«

»Sie war wunderbar! Ich liebe diesen Teil der Biosphäre, Vater!«

»Das ist zumindest ein Anfang, schätze ich.«

»Es ist nur ... ich weiß, wie wichtig HeatSmash für Amethi ist, und ich bewundere wirklich alles, was McArthur für die Kolonie tut. Aber es betrifft mich nicht so sehr wie dich oder die anderen hier.«

Der Briefbeschwerer in Doug Newtons Händen

kam einmal mehr zur Ruhe. Er runzelte die Stirn und musterte seinen Sohn. »Soweit ich mich entsinne, hatten wir deine DNS so weit geändert, dass deine Physis und dein Intellekt über dem Durchschnitt liegen. Ich erinnere mich nicht an ein besonderes Talent, das dir gestatten würde, nackt und ungeschützt auf einem Planeten in Isostarre zu überleben. Ich bin sogar ganz sicher, dass du keine derartigen Fähigkeiten besitzt.«

»Aber Dad! Ich will gar nicht auf Amethi leben! Jedenfalls nicht mein ganzes Leben«, fügte er hastig hinzu. »Ich möchte zur Raumflotte von McArthur!«

»Heilige Mutter Gottes!«

Lawrences Unterkiefer sank herab. Er hatte seinen Vater noch niemals zuvor fluchen gehört. Er wusste instinktiv, dass er sich gerade ziemlich tief in Schwierigkeiten manövriert hatte.

»Zur Raumflotte?«, sagte Doug Newton. »Hat das vielleicht irgendetwas mit dieser albernen Serie zu tun, die du ununterbrochen ansiehst?«

»Nein, Dad. Ich sehe *Flight: Horizon*, weil ich die Serie interessant finde. Es ist nur eine Serie, weiter nichts. Nicht das, was ich tun möchte. Ich weiß, dass ich mich qualifizieren kann. Ich bin gar nicht schlecht in den Fächern, die man braucht, um in das Trainingsprogramm aufgenommen zu werden. Ich habe die Bewerbungsunterlagen angesehen und die möglichen Laufbahnen studiert.«

»Lawrence, wir sind eine der führenden Familien von McArthur, begreifst du das denn nicht? Ich sitze im Vorstand. Ich. Dein Vater. Ich treffe die Entscheidungen, wenn es um diesen Planeten geht. Das ist deine Zukunft, mein Sohn. Vielleicht habe ich das nicht deutlich genug gemacht. Vielleicht habe ich mich zu sehr zurückgehalten, damit du so normal wie möglich aufwachsen kannst, ohne ständig daran zu denken. Aber so ist es nun einmal, und ich denke, du weißt das sehr wohl. Vielleicht ist es das, was dich so sehr aufregt. Nun, es tut mir Leid, mein Sohn, aber du bist ein Kronprinz unserer schönen neuen Welt. Es ist nicht einfach, doch du gewinnst eine verdammte Menge mehr, als du verlierst.«

»Ich kann immer noch zurückkommen und Vorstandsmitglied werden. Ein Raumschiff zu kommandieren ist die beste Vorbereitung darauf!«

»Lawrence!« Doug Newton unterbrach sich und stöhnte. »Warum habe ich nur das Gefühl, ich würde dir etwas über den Weihnachtsmann erzählen? Hör mir zu, mein Sohn. Ich verstehe ja, dass es dir wie das Großartigste im Universum erscheinen muss, ein Raumschiff zu kommandieren. Aber das ist es nicht, hörst du? Du fährst von Amethi zur Erde und dann von der Erde wieder nach Amethi. Das ist alles. Sechs Wochen eingesperrt in einer Druckkammer zusammen mit den Blähungen anderer Leute und ohne Fenster. Die Besatzung arbeitet ununterbrochen mit ihren AS-Interfaces, Mechaniker, die auf Wartungsarbeiten im freien Fall spezialisiert sind. Wenn du dich mit einer AS verbindest, kannst du es von deinem Büro aus tun und bist in Sicherheit. Wenn du für längere Zeit in einem Raumschiff bleibst, leidet dein Körper darunter. Wir haben gute Medikamente gegen dünn werdende Knochen und Muskelverfall entwickelt, die dich eine Fahrt durchstehen lassen, ohne dass du gleich an Selbstmord denkst ... Gott weiß, genug von uns haben es getan. Ich habe die

Fahrt zur Erde und zurück gehasst! Ich habe mich die Hälfte der Zeit übergeben und bin so oft irgendwo angestoßen, dass ich am ganzen Leib grün und blau war! Ich sah schlimmer aus, als hätte ich in einem Boxring gestanden, und es war ganz und gar unmöglich zu schlafen. Aber eine Fahrt zur Erde und zurück – das ist eine einmalige Geschichte, das kann man ertragen. Wenn du zehn oder fünfzehn Jahre dort oben bleibst, verstärken sich die nachteiligen Auswirkungen, selbst wenn du zwischenzeitlich ausgedehnte Planetenaufenthalte einlegst. Aber das sind nur die gewöhnlichen Berufskrankheiten. Das Risiko von Strahlenschäden ist ebenfalls hoch. Die kosmische Strahlung reißt deine DNS in Fetzen. Und all das ist noch der gute Teil des Jobs, ich will gar nicht erst davon anfangen, was geschieht, wenn du Bordingenieur wirst und aussteigen musst. Wenn du glaubst, dass ich übertreibe, dann sieh einfach nach, wie hoch die Lebenserwartung von Schiffsbesatzungen ist und wie viele im Raum sterben. Ich verschaffe dir Zugang zu den geheimen Personaldaten von McArthur, wenn du möchtest.«

»Das ist nicht die Art von Raumfahrt, für die ich mich interessiere! Ich möchte auf ein Raumschiff, das Tiefraumerkundungen durchführt!«

»Tatsächlich?«

Lawrence mochte den amüsierten Ausdruck im Gesicht seines Vaters nicht. Es bedeutete, dass er sich siegessicher fühlte. »Ja.«

»Neue Welten zum Kolonisieren entdecken, Erstkontakt mit fremden Spezies herstellen und all das?«

»Ja.«

»Als du die Bewerbungsunterlagen für Raumschiffsbesatzungen eingesehen hast ... du hast nicht zufällig nachgesehen, welche unserer Schiffe mit Tiefraumerkundung beauftragt sind? Steht alles im gleichen Informationsblock.«

»Ich habe nichts gefunden. Dieser Teil der Operationen wird von der Erde aus geleitet.« Er sah, wie das Grinsen seines Vaters breiter wurde. »Oder nicht?«

»Von der Erde aus wird gar nichts geleitet. Nicht mehr seit 2285. Darüber hinaus hat McArthur bereits 2230 sämtliche Missionen in den Tiefraum gestrichen. Wir haben seither nicht eine einzige Mission durchgeführt, und weißt du auch warum?«

Lawrence glaubte seinen Ohren nicht zu trauen. Das alles war eine wilde Verschwörung, die ihn dazu bringen sollte, sich in der Schule mehr anzustrengen oder sonst etwas. »Nein!«

»Zu teuer. Raumschiffe kosten ein Vermögen, nicht nur im Bau, sondern auch im Unterhalt. Und ich meine ein Vermögen. Wir haben nichts, aber auch gar nichts gewonnen mit unseren Expeditionen in diesen Teil der Milchstraße. Vom Standpunkt des Investors betrachtet sind Erkundungen ein finanzielles Schwarzes Loch.«

»Wir haben Amethi!«

»Ah, höre ich da Stolz auf deine Heimatwelt? Ja, wir haben Amethi. Wir hatten außerdem noch Anyi, Adark und Alagon. Das war alles, bis 2285. Wir mussten sie loswerden. Kolonisierung kostet mehr Geld, als die Anteilseigner auf der Erde zu zahlen bereit sind, zumal sie niemals Zinsen erhalten. Wir werden niemals ein kommerzielles Massenprodukt herstellen und über interstellare Entfernungen verschiffen, das nicht viel teurer ist als alles, was sie lokal herstellen. Investitionen müssen von der Erde kommen. McArthur konnte unter gar keinen Umständen vier Kolonien finanzieren, deswegen haben wir drei davon in Verschmelzungsverträgen an Kyushu-RV und Heizark Interstellar Holdings verkauft. Damit haben wir immense Schulden verhindert – gleichzeitig gelang es uns, andere Aktiva an Holdings zu veräußern und den Bewohnern von Amethi einen großen Teil der freien Anteile an McArthur zuzuschlagen. Es war ein ziemlich innovatives Vorgehen, und verschiedene andere Companys sind später unserem Beispiel gefolgt. Als Resultat gehören fünfundachtzig Prozent der Anteile an McArthur den Bewohnern von Amethi. Die Muttergesellschaft auf der Erde zusammen mit all ihren Fabriken und Finanzdienstleistungen existiert nur aus einem einzigen Grund – Amethi mit flüssigen Mitteln auszustatten. Außerdem bietet sie Anteilseignern auf der Erde die Möglichkeit, ihre Dividende in Form eines Grundstücks auf Amethi in Anspruch zu nehmen – der ultimative Pensionsplan sozusagen.«

»Aber es gibt so viel da draußen zu entdecken, das wir noch nicht kennen!«

»Nein, gibt es nicht, mein Sohn«, entgegnete Lawrences Vater entschieden. »Die Regierungen haben Schiffe zu jedem nur denkbaren System geschickt, um Daten zu sammeln, ganz zu Beginn des interstellaren Zeitalters. Wir haben jede erreichbare Anomalie untersucht und mehr bewohnbare Planeten entdeckt, als die menschliche Rasse zu besiedeln imstande ist. Wir waren dort draußen, und wir haben alles getan, was es für uns zu tun gibt. Damit ist es vorbei, Lawrence. Heute ist die Zeit, wo wir den Lohn für unsere Mühen einfahren. Unser goldenes Zeitalter, Lawrence. Genieße es.«

»Dann gehe ich eben zu einer anderen Company und mache bei deren Raumschifffahrtprogramm mit!«

»Hallo? Universum an Lawrence, hast du mir nicht zugehört? Mein Sohn, niemand erforscht heutzutage noch den Weltraum! Es gibt nichts mehr zu erforschen! Das ist der Grund, warum sich eure Schule auf Fächer konzentriert, die ihr braucht, um Amethi zu einer bewohnbaren, angenehmen Welt zu machen! Ihr habt alles, was ihr braucht, um das Terraformprojekt abzuschließen! Eure Zukunft liegt hier, und ich möchte, dass du endlich anfängst, dich darauf zu konzentrieren. Jetzt. Bisher war ich tolerant gegenüber deinen absurden Ideen, aber damit ist nun ein für allemal Schluss. Es ist an der Zeit, dass du anfängst, den Erwartungen deiner Familie gerecht zu werden.«

Kapitel vier

»Diese Welt wurde von der Letzten Kirche als Ort für ihren Obersten Tempel ausgesucht, weil sie nahe dem Ulodan-Nebel liegt, der wegen seiner Dunkelheit bemerkenswert ist. Normale Nebel gehören zu den leuchtendsten aller stellaren Objekte, zusammengedrängte, verdrehte Zyklone aus Gas und Staub, die Lichtjahre durchmessen und so groß sind, dass sich in ihrem Innern nicht selten mehrere Sterne befinden. Das Licht dieser Sterne lässt sie purpurn oder violett oder smaragdfarben erstrahlen. Es bringt den Staub und das Gas zum Fluoreszieren. Nicht so beim Ulodan-Nebel. Der Ulodan bestand größtenteils aus Kohlenstoffstaub, so schwarz wie der Abgrund zwischen zwei Galaxien. Es gab Sterne im Innern des Nebels, einschließlich einer sehr bekannten Sonne, der Heimat der Mordiff, doch von außen war nichts davon zu sehen. Kein Leuchten, nicht einmal ein Schimmern. Das Ring-Imperium nannte den Nebel die Wolke der Toten, nachdem ein Forschungsschiff die Welt der Mordiff gefunden hatte. Für die Letzte Kirche war es perfekt. Wenn man von ihrer Welt aus nach oben sah, bedeckte der Ulodan die Hälfte der Sonnen des Zentrums. Als wären sie aus der Milchstraße herausgefressen worden.

Mozarks Schiff landete im fünften Jahr seiner Reise auf dieser Welt. Ich schätze, es war unvermeidlich, dass er irgendwann auf die Letzte Kirche stoßen musste. Jeder denkt im Verlauf seines Lebens wenigstens einmal über Religion nach, und Mozark bildete keine Ausnahme. Er ließ sein Schiff auf dem Raumhafen stehen und ging in die Stadt des Obersten Tempels. Im Verlauf der nächsten Wochen traf er sich sehr oft mit den Priestern, die den Tempel leiteten. Sie waren erfreut, ihn als Gast zu empfangen, wie bei allen Leuten. Doch in Mozarks Fall strengten sie sich natürlich ganz besonders an. Er war ein Prinz aus einem Königreich des Ring-Imperiums, wo es nur wenige Kirchen gab, und er suchte nach Erleuchtung für sein ganzes Volk. Unter Mozarks Schirmherrschaft hätte die Letzte Kirche viele neue Welten bekehren können.«

»Wozu bekehren, Miss?«, fragte Edmund. »Hatten sie Buddha und Jesus und Allah?«

»Nein.« Denise lachte und fuhr sich mit der Hand durch das frisch geschnittene Haar. »Nichts dergleichen. Du darfst nicht vergessen, dass das Ring-Imperium eine sehr alte Zivilisation war. Niemand glaubte mehr daran, dass es lebende Leute gab, die mit Gott gesprochen hatten oder mit Ihm verwandt waren oder von Ihm auf eine göttliche Mission geschickt worden waren, um das Universum zu erleuchten. Ich bin nicht einmal sicher, ob ›Letzte Kirche‹ eine gute Übersetzung für das ist, was sie repräsentierte. Es war eine Art evangelischer Physik, wisst ihr? Im Gegensatz zu unseren Religionen gab es nichts, was im Widerspruch zu wissenschaftlichen Tatsachen stand. Ihre Lehren konnten nicht geschwächt werden, indem die Leute mehr und mehr über die Natur des Universums herausfanden. Stattdessen waren sie ein Produkt der gleichen Wissenschaft, der das Ring-Imperium all seine fabelhafte Technologie zu verdanken hatte. Sie beteten das Schwarze Herz der Galaxis an – wobei ich bezweifle, dass ›Anbeten‹ das richtige Wort dafür ist.

Das Herz ist ein gewaltiges Schwarzes Loch, in das alles hineinfällt und aus dem niemals etwas zurückkehrt. Es hat bereits Millionen von Sternen verschlungen, und eines Tages wird es die gesamte Galaxis gefressen haben. Doch das dauert noch Milliarden und Abermilliarden Jahre. Was der Grund dafür ist, dass die Letzte Kirche es angebetet und studiert hat. Denn am Ende wird vom Universum nichts weiter zurückbleiben als lauter Schwarze Löcher. Sie fressen Galaxien und Supercluster ohne Unterschied. Jedes Atom, das es je gegeben hat, wird von ihnen verschlungen, und sie werden alle verschmelzen, bis nur noch ein Einziges übrig ist. Und danach ...« Sie verstummte, um die Spannung zu erhöhen.

»Was denn?«, fragten ein Dutzend Kinder aufgeregt.

»Das ist der Grund, warum es eine Letzte Kirche gibt. Niemand weiß, was danach geschehen wird. Einige der Astrophysiker des Ring-Imperiums meinen, dies sei der Augenblick, in dem sich auch die Schwarzen Löcher vereinen, und sobald dies geschehen sei, würde ein neues Universum geboren. Andere behaupten, es sei das Ende von allem. Die Letzte Kirche suchte die Leute zu überzeugen, dass es ein neuer Anfang sei. Versteht ihr, wenn alles im Universum von den Schwarzen Löchern verschlungen war, dann konnten sie vielleicht beeinflussen, was hinterher daraus wird. In einem Schwarzen Loch wird Materie vernichtet, doch die Letzte Kirche war der Meinung, dass Energie ihre Struktur behält, entweder dadurch, dass es der zerstörten Materie aufgeprägt wird, oder in gänzlich unabhängiger Form. Sie glaubte, dieses Muster wäre Bewusstsein. Seelen, wenn ihr so wollt. Die Letzte Kirche wollte Seelen in das Schwarze Herz schicken, damit ein Sinn erhalten bleibt, wenn das Ende der Zeit gekommen ist und die schöne Ordnung der Physik dem Chaos weicht.

Wie ihr euch sicher vorstellen könnte, gefiel Mozark dieser Gedanke. Die schiere Ehrenhaftigkeit des Konzepts überwältigte ihn: sicherstellen, dass die Existenz selbst nicht endet. Das war etwas, dem sich das Königreich mit Hingabe und Begeisterung widmen konnte. Es würde Endoliyn ebenfalls gefallen, dachte er. Doch dann kamen ihm Zweifel, die gleiche Art von Zweifeln, die jede Religion bedrohen, ganz gleich, wie rational ihre Basis sein mag. Das Leben ist ein natürliches Produkt dieses Universums; zu glauben, sein Sinn bestünde darin, auf das Ende der Zeit Einfluss zu nehmen, verlangt sehr viel Glauben. Je länger Mozark darüber nachdachte, desto überzeugter war er, dass der Glaubensgrundsatz der Letzten Kirche göttlicher Intervention gleichkam. Der allererste Physiker-Priester der Kirche hatte eine Wahl getroffen, und in seiner Eitelkeit hatte er gewollt, dass alle mit ihm übereinstimmten. Mozark war nicht sicher, ob er das selbst konnte, geschweige denn sein gesamtes Königreich. Trotz all seiner Großartigkeit ist das Leben klein, und es mit einer Aufgabe zu verbringen, deren Notwendigkeit sich erst in Hunderten von Millionen Jahren erweisen würde, verlangte einfach zu viel Glauben. Ein Leben im Dienst der Letzten Kirche wäre kein klug verbrachtes Leben. Es wäre verschwendet. Das war es nicht, was Endoliyn wollte.

Einmal mehr also kehrte Mozark zu seinem Schiff zurück und verließ den Planeten der Letzten Kirche, um seine Reise fortzusetzen. Er wies die abstrakte Spiritualität der Letzten Kirche genauso entschieden von sich wie die Hingabe an das Materielle, die er bei den Leuten auf der Welt mit dem Namen ›Die Stadt‹ erfahren hatte.«

Denises Blicke glitten über ihr kleines Publikum. Die Kinder waren längst nicht so begeistert wie beim letzten Mal, als sie ihnen von den Wundern erzählt hatte, die es auf ›Der Stadt‹ zu bestaunen gab. Kaum überraschend, schalt sie sich. Sie sind noch zu jung, um sich vorpredigen zu lassen.

»Beim nächsten Mal«, sagte sie mit leiser, verschwörerischer Stimme, die augenblicklich die Aufmerksamkeit aller zurückgewann, »beim nächsten Mal erzähle ich euch vom Planeten Mordiff und seiner ganzen schrecklichen, tragischen Geschichte.«

»War Mozark auch da?«, rief eines der Mädchen mit heller Stimme.

»Er war dort, und er hat seinen Besuch überlebt und konnte hinterher seine Geschichte erzählen.«

Der Planet Mordiff war eine weitere jener Sagen aus dem Ring-Imperium, bei dessen bloßer Erwähnung die Kinder vor schauriger Verzückung jauchzten. Dank der vagen Andeutungen, die sie hier und da hatte fallen lassen, musste der Planet Mordiff ihnen erscheinen wie eine Hölle, die von schwer bewaffneten Monstern bevölkert wurde. Was im Grunde genommen keine ganz faire Beschreibung war – doch als Druckmittel am Ende des Tages, um sie dazu zu bringen, den Garten aufzuräumen, war sie absolut unschlagbar.

Nach der Arbeit stieg Denise in eine Tram zum Newmarket District. Die Fahrt dauerte zwanzig Minuten und führte langsam weg von dem dichten Gedränge aus Gebäuden rings um die Marina und die Docks hinaus in die Vorstadt, wo die Straßen breit waren und die Apartmenthäuser niedrig und schmucklos. Lange Reklametafeln säumten die Gebäude an den Kreuzungen, keine Flachbildschirme, sondern einfache Papierplakate. In den Seitenstraßen standen Reihen nahezu identischer Häuser, ausgebleichte Betonmauern, die in der salzigen Luft bereits verwittert aussahen, und kleine Vorgärten voller Farne und Palmen.

Eine Haltestelle vor ihrem Ziel stieg sie aus und ging den Rest der Strecke zu Fuß. Hier gab es keine Touristen. Sie schlenderte müßig über den Bürgersteig und nahm sich Zeit, um in die Schaufenster zu sehen. Restaurants und Cafés hatten Tische und Stühle auf den Bürgersteigen, doch die meisten Gäste zogen das Innere vor, wo es dunkler und kühler war und die Musik lauter. In den Eingängen hielt sich der Geruch nach Marihuana und Redshift.

Zwei Männer und eine Frau stolperten ihr aus einer der Bars entgegen. Sie blinzelten und schirmten ihre Augen gegen das helle Sonnenlicht ab, bis sich ihre dünnen Sonnenbrillen automatisch entfaltet hatten. Die drei kicherten so haltlos, wie es nur jemand konnte, der gründlich zugekifft war. Die Männer waren – nach ihren Overalls zu urteilen – Arbeiter, groß und kräftig gewachsen. Die Frau ging in der Mitte und hatte die Arme um beide geschlungen. Keine besonders gute Figur und auch nicht ausgesprochen attraktiv. Ihre Zunge glitzerte im Sonnenlicht, als sie einem Mann das Ohrläppchen leckte und vor lauter Vorfreude aufschrie. Er umfasste ihre Taille und drückte sie begierig an sich.

Denise blieb wie angewurzelt stehen und wandte sich ab. Trotz der heißen Luft und der Sonne fröstelte sie plötzlich. Sie verfluchte sich selbst und ihre Schwäche. Es war die Kombination, die sie unerwartet überrascht hatte. Zwei Männer und eine Frau. Einsetzendes Vorspiel. Gelächter, das man nicht von Schreien unterscheiden konnte.

Idiot!, schalt sie sich und verspürte den wilden Impuls, sich selbst zu ohrfeigen. Komm endlich zur Vernunft, verdammt! Erstaunlich, dass ihr Körper so stark sein konnte, wenn ihr Verstand so schwach schien. Nicht zum ersten Mal fragte sie sich, ob Raymond und Josep subtile neurochemische Veränderungen an sich hatten vornehmen lassen. Die menschliche Psyche war höchst empfänglich gegenüber chemischer Manipulation. Gab es eine Droge, die einen kühl werden ließ?

Die drei wankten um eine Ecke und verschwanden außer Sicht. Ein paar tiefe Atemzüge später setzte sich auch Denise in Bewegung. Langsam fand sie ihr Gleichgewicht wieder.

Ein geschwungenes Glasdach zog sich über die gesamte Länge des Marktes hin und verbreitete sich ein Stück vom Eingang entfernt kreuzförmig nach außen. Unter dem Dach war die Luft klimatisiert, befreit von Staub und Feuchtigkeit. Aus zur Passage hin offenen Läden plärrte Musik und das heisere Geschrei der Marktfrauen und Verkäufer. Die ersten Läden verkauften Lebensmittel; Proteine aus den Raffinerien, die mit Aromastoffen und Kohlehydraten vermischt waren und annähernd wie irdisches Essen schmeckten. Es gab Gemüsehändler, die bunte Kugeln anboten, angeblich Obst und Gemüse, Metzger mit Fleischimitationen aller Art, von Lamm über Schwein bis Rind, Fischläden, Pastaläden, Bäckereien, Milchläden und »Spezialitäten« wie Kaffee oder Tee. Der Duft war verlockend, doch Denise ging vorbei. Zahlreiche Kundschaft drängte sich vor den Ständen und feilschte oder prüfte die Konsistenz der Waren.

Denise durchquerte die Ladenpassage bis in den hinteren Teil, wo Likeside Bikes ihr Geschäft hatten. Wie bei jedem Fahrradgeschäft im Universum war der Bereich vor den Schaufenstern zugestellt mit noch immer eingepackten Rädern, und in einer abgetrennten Ecke wurden Werkzeuge und Ersatzteile angeboten. Drei Mechaniker arbeiteten an Rädern, die an langen Seilen von der Decke hingen. Radfahren war in Memu Bay äußerst populär, und die Geschäfte gingen ausgezeichnet.

Der Assistant Manager, Mihir Sansome, blickte auf und vergaß augenblicklich das Kinderfahrrad, an dem er gerade arbeitete.

»Hi«, sagte Denise und lächelte ihn strahlend an. »Ist meine Bestellung inzwischen eingetroffen?«

»Ich glaube schon.« Mihir warf einen Seitenblick auf seine beiden Kollegen und grinste Denise nervös an.

Sie reagierte betont gleichgültig.

Mihir räusperte sich. »Ich sehe nach, Augenblick bitte.« Er ging nach hinten und nahm eine kleine Schachtel von seinem Arbeitsplatz. »Hier ist es ja. Vorderradaufhängungen, fünf Sätze.«

»Danke sehr.« Sie legte zwei getrennte Stapel Bargeld auf den Tisch. Umständlich fuhr Mihir mit dem Scanner über den Barkode der Schachtel. Fünf Noten wanderten in das Scheinfach der Kasse, der weitaus größere Rest wurde gefaltet und verschwand in seiner Tasche, ohne dass seine Kollegen etwas davon bemerkten. Er steckte die Schachtel in eine Tragetasche und reichte sie Denise.

Auf dem Weg zum Ausgang des Marktes grinste sie still in sich hinein. Mihir war gewiss kein großartiger Schauspieler, doch der Fahrradladen mit seinen Autoklaven und Vulkanisiermaschinen war äußerst nützlich. Das Risiko, dass Mihirs Aktivitäten auffielen, war verschwindend gering. Selbst wenn er von seinen Kollegen oder dem Manager befragt wurde, würden sie lediglich annehmen, dass er in irgendwelche illegalen Schiebereien verwickelt war. Das war das Schöne an einer in Zellen aufgeteilten Untergrund-Gruppe. Außerhalb der Kommandostruktur kannte niemand irgendjemand anderen.

Selbst wenn die Behörden eine Zelle entdeckten und der schlimmste Fall eintrat, konnten sie höchstens diese eine Zelle unschädlich machen. Und die Dinge, die Mihir für sie produzierte, waren für sich genommen völlig harmlos. Wahrscheinlich konnte er eine Personenbeschreibung von Denise liefern, doch soweit er wusste, war sie nur ein Kurier. Er war von Mitgliedern einer anderen Zelle rekrutiert worden, die ihn darüber aufgeklärt hatten, dass sein Cousin im Verlauf der letzten Invasion gefallen war. Zuerst hatten sie seine Sympathien erworben; dann hatten sie ihn gefragt, ob er bereit wäre zu helfen, der nächsten Invasionsstreitmacht das Leben gehörig zu erschweren. Es würde ihn nicht einmal etwas kosten – die Bewegung würde ihn für seine Dienste bezahlen. Nachdem er sich damit einverstanden erklärt hatte, bestand der einzige weitere Kontakt in verschlüsselten Nachrichten – und mit Denise.

Wenn es sich um eine gewöhnliche radikale Untergrundbewegung gehandelt hätte, dann hätten sie einen einfachen Kurier gesandt, um die Schachtel abzuholen. Doch die Dinge lagen nicht so einfach.

Indigofarbene Daten glitten über ihre Netzhaut, während der Pearl-Ring die Datenströme nach Echtzeit-Kommunikation der Polizei absuchte. Es gab Hunderte von Datenpaketen, die weitaus meisten davon einfache Routinekontakte und Monitorstreams, und einige vereinzelte Spezialoperationen. Nichts von allem hatte mit ihr zu tun.

Trotzdem behielt sie die übrigen Fußgänger im Auge, beobachtete die wenigen Fahrzeuge und Lieferwagen, die am Straßenrand parkten, und die Radfahrer. Keiner schien sich für sie zu interessieren, außer ein paar Jungen.

Sie stieg in die Tram. Außer ihr stiegen nur zwei weitere Fahrgäste zu. Sie wechselte die Linie zweimal. Als sie endlich bei der Werkstatt ankam, war sie sicher, dass ihr niemand gefolgt war. Es war eine von zwölf Werkstätten in einem zweistöckigen Industriebau. Das Gebäude sah einigermaßen heruntergekommen aus, und die Fenster waren entweder mit reflektierender Folie verklebt oder mit Brettern vernagelt. Das leise Surren einer Klimaanlage drang bis auf die schmale Seitengasse, die zu den Frachtrampen auf der Rückseite führte. Neben mehreren Rolltoren stapelte sich leeres Verpackungsmaterial. Sie hatte nie gesehen, dass jemand den Müll nach draußen gebracht oder irgendjemand ihn eingesammelt hätte. Doch die Größe und Lage der Müllhaufen änderte sich von Woche zu Woche, also wurden die Werkstätten benutzt.

Denise wies ihre neurale Karte an, das Sicherheitsnetz der Werkstatt zu überprüfen, und es berichtete, dass alles in Ordnung war. Sie schwenkte die linke Hand über den Sensor des Schlosses und stieß die Tür auf. Dahinter befand sich ein großer Raum mit nackten Betonwänden. Bis auf eine Tischlerbank in der Mitte und ein Metallregal, das die halbe Wand zum Frachttor einnahm, war der Raum leer. Beide Fenster und das Tor selbst waren von innen zugemauert und das Mauerwerk mit Kohlefasergeflecht verstärkt worden.

Josep saß an der Werkbank und drehte mit Hilfe einer programmierbaren Elektronenstrahlfräse Zylinder aus rostfreiem Stahl. »Hast du alles bekommen?«, fragte er.

»Ich hoffe doch.« Sie ließ die Schachtel auf die Werkbank fallen und öffnete sie. Zwei Dutzend schwarze Zylinder fielen heraus. Sie beugten sich über die Ware und untersuchten sie.

Mihir hatte leicht konische Röhren aus Borosilikat hergestellt, zehn Zentimeter lang, das dünnere Ende offen, die Basis mit einem kleinen Loch in der Mitte und einer äußeren Nut. Denise fragte sich, ob er wusste, dass er Patronenhülsen produziert hatte – die

Form war offensichtlich genug, auch wenn das ungewöhnliche Material und die Stärke irreführend sein konnten.

»Gar nicht schlecht«, sagte Josep. Er prüfte eine Hülse mit einem Nonius, und das Display verschwamm, während er mit den Messfühlern um die Nut fuhr. »Wirklich, überhaupt nicht schlecht. Er hat sämtliche Toleranzen eingehalten.«

»Ich fange direkt an, sie zu füllen«, sagte Denise. Die Hülsen waren die letzte fehlende Komponente. Sie hatten bereits die Projektile, die Zündkapseln und die Treibladungen. Und sie hatten das Gewehr dazu. Die Durchschlagskraft war hoch genug, um einen Skin auf zwei Kilometer Entfernung zu durchlöchern.

Das Gewehr war nur eine der Waffen, die sie einsetzen würden. Andere Zellen überall in Memu Bay entwickelten andere Waffen und Sprengfallen. Unverdächtige Bestandteile, die alleine harmlos und in Kombination tödlich waren. Wenn die Invasoren diesmal eintrafen, war die Widerstandsbewegung vorbereitet. Sie würde ihnen das Leben zur Hölle machen.

Platoon Nummer 435NK9 musste fünf Stunden in der Transithalle der Basis warten. Lawrence persönlich störte es nicht weiter – die Halle war klimatisiert, und er besaß einen Memorychip mit einer guten Multimedia-Bibliothek, Drinks gab es umsonst an einer Maschine, und der Missionssold lief seit dem frühen Morgen. Squaddie-Himmel. Er streckte die Beine über drei Stühle und entspannte sich, während der große Bildschirm mit den Abfluginformationen immer wieder die gleiche Meldung über ihre Verspätung und erforderliche mechanische Wartungsarbeiten verkündete. Irgendwo dort draußen auf der heißen Rollbahn blinzelten Teams von Mechanikern ratlos in die verschiedenen Wartungsluken des ihnen zugewiesenen Raumflugzeugs und bemühten sich herauszufinden, über welche der fünfzigtausend Unterkomponenten sich der AS-Pilot beschwerte. AS-Piloten überwachten ununterbrochen jeden Parameter der Komponenten und verglichen die Resultate mit den Mindestspezifikationen der International Civil Aerospace Agency. Lawrence hatte gehört, dass Operationsgesellschaften häufig die Elektronik ihrer Fahrzeuge mit AS-Programmen überspielten, die in ihren Toleranzen von der Primärinstallation des Herstellers abwichen und ein wenig mehr Flexibilität gestatteten, wenn es um die Feststellung der Flugtauglichkeit ging. Die Vorschriften der ICAA buchstäblich zu befolgen bedeutete gewaltige Unterhaltungskosten.

Wenn ein Z-B-AS-Pilot Reparaturen verlangte, bevor er fliegen wollte, dann war Lawrence jedenfalls verdammt froh, dass die Reparaturen auch durchgeführt wurden. Das Raumflugzeug hatte sie definitiv nötig.

Der Rest von Lawrences Platoon nahm die erzwungene Verzögerung nicht so gelassen auf. Am schlimmsten betroffen war Hal Grabowski, der Jüngste in der Truppe, gerade neunzehn Jahre alt. Hals Flugerfahrungen erschöpften sich in einem einzigen unterschallschnellen transkontinentalen Flug nach Australien und fünf Helikoptereinsätzen während der letzten

Phase ihres Trainings. Er war noch nie an Bord eines Raumflugzeugs gewesen und hatte keine Erfahrung mit Schwerelosigkeit. Raumflug war eine Neuheit, nach der er hungerte, und er wanderte rastlos in der Halle umher auf der Suche nach einem Hinweis, dass es endlich weiterging. »Es sind jetzt schon drei Stunden!«, beschwerte sich der Junge. »Verdammter Mist! Hey, Corp, wenn sie es nicht bald schaffen – kriegen wir dann ein anderes Raumflugzeug?«

»Ja, schätze schon«, brummte Corporal Amersy. Er blickte nicht einmal vom Bildschirm seines Mediaplayers auf.

Hal fuchtelte ärgerlich mit den Armen und stampfte davon, um jemand anderem auf die Nerven zu gehen. Amersy sah auf, blickte dem Jungen hinterher und wechselte dann einen Blick mit Lawrence. Er grinste, und beide schüttelten unisono den Kopf. Amersy war gut zehn Jahre älter als Lawrence – obwohl sein dünner werdendes Haar das einzige äußerliche Zeichen dafür war. Er achtete sehr darauf, in Form zu bleiben, und verbrachte jede Woche Stunden im Fitnessraum der Basis. Einwandfreie Kondition war eine unverzichtbare Voraussetzung für einen Squaddie der Strategic Security Division von Zantiu-Braun. Amersy würde niemals über den Rang eines Corporal hinaus aufsteigen; er besaß weder genügend Anteile noch die erforderlichen Verbindungen. Es machte ihm nichts aus – seine Position gestattete ihm, sich um seine Familie zu kümmern, und so arbeitete er hart dafür, sie zu behalten. Was Lawrence nur recht sein konnte – Amersy war der zuverlässigste Corporal in der gesamten Vierten Flotte.

Nur sein Gesicht verriet, wie viel Zeit er in den vordersten Reihen von Zantiu-Brauns Gewinnrealisierungskampagnen verbracht hatte. Er trug einen großen hellen Fleck auf der linken Wange, wo sich fünfzehn Jahre zuvor während der Shuna-Kampagne eine Benzinbombe durch seinen Helm gefressen hatte, bevor Skins zu ihren heutigen Fähigkeiten ausgereift gewesen waren. Selbst die Narbe hätte normalerweise nicht so stark sichtbar sein dürfen, nicht bei seiner dunklen Hautfarbe. Doch an jenem Tag war das Feldhospital vor Verletzten übergequollen. Der Arzt hatte am Ende einer Zweiundzwanzig-Stunden-Schicht übermüdet reagiert und die Regenerationsviren zu hastig appliziert. Sie hatten das getan, wofür sie geschaffen worden waren, die Lederhaut infiltriert und neues genetisches Material eingebracht, das die Haut regenerieren sollte. Unglücklicherweise waren die eingebrachten Gene für einen Kaukasier gedacht gewesen – mit dem Ergebnis, dass die Hälfte von Amersys Wange bleich war wie ein flacher Tumor.

Rookies durften sich genau einen Scherz über Amersy erlauben. Hal hatte natürlich einen zweiten angebracht. Der Junge war sogar noch größer als Lawrence, gut über zwei Meter, und besaß Muskeln, die so stark waren wie ein Skinsuit. Es spielte keine Rolle – nach einer harten Landung auf dem Boden war er eine Woche humpelnd herumgelaufen. Seither zeigte der Junge gegenüber Amersy reichlich Respekt – wahrscheinlich die einzige Lektion, die er in den neun Wochen seit seiner Versetzung in Lawrences Platoon wirklich begriffen hatte.

»Gibt es an Bord Stewardessen?«, wandte sich Hal an Edmond Orlov. »Du weißt schon, eine einigermaßen niedliche Pussy.«

»Das ist ein verdammter Militärtransport, du Scheißkopf!«, schnarrte Edmond. »Offiziere und das Management kriegen einen Null-G-Blowjob. Du kannst Karl ficken.«

Karl Sheahan hob den Kopf und öffnete blinzelnd die Augen. Winzige optronische Membranen über seinen Pupillen lösten sich in Nichts auf. Er zeigte den beiden den gestreckten Mittelfinger.

»Was ist mit dem Raumschiff?«, beharrte Hal. »Gibt es wenigstens bei der Besatzung ein paar Miezen?«

»Ich hab nicht die beschissenste Ahnung. Und außerdem, selbst wenn sie alle Frauen wären, würde es für dich nicht den winzigsten Unterschied ausmachen. Die Besatzungen kriegen immer nur das Allerbeste, und das bedeutet, dass selbst ihre dämliche Kaffeemaschine schlauer und attraktiver ist als du.«

»Au Mann, was für eine Verschwendung! Ich meine, wie oft hat ein Typ schon so eine Gelegenheit? Wie ich das einschätze, erlebe ich vielleicht sechs oder sieben Kampagnen. Damit mache ich insgesamt nicht mehr als vierzehn Raumflüge, richtig? Ich will keinen davon verschwenden, das wäre ja beinahe kriminell!«

»Verschwenden? Wieso?«

»Zwischen den Polstern herumsegeln. Der große Freie Fall, frei für alle. Ein Rodeo mitten in der Luft.« Er ballte die Fäuste und hob sie flehend in die Höhe. »Ich will Sex in Schwerelosigkeit, Mann! Jede unnatürliche Position, für die wir nicht gebaut sind! Heilige Scheiße, ich krieg einen hoch, wenn ich nur daran denke!«

»Hör endlich auf, du armer Irrer! So was gibt es

nicht. Die Vorstellung ist ein Mythos, den sich irgendeine Publicityabteilung der Company ausgedacht hat, als sie damals angefangen haben, Touristen in den Orbit zu fliegen, kapiert? Du brauchst in der Schwerelosigkeit nur zu schnell den Kopf zu drehen, und schon fängst du an zu kotzen. Du taumelst durch die Gegend wie nichts Gutes, und es kommt dir aus jeder Öffnung. Und wenn ich sage jede, dann meine ich das auch. Und jetzt vergiss diesen Scheiß und lass uns ein wenig zur Ruhe kommen, ja?«

Hal zog sich verletzt zurück. Edmond war sein einziger Freund im Platoon, und die beiden hatten mehr als einmal die nächtliche Ausgangssperre gebrochen und waren zusammen in Cairns über den Strip gezogen.

Lawrence wartete schweigend ab in der Hoffnung, dass der Kleine irgendwann von alleine aufhören würde. Neben seinem Platoon warteten noch zehn andere in der Halle auf ihren Transport in den Orbit, und jeder Squaddie war nervlich angespannt. Es brauchte nicht viel, um einen Kampf herauszufordern. Lawrence wollte den Jungen nicht herumkommandieren, bevor die Mission überhaupt richtig angefangen hatte. Keiner der anderen war eine derartige Nervensäge, doch sie waren alle älter, waren alle schon im Einsatz gewesen, und die Hälfte von ihnen besaß Familie, was sie ruhiger und besonnener machte.

Hal schlenderte zu einem der großen Panoramafenster und drückte das Gesicht gegen das Glas. Er starrte begierig den großen Raumflugzeugen hinterher, die ununterbrochen starteten und landeten. Er trank einen Schluck aus seiner Coladose.

»Hal, hör jetzt lieber auf zu trinken«, sagte Amersy. »Du solltest keine Flüssigkeit im Magen haben, wenn wir den Orbit erreichen. Du wirst kotzen, ohne dass du dafür den Kopf bewegen musst.«

Hal starrte die Dose an, dann ließ er sie fallen und trat sie in Richtung des nächsten Papierkorbs, doch er schwieg endlich.

Der Junge würde sich schon machen, dachte Lawrence. Er brauchte nur eine führende Hand während der ersten Zusammenstöße, und er würde lernen, vorsichtig zu sein. Zu dumm, dass er keine feste Freundin hatte – so etwas wirkte stets beruhigend. Doch mit neunzehn Jahren interessierte er sich nur für eines: so viele Mädchen ins Bett zu ziehen, wie er mit seinen Muskeln und seiner Kreditkarte beeindrucken konnte.

Viereinhalb Stunden später wechselte die Anzeige auf dem großen Bildschirm und verkündete, dass sie nun endlich an Bord gehen konnten. Hal stieß einen lauten Jubelruf aus und warf sich seinen kleinen Seesack über die Schulter. Die übrigen Mitglieder des Platoons 435NK9 standen gemächlich auf und wanderten zu dem angegebenen Flugsteig. Das Raumflugzeug rollte langsam auf seine Position, während sie sich vor dem Schalter sammelten.

Das Xianti 5005h3 war ein erprobtes Orbitalshuttle; die ursprüngliche 5005a der Beijing Astronautics Company datierte auf das Jahr 2290 zurück. Seit damals waren mehr als vierzig Varianten entstanden. Die frühen Fehler waren beseitigt und die Kapazität nach und nach erhöht worden. Die Zahl der Passagierplätze hatte sich von anfangs einhundertfünfzehn bis auf über zweihundert erhöht, während die

Frachtvariante siebzig metrische Tonnen in einen vierhundert Kilometer hohen Orbit tragen konnte. Die 5005h3 besaß eine gestreckte Deltaform, war hundertzwanzig Meter lang und hatte eine Spannweite von hundert Metern. Achtzig Prozent ihres Volumens wurden von Treibstoff eingenommen. Der Rumpf aus Kohlefaser-Lithium-Komposit besaß eine breite Mittelsektion, die ansatzlos und weich in die Flügel überging, ganz im Gegensatz zu den messerscharfen Flügelkanten. Im zweiten Drittel vom Bug aus gesehen befand sich ein großer Lufteinlass mit einem Staurohr, das mehrere Meter weit nach vorne ragte.

Mehrere Kranbrücken fuhren aus dem Beton rings um die Maschine. Sie trugen Schläuche und Kabel, die in die Sockel unter dem Bauch der Xianti eingeführt wurden. Techniker in silbernen Feuerschutzanzügen gingen unter dem Rumpf umher, inspizierten die großen Fahrwerke und überwachten den Betankungsvorgang. Eine weiße Dampfwolke entwich aus einem Ventil in einem der Träger und löste sich in der Wärme rasch auf. Es war der einzige Hinweis darauf, dass die Maschine tiefgekühlten Treibstoff benutzte. Der Rumpf blieb bemerkenswert frei von Kondensation, während die Bordtanks heruntergekühlt und befüllt wurden.

Zwei Mitglieder des Z-B Spaceflight Division Personals standen hinter dem Schalter und gaben schwarze Schutzhelme aus, ähnlich denen, die Radfahrer benutzten. Sie bestanden darauf, dass jeder seinen Helm aufsetzte, bevor sie ihn an Bord ließen.

Lawrence wanderte durch den engen Kanal der Flugsteigbrücke und spürte einmal mehr das vertraute neidische Gefühl. Er wünschte sich, er wäre der Pilot, der dieses Monster hinauf durch die Atmosphäre in den Weltraum und die Freiheit jagte. Nur, dass ihm all die Jahre seit seinem Weggang von Amethi eines gezeigt hatten – dass es nämlich keine wirkliche Freiheit war. Irgendwann musste man wieder landen, immer. Es war dieser Wunsch, diese wundervolle Täuschung, die ihn zwanzig Jahre seines Lebens gekostet hatte.

Die Passagierkabine der Xianti sah der eines gewöhnlichen Passagierflugzeugs bemerkenswert ähnlich. Der gleiche abgewetzte blau-graue Teppich, nicht nur am Boden, sondern auch an den Wänden und der Decke. Verblasste graue Plastikfächer über den Sitzen, grelle Beleuchtung, kleine Düsen, aus denen zischend trockene Luft trat, die ein paar Grad zu kühl war, um behaglich zu sein. Wenigstens gab es reichlich Kopffreiheit, und die Sitze hatten Jelfoam-Polsterung und standen weit auseinander. Nur die Fenster fehlten.

Lawrence achtete darauf, dass seine Männer ihr Gepäck sicher verstauten und sich anschnallten, bevor er selbst die Gurte anlegte. Bildschirme an den Rücklehnen zeigten eine kurze Zusammenfassung der Sicherheitsprozeduren. Lawrence ignorierte sie. Nicht, dass er Raumflügen gleichgültig gegenübergestanden hätte – es war eher Pragmatismus. Beim Start hatte das Orbitalshuttle fast fünfhundert Tonnen kryogenischen Treibstoff an Bord. Vollkommen ausgeschlossen, einen größeren Notfall zu überleben.

Die Xianti rollte zum Ende der Startbahn, und der menschliche Pilot erteilte der AS die Startfreigabe. Vier Rolls-Royce RBS8200 Turbojets heulten auf und produzierten fünfundsiebzigtausend Tonnen Schub. Die Maschine beschleunigte die Startbahn hinunter. Auf dem Bildschirm vor sich sah Lawrence die Landschaft vorbeihuschen, und das verschwommene Grün wich einem verschwommenen Blau, als die Maschine vom Boden abhob. Dann fuhr das gewaltige Fahrwerk mit einem Lärm ein, als würden Stücke aus dem Rumpf gerissen. Das Blau wurde allmählich dunkler.

Mit vollem Nachbrenner beschleunigten die Turbojets die Xianti bis auf Mach zwei Komma sechs, irgendwo über den Willis Islands. Dann zündete der Scramjet, und flüssiger Wasserstoff verdampfte in sorgfältig berechneten überschallschnellen Dunstkegeln im Innern des komprimierten Luftstroms, bevor er sich in langen, azurblauen Flammen entzündete. Der Scramjet produzierte einen Schub von zweihundertfünfzig Tonnen und rüttelte die Kabine mit einem ohrenbetäubenden Brüllen durch, während er das Raumflugzeug immer weiter hinauf in die Stratosphäre trieb.

Lawrence biss die Zähne zusammen, als die Beschleunigungskräfte zunahmen und die Vibrationen des Scramjets seinen Blick verschwimmen ließen. Der Druck auf seinen Lungen erhöhte sich bis an den Rand von Schmerz. Lawrence versuchte, sich auf regelmäßiges Atmen zu konzentrieren. Nicht einfach wegen der steigenden Nervosität. Die Monstrosität ihres Rittes hinauf in den Orbit ließ ihn begreifen, wie unbedeutend er war im Verhältnis zu den Energien, die sie vorantrieben, und wie unglaublich abhängig davon, dass völlig veraltete Designprogramme vor fünfzig Jahren richtig benutzt worden waren, um die theoretischen Parameter des aerothermodynamischen Flusses zu berechnen. Dass alles funktionierte und auch unter diesen unglaublichen Belastungen weiter arbeitete.

Sterne erschienen auf dem Rücklehnenschirm, als das samtblaue Panorama mitternächtlichem Schwarz wich. Der AS-Pilot begann den Scramjet zu drosseln, als sie Mach 20 erreichten. Sie waren inzwischen in den obersten Ausläufern der Atmosphäre und rasten immer noch weiter hinauf, getrieben vom Schwung der Flammen. Doch selbst bei dieser Geschwindigkeit fiel der Sauerstoffgehalt unter das für die Verbrennung erforderliche Mindestmaß. Zwei kleine Raketenmotoren im Heck zündeten, jeder mit nur fünfzehn Tonnen Schub, doch es reichte, um das Raumflugzeug sanft auf Orbitalgeschwindigkeit zu bringen. Sie erzeugten die Illusion, dass das Raumflugzeug vertikal auf einem Mond mit geringer Schwerkraft stand. Lawrences Sitz knarrte, als sich die Streben an die neue Massebeschleunigung anpassten. Wenigstens das brutale Brüllen war nun vorüber.

Die grellblau-weiße Sichel der Erde glitt auf dem Schirm nach unten weg, als die Raketenmotoren ausbrannten und mit ihnen der letzte Rest Schwerkraft schwand. Jeder Nerv in Lawrences Körper schrie, dass sie zur Erde zurückfielen, neunzig Kilometer unter ihnen. Er atmete ein paar Mal tief durch in dem Versuch, sich an das Gefühl zu gewöhnen, und sagte sich, dass es völlig normal sei. Es funktionierte nicht sonderlich gut, doch bald darauf wurde er von seinen Mitreisenden abgelenkt, die den Geräuschen nach zu urteilen weit schlimmer litten als er.

Die nächsten vierzig Minuten glitt die Xianti über Zentralamerika hinweg und auf den Atlantik hinaus. Die Schirme an den Rücklehnen gaben eine kurze Warnung aus, und die kleinen Raketenmotoren feuerten erneut und stabilisierten ihren Orbit in einer Höhe von vierhundert Kilometern. Danach vernahm Lawrence eine ganz neue Serie mechanischer Geräusche, Heulen und dumpfe Schläge. Das Raumflugzeug öffnete kleine Luken auf seiner Oberseite und fuhr silberne Radiatorpaneele aus, um die Hitze abzuleiten, die von den Lebenserhaltungssystemen und Energiezellen erzeugt wurde. Sein Radar suchte die *Moray*. Das Orbitaltransferschiff befand sich zwanzig Kilometer voraus in einem etwas höheren Orbit. Reaktionskontrollthruster justierten die Flugbahn in minimalen Dosen und schlossen die Lücke.

Lawrence beobachtete den Schirm, während die *Moray* von einem winzigen silbernen Fleck zu einem ausgewachsenen Schiff heranwuchs. Sie war dreihundert Meter lang und so einfach, wie ein Raumschiff nur sein konnte. Die Habitationskabinen waren fünf ringförmig angeordnete Zylinder von fünfunddreißig Metern Länge und acht Metern Durchmesser. Sie waren mit einer halbmeterdicken Schicht aus auf Kohlenstoff basierendem Schaum umhüllt, der sowohl als thermische Isolation als auch zum Schutz vor kosmischer Strahlung dienen sollte. Lawrence hatte vor dem Start das Solarwatch Bulletin studiert; die Sonnenfleckenaktivität war normal, doch mehrere neue Störungen waren in Bildung begriffen, eine davon recht groß. Er hatte den anderen nichts davon gesagt, doch er war insgeheim erleichtert, dass der Transfer nicht länger als dreißig Stunden dauerte. Er traute dem dünnen Schaum nicht zu, dass er sie vor irgendetwas Ernsterem schützte. Die ursprünglich weiße Farbe war im Verlauf der Jahre im Vakuum einem Zinngrau gewichen, und selbst mit der geringen Auflösung der Kameras des Raumflugzeugs konnte er die Pocken und Narben von zahllosen Mikrometeoriteneinschlägen erkennen.

Hinter den Zylindern befand sich ein Deck mit Lebenserhaltungssystemen, eine Reihe von Tanks, Filterapparaturen und Wärmetauschern. Ein breites Band silberner Hitzeradiatorpaneele erstreckte sich von der Peripherie nach außen, jedes Segment so gewinkelt, dass es der Sonne die geringste Angriffsfläche bot.

Als Nächstes kam die Frachtsektion, ein dichtes Spalier aus Trägern mit einer Vielzahl von Verankerungen, Klammern und Wartungsanschlüssen. Während der letzten drei Wochen hatten die Raumflugzeuge der Basis in Cairns Frachtbehälter zur *Moray* und ihren Schwesterschiffen hinaufgebracht. Sie hatten die Behälter nach Centralis hinauf am Lagrangepunkt Nummer vier gebracht, wo die Raumschiffe warteten, dann waren sie in den niedrigen Orbit zurückgekehrt, um weitere abzuholen. Selbst jetzt gab es keine einzige Klammer, die nicht voll gewesen wäre. Die Behälter enthielten Helikopter, Jeeps, Ausrüstung, Waffen und Vorräte für die Bodentruppen der Dritten Flotte – alles, was für eine erfolgreiche Mission erforderlich war.

Die letzte Sektion des Schiffes schließlich wurde vom Antrieb eingenommen. Sie enthielt zwei kleine Tokamakfusionsreaktoren und die dazugehörigen Maschinen. Ein dicht gepacktes dreidimensionales

Gewirr von Tanks, Kryostaten, supraleitenden Magneten, Plasmainduktoren, Pumpen, Elektroneninjektoren und Hochspannungsleitungen. Die fünfzehn Wärmeradiatorpaneele, die erforderlich waren, um mit dem System fertig zu werden, waren über hundert Meter lang und ragten wie gigantische Propellerblätter aus dem Schiff. Die Tokamaks führten ihre Energie in einen Ionenantrieb mit hohem Schub; acht Auslässe in einer einfachen Ummantelung, die aussah, als sei sie erst nachträglich an der Basis des Schiffes befestigt worden.

Die *Moray* trieb der Länge nach an den Kameras vorbei, während die Xianti sanft zum Andockturm am Bug manövrierte. Reaktionskontrollmaschinen trommelten ununterbrochen und drehten das Raumflugzeug entlang seiner Achse, während es näher und näher herangeschoben wurde. Die Ringe der Luftschleusen wurden ausgerichtet und rasteten mit einem lauten Klang ein.

Lawrence warf einen Blick auf die anderen in der Kabine. Eine Reihe von Squaddies hatte sich erbrochen, und die größeren Abluftgitter entlang der Decke und dem Boden waren mit den Resten übersät. Er musterte sein eigenes Platoon und stellte fest, dass einige seiner Männer Anzeichen von Übelkeit zeigten, ganz im Gegensatz zu Hal, dessen Gesicht vor Freude strahlte. Schwerelosigkeit schien ihm nicht das Geringste auszumachen. Typisch, dachte Lawrence. Er konnte bereits spüren, wie sein eigenes Gesicht anschwoll, weil sich Körperflüssigkeiten in seinem Gewebe sammelten.

Die Luke der Luftschleuse schwang auf, und der PA der Kabine knackte. »Okay, wie haben sicher angedockt«, sagte der menschliche Pilot. »Sie können jetzt die Transorbitalfähre betreten.«

Lawrence wartete, bis das Platoon vor ihm durch die Luftschleuse gegangen war, bevor er seinen eigenen Sicherheitsgurt löste. »Vergesst nicht, euch langsam zu bewegen«, erinnerte er seine Leute. »Ihr habt eine Menge Masse, die ihr im Griff behalten müsst.«

Sie lösten ebenfalls ihre Gurte und erhoben sich vorsichtig aus den tiefen Sitzen. Es war mehr als achtzehn Monate her, seit einer von ihnen in Schwerelosigkeit gewesen war, und das war nicht zu übersehen – aus ungeschickten Bewegungen wurde rasch wildes Rudern. Verzweifeltes Um-sich-packen. Ellbogen, die schmerzhaft gegen Wände und Mobiliar stießen. Lawrence heftete sich seinen Seesack auf den Rücken und benutzte die an der Decke eingelassenen Griffe, um sich nach vorn zu bewegen. In Gedanken versuchte er, die Bewegung mit dem Erklettern einer Leiter zu assoziieren. Eine gute grundlegende Psychologie – suche immer nach einem soliden visuellen Referenzpunkt. Nur dass seine Beine dauernd zur Seite weggleiten und ihn herumdrehen wollten. Seine Unterleibsmuskeln verspannten sich in dem Bemühen, seinen Körper gerade zu halten. Irgendjemand stieß gegen seine Füße. Als er sich umdrehte, um ihn anzufunkeln, schnitt Odel Cureton eine entschuldigende Grimasse, während sein eigener Körper sich um den angespannten Halt drehte und seine Handgelenke einigen Belastungen ausgesetzt waren.

»Tut mir Leid, Sarge.« Es war kaum mehr als ein hastiges Grunzen. Odel kämpfte immer noch gegen den Brechreiz an.

Lawrence bewegte sich ein wenig schneller. Er vergaß nicht zu verlangsamen, bevor er die Schleuse erreichte, und glitt ohne Probleme durch die Luke und um die Ecke, während er zufrieden zur Kenntnis nahm, dass die alten Reflexe rasch zurückkehrten.

Die *Moray* war innen genauso primitiv wie außen. Nackte Schotten aus Aluminium mit Dutzenden von Rohren und Leitungen und Handgriffen, wohin man sah. Die Luft roch nach Chlor und Urin. Es musste ein sehr strenger Geruch sein – Lawrences Nase schwoll rasch zu, und er roch fast überhaupt nichts mehr. Auf der anderen Seite der Luftschleuse wurde er von einem Besatzungsmitglied in Empfang genommen. Lawrence nannte ihm die Nummer seines Platoons, 435NK9, und erfuhr im Gegenzug, welche Koje man ihnen zugewiesen hatte. Jeder der großen Habitationszylinder war farbig kodiert. Lawrence führte sein fluchendes, unbeholfenes Platoon in den gelben. Stimmen aus offenen Luken hallten um ihn herum – andere Platoons, die sich über die Zustände aufregten und darüber, dass einige ihrer Kameraden weltraumkrank waren, und warum nicht irgendein Bastard irgendetwas gegen die verdammte Schwerelosigkeit unternahm. Zweimal prallte Lawrence selbst unsanft gegen eine Wand, während sie sich durch den zentralen Korridor bewegten, Ellbogen und Knie. Als sie ihre Koje erreichten, spürte er bereits die Prellungen..

Die anderen krochen stöhnend und murrend hinter ihm herein und blickten sich mürrisch um. Ihr Abteil war von einfacher Keilform. Es besaß drei Reihen Sessel mit einfachen Gurten, zwei spezielle Null-G-Toiletten, einen Spind voller spezieller Lebensmittel, einen Mikrowellenofen und einen Wasserspender mit vier langen Schläuchen, die in Ventilen aus rostfreiem Stahl endeten. Irgendjemand hatte: »Denk nicht mal dran!« auf die Ziehharmonikatür aus Aluminium geschrieben, die zu einer der Toiletten führte. Das, was die Decke werden würde, sobald der Ionenantrieb lief, wurde von einem großen Flachbildschirm eingenommen. Er war so ausgerichtet, dass jeder in den Sesseln einen einigermaßen vernünftigen Blick darauf hatte. In der Mitte des Schirms leuchtete schwach das Logo der Strategischen Sicherheit von Z-B: ein dunkelrotes Omegasymbol, das die Erde umklammerte und von fünf Sternen gekrönt war.

Hal verstaute seinen Seesack und segelte durch das Abteil, wobei er einen raschen Salto schlug. »Das ist absolut irre! Hey, was kriegen wir unterwegs zu sehen, was meint ihr?«

»In einer Kiste wie dieser hier? Nichts«, sagte Odel ärgerlich. »Das ist keine Vergnügungsfahrt, Kleiner, hast du das noch nicht gemerkt? Du kannst von Glück sagen, wenn sie ein paar Schwarzweißfilme an Bord haben.« Er setzte seine Brille auf und stöpselte die Kopfhörer in seine Ohren. Die Displaylinsen blieben leer, dann erschienen dunkelrote vertikale Linien, als er ein Menu aktivierte. Er stellte sich eine Liste mit Rock zusammen, Jahrhunderte alte Klassiker bis hin zu Beefbat und Tojo Wall, dann lehnte er sich zufrieden zurück, als die Musik zu spielen begann.

Lawrence seufzte und sicherte sich nachlässig auf einem der Sessel. Es hätte schlimmer kommen können. Einige Platoons waren schon vor zehn Tagen von Cairns nach oben geschafft worden. Sie mussten wenigstens nur vier Tage warten, bis die Dritte Flotte endlich von Centralis aus in den Raum stach. Vielleicht gelang es ihnen ja, dem Jungen etwas ins Essen zu schmuggeln.

Simon Roderick ging eine halbe Stunde vor dem Öffnen des Portals hinunter in die Observationsgalerie. Mehr als hundert Leute drängten sich in die kleine Kammer, die aus der Oberfläche von Centralis ragte. Irgendwie schienen sie sich darauf zu verständigen, ihm einen kleinen Freiraum vor dem dicken Glas zu lassen, wo er stehen konnte. Sie waren still, obwohl Simon ihre Ablehnung und Unruhe spüren konnte. Wie immer ignorierte er ihre Feigheit mit gewohnter Verachtung. Das körperliche Unbehagen, das Centralis selbst verursachte, ließ sich nicht so leicht übergehen.

Die Zentrifugalkraft verursachte keinen Schwindel bei ihm, auch wenn er sich häufig wünschte, normale Erdschwere um sich zu haben. Dafür war Centralis zu klein. Seine Rotation erzeugte lediglich etwas weniger als zwei Drittel davon, und das auch nur auf den äußersten Ebenen.

Damals in den neunzehnhundertsiebziger Jahren, als Gerard K. O'Neill sein High-Frontier-Konzept zusammengestellt hatte, hatte er mehrere Entwürfe für »Weltrauminseln« entwickelt. Angefangen bei einer einfachen Bernal Sphere mit einem Durchmesser von vierhundert Metern bis hin zum Garten Eden von »Island Three«: miteinander verbundene Zylinder von zwanzig Kilometern Länge. Alle waren zugegebenermaßen mit relativ wenig Aufwand zu realisieren.

Das Problem bestand im Heranschaffen von ausreichend Material und den erforderlichen Konstruktions- und Montagemannschaften mitsamt der dazugehörigen Ausrüstung, und das in einer Zeit, als der Start eines einzelnen Space Shuttles mehr als zweihundert Millionen US-Dollar gekostet hatte.

Scramjet-Raumflugzeuge machten den Zugang zum Weltraum um ein Vielfaches billiger, doch genauso sehr, wie sie beim Errichten von Stationen im niedrigen Orbit halfen, verringerten sie die Notwendigkeit großer Habitate. Selbst in einer zügellosen Konsumgesellschaft war der Bedarf an ultraspeziellen Kristallen und Chemikalien, die sich nur in Schwerelosigkeit herstellen ließen, auf wenige hundert Tonnen pro Jahr limitiert. Eine Menge, die leicht von ein paar kleinen zähen Teams mit exorbitanten Gehältern und der Bereitschaft, die unangenehmen Bedingungen im Orbit zu ertragen, zu bewältigen war.

Erst im Jahre 2070, als eine Methode für überlichtschnelles Reisen erfunden wurde, entstand ein Bedarf für größere Habitate im hohen Orbit. Raumschiffe waren weder kompakt noch billig, zu ihrer Konstruktion waren Tausende von Arbeitern erforderlich. Sie waren zu groß, um von der Oberfläche zu starten oder dort zu landen, daher mussten sie im Raum gebaut werden. O'Neills alte Ideen wurden aus den Universitätsbibliotheken ausgegraben und erneut untersucht.

Eine wichtige Neuerung seit den Tagen O'Neills war die synthetische Nahrungsmittelproduktion. Den alten Inselentwürfen lag die Voraussetzung zugrunde, dass viel Land erforderlich war, um die Bevölkerung zu ernähren. O'Neills Zylinder hatten ausgesehen wie Kristallpaläste, umgeben von eleganten Bändern aus landwirtschaftlichen Modulen, damit sie autark waren. Die neuen Entwürfe entledigten sich dieses Ballasts – sie benötigten nicht viel mehr als ein paar Raffineriemodule, um aus Exkrementen wieder Proteinzellen zu machen. Die Raumschiffsgesellschaften hingen noch immer der Vorstellung von einem zentralen Gartenpark nach; diese Art von freiem Raum wurde als wichtiges psychologisches Erfordernis für die Besatzungen angesehen, die Monate, wenn nicht Jahre auf den Inseln verbringen mussten. Und eine gewisse Menge an Biomasse bedeutete auch ein kosteneffizientes, ausfallsicheres Luftregenerationssystem. Doch der ganze Rest, die luxuriösen Landschaften, die mäandernden Süßwasserseen, die riesigen Fenster mit den automatischen Schwenkspiegeln, das karibische Klima und die italienischen Villen – all das wurde zusammengestrichen und modernisiert.

Centralis, die erste Lagrange-Punkt-Einrichtung von Z-B, besaß eine zylindrische Geometrie, fünfhundert Meter im Durchmesser und einen Kilometer lang. Die Apartmentkomplexe waren so beengt wie in einem billigen Wohnblock unten auf der Oberfläche, nur dass diese hier ringförmig waren und die unteren fünfzig Meter jeder Abschlusskappe belegten. Der Garten dazwischen war wie jeder städtische Park zu stark benutzt und zu stark gepflegt. Sträucher und Bäume wuchsen hoch und dünn auf ihrer Schicht aus zermahlenem Felsen, der als Erdreich diente. Die fusionsbetriebene Plasmaröhre entlang der Achse lieferte nicht die richtige Menge UV. Doch es gab Teiche mit Springbrunnen und kostbaren Koi-

Karpfen und Picknicktische, einen Joggingpfad, Tennisplätze und Baseballfelder. Auch wenn es Monate dauerte, bis die Neuankömmlinge sich an die von Corioliskräften bestimmten doppelten Flugbahnen der Bälle gewöhnt hatten.

Auch die Strahlungsabschirmung war jenseits der schützenden irdischen Atmosphäre eine ständige Sorge. Der einzige echte Schutz gegen Gammastrahlen und hochenergetische Partikel bestand in Masse. Große, dicke, fette Barrieren aus Masse. Centralis war mit einer äußeren Felsenschicht von zwei Metern Dicke überzogen, die vor schwarzen Radiatorfinnen nur so wimmelte. Es gab nur wenige Lücken, wo die axialen Korridore den Hauptzylinder mit dem nichtrotierenden Andockbereich an jedem Ende verbanden, Schächte für die Leitungen und Rohre, die Flüssigkeiten in die Radiatoren pumpten, und die Observationsgalerie.

Draußen beschrieben die Sternbilder einen langsamen Kreisbogen, doch das Portal blieb ständig in Sicht. Es schwebte fünfzig Kilometer vor der Rotationsachse von Centralis wie ein blauer Polarstern. Simon erkannte es nur an den ringsum abwartend schwebenden Colony Trains, schlanken silbernen Stäben, die das Sonnenlicht reflektierten und einen eigenen kleinen Cluster bildeten.

Er benutzte sein DNI und empfing Sensoreinspeisungen von den Trains. Als er die Augen schloss, wurde er vom Anblick des Portals direkt vor sich begrüßt. Ein einfacher Ring mit einem Durchmesser von fünfhundert Metern, der aussah wie ein Toroid aus schwarzem hexagonalem Geflecht und eine schwach leuchtende Neonröhre einschloss.

Der Anblick inspirierte ihn stets aufs Neue. Er stärkte sein Vertrauen in Z-B und all die Unternehmungen der Company.

Portale waren die bei weitem kompliziertesten und kostspieligsten technologischen Artefakte, zu deren Konstruktion die Menschheit in der Lage war. Allein Zantiu-Braun verfügte über die entsprechenden Einrichtungen, das Geld und die Entschlossenheit, die dazu erforderlich waren.

Portale waren Einweg-Wurmlöcher. Statt der kontinuierlichen räumlichen Kompression, die gewöhnliche Raumschiffe für sich selbst erzeugten, um hindurchzufahren, öffneten Portale ein Wurmloch, durch das jedes beliebige Fahrzeug reisen konnte. Man benötigte eine gewaltige Menge Energie, die korrekt gegen das Raumzeitgefüge gerichtet werden musste, um den Riss zu erzeugen.

Die Fusionsreaktoren von zwanzig Raumschiffen waren nicht imstande, genügend Energie zu produzieren. Also stellte Zantiu-Braun ein Isomer auf Hafnium-178-Basis her und reicherte es an, bis es den gemischte K-Zustand erreichte; der nachfolgende Zerfall in den Grundzustand setzte die erforderlichen Energiemengen frei, die zur Verzerrung der Raumzeit erforderlich waren, nachdem man sie richtig kanalisiert und gebündelt hatte. Doch das Isomer war in den Mechanismus der Wurmlochentstehung selbst einbezogen, was bedeutete, dass die gesamte Installation nach dem Zerfall nicht nur nutzlos wurde, sondern außerdem höchst radioaktiv strahlte. Man konnte die Anlage nicht auseinandernehmen und mit frischem Isomer füllen – man musste jedes Mal eine ganz neue bauen.

Diese Beschränkung auf einen einzigen Transport bedeutete, dass Zantiu-Braun aus jedem einzelnen Portal das Maximum herausholen musste. Als Resultat war der Colony Train entwickelt worden, ein Raumschiff, das ebenso primitiv war wie eine orbitales Transferfahrzeug, wenn auch viel größer. Es besaß auch den gleichen Typ Antriebssystem, Fusionsgeneratoren, die Ionentriebwerke speisten und an der Basis eines kilometerlangen Turms aus Trägergerüsten saßen. Sie waren einfach und billig zu bauen und wurden in den überschüssigen Werften rings um Centralis montiert.

Die Colony Trains, die Simon von seiner Position aus sehen konnte, waren mit Landekapseln vollgeladen – als wäre das Gerüst übersät von Kletten. Jede der achthundertvierzig Kapseln sah gleich aus, ein Konus mit sechs Metern Durchmesser an der Basis und beschichtet mit einem silbernen ablativen Schaum, der eine einzige luftgebremste Planetenlandung ermöglichte. Jede Kapsel trug vier Leute und sämtliche Grundausrüstung, die sie benötigten, um auf einer neuen Welt ein neues Leben aus dem Nichts zu beginnen.

Um sich für einen Platz zu qualifizieren, mussten die Kolonisten dreißig Jahre oder jünger sein – das heißt, im fortpflanzungsfähigen Alter – und entsprechende Anteile von Zantiu-Braun besitzen. Es war eine Qualifikation, nach der Millionen Menschen auf der Erde strebten – auch wenn die Portalwelten nicht mit den ursprünglichen interstellaren Kolonien zu vergleichen waren. Es gab keine Nachfolgelieferungen, kein zweites Portal, durch das Nachschub kam, um die Kolonie zu erweitern, keine regelmäßigen Raumflüge von Centralis aus.

Nach ihrer Ankunft waren die Kolonisten auf sich allein gestellt. Wenn sie mit der Erde oder den anderen entwickelten Koloniewelten in Kontakt treten wollten, mussten sie ein eigenes überlichtschnelles Raumschiff bauen. Doch die günstigsten Schätzungen belegten, dass die erforderlichen finanziellen und industriellen Möglichkeiten frühestens und im günstigsten Fall ein Jahrhundert nach der ersten Landung zur Verfügung standen, wahrscheinlich erst weit später.

Wie die Finanzanalysten niemals müde wurden zu betonen, stellten die Portalkolonien von Zantiu-Braun extrem riskante Unternehmungen dar. In einer Zeit, da die meisten interstellaren Raumflüge mit Gewinnrealisierungsmissionen einhergingen, schien Zantiu-Brauns Vorgehen nahezu anachronistisch, insbesondere angesichts der Tatsache, dass Zantiu-Braun selbst stark in die Gewinnrealisierung involviert war.

Simon beobachtete die Colony Trains geduldig und wartete, während der kleine digitale Zeitmesser am Rand seines Gesichtsfelds die Minuten bis zur Aktivierung herunterzählte. Als es soweit war, gab es wenig zu sehen. Das blaue Licht des Portalrings erstrahlte zwei Größenordnungen heller, als die Isomerenkaskade gezündet wurde. Die Öffnung wurde leer, und die Sterne, die im Zentrum sichtbar gewesen waren, verschwanden. Langsam kroch die blaue Lumineszenz, die im Ring enthalten war, auf das Zentrum zu und bildete eine solide Fläche aus Photonen. Sie verzerrte sich von einer Sekunde zur anderen, wölbte sich nach innen und öffnete sich in einen scheinbar endlos tiefen Tunnel. Die Lichtintensität ließ nach, bis die Tunnelwände nur noch von einem schwachen violetten Nebel erhellt wurden, den keine Kamera und kein Auge richtig fokussieren konnte.

Ein Gitter voller Schrifttafeln, projiziert von seinem DNI, lieferte Simon mehr Informationen über die Stabilität des Wurmlochs und seine Endkoordinaten, als er verlangt hatte. Das Ziel war Algieba, ein Zwillingssystem mit einem gelben Riesen in einer Entfernung von einhundertsechsundzwanzig Lichtjahren. Ein ganzes Stück weiter von der Erde entfernt als der weiteste Kolonisierungsversuch, der bisher unternommen worden war. Beinahe das Maximum der Reichweite gegenwärtiger Portaltechnologie.

Die Portalsteuerungs-AS fing das Funkfeuer auf, das vom Erkundungsschiff zurückgelassen worden war, und rechnete aus, dass der Endpunkt des Wurmlochs innerhalb von zehn Millionen Kilometern vom Zielplaneten lag, einer erdähnlichen Welt im Orbit um die kleinere der beiden Sonnen. Sie gab den Colony Trains das Zeichen zum Start.

Ionenantriebe zündeten mit einem schmerzhaften, beinahe ultravioletten Lichtschein und schoben die massiven Schiffe aus ihrer Warteposition.

Die ersten drei, die in das Wurmloch glitten, trugen Landekapseln mit Industrieausrüstung und Maschinenbauapparaten, eine einfache Infrastruktur, die ausreichte, um die Kolonie während der ersten Jahre zu versorgen. Zwölf Colony Trains mit Landekapseln folgten, und jede durchquerte das intern fünfundzwanzig Kilometer lange Wurmloch in wenig mehr als zwei Minuten, um im doppelten Lichtschein des Zwillingsgestirns wieder hervorzukommen.

Der Datenverkehr durch das Wurmloch erreichte einen Höhepunkt, als die Colony Trains ihren Status und ihre Position zurücksandten. Dann war die Isomerenkaskade erschöpft, und der transdimensionale Riss in der Raumzeit brach in sich zusammen.

Kaltes blaues Licht verblasste im Innern des Netzes, aus dem das Portal bestand, und enthüllte ein komplexes Band aus flachen goldenen, schwarzen und jadefarbenen Fasern. Der Glanz war verschwunden, und die Materialien sahen nun angelaufen und brüchig aus, als hätte das Wurmloch sie um Jahrhunderte altern lassen.

Die Menschen verließen einer nach dem anderen die Observationsgalerie. Simon wartete, bis er allein war. Er unterbrach die Verbindung seines DNI mit dem Datapool von Centralis und starrte auf die Region des Weltraums, wo das tote Portal schwebte. Es war, als würde die erloschene Elektronik noch immer irgendeine schwache Anziehungskraft auf seine Gedanken ausüben. Er verspürte beinahe kindliche Eifersucht auf die Menschen, die durch das Tor gegangen waren. Sie hatten die Myriaden Probleme der Erde endgültig hinter sich gelassen, die Kontamination mit allem, was von Menschen besudelt war. Ihr Weggehen machte es den Zurückgebliebenen noch schwerer. Zantiu-Braun hatte sich selbst weiter geschwächt, indem die Company diesen Menschen ihre neue Chance verschafft hatte. Zantiu-Braun besaß kaum genügend Kapital, um alle achtzehn Monate ein neues Portal zu öffnen – nicht einmal die Gewinnrealisierung reichte noch aus, um das finanzielle Loch zu stopfen.

Jedes Mal, wenn Simon in der Observationsgalerie stand und zusah, wie Kollegen mitsamt Familien aufbrachen, war seine Entschlossenheit, die barbarischen Horden zurückzuhalten, ein wenig mehr gebröckelt. Er fragte sich häufig, was sein Unterbewusstsein von alledem hielt und an welchem Punkt Pessimismus durchbrechen und er der Erde den Rücken zuwenden würde, um selbst einen neuen Anfang zu wagen. Es war nicht unmöglich. Die schiere Trägheit der dummen Massen würde ihren Teil beitragen.

Die *Moray* traf dreißig Stunden nach ihrem Aufbruch aus dem niedrigen Orbit um die Erde bei Centralis ein. Lawrence hatte dem Drang zu essen so lange widerstanden, wie er konnte, und sich lediglich eine Mahlzeit gestattet. Auf diese Weise musste er auch nur einmal die Toilette benutzen – selbst unter der niedrigen Schwerkraft durch die schwache Beschleunigung war es nicht unbedingt eine Erfahrung, die er wiederholen wollte, falls es sich vermeiden ließ. Andererseits zwang er sich, stündlich Flüssigkeit zu sich zu nehmen; unter der fast unmerklichen Schwerkraft, wenn die Ionenmaschinen liefen, und den Stunden im Freien Fall dazwischen konnte sein Körper leicht dehydriert werden. Ohne die Gravitation, die Flüssigkeiten nach unten zog, waren seine natürlichen Instinkte wirr und wenig zuverlässig. Wenigstens das Pinkeln fiel in der Schwerelosigkeit leicht – vorausgesetzt, man war ein Mann.

Hal musste mehr als einmal angehalten werden, aus den Wasserschläuchen zu trinken. Doch er war nicht das größte Problem. Lewis Ward erlebte einen schlimmen Anfall von Raumkrankheit und erbrach sich jedes Mal, wenn er nur Wasser zu sich nahm.

Nach ein paar Stunden, die er damit zugebracht hatte, gelben Magensäften auszuweichen, ließ Lawrence die Schiffsärztin kommen. Als sie eintraf, benutzte sie ein Hypospray, um ihm ein mildes Sedativum zu verabreichen, und sagte den anderen, dass sie versuchen sollten, ihn nach einer Stunde zum Trinken zu bringen.

»Lassen Sie ihn nichts mehr essen«, warnte sie. »Auf der *Koribu* gibt es ein Schwerefeld von einem Achtel g. Er kann solange warten.« Mit diesen Worten schoss sie flink wie ein Hai aus der Luke.

Hal schnaubte ihr verächtlich hinterher. Sie war um die Fünfzig, und ein Jahrzehnt in niedriger Gravitation hatte ihren Leib anschwellen lassen, während ihre Arme und Beine gleichzeitig dünner geworden waren. Er hatte sich auf ihren Hausbesuch gefreut, doch nachdem er sie zum ersten Mal gesehen hatte, war er verstummt.

»Tut mir Leid, Jungs«, flüsterte Lewis. Er wurde mit einem einzelnen Band über den Beinen auf seiner Couch gehalten, wodurch es ihm möglich war, sich ein wenig zusammenzurollen. Sein Gesicht war nass und glänzend vor Schweiß. Im Training und beim Manöver konnte sich Lewis schneller bewegen als jeder andere im Platoon. Er war flink wie eine Ratte und fand immer in irgendeiner Spalte oder hinter einer Ecke eine Deckung, ganz gleich, durch welches Gelände sie sich bewegten. Sein dürrer Leib besaß jene zähen Muskeln und Sehnen, die Lawrence mit Marathonläufern in Verbindung brachte. Er konnte über einen zehn Meter langen Schwebebalken rennen, ohne mit den Armen das Gleichgewicht halten zu müssen. Eigenartig, dass die Raumkrankheit ausgerechnet ihm mehr zu schaffen machte als allen anderen.

»Kein Problem, Squaddie«, sagte Odel Cureton. »Rein statistisch betrachtet erleiden anderthalb Mann aus unserem Platoon irgendeine Art von Gleichgewichtsstörung pro fünfundzwanzig Stunden Fahrtzeit. Dich hat es erwischt, und das bedeutet, dass wir anderen sicher sind.« Odel war der Elektronikspezialist des Platoons, wenn man das so nennen konnte. Mit seinen zweiunddreißig Jahren besaß er keine besondere Qualifikation oder den Abschluss eines Colleges oder gar von Zantiu-Braun, zumindest keinen, den er in der Personalabteilung vorgelegt hätte. Doch mit vier offiziellen Ex-Frauen allein in den letzten sechs Jahren verstand Lawrence das Bedürfnis des Mannes nur zu gut, seinen Hintergrund zu verschleiern.

Wer wusste schon, wie viele andere Frauen es in seinem Leben noch gegeben hatte, die einen Anspruch auf Unterhalt ihm gegenüber besaßen? Odel war das, was Lawrences alte Lehrer belesen genannt hatten, und er sprach mit einem entschieden britischen Oberklasseakzent. Normalerweise hätte Lawrence starke Bedenken gegen einen Mann mit diesen Eigenschaften gehegt – zu sehr waren es Merkmale, die ihn an Offiziere erinnerten. Doch Odel hielt sich im Kampfeinsatz ohne jeden Tadel, und das war alles, was das Platoon interessierte. Sie vertrauten ihm eine Menge von ihrer Ausrüstung zur Wartung an, weil sie wussten, dass er gute Arbeit leistete.

»Danke, Kretin!«, sagte Dennis Eason. Er wandte sich ab und drückte einen Medicsensor auf Lewis' feuchte Stirn, um anschließend die Ergebnisse zu lesen, die über das Display seines Erste-Hilfe-Kits liefen.

»Weißt du überhaupt, was du da machst?«, fragte Karl Sheahan.

Dennis tippte auf das Rotkreuzsymbol auf seinem Schulterstück. »Das solltest du für dich hoffen, Freund. Ich bin deine einzige Chance zu überleben.«

»Du könntest ihm ja nicht mal ein verdammtes Aspirin verabreichen, ohne dich vorher mit Dr. Whale zu besprechen.«

»Ich bin nicht befugt, irgendetwas zu verabreichen«, entgegnete Dennis angespannt. »Erst recht nicht, solange ein qualifizierter Schiffsarzt zur Verfügung steht. Es hat irgendwas mit den Gesetzen zu tun.«

»Tatsächlich? Hast du das auch zu Ntoko gesagt? Zu viel Blut, es hat irgendwas mit den Gesetzen zu tun, pah!«

»Leck mich.«

»Das reicht nun«, unterbrach Amersy den sich anbahnenden Streit. »Karl, sieh dir den gottverdammten Film an und hör auf herumzustänkern.«

Karl grinste, als er geschickt mitten in der Luft herumwirbelte und sanft auf einer Liege landete. Wie sich herausstellte, besaß der Schirm keinen interaktiven Treiber; er zeigte lediglich in der dritten Person fixierte Filme. Oben an der Decke bereitete sich die junge Darstellerin darauf vor, die Vampire zu erledigen, die im Begriff standen, Brüssel zu übernehmen. Es bedeutete, dass sie eine Menge eng sitzendes schwarzes Leder tragen musste.

Hal lag in der Liege neben Karl und starrte zur Decke hinauf, wo der Film lief. Er hatte nichts vom Streit mitbekommen. Karl hielt sich an einem Sicherheitsgurt fest und beugte sich herüber, um Hal auf den Arm zu schlagen. »Du könntest ihr doch ein Ding verpassen, Schwanzgesicht, oder nicht? He?«

Hals Grinsen wurde breiter.

Einige schafften es, während des restlichen Fluges für kurze Zeit zu schlafen. Es war gar nicht leicht. Ständig gab es Geräusche, wenn nicht aus ihrem Abteil, dann aus anderen. Sie hallten durch die Gänge wie ein Poltergeist auf Audio. Leute segelten rudernd durch die Kabine, tranken laut von den Wasserschläuchen, schlürften Mikrowellennahrung aus Plastikbeuteln und fluchten, dass sie nach überhaupt nichts schmeckte.

Die Toiletten wurden benutzt, was stets in wütenden Flüchen endete, und aus den kleinen Kästen drang jedes Mal übler Gestank, wenn die Türen geöffnet wurden. Ein ständiges Thema war die Frage, wer die am schlimmsten stinkenden Fürze hatte. Nic Furio führte unangefochten. Wer nicht schlafen konnte, hielt die Augen vor Erschöpfung geschlossen und warf sich unruhig in der niedrigen Schwerkraft hin und her. Irgendwann brüllte jeder Dennis an, ihm endlich einen Tranquilizer zu geben. Dennis weigerte sich.

Lawrence hätte fast einen Freudenschrei ausgestoßen, als die Billigfilme endlich aufhörten und der Captain der *Moray* eine Außenkamera auf den Schirm legte. Die *Koribu* war fünf Kilometer entfernt, umgeben von einem Schwarm kleinerer Versorgungs- und Nachschubschiffe.

Selbst heute noch, nach zwanzig Jahren in der Strategischen Sicherheit und Fahrten zu elf verschiedenen Sternensystemen, versetzte der Anblick der riesigen Raumschiffe Lawrence einen Adrenalinschub. Wie jedes andere Raumschiff auch war die *Koribu* als Kolonistenschiff konstruiert. Nicht, dass es andere Entwürfe gegeben hätte – selbst die Erkundungsschiffe, die früher einmal den Raum um das irdische Sonnensystem erforscht hatten, besaßen das gleiche Design. Lediglich die Größe variierte.

Die Form der Schiffe wurde bestimmt vom Prinzip des Kompressionsantriebs. Obwohl Überlichtgeschwindigkeit einen wissenschaftlichen und technologischen Durchbruch allererster Ordnung bedeutete, war ihm nicht der finanzielle Erfolg beschieden, den die irdischen Companys und Finanzmagnaten gerne gesehen hätten. Das Entwicklungsteam hatte eigentlich an eine Form der Raumfahrt gedacht, die genauso schnell vonstatten ging wie ein interkontinentaler Flug, doch eine zutreffende Analogie wären Windjammer auf den weiten Ozeanen gewesen.

Wie ein Portal, so generierte ein FTL-Antrieb ein Wurmloch, indem er das Raumzeitgefüge mit Hilfe eines negativen Energiedichteeffekts verzerrte. Der hierfür erforderlich Energieinverter verschlang gigantische Mengen an Strom, allein um das Loch zu öffnen, und die einzig praktische Quelle hierfür war ein Fusionsgenerator. Das erzeugte Wurmloch war im Vergleich zu den Entfernungen zwischen den Sternen extrem kurz.

Es war kein technologisches Problem, da das Raumschiff durch das von ihm erzeugte Wurmloch flog und einfach den Endpunkt ständig veränderte, sodass es ununterbrochen vorwärts ging. Doch diese Methode – obwohl äußerst praktisch – verlängerte die Fahrtzeit erheblich. Moderne Raumschiffe benötigten eine

Woche für die Strecke nach Centauri und erreichten eine Geschwindigkeit von wenig mehr als eineinhalb Lichtjahren pro Tag.

Die *Koribu* war so ein Schiff. Als Kolonistentransporter vor zweiundvierzig Jahren in einer über Centralis' schwebenden Werft gebaut, hatte die Marketing-AS von Zantiu-Braun ihr eine effektive Reichweite von 42 Lichtjahren zugewiesen. Mit dieser Vorgabe hatten die Konstrukteure den Energiekonverter in einer zweihundert Meter durchmessenden trommelförmigen Struktur untergebracht, die das gesamte vordere Drittel des Schiffes einnahm. Siebzig Prozent des Schiffsvolumens wurden von den acht Fusionsreaktoren beansprucht, welche die massiven Energiemengen bereitstellten, die der Antrieb benötigte. Es war eine konstruktive Notwendigkeit, die erklärte, warum die Außenfläche der *Koribu* ein Mosaik aus Thermoradiatoren bildete, verspiegelten silbernen Rechtecken von fünf Metern Kantenlänge. Sie strahlten die phänomenalen Hitzemengen ab, die im Verlauf der Fahrt von den Unterstützungssystemen des Antriebs erzeugt wurden.

Wegen der schwächenden Auswirkungen der Schwerelosigkeit auf die menschliche Physis, insbesondere bei siebenundzwanzigtausend untrainierten Kolonisten und einer Fahrtzeit von mehr als zehn Wochen, musste ein Gravitationsfeld für sie und die Besatzung hergestellt werden. Dies wurde auf die einfachste Art erreicht: sechs große Räder, fette Donuts von dreißig Metern Dicke und zweihundert Metern Durchmesser, klimatisiert und mit Standardatmosphäre ausgestattet. Sie besaßen eine gemeinsame Achse und waren in gegenläufig rotierenden

Paaren ausgerichtet, um die Präzession auszugleichen. Die Außenhüllen waren wie bei allen Schiffen, die außerhalb des magnetischen Feldes der Erde operierten, nackt und ohne Bullaugen oder Markierungen; nichts außer der Standardbeschichtung aus hellgrauem Schaum, zerklüftet von Partikeleinschlägen und ausgebleicht vom Licht der verschiedensten Sterne.

Es war nicht weiter schwer gefallen, die *Koribu* zum Truppentransporter für die strategische Sicherheit umzurüsten. Zantiu-Braun verwandelte die Gemeinschaftsräume in Fitnessbereiche und Sim-Tac-Säle, ein paar Schlafkabinen wurden leergeräumt und als Lager für die Skinsuits benutzt, der Rest blieb unverändert. Der Transporter fasste zwanzigtausend Squaddies.

Hinter den rotierenden Rädern kam die Frachtsektion, eine breite, offene Zylindersektion aus einem Wabengitter von Trägern, die tiefe hexagonale Silos bildeten. Einst hatten sie die Module mit industriellen Anlagen und Maschinen sowie die essentiellen Vorräte enthalten, welche die Kolonisten für ihre ersten Siedlungen benötigten. Die Modifikation für Gewinnrealisierungsoperationen bestand darin, die Halteklammern auszuwechseln.

Sechs Orbitaltransferschiffe warteten in einer Entfernung von dreihundert Metern und bildeten einen Ring um die *Koribu*. Ein-Mann-Schlepper glitten zwischen ihnen hin und her und stießen kleine grüne und blaue Flammen aus, während sie die Landekapseln der Dritten Flotte in die wartenden Silos bugsierten. An einem Ende des Wabengeflechts waren die Trennwände zwischen den Silos entfernt worden, sodass tiefe Alkoven entstanden. Sie enthielten Raumflugzeuge, das vertraute schlanke Profil der Xianti-Nasen erhob sich deutlich sichtbar aus den Schatten.

Die letzte Sektion der *Koribu* wurde von ihrem Hauptantrieb eingenommen. Fünf Fusionsraketenmotoren in der Form von dreihundert Meter langen schlanken Konussen, überzogen mit einem Gewirr von Rohren und Leitungen. Am Kopf der Konusse befanden sich gewaltige kugelförmige Deuteriumtanks, zusammen mit Hilfsaggregaten und zehn kleineren Tokamaks, die die Energie für die Zündsequenz des Hauptantriebs bereitstellten.

Die *Moray* dockte unmittelbar vor der Lebenserhaltungssektion an und verband sich mit einer Röhre, die aus dem Rumpf des Raumschiffs ausgefahren war. Lawrence musste weitere zwanzig Minuten warten, während derer er dem Lärm anderer Platoons lauschte, die sich durch die Habitationskabinen und Korridore der Orbitaltransferfähre und in die Röhre arbeiteten, bis seine Gruppe an der Reihe war. Schließlich erhielt er die Erlaubnis, von Bord zu gehen.

Es war ein weiter Weg durch die schwerelosen Korridore der *Koribu* bis zum rotierenden Transfertoroid, der in ihr Rad führte. In jeder Radspeiche befand sich ein Lift, kaum groß genug, um einen Erwachsenen aufzunehmen. Sie reihten sich vor dem Lift auf und steckten die Stiefel in die Schlaufen am Fußboden.

Die Schwerkraft nahm mit jedem Meter zu, den sie nach unten fuhren, sehr zu Lewis' Erleichterung. Sie hielten auf dem mittleren von drei Decks, die sich durch das Rad zogen. Die Schwerkraft betrug ein Achtel des Erdstandards, genug, um ihre Mägen zu beruhigen und den Kreislauf zu normalisieren. Doch mit der Schwerkraft kam ein verwirrendes Drehgefühl auf, als würde der Boden unter ihnen weggezogen. Die Männer traten aus dem Lift und stolperten gegen die Wand, um sich daran zu stützen.

Jedes Mal, wenn Lawrence den Lift in ein Rad benutzte, nahm er sich fest vor, nicht wieder auf diese Täuschung hereinzufallen. Und jedes Mal aufs Neue überzeugte ihn sein Körper, dass er jeden Augenblick zur Seite kippen würde. Vorsichtig löste er die Hand von der Wand.

»Also schön«, sagte er. »Ich weiß, es fühlt sich an, als wären wir in einer Waschmaschine. Ignoriert es. Wir sind unten, und unsere Lage ist stabil. Gehen wir unser Quartier suchen.«

Er setzte sich in Bewegung und ging durch den Korridor voran. Nach zehn Schritten musste er zur Seite treten, um nicht in Simon Roderick und sein Gefolge aus Managern und Stabsoffizieren zu rennen. Der Vorstandssprecher der Dritten Flotte war so damit beschäftigt, einem sichtlich gestressten Berater Befehle zu erteilen, dass er das Platoon überhaupt nicht zur Kenntnis nahm.

Lawrence ließ sich nichts anmerken. Er hatte die Untersuchung verfolgt, die Roderick und Adul Quan nach Kuranda eingeleitet hatten. Sein Prime-Programm hatte sich unauffällig in den Datapool der Basis eingelinkt und die Kommunikation zwischen AS-Programmen und ihre Anfragen an Skyscan beobachtet. Ihre Nachforschungen waren nach einigen Tagen zum Erliegen gekommen, und auch die Polizei hatte nichts herausgefunden. Trotzdem war es ein Schock, unvermittelt vor einem hohen Tier von

Zantiu-Braun zu stehen, das sich so stark für Lawrences Aktivitäten außerhalb der Basis interessiert hatte.

Roderick und sein Gefolge verschwanden hinter der Kurve des nur scheinbar ansteigenden Korridors, und Lawrence marschierte entschlossenen Schrittes los.

Der Schlafsaal, den man seinem Platoon zugewiesen hatte, war kaum mehr als doppelt so groß wie die Kabine an Bord der Transferfähre. Er war ausgestattet mit zwei Reihen von Kojen, jede mit ihrem eigenen Spind und einem Paket Standardbekleidung darin, ein paar Aluminiumtischen und Stühlen und einem großen Bildschirm. Eine Tür führte zu einer Toilette und einem Waschraum.

Hal blickte sich um, und auf seinem Gesicht breitete sich Bestürzung aus. »O Mann, was soll dieser Scheiß hier?«, rief er.

Amersy lachte auf. »Das beste Quartier in der gesamten Flotte, du Sozialhilfeempfänger! Hau dich hin und genieß es. Du kriegst zu essen, du kriegst Sold, und niemand schießt auf dich. Jetzt such dir endlich eine Koje und mach das Beste daraus!«

»Ich werde verrückt hier drin, verdammt!« Er kletterte über eine kleine Leiter, um sich eine der oberen Kojen zu sichern, doch Karls Arm war im Weg.

»Untere Reihe, Junge«, sagte Karl und grinste herausfordernd.

»Verdammte Scheiße!« Hal warf seinen Seesack auf eine der unteren Kojen und sprang hinterher. »Ich vertrage diese engen Räume einfach nicht!«

»Du wirst dich daran gewöhnen«, sagte Lawrence. Er warf seinen eigenen Sack auf eine der oberen

Kojen und beobachtete fasziniert die eigenartige Fallkurve. »Legt euch hin, alle«, befahl er. »Ihr kennt die Bordvorschriften. Ich gehe und finde heraus, wann unsere Mahlzeiten angesetzt sind, und danach erarbeiten wir einen dazu passenden Trainingsplan. Lewis, wie fühlst du dich?«

»Nicht allzu schlecht, Sarge. Schätze, die Ärztin hatte Recht.«

Lawrence trat zu einer kleinen, unter einem Flachbildschirm in die Wand eingelassenen Tastatur. Platoon-Schlafsäle waren nicht mit AS-Programmen ausgerüstet, doch die Software war einfach und intuitiv zu bedienen. Er rief die entsprechenden Daten auf: Wann sie aßen, wo, welche Bordzeit herrschte und wann der Start geplant war.

»Hey, Jungs«, fragte er. »Will einer von euch wissen, wohin es geht?«

»Nach Thallspring!«, rief Karl zurück. »Hat man dir das nicht gesagt, Sarge?«

Hal starrte ihn verblüfft an. »Woher hast du das gewusst? Es war streng geheim!«

Karl schüttelte den Kopf. »Leck mich. Du bist eine gewaltige Verschwendung von Raum, Junge.«

Die Abfahrt war in zweiundzwanzig Stunden vorgesehen. Lawrence las die weiteren Daten für die Dritte Flotte vom Schirm ab und murmelte: »Scheiße.«

»Was denn?«, fragte Amersy leise.

Lawrence sah sich hastig um. Niemand achtete auf ihn. »Sieben Schiffe«, sagte er. »Ist das alles, was die Dritte Flotte heutzutage noch aufzubringen hat?«

»Mehr als genug für Thallspring. Die Bevölkerung ist klein, kaum siebzehn Millionen.«

»Geschätzte siebzehn Millionen«, entgegnete Lawrence. »Genau wissen wir das nicht. Aber das ist es nicht, worüber ich mir Sorgen mache.«

»Die Schiffe?«

»Ja. Fate, meine erste Mission ... wir brauchten sieben Wochen, um die Truppen und die Ausrüstung in die Schiffe zu verfrachten. Es müssen damals fünfunddreißig Schiffe gewesen sein.«

»Wir haben aber nicht mehr so viele Schiffe. Nicht mehr seit Santa Chico.«

»Auch beim Anflug auf Oland's Hope hat die Zweite Flotte zwei Schiffe verloren. Niemand rechnete damit, dass sie eine Orbitalverteidigung installiert haben könnten. Aber sie hatten eine.«

»Willst du aussteigen?«

»Zur Hölle, nein. Ich sage nur, dass es ziemlich hart werden könnte. Wir sind nicht genug.«

»Wir werden schon damit fertig. Die Jungs schaffen es, du wirst sehen.« Er schlug Lawrence auf die Schulter. »Selbst der Kleine wird zurechtkommen.«

»Ja, sicher«, sagte Lawrence. Er arbeitete sich durch die Menüs des Computers, um herauszufinden, welche Informationen er auf den Schirm bekam. Er las den Plan, dann grinste er und rief rasch weitere Menüs auf. »Vielleicht wollt ihr das auch sehen«, sagte er zu seinen Männern. »Vielleicht kriegt ihr nie wieder so gute Plätze direkt am Ring.«

Der Schirm wurde hell und zeigte ein Bild von einer der externen Kameras der *Koribu*. Sie war auf das Portal gerichtet, das dunstig blau vor dem Nichts des Weltraums leuchtete. Colony Trains drängten sich davor wie ein Schwarm technologischer Fische.

»In zwei Minuten starten sie«, verkündete Lawrence fröhlich. Trotz allem, was er an Zantiu-Braun so hasste, musste er sich eingestehen, dass die Portale ein Meisterwerk waren.

Seine Stimmung erhielt einen Dämpfer, als Hals bockige Stimme fragte: »Was zur Hölle ist das nun wieder für ein Scheiß? Ein radioaktiver Donut? Bestellen Sie mir doch zwei Kaffee dazu, Sarge.« Er brach unsicher ab, als er Lawrences Blick bemerkte.

Lawrence beherrschte sich gerade noch rechtzeitig, um den Jungen nicht anzubrüllen. Er konnte nicht glauben, dass jemand so dämlich sein und noch nichts über das wichtigste Unternehmen gehört haben konnte, das die menschliche Rasse je begonnen hatte.

Doch Hal war nur ein Teenager aus einer Wohlfahrtssiedlung in irgendeiner gottverlassenen Stadt. Lawrence selbst hatte als Kind die bestmögliche nur denkbare Ausbildung genossen, die seine Heimatwelt ihm hatte geben können. Er hatte Zugang zu unbeschränktem Informationsfluss gehabt – und nicht einmal er hatte etwas von der Existenz der Portale gewusst.

Roselyn hatte ihm davon erzählt.

Kapitel fünf

Innerhalb von fünf Jahren hatte Amethis Klima tiefgreifende Veränderungen erfahren. Die Auswirkungen, die HeatSmash hervorgerufen hatte, waren permanent geworden und beschleunigten sich inzwischen auf eine Weise, dass sogar die menschlichen Sinne sie bemerkten. Die Einheimischen nannten es das Erwachen. Statt der Überraschung und Freude, eine einzige Wolke am Himmel zu erspähen, freuten sie sich inzwischen über einen kleinen Flecken blauen Himmels in der dicken Wolkendecke wegen des Lichts, das er herbeiführte.

Nachdem die allgemeine Lufttemperatur mehrere Grad über den Gefrierpunkt angestiegen war, entließ der Barclay-Gletscher mit phänomenaler Geschwindigkeit Wasserdampf in die Atmosphäre. Gigantische Wolkenbänke bildeten sich über dem tauenden Eispanzer und stiegen bis fast in die Troposphäre hinauf, von wo aus sie ihren Weg um den Globus antraten. In ihrem Gefolge wurde wärmere, trockene Luft herangeführt und beschleunigte die Verdunstung über dem Eis noch weiter, bis ein gigantischer planetenweiter Kreislauf entstanden war.

Wo die Wolken über die Tundra wehten, wurden sie dunkler und schwerer, und das Wasser kondensierte zu Schnee. Bis die Schneeflocken den Boden erreichten, waren sie halb geschmolzen. Dicker Schneematsch bedeckte den gesamten Planeten und benötigte Ewigkeiten, bis das Wasser in kleinen Rissen und Spalten versickert war, während es unablässig weiter schneite. Auf den Kontinentalplatten bildeten sich nach und nach die alten Flussbetten, während sich in den Ozeanen die tiefsten Becken und Gräben mit Wasser füllten. Die dünne halbflüssige Schneedecke, die sich bergab bewegte, nahm die Salzkruste mit sich, die seit der Bildung des Riesengletschers unberührt gelegen hatte. Alles wurde hinabgezerrt in die tiefer werdenden neuen Ozeane, wo es sich auflöste und in eine zähflüssige gesättigte Brühe verwandelte, die ebenso dicht war wie das irdische Tote Meer.

Die Atmosphäre war derweil so gesättigt von Schnee und Hagel, dass das Fliegen gefährlich geworden war. Raumflugzeuge waren stark genug, um sich einen Weg durch das Wetter zu bahnen, doch kleinere Flugzeuge suchten für die Dauer der Unwetter Schutz in Hangars. Auch das Fahren wurde schwieriger; Trucks wurden in Schneepflüge umfunktioniert und räumten ununterbrochen die Hauptverkehrswege. Bald war jedes Fahrzeug mit Scheibenwischern ausgerüstet. Große Teile von Amethis ökologischem Erneuerungsprojekt wurden unterbrochen, bis die atmosphärischen Turbulenzen sich ein wenig beruhigt hatten. Die Insekten, deren erste Aussetzung bereits geplant war, waren noch nicht geklont worden – Silos mit Samenbänken wurden versiegelt. Lediglich die Slowlife-Organismen blieben einigermaßen unbeeindruckt und machten unter dem Schnee weiter wie zuvor, bis sie Pech hatten und von einem Wasserschwall erwischt wurden. Da ihnen jeglicher animalischer Überlebenstrieb fehlte, brachten sie sich nicht vor den kleinen Strömen und Bächen in Sicherheit, die neuerdings das Land durchzogen.

Diese Phase von Amethis Terraformierung verlief genau wie vorherberechnet, behaupteten die Klimatologen, nur seien die Auswirkungen wesentlich heftiger, als ihre AS-Programme geschätzt hatten. Ein paar hastige Korrekturen mit den neu gewonnenen Parametern zeigten, dass das gegenwärtige Klimachaos nicht länger als ein paar Jahre anhalten würde. Genauere Daten wurden nicht genannt.

Lawrence genoss das Erwachen. Er lachte insgeheim über all das Chaos, das es über McArthurs peinlich genau ausgearbeitete Pläne gebracht hatte und die Sorgen, die es seinem Vater bereitete. Das hier war Natur, wie sie auf richtigen Planeten existierte, und sie spielte der menschlichen Arroganz übel mit. Genau das, was er aus erster Hand in fremden Sonnensystemen sehen wollte, wo fremde Welten von noch seltsamerem Klima beherrscht wurden. Doch nach den ersten neun Monaten Dauerschneefall und bedrückend bewölktem Himmel hatte selbst er allmählich die Nase voll von diesem neuen Phänomen und langweilte sich.

Die Langeweile war nur einer der vielen Faktoren, die seinen Eltern die beständigen Verhaltensprobleme ihres Sohnes aufzeigten. Als er sechzehn war, schickte ihn sein gründlich verärgerter Vater bereits einmal in der Woche zu Dr. Melinda Johnson, einer Verhaltenspsychologin. Für Lawrence waren die Sitzungen nichts weiter als ein Witz. Entweder übertrieb er maßlos, oder er beantwortete die Fragen mit einem mürrischen Ja oder Nein, abhängig davon, wie seine

Stimmung gerade war. Es half wahrscheinlich zu verschleiern, wie befremdet er von Amethis menschlicher Gesellschaft war, und aus diesem Grund erzielte Dr. Johnson keinerlei Fortschritte bei seiner Therapie.

Lawrence wusste, dass er am falschen Ort zur falschen Zeit aufwuchs. Er hätte ein amerikanischer Astronaut in den Neunzehnhundertsechzigern oder ein Astrophysiker an Bord eines der Tiefraumforschungsschiffe des späten einundzwanzigsten Jahrhunderts sein müssen, als die neuen Welten rings um Sol erkundet worden waren. Doch wenn er dies der professionell mitfühlenden Ärztin gesagt hätte, wäre es ein Eingeständnis von Schwäche gewesen. Auf keinen Fall würde er sie in sein Geheimnis einweihen. Dr. Johnson und alles, wofür sie stand, die Abnormität von Amethi – das war das Problem, nicht die Lösung.

Und so schwang das Pendel zwischen Lügen und düsterer Stimmung stets ein wenig weiter hin und her, eigenartig beschleunigt von der Hülle aus Neugier und Hinnahme, als wäre es eine interessante Krankheit. Die ganze Zeit über errichtete er um sich herum eine Hülle aus starrköpfigem Schweigen, die jedes Mal dicker wurde, wenn sein Vater tobte und seine Mutter ihre stumme Missbilligung zeigte. Nichts außer I-Medien interessierte ihn; er besaß kaum Freunde, seine Lehrer resignierten, und die Rivalität unter den Geschwistern zu Hause weitete sich allmählich zu einem offenen Krieg aus. Mit seinem Hass auf die Welt und den wütenden Hormonen war er der Bilderbuchteenager aus der Hölle.

Das war wohl auch der Grund, warum sein Vater ihn eines Morgens am Frühstückstisch überraschte, als er berichtete, dass er am nächsten Tag nach Ulphgarth zu einer Konferenz musste. »Lust mitzukommen?«

Lawrence blickte seine Geschwister an und wartete darauf, dass eines sich meldete. Dann wurde ihm bewusst, dass alle ihn anstarrten, einschließlich seinem Vater. »Was denn, meinst du mich?«

»Ja, dich, Lawrence.« Doug Newtons Lippen zuckten und verrieten seine typische heimliche Belustigung.

»Warum denn?«, brummte Lawrence mit plötzlich erwachendem Misstrauen.

»Meine Güte!« Doug Newton rieb sich mit den Fingerspitzen die Schläfen. »Also schön. Warum eigentlich? Vielleicht um dein vorbildliches Benehmen zu belohnen? Oder deine Zeugnisse? Oder vielleicht auch nur, um deine Datapool-Zugriffe diesen Monat unter der Tausendergrenze zu halten? Was glaubst du, Lawrence? Warum sollte ich so freundlich sein zu meinem ältesten Sohn?«

»Warum sagst du immer so etwas? Warum musst du immer so verdammt sarkastisch sein? Warum kannst du nicht fragen wie ein normaler Mensch?«

»Du meinst ungefähr so, wie ich die Frage eingangs gestellt habe?«

Lawrence lief puterrot an, als seine Geschwister auf seine Kosten anfingen zu kichern. Er funkelte sie der Reihe nach an, wütend auf sich selbst, weil er sich auf so billige Weise hatte reinlegen lassen. Trotzdem, es war höchst ungewöhnlich, dass sein Dad ihn fragte ... »Was gibt es denn dort zu sehen?«, fragte er in einem Ton, als könnte ihn nichts im Universum an Ulphgarth interessieren. Nicht, dass er je zuvor von Ulphgarth gehört hätte.

»Ein erstklassiges Konferenzzentrum beispielsweise, wo wir die letzten Einzelheiten mit möglichen Auftragnehmern für die neue Brücke über den Blea aushandeln.«

»O ja, prima, danke. Als würdest du mich bei so etwas dabei haben wollen.«

»Ich werde an dieser Konferenz teilnehmen. Du kannst solange im Fünf-Sterne-Hotel nebenan bleiben. Einer meiner Berater ist ausgezogen, doch das Zimmer ist bereits bezahlt und steht leer. Du kannst so lange schlafen, wie du möchtest, meinetwegen die ganzen fünf Tage. Du kannst dir vierundzwanzig Stunden am Tag Essen auf das Zimmer bringen lassen. Es gibt ein voll ausgestattetes Fitnesscenter, und die Benutzung des Swimmingpools ist für Gäste frei. Die Kuppelbeleuchtung ist tropisch, genau wie das Klima, falls du dich draußen hinlegen und dich bräunen willst. Dein Zimmer besitzt unbeschränkten Zugriff auf den Datapool. Jede Nacht gibt es Live-Musik. Du musst mich nicht sehen und nicht einmal jedes Mal mit mir essen, wenn du nicht willst. Also, wie sieht es aus ... willst du deiner Mutter ein paar Tage Ruhe gönnen, bevor das Halbjahr anfängt?«

Lawrence sah zu seiner Mutter, die mutig zurücklächelte. Die Linien in ihrem Gesicht waren seit der Geburt seines jüngsten Bruders nicht mehr gewichen. Er wusste, dass sie vom Arzt verschriebene Antidepressiva einnahm und mit Wodka herunterspülte, und er hasste sie dafür, dass sie so schwach war. Er hasste sich noch mehr, dass er sich ihr gegenüber so gemein benahm. Es war diese verdammte beschissene Welt, die so korrupt war. »Ich ... Ja. Großartig. Klingt cool. Danke.«

»Danke. Gütiger Gott, die Wunder auf diesem Planeten hören niemals auf, was?«

Lawrence verkniff erneut das Gesicht.

Drei Tage später vergnügte er sich zwar immer noch nicht, doch er entspannte sich ein wenig. Das Hotelgebäude war in einer eigenen Kuppel untergebracht, ein fünfzehnstöckiges Dreieck aus breiten Glasfronten und Balkonen genau im Zentrum. Von überall konnte man den üppigen, grünen Park sehen. Es schien, als blühten jeder Busch und jede Blume gleichzeitig. Zweige und Äste besaßen eine Vitalität, die normalen Pflanzen fehlte. Man konnte fast zusehen, wie sie wuchsen. Das zähe Bermuda-Gras wurde jede Nacht gemäht, und doch war es am Morgen so, als ginge man über einen dichten Teppich aus Schwamm.

Lawrence lehnte sich auf seiner Sonnenliege zurück und bewegte die Schultern, bis das Kissen richtig behaglich war. Die großen Lichter oben an der Decke waren wärmer als zu Hause in der tropischen Kuppel seiner Familie und sandten genug Strahlung aus, um ihn zu durchtränken. Er hatte einen Fleck gefunden, am Rand des gepflasterten Runds, das den großen Swimmingpool umgab, abgelegen von allen anderen, doch nahe genug bei der Bar, um den Kellner herbeizuwinken. Erstaunlicherweise fragte niemand nach seinem Alter, wenn er sich Drinks kommen ließ. Er hatte am Tag zuvor mit Bier angefangen, bevor er sich an der Cocktailkarte versucht hatte. Einige davon waren ziemlich widerlich, trotz der faszinierenden Farben und den Früchten, und beinahe wäre er wieder zu Bier zurückgekehrt. Dann hatte er Margaritas entdeckt.

Das Mädchen war wieder im Pool. Lawrence rutschte ein wenig höher, so dass er den gesamten Bereich vor sich überblicken konnte, ohne den Kopf zu heben. Er trug eine verspiegelte Sonnenbrille mit einem Audiointerface, das direkt mit seinem Pearl am Handgelenk verbunden war, und optronische Membranen bedeckten seine Pupillen. Auf diese Weise konnte er entweder ein paar I's ansehen oder die Menschen im Pool beobachten oder einfach dösen, und niemand konnte es sehen. Gestern hatte er *Halo Stars* gespielt und Bier getrunken, als er sie bemerkt hatte.

Sie war schätzungsweise sechzehn, blond, das dichte glatte Haar auf Schulterlänge abgeschnitten, und groß mit wunderbar athletischen Beinen. Ihr ganzer Körper war geschmeidig und durchtrainiert. Er sah es dank des knappen schwarzen Bikinis, den sie trug.

Den Rest des Nachmittags hatte er damit verbracht, sie zu beobachten und Margaritas zu trinken. Am Pool spielte eine ganze Bande von Jugendlichen in seinem Alter bis herab zu Kindern von sieben oder acht Jahren. Kinder von Konferenzteilnehmern, schätzte er, sich selbst überlassen, während die Eltern über die Details des Brückenbaus beratschlagten. Er gesellte sich nicht hinzu. Zum einen verspürte er keinen Drang nach Gesellschaft. Er wusste auch nie, was er zu einem vollkommen Fremden sagen sollte. Und dann war da sein Körper. Er litt nicht unter einem

Mangel an Selbstbewusstsein, doch hier draußen, mit nichts als einer Badehose am Leib, wurde ihm nur zu deutlich bewusst, dass er viel schwerer war als die anderen Jungen seines Alters. Trotz seiner Größe und seines kraftvollen Körperbaus, von dem die Lehrer in der Schule überzeugt waren, dass er beim Football und anderen Feldspielen vorteilhaft sei, hatte er kein Interesse, sich einem der Teams anzuschließen und wertvolle Stunden mit Training zu verschwenden, die er mit I's verbringen konnte. Der Mangel an Bewegung hatte dazu geführt, dass er im Gegensatz zu den anderen immer noch seinen Babyspeck mit sich herumtrug, statt ihn zu verbrennen. Es war zumindest ungewöhnlich auf einer Welt, wo die meisten Kinder zumindest in gewissem Ausmaß genetisch verändert worden waren, um ihre Physis zu verbessern – wie er rings um sich herum sehen konnte. Es war nicht nur das Mädchen, das vor Gesundheit nur so sprühte. Trotzdem ragte sie aus der Masse; die anderen Mädchen, die sich im Pool vergnügten, waren attraktiv – sie war betörend. Er konnte nicht genau sagen, warum er sie so unwiderstehlich fand. Sie besaß ein schmales Gesicht mit breiten Lippen und hohen Wangenknochen, hübsche Züge, doch nichts wirklich Besonderes. Ihre grauen Augen standen nicht einen Augenblick lang still und nahmen die Welt um sie herum voller Staunen auf. Nach einer Weile kam er zu dem Schluss, dass es ihre Magie sein musste; sie war so voller Leben. Andere waren offensichtlich der gleichen Meinung – sie hatte einen Harem von Jungen, der länger war als ein Kometenschweif und ihr auf Schritt und Tritt folgte.

Er beobachtete sie, wie sie im Pool planschte. Durchs Wasser jagte, spritzte, mit einem Ball spielte. Aus dem Wasser kletterte, einen schnellen Schluck Cola nahm und wieder hineinsprang. Und die ganze Zeit über lachte und schwatzte sie.

Dann hievte sie sich direkt vor Lawrence aus dem Wasser, mit angespannten, schlanken Muskeln, und Wasser glitzerte auf ihrer Haut. Sein Atem ging schneller, als er sich vorstellte, wie dieser unglaubliche Körper vor Entzücken erschauerte, während seine Hände ihn streichelten und sich dabei so viel Zeit nahmen, wie sie wollten. Heiliger Himmel, er war unglaublich geil auf sie. Richtig geil. Sein Penis erigierte. Hastig aktivierte er den Pearl, und die optronischen Membranen löschten ihren Anblick hinter einem Berg astronomischer Daten aus.

Wegzulaufen hätte wahrscheinlich merkwürdig ausgesehen. Außerdem lag Naomi Karaman auf einer der Liegen hinter der Bar. Sie war – angeblich – die Assistentin seines Vaters. Niemand musste Lawrence sagen, was sich in Wirklichkeit dahinter verbarg, genau wie bei all den anderen Assistentinnen, die beinahe monatlich wechselten. Eine sehr schöne Frau Anfang zwanzig, mit ebenholzfarbener Haut und einer sehr weiblichen Figur. Sie trug einen purpurnen Badeanzug, der zur Provokation und nicht zum Schwimmen gemacht war, und wanderte darin am Beckenrand entlang. Und sie hatte bisher nicht das geringste Interesse für die Konferenz gezeigt. Am Abend zuvor hatte Lawrence gesehen, wie sie und ihr Vater sich mit einer großen Gruppe von Geschäftsleuten zum Dinner getroffen hatten. Sie hatte ein silbernes rückenfreies Abendkleid und in die Haare eingeflochtene goldene Bänder getragen.

Ohne Zweifel würde sein Vater davon erfahren, wenn sie beobachtete, dass er sich eigenartig benahm.

Also blieb er in *Halo Stars* versenkt und schwebte über erstaunlich detaillierten Alienlandschaften und -städten. Das I-Media-Spiel war der neue Hit. Ein Import von der Erde, wo wahrscheinlich ganze Scharen von Designern und AS-Extrapolatoren Jahre mit dem Entwurf eines Konzepts verbracht hatten. Als er abspeicherte und das Spiel beendete, hatte sich das Mädchen auf der gegenüberliegenden Seite des Swimmingpools in seinem Liegestuhl niedergelassen. Große gold-orangefarbene Sonnengläser bedeckten ihre Augen. Mehrere der jüngeren Kinder drängten sich um sie, lachten und kicherten. Drei der beharrlichsten Jungen saßen ungemütlich dicht zusammengedrängt auf der Sonnenliege nebenan. Jeder einzelne gab sein Bestes, um charmant, witzig, kenntnisreich, erfahren und lässig zu erscheinen. Hin und wieder lachte sie über ihre Witze und Häneseleien. Lawrence meinte zu sehen, dass sie es nur aus Höflichkeit tat und nicht, weil sie sich wirklich amüsierte.

Das Eis seines Margarita war geschmolzen, und der Cocktail war ungenießbar geworden. Naomi Karaman war verschwunden. Mehrere Erwachsene waren im Pool, andere schlenderten vor dem Hotel über den Rasen. Die Konferenzen waren offensichtlich zu Ende, jedenfalls für diesen Tag. Lawrence nahm sein Handtuch und kehrte auf sein Zimmer zurück, wo er sich eine weitere Mahlzeit servieren ließ.

Das war gestern gewesen. Heute war er – für seine Verhältnisse – früh nach unten gegangen, noch vor zehn Uhr. Seine Belohnung waren die ausgezeichnet platzierte Sonnenliege und das prompte Erscheinen des Mädchens. An diesem Morgen trug sie einen weißen Bikini und war genauso lebhaft wie zuvor. Er bemerkte zu seiner Überraschung, dass er lächelte, weil sie sich so ungezwungen benahm. Zwei der kleineren Mädchen waren mit ihr gekommen. Sie schnatterten aufgeregt. Die ältere war vielleicht zehn, die jüngere sechs oder sieben. Er stellte fest, dass alle drei Schwestern waren und sich einigermaßen ähnlich sahen. Es dauerte nicht lange, bis die ganze Truppe wieder beieinander war. Lachen und Kreischen hallte über die feuchte Landschaft, als sie sich gegenseitig ins Wasser schubsten. Lawrence spannte sich innerlich, als einer der größeren Jungen, ungefähr in seinem Alter, das Mädchen mit zu viel Gewalt ins Wasser stieß. Doch sie kam lachend wieder nach oben. Er stieß einen Seufzer aus und wünschte, er fände einen Weg, zu ihr zu gehen und sich vorzustellen und zu fragen, ob er sich zu ihnen gesellen durfte. Außerdem würde er jetzt merkwürdig dastehen, nachdem er einen Tag für sich allein verbracht hatte, wie einer von diesen Freaks. Und was sollte er sagen? »Möchte einer von euch vielleicht mit mir *Halo Stars* spielen?« Er hielt es für wenig wahrscheinlich, dass diese sportliche, aktive Bande sich dafür interessieren könnte. Und sie ganz bestimmt nicht.

Er befahl dem Pearl an seinem Handgelenk, das Spiel wieder zu laden, und das schattige Tal materialisierte vor ihm. »Hi, kannst du uns vielleicht helfen?«

Lawrence befahl dem Pearl, das Spiel anzuhalten.

Seine Membranen wurden durchsichtig, und *sie* stand vor ihm. Sie stand neben seiner Sonnenliege, tropfnass und wunderbar. Er zerrte seine Spiegelbrille überhastet und verlegen von der Nase und riss sich dabei die Ohrstöpsel heraus.

»Verzeihung?« Starrte er sie zu offensichtlich an? Die Kuppelstrahler waren direkt über ihr und zwangen ihn zum Blinzeln. Verdammt, ich muss ihr vorkommen wie ein Volltrottel!

»Kannst du uns helfen?« Sie hielt ihm einen Football hin. »Wir brauchen noch einen Mitspieler, damit die Mannschaften gleich stark sind.«

»Mannschaften?« Er hätte sich eine Ohrfeige versetzen können. Er klang so schrecklich dumm.

»Ja. Wir spielen Wasserpolo. Uns fehlt einer.«

Sie hatte eine hübsche Stimme, weich und sanft. »Äh, ja. Sicher.« Er drückte sich aus der Liege, stellte sich vor sie und zog den Bauch ein. Sie war nur ein paar Zentimeter kleiner als er. Aus irgendeinem unerfindlichen Grund gefiel es ihm. Wie alles andere auch. Sie war vollkommen, absolut vollkommen. »Ich hab schon eine ganze Weile nicht mehr gespielt. Ich bin wahrscheinlich ziemlich eingerostet.« Er hatte noch nie Wasserpolo gespielt.

»Kein Problem. Ich habe noch nie im Leben Wasserpolo gespielt. Und ich glaube nicht, dass viele von uns die Regeln kennen.«

»Oh, großartig. Wahrscheinlich gehe ich besser ins Tor. Da kann ich nicht so viel Schaden anrichten.« Frag sie, wie sie heißt, du Arschloch. Los, frag sie!

Sie lächelte strahlend. »Da wollte ich schon hin.«

»Sicher, klar. Wie du möchtest.«

Sie warf ihm den Ball zu, und er fing ihn nur mit

Mühe. »Haben wir dich bei irgendetwas gestört?«, fragte sie und deutete auf die Spiegelbrille und den Pearl an seinem Handgelenk.

»Nein, überhaupt nicht. Ich hab ein I-Media gespielt, das ist alles. Ich hab's gespeichert.«

»Prima.« Sie drehte sich um und wanderte wieder zum Pool zurück. »Ich hab ihn!«, rief sie ihren Freunden zu. Der Harem aus Jungen reagierte mit gezwungenem Lächeln.

»Äh, ich bin ... ich bin Lawrence.«

»Roselyn.« Sie sprang elegant ins Wasser.

Es war fast das Letzte, was er im Verlauf der nächsten vierzig Minuten von ihr zu sehen bekam. Wasserpolo war Stück für Stück genauso schlimm, wie er es sich vorgestellt hatte. Zwanzig Minuten im Wasser, das fünf Zentimeter zu tief war, um bequem zu stehen, während andere den schweren nassen Ball auf ihn warfen. Chlor in den Augen. Er schluckte literweise Wasser. Erschöpfung ließ seinen Atem rasseln, und er fühlte sich elend.

Das Spiel endete schließlich irgendwie, hauptsächlich, weil ein Streit um das Ergebnis ausbrach. Die anderen führten mit zwanzig, dreißig Toren Vorsprung. Er hatte eine Menge Schüsse vorbeigelassen. Schnaufend zog er sich an der verchromten Leiter aus dem Wasser.

»Alles in Ordnung mit dir?«

Roselyn stand vor ihm und drückte das Wasser aus ihren Haaren.

»Ja, mir geht es bestens.« Er war zu erschöpft, um seinen Bauch noch länger einzuziehen.

»Ich könnte etwas zu trinken vertragen.« Sie blickte ihn halb erwartungsvoll an.

Lawrence glaubte zu träumen. »Ich auch«, plapperte er heraus.

Ein Trommelfeuer giftiger Blicke von ihrem Harem folgte ihm, als er mit ihr zur Bar ging. Einige Jungen riefen ihr zu, sie solle doch beim nächsten Spiel mitmachen. Sie winkte ab und vertröstete sie auf später.

»Ich brauche eine Pause«, gestand sie Lawrence. »Meine Güte, woher nehmen sie bloß diese Energie?«

»Ich weiß, was du meinst. Ich bin erledigt.«

Sie setzte sich auf den Hocker am Ende der Holztheke, was bedeutete, dass niemand außer Lawrence neben ihr sitzen konnte. Er unterdrückte ein Grinsen, als er den Hocker heranzog.

»Bist du alleine hier?«, fragte sie.

»Nein, zusammen mit meinem Vater. Er nimmt an einer Konferenz teil.«

»Aha.« Sie bat den Kellner um eine Cola.

»Mir bitte auch«, sagte Lawrence. Es hätte wie Angeberei ausgesehen, wenn er sich einen Margarita bestellt hätte. »Woher kommst du? Was ist das für ein Akzent? Ich habe ihn noch nie gehört. Ich finde ihn sehr hübsch«, fügte er hastig hinzu. Es sah zum Glück nicht aus, als wäre er ihr damit zu nahe getreten, und ihm fiel auf die Schnelle kein anderes Thema ein.

»Dublin.«

»Wo ist das?«

Sie brach in Lachen aus.

Er grinste tapfer und wusste, dass er erneut etwas Dummes gesagt hatte.

»Entschuldige«, sagte sie schließlich. »Dublin in Irland, auf der Erde. Wir sind vor drei Tagen hier angekommen.«

»Von der Erde?«, fragte er staunend. »Du bist von der Erde? Wie war die Fahrt hierher? Was hast du unterwegs gesehen?«

Sie rümpfte die hübsche Nase. »Nichts. Ich hab überhaupt nichts gesehen! Es gab keine Fenster. Und ich war die ganze Zeit über raumkrank. Allerdings nicht so schlimm wie Mary. Igitt, wir müssen sämtliche Papiertücher an Bord verbraucht haben.«

»Mary?«

»Meine Schwester.« Sie zeigte auf die ältere ihrer beiden kleinen Geschwister, die noch immer im Wasser tobten. »Die andere ist Jenny, dort.«

»Sie sehen in Ordnung aus.«

»Wirklich?«

»O ja. Ich habe fünf jüngere Brüder und Schwestern, ich weiß, wie das ist.«

»Fünf! Wow! Deine Eltern müssen ziemlich fromme Katholiken sein.«

»Ah. Das ist eine Religion, nicht wahr? Hier auf Amethi gibt es kaum Religion. Die Leute hier glauben, dass das Universum natürlich ist.«

»Weißt du das?«

»Ja.« Er bekam das Gefühl, dass sie ihn irgendwie necke. »Warum bist du hierher gekommen?«

»Mein Vater ist gestorben.«

»Oh, Scheiße. Das tut mir Leid. Ich wollte nicht ... nun ja, ich ...«

»Schon gut, keine Sorge. Es ist über ein Jahr her. Es war ein Autounfall. Es ging sehr schnell. Die Leute im Krankenhaus sagten, dass er überhaupt nichts gespürt hätte. Ich habe mich daran gewöhnt. Ich vermisse ihn natürlich noch, sehr sogar. Aber wir hatten Anteile an McArthur, und die Versicherung war sehr hoch. Mutter beschloss, alles flüssig zu machen und den sprichwörtlichen Neuanfang zu wagen. Ich bin froh darüber. Dublin zu verlassen hat mich von den schlimmen Erinnerungen befreit, und die Erde ist ziemlich beschissen heutzutage. Hier ist es wunderbar!«

»Äh ... ja.«

»Stimmt etwas nicht?«

»Nichts, nein. Du hast Recht. Es ist nur, dass es einfach nicht exotisch ist, wo man lebt. An exotischen Orten leben immer nur die anderen.«

Sie lächelte lange Zeit. »Das ist sehr tiefsinnig, Lawrence«, sagte sie schließlich. »So habe ich das noch nie gesehen. Also glaubst du, dass ich mich auf Amethi nach einer Weile langweilen werde?«

»Eigentlich nicht, nein. Es fängt gerade an, ein wenig interessanter zu werden.«

»Komm, wir gehen und sehen nach draußen!« Sie nahm ihre Cola und stand auf.

»Was?«

»Amethi. Ich möchte sehen, wie es draußen ist.«

»Sicher. Meinetwegen.« Er lächelte. Wie impulsiv sie doch war.

Roselyn wanderte über den Rasen, und Lawrence musste sich beeilen, um Anschluss zu halten. Sie fragte immer wieder, wie diese und jene Büsche und Blumen hießen. Einige ähnelten denen auf dem Besitz der Familie, doch er hätte keinen Namen nennen können. Es schien ihr nichts auszumachen.

Sie erreichten den Rand der Kuppel, wo das Nullthene in einem breiten Betonstreifen verankert war. Dichtes Moos überwucherte die verwitterte graue Oberfläche, doch auf dem Nullthene selbst fand es keinen Halt. Roselyn presste sich gegen die Membrane.

»Wie kann man das nicht unglaublich finden?«, sagte sie. »Ich habe nur einen dünnen Bikini an und bin einen Millimeter von einem arktischen Blizzard entfernt.«

»Das ist Technologie, nicht Geographie. Aber du hast Recht. Es ist ziemlich spektakulär.« Er betrachtete ihre Rückseite, die Art und Weise, wie sie sich leicht nach hinten durchbog und die Hände an das dünne Nullthene schmiegte. Ihre Haut war glatt und leicht gebräunt. »Aber die Technik ist nicht perfekt. Und manchmal ist sie auch einfach zu gut.«

»Wie meinst du das?«

»McArthur hat die allgemeinen Auswirkungen von HeatSmash auf die Umwelt berechnet, aber manchmal haben sie einen Schritt übersehen oder nicht zu Ende gedacht. Als es anfing zu schneien, bedeckte der Schnee auch die Kuppeln, genau wie jede feste Fläche. Das Dumme ist nur, dass das Nullthene ein perfekter Isolator ist. Die Kälte kommt nicht herein, und die Wärme geht nicht nach draußen. Deswegen blieb der Schnee liegen, besonders oben auf der Spitze, wo die Kuppeln fast flach sind. Als die Konstrukteure die Kuppeln entwickelt haben, übersahen sie dieses Stadium. Sie kalkulierten zwar Regen mit ein, aber nicht Schnee. Das Nullthene trägt das Gewicht des herablaufenden Wassers, aber niemand dachte an die Berge von Schnee, die sich dort oben ansammeln würden. In jeder Stadt kam es zu Rissen und Schneeabgängen. Es war verdammt gefährlich. Eine Tonne Schnee bringt einen genauso um wie eine Tonne Eisen, wenn sie auf einen fällt. Mehr als ein Dutzend Leute wurden getötet und jede Menge Häuser beschädigt. Wir mussten in sämtlichen Kuppeln Stützgitter hochziehen. Sämtliche Wartungs- und Reparaturroboter wurden zur Verstärkung der Kuppeln herangezogen. Es dauerte Monate, kostete ein Vermögen, und noch immer streiten alle über die Schuldfrage und die Höhe der eventuellen Schadensersatzforderungen.«

Sie bedachte ihn mit einem schnellen, ungläubigen Blick, dann starrte sie wieder hinaus in das Schneegestöber und den Hagel, der gegen das Nullthene trommelte. Die Tundra draußen war vollkommen weiß, selbst die vereinzelten Grasbüschel waren nur noch als winzige Hügel zu erkennen. »Es ist trotzdem beeindruckend. Für mich jedenfalls. All das ist das Ergebnis menschlicher Schaffenskraft.«

»Amethi war noch nicht so, als ich klein war. Ich habe nie etwas anderes als eine gefrorene Wüste gesehen.«

»Aber eine ganze Welt zu verändern! Und das ohne die Ökologie zu vernichten!«

»Ohne die Ökologie zu vernichten?« Er begann zu überlegen, ob es nicht vielleicht sinnvoll war, in der Schule ein wenig besser aufzupassen. Sie wusste so viel mehr über das Universum als er.

»Auf den meisten von Menschen kolonisierten Planeten gibt es eine existierende Biosphäre«, sagte sie. »Und keine dieser Biosphären ist mit der irdischen Biologie verträglich. Also wird ein Bereich mit Gammastrahlung oder Gift vernichtet, bevor wir unsere eigenen Pflanzen und Tiere ausbringen. Ökozid, die schlimmste Form von Imperialismus, die es überhaupt gibt.«

»Aber man klärt doch nur das Gebiet um die Siedlungen herum, nicht den ganzen Planeten?«

»Du sprichst wie ein echter galaktischer Herrenmensch. Jeder bewohnbare Planet besitzt seine eigene eingeborene Artenvielfalt. Sie ist einzigartig, und die Spezies leben in einem Gleichgewicht. Dann kommen wir daher und führen unsere eigenen Tiere und Pflanzen ein. Zuerst sind die terrestrischen Biozonen nur auf das Gebiet um die Siedlungen herum beschränkt, doch dann nimmt die Bevölkerung zu und die Zonen breiten sich aus, bis sie in vollem Kampf mit der eingeborenen Ökologie stehen. Wir unterstützen unsere Flora und Fauna mit unserer Technik und sind immer im Vorteil. Irgendwann wird jeder Planet, auf dem Menschen gelandet sind, sein eingeborenes Leben verloren haben und eine billige Kopie der Erde sein. Das sagen jedenfalls einige Berechnungen.«

»Aber es ist noch ziemlich lang bis dahin.«

»Zugegeben. Trotzdem, wir haben es in Gang gesetzt.« Sie lächelte traurig auf die eisige Landschaft hinaus. »Wenigstens hier begehen wir dieses Verbrechen nicht. Hast du Lust, mit mir zu Mittag zu essen?«

Lawrence konnte sich nicht erinnern, wann er das letzte Mal mit einem so wunderbaren Mädchen allein gewesen war. Es war noch nie geschehen. Er hatte noch nie eine Freundin gehabt, nichts außer I-Pornos und Phantasien über Mädchen in der Schule. Und jetzt stand sie dort, wirklich und wahrhaftig, und es war so einfach, dass er sich immer wieder fragte, ob er vielleicht durch ein Wurmloch in ein anderes Universum gefallen war. Roselyn war umwerfend, sie schien ihn zu mögen, oder wenigstens nahm sie ihn so, wie er war, und er konnte mit ihr reden, ohne sich anzustrengen. Plaudern sogar, was er noch nie getan hatte, ganz gewiss nicht mit einem Mädchen. Sie kehrten zum Pool zurück und gingen von dort aus ins Restaurant, nahmen an einem Tisch für zwei Personen Platz – und plauderten weiter. Lawrence bestellte sich einen Cheeseburger mit Extra Schinken und eine große Portion Pommes Frites, und Roselyn nahm einen Thunfischsalat.

Sie würde, erzählte sie, nur wenige Tage im Hotel bleiben. »Es ist eine Art Urlaub, hat Mutter gesagt; wir erholen uns hier von den Strapazen des Raumflugs, bis unser Apartment fertig ist. Dann fahren wir geradewegs nach Templeton, und ich muss wieder in die Schule. Wie grauenhaft!«

»Ich wohne auch in Templeton«, sprudelte Lawrence hervor.

»Großartig! Vielleicht können wir uns irgendwann treffen. Ich muss mich allerdings erst eingewöhnen. Ich gehe zur Hilary Eire High; es soll eine sehr gute Schule sein.«

Er verschluckte sich fast an seinem Burger. »Meine Schule«, sagte er mit vollem Mund.

»Pardon?«

»Ich gehe auch dorthin!«

Sein lauter Ausruf zog eine weitere Salve finsterer Blicke von Seiten derjenigen Mitglieder des Harems an, die zum Essen ins Restaurant gegangen waren in der Hoffnung, Roselyn an einem der größeren Tische anzutreffen.

Sie lachte freudig. »Das ist ja wunderbar, Lawrence! Dann kannst du mich herumführen und allen vorstellen! Es gibt nichts Schrecklicheres, als irgendwo neu anzufangen, wo man keine Menschenseele kennt, meinst du nicht?«

»Uh, äh, ja. Ja, du hast Recht.«

»Danke, Lawrence. Das ist wirklich süß von dir!«

»Kein Problem.« Er dachte verzweifelt darüber nach, wen zur Hölle er ihr vorstellen sollte. Alan Cramley vielleicht, und einen oder zwei der anderen. Zerbrich dir den Kopf darüber, wenn es soweit ist, schalt er sich. Im Augenblick geht es nur darum, irgendwie mit ihr zusammen zu bleiben. Vermassel es nur nicht! Sag bloß nichts Dummes oder Erbärmliches. Bitte!

Nach dem Essen kehrten sie an den Pool zurück. Roselyn zog eine weiße Bluse über und legte sich auf ihre Sonnenliege. Lawrence nahm die Liege neben ihr, nachdem er sein Handtuch und seinen Pearl geholt hatte. Wie sich herausstellte, hatte sie noch nie von *Halo Stars* gehört. Er fand es eigenartig – sie kam von der Erde, und das Spiel war dort gewiss ein Mega-Hit? Er verbrachte eine Weile damit, ihr zu erklären, worum es ging und ihr das Spiel zu zeigen, bevor der Instinkt ihm riet, endlich die verdammte Klappe zu halten und das Thema zu wechseln.

Als sie ihn fragte, was er an diesem Abend vorhatte, sagte er: »Keine Ahnung. Bis jetzt noch nichts.«

»Ich möchte die Band in der Hotelbar hören. Sie ist wirklich gut. Ich hab sie schon gestern Abend gehört. Ich hab dich nicht dort gesehen.«

»Nein, ich ... ich war aus. Aber ich, äh, ich würde gerne mitkommen. Wenn du frei bist, heißt das.«

Sie schien zufrieden mit seiner Antwort. Er hatte kleine Grübchen auf ihren Wangen bemerkt, die sich vertieften, wenn sie sich über etwas freute. Es war kein Lächeln, eher sittsame Zustimmung. »Also haben wir ein Date.«

Lawrence lächelte glücklich und unterdrückte seinen Drang, laut aufzujubeln. Ein Date! Aber ... hatte er um ein Date gebeten, und war seine Bitte angenommen worden? Oder war am Ende sie diejenige, die ein Date mit ihm gewollt hatte? Es spielte keine Rolle. Er hatte ein Date!

»Ich tanze wahnsinnig gerne«, sagte Roselyn zufrieden.

Fast hätte Lawrence laut aufgestöhnt.

Wie konnte es so einfach sein, sich mit dem lieblichsten Mädchen auf ganz Amethi für etwas zu verabreden, worin er eine vollkommene Niete war? Er verbrachte eineinhalb Stunden damit, sich auf seinem Zimmer fertig zu machen. Sieben Minuten unter der Dusche, in denen er den größten Teil der wirklich blödsinnig kleinen Seifen und Deodorants aufbrauchte, die das Hotel zur Verfügung stellte. Drei Minuten, um in seine blassgrünen Jeans und das grau-blaue T-Shirt zu schlüpfen und die schwarzgoldene Weste überzuziehen, ungefähr das Schickste, was er an Kleidung besaß. Mutter hatte darauf bestanden, dass er sie mitnahm, für den Fall, dass sein Vater ihn zum Essen mitnehmen wollte – danke, Mutter! Und achtzig Minuten mit seinen optronischen Membranen, die ihm einen Phantom-Tanzlehrer vorgaukelten – er musste die I-Tutorien des Hotels dafür bemühen, denn er hatte nichts dergleichen in seinen eigenen Memorychips. Gott sei Dank kannte er wenigstens ein paar Grundlagen; seine Familie gab zwei oder drei formelle Partys jedes Jahr, bei denen von ihm erwartet wurde, irgendwelche abscheulichen Großtanten und revoltierende zehnjährige Nichten auf die Tanzfläche zu führen. Es ging also lediglich darum, seine Kenntnisse aufzufrischen.

Erst als er sein Aussehen auf dem Weg nach draußen noch einmal im Spiegel überprüfte, fiel ihm auf, dass er weder wusste, um was für eine Sorte Band es sich handelte, noch welche Musik sie spielte.

Lucy O'Keef, Roselyns Mutter, öffnete die Tür, als er klopfte. Sie war jünger als Lawrences eigene Mutter und besaß eine Menge mehr Energie. Lawrence fühlte sich an eine Tante aus der väterlichen Linie der Familie erinnert; sie war eine von jenen unabhängigen Frauen, die jedes Jahr ein paar Monate mit Beratertätigkeiten oder Softwaredesign verbrachten und die restliche Zeit auf Partys gingen oder Tennis spielten. Klug, aktiv, gesund, pragmatisch und unterhaltsam. Lawrence sah auch, dass Roselyn die Schönheit ihrer Mutter geerbt hatte; beide besaßen die gleiche kleine Nase und die gleichen hohen Wangenknochen.

»Du bist also Lawrence?« Ihre Stimme klang rauchig und amüsiert.

»Ja, Ma'am.«

»Komm herein, sie ist fast fertig.«

Die O'Keefs wohnten in einer Suite mit drei Schlafzimmern. Die jüngeren Geschwister waren im Wohnzimmer und kicherten. Er hatte sie am Nachmittag kennen gelernt, und sie hatten ihre Grenzen bereits abgesteckt. Sie waren ein Ärgernis, wie alle jüngeren Geschwister, doch sie waren zu sehr von den Wundern dieser neuen Welt gefangen, um wirklich widerwärtig zu werden. Er nahm ihre Sticheleien gutmütig auf und rief sich immer wieder ins Gedächtnis zurück, dass Roselyn eines Tages auch seine Geschwister würde ertragen müssen. Das heißt ... falls es so weit kam.

Als sie aus ihrem Schlafzimmer kam, trug sie ein einfaches navyblaues Kleid mit einem Rock, der auf halbem Weg zu den Knien endete. Es machte sie noch verführerischer als ihre Bikinis.

»Viel Spaß«, sagte Lucy.

Die Bar sah aus wie alle Bars in Fünf-Sterne-Hotels im ganzen Universum. Genau gegenüber dem Eingang befand sich ein kleiner halbrunder Tresen mit Dutzenden von Flaschen auf verspiegelten Regalen. Tiefe Sofas und Plüschsessel waren um kleine Tische herum arrangiert. Von der hohen Decke fiel gedämpfte Beleuchtung. Und natürlich fehlte das große Piano nicht; es stand auf einem Podium, und normalerweise saß dort ein Schnulzensänger mit einem Tuxedo und unterhielt die älteren Gäste mit Melodien, von denen keine jünger war als ein Jahrhundert.

An diesem Abend hatte eine jüngere Kultur die Bar übernommen. Die Band auf dem Podium war modern und spielte kraftvoll auf. Bierflaschen lagerten in Eiskisten auf dem Tresen, und an einer Wand hatte man ein Büfett aufgebaut. Die Hälfte der Fläche war freigeräumt, und Holoprojektoren erzeugten kaleidoskopische Muster von großen Wellen auf den hüpfenden und sich windenden Körpern der dort Tanzenden.

Lawrence spannte sich innerlich an, als die Aufzugstüren sich in die Lobby hinein öffneten. Er war nicht an so viele Menschen auf so engem Raum gewöhnt. Er erkannte einige der Teenager vom Wasserpolo wieder, die sich begeistert auf der Tanzfläche wanden. Roselyn grinste wölfisch, als sie das Gedränge bemerkte, und zerrte ihn mit sich aus dem Aufzug.

Am Ende machte es gar nichts, dass er nicht wie die anderen tanzen konnte. Es waren einfach zu viele heiße Leiber, die sich von allen Seiten gegen ihn drückten, und sie erlaubten keine weitschweifigen Bewegungen. Er hüpfte einfach auf der Stelle und beobachtete Roselyn. Sie tanzte traumhaft; kleine, geschmeidige Bewegungen, und ihre Arme folgten dem Rhythmus der Musik.

Sie gingen zum Büfett und nahmen sich zu essen, und sie unterhielten sich brüllend über dem Lärm der Musik. Sie trank ihr Bier aus der Flasche. Sie tanzten mehr. Sie tranken noch mehr.

Inmitten all der schwankenden Menschen, die Haut klebrig vom Schweiß, die Sinne benebelt vom Alkohol, legte Lawrence die Arme um sie. Sie drückte sich an ihn und legte ihren Kopf an seine Schulter. Es war ein langsames Stück. Goldenes Licht floss über sie und verwandelte sich in tiefes Violett. Sie lächelten sich an. Dann beugte Lawrence den Kopf herunter, und sie küssten sich.

Die Band hörte um zwei Uhr morgens mit dem Spielen auf. Lawrence und Roselyn gehörten zu den letzten fünf Paaren auf der Tanzfläche.

»Das war wundervoll«, murmelte sie. »Danke, Lawrence.«

Als sich die Aufzugstüren hinter ihnen schlossen, küssten sie sich erneut. Diesmal drängend. Lawrence schob seine Zunge tief in ihren Mund. Dann öffneten sich die Türen wieder, und sie knutschten auf dem Korridor weiter. Er streichelte ihren Rücken, und schließlich landeten seine Hände auf ihrem Hintern. Irgendwie brachte er nicht den Mut auf, ihre Brüste zu berühren oder mit den Fingern unter ihren Rock zu fahren.

»Ich kann nicht«, flüsterte sie ihm ins Ohr, und ihr warmer Atem ließ ihn erschauern. »Mutter wird sich fragen, wo ich so lange gewesen bin.« Die Tür zu ihrer Suite glitt auf.

»Morgen?«, krächzte er.

»Ja. Wir sehen uns am Pool. Neun Uhr.«

In seinem Kopf drehte sich alles. Es war ein Wunder, dass er es bis zum Aufzug zurück schaffte, geschweige denn bis in sein Zimmer.

Ich kann nicht. Das hatte sie gesagt.

Lawrence warf sich in voller Bekleidung auf das Bett. Der Raum drehte sich gefährlich um ihn herum. Sie hat Sex gemeint. Mit mir. Wir haben uns den ganzen Abend lang geküsst. Als er die Augen schloss und tief durchatmete, spürte er noch immer die Stelle, wo sie sich an ihn gedrückt hatte. Die Haut schien heiß zu glühen.

Doch was hatte sie gemeint, als sie Ja gesagt hatte? Er hatte nur gefragt »Morgen?« Nichts sonst, er hatte es völlig offen gelassen. Und sie hatte Ja gesagt. *Ja.*

Am nächsten Morgen saß Lawrence um zwanzig nach acht auf einer Sonnenliege am Pool. Er war der erste Hotelgast, der dort eintraf. Gartenroboter huschten aus dem Weg, als er über den Rasen marschierte. Dünner Nebel vom Bewässerungssystem hing über dem Gras und ließ die Halme in allen Farben des Spektrums glitzern. Ein inspirierender Anfang für einen neuen Tag.

Roselyn traf um zehn vor neun ein. Sie trug einen lose sitzenden mitternachtsschwarzen Bademantel und eine Umhängetasche. Sie grinsten sich an; Lawrence bemühte sich, nicht zu unsicher und dümmlich auszusehen.

»Du bist zu früh«, sagte sie.

»Ich wollte keinen Augenblick des Tages versäumen.«

»Alles in Ordnung mit dir? Du siehst müde aus.«

»Mir geht es gut, danke. Ich hab nicht viel geschlafen. Meine Füße haben mir weh getan, vom vielen Tanzen.«

»Du Armer.« Sie küsste ihn auf die Stirn und warf sich auf die Liege gegenüber. »Hast du schon gefrühstückt?«

»Eigentlich nicht.« Er war nach draußen geeilt, sobald der Wecker geschrillt hatte. Nicht einmal die Zähne hatte er sich geputzt – wahrscheinlich ein taktischer Fehler, wenn er auf weitere Küsse von ihr hoffte.

»Ich weiß, was du jetzt brauchst.« Sie ging zur Bar, die noch geschlossen war, und sprach in das Haustelefon. Ein paar Minuten später trafen zwei Kellner mit Tabletts ein.

Sie setzten sich an die Theke und spähten unter die silbernen Glocken, unter denen sich eine Vielfalt von Schüsseln und Tellern verbarg. Roselyn gab ihm zuerst zwei Pillen, die er schlucken musste; eine gegen Kopfschmerzen und eine zur Beruhigung seines Magens. Er durfte nur seinen eiskalten Orangensaft trinken, bis die Wirkung eingesetzt hatte.

Sie hatte Milchreis, Joghurt mit Fruchtscheiben, Rührei mit Hackfleisch, Würstchen, Schinken, Blutwurst, Pilze, Tomaten und als Nachtisch Crêpes in Honig bestellt. Außerdem gab es Toast und Blutorangenmarmelade, falls er Lust darauf hatte. Und eine Kanne Assam-Tee.

»Sehr gut«, sagte er ergeben. Normalerweise stand er erst gegen halb zehn auf und nahm zum Frühstück nur eine Tasse heißer Schokolade und Schokoladenbiskuits zu sich. Tatsächlich war er überrascht, wie gut das Frühstück schmeckte, auch wenn der Joghurt mit den Früchten ein wenig ätzend war.

Roselyn strich sich ein wenig Marmelade auf eine Scheibe Toast; abgesehen vom Joghurt war das alles, was sie zu sich nahm. »Die wichtigste Mahlzeit des Tages.«

Das hatte seine Mutter auch immer gesagt, doch aus Roselyns Mund verstand er zum ersten Mal die Bedeutung des Satzes. »Irgendwelche Pläne für den Tag?«, fragte er.

»Einfach nur herumhängen«, sagte sie leichthin.

»Ich auch.«

Sie stützte den Ellbogen auf den Tresen und legte das Kinn in die Hand, während sie ihn prüfend ansah. »Du bist eigenartig, Lawrence. Ich habe noch nie einen Jungen wie dich kennen gelernt.«

»Wie meinst du das?«

»Die halbe Zeit benimmst du dich, als hättest du Angst vor mir.«

»Habe ich nicht!«, protestierte er indigniert.

»Dann ist es gut. Du hast schöne Augen, irgendwo zwischen Grau und Grün.«

»Oh. Äh, danke.«

Sie brach eine Ecke von ihrem Toast und steckte sie sich in den Mund. »Was dein Zeichen ist, mir ebenfalls ein Kompliment zu machen. Magst du irgendetwas an mir?«

Eine Willenskraft, die er bis dahin nicht für möglich gehalten hätte, hinderte ihn daran, direkt auf ihre Brust zu starren. Stattdessen blickte er ihr unverwandt in die strahlenden Augen. »Ich wüsste nicht, wo ich anfangen sollte«, sagte er leise und errötete.

Einen Augenblick lang erstarrte sie, dann verzog sie die Lippen zu einem breiten Lächeln. »Das klang doch nach einem sehr viel versprechenden Anfang«, sagte sie. »Für jemanden, der so zurückhaltend ist, stellst du dich ziemlich geschickt an, Lawrence.«

»Das ist nicht angestellt. Es ist das, was ich denke.«

Ihre Hand berührte sein Knie und drückte es sanft. »Du bist wirklich süß, Lawrence. Ich hab es nicht gleich bemerkt. Ich dachte, du wärst so ein Mr. Cool, der sich zurücklehnt und zusieht, während wir anderen im Pool herumtoben. Wie ein Wolf, der die Schafsherde beobachtet und überlegt, welches er fressen soll.«

»Entschuldige, aber du bist wirklich eine miserable Menschenkennerin. Ich hab dort gesessen, weil ich nicht wusste, was ich mit euch reden sollte. Ich hab mich ziemlich blöd gefühlt.«

»Aber es war nicht blöde, wirklich nicht. Was soll daran falsch sein, man selbst zu sein? Ich glaube, ich habe gehofft, dass du nicht so ein Blender bist wie all die anderen Jungs, die in den letzten Tagen versucht haben, mich anzumachen.«

Er grinste. »Du hast aber auch eine magnetische Anziehungskraft auf Jungen. Ich hab dich beobachtet, weißt du, als ich allein auf der Liege gelegen habe. Ihre Zungen hingen bis zum Boden, wenn sie hinter dir her geschlichen sind.«

»Du hättest ihre Sprüche hören sollen. ›Ich würde dir gerne alles zeigen!‹ ›Dublin? Klingt wie meine Kuppel. Du musst sie unbedingt besuchen!‹ Als könnte irgendein Treibhaus aus Plastik einer tausend Jahre alten Stadt Konkurrenz machen! Meine Güte! Ich bin mit einem Raumschiff hergekommen, nicht in einer Arche! Sie benehmen sich alle, als kämen sie aus Einstein County.«

»Ja«, sagte er vorsichtig.

»Einstein County«, wiederholte sie und musterte ihn mit hochgezogener Augenbraue. »Wo alle mit ihm verwandt sind, verstehst du?«

Lawrence lachte los. »Mein Gott, du bist wirklich erstaunlich!«

Sie schnitt eine Grimasse und räumte umständlich das Geschirr zusammen, während sie sich ununterbrochen anlächelten. Er hatte sich noch niemals im Leben in Gegenwart eines anderen Menschen so wohl gefühlt.

»Hattest du einen Freund in Dublin?«

»Eigentlich nicht, nein. Ich war ziemlich verliebt in einen Jungen. Wir sind ein paar Mal miteinander ausgegangen. Nichts ist passiert. Na ja, nichts Ernstes jedenfalls. Gott sei Dank. Wir beide wussten, dass ich die Erde verlassen würde, weißt du? Ich schätze, er hat wohl geglaubt, dass er alles umsonst bekommen würde. Ich wäre hinterher nicht mehr da, und er musste nicht diesen emotionalen Mist durchmachen, wenn er mich für die Nächste sitzen ließ. Kannst du dir das vorstellen? Was für ein Arschloch!«

»Er muss verrückt sein. Wäre ich an seiner Stelle gewesen, ich hätte einen Weg gefunden, dir hierher zu folgen. Ich hätte mich als blinder Passagier an Bord geschlichen, im Gepäck oder was weiß ich.«

»Heilige Mutter Maria, was habe ich da nur gefunden?« Sie streichelte seine Wange, als wollte sie sich überzeugen, dass sie nicht träumte. »Was ist mit dir, Lawrence? Hast du keine Freundin? Du kannst es mir sagen, ehrlich. Es macht mir nichts aus.«

»Es gibt nichts zu sagen. Ich habe keine Freundin.«

»Jetzt weiß ich, dass ich auf einer fremden Welt bin. Soll ich dir was verraten? In Dublin hättest du jeden Abend mindestens drei Verabredungen.«

»Besteht vielleicht die Möglichkeit, dass wir zusammen nach Dublin fahren?«

»So, so, gerade fange ich an zu glauben, dass du ein smarter Typ bist, und dann sagst du so etwas. Dublin ist genau wie der Rest der Erde. Alt und müde. Und wir beide sind hier. Auf einem Planeten, der eine Zukunft vor sich hat, ohne irgendeines der Probleme, die es auf anderen Welten gibt. Bist du immer noch so sicher, dass nicht irgendein großer Bursche da oben die Würfel für uns rollen lässt? Ich glaube nicht, dass ein Mensch so viel Glück haben kann, ohne dass das Schicksal mitmischt.«

»Ich bin der Glückliche.« Er beugte sich sehr bedächtig vor und küsste sie. Sie legte die Hände um seinen Kopf, streichelte ihm durch das Haar und zog ihn näher zu sich. Der Kuss wurde leidenschaftlicher.

Menschen unterhielten sich laut auf dem Weg vom Hotel zum Pool. Lawrence und Roselyn beendeten ihren Kuss und sahen sich an. Er fühlte sich nicht im Geringsten verlegen. Im Gegenteil, er fühlte sich sicher, ohne jede Arroganz. Sie beide wussten, was sie angefangen hatten, und sie wussten, dass der andere es wusste. Es war beinahe entspannend.

»Wird nicht mehr lange dauern, bis meine Schwestern kommen«, murmelte sie.

»Oh, großartig.«

Beide lachten und kehrten zu den Sonnenliegen zurück. Die Neuankömmlinge waren meistens jüngere Kinder. Keines schenkte Lawrence oder Roselyn sonderlich viel Aufmerksamkeit.

»Wir müssen noch eine halbe Stunde oder so warten, bis unser Essen verdaut ist, bevor wir ins Wasser gehen«, sagte sie zu ihm.

»Richtig.« Er beobachtete sie, als sie aus ihrem Bademantel schlüpfte. Heute war es ein purpurroter Bikini, und er betrachtete sie ohne jede Verlegenheit. Sie blies ihm einen gespielt koketten Handkuss zu und lehnte sich auf ihrer Sonnenliege zurück.

Kurz darauf trafen ihre Schwestern ein. Lawrence begrüßte sie mit freundlichem Hallo. Sie scherzten und schwatzten miteinander, und jedes Mal, wenn die Sprache auf die Band vom Vorabend kam und auf das Tanzen, kicherten sie albern.

Dann sprangen sie ins Wasser, und er ertrug die Anstrengungen von Roselyns kleinen Schwestern, ihn unter Wasser zu drücken und seinen Kopf mit dem Ball zu treffen. Er zahlte es ihnen zurück, indem er untertauchte und sie an den Knöcheln packte. Sie kreischten und lachten glücklich.

Er war überrascht, als Roselyn schließlich sagte: »Ich habe genug.« Er warf den Ball, so weit er konnte, und lachte auf, als Mary und Jenny hinterher jagten wie junge Hunde.

Als er zu seiner Sonnenliege zurückkehrte, drückte Roselyn ihre Haare aus. Er streckte ihr die Hand entgegen, und sie nahm sie. »Ich brauche ein frisches Handtuch«, sagte er. Sie blickte ihm tief in die Augen, und ihm wurde plötzlich entsetzlich schwindlig. Dann nickte sie. »Also gut«, murmelte sie. »Aber wir gehen besser in dein Zimmer.«

Eine Weile war er wieder ganz sein altes Selbst. Auf dem Weg zurück ins Hotel starrte er sie nervös und um Worte verlegen an. Sie war gleichermaßen zaghaft, fast, als rätselte sie, mit wem sie da ging und wohin.

Im Aufzug küssten sie sich erneut, doch diesmal war es unbeholfen. Als er die Zimmertür hinter sich schloss, ließ die Beklemmung seine Finger zittern.

Roselyn deutete auf den breiten Balkon und die Glaswand. »Kannst du die Vorhänge zuziehen? Ich weiß, es ist albern, aber...«

»Nein, ist es nicht.« Er rannte fast durchs Zimmer, um den schweren Stoff vor die Fenster zu ziehen. Das Licht war warm und golden und gedämpft, und Roselyns verführerischer Körper war in Schatten gehüllt. Sie sah zu dem großen Doppelbett, und auf ihrem Gesicht stand plötzlich ein verlorener Ausdruck. Das war überhaupt nicht das, was er gewollt hatte. Er hatte eigentlich gedacht, dass sie lächeln und ihn anflehen würde, sich zu beeilen.

»Hör mal«, sagte er verzweifelt, »wir holen wirklich

nur ein paar frische Handtücher und gehen wieder nach unten, wenn dir das lieber ist.«

Sie wandte sich zu ihm um und streckte die Hände nach ihm aus. »Nein«, sagte sie, als sie sich berührten. »Ich brauche kein Handtuch.« Sie küsste ihn erneut, und diesmal kehrte die Hitze zurück. »Und ich weiß ganz genau, was du willst.«

»Dich.«

Sie schlüpfte aus seiner Umarmung und trat einen Schritt zurück. Ihre Hände griffen nach hinten und lösten die Klammer des Bikinis. Das kleine Stück Stoff fiel zu Boden und gab den Blick frei auf ihre hübschen frechen Brüste.

»Du bist wundervoll, Roselyn«, sagte er so leise, als spräche er zu sich selbst. Er verfluchte seine Unbeholfenheit, als er mit den Fingern ihre Brustwarzen umschloss und die dunklen, harten Knospen drückte. Er hörte, wie sie scharf einatmete, ein schmerzerfülltes Zischen. Sie verzog protestierend das Gesicht.

»Tut mir Leid. Bitte entschuldige.« Er lockerte seinen Griff, ohne loszulassen. Er konnte nicht loslassen – nie im Leben hätte er geglaubt, dass sie so fest, so sanft und so warm zugleich sein könnte.

Sie nahm sanft seine Hände und schob sie zu ihren Schultern hinauf, sodass sie vor ihm niederknien konnte. Lawrence stöhnte leise, als sie seine Badehose nach unten zog. Sie betrachtete seinen steinharten Penis mit sprachloser Neugier, dann legte sie den Kopf in den Nacken und lächelte zu ihm hinauf. Als sie sich wieder erhob, zerrte er hastig an ihrem Höschen und streifte es nach unten. Mit einer Hand knetete er ihre Brust, während er mit der anderen über ihren Bauch nach unten fuhr, das weiche Schamhaar spürte, die Feuchtigkeit und die Hitze.

Halb schob, halb trug er sie aufs Bett. Ihre Hände umklammerten einander, die Münder weit geöffnet, leckend, saugend, Fleisch und salzige Haut. Ihr Atem ging schnell und rau. Die Empfindungen, die sie in ihm hervorrief, trieben ihn fast in den Wahnsinn.

Lawrence wusste aus seinen I-Pornos, dass man langsam machen sollte, dass man eine Frau liebkosen und streicheln musste, um sie zu erregen, und dass man auf ihre Gefühle Rücksicht nehmen sollte. Doch in der Hitze und im Halbdunkel erinnerte er sich kaum an das, was er gesehen hatte. Er hatte das schönste und geilste Mädchen des Universums stöhnend und zuckend unter sich im Bett. Ihre herrlichen Beine waren weit geöffnet. Ein leichtes, angespanntes Zucken lief über ihr Gesicht, als er wieder und wieder in sie eindrang, doch es wich rasch einer Art erschreckter Freude. »Oh, verdammt!«, murmelte sie. »Ein wenig langsamer, in Ordnung?«

»Ja, natürlich«, versprach er. »Natürlich.« Er begann, sich in einem langsamen Rhythmus zu bewegen, so sanft, wie es ihm möglich war. Er konnte nicht glauben, dass es etwas so Wunderbares gab. Ihr unglaublicher Körper wand sich unter ihm – wegen ihm. Das Gefühl um seinen Penis herum war reinste Ekstase. Zwischen ihren zusammengepressten Zähnen hindurch entwich leises Stöhnen und kleine überraschte Freudenrufe. Langsam und sanft wurde nach und nach unmöglich. Er stieß schnell und heftig in sie hinein. Verdammt hart und heftig, genau so, wie er es sich vorgestellt hatte, als er sie zum ersten Mal gesehen hatte. Er kam in mächtigen Schüben, während sie aufschrie.

Sie rollten auseinander. Er nach Luft hechelnd voller Staunen und Glorie. Er drehte den Kopf zur Seite und sah ihre wogende Brust, und fast wäre er noch einmal gekommen. Er war verliebt, hingerissen, berauscht, besessen von ihr. Er würde für sie töten. Er würde für sie sterben.

Er lächelte in einfacher Glückseligkeit. »Ich gehöre dir, Roselyn. Ich meine es so. Ich gehöre dir.«

Ihre Mundwinkel hoben sich, zu mehr war sie nicht imstande. Doch ihr Gesichtsausdruck war besorgt, unentschlossen.

»Was ist denn?«, rief er auf.

»Lawrence, bitte. Sei nicht so grob.«

Er wollte sich übergeben. Er war das allerletzte Stück Scheiße auf der Welt. Er hatte Roselyn weh getan, der einzigen Person auf der Welt, die ihn je geliebt hatte. Ihr weh getan! »O Scheiße! Es tut mir Leid.« Seine Finger zitterten, als sie über ihr schwebten. Er fürchtete sich zu sehr, um sie zu berühren. »Das wollte ich nicht. Bitte. Oh, bitte.«

»Sei still, du Dummer. Es ist nichts weiter.« Sie drehte sich zu ihm herum und streichelte seine Stirn. »Es ist wirklich nichts. Ich bin nur ein wenig wund, das ist alles.«

»Wir werden das nie wieder tun, ich verspreche es. Nie wieder.«

»Doch, das werden wir, Lawrence.«

»Aber ich habe dir weh getan!«, protestierte er.

»Lawrence, es war unser erstes Mal. Du wirst ... wir werden lernen, es anders zu machen.« Sie grinste schief. »Die menschliche Rasse gibt nicht so schnell auf, nicht wahr?«

»Nein.«

Sie küsste seinen Hals. »Wenn es für mich genauso gut wird wie eben für dich, würdest du dann aufhören wollen?«

»Oh, Himmel, nein! Ganz bestimmt nicht!«

»Aha.«

»Du möchtest es noch einmal versuchen?« Erstaunlicherweise wurde sein Penis beim bloßen Gedanken daran schon wieder hart.

»Nicht genau das Gleiche, nein. Das wird wohl eine Weile dauern. Können wir stattdessen etwas anderes ausprobieren?«

»Sicher!«

Und das war es dann für den Rest seines Urlaubs. Drei Tage, die sie in seinem Zimmer verbrachten, nackt auf seinem Bett. Ihre Körper miteinander verknotet und sich windend, während sie miteinander experimentierten. Sie ruhten aus, wenn sie zu müde oder zu wund waren, um weiterzumachen, gingen nach unten zum Pool und eine Runde Schwimmen oder aßen draußen im Restaurant. Sie wanderten einmal innen um die gesamte Kuppel herum und kehrten für ein paar weitere Stunden totaler physischer Exzesse wieder nach oben zurück. Lawrence lud ein I-Sutra aus dem Datenpool, und sie arbeiteten sich mit Begeisterung durch die Stellungen und Positionen. Das Mobiliar war stabil genug, um nützlich zu sein, und die große Marmorbadewanne mit den kräftigen Massagedüsen war einfach wunderbar.

Ihre Treffen fanden nur tagsüber statt. Roselyn bestand darauf, dass sie nachts zurück in ihre Suite musste. Er hatte keine Einwände. Er hatte gegen nichts einen Einwand, was sie sagte oder tat. Sie gehörte tagsüber ihm, und die Definition von Nacht wurde jedes Mal weiter nach hinten verschoben. An ihrem letzten Tag blieb sie bis drei Uhr morgens bei ihm.

»Unser Apartment ist in der Leith-Kuppel«, sagte sie zu ihm, als sie sich auf dem zerknitterten Laken während dieser letzten Stunden aneinander klammerten. »Ist das sehr weit weg von dir?«

»Nein. Ich hab zu meinem letzten Geburtstag ein Trike geschenkt bekommen. Damit bin ich in zehn Minuten bei dir. Oder wenn wir die Fußgängertunnels zwischen den Kuppeln nehmen, dauert es vielleicht fünfundzwanzig Minuten. Wahrscheinlich ist das sowieso am besten, solange das Wetter so bleibt.« In Gedanken rechnete er sich schon den schnellsten Weg aus, und durch welche Kuppeln er musste.

»Also können wir uns ohne Schwierigkeiten sehen?«, fragte sie zaghaft.

»Absolut.« Er strich mit den Fingerspitzen so über ihre geschwungene Hüfte, wie sie es am liebsten mochte.

Sie kuschelte sich an ihn und gab ihm eine Vielzahl kleiner schneller Küsse auf den Hals. Sie kitzelten.

»Und du hast meinen DP-Kode?«

»Ja.« Er setzte sich auf sie und hielt ihre Arme fest. »Ich rufe dich an, sobald ich zu Hause bin. Und eine Stunde später wieder. Und noch eine Stunde später noch einmal.«

»Es ... es tut mir Leid. Ich will nicht als besitzergreifendes Miststück erscheinen, aber ich ... ich will dich.«

»Du wirst erst einen Tag nach mir in Templeton ankommen. Wir sehen uns gleich am Morgen in der Schule.«

»In Ordnung.« Sie nickte langsam, als hätten sie über einen gesetzlich bindenden Vertrag gesprochen. »Ich warte solange.«

Die Limousine, die Lawrence und seinen Vater früh am nächsten Morgen abholte, benötigte fünf Stunden für den Weg nach Hause. Lawrence lehnte sich in seinem Sitz zurück und starrte düster hinaus auf die dichten tanzenden Schneeflocken, doch er sah nur Roselyn, zusammengerollt in seinen Armen und zufrieden lächelnd, während sie sich gegenseitig in ihrer Wärme aalten.

»Ist dein Armband-Pearl kaputt?«, fragte Doug Newton.

»Hä?« Lawrence kehrte aus seinen Gedanken zurück und sah seinen Vater an. »Nein, Dad, alles in Ordnung.«

»Aber du benutzt ihn gar nicht.«

»Mir ist nicht danach.«

»Verdammt, dann fahren wir besser auf dem schnellsten Weg ins nächste Krankenhaus!«

»Dad?«

Der Tonfall entging Doug nicht, und er musterte seinen Sohn scharf. Indigofarbene Diagramme und Tabellen verschwanden von seinen optronischen Membranen. »Ja?«

»Wir haben doch Hausregeln für alles.«

»Hör mal, Lawrence, ich erfinde diese Regeln nicht, um dich zu ärgern. Sie existieren, damit wir auf einigermaßen zivilisierte Weise unter einem Dach zusammenleben können.«

»Ja, das weiß ich alles, Dad. Aber du hast nie gesagt, wie es mit Freundinnen aussieht. Welche Regeln es dafür gibt.«

»Freundinnen?«

»Ja.«

»Aber du hast doch gar keine ... Oh. Du hast überhaupt nichts gesagt, Sohn. Werden wir sie kennen lernen?«

»Ich weiß nicht, Dad, wie die Hausregeln sind! Darf sie uns überhaupt besuchen?«

Doug Newton lehnte sich in seinem Sitz zurück und betrachtete Lawrence lange. »Also schön, mein Junge, du bist schon fast alt genug, um deine Stimmanteile selbst auszuüben, also werde ich dich nicht mehr wie ein Kind behandeln. Im Gegenzug erwarte ich von dir die gleiche Höflichkeit, einverstanden?«

»Ja, einverstanden.«

»Es gibt zwei Regeln. Deine Freundin ist bei uns zu Hause willkommen. Wie du verdammt sicher weißt, wird deine Mutter darauf bestehen, sie kennen zu lernen, sobald sie herausfindet, dass du eine Freundin hast. Wenn die junge Lady bei uns ist, könnt ihr beide tun und lassen, was ihr wollt. Ihr könnt Tennis oder Football spielen, schwimmen, zusammen lernen, all das. Sie ist auch zum Essen eingeladen, solange sie hier ist. Allerdings wird sie nicht über Nacht bleiben, nicht in deinem Zimmer. Ist das klar?«

»Ja, Dad.«

»Die zweite Regel ist genau so einfach, und sie ist wie im richtigen Leben. Lasst euch nicht erwischen. Weder ich noch deine Mutter und ganz besonders nicht deine Brüder und Schwestern werden jemals unvermutet in dein Zimmer platzen und euch dabei überraschen, wie ihr euch um den Verstand vögelt. Hast du das verstanden?«

Lawrence wusste, dass seine Wangen hellrot brannten. Es würde eine höllische Woche voller fundamentaler Änderungen in seinem Leben werden. »Ich habe verstanden, Dad. Es wird nicht geschehen.«

»Ich bin froh, das zu hören, mein Junge. Und stell bitte sicher, dass das Schloss zum Eingang deiner Höhle funktioniert.«

»Das tut es.«

Doug Newton schüttelte den Kopf. »Ich sage dir noch etwas, mein Sohn. Es gelingt dir immer wieder aufs Neue, mich zu überraschen. Ich gehe doch davon aus, dass sie echt ist und kein I-Programm?«

»Selbstverständlich ist sie echt!«

»Dafür danke ich dem Schicksal. Hat sie auch einen Namen?«

»Roselyn O'Keef.«

»Ich glaube nicht, dass ich eine O'Keef-Familie kenne?«

»Sie sind nicht von Amethi, Dad. Sie sind gerade erst hergekommen.«

»Tatsächlich. Nun, das bedeutet, dass sie einen anständigen Anteil besitzen.«

»Ist das alles, worum es dir geht? Ob sie reich sind oder gewonnen haben?«

»Offen gestanden, ja. Es geht mir auch darum. Aber wie wir beide wissen, ist das, was für mich von Bedeutung ist, für dich nicht einen Gedanken wert.«

»Ist es, Dad. Es ist nur...« Lawrence wollte jetzt auf keinen Fall etwas Falsches sagen. Er hatte noch nie zuvor so mit seinem Vater gesprochen. Diese Offenheit erweckte in ihm beinahe Schuldgefühle für sein früheres Verhalten. Vermutlich war er in letzter Zeit tatsächlich ungerecht gegenüber seinen Eltern gewesen. Doch das Leben hier war nicht leicht. Sie schienen so viel von ihm zu verlangen und so hohe Erwartungen in ihn zu setzen.

»Ich weiß.« Doug hob die Hand. »Ich bin ein Ungeheuer. Du glaubst, du wärst anders als ich? Wenn du je die Zeit findest, dich mit deinen Großeltern zu unterhalten, dann frag sie doch einmal, wie viel Spaß sie mit mir gehabt haben, als ich jung war.«

»Wirklich?«

»Wie ich sagte. Wenn du je die Zeit findest.«

»Ja, Dad.«

»Das ist mein Sohn.«

Sobald sie zu Hause angekommen waren, lud Lawrence ihren DP-Kode in den Desktop-Pearl in seiner Höhle und befahl der AS, eine Verbindung herzustellen. Ihr Gesicht füllte den großen Schirm an der Wand aus und lächelte auf ihn herab. Die kleinen Sommersprossen auf ihren Wangen waren so groß wie seine Handflächen. Sie redeten eine Stunde. Er rief noch dreimal an diesem Tag bei ihr an, bevor er schließlich ins Bett und schlafen ging. Während der Nacht wachte er zweimal auf und tastete nach ihr. In jenen verschwommenen Augenblicken, wo er nicht wusste, ob er schon richtig wach war, zweifelte er, ob nicht alles bloß ein Traum gewesen war. Ein grauenhafter Gedanke.

Hilary Eyre High befand sich in einer eigenen Kuppel, eine dreistöckige, H-förmige Konstruktion, die groß genug war, um fünfzehnhundert Schülern und Schülerinnen eine erstklassige Ausbildung zu vermitteln. Das Gelände um die Schule herum bestand größtenteils aus Sportplätzen. Das Klima war das ganze Jahr über gemäßigt bis kühl. Es war eine ungewöhnliche Erfahrung für Kinder, die in einer Stadt großgeworden waren, wo jede Kuppel stolz war auf ihre Gartenlandschaften. Es gab überhaupt keine Bäume, nur weite Flächen Gras, unterbrochen von schlanken weißen Toren in den verschiedensten Größen.

Nicht ganz so ungewöhnlich jedoch wie der Anblick von Lawrence Newton, der neunzig Minuten vor dem offiziellen Schulanfang auf den Stufen stand. Trotz des Wetters war er mit dem Trike gekommen, um ganz sicher zu gehen, dass er sich nicht verspätete. Jetzt scharrte er ungeduldig mit den Füßen, während er versuchte, alle neun in dieser Kuppel endenden Tunnelausgänge gleichzeitig zu beobachten. Schüler strömten heraus und wanderten in Richtung des großen gläsernen Eingangs. Draußen auf der Plaza bildeten sich bereits verschiedene Gruppen, Freunde, die sich trafen, Sportmannschaften, die sich vor Beginn des Halbjahres fanden, Schüler, die mit ihren Arbeiten in Verzug geraten waren und nun verzweifelt jemanden suchten, von dem sie abschreiben konnten – wozu Lawrence normalerweise ebenfalls gehörte –, In-Cliquen, die gemeinsam cool waren.

Er sah sie sofort, selbst als sie noch hundert Meter entfernt war. Er brüllte und riss die Hände hoch, ohne sich um die neugierigen Blicke der anderen zu scheren. Sie bemerkte ihn und lächelte. Winkte zurück. Er rannte zu ihr, und sie fielen sich inmitten amüsierter Zuschauer in die Arme. Öffentliches Küssen verstieß gegen die Schulregeln. Lawrence war es egal.

»Du bist da«, sagte er dümmlich.

»Ja.« Sie grinste nervös und blickte sich um. »Ich hatte heute nichts Besseres vor.«

Sie erregten zu viel Aufmerksamkeit, als dass Lawrence seine übliche unnahbare Langeweile zeigen konnte. Er legte den Arm um sie, und gemeinsam marschierten sie die Treppe hinauf.

Roselyn erzählte, dass die Herfahrt vom Hotel prima gelaufen sei. Die Wohnung in der Leith-Kuppel war ganz in Ordnung, bis auf ein Problem mit dem Netzzugang des Gebäudes. Sie hatten nur ein paar einfache Möbel, deswegen wollte ihre Mutter an diesem Wochenende eine Tour durch die Geschäfte machen.

»Sind diese Klamotten in Ordnung?«, fragte sie und befingerte ihren Kragen. Sie trug einen langen dunklen Rock mit einer weißen Bluse und einem jadegrünen Pullover darüber. Dazu hatte sie ihre Haare mit einem Emailleschmetterling hinten zusammengefasst. Es sah sehr spröde aus.

Lawrence fand es erregend. »Du bist perfekt«, sagte er. Zugegeben, einige andere Mädchen trugen Kleidung, die wesentlich teurer gewesen war, doch das machte sie so sicher wie die Hölle nicht attraktiver.

Er sah, dass Alan Cramley ihnen einen Seitenblick zuwarf, der mehr Roselyn galt als ihm selbst. Sie besuchten einige Grundkurse gemeinsam, auch wenn sich Alan in letzter Zeit in einen Fußballverrückten verwandelt hatte und offensichtlich ziemlich gut in diesem Sport war, was ihm eine Menge mehr Prestige einbrachte als Lawrence, zumindest in ihrem Jahrgang.

Alan grinste hinter Roselyns Rücken, und Lawrence winkte ihm mit erhobenem Daumen. Sein erster Ärger darüber, dass irgendjemand seine wunderschöne Freundin nicht mit dem nötigen Respekt betrachtete, wurde durch die unauffällige Geste der Billigung mehr oder weniger ausgelöscht. So etwas hatte er noch nie zuvor erlebt.

»Und was mache ich jetzt?«, fragte Roselyn.

Lawrence verbrachte den Rest des Vormittags damit, sie ins Sekretariat und durch die Einschreibung zu begleiten. Dann zeigte er ihr das Gebäude. Er stellte sie so vielen Leuten vor, wie er konnte – praktisch jedem, den er auch nur entfernt kannte. Er brauchte nicht lange, um herauszufinden, dass er mit Roselyn an seiner Seite wärmer begrüßt wurde als üblich, sowohl von den Mädchen als auch von den Jungen.

Nach dem Mittagessen in der Mensa kehrten sie in die große Eingangshalle zurück, wo die Einschreibeprozeduren für die Sportmannschaften und übrigen Aktivitäten stattfanden. Roselyn setzte ihren Namen auf die Liste für Badminton, Laufen, Mädchenfußball, Piano und Rechnungswesen.

»Was magst du denn so?«, fragte sie strahlend, nachdem sie einmal um sämtliche Tische gegangen waren.

»Ich weiß nicht«, murmelte er. Er hatte sich noch nie zuvor bei irgendetwas eingetragen. Sie umrundeten die Halle ein weiteres Mal. Software-Entwicklung war erste Wahl für die Wahlpflichtveranstaltungen; was auch immer er später einmal machen würde in seinem Erwachsenenleben, Kenntnisse auf diesem Gebiet wären sicher nützlich. Außerdem konnte er auf diese Weise seine Kursarbeiten vervollständigen. Es gab einen Fliegerclub, und fast hätte er gesagt: »Davon wusste ich gar nichts!« Fliegen wäre cool. Er hatte genügend I-Simulationen gespielt – normalerweise Dogfights mit gegnerischen Aliens –, um zu wissen, dass richtiges Fliegen eine Menge Spaß machte. Der Gedanke erinnerte ihn an seinen alten Wunsch, Raumschiffe zu steuern. Er schrieb sich in die Liste ein, was ein anerkennendes Lächeln bei Roselyn zur Folge hatte. Die Mannschaftssportarten bereiteten ihm sehr viel mehr Kopfzerbrechen; am Ende entschied er sich für Kricket, hauptsächlich deshalb, weil das Training am gleichen Nachmittag stattfand wie ihr Fußball, sodass sie zusammen in der Schule blieben, aber auch, weil es das körperlich am wenigsten fordernde Spiel war, das er im gesamten Lehrplan finden konnte.

Am Nachmittag mussten sie sich trennen, weil der Unterricht begann, doch er wartete hinterher beim Eingang auf Roselyn und fragte sie, ob er sie mit zu sich nach Hause nehmen dürfte.

»Du musst wissen«, sagte er entschuldigend, »dass Mutter mir einfach keine Ruhe lässt. Sie besteht darauf, dich kennen zu lernen. Ich kann es vielleicht noch ein oder zwei Tage hinauszögern, aber es ist, als würde ich versuchen, den Barclay-Gletscher am Schmelzen zu hindern. Irgendwann muss es passieren.«

»Kein Problem, wirklich nicht. Ich würde sie gerne kennen lernen.«

»Ehrlich?«, fragte er misstrauisch.

»Ehrlich.«

»Oh. Gut. Äh, ich bin mit meinem Trike gekommen. Wir können damit fahren.«

»Mit einem Trike? Lawrence! Ich habe nur das hier mit mir. Ich kann mit diesen Sachen nicht aus den Kuppeln.«

»Ich weiß, ich weiß! Ich bin schließlich nicht völlig doof.«

Er führte sie zur Garage am Rand der Kuppel. Sein Trike stand ganz für sich allein. Es war eine kleine Maschine mit zwei Hinterrädern, angetrieben von einer Brennstoffzelle und purpur-metallic glänzend. Eine stromlinienförmige Plastikkanzel schützte Fahrer und Beifahrer bis zu einem gewissen Grad vor dem Wetter, auch wenn sie an den Seiten offen war. Die drei breiten Reifen besaßen ein spezielles Profil für den Schnee, trotzdem riskierte er nie mehr als fünfzig Klicks. Vor zehn Jahren noch hatte jeder Teenager in Templeton von einem Trike geträumt oder eines besessen, doch das Erwachen hatte ihren Nutzen stark eingeschränkt. Noch ein Zeichen dafür, dass Lawrence in der falschen Zeit geboren worden war.

Er kramte in dem Ablagefach unter dem Sitz und brachte zwei Thermooveralls zum Vorschein. »Siehst du?«

»Oh. Ja.« Roselyn verdrehte die Augen. »Wirklich nützlich, wenn man einen Rock trägt.«

»Äh...« Lawrence spürte, dass er in diesem Augenblick rot anlief.

»Schon gut, ich komme zurecht.« Sie schob den Rock hoch und wand sich in den Overall.

Als sie hinter ihm auf der Maschine saß und die Arme eng um ihn geschlungen hatte, steuerte Lawrence das Trike durch die Luftschleuse und nach draußen auf die Straßen von Templeton. Mittags hatte es gehagelt, doch die Schneepflüge hatten die Eiskörner bereits wieder geräumt. Die Fahrbahn war rutschig von Gefrierschutzmittel, das sich mit dem Schmelzwasser vermischt hatte; es sah aus wie ölige, in allen Regenbogenfarben schimmernde Schlieren. Der Fahrtwind war eisig, und Lawrence war froh über die schützende Plexiglaskanzel.

Die Kuppeln der Stadt leuchteten opaleszierend unter dem grauen, mit schweren Wolken verhangenen Himmel. Die Architektur wirkte dieser Tage mehr industriell als in Lawrences Kindheit und weniger vollkommen. Die zarten Grasbüschel entlang der Straßen waren praktisch verschwunden. Tiefe betonierte Rinnen waren in den eisigen Boden links und rechts der Fahrbahnen gegraben worden, und der Erdauswurf lag achtlos daneben. Die einzigen Überreste von botanischem Leben waren stinkende grüne Algen; sie verstopften die tiefen Kanäle, die sich durch die Landschaft zogen.

Die Lufteinlässe der Kuppeln waren inzwischen ausnahmslos mit Filtern ausgerüstet, um den Pulverschnee und den Matsch von den Wärmetauschern fernzuhalten. Es waren große, kastenförmige Apparaturen aus galvanisiertem Metall, die mit dicken Nieten zusammengehalten wurden und auf hohen Stahlträgern ruhten. Ähnlich hässliche Auswüchse verzierten die industriellen Fabrikanlagen, zusätzliche Abschirmungen, die in aller Eile über Einlässen und Gittern montiert worden waren.

Am schlimmsten von allem war für Lawrence der Rost. Er hatte nie bemerkt, wie viel Metall in der Konstruktion der Stadt verbaut war und stets unbekümmert angenommen, dass alle Bestandteile moderne

Kompositwerkstoffe wären, die mithilfe komplizierter Molekularbindungen zusammengehalten wurden. Doch so war es nicht: Metall war und blieb der billigste und am leichtesten zugängliche Werkstoff für die Konstruktion. Templeton war zusammengeschraubt, genietet, genagelt und gebolzt wie jede andere menschliche Siedlung seit Beginn der Eisenzeit. Und nun, während der Phase des Erwachens, bezahlte die Stadt den Preis für dieses billige Bauen. Rost troff von jedem Bauwerk. Es war wie der Schweiß der Stadt, der aus Millionen dreckiger Poren austrat. Schmuddelige rotbraune Flecken, die sich über jede Oberfläche zogen und ihre Widerstandskraft aufzehrten.

Lawrence war erleichtert, als er endlich auf die Rampe zu der kleinen unterirdischen Garage einbog, die zum Besitz seiner Familie gehörte. Amethi zwang die Menschen zurück in die Kuppeln, in ihre technologischen Ghettos, und verhüllte das Land, das sie erobern wollten. Irgendwann einmal hatte einer der Lehrer ihnen erzählt, dass die skandinavischen Länder der Erde während der dunklen Jahreszeiten die schlimmsten Selbstmordraten auf der Erde hatten. Lawrence glaubte nun den Grund dafür zu verstehen. Es war kein Zufall, dass die Zeit, die er mit I-Dramen und Spielen verbracht hatte, seit dem Einsetzen des Erwachens ständig zugenommen hatte.

Die Stufen führten aus der Garage nach oben in die Kuppel mit dem mediterranen Wüstenklima. Roselyn sah auf eine Ebene aus Steinen und weißem Sand. Kakteen in allen Formen und Größen gediehen zwischen den trockenen Grasbüscheln und blühten in den lebendigsten Farben. Palmen und Feigen umgaben kleine stille Oasentümpel, wo sich Eidechsen auf heißen Felsen sonnten. Nach der eisigen Fahrt war die Luft in der Kuppel wundervoll warm und trocken.

»Lebt jemand hier?«, fragte Roselyn.

»Nein. Das Haus ist in der Hauptkuppel. Das hier ist nur so eine Art Umweltpark. Wir haben sechs Kuppeln.« Er bemerkte ihren nervösen Gesichtsausdruck. »Was ist denn?«

Sie wich seinem Blick aus, und die Frage schien sie noch nervöser zu machen.

»Roselyn! Bitte!«

Plötzlich lag sie in seinen Armen und weinte. Es war herzerweichend, sie so elend zu sehen. Er meinte, gleich selbst losheulen zu müssen. Er wollte nichts sehnlicher, als dass sie wieder aufhörte. Seine Gefühle für sie wurden noch intensiver. Und trotz ihrer Tränen war sie noch immer wunderschön.

»Ich habe mir geschworen, dass ich es nicht tun würde«, schluchzte sie.

»Was nicht tun? Was ist denn? Habe ich etwas Falsches gesagt?«

»Nein. Ja. So ähnlich. Es ist das, was du bist.«

»Was meinst du?«

»Ich bin so schwach. Aber alles hat sich geändert nach Vaters Tod. Jeden Monat ist alles anders als vorher. Manchmal glaube ich, sogar jeden Tag. Ich hasse es. Ich möchte endlich an einem einzigen Ort bleiben und einen langweiligen Alltag haben und ein wenig Geborgenheit finden.«

»Hey, schon gut«, murmelte er und streichelte ihr sanft den Rücken. »Du bist hier. Du bleibst auf Amethi, und glaube mir, es gibt nichts Langweiligeres als den Schulalltag von Hillary Eyre High.«

Sie wollte ihm immer noch nicht in die Augen sehen. »Ich habe mich erkundigt.«

»Hast du?«

»Ja. Deine Familie hat einen Sitz im Vorstand von McArthur, Lawrence.«

»Ja. Na und?«

»Davon hast du mir nichts gesagt.«

»Weil wir nie über so etwas geredet haben. Was spielt das überhaupt für eine Rolle?«

»Ich dachte ... du bist reich, und du hast Millionen Verbindungen und Freunde. Ich weiß, wie viel die gesellschaftliche Position auf dieser Welt bedeutet. Ich bin gerade erst angekommen, und wir sind nicht reich. Ich dachte, ich wäre nur ein Ferienspaß für dich. Du hast mich gehabt. Ich dachte, das sei es gewesen, und dass ich dich nie wiedersehen würde und dass du deinen Freunden erzählen würdest, wie einfach ich zu haben gewesen bin. Und dann hast du heute Morgen dagestanden und auf mich gewartet und ...« Sie weinte schon wieder.

Er nahm ihr Gesicht in die Hände und zog es sanft zu sich hoch, bis sie ihn ansehen musste. »Das habe ich nicht einen Augenblick lang geglaubt. Ich kann nicht fassen, dass du so etwas von mir gedacht hast. Roselyn, du musst für den Rest deines Lebens bei mir bleiben, weil ich nie wieder einen so wunderbaren Menschen finden werde. Niemals. Und wenn sich irgendjemand Sorgen machen muss, dann bin ich das. Du brauchst nur einen Blick auf all die anderen supersportlichen Typen in der Schule zu werfen, um zu bemerken, was für einen Fehler du mit mir gemacht hast.«

»Nein!« Sie legte die Hand um seinen Nacken und

zog ihn zu sich herunter, um ihn zu küssen. »Nein, Lawrence, nein. Ich will nicht irgend so einen hirntoten Sporttrottel. Ich will dich.«

Sie standen eine ganze Weile eng umschlungen da, während Geckos und Salamander die Kuppel mit ihren eigenartigen Rufen erfüllten. Schließlich lächelte Roselyn schwach und wischte sich mit der Hand die Tränen aus dem Gesicht. »Ich muss schrecklich aussehen!«

»Du siehst wundervoll aus.«

»Das ist wirklich lieb von dir, aber ich werde mich ganz bestimmt nicht so bei deiner Mutter zeigen.«

»Äh ... wir können vorher einen Abstecher in meine Bude machen, wenn du meinst.«

Lawrence war von milden Selbstzweifeln erfüllt, während er die Garagentür öffnete. Als er mit Roselyn an seiner Seite auf seine Räuberhöhle sah, spürte er mit unbehaglicher Deutlichkeit, wie schräg sie ihr vorkommen musste. Sein eigenes privates Imperium. Es verriet ein wenig zu viel über sein wahres Selbst.

Roselyn ging in die Mitte des Raums und drehte sich langsam im Kreis, während sie alles in sich aufnahm. »Es ... es ist sehr ...«

»Traurig? Egomanisch? Geschmacklos?«

»Nein. Es ist nur, dass nur ein Junge sich so einrichten kann.«

Roselyn fuhr mit der Hand über den Rücken des heruntergekommenen Sofas. Sie sah Lawrence an. Er erwiderte ihren Blick.

Das Garagentor war noch nicht wieder ganz geschlossen, als sie bereits übereinander herfielen und gegenseitig an ihrer Kleidung zerrten.

»Was machst du eigentlich hier drin?«, fragte Roselyn hinterher. Sie lag auf dem Sofa, und ihr Kopf ruhte in seinem Schoß.

Lawrence hatte noch immer Mühe mit der Anwesenheit eines nackten Mädchens in seiner Höhle. Beides wollte irgendwie nicht zusammenpassen. Obwohl, je länger er darüber nachdachte, desto aufregender war es gewesen, hier drin Sex zu haben. Verbotene Früchte. »Nicht viel. Es ist ein Platz, zu dem ich gehen und mich entspannen kann. Wo ich ganz ich selbst sein kann.«

»Okay, das verstehe ich. Manchmal wünsche ich mir, meine lieben Geschwister würden nicht existieren! Ich war einen ganzen Monat lang mit ihnen zusammen auf einem Raumschiff eingepfercht. Kein Entkommen! Aber was machst du, wenn du ganz du selbst bist?«

»Nichts Interessantes. Ich beschäftige mich mit Elektronik und ähnlichem Zeugs. Das meiste von diesem Plunder da. Ich bin nur noch nicht dazu gekommen, es zum Laufen zu bringen. Außerdem mache ich hier meine Hausaufgaben, und ich spiele jede Menge I-Games.«

»Wie *Halo Stars*?«

»Das ist ein ganz neues, ja.« Er stockte verlegen – andererseits hatte er ein nacktes Mädchen bei sich. Persönlicher ging es kaum. »Als ich jünger war, habe ich Stunden damit verbracht, meine Lieblingsshow dort oben auf dem großen Schirm zu sehen.«

»Und welche war das?«

»Ich bezweifle, dass du davon gehört hast. *Flight: Horizon*.«

Ihre Nase kräuselte sich. »Ich glaube schon. Es ist eine alte SF-Serie, stimmt's?«

»Ja. Es geht um ein Raumschiff, das die andere Seite der Milchstraße erforscht. Ich hab nie herausgefunden, wie sie zu Ende gegangen und ob das Schiff wieder nach Hause zurückgekehrt ist.«

»Warum hast du keine Nachricht an den Vertrieb auf der Erde geschickt? Es kann nicht so viel kosten, sich die komplette Serie zu bestellen.«

»Das hab ich tausend Mal versucht! Ich hab nie eine Antwort bekommen. Ich schätze, die Gesellschaft ist pleite gegangen oder was weiß ich.«

»Nichts verschwindet jemals aus dem Datapool. Deswegen expandiert er ja auch unaufhörlich. Die Leute führen unaufhörlich neue Speicherkapazität zu, und die Suchmaschinen können die Massen nicht mehr bewältigen. Es gibt inzwischen ganze Sektionen, die fast autonom sind. Andere Sektionen wissen nicht mehr, was dort gespeichert wird oder dass sie überhaupt existieren. Wenn du heutzutage irgendetwas abseits vom Mainstream brauchst, musst du ein Dutzend Suchmaschinen bemühen und hoffen, dass eine davon einen Metalink für dich aufspürt. Als ich mich über Amethi informieren wollte, hat es Tage gedauert, bis die letzten Daten bei mir eingetrudelt sind. Nichts Allgemeines, sondern Nebensächlichkeiten. Frühe Erkundungsberichte, Finanzpläne, diese Art von Informationen. Spezielles Zeug halt. Es gibt Gerüchte über geschlossene Pools, Sektionen, die nur noch interne Metalinks besitzen, und die AS-Controller wissen nicht einmal, dass sie nicht länger mit der Außenwelt in Verbindung stehen«, erklärte Roselyn.

»Das klingt verrückt! Im Datapool von Amethi ist es jedenfalls völlig unmöglich, etwas zu verlieren. Eine Suchanfrage, und du findest alles, was es gibt.«

»Das liegt daran, dass der Datapool noch relativ klein ist. Der Zusammenbruch auf der Erde war unvermeidlich. Es gibt zu viele Daten, um einen einzigen Index zu führen, und je mehr er auf verschiedene Maschinen aufgeteilt wird, desto schwächer werden die Metalinks. Im Augenblick gibt es Bestrebungen, offizielle Subnetze einzuführen. Aber wenn man nicht weiß, wo die ursprünglichen Daten gespeichert sind, wie soll man sie dann neu sortieren?«

»Kein Wunder, dass ich nie eine Antwort bekommen habe«, meinte Lawrence

»Wenn du möchtest, kann ich einer Freundin eine Nachricht senden. Sie hätte bestimmt nichts dagegen, einen Suchping für die Serie abzusetzen.«

Lawrence fiel vom Sofa. Er endete damit, dass er vor Roselyn kniete, die ihn mit amüsierter Neugier betrachtete. »Du kannst mir den Rest der Serie beschaffen?«

»Wir können zumindest herausfinden, ob es einen Rest gibt, ja. Entertainment ist immer noch Mainstream. Es sei denn natürlich, die Serie ist älter als hundert Jahre. Trotzdem, es sollte ziemlich einfach sein.«

»Bitte!« Er faltete die Hände über ihren Knien. »Ich wäre dir ewig dankbar, und das unterschreibe ich mit meinem Blut!«

»Hmmm.« Sie dachte einen Augenblick lang über das Angebot nach, während ihr Blick zur Decke glitt. »Es gibt da etwas, das ich gerne hätte.«

»Es gehört dir!«

Sie nahm seine Hand und leckte und küsste seine Finger einen nach dem anderen. Dann führte sie seine Hand langsam über ihren Körper, bis die Stelle, die er berührte, sie aufstöhnen ließ. »Das«, murmelte sie rau. »Das hätte ich gerne.«

Eine Woche lang gingen sie jeden Nachmittag nach der Schule zu Lawrences Höhle. Manchmal fuhren sie mit dem Trike, doch meistens wanderten sie durch die Verbindungstunnel zwischen den Kuppeln. Erst am dritten Tag war sie soweit, dass sie sich seiner Mutter und seinen Geschwistern vorstellen ließ. Er sorgte sich um einiges mehr wegen dieser Begegnung, als sie es tat, und zuckte jedes Mal zusammen, wenn seine Mutter »nett« war oder eine persönliche Frage stellte, und er warf seinen Geschwistern wütende Blicke zu, wenn sie eine freche Bemerkung riefen oder sich daneben benahmen. Roselyn überstand die Begegnung mit einer Würde, die er bewunderte.

Nachdem die erste Vorstellung vorüber war, musste er sie nicht jedes Mal mit ins Haus bringen, auch wenn seine Eltern sehr deutlich zum Ausdruck brachten, dass sie jederzeit beim Essen willkommen war. Und es wäre sehr schön, wenn auch ihre Mutter einmal sonntags zum Essen käme. Irgendwann in nächster Zeit.

»Eltern sind doch alle gleich«, seufzte sie, als Lawrence düster von dieser jüngsten Entwicklung berichtete. »Sie verschwinden niemals freiwillig ins Altersheim. Sie bleiben einfach, wo sie sind, und bringen ihre Kinder in peinliche Situationen.«

Er blickte von ihrem nackten Bauchnabel hoch. »Du weißt, was passieren wird, oder? Meine Mum wird anfangen, deine Mum entsprechenden Männern vorzustellen.«

Roselyn drehte sich herum. Sie hatten inzwischen

eine Decke über das alte Sofa gelegt; das Leder klebte zu sehr an ihrer Haut. »Das bezweifle ich.«

Er hörte die Verkrampfung in ihrer Stimme. »Tut mir Leid«, sagte er. »Du sprichst nicht oft von ihm.«

»Nein.« Sie stieß einen langen Seufzer aus. »Tue ich nicht. Es gibt nicht viel zu sagen, weißt du? Er war ein großartiger Vater. Ich habe ihn unendlich geliebt. Und dann von einem Tag auf den anderen war er nicht mehr da, und alles, was bis dahin meine Welt gewesen war, verschwand mit ihm. Ich dachte schon, dass mein Leben völlig den Bach runtergeht, doch plötzlich lande ich hier.« Sie kniff ihm in eine Speckrolle an der Hüfte, und er wand sich unbehaglich. »Und du hast auf mich gewartet.«

»Das ist noch etwas, das wir beide gemeinsam haben. Mein Leben war ebenfalls ziemlich beschissen, bis ich dich getroffen habe. Ich meine, es war nicht so schlimm wie bei dir, ich habe keinen Vater verloren. Mein Elend war selbst verursacht, größtenteils jedenfalls, schätze ich. Einfacher wieder in Ordnung zu bringen.«

»Nun, ich werde dir jedenfalls noch ein wenig mehr Elend beibringen.«

»Wie?«

»Lawrence, ich kann nicht weiter jeden Tag nach der Schule hierher kommen.«

»Warum nicht?«, fragte er schockiert. »Gefällt es dir hier nicht mehr?«

Sie grinste und setzte sich auf ihn. »O doch, und wie es mir gefällt. Viel zu sehr, für den Fall, dass du es nicht bemerkt hast. Zwei Wochen mit dir, und ich habe mich in eine absolute Schlampe verwandelt.« Sie schob ihre Brüste vor sein Gesicht.

»Ich mich auch.« Er umspielte mit der Zunge ihre Warzen. Selbst nach dieser Zeit staunte er immer noch über das, was sie ihn alles tun ließ. Und er war überrascht von seiner eigenen Tapferkeit, mit der er Dinge vorschlug. Als gäbe es zwischen ihnen beiden nicht eine einzige Hemmung.

Roselyn entwand sich aus seinem Griff. »Ich muss anfangen, ernsthaft für die Schule zu lernen. Amethis Schulsystem ist ultraschnell im Vergleich zu den Schulen im guten alten Irland. Wenn ich nicht aufpasse, bin ich bald die größte Null auf dem gesamten Planeten.«

»Bist du nicht.«

»Lawrence! Das werde ich aber! Ich meine es ernst! Ich muss lernen!«

»Dann mach es hier«, sagte er einfach. »Hier hast du Zugriff auf den Datapool, und du hast deinen Pearl bei dir. Kein Problem.« Seine Hand griff erneut nach oben zu ihrer Brust.

Roselyn setzte sich zurück, stemmte die Hände in die Hüften und funkelte ihn an. »Du weißt ganz genau, was passiert, wenn ich zum Lernen hierher komme. Du wirst dich an mich kuscheln, und es endet damit, dass wir wie die Besinnungslosen vögeln. Ich kriege keinen Schlag getan! Möchtest du, dass ich die totale Idiotin werde?«

»Selbstverständlich nicht! Aber...« Er ertrug den Gedanken nicht, sie nach der Schule nicht mehr zu sehen. »Ich fange nichts mit dir an, bevor du nicht mit Lernen fertig bist. Ich verspreche es. Bitte. Bitte, komm weiter nachmittags hierher zu mir. Ja?«

»Schwöre bei deinem Leben!«

Er bekreuzigte sich. »Ich schwöre es.«

»Also gut.«

»Großartig!«

»*Aber* wir werden zuerst unsere Hausaufgaben machen und lernen!«

»Äh, wie?«

»Das ist die Abmachung. Wir arbeiten in der Schulhalle oder sonst irgendwo. Auf diese Weise kann sich keiner von uns beiden drücken.«

»Zur Hölle! Also gut, meinetwegen.«

»Und danach...« Sie beugte sich verlockend vor. »... danach können wir hierher gehen, und ich zeige dir, wie dankbar ich bin.«

»Wirklich?«

Sie fuhr zärtlich mit der Zungenspitze über seine Lippen, und zur gleichen Zeit spürte er ihre Warzen über seine Brust streichen. Eine wundervolle Folter.

»O ja«, flüsterte sie.

»Wie dankbar genau wirst du sein?«

»So dankbar, dass ich nicht reden kann, weil mein Mund so voll sein wird.«

Lawrence stöhnte auf. Er hatte die Augen halb geschlossen, und die Vorfreude drohte ihn zu überwältigen. Er zitterte vor Erwartung, als er ihre Hand spürte. Dann – verdammtes Schicksal! – kniff sie ihn mit der anderen Hand erneut in die Hüfte, und er riss sich los.

Ihr hübsches Gesicht zeigte einen enttäuschten Schmollmund. »Was ist denn?«

»Ich mag das nicht!«, sagte er verschämt.

»Du meinst das hier?« Ihre Hand griff erneut nach dem Rettungsring.

»Ja!« Er wand sich zur Seite weg. »Du musst mich nicht andauernd an mein Übergewicht erinnern!«

Roselyn runzelte die Stirn. »Du bist eben, wie du bist, Lawrence. Genau wie ich.«

Aber du hast einen phantastischen Körper, dachte er. Während mein eigener ... »Ich weiß. Ich will ja besser in Form kommen.« Er schloss hastig den Mund, bevor er noch mehr Dummheiten sagen konnte.

»Wirklich?« Ihre Miene strahlte, und sie küsste ihn begeistert. »Das würde mich unheimlich anmachen, Lawrence. Wirklich!«

Kapitel sechs

Seit Jahrhunderten kannten die Militärs die Auswirkungen, die das Eingepferchtsein auf engstem Raum auf Soldaten hatte, und sämtliche taktischen Planungen bezogen diesen Faktor mit ein. Nach den Unterlagen von Zantiu-Braun konnten die strategischen Sicherheitsstreitkräfte einen fünfzig Tage dauernden Trip in einem Raumschiff unbeschadet überstehen, ohne dass ihre Schlagkraft spürbar nachließ.

Nach vierzig Tagen unterwegs waren sie immer noch drei Lichtjahre von Thallspring entfernt, und Lawrence fragte sich bereits, ob sie es überhaupt noch bis in die Drop-Glider schaffen würden, geschweige denn hinunter zur Planetenoberfläche. Welcher Sesselfurzer auch immer die Fünfzig-Tage-Regel aufgestellt hatte, er war eindeutig nie im niedrigen Orbit gewesen, geschweige denn an Bord eines Raumschiffs.

Am einundvierzigsten Tag, morgens um 0930 Schiffszeit, trainierte das Platoon im Fitnessraum. Der Rest des Tages war mit nicht-körperlicher Ausbildung und Missionsbesprechungen verplant, deswegen war es ein denkbar ungeeigneter Zeitpunkt für Anstrengungen. Es würde Stunden dauern, bis das Adrenalin und Testosteron wieder abgebaut wäre, und sie würden nervös und reizbar reagieren. Doch jedes Platoon hatte täglich neunzig Minuten Training zu absolvieren, damit die Knochen und Muskeln fit und belastbar blieben. Es gab keine Ausnahmen.

Obwohl Lawrence wusste, dass es ihm den Rest des Tages verderben würde, konzentrierte er sich auf seine Übungen und drückte mit aller Kraft gegen die Hantelstangen. Er lag auf einer der Standard-Apparatebänke, die lediglich mit Hilfe von Kolben und Federn Widerstand erzeugten. Er erhöhte den Kraftaufwand um ein paar Rasten und setzte seine Übungen fort. Schweiß bildete sich auf seiner Stirn. Sein Herz pumpte heftig. Das war die Reaktion, die er wollte, um jedes Organ auf dem Maximum seiner Leistungsfähigkeit zu halten. Er betonte die Wichtigkeit von richtigem Training seinen Leuten gegenüber immer wieder und ging ihnen als Vorbild voran. Die Skinsuits verlangten einem Körper eine Menge ab, ganz besonders einem Körper, der fünf Wochen lang in einer Schwerkraft von einem halben g verweichlichte. Das war etwas, das die Statistiker von Zantiu-Braun nicht zu begreifen schienen.

Lawrence blickte sich in der Trainingshalle um und sah, dass Amersy und Hal Grabowski sich anstrengten; ihre roten T-Shirts waren von Schweiß befleckt. Odel und Karl gaben nur das Minimum, wie immer. Und Jones Johnson bewegte sich kaum; er schien die Trainingsstunde als eine Art persönliche Ruhezeit zu betrachten.

Typisch, dachte Lawrence. Jones war der Mechaniker des Platoons und verdammt erfahren mit jeder Form von Maschinerie einschließlich Waffen. Offensichtlich nahm er an, dass dieses Talent das Fehlen anderer Fähigkeiten wieder wettmachte. Obwohl er schon seit drei Einsätzen zum Platoon gehörte, hatte er allem Anschein nach niemals begriffen, dass es auf Teamwork ankam, wenn man überleben wollte, und dass Teamwork bereits auf einer grundlegenden Stufe begann: physischer Adäquatheit.

Lawrence erhob sich und schlang sich beiläufig ein Handtuch um den Hals. Er schwang sich hinüber zu Jones und packte den Rahmen der Trainingsmaschine, um einen einigermaßen guten Hebel zu haben. Seine freie Hand krachte hinunter auf den Haltemechanismus für die Beine. Jones' Beine wurden fast um hundertachtzig Grad gebogen.

»Scheiße!«, kreischte Jones.

»Du bist soeben in einen Hinterhalt geraten. Eine Mine hat eine Wand zum Einsturz gebracht und deine Beine unter einem Haufen Steinen begraben. Drei Rebellen mit Macheten stürmen auf dich zu. Wenn du überleben willst, musst du dich irgendwie befreien.«

»Heilige Scheiße!«

»Los, fauler Bastard! Fang an!«

Jones Gesicht war zu einer gummiartigen Maske verzerrt, während er darum kämpfte, die Beine wieder zu strecken. Auf seinem Hals traten die Adern hervor, und das Blut pulsierte rasch hindurch.

Als offensichtlich wurde, dass er es nicht schaffen würde, ließ Lawrence den Haltemechanismus los. »Du bist zu verdammt nichts zu gebrauchen, Jones! Es ist mir egal, wenn du erledigt wirst. Vielleicht kriegen wir einen halbwegs vernünftigen Ersatz für dich. Aber wenn du bewegungsunfähig bist, bedeutet das, dass wir anderen ebenfalls feststecken und deinen Arsch decken müssen. Entweder du machst jetzt mit, oder du hörst gleich auf. Ich schleppe jedenfalls keinen fußlahmen Sack mit mir herum.«

»Das ist doch nur ein verdammter Trainingsraum,

Sarge! Wenn wir auf einer Patrouille wären, würde ich eine Skin tragen. Dieser Fitness-Scheiß, den wir jeden Tag durchziehen sollen, taugt absolut überhaupt nichts!«

»Das Einzige, worauf du dich wirklich verlassen kannst, Soldat, bist du selbst!« Lawrence bemerkte, wie Hal im Hintergrund grinste. Er wandte sich zu dem Jungen um. »Und du kannst ruhig damit aufhören, dich lustig zu machen! In sechs Tagen sind wir unten auf dem Planeten. Jedes Grinsen dort unten bedeutet nichts als Hass; je mehr sie dich angrinsen, desto mehr wollen sie deinen Tod. Wir sind dort unten aufeinander angewiesen und haben niemanden sonst. Niemand, der auf uns aufpasst. Und deshalb will ich euch in der bestmöglichen Form wissen, die in der Zeit zu schaffen ist. Nicht nur eure Körper, sondern auch eure Einstellung, verdammt! Das Schicksal möge uns helfen, aber wir müssen uns aufeinander verlassen können!«

Er kehrte zu seiner eigenen Maschine zurück. Hal nahm seine Übungen wieder auf, sichtlich stolz darauf, wie hoch er den Widerstand eingestellt hatte und wie leicht er damit zurechtkam. Amersy, der seine Übungen nicht unterbrochen hatte, musterte Lawrence mit einem tadelnden Blick, als er vorbeiging. Der Corporal hatte nicht ganz Unrecht, wie Lawrence sich eingestand; er hatte auf Jones' Nachlässigkeit überreagiert. Doch diesmal verlangte er von seinem Platoon eine ganze Menge mehr als während aller vorangegangenen Missionen. Falls er sein persönliches Ziel je erreichen wollte, benötigte er auf Thallspring vollkommene Loyalität, und dafür musste er auf seine Leute aufpassen. Verdammt gut aufpassen.

Sie würden es hier oben vielleicht nicht zu schätzen wissen, doch sobald sie erst am Boden waren, wurde die Mission ziemlich schnell ziemlich verworren. Sie mochten vielleicht die Arschlöcher der Gesellschaft sein, doch sie besaßen genügend Bauernschläue, um zu wissen, wem sie vertrauen konnten, wenn die Scheiße erst auf den Ventilator traf. Und Zantiu-Braun in der Gestalt von Captain Douglas Bryant gehörte nicht dazu.

Lawrence bearbeitete aufs Neue seine Maschine. Er konnte sehen, dass Jones heftig pumpte, und stieß ein leises zufriedenes Grunzen aus. Er hatte Glück gehabt, dass der Squaddie nicht versucht hatte, sich mit ihm zu prügeln. Die Frustration des Eingesperrtseins machte ihnen allen zu schaffen. Auf der Erde in Cairns hatten sie sich wenigstens nachts aus der Basis schleichen und sich die Anspannung mit einem der Mädchen auf dem Strip aus dem Leib vögeln können.

Nach den Übungen waren zwei Stunden Ausrüstungspflege angesetzt. Lawrence überließ Amersy die Aufsicht über seine Leute. Er hatte eine Besprechung mit dem Captain. So dicht vor dem Ende der Reise fand fast jeden Tag eine statt.

Der Besprechungsraum war ein rechtwinkliges Abteil mit nackten Aluminiumwänden. An einer davon hing ein großer hochauflösender Schirm. Die drei anderen Sergeants des Platoons, Wagner, Ciaran und Oakley, saßen bereits an einem Plastiktisch. Lawrence nickte ihnen zu und nahm ebenfalls Platz. Captain Douglas Bryant betrat nur einen Augenblick später den Raum, begleitet von Lieutenant Motluk. Die Sergeants sprangen auf und nahmen Haltung an, während jeder sich mit einer Hand am Tisch festhielt, um mit den Füßen auf dem Boden zu bleiben. Mit der anderen Hand salutierten sie.

»Rühren, Männer«, sagte Douglas Bryant kollegial. Er war achtundzwanzig und Absolvent der Offiziersakademie von Zantiu-Braun in Tunesien. Ein schlauer Bursche, und seine Familie besaß einen hübschen Anteil an der Company, was ihm auf dem Weg nach oben behilflich war. Lawrence hatte in der Personalakte des Captains nachgesehen und festgestellt, dass Bryant bisher lediglich an Einsätzen in Ostafrika teilgenommen hatte, bei denen es um die Niederschlagung von Aufständen gegangen war. Bestrafungsaktionen gegen Camps tief im Dschungel, wo die Eingeborenenstämme immer noch gegen die imperialistische Company kämpften, die sämtliche Mineralien aus ihrem Land stahl. Es war gewissermaßen ausreichend Qualifikation für Gewinnrealisierungsmissionen, auch wenn Lawrence einen Kommandanten mit richtiger Erfahrung vorgezogen hätte.

Wenn er ehrlich war, rührte seine Verachtung für Douglas Bryant wahrscheinlich daher, dass der junge Mann so war, wie er selbst wohl geworden wäre. Ehrlich besorgt um den Zustand und die Moral seiner Männer, voller überflüssiger Informationen und ohne jede Ahnung von dem, was wirklich zählte.

»Ciaran, haben Sie den Nachschub für Ihr Platoon inzwischen geregelt?«, fragte der Captain.

»Sir!«, antwortete der Sergeant von Platoon 836BK5. »Es war ein Fehler in den Datenbanken. Der Nachschub befindet sich im richtigen Lander.«

Der Captain lächelte seine Sergeants der Reihe nach an. »Es ist immer die Software, nicht wahr? Hatten wir irgendetwas anderes außer virtuellen Problemen, seit wir Centralis verlassen haben?«

Sie lächelten höflich-tolerant zurück.

»Also schön. Die letzten Anpassungen der Skinsuits – wie steht es damit? Newton, Ihr Platoon hat noch gar nicht angefangen – warum?«

»Ich lasse sie immer noch Funktionstests durchführen, Sir. Ich möchte mit den letzten Anpassungen so lange wie irgend möglich warten. Selbst mit dem Training in den Fitnessräumen verändert die lange Zeit in der niedrigen Schwerkraft ihre Größe.«

»Ich verstehe die Argumentation, Newton, doch unglücklicherweise haben wir andere Anweisungen. Ihr Platoon meldet sich morgen früh um null-achthundert zur Endanpassung.«

»Sir.«

»Ich kann nicht riskieren, dass wir nicht bereit sind, wenn wir aus der Kompression auftauchen. Wir dürfen uns nicht unvorbereitet überraschen lassen.«

Richtig, dachte Lawrence. Als hätte Thallspring seine Position verändert und als würden wir unerwartet früh aus der Kompression kommen. Die finale Anpassung dauerte maximal zwei Stunden pro Skinsuit.

»Jawohl, Sir.«

Und so ging es weiter. Bryant war besessen von Einzelheiten. Bei allem, was ein erfahrener Kommandant seinen Sergeants überlassen hätte, wollte er ein Wort mitreden. Er musste persönlich dafür sorgen, dass die Operation genau nach Vorschrift verlief. Ein untrügliches Zeichen dafür, dass er mehr um den Eindruck besorgt war, den er bei der Gesellschaft hinterließ, als um die praktischen Gesichtspunkte der Situation, mit der sie sich auseinandersetzen mussten.

Er verlangte sogar von Oakley, die Anforderung für zusätzliche ferngesteuerte Sensoren wieder zurückzunehmen, die der Sergeant nach der Landung einsetzen wollte. Sein Platoon hatte den Auftrag, eine städtische Gegend zu durchkämmen, die aus einem Labyrinth enger Straßen und billiger Häuser bestand – und das nach einer zehn Jahre alten Karte. Die Gegend konnte sich ohne weiteres verschlimmert haben – mit anderen Worten, ein perfekt geeigneter Hinterhalt für die einheimischen bösen Jungs. Es würde eine Menge todesmutiger Angriffe geben, bevor Zantiu-Braun einen Brückenkopf etabliert und geeignete Maßnahmen zur Befriedung der Bevölkerung ergriffen hatte. Lawrence hätte gerne die gleiche Sicherheit genossen, die diese ferngesteuerten Sensoren lieferten. Doch trotz Zantiu-Brauns vielgepriesener AS-Schleifen enthielt der Brückenkopfplan bereits die Anzahl von Sensoren, die man für erforderlich erachtete. Und Bryant hatte nicht genug Mumm, um in diesem Stadium der Vorbereitungen daran noch etwas zu ändern.

Oakley sagte ja und benutzte seinen Pearl, um die Anforderung zurückzunehmen. Sie wandten sich dem Zeitplan für die Landeoperation zu, und Bryant betonte einmal mehr, dass er keine unnötigen Verzögerungen auf dem Weg zu den Drop Glidern dulden würde.

Während der meisten Zeit des Tages hatte es in Memu Bay geregnet. Es war ein sanfter, warmer Regen gewesen und der zweite für die Jahreszeit ungewöhnliche Dauerregen innerhalb von zwei Wochen. Es bedeutete, dass die Kinder nicht im Garten spielen konnten, sondern an den Tischen und Stühlen unter dem großen Dach bleiben mussten. Gleich am Morgen hatte Denise den Jungen und Mädchen die großen Media-Pads ausgehändigt und sie gebeten, die Formen zu malen, die sie in den Wolken wiedererkannten. Das Resultat war eine prachtvolle Collage fremdartiger Wesen in leuchtenden Blau-, Rot- und Grüntönen. Am Nachmittag, als offensichtlich wurde, dass die Wolken sich noch eine ganze Weile nicht verziehen würden, versammelte sie die Kinder im weiten Halbkreis um sich herum und setzte sich an einen Tisch in der Mitte.

»Ich glaube, es ist an der Zeit, dass ich euch vom Planeten Mordiff erzähle«, sagte sie. »Auch wenn Mozark ihn persönlich niemals besucht hat.«

Mehrere Kinder atmeten laut zischend ein, andere warfen sich aufgeregte Blicke zu. Die dunkle Geschichte des Planeten Mordiff war bisher, wenn Denise vom Ring-Imperium gesprochen hatte, stets nur angedeutet worden.

Jedzella streckte die Hand in die Höhe. »Bitte, Miss, es ist doch nicht zu schauderhaft, oder?«

»Schauderhaft?« Denise schürzte die Lippen und dachte mit gerunzelter Stirn über die Frage nach. »Nein, nicht schauderhaft. Auch wenn sie grauenvolle Kriege ausgefochten haben, was immer schlimm ist. Ich schätze, von heute aus betrachtet, von unserem Standpunkt aus, ist es eine sehr traurige Geschichte. Wie ich immer sage, am meisten kann man aus Fehlern lernen, und die Mordiff begingen ein paar wirklich schwerwiegende Fehler. Wenn ihr euch später daran erinnert, was sie getan haben, dann hoffe ich, dass ihr diese Fehler vermeidet. Möchtet ihr nun, dass ich weitererzähle?«

»Ja!«, riefen sie. »Ja!« Einige warfen Jedzella böse Blicke zu.

»Also gut. Wollen mal sehen ... Mozark war nie selbst dort, auch wenn er auf seiner Reise dem Ulodan-Nebel sehr nahe kam, in dem sich der Planet und seine Sonne verstecken. Er hatte keinen Grund, nach Mordiff zu reisen. Selbst damals schon waren die Mordiff längst nicht mehr, und nichts, was sie hinterlassen hatten, hätte ihm auf seiner Suche nach einem Sinn in seinem Leben weiterhelfen können. Obwohl auf eine sehr vertrackte und nicht leicht erkennbare Weise auch die Mordiff einen Sinn sahen, der ihr Leben bestimmte. Sie wollten leben. Darin unterschieden sie sich in nichts von uns anderen, von den Menschen heute und den intelligenten Spezies des Ring-Imperiums damals. Doch das Schicksal wollte, dass sich die Mordiff auf einem Planeten entwickelten, der sich mitten im dunkelsten und dichtesten Nebel befand, den es damals in der Milchstraße gab. Sie hatten normales Tageslicht, genau wie wir. Der Nebel war nicht dicht genug, um die Sonne zu verdecken. Doch ihre Nacht war vollkommen. Der Nachthimmel auf ihrer Welt war pechschwarz. Sie konnten die Sterne nicht sehen. So weit es sie anging, waren sie ganz allein im Universum, und ihr Planet und ihre Sonne waren das Universum.«

»Haben sie denn keine Schiffe ausgesandt, um andere Sterne zu finden?«, fragte Edmund.

»Nein. Sie hatten keinen Grund dazu. Sie wussten

nicht, dass etwas anderes existierte, und ihre Beobachtungen untermauerten diese Vorstellung. Sie wussten nicht einmal, dass sie den Nebel verlassen und nach etwas Neuem suchen konnten. Das war ihr Untergang, und das ist zugleich die Lektion, die wir von ihnen lernen müssen. Versteht ihr, sie dachten wie die meisten intelligenten Spezies, so wie wir auch denken. Auch wenn ihre Körper anders waren als unsere. Sie waren gewaltig, fast so groß wie Dinosaurier, und sie konnten ihre Gestalt wechseln. Sie konnten über den Boden kriechen wie Schlangen oder schwimmen wie Fische, indem sie ihre Gliedmaßen in Flossen verwandelten, und einige Archäologen und Historiker des Ring-Imperiums fanden heraus, dass sie sogar fliegen konnten wie Vögel, oder zumindest gleiten. Doch das hinderte sie nicht daran, eine ganz gewöhnliche Zivilisation zu errichten. Sie hatten eine Steinzeit und eine Eisenzeit genau wie wir, sie entwickelten sich weiter und hatten eine Dampfmaschinenzeit und ein Industriezeitalter, ein Atomzeitalter und ein elektronisches Zeitalter. Und genau dort fingen die Probleme an. Zu diesem Zeitpunkt hatten sie ihre gesamte Welt entwickelt und verfügten über gute medizinische Kenntnisse, die ihnen ein langes gesundes Leben garantierten. Ihre Bevölkerung nahm immer weiter zu und verbrauchte mehr und mehr Ressourcen. Kontinente verwandelten sich in riesige Städte. Sie bauten riesige schwimmende Inseln, um Wohnraum zu schaffen. Sie besiedelten die Polarkontinente. Irgendwann war kein Platz mehr übrig, und die gesamte Oberfläche war ausgebeutet. Es kam zu Kriegen, grauenhaften, blutigen Kriegen, bei denen jedes Mal viele Millionen ihr Leben ließen. Doch am Ende waren sie sinnlos, wie es alle Kriege sind. Nach der Vernichtung ganzer Nationen zogen die Sieger in die Ruinen, und innerhalb einer Generation war das Land schon wieder voll. Und die ganze Zeit über wurde ihre Technologie, speziell die Waffentechnologie, immer mächtiger und gefährlicher und tödlicher. Die Kriege wurden immer gewalttätiger und gefährlicher für den Rest des Planeten.

Dann, eines Tages, entdeckte die mächtigste Nation, die vom größten Overlord der Mordiff beherrscht wurde, wie man ein Wurmloch erschaffen kann.«

Die Kinder stießen voller Furcht ein lautes *Oooh* aus.

»Haben sie das Ring-Imperium erobert, Miss?«

»Nein, sie haben das Ring-Imperium nicht erobert. Hast du es schon vergessen? Sie wussten überhaupt nicht, dass es da war. Sie machten ihr Wurmloch aus einem ganz anderen Grund. Versteht ihr, Wurmlöcher sind eine Verzerrung der Raumzeit. Wir benutzen unsere Wurmlöcher, um einen Tunnel durch den Raum zu erschaffen, durch den wir zu den Sternen reisen. Die Mordiff reisten in der Zeit. Weil der Ulodan-Nebel ihnen den Blick auf die Sterne verwehrte, wussten sie nicht, dass es sie gab. Sie kannten nur die Zeit, nicht den Raum. Der Overlord befahl also, ein riesiges Wurmloch zu errichten, mitten im Zentrum seiner Nation. Es war die größte Maschine, die von den Mordiff jemals gebaut worden war, denn der Terminus erzeugte nicht nur das Wurmloch, sondern er stabilisierte es auch. Solange es Energie bekam, fiel es nicht in sich zusammen. Und es bezog seine Energie aus der Art und Weise, wie es die Raumzeit verzerrte. Mit anderen Worten, es war ewig, fast wie ein Perpetuum Mobile.«

»Mein Daddy sagt, so etwas sei unmöglich«, sagte Melanie mit beträchtlicher Zuversicht. »Er sagt, nur Dummköpfe würden an so etwas glauben.«

»Es ist unmöglich«, antwortete Denise. »Aber die Beschreibung kommt der Maschine am nächsten, die die Mordiff erschufen.«

Edmund schnaubte das Mädchen an, dann wandte er sich an Denise. »Warum hat der Overlord das Wurmloch überhaupt gemacht, Miss?«

»Ah. Nun, das ist der Punkt, an dem die eigentliche Tragödie der Mordiff ihren Verlauf nimmt. Als das Wurmloch fertig war, befahl der Overlord den Exodus seiner gesamten Nation. Eine Armada von Fahrzeugen führte alle Bewohner seines Landes zum Terminus, Millionen und Abermillionen von Mordiff. Und als alle darinnen und in Sicherheit waren, zündeten die persönlichen Wachen des Overlord die grauenvollsten Waffen, die er besaß. Alle, und alle zur gleichen Zeit. Sie waren so schlimm, dass sie jedes lebende Wesen auf der gesamten Welt töteten und die Städte in Schutt und Trümmer legten, selbst die Städte der eigenen Nation.«

Die Kinder starrten Denise voll Ehrfurcht und Angst an.

»Jede Mordiff-Nation besaß die gleichen schrecklichen Waffen. Einige verbreiteten tödliche Krankheiten, andere explodierten einfach nur mit unvorstellbarer Wucht und ließen die Erdkruste aufreißen, bis Magma an die Oberfläche trat«, erzählte Denise. »Der Overlord wusste, dass es nur eine Frage der Zeit war, bis irgendjemand seine Waffen benutzen würde.

Jede Nation auf dieser Welt litt unter so großem Mangel an Platz und Ressourcen, dass der Verzicht auf den Einsatz dieser Waffen den Zusammenbruch von innen heraus bedeutet hätte.

Nun war die Nation des Overlord im Innern des Wurmloches in Sicherheit und reiste weiter und weiter in die Zukunft, weg von der Zeit, in welcher der Planet gestorben war. Einige von ihnen bildeten Erkundungstrupps und kamen bereits hunderttausend Jahre später wieder aus dem Terminus – welcher die Explosionen und die Strahlung selbstverständlich unbeschadet überstanden hatte. Für die Kundschafter vergingen nur Minuten, seit sie das Wurmloch betreten hatten, doch als sie zurückkehrten, fanden sie eine sterile Welt vor mit den Ruinen von Megastädten, die zu Staub zerfielen. Doch die Strahlung war bereits wieder verschwunden, und die Seuchen waren ausgestorben. Die Mordiff-Kundschafter streuten Bakterien und Algen aus und kehrten in das Wurmloch zurück. Sie kamen weitere tausend Jahre später wieder hervor, als sich die Bakterien überall ausgebreitet und den Boden wieder zum Leben erweckt hatten. Diesmal streuten die Kundschafter Samen aus, bevor sie in das Wurmloch zurückkehrten. Als sie zum dritten Mal aus dem Wurmloch kamen, setzten sie brütende Tiere und Fische aus. Tausend Jahre später befand sich die Welt in einem Zustand wie vor dem industriellen Zeitalter, mit riesigen grasbewachsenen Ebenen und Wäldern und Dschungeln. Und dann erst kehrte die ganze Nation des Overlord aus dem Wurmloch zurück, um den Planeten in Besitz zu nehmen. Für sie waren nur ein paar Stunden im Wurmloch vergangen, während draußen hundertzwanzigtausend Jahre verstrichen waren.

Die Mordiff sahen sich auf ihrer neuen alten, sauberen Welt um und jubelten und dankten dem Overlord dafür, dass er sie an diesen wundervollen Ort gebracht hatte. Viele von ihnen vergaßen das Verbrechen, das begangen worden war, um ihnen diese Chance zu verschaffen. Sie ließen sich nieder und errichteten neue Städte und gründeten ihre Zivilisation aufs Neue. Einmal mehr bauten sie Mineralien und Erze ab, einmal mehr begannen ihre Städte zu wachsen, einmal mehr wurde die Wildnis weiter und weiter zurückgedrängt. Nach einigen Generationen vergaßen die Mordiff, was sie der Familie des Overlord zu verdanken hatten, die noch immer über die Zivilisation herrschte, und viele sagten sich ab und gründeten eigene Nationen. Zweieinhalb Jahrtausende später war die Welt erneut mit Städten bedeckt. Erneut wurden Kriege ausgefochten. Und so tat der Overlord jener Zeit, was sein Vorgänger auch getan hatte. Er versammelte seine Nation und sandte sie durch den Terminus. Hinter ihnen explodierten wieder einmal die Weltuntergangswaffen.

Dieser verhängnisvolle Kreislauf fand dreimal statt. Wann immer die Welt der Mordiff zu voll wurde, um die Milliarden von Lebewesen zu ernähren, die sich in den gigantischen Städten drängten, entfloh die Nation des Overlord durch das Wurmloch und tötete und ermordete jeden, der zurückgeblieben war.

Doch als nach der letzten Flucht durch den Terminus die Scouts hunderttausend Jahre später wieder zurückkamen, stellten sie fest, dass sich etwas Unerwartetes ereignet hatte. Die Sonne hatte sich verändert. Als sie zum Himmel blickten, bemerkten sie große dunkle Sonnenflecken auf der gesamten Oberfläche. Die Sonne näherte sich dem Ende ihres Zyklus' und erkaltete. Und da sie selbstverständlich niemals die anderen Sterne der Milchstraße gesehen hatten, wussten sie auch nicht, was geschah. Sie wussten nicht, dass sich Sterne im Lauf ihres Lebens verändern und sterben; sie hatten stets angenommen, dass ihr kleines Universum statisch und ewig war. Die Physiker unter ihnen begannen augenblicklich, zu spekulieren und Theorien zu entwickeln, und wahrscheinlich fanden sie auch heraus, was sich dort am Himmel ereignete, denn sie waren klug, vergesst das nicht. Aber zu wissen, was geschieht, und imstande sein, etwas dagegen zu unternehmen, sind zwei verschiedene Dinge.

Also maßen die Scouts die Temperaturen und zeichneten auf, wie sich das Klima verändert hatte und wie kalt das Land geworden war. Dann kehrten sie in das Wurmloch zurück und berichteten dem Overlord. Zuerst wollte er nicht glauben, was sie ihm erzählten, doch schließlich kam er selbst heraus und sah mit eigenen Augen, dass die Welt sich in eine Eiswüste verwandelt hatte. Der Boden und die Ruinen waren von dichtem Schnee und Eis bedeckt, die Meere waren zugefroren. Lange Zeit tobte der Overlord gegen diese, wie er meinte, göttliche Ungerechtigkeit, bevor er wieder zu Sinnen kam. Er sandte Scouts weit in die Zukunft: zweihunderttausend Jahre, fünfhunderttausend Jahre, eine Million, zwei Millionen Jahre und sogar zehn Millionen Jahre. Sie alle kehrten zurück mit Berichten von immer größerer Kälte und Dunkelheit; die Sonne wurde roter und roter und schwächer und schwächer, während sie zu einem roten Monster anschwoll, das ein Fünftel des Himmels bedeckte. Zu keinem Zeitpunkt schien sie in ihren ursprünglichen Zustand zurückfallen zu wollen.

Der Overlord hatte keine andere Wahl, er musste seine Leute so schnell wie möglich aus dem Wurmloch holen, sobald die Auswirkungen der Weltuntergangswaffen abgeklungen waren und solange die Sonne noch ein wenig Wärme ausstrahlte. Er war ein guter Anführer, zumindest in dieser Hinsicht, und er tat sein Bestes. Er befahl, die neuen Städte unter schützenden Kuppeln zu errichten. Die Technologie der Mordiff, so sagte er, reichte aus, um die Kälte und die Nacht zurückzudrängen. Und das stimmte auch. Die Mordiff konnten immer noch auf ihrem Planeten leben, vor der Kälte geschützt unter Kuppeln aus Kristall. Fusionsenergie versorgte sie mit allem Licht und aller Wärme, die sie brauchten. Doch diese neuen Enklaven waren schwieriger zu bauen, und ihre Unterhaltung verschlang noch mehr Ressourcen. Es war ein hartes Leben, und die Evolution der Mordiff hatte sich auf Krieg und Eroberung konzentriert. Sie kannten nichts anderes. Nach so vielen Generationen endloser Konflikte war das Ergebnis unausweichlich. Sobald ihre Bevölkerung erneut zu expandieren anfing, wurden sie härter als je zuvor von Entbehrungen und schweren Prüfungen getroffen. Die Städte unter den Kuppeln kämpften gegeneinander. Es war Irrsinn, weil sie sehr viel angreifbarer und verletzlicher waren als die alten Städte. Und diesmal gab es auch keine Flucht mehr, wenn irgendjemand seine Weltuntergangswaffen zündete. In der

Zukunft wartete nichts als Kälte und Dunkelheit auf sie.

Die Archäologen des Ring-Imperiums fanden heraus, dass die Mordiff weniger als fünfzehnhundert Jahre nach ihrer letzten Rückkehr aus dem Wurmloch ausstarben. Fünfundzwanzig Millionen Jahre später erforschte das Ring-Imperium den Ulodan-Nebel und fand ein paar vereinzelte Überreste unter all dem Eis, das die Welt der Mordiff bedeckte. Es war alles, was von einer Spezies geblieben war, die einst ihren Planeten mit wunderbaren Städten überzogen hatte.«

Die Kinder seufzten und schauderten. Viele von ihnen sahen hinauf zu den Sternen, um sich zu versichern, dass ihre eigene Sonne noch immer dort war und so hell und warm wie immer vom Himmel schien. Die Wolken zogen allmählich ab und wurden vom Seewind über Memu Bay in große graue Fetzen zerrissen. Weißgoldene Sonnenstrahlen bahnten sich ihren Weg zwischen den Lücken hindurch und jagten über das Land. Denise betrachtete lächelnd das warme Wasser des Ozeans und die blühenden Pflanzen und Bäume draußen jenseits des Gartens.

»Das war schaurig!«, sagte Jedzella schließlich. »Warum mussten sie alle sterben?«

»Wegen ihrer Lebensumstände. Der Nebel bedeutete, dass sie stets nur nach innen sehen konnten. Wir haben mehr Glück. Wir wissen, dass es Sterne gibt. Wir konnten uns ganz anders entwickeln. Wir fanden Erleuchtung und konnten lernen, uns anders zu verhalten und anders zu leben.« Denise bemühte sich nach Kräften, den Sarkasmus aus ihrer Stimme zu halten.

Eines der Mädchen winkte aufgeregt. »Was bedeutet Erleuchtung, Miss?«

»Es bedeutet, sich freundlich und gefühlvoll zu verhalten und nicht dumm und gewalttätig.« Sie zögerte und blickte sich in der Runde um. »Nun, wer möchte nach draußen auf die Schaukel?« Es war immer noch zu nass, und Mrs. Potchansky würde ihr wahrscheinlich einen Vortrag halten, weil sie zugelassen hatte, dass die Kinder ihre Sachen nass machten. Doch sie waren glücklicher, wenn sie draußen herumtoben und ihre Energien abbauen konnten, und Denise wollte ihnen das nicht nehmen, nicht für einen Augenblick.

Sie rannten jubelnd und kreischend unter dem Dach hervor zu den Schaukeln. Denise folgte ihnen langsam. Die Mordiff-Geschichte versetzte sie stets in eine melancholische Stimmung. Die Geschichte ihrer Tragödie wies zu viele Parallelen mit der Geschichte der Menschheit auf.

Eine Dringlichkeitsmeldung riss sie aus ihren Gedanken. Acht Millionen Kilometer von Thallspring entfernt waren zwei Fusionsplasmajets entdeckt worden. Spacecom suchte nach weiteren. Der Datenverkehr zwischen den Büros und den Satelliten verdoppelte sich innerhalb fünfzehn Sekunden, dann verdoppelte er sich noch einmal und wieder.

Denise schlug erschrocken die Hand vor den Mund und sah zu den Kindern. Ihre sorglosen Rufe, ihr Lachen und ihr Kreischen drängten sich in Denises Bewusstsein, und mit einem Mal fürchtete sie um ihre Zukunft. Sie legte den Kopf in den Nacken und suchte die Himmelsgegend ab, in der Spacecom die Antriebsspuren entdeckt hatte. Es war ein relativ enges Fenster direkt über dem westlichen Horizont. Zu viele Wolken versperrten die Sicht auf den Himmel, um die winzigen blauen Funken zu erkennen, von denen sie wusste, dass sie da sein mussten. Doch die Nachricht über ihre Ankunft war wie ein Schock. Die Welt war mit einem Schlag kälter und dunkler geworden.

Es hatte angefangen.

Captain Marquis Krojen lehnte sich im »Kommandosessel« auf der Brücke der *Koribu* zurück. In Wirklichkeit war es kein Sessel, sondern ein einfacher schwarzer Plastikstuhl mit Sicherheitsgurten, der hinter einer Computerstation am Boden festgenietet war. Elf weitere identische Stationen befanden sich in dem quadratischen Abteil, ausgerichtet in zwei Reihen zu sechs und einander zugewandt. Neun davon waren gegenwärtig besetzt; Bereitschaft für den Exodus.

Als junger Offizier hatte er einmal in einer Observationskanzel in der vorderen Antriebssektion den Exodus beobachtet; sein damaliger Kommandant hatte entschieden, dass er für die Operation nicht benötigt wurde. Er hatte zusammen mit seinen Kameraden wie gebannt auf den Augenblick gewartet und sich mit verkrampften Gliedern und stickiger Luft abgefunden, nur um nichts zu versäumen. Am Ende war es so unspektakulär wie die meisten Ereignisse an Bord eines Raumschiffs. Die Wand des Wurmlochs, absolute Schwärze, wurde nach und nach transparent, und die Sterne schimmerten hindurch, wie ein glanzloses Zwielicht an einem nebligen Abend.

Das war dreißig Jahre her. Seither hatte er sich nicht mehr die Mühe gemacht, das Ereignis zu beobachten. Er zog die präziseren Ergebnisse vor, die sein DNI und die Diagramme auf den Schirmen lieferten. Fünf seiner Juniorofiziere drängten sich gegenwärtig in der Beobachtungskanzel zur Belohnung für gute Leistungen während der Reise hierher. Sie würden die gleiche Erfahrung machen wie er.

»Bereitmachen für Exodus«, verkündete Colin Jeffries, sein stellvertretender Offizier. »Zehn Sekunden.«

Der Countdown wurde auf so vielen Displays dargestellt, dass die verbale Warnung völlig unnötig war. Doch das Verhalten der Besatzung an Bord war von Tradition beherrscht, wie so viele andere Dinge auch, und es half, die Kommandokette zu definieren.

Das DNI zeigte ihm, wie die Schiffs-AS den Energieinverter herunterfuhr. Die Plasmatemperatur in den Tokamaks sank, als die magnetischen Klammern schwächer wurden. Die Energieniveaus fielen stetig, bis sie gerade noch ausreichten, um die Reservesysteme in Betrieb zu halten.

Rings um die *Koribu* herum verschwand die langweilige Monotonie des Wurmlochs und wurde durch den normalen Raum ersetzt. Holographische Schirme auf den Computerstationen wurden schwarz und zeigten das beständige Funkeln von Sternen, übertragen von externen Kameras. Die AS aktivierte zahlreiche Sensoren und richtete sie auf Thallspring. Mehrere Brückenoffiziere stießen erfreute Rufe aus, als die helle blauweiße Kugel auf ihren Schirmen materialisierte.

Sehen wir den Tatsachen ins Gesicht, dachte Marquis, sie haben nicht viel anderes zu tun. Brückenoffiziere waren ein letzter Sicherheitsmechanismus, mehr nicht. Die AS steuerte das Schiff, während Menschen unbedeutende Entscheidungen trafen, basierend auf den wenigen Informationen, die sie von der AS über holographische Schirme oder DNIs erhielten. Zusammenfassungen von Zusammenfassungen; die Millionen Bordsysteme generierten so viele Daten, dass ein Mensch ein ganzes Leben damit verbringen konnte, nur einen einzigen Augenblick zu analysieren.

»Acht Millionen Kilometer, genau wie vorausberechnet«, sagte Marquis, nachdem er seine DNI-Informationen analysiert hatte. »Radar ist aktiv. Wir suchen nach den restlichen Schiffen.«

Simon Roderick stützte sich auf die Rückenlehne des Kommandosessels und inspizierte die Displays. »Sehr gut. Ich schätze, sie werden nicht weit hinter uns sein, nachdem wir ihre Kompressionsverzerrung im Wurmloch verfolgen konnten.«

Marquis antwortete nicht. Alles, was Roderick sagte, die Art und Weise, wie er es sagte, ließ seine vermeintliche Überlegenheit durchblicken. Ein Captain sollte der Herr an Bord seines eigenen Schiffes sein, wie es die anderen Captains der Dritten Flotte auch tatsächlich waren. Doch nachdem die *Koribu* das Flaggschiff der Operation war, musste Marquis während der gesamten Fahrt die Gegenwart Rodericks ertragen. Er hatte ununterbrochen Ratschläge und Anweisungen hinnehmen müssen. Jeden Abend hatte Roderick mit den Führungsoffizieren zusammen gegessen und die Mahlzeit unerträglich gemacht. Die Konversationsthemen des Mannes waren so dünn, wie man es sich vorstellen konnte: Diskussionen über Kultur und Ökonomie und Geschichte und die Politik der Company. Niemals ein Scherz oder eine witzige Bemerkung, was alle nervös und angespannt machte. Und er hatte fünf Kabinen für sich in Beschlag genommen. Fünf! Obwohl Marquis ihm das nicht länger übel nahm. Der Vorstandsheini verbrachte den größten Teil des Tages dort, zusammen mit den Kommandanten seiner Bodenstreitkräfte und den beiden kriecherischen Geheimdienstleuten Quan und Raines.

»Wie ist der Status des Reaktionsantriebs, Captain?«, fragte Roderick.

»Die Techniker bereiten alles für die Zündung vor.« Marquis achtete darauf, dass seine Stimme höflich und nicht zu laut klang. Roderick hatte selbst Zugriff auf sämtliche Daten und wahrscheinlich noch mehr, angesichts der Zugriffskodes, über die er verfügte. Die Frage war lediglich eine Erinnerung an die Strategie, auf der er bestanden hatte.

Normalerweise würde die Flotte nach dem Exodus ihre Position einhalten und treibend darauf warten, dass alle anderen Schiffe eintrafen, bevor sie in Formation manövrierte und Kurs auf den Zielplaneten nahm. Diesmal hatte Mr. Roderick entschieden, dass es keine Formation geben würde. Jedes Schiff würde unverzüglich und auf eigene Faust die Annäherung an Thallspring starten. Wenn die Schiffe weit auseinandergezogen waren, wären die planetaren Verteidigungsanlagen ungeschützter, sobald sie zu feuern begannen. Das führende Schiff würde den größten Teil des Angriffs auf sich ziehen, während die restlichen auf diese Weise erstklassige Zielinformationen erhielten.

Marquis hatte beim Abendessen, als diese Taktik diskutiert worden war, darauf hingewiesen, dass eine Formation von Schiffen die verfügbare Feuerkraft vervielfachen und einen ausgezeichneten Schild abgeben würde; darüber hinaus konnte es wesentlich mehr Ziele abdecken als ein einzelnes Schiff.

»Vergessen Sie nicht Santo Chico, Captain«, hatte Roderick geantwortet. »Wir sollten die Geschichte analysieren und aus unseren Fehlern in angemessener Weise lernen. Tempora muntantur. Taktik verändert sich im Einklang mit dem technologischen Fortschritt.«

Gott sei Dank war Marquis nicht bei der Santo-Chico-Kampagne dabei gewesen, doch diese Geschichte führte stets zu hitzigen Diskussionen. Thallspring würde nicht annähernd die technologischen Fähigkeiten besitzen wie Santo Chico. Selbst wenn sie wie durch ein Wunder eine Orbitalverteidigung entwickelt hatten, würde sie nach dem althergebrachten Schema funktionieren.

»Der Kurs für einen Sechshundert-Kilometer-Orbit ist berechnet, Sir«, meldete Colin Jeffries.

Marquis überflog die Schemata des Fusionsantriebs, die seine DNI herunterleierte. Die Fehlersicherheit lag bei sechsundneunzig Prozent, und das war gar nicht schlecht. Sie hatten die letzten drei Monate vor der Mission im Dock in Centralis gelegen und eine Überholung der Klasse C erhalten. Nur wenn die Fehlersicherheit unter siebzig Prozent abgesunken wäre, hätte Marquis die Zündung unterbunden.

»Klar zur Zündung, Mr. Jeffries. Informieren Sie die Habitaträder, alles für den Wechsel der Gravitationsrichtung zu sichern.«

»Jawohl, Sir.«

»Weiß irgendjemand, was unten auf dem Planeten vorgeht?«, erkundigte sich Roderick leichthin.

Adul Quan blickte von seiner Brückenstation auf, die er in Beschlag genommen hatte. Er hatte eine Menge Sensorergebnisse auf seine Schirme geleitet, und Analyseroutinen interpretierten die Rohdaten. »Gewöhnliche Radio- und Mikrowellenemissionen. Außerdem heiße Flecken, die mit bekannten Siedlungszentren übereinstimmen. Sie sind noch immer da, und sie arbeiten effizient.«

»Ah, gute Neuigkeiten. Sehr schön. Sie werden früh genug versuchen, mit uns in Kontakt zu treten. Wir werden nicht antworten. Ich spreche mit ihrem Präsidenten, sobald wir im Orbit sind.«

»Verstanden.«

Bernsteinfarbene Lampen blinkten und warnten wegen der bevorstehenden Zündung des Fusionsantriebs.

»Sir, die *Norvelle* ist soeben aus dem Exodus gekommen«, berichtete Colin Jeffries.

»Ausgezeichnet!«, sagte Roderick. »Ich begebe mich in meine Kabine. Ich bezweifle, dass Sie mich in den nächsten Stunden auf der Brücke benötigen, äh, Captain. Ich vertraue Ihnen voll und ganz, dass sie uns unbeschadet in den Orbit hinunterbringen.«

Marquis blickte sich nicht um. »Ich werde Sie informieren, sobald sich unser Status ändert.«

Eine Sache, die Denise, Ray und Josep niemals richtig in Betrachtung gezogen hatten, war, wie wenig Reaktionszeit ihnen bleiben würde. Ihre Prime-Software mochte den Spacecom-Alarm mit der geringsten denkbaren Verzögerung aus dem Datapool weiterleiten, doch das bedeutete nicht, dass andere nicht genauso schnell reagierten. Undichte Stellen waren ebenfalls ein Faktor. Die bestätigte Sichtung wurde automatisch an mehr als hundert Regierungsstellen weitergeleitet; die meisten der Beamten hatten Familie, alle besaßen Freunde und Kontakte zu den Medien.

Fünfzehn Minuten nach der internen Bestätigung durch Spacecom, dass Raumschiffe aus einem Exodus gekommen waren, wussten sämtliche Medien von dem Alarm und bombardierten das Büro des Präsidenten mit Anfragen um öffentliche Stellungnahmen.

Es war kurz nach Mitternacht in Durrell, der Hauptstadt von Thallspring, doch die Berater des Präsidenten reagierten schnell. Ihre ersten vorsichtigen Meldungen, dass die anomalen Spacecom-Daten gegenwärtig genauestens geprüft wurden, vermochten den heulenden Mob kaum zu befriedigen, doch sie gaben ihnen hinreichend Grund, ihre Story in den Datapool und auf die Nachrichtenkanäle zu legen. Es war eine Story, die auf ihrer eigenen Welle der Hysterie reiste und bei jedem Wiedererzählen monströser wurde. Aufzeichnungen der letzten Invasion wurden aus den Archiven gerissen und in allen Einzelheiten gesendet; sie erinnerten jedermann an die Brutalität, mit der die Invasionsstreitkräfte vorgegangen waren – als würden sie derartige Erinnerungen benötigen. Dreißig Minuten später wusste ganz Thallspring, dass die Schiffe zurückgekehrt waren.

Die Medien zeigten nur ein einziges Mal an diesem Tag ihr Bewusstsein für Verantwortung gegenüber der Öffentlichkeit, indem die Nachrichtensprecher immer wieder betonten, dass es keinen Grund zur Panik gab und die Raumschiffe noch acht Millionen Kilometer entfernt wären. Angesichts der Tatsache, wie viele Menschen die ganzen Nachrichten hörten, erstaunte es die Psychologen immer wieder aufs Neue, wie viele es schafften, diesen einen Satz zu überhören.

Wie es die menschliche Natur will, war der alles bestimmende Instinkt in Zeiten der Gefahr, nach Hause zu eilen. Es ist eine grundlegende Zuflucht, wo man Trost und Sicherheit bei den Angehörigen der eigenen Familie findet. In jeder Stadt ließen die Menschen ihre Arbeit liegen und gingen nach draußen, um ins nächste Taxi oder die Tram zu steigen; Autos verstopften die Straßen. Seit mehr als einem Jahrzehnt hatte es keine Verkehrsstaus mehr gegeben, genaugenommen nicht mehr, seit die Raumschiffe das letzte Mal erschienen waren.

Denises üblicher Zwanzig-Minuten-Trip vom Kindergarten zurück zur Siedlung am Nium River dauerte nahezu eineinhalb Stunden. Sie hatte nicht gewusst, dass so viele Menschen überhaupt in Memu Bay lebten, geschweige denn Autos oder Fahrräder oder Scooter besaßen. So viel Zeit verschwendet mit dem Herumsitzen in Trams in der Erwartung, dass sie jeden Augenblick weiterfuhren. Niemand fuhr je mitten auf der Straße, auf den Schienen der Trams. Außer heute. Die Schienen waren blockiert, und es ging nicht vor und nicht zurück. Schließlich sprang sie aus der stehenden Tram und marschierte zu Fuß weiter.

Glücklicherweise blieb der lokale Datapool trotz des Chaos' online, auch wenn die Reaktionszeiten sich beträchtlich verlangsamt hatten, während die eine Hälfte der Stadt über den Pool die andere zu kontaktieren versuchte. Denise sandte einen Stapel vordefinierter Befehle durch ihren Pearl-Ring und benutzte das Prime, um die stark verschlüsselten Pakete so an die verschiedenen Mitglieder der Widerstandszellen abzusetzen, dass ihre Herkunft nicht zurückverfolgt werden konnte. In unregelmäßigen Abständen kamen Empfangsbestätigungen herein und wanderten über ihr Sichtfeld, während sie dem Verkehr aus dem Weg ging und entgegenkommende Passanten umrundete.

Außerhalb des Stadtzentrums war der Verkehr nicht so dicht, und so kamen die Wagen und Scooter um einiges schneller voran. Alle hatten ihre AS-Programme abgeschaltet, und die menschlichen Fahrer ignorierten jede Geschwindigkeitsbeschränkung. Denise joggte über die Bürgersteige der Vorstadt und sprintete über Kreuzungen. Nicht einmal Jugend und Weiblichkeit rettete sie vor wüsten Beschimpfungen und Flüchen, wenn Fahrzeuge ihr mit hoher Geschwindigkeit ausweichen mussten.

Als sie endlich auf dem schmalen Kiesweg zu ihrer Haustür angekommen war, schwitzte sie am ganzen Leib, und die Kleidung klebte unangenehm auf ihrer Haut. Ray und Josep waren immer noch nicht zu Hause; sie waren mit dem Boot draußen gewesen, als Spacecom Alarm geschlagen hatte. Ihre letzte Nachricht besagte, dass sie inzwischen weniger als zehn Minuten hinter ihr waren. Sie fragte sich, wie die beiden das geschafft hatten angesichts des Getümmels, das die Innenstadt verstopfte.

Die Taschen, die sie brauchen würden, waren ständig gepackt. Denise schaltete die Alarmanlage des Bungalows ab und zerrte das Gepäck aus dem Schrank im Hausflur, wo es verstaut war. Zwei Sporttaschen zum Umhängen, von der Sorte, die man für einen einwöchigen Urlaub mitnahm. Sie enthielten Kleidung, Waschsachen, ein paar Korallensouvenirs und mehrere Pearls mit einer Konfiguration, wie Studenten sie benötigen würden. Jeder Gegenstand würde einer flüchtigen Prüfung standhalten – nur ein Labor konnte die Täuschungsmanöver entdecken. Mit ihrem Pearl-Ring überprüfte sie die getarnten Systeme und führte ein paar letzte Funktionstests durch. Nachdem alles in Ordnung war, stellte sie die Taschen auf den Boden und rannte nach hinten in ihr Zimmer, während sie sich aus der Bluse schälte. Das Blut rauschte noch immer heiß durch ihre Adern, auch wenn sich ihr Herzschlag allmählich normalisierte. Nachdem die Raumschiffe nun tatsächlich erschienen waren, fühlte sie sich belebt. Ein einfaches, verblasstes kupferfarbenes T-Shirt und schwarze Shorts verliehen ihr eine Menge mehr Bewegungsfreiheit. Sie verdrehte das einfache goldene Band auf ihrem Zeigefinger, das den Pearl enthielt, und die Berührung beruhigte sie. Es war ein merkwürdiges Vorbereitungsritual für einen Krieger, der im Begriff stand, in den Kampf zu ziehen, doch andererseits war es auch kein Schlachtfeld, das die Gladiatoren, Ritter und Ninjas des Altertums wiedererkennen würden.

Denise schnürte ihre Turnschuhe auf der Türschwelle, als die Jungs eintrafen. Sie hatten einen offenen Jeep aus der Tauchschule mitgebracht, und Josep saß am Steuer. Er bremste scharf am Ende der

Straße. Ray sprang heraus und warf die Taschen in den Fond. Denise nahm auf dem Rücksitz Platz. Sie hatte sich noch nicht richtig angeschnallt, als Josep bereits wieder beschleunigte und Kies aufwirbelte.

»Welchen Weg nehmen wir?«, fragte sie.

»Wir dachten an die äußere Umgehungsstraße«, rief Ray über die Schulter nach hinten. »Es ist zwar weiter, aber wenigstens ist die Straße vierspurig. Die Verkehrs-AS sagt, dass die Straße noch relativ frei ist.«

Denise stellte sich den Grundriss der Stadt vor. Ihr Bungalow lag ungefähr genau gegenüber dem Flughafen. Vielleicht hätten sie auch das besser planen sollen. Doch nachdem sie erst auf der Umgehungsstraße waren, würden sie direkt zum Flughafen kommen.

»Wie lange?«, fragte sie Josep. Sie musste brüllen; der Wind peitschte ihr kurzes Haar, während sie über die Betonpiste mit den sauber gemähten Randstreifen jagten.

»Fünfundvierzig Minuten«, sagte er.

»Du machst Witze!«

Er grinste grimmig. »Ich kann es schaffen.«

»Also gut.« Denise instruierte ihr Prime, und indigofarbene Zeitpläne huschten über ihr Gesichtsfeld. Flugpläne von Maschinen, die noch immer starteten. Nach dem Buchungsprogramm versuchte so ungefähr jeder Tourist von Memu Bay, noch heute wieder abzureisen. Das Prime verband sich mit dem Pan-Skyway-Reservierungssystem und suchte nach der Passagierliste eines Fluges nach Durrell, der in einer Stunde und zehn Minuten starten sollte. Bisher hatte nur ein Viertel der gebuchten Fluggäste eingecheckt.

Mehrere hatten bei der Gesellschaft angerufen und mitgeteilt, dass sie im Verkehr feststeckten und zu spät kommen würden. Kluge Leute, dachte sie. Sie löschte zwei von ihnen von der Liste und ersetzte sie durch Josep und Ray unter ihren Tarnidentitäten.

»Wir sind drin«, sagte sie fröhlich.

Die Umgehungsstraße war eine gewaltige Verbesserung. Zu Anfang jedenfalls. Der Verkehr auf dieser Seite der Stadt war schwach, doch er nahm um so mehr zu, je näher sie dem Flughafen kamen. Selbst Josep musste langsamer fahren, als sich beide Fahrspuren füllten.

»Wo kommen die nur alle her?«, fragte Denise und blickte sich bestürzt um. Familienautos, Limousinen mit dunklen Scheiben, Jeeps wie ihr eigener, Lieferwagen und Trucks, jeder mit einem menschlichen Fahrer am Steuer und einer angespannten Komm-mir-nicht-in-die-Quere-Miene.

Josep riss das Lenkrad herum, und der Jeep kurvte um einen großen Truck und auf den Standstreifen. Hier hatte er freie Fahrt und beschleunigte erneut. Der Jeep sprang über die Schlaglöcher, und die Radaufhängungen ächzten.

Ray grinste fröhlich. »Das kostet dich den Führerschein.«

»Es ist ein gestohlener Wagen, und ich hab sowieso keinen Führerschein dafür. Und jetzt lächle für die Überwachungskameras.«

Denise verdrehte die Augen und setzte sich einen alten breitkrempigen Schlapphut auf, während andere Fahrer ihnen wütend hinterher brüllten. Neben ihnen war der Verkehr vollständig zum Erliegen gekommen. Denise bemerkte das Gepäck, das die Leute mit sich führten. Koffer waren hastig auf die Rücksitze geworfen, doch auf den Ladeflächen mehrerer Lieferwagen und Trucks stapelten sich Möbel. Einige hatten Hunde dabei, die unablässig und verwirrt bellten, und aus einem Anhänger lugte ein Pony. Denise begriff nicht, was in den Köpfen der Leute vorging. Wo wollten sie hin? Es war schließlich nicht so, als gäbe es auf diesem Kontinent eine große ländliche Gemeinschaft, die sie aufnehmen konnte. Es gab nichts weiter als den Great Loop Highway mit den verstreuten Siedlungen oben in den Mitchell Plateau Mountains. Und Denise wusste genau, was die Bewohner dort von Flüchtlingen aus der Stadt denken würden.

»Scheiße!«, grunzte Josep. Andere Fahrer vor ihm hatten ebenfalls den Seitenstreifen angesteuert. Fahrer, die auf der inneren Überholspur festsaßen, hupten den Gesetzesbrechern wütend hinterher. Sie kamen höchstens noch fünfhundert Meter weiter, bevor auch der Seitenstreifen sich in einen Parkplatz verwandelt hatte. Bis zum Flughafen waren es noch mehr als zwölf Kilometer.

»Fahr um sie herum«, sagte Ray.

Seufzend schaltete Ray die Nabenmotoren auf hohe Traktion um und lenkte den Jeep vom Standstreifen die Böschung hinauf. Sie hüpften in gefährlich schrägem Winkel über das Gras, und die Reifen hinterließen tiefe Spuren im Boden. Die wilde Fahrt endete drei Kilometer vor dem Flughafen, wo sich die Böschung in einen Einschnitt verwandelte. Das Gelände war selbst für den Jeep zu steil.

Josep bremste, und langsam glitten sie den Abhang hinunter, bis die Reifen die Randsteine des Standstreifens erreicht hatten. Nichts bewegte sich auf der zweispurigen Fahrbahn. Die Menschen waren aus ihren Fahrzeugen gestiegen und unterhielten sich mit erregten Stimmen. Denise glaubte ihren Augen nicht zu trauen, doch selbst die Schnellbahnen in der Mitte zwischen den Fahrbahnen standen. Durchdrehende Fahrer hatten versucht, auf die Schienen auszuweichen, indem sie die Leitplanke zwischen der Fahrbahn und den Schienen rammten. Eine Reihe ineinander geschobener Fahrzeuge blockierte den Strang; es sah aus, als wären sie in Zeitlupe kollidiert. Die Fahrer brüllten sich an. An mehreren Stellen gab es Prügeleien.

»Raus«, sagte Josep. »Kommt, wir sind nahe genug dran.«

Ein großes DB898 Passagierflugzeug donnerte über sie hinweg, während das Fahrwerk in den Rumpf eingezogen wurde. Brennstoffzellengetriebene Turbofans heulten auf, während es steil in den Himmel hinaufkletterte. Alle unten auf der Straße unterbrachen das, was sie gerade taten, und starrten ihm hinterher. Dann setzten sich die meisten zu Fuß in Bewegung, als hätte das Flugzeug irgendeine geheimnisvolle religiöse Botschaft verkündet.

Denise, Ray und Josep fielen in einen leichten Trab, was ihnen eifersüchtige Blicke von Familien und älteren Leuten einbrachte, die sich in düsterer Verzweiflung über die Betonpiste schleppten. Dank der genetischen Veränderungen ihrer Körper hatte weder das Gewicht der Taschen noch die intensive Nachmittagssonne Auswirkungen auf ihre Kondition, und so waren sie imstande, für die gesamten drei Kilometer ein gleichmäßiges Tempo einzuschlagen. Denise schwitzte lediglich ein wenig, als sie endlich vor der Ankunftshalle eintrafen.

Die Menge vor den verschiedenen Schaltern und Gateways war dichter als die Scharen von Fans, die sich am Endspieltag durch die Drehkreuze eines Stadions zwängten – und sehr viel unruhiger. Sie schoben und drängten nach vorn, während sie sich gegenseitig ignorierten oder jeden aggressiv anstarrten, der etwas einzuwenden hatte. Oben an den Wänden zeigten gigantische Bildschirme Interviews mit dem »Mann auf der Straße«, und beinahe jeder Reporter stellte die gleichen Fragen: Wo ist die orbitale Verteidigung, die diese Bastarde aus dem Himmel bläst? Es musste doch irgendein hochgeheimes Regierungsprojekt geben, das genau auf diesen Augenblick vorbereitet ist? Warum sind wir wehrlos?

Sie erreichten das Gate Nummer drei von Pan-Skyways fünf Minuten, bevor das Check-in endete. Dort, inmitten von fünfhundert lärmenden, drängenden Menschen gab Denise jedem der beiden Jungen eine Umarmung und einen Kuss. Wenn sie die ungewöhnliche Zurschaustellung von Zuneigung überraschte, gaben sie es nicht zu erkennen. Sie hatte sich im Verlauf des letzten Jahres oft über beide geärgert, doch jetzt wurde ihr bewusst, wie sehr sie sie mochte und wie sehr sie sich um das Gelingen ihrer Mission sorgte. »Passt auf euch auf«, murmelte sie. Es war kein Wunsch, es war ein Befehl.

Sie erwiderten ihre Umarmung und versprachen, dass sie aufpassen würden. Sie zeigten ihre gefälschten ID-Karten, und das Gate öffnete sich für sie.

Denise bahnte sich einen Weg durch das Gedränge nach draußen und hinaus auf das Observationsdach. Sie war die Einzige hier oben. Eine feuchte Brise vom Meer her zupfte an ihrem T-Shirt, als sie sich gegen das Geländer lehnte. Zwanzig Minuten später rollte der große Pan-Skyway-Jet hinaus auf die Startbahn und raste in den heißen Himmel. Denise blickte ihm hinterher, bis er am dunstigen Horizont verschwunden war, dann sah sie senkrecht nach oben. Sieben winzige, hell leuchtende Sterne zeigten sich am blauen Mittagshimmel. Sie hatte die Arme weit ausgebreitet und hielt mit beiden Händen das abgewetzte Metall des Geländers. Als sie tief einatmete, spürte sie den Sauerstoff durch ihre Adern fließen und ihre aufgerüsteten Zellen verstärken. Ihre physische Stärke brachte ein kühles Selbstvertrauen mit sich, einen Bewusstseinszustand, den sie genoss.

Willkommen zurück, wünschte sie den funkelnden Eindringlingen. Diesmal wird es anders laufen als beim letzten Mal.

Simon Roderick saß in seiner Kabine am Schreibtisch, umgeben von Daten. Manche kamen durch holographische Schirme, der Rest durch sein DNI. Alle flossen und blitzten ganz nach seiner Lust und Laune. Organisation, der Schlüssel zum Erfolg auf jedem Gebiet, selbst auf einem Gebiet mit so vielen Unbekannten wie diesem. Er wusste sehr wohl, dass Captain Krojen sich ganz in der Hand der AS des Schiffs wähnte und wie fern er davon war, die *Koribu* persönlich zu kommandieren. Eine Situation, in die sich Simon niemals begeben hatte, ganz gleich, welche Aufgaben ihm anvertraut worden waren. Die Schwierigkeiten des Captains lagen darin, dass er seine Befehle immer noch durch seine Offiziere weitergab und sie dadurch mit *hineinzog*. Wenn man Menschen aus der Gleichung heraushielt, war man seinem Ziel, die Maschinerie wirklich zu beherrschen, ein gutes Stück näher.

Der Strom von Informationen, der Simon einhüllte, veränderte sich, als die letzten Raumschiffe der Dritten Flotte in den Sechshundert-Kilometer-Orbit einschwenkten. Das neue Muster war dicht am Optimum, das er sich vorgestellt hatte. Unnötig zu sagen, dass Thallspring keine Orbitalwaffen gegen die sich nähernden Raumschiffe gerichtet hatte. Allerdings hatte es während ihrer Annäherung ein unaufhörliches Bombardement mit Kommunikationsverkehr gegeben. Die Pakete hatten mehrere Taperviren enthalten, einige davon ziemlich hochentwickelt für eine so isolierte Welt. Die AS der *Koribu* hatte sie selbstverständlich auf der Stelle erkannt und isoliert. Keiner war auch nur annähernd so gefährlich geworden wie die barbarischen Sentienz-Subversive, welche die Anti-Globalizer daheim auf der Erde eingesetzt hatten.

Simon richtete seine Aufmerksamkeit auf die Bilder von dem kleinen Geschwader Kommunikationssatelliten, welche die Dritte Flotte in den niedrigen Orbit von Thallspring ausgestoßen hatte. Es war eine Welt, die sich seit Zantiu-Brauns letzter Gewinnrealisierung langsam, aber stetig weiterentwickelt hatte. Infrarote Karten zeigten, dass sich die Siedlungen in etwa wie vorhergesagt ausgedehnt hatten, auch wenn Durrell wesentlich größer war als erwartet. Schlimmstenfalls war die Bevölkerung um hunderttausend

Leute größer, was den Bodentruppen keine Probleme bereiten würde. Außerdem ging dieser Zuwachs natürlich mit einer vergrößerten industriellen Produktionskapazität einher. Schließlich mussten all die Menschen irgendwie ernährt, gekleidet und mit Arbeit versorgt werden.

Mehrere weiße Flecken auf der planetaren Simulation verursachten ihm leise Unzufriedenheit. Seine persönliche AS bemerkte den Grund für seine Stimmung und informierte ihn, dass drei der Beobachtungssatelliten sowie ein geostationäres Kommunikationsrelais ausgefallen waren. Die erfolgreich abgesetzten Systeme wurden gegenwärtig neu programmiert, um die Lücken auszufüllen.

Er sandte die planetaren Daten in einen peripheren Modus und stellte eine Verbindung zu Captain Krojen her. Das mürrische Gesicht des Offiziers erschien auf einem Holoschirm. »Ich möchte, dass Sie nun mit der Gammabestrahlung beginnen, bitte«, sagte Simon.

»Ich wusste nicht, dass unsere Übersicht bereits vollständig ist«, entgegnete Krojen. »Dort unten können Menschen sein.«

»Die Primärscans haben keine Artefakte in der von uns untersuchten Gegend entdeckt. Das reicht für mich. Fangen Sie an.« Er beendete die Verbindung, bevor der Captain einen weiteren Einwand erheben konnte, und legte die Schemata der *Koribu* über das Gitter.

Unmittelbar hinter der Kompressionsantriebssektion des Raumschiffs entfaltete sich der Gammaprojektor. Der Mechanismus war auf sämtlichen Kolonistentransportern von Zantiu-Braun eingebaut; er war elementar, um eine Siedlung zu gründen. Es war ein Zylinder von fünfzehn Metern Durchmesser und zwanzig Metern Länge am Ende eines ausfahrbaren Roboterarms und im Grunde genommen nichts weiter als ein gewaltiger Gammastrahlengenerator mitsamt einer Vorrichtung, um die Strahlen zu fokussieren. Sobald er aus der Antriebssektion ausgefahren war, öffneten sich die Außensegmente des Zylinders wie eine mechanische Blüte. Auf der Innenseite waren die Blütenblätter übersät von Hunderten schwarz-silberner Bestrahlungsdüsen. Ein zweiter Satz Segmente öffnete sich rings um das erste, gefolgt von einem dritten. Bei voller Öffnung bildete die Apparatur eine runde Scheibe von sechzig Metern Durchmesser.

Unter der *Koribu* rollte der zweitgrößte Ozean von Thallspring hinweg, und am Horizont kam das Ufer in Sicht. Durrell lag direkt voraus, ein grauer, verwaschener Fleck inmitten einer smaragdgrünen Sichel von Land, der Enklave terrestrischer Vegetation rings um die Siedlung. Außerhalb der Sichel überzog die einheimische aquamarinblaue Vegetation das Land.

Der Gammastrahlenprojektor der *Koribu* schwang am Ende des Roboterarms herum, bis er auf die Siedlung zeigte. Kleine Azimut-Aktuatoren nahmen winzige Korrekturen vor und führten den Projektor nach. Tokamaks im Innern der Kompressionsantriebssektion fuhren hoch und speisten ihren gewaltigen Energieausstoß direkt in das Projektionsarray. Die Menge Energie, die erforderlich war, um ein Raumschiff auf Überlichtgeschwindigkeit zu beschleunigen, schnitt in einem Strahl durch die Atmosphäre, der nicht mehr als hundert Meter durchmaß, als er auf die Oberfläche auftraf.

Der Strahl traf einen Flecken Land unmittelbar am westlichen Rand der Siedlung und überlappte ein winziges Stück mit den irdischen Pflanzen. Keine lebende Zelle gleich welcher Herkunft konnte ein derartig konzentriertes Strahlenbombardement überstehen. Thallsprings Pflanzen, Tiere, Insekten und Bakterien starben auf der Stelle, ein gewaltiges Gebiet Vegetation, das sich augenblicklich braun färbte und zu verwelken begann. Zweige und Äste beugten sich herab und rollten sich unter der erbarmungslosen unsichtbaren Strahlenflut auf. Baumstämme rissen, und Dampf trat aus geplatzten osmotischen Kapillaren. Tiere fielen leblos zu Boden, das Fell zu schwarzem Pergament verkohlt, die Innereien gekocht, und kleine Rauchwölkchen traten aus, während sie in Sekundenschnelle verknöcherten. Selbst unter der Oberfläche wurde nichts verschont. Die Gammastrahlen drangen tief in den Boden ein und vernichteten Bakterien und eingegrabene Insekten.

Dann fing der Strahl an zu wandern. In langsamen, kilometerweiten Bögen schwang er über den Boden hin und her.

Simon schob die Daten der Bestrahlung in den peripheren Modus. Er benutzte die geostationären Relais' der Dritten Flotte, um eine Verbindung zum Datapool von Thallspring herzustellen, und verlangte eine Verbindung zum Präsidenten.

Der Mann, dessen Bild kurze Zeit später auf dem holographischen Schirm erschien, war Ende fünfzig, und seine schweren Gesichtszüge zeigten einen Mangel an Schlaf. Doch in seinen Blicken brannte genügend Wut, um jegliche Lethargie zu verbannen.

»Beenden Sie augenblicklich Ihr Bombardement!«, grollte Präsident Edgar Strauß. »Verdammt noch mal, wir bedeuten keinerlei militärische Bedrohung!«

Simons Augenbrauen gingen in die Höhe angesichts der Obszönität. Wenn doch die irdischen Politiker auch so geradeheraus wären. »Guten Tag, Mr. President. Ich hielt es für das Beste, wenn ich mich zuerst vorstelle. Ich bin Simon Roderick, und ich repräsentiere den Vorstand von Zantiu-Braun.«

»Schalten Sie den gottverdammten Todesstrahl aus!«

»Ich weiß nichts von einem Bombardement, Mr. President.«

»Ihr Raumschiff feuert auf uns!«

Simon legte die Fingerspitzen aneinander und bedachte den Holoschirm und die aufnehmende Kamera mit einem nachdenklichen Blick. »Nein, Mr. President. Zantiu-Braun ist lediglich dabei, seine Investition weiter zu verbessern. Wir bereiten eine Sektion neues Land für die weitere Ausdehnung der Siedlung Durrell vor, und das ist ohne Zweifel in Ihrem Sinne.«

»Nehmen Sie Ihre verdammte Investition und stecken sie sich sonst wohin, wo die Sonne nicht scheint, Sie verlogener Mistkerl!«

»Stehen Sie möglicherweise vor einer Wahl, Mr. President? Ist das vielleicht der Grund, warum Sie den harten Mann spielen?«

»Was wissen Leute wie Sie denn schon von Demokratie?«

»Bitte, Mr. President, es ist wirklich besser, wenn Sie

mich nicht ärgerlich machen. Ich muss unser Bestrahlungsprogramm sehr sorgfältig überwachen. Keiner von uns beiden möchte schließlich, dass der Gammastrahl in diesem entscheidenden Augenblick aus der programmierten Linie wandert, nicht wahr?«

Der Präsident warf einen Blick zu jemandem außerhalb des Aufnahmewinkels und lauschte einen Augenblick, während sein Gesichtsausdruck noch finsterer wurde. »Also schön, Roderick, was wollt ihr Bastarde diesmal von uns?«

»Wir sind hier, um unsere Dividende abzuholen, Mr. President. Wie Sie sicher wissen.«

»Warum zur Hölle sagen Sie es nicht einfach? Haben Sie vielleicht Angst vor dem, was wir tun könnten? Sie sind nichts weiter als Piraten, die uns alle abschlachten, wenn wir nicht mitspielen!«

»Niemand wird hier irgendjemanden abschlachten, Mr. President. Es wäre nicht nur dumm und kontraproduktiv, sondern darüber hinaus ein Verbrechen an der Menschheit, das der World Justice Court unter Todesstrafe gestellt hat. Zantiu-Braun hat eine Menge Geld in Thallspring investiert, und das wollen wir schließlich nicht gefährden.«

Edgar Strauß wurde womöglich noch ärgerlicher. »Wir sind eine unabhängige Welt und kein Teil Ihres dämlichen Konzernimperiums! Die Mittel für die Gründung unserer Kolonie stammen vom Navarro House.«

»Die ihre Anteile an Zantiu-Braun verkauft haben.«

»Irgendeine verdammte Strategie zur Vermeidung von Steuern auf einer dreiundzwanzig Lichtjahre entfernten Welt! Das gibt Ihnen noch längst nicht das

Recht, hierher zu kommen und uns zu terrorisieren!«

»Wir terrorisieren niemanden. Wir sind lediglich gekommen, um einzusammeln, was uns von Rechts wegen zusteht. Ihr Tagtraum von einer Mittelklasseexistenz wurde mit unserem Geld gekauft. Sie können sich nicht vor Ihren fiskalischen Verantwortlichkeiten drücken. Wir benötigen einen Ertrag für die investierten Mittel.«

»Und wenn wir uns entschließen, uns doch zu drücken?«

»Diese Möglichkeit steht nicht zur Debatte, Mr. President. Als der gesetzlich gewählte Führer dieser Nation ist es Ihre Pflicht, uns mit Gütern zu versorgen, die wir daheim auf der Erde liquidieren können. Falls Sie sich weigern, dieser Aufforderung nachzukommen, wird man Sie aus dem Amt entfernen und durch einen Nachfolger ersetzen, der sich nicht so halsstarrig zeigt.«

»Was, wenn wir uns alle weigern? Glauben Sie vielleicht, Sie könnten alle achtzehn Millionen Einwohner überreden, euch Dieben ihre Wertsachen auszuhändigen?«

»So weit wird es nicht kommen, und das wissen Sie.«

»Nein, weil Sie uns alle umbringen werden, wenn wir auf den Gedanken kommen sollten.«

»Mr. President, als der offiziell bestellte Inkassobeauftragte für die planetare Dividende Thallsprings gebe ich Ihnen hiermit formell bekannt, dass diese Dividende fällig ist. Sie werden mir nun auf der Stelle mitteilen, ob Sie unseren Forderungen nachzukommen gedenken.«

»Nun, Mr. Vorstandsbeauftragter, als Präsident des unabhängigen Planeten Thallspring muss ich Ihnen mitteilen, dass wir die Jurisdiktion der Erde oder eines ihrer Gerichte hier draußen nicht anerkennen. Allerdings ergebe ich mich einer militärischen Invasionsflotte, die uns an Leib und Leben bedroht, und gestatte Ihren Soldaten, unsere Städte zu plündern.«

»Das reicht mir.« Simon grinste breit. »Ich werde Listen der Güter verteilen, die wir benötigen. Meine Untergebenen werden zur Oberfläche hinunter kommen, um die Verschiffung zu überwachen. Wir werden Ihnen außerdem bei der Verstärkung Ihrer Polizeikräfte helfen, für den Fall, dass es zu zivilen Unruhen kommt. Ich bin sicher, sie wollen genauso sehr wie ich, dass alles so glatt wie möglich über die Bühne geht. Je schneller wir fertig werden, desto eher sind wir wieder von hier verschwunden.« Er unterbrach die Verbindung zu Edgar Strauß und erteilte den allgemeinen Landebefehl.

»Wir haben Einsatzbefehl«, informierte Captain Bryant seine Sergeants. »Veranlassen Sie, dass Ihre Leute in die Skinsuits steigen. In zwei Stunden starten die Lander.«

»Jawohl, Sir«, sagte Lawrence. »Haben wir inzwischen die aktualisierte Bodenkartographie?«

»Die taktische Unterstützung verarbeitet in diesem Augenblick die Satellitendaten. Keine Sorge, Sergeant, Sie haben die Karte, bevor Sie hinunterfliegen. Machen Sie weiter.«

»Sir!« Lawrence wandte sich zu seinem Platoon

um. Alle saßen auf ihren Pritschen und starrten ihn erwartungsvoll an. »Okay, Leute, es ist soweit.«

Hal stieß einen zufriedenen Ruf aus und sprang von seiner Pritsche. Die anderen folgten ihm. Sie waren begierig auf das Ende der langen Reise, selbst wenn es bedeutete, dass sie in feindlicher Umgebung landen mussten.

Lawrence war der Erste in der Waffenkammer. Der Platz, den die Skinsuits im Transit benötigten, war einer der Gründe dafür, dass die Habitationsmodule der *Koribu* so beengt waren. Jeder Einzelne wurde in einem eigenen Container mit transparenter Glasfront gelagert, der ihn mit einem geregelten Fluss an Nährstoffen und Sauerstoff versorgte. Lawrence ging hinunter zu dem Container mit seinem eigenen Skinsuit und öffnete die kleine Lade unten am Boden. Sie war leer bis auf eine Plastikschachtel mit zwei optronischen Membranen, die das gesamte Spektrum abdeckten. Er setzte sie ein und begann, sich zu entkleiden.

Es gab reichlich Spötteleien und lächerliche Kommentare, während das Platoon seine einteiligen Schiffsuniformen auszog, die Membranen einsetzte und in die Skins schlüpfte. Lawrence beteiligte sich nicht daran; das Geplänkel war nervös und gereizt, je näher die Realität von Thallspring rückte. Es war ihre Art und Weise, damit umzugehen.

Er zog sich splitternackt aus und behielt nur ein kleines Halsband mit einem billigen Hologrammanhänger zurück. Er strich mit dem Daumen über die raue Oberfläche, und eine siebzehn Jahre alte Roselyn lächelte ihn an. Rein technisch war selbst das Halsband gegen die Bestimmungen, doch Lawrence hatte es seit zwanzig Jahren nicht ausgezogen. Er drückte auf den kleinen Dispenserknopf neben der Schublade des Containers, und aus der Metalldüse kamen große Klumpen von blassblauem Dermalez-Gel, das er auf seinem Körper verteilte. Es dauerte gut fünf Minuten, bis er damit fertig war und auch das kurzgeschnittene Haar, seine Achselhöhlen und seinen Schritt eingeschmiert hatte. Amersy rieb ihm den Rücken ein, dann tat er bei Amersy das Gleiche. Erst danach war er bereit, in seinen Skinsuit zu steigen.

Die Containertür öffnete sich mit einem leisen Zischen kalter Luft. Er legte die Hand auf das Paneel im Innern und ließ die Untersuchung von Blut und Knochenstruktur über sich ergehen. Die AS des Skinsuits verglich die Daten mit den in seiner E-Alpha-Sektion gespeicherten Werten und kam zu dem Ergebnis, dass er Lawrence Newton war, der designierte Träger. Er wartete auf das Ende der Abkopplungssequenz und darauf, dass die Nährflüssigkeiten abgepumpt wurden, bevor er die Anschlüsse des Skinsuits löste. Indigofarbene Schrift aus der AS des Skinsuits rollte über seine optronischen Membranen und zeigte ihm den Status. Er stemmte sich in den Boden und hob den schlaffen Skinsuit heraus. In der geringen Gravitation an Bord der *Koribu* wog er nicht viel, doch er besaß ungefähr die gleiche Massenträgheit wie Lawrence selbst.

Von außen betrachtet sah er nicht anders aus als irgendeiner der Skinsuits, mit denen sich seine Männer abmühten. Der flexible Panzer war von dunkelgrauer Farbe ohne sichtbare Nähte oder Grate. Die Finger besaßen harte, spitz zulaufende Enden, während die Füße aus Stiefeln mit gehärteten Sohlen bestanden. Er fühlte sich ähnlich an wie menschliche Haut, auch wenn die äußere Schicht nicht biologisch war. Ein intelligentes Polykarbonat mit einer äußeren Hülle aus Chamäleonmolekülen, verwoben mit Thermofasern, die imstande waren, seine infrarote Signatur umzuleiten. Selbst wenn es einem Gegner gelang, den Skinsuit zu lokalisieren, war die Panzerung ausreichend, um Schutz vor jeder tragbaren Projektilwaffe zu bieten bis hin zu leichten Artilleriegeschossen.

Lawrence erteilte dem Skinsuit den Befehl, ihn einzuhüllen, und er teilte sich glatt vom Hals über die Brust bis hinunter in den Schritt. Unter dem Panzer befand sich ein Stratum aus synthetischen Muskeln von bis zu fünf Zentimetern Dicke. Er schob den Fuß in das rechte Bein und spürte das Gel auf seiner Haut, während sein Fuß tiefer und tiefer in den Skinsuit glitt. Als würde ich mich in Waltran quetschen, dachte er jedes Mal. Das linke Bein folgte, dann die Arme. Er legte den Kopf in den Nacken und griff nach hinten, um den Helm überzustreifen, der lose im Rücken hing. Es war schwierig, die Arme selbst in einem kleinen Bogen zu bewegen, als versuchte er, eine Trainingsmaschine zu bewegen, die auf maximale Kraft eingestellt war. Langsam kam die Helmsektion nach oben, und er schob seinen Kopf hinein. Der Grill war offen und inaktiv und erlaubte ihm, Außenluft einzuatmen. Wie immer spürte er einen leichten Anfall von Klaustrophobie; jede Bewegung fiel ihm schwer, er konnte durch den Helm hindurch nichts sehen und nichts hören.

Indigofarbene Schrift blinkte auf, als die AS berichtete, dass sie bereit war für die vollständige Integration. Lawrence gab sein Einverständnis. Der Panzer schloss sich. Ein Kräuseln ging durch den Skinsuit, als die synthetischen Muskeln sich an seine Körperform anpassten und ihn richtig umschlossen. Die optronischen Membranen blinkten, und komplizierte Testmuster rollten vor seinem Sichtfeld ab, dann begannen sie mit der Übertragung des Bildes, das die in den Helm eingebauten Rundumsensoren lieferten. Er drehte die Augen von einer Seite zur anderen, und die Sensorinformationen änderten sich entsprechend. Audiostöpsel krochen in seine Gehörgänge, und er hörte das Brummen und Genörgel seiner Männer, die in ihre eigenen Anzüge kletterten.

»Phase zwei«, befahl er der AS.

Kleine Nippel verbanden sich mit den chirurgisch in seine Arterien und Venen eingepflanzten Ventilen an der Oberseite seiner Schenkel, während die Muskeln des Skinsuits seine Beine festhielten. Ein zweiter Satz Nippel verband sich mit den Ventilen an seinen Handgelenken. Der letzte Satz befand sich an seinem Hals und verband Halsschlagader und Vene mit dem Kreislauf des Skinsuits. Als die Kupplungen sicher und fest waren, stellte die Skin-AS eine Verbindung mit den integralen E-Alpha-Systemen her, die die Ventile regelten, und aktivierte sie. Sie öffneten sich, und sein Blut begann, durch das künstliche Gewebe der Skinsuitmuskulatur zu zirkulieren und sich mit dem künstlichen Blut zu vermischen, das den Skinsuit in seinem Container am Leben gehalten hatte.

Eine Checkliste lief durch und bestätigte die Integrität der Skinsuitmuskulatur. Interne Blutspeicher enthielten große Reserven der sauerstoffangereicherten, nährstoffreichen Flüssigkeit, die jederzeit in den

Kreislauf eingespeist werden konnte, wenn zusätzliche Leistung vom Skinsuit verlangt wurde. Wären sie nicht gewesen, hätten allein seine eigenen Organe die Skinsuitmuskulatur unterstützen müssen.

»Phase drei.«

Die Skin-AS aktivierte eine Vielzahl peripherer elektronischer Systeme; er hatte das ursprüngliche Programm mit seinem Prime erweitert, was ihm subjektiv ein besseres Interface und schnellere Reaktionen ermöglichte. Niemand sonst wusste von seiner kleinen Manipulation; er war immer noch nicht sicher, ob das Prime legal war. Außerdem missbilligten die Techniker von Zantiu-Braun derartige Manipulationen.

Phase drei begann damit, dass ihm mehrere Sensoroptionen zur Auswahl angeboten wurden, die er alle ohne Ausnahme mit Zieleinrichtungen koppeln konnte. Kommunikationsverbindungen testeten ihre Interfaces und Verschlüsselungskodes. Luftfilter gegen alle möglichen chemischen und biologischen Gifte glitten über den Grill im Helm. Integrierte Waffensysteme durchliefen ihre Testsequenzen. Er entschied sich für eine neutrale Farbgebung, und das ursprüngliche dunkle Grau des Skinsuits verwandelte sich in ein blasseres Blau, das das menschliche Auge nur schwer erfassen konnte. Die Farbe war gekoppelt mit vollständiger thermischer Abstrahlung und gestattete ihm, die Hitze über die Thermofasern zu entsorgen, die von seinem eigenen Körper und dem Muskelgewebe des Skinsuits erzeugt wurde. Die Penisscheide meldete, dass sie richtig saß und er imstande war, jederzeit zu pinkeln, wenn es nötig war.

Lawrence stand auf und untersuchte die Möglichkeiten der Artikulation, die ihm seine neue Haut gab, indem er seine Gliedmaßen in jede Richtung bewegte, seinen Körper bog und die Finger spannte und krümmte. Die Sensoren auf der Innenseite des Muskelgewebes fingen die einsetzende Bewegung auf und verstärkten sie gesteuert von der AS. Während Lawrence methodisch die verschiedenen Bewegungsabläufe durchging, verebbte wie immer die Klaustrophobie. Statt dessen stieg aus seinem Unterbewusstsein das übliche betäubende Gefühl von Unverwundbarkeit auf. Selbst auf Santa Chico hatte ihn sein Skinsuit nie im Stich gelassen. Alles, was ihn weniger von Captain Bryant abhängig machte, konnte nur gut sein.

Lawrence blickte sich um. Die meisten seiner Leute waren bereits in ihren Suits und mit den letzten Tests beschäftigt. Er sah Hal, der nur noch seinen Helm überstreifen musste. Der Junge saß wie erstarrt auf einer Bank und wirkte nervös. Lawrence ging zu ihm hin und blieb direkt vor ihm stehen. Er winkte dem Jungen mit erhobenem Daumen, ohne dass die anderen etwas davon bemerkten. »Brauchst du Hilfe?«, hallte seine verstärkte Stimme durch das Abteil.

»Danke, Sarge, ich schaff's schon«, sagte Hal dankbar. Seine Hände im Skinsuit krochen langsam nach oben und hinter seinen Kopf, wo sie den Helm fanden. Dann schob er den Kopf in den hochklappenden Helm hinein.

Das Platoon trottete im Gänsemarsch aus der Waffenkammer und den Korridor hinunter zur Munitionskammer. Jede Skin-AS verband sich automatisch mit der AS des Quartiermeisters und bat um die Waffenautorisation. Als Lawrence seine Genehmigung erhielt, öffnete sich sein Skin auf der Oberseite seiner Arme und gab den Blick frei auf verschiedene mechanische Komponenten, die mit Muskelgewebe verflochten waren und auf diese Weise Hybridwaffen und Mikrosilos formten. Er schob seine Magazine in die entsprechenden Vertiefungen und beobachtete, wie sich die dünnen Muskelbänder entrollten und Pfeile wie Raketen in ihre entsprechenden Kammern und Köcher transportierten. Die Punch Pistole, die man ihm außerdem aushändigte, wurde am Gürtel getragen – ironischerweise nicht nur die größte, sondern auch die am wenigsten tödliche Waffe von allen.

Aus irgendeinem nicht nachvollziehbaren Grund hatte die AS der Basis in Cairns entschieden, dass die Munitionskammer außer der Munition auch die Blutpacks für die Skins auszugeben hatte. Lawrence sammelte seine vier Packs ein und verstaute sie in den Taschen im Unterleib. Sie würden ihn mit zwei zusätzlichen Stunden Ausdauer versorgen, falls es notwendig wurde. Praktisch, wenn man darauf zurückgreifen konnte. Obwohl es wahrscheinlich keinen Unterschied ausmachte, falls es den Streitkräften nicht gelang, bis zum Ende des ersten Tages ihr Hauptquartier und den Stützpunkt zu sichern.

Nachdem sie fertig ausgerüstet und aufmunitioniert waren, stiegen sie in den Lift, der hinauf zur Achse des Habitationsrads führte. Von dort aus ging es weiter durch den weiten axialen Korridor zur Frachtsektion. Der radiale Gang, der nach draußen zu ihrem Landegleiter führte, war sehr eng und machte den sperrigen Skinsuits das Leben schwer.

Nicht, dass der Innenraum des kleinen Landers eine Verbesserung dargestellt hätte: ein kurzer Zylinder mit zwei Reihen einfacher Plastiksitze. Schimpfend und fluchend wegen des Platzmangels schnallten sie sich an, während sie sich überall stießen. Lawrence setzte sich in den einzelnen Sitz in der ersten Reihe. Damit hatte er einen Blick durch die kleine Frontscheibe nach draußen. Eine Konsole mit zwei holographischen Schirmen war für den Fall eingebaut, dass die Steuerungs-AS ausfiel und manuelle Kontrolle nötig wurde. Für ein Fahrzeug, das aus dem Orbit heraus landen und seine Passagiere in einer designierten Zone von fünfzig Metern Durchmesser absetzen sollte, erschienen die Steuerungsmöglichkeiten vollkommen inadäquat.

Amersy schloss die Luke und schnallte sich fest. Leichte Beben gingen durch den Rumpf und zeigten an, dass die anderen Lander bereits ihre Silos verließen. Noch acht Minuten, bis sie an der Reihe waren.

»Hey, Sarge!«, rief Jones über den allgemeinen Kanal. »Ich glaube, Karl testet schon seine Kotzröhre. Stimmt's nicht, Karl?«

»Leck mich am Arsch, Idiot!«

»Hört auf damit, alle beide!«, befahl Lawrence.

Seine optronischen Membranen informierten ihn, dass Captain Bryant mit ihm sprechen wollte. Er nahm den Ruf entgegen.

»Die Taktik ist jetzt fertig mit den kartographischen Daten von Memu Bay«, sagte Bryant. »Sie stehen nun zur Verfügung. Sagen Sie Ihrem Platoon, dass es die Daten herunterladen kann.«

»Jawohl, Sir. Irgendwelche größeren Veränderungen?«

»Überhaupt keine. Keine Sorge, Sergeant, wir haben die Lage voll im Griff. Wir sehen uns dann unten am Boden. Die Meteorologen sagen, es wird ein wunderschöner Tag; vielleicht können wir heute Abend sogar am Strand grillen.«

»Wir freuen uns darauf, Sir.« Er beendete die Verbindung. Arschloch. Die AS seines Skinsuits schaltete ihn auf den allgemeinen Kanal des Platoons. »Okay, wir haben die aktuelle Karte. Seht zu, dass ihr sie installiert und in eure Navigationssysteme integriert. Ich will nicht, dass sich irgendeiner verläuft.«

»Sind auch ein paar anständige Bars eingetragen?«, fragte Nic.

»Hey, Sarge, können wir mit den Jungs von Durrell in Verbindung treten?«, fragte Louis. »Ich würde zu gerne wissen, wie sie voran kommen.«

»Sicher. Odel, stell einen Link her.«

»Absolut, Sergeant.«

Fünf Minuten bis zum Start.

Lawrence lud die neuen Karten in die neurotronischen Pearls seines Skinsuits. Aus reiner Neugier schaltete er sich auf den Traffic, den Odel aus dem Datapool der Durrell-Streitkräfte extrahierte. Seine Membranen zeigten ein kleines Fünf-Mal-Fünf-Gitter mit Thumbnail-Videos von verschiedenen Landern. Er vergrößerte eines und erhielt ein verwackeltes Bild von der in die Nase eingebauten Kamera. Ein schmaler Streifen Land ruckelte durch ein ultramarinfarbenes Nichts. Angespannte Stimmen bellten kurze Befehle und Kommentare.

»Kein Abwehrfeuer«, beobachtete Amersy. »Das ist gut.«

»Hast du schon mal Abwehrfeuer erlebt?«, fragte Hal.

»Noch nicht. Aber es gibt immer ein erstes Mal.«

Drei Minuten.

Lawrence deaktivierte das Videogitter und rief die neue Karte von Memu Bay auf. Die Siedlung ähnelte der Stadt, die er vom letzten Mal kannte; große Gebäude wie das Stadion oder der Hafen befanden sich noch immer an der gleichen Stelle, auch wenn sie irgendwie kleiner wirkten. Er legte die alte Karte über die neue und stieß einen leisen ärgerlichen Pfiff aus, als er die Ausdehnung der neuen Vororte erkannte. Memu Bay war weit stärker gewachsen, als es die Berechnungen von Zantiu-Braun vorhergesagt hatten. Eine größere Bevölkerung wäre schwieriger unter Kontrolle zu halten. Einfach großartig! Er stellte eine Verbindung zu Captain Bryant her. »Sir, die Siedlung ist sehr viel größer, als wir geglaubt haben!«

»Eigentlich nicht, Sergeant. Höchstens ein paar Prozent. Es hat keine grundlegenden Veränderungen seit unserem letzten Besuch gegeben. Unsere Landungsstrategie bleibt unberührt.«

»Erhalten wir zusätzliche Platoons als Verstärkung?«

»Woher nehmen? Durrell ist in den letzten zehn Jahren sehr viel stärker gewachsen. Wenn überhaupt, dann müssten wir die Streitkräfte dort verstärken.«

»Und?«, fragte Lawrence alarmiert. »Tun wir das?« Damit hatte er nicht einen Augenblick lang gerechnet, als er sich seinen Plan zurechtgelegt hatte. Es würde alles verderben, wenn er nach Durrell verlegt wurde.

»Nein, Sergeant«, sagte Bryant müde. »Bitte behalten Sie Ihr Statusdisplay im Auge. Und machen Sie sich keine Sorgen. Eine größere Bevölkerung bedeutet lediglich mehr abweichende Verhaltensmuster. Wir führen genügend Einheiten nach unten, um damit fertig zu werden.«

»Sir.«

Eine Minute. Die periodischen Vibrationen unter seinen Füßen, wenn ein Lander gestartet wurde, nahmen an Intensität zu. Als er auf seinen Statusmonitor sah, stellte er fest, dass der Lander seines Captains bereits das Silo neben ihnen verlassen hatte. Symbole blinkten eine Warnung, und dann schüttelte sich der Lander von Platoon 435NK9 und glitt hinaus auf die Schienen des Silos.

»Haltet eure Hüte fest, Ladies!«, sang Edmond laut. »Wir üben Bungie-Jumping mit den Engeln, und irgendjemand hat gerade das Seil durchgeschnitten!«

Licht flutete durch die Frontscheibe. Lawrence sah, wie der Rand des Silos nach hinten wegglitt, ein dunkles glanzloses silberweißes Hexagon, das zurückschrumpfte in ein Wabennetz gleichartiger Silos. Der Rest des Raumschiffs kam in Sicht. Einmal mehr konnte er nur lächeln, als er diese funktionale Schönheit bewunderte. Lander und Kapseln wurden in wilder Folge aus den Silos ausgestoßen und entfernten sich in einer expandierenden Wolke von der *Koribu*, während sie mit dem Heck voran der Oberfläche entgegensanken. Die Kapseln waren nichts weiter als plumpe, abgerundete Konusse mit einem Kragen aus kleinen Raketenmotoren um die Spitze herum. Die Lander waren ebenfalls kegelförmig, doch sie waren zugleich abgeflacht und mit sich nach hinten verjüngenden Flossen ausgestattet. Sie waren in dicken blassgrauen Thermoschaum gehüllt, der beim Atmosphäreneintritt verdampfte. Ein Bündel Raketenmotoren saß im Heck. Die Lander, die Lawrence neben sich erkennen konnte, stießen lange gelbe Abgasschweife aus, während sie tiefer sanken und sich herumdrehten.

Die AS feuerte die eigenen Reaktionskontrollthruster und orientierte das Schiff so, dass die Raketenmotoren in Richtung ihrer Orbitalbahn zeigten. In der Frontscheibe wurde Thallspring sichtbar, ein dunstiger Ozean, bedeckt von weißlichen Wolken und mit einer äußeren Atmosphäre, die aussah wie eine silberne Korona. Memu Bay lag hinter dem Horizont versteckt, eine Drittel Umrundung entfernt.

Orangefarbene Flammen schlugen aus den Raketenmotoren der Lander ringsum, als das Geschwader anfing zu verzögern. Hunderte von Feststoffmotortreibladungen sandten ihre weiten Rauchfahnen hinaus, als Kaskaden glühender Partikel in den Raum schossen, als sei irgendeine fluoreszierende Flüssigkeit Bestandteil ihrer chemischen Zusammensetzung.

Flugprojektildisplays begannen mit dem Countdown für ihren eigenen Lander. Die Feststoffrakete im Zentrum des Bündels zündete und versetzte ihnen einen Schlag von vier g. Eingehüllt in die schützende Skin war es wenig mehr als mildes Unbehagen für das Platoon. Dreißig Sekunden später endete es genauso abrupt, wie es begonnen hatte. Kleine Thruster feuerten erneut und drehten sie um einhundertachtzig Grad. Jetzt zeigte die Nase genau in Richtung ihrer

Flugbahn. Nachdem ihre Geschwindigkeit unter die Orbitalgeschwindigkeit gesunken war, begann die lange Kurve hinunter in die Atmosphäre.

Das Raketenbündel blieb weitere fünfzehn Minuten in Betrieb. Sie hielten ihre Lage mit stetigen Pulsen aus den Thrustern. Ein Stück voraus flammte erneut eine Vielzahl leuchtender Punkte auf, als die ersten Lander die obersten Atmosphäreschichten erreichten. Diesmal waren die Flammen länger und von einem dunkleren Kirschrot, und sie wurden immer noch länger, während der ablative Schaum verdampfte unter dem gewaltigen Anprall gasförmiger Reibung. Bald war der Raum ringsum übersät von infernalischen Kondensstreifen, die wie die Streitwagen rachesüchtiger Götter hinunter zum Planeten rasten.

Lawrence spürte, wie der Rumpf zu beben begann, als sie tiefer in die Chemosphäre sanken. Seine Kommunikationsverbindungen zum Raumschiff und zu den Relaissatelliten wurden schwächer und fielen schließlich ganz aus, als das Gas rings um den Rumpf zu ionisieren anfing. Die AS bewegte die Leitwerke und testete die Manövrierfähigkeit des Landers. Nachdem die Leitwerke ein vorherbestimmtes Maß an Kontrolle gestatteten, zündete sie die Sprengkapseln, die das Raketenbündel vom Rumpf abtrennten. Der Ruck schleuderte Lawrence und die anderen in die Gurte, doch die Skin schützte sie. Es gab nun nichts mehr zu sehen; purpurne Flammen vom sich langsam ablösenden Thermoschaum hüllten den gesamten Lander ein und schlugen bis vor die Bugscheibe hinauf. Die Kabine war in unstetes Licht getaucht.

Mit Mach achtzehn blind in der Spitze eines drei Kilometer langen Feuerballs gelangten sie nach und nach tiefer in das Gravitationsfeld des Planeten, das sie immer schneller nach unten zog. Lawrence konnte nichts tun außer fluchen und schwitzen und warten und beten, dass die AS im richtigen Augenblick die Leitwerke des Landers einsetzte und den hyperschallschnellen Gleitweg stabil hielt. Dies war der Augenblick, den er mehr als alles andere hasste und fürchtete. Gezwungen zu sein, sein Leben dem billigsten Fahrzeug anzuvertrauen, das Zantiu-Braun zu bauen imstande war, mit keiner anderen Möglichkeit, als tatenlos abzuwarten.

Er überflog sein Platoon und rief ein Gitter mit Video- und telemetrischen Fenstern auf. Wie erwartet lag Amersys Herzrate über hundert, während er leise einen Gospelsong vor sich hinmurmelte. Hal stellte eine Menge Fragen, und Edmund und Dennis wechselten sich mit dem Beantworten ab, diskutierten über die richtige Antwort oder sagten ihm, dass er endlich die Klappe halten sollte. Karl und Nic unterhielten sich leise miteinander. Jones hatte Wartungsprofile für die Jeeps aufgerufen, die die Kapseln für sie nach unten brachten. Und Odel ... Lawrence vergrößerte den Ausschnitt und überprüfte die Funktionalität von Odels Skin. Odels Kopf flog von einer Seite zur anderen, und er trommelte mit den Händen rhythmisch auf die Oberschenkel. Er hatte einen persönlichen Datenblock aus dem Speicher seines Skinsuits geladen. Während sie hell strahlend wie ein sterbender Komet durch die Atmosphäre eines feindlichen Planeten jagten, trommelte Odel glücklich und zufrieden zu einem Stück von Slippy Martin.

Um Punkt acht erstarben die Flammen draußen vor dem Bug. Klares blaues Tageslicht drang in die Kabine. Lawrence erkannte die Überreste von Thermoschaum vorne an der Spitze der Nase, schwarzer kochender Teer, aus dem sich letzte vereinzelte Tropfen lösten. Die Antenne des Landers fand das Funksignal des Satellitenrelais und stellte die Verbindung wieder her.

Taktische Missionsdaten rollten über seine Membranen. Die übrigen Gleiter mit den Truppen für Memu Bay hatten die Luftbremsung ebenfalls überstanden. Einer von ihnen – Oakleys Platoon – lag zu kurz. Er würde fünfzig Kilometer vor der Küste heruntergehen. Die Bord-AS modifizierte bereits das Landeprofil, sodass sie auf einer der größeren Inseln des Archipels herauskommen würden. Ein Helikopter konnte sie später dort abholen.

Captain Bryant verschob bereits die Verteilungsmuster, um den Verlust auszugleichen. Platoon 435NK9 hatte zwei zusätzliche Straßen abzudecken.

»Stets ein Vergnügen«, brummte Amersy, als die neuen Daten in ihren Missionsbefehlen erschienen.

»Wir besprechen das, wenn wir am Boden sind«, sagte Lawrence zu ihm. Beide wussten, dass sie die zusätzlichen Straßen nicht betreten würden – das Privileg der Befehlsgewalt im Feld. Es verschaffte ihnen ein wenig Spielraum. Lawrences oberste Priorität war, seine Leute heil und ohne Verluste durch die Stadt zu bringen.

Nach den taktischen Daten kamen die Landekapseln genau nach Plan herunter. Sie hatten einen anderen Weg als die Gleiter genommen, höhere Verzögerungswerte und steilerer Landevektor. Sie sollten planmäßig und hart kurz hinter Memu Bay landen. Lawrence beobachtete die Überwachungsdiagramme und erkannte bereits jetzt, dass sie zu weit verstreut waren, und das, noch bevor die Fallschirme sich öffneten und sie anfällig für den Wind machten. Aus Erfahrung wusste er, dass nahezu die Hälfte der Kapseln außerhalb des geplanten Gebietes niedergehen würde. Es würde eine Menge Zeit kosten, sie alle zu bergen.

Jetzt wurde die Küstenlinie am Horizont sichtbar. Sie wuchs rasch, während der abflachende Horizont erkennen ließ, wie schnell sie an Höhe verloren. Als Lawrence sich in seinem Sitz nach vorn beugte, sah er den Archipel unter sich im Ozean. Es war, als wäre das schwarze Wasser mit Sahnehäubchen bedeckt. Die aus dem Wasser wachsenden Korallen hatten Hunderte künstlicher Inseln und Atolle erschaffen, kleine Berge, die einen Kilometer vom Meeresboden in die Höhe ragten und an der Oberfläche zu weißem Sand verwitterten. Sanft brachen sich Wellen an den Stränden. Die größeren Koralleninseln trugen Vegetation. Im Wasser zwischen den Atollen waren dunkle mäandernde Hügel sichtbar, wo unter der Oberfläche gefährliche Klippen lauerten. Es erinnerte Lawrence an die Küste von Queensland, wo die ökologischen Restaurierungsmannschaften wahre Wunder an dem kränkelnden Great Barrier Reef vollbracht hatten. Allein die blaue Vegetation verriet, dass sie nicht auf der Erde, sondern auf einer fremden Welt waren.

Näher am Festland waren die Inseln größer und beherbergten dichte Wälder. Dann wurde die Vegetation grün, und lange Riffs aus gebrochenen Korallensteinen schützten die Strände. Hölzerne Stege erstreckten sich hinaus ins Meer. Unter den Palmen waren Hütten zu erkennen; Segeljollen und Ruderboote lagen auf den Stränden.

»Zu schön, um wahr zu sein«, sagte Dennis. »Vielleicht sollten wir einfach hier bleiben, wenn das Schiff wieder zurückkehrt.«

»Netter Einfall«, sagte Nic. »Die Einheimischen würden dich wahrscheinlich zu Fischfutter verarbeiten, wenn sie dich in die Finger bekämen.«

Der Lander schüttelte sich sekundenlang heftig, während ihre Geschwindigkeit unter Mach eins sank. Die Nase fiel nach unten, und der vertraute Anblick von Memu Bay lag direkt voraus, geduckt zwischen den Ausläufern beunruhigend hoher Berge. Die Geschwindigkeit, mit der sie sich näherten, ließ Lawrence eine Gänsehaut über den Rücken kriechen. Lander besaßen die aerodynamischen Eigenschaften eines Ziegelsteins; das Einzige, was sie stabilisierte, war ihre Vorwärtsbewegung. Und die ging rapide zurück.

Der Hafen glitt nach Steuerbord aus dem Blickfeld, und sie flogen auf eine flache Bucht mit gelblichem Strand zu. Eine Promenade mit marmornen Mauern verlief zwischen dem Strand und den dahinter liegenden Gebäuden. Oben am Rand der Mauer standen Fahrzeuge, die mit ihren blinkenden blauen Signallichtern aussahen wie Polizeifahrzeuge.

Die AS nahm die Nase des Landers wieder hoch. Sie verloren noch mehr Geschwindigkeit und dramatisch schnell an Höhe. Der Strand lag weniger als einen Kilometer entfernt, und die Wellen waren höchstens zweihundert Meter unter ihnen.

»Bereithalten!«, befahl Lawrence. »Macht euch auf die Landung gefasst!«

Myles Hazledine stand im vierten Stock des Stadthauses auf dem Balkon und beobachtete den Himmel über dem Meer. Seine beiden Berater hielten sich hinter ihm. Don und Jennifer waren bei ihm, seit er zum ersten Mal in den Rat gewählt worden war. Zwanzig Jahre war das inzwischen her; er war einer der Jüngsten, die jemals in ein politisches Amt berufen worden waren. Seit damals waren sie ihm ergeben, während all der ermüdenden Schlammschlachten und Grabenkämpfe, die eine Demokratie mit sich brachte. Selbst die zweifelhaften Absprachen mit den Konzernen zur Finanzierung seiner Wahlkämpfe hatten sie nicht abschrecken können, auch wenn sie genau wie er den naiven Idealismus der frühen Tage verloren hatten – wahrscheinlich bereits während jener ersten Legislaturperiode, als er noch flammende Reden gegen den damaligen Bürgermeister gehalten hatte. Heute bildeten sie ein erfahrenes, gleichgesinntes Team, das die Stadt einigermaßen effizient regierte, und sie waren bestens vorbereitet, um mit der neuen Generation von jungen Heißspornen im Rat fertig zu werden, die ihn ununterbrochen kritisierten. Gottverdammt, er war stolz auf die Art und Weise, wie er die Entwicklung von Memu Bay in den vergangenen Jahren vorangetrieben hatte. Es war eine wohlhabende Siedlung mit hohem ökonomischem Standard, geringen Kriminalitätsraten ... Scheiße! Soziale Probleme, Gewerkschaften, Bürokraten, Finanzen, Skandale – mit allem konnte er fertig werden. Doch diese neue Krise konnte einfach *niemand* politisch überleben.

Wenn er einen heldenhaften Standpunkt einnahm und sich Zantiu-Braun widersetzte, würde er die Situation nur verschlimmern, und der Gouverneur der Invasionsstreitmacht würde ihn auf jeden Fall aus dem Amt werfen. Auf diese Weise erreichte er gar nichts. Wenn er hingegen kooperierte und mit dem Gouverneur zusammenarbeitete, um sicherzustellen, dass die Bastarde auch wirklich alles stehlen konnten, was sie wollten, würde man ihn hinterher als Kollaborateur verdammen, als Verräter an seinen Wählern. Sie würden ihm niemals verzeihen.

Hoch oben über dem Meer materialisierte ein Schwarm schwarzer Punkte im wolkenlos blauen Himmel. Sie bewegten sich mit unglaublicher Geschwindigkeit, während sie sich dem Strand östlich der Stadt näherten. Myles ließ in ohnmächtiger Wut den Kopf hängen. Edgar Strauß persönlich hatte am Vortag angerufen und ihn zur Kooperation gedrängt. »Niemand von uns will ein Blutbad, Myles. Lassen Sie es nicht so weit kommen, ich beschwöre Sie! Lassen Sie nicht zu, dass sie uns auch noch unsere Würde nehmen.« Ein weiterer guter Politiker, der von den außer Kontrolle geratenen Ereignissen davongespült werden würde. Fast hätte Myles gefragt: »Warum um alles in der Welt haben Sie in den letzten Jahren keine orbitale Verteidigung installiert? Warum haben Sie zugelassen, dass wir nun so hilflos sind?« Doch das hätte bedeutet, einen Mann zu treten, der bereits am Boden lag. Die besten Raketen, die Thallspring bauen konnte, wären nichts weiter als eine erbärmliche Geste gewesen. Gott allein wusste, wie weit fortgeschritten die irdische Waffentechnologie dieser Tage war. Und die Raumschiffe von Zantiu-Braun hätten ganz sicher einen Vergeltungsschlag geführt und ein Exempel statuiert. Myles dachte mit einem Schauer an die letzte Invasion zurück. Jeder hatte außerdem die Bilder von dem neu verbrannten Landstrich am Stadtrand von Durrell gesehen, diese höchst unsubtile und äußerst effiziente Erinnerung daran, wozu Zantiu-Braun fähig war.

Myles wusste, was er zu tun hatte. Er wusste, dass er ein öffentliches Beispiel setzen und vorangehen musste. Es würde ihn ruinieren. Vielleicht würde er sogar aus Memu Bay weggehen müssen, nachdem Zantiu-Braun sich wieder zurückgezogen hatte. Doch das hatte er gewusst, als er der Polizei den Befehl erteilt hatte, den Strand abzuriegeln und jede Form von physischem Widerstand zu ersticken, während die Lander eintrafen. Kooperation bedeutete, dumme Aktionen des Trotzes seitens der Bevölkerung unter Kontrolle zu halten. Leben würden gerettet werden, auch wenn es ihm niemand dankte. Vielleicht schuldete er es der Bevölkerung von Memu Bay wegen all der schmierigen Hinterzimmervereinbarungen, die er im Lauf der letzten Jahre getroffen hatte. Es war eine Sichtweise, die ihm half, die dumpfe Depression wenigstens ein klein wenig zu lindern.

Ein Trommelfeuer aus Überschallknallen ließ ihn zusammenzucken. Sie klangen wie Explosionen. Die Scheiben in den Fenstern klapperten. Scharen von Vögeln flatterten erschrocken hinauf in die Luft über der Stadt.

Draußen in der Bucht setzten die ersten Lander im Wasser auf. Dicke Kegel rasten in einem Winkel von nahezu fünfundvierzig Grad herab und krachten ein paar Hundert Meter vor dem Strand in die trägen Wellen. Gewaltige Fontänen spritzten vom Einschlagpunkt in Richtung Strand, gefolgt von den weiterschlitternden Landern, die auf einer mächtigen Bugwelle zum Ufer glitten. Mehrere Lander jagten knirschend den Strand hinauf oder überschlugen sich. Eine der Maschinen kam erst ein kurzes Stück vor der Mauer zum Halten.

»Schade«, brummte Don.

Der Großteil der Lander endete hüpfend und tanzend in den Wellen. Die Luken flogen auf. Stämmige dunkle Gestalten sprangen heraus und wateten zum Ufer, ohne dass das Wasser sie erkennbar behindert hätte. Myles erinnerte sich nur allzu deutlich an die Größe und Kraft dieser Soldaten und die Farbe ihrer Tarnanzüge.

Plötzlich entrollte sich ein Banner entlang der Promenadenmauer.

Verreckt!
Nazischweine!

Jugendliche rannten davon. Die Polizisten, die über die Brüstung lehnten und die Lander beobachteten, machten keine Anstalten, ihnen zu folgen.

»Oh, wirklich sehr originell!«, murmelte Myles leise vor sich hin. Er konnte nur hoffen, dass es bereits das Schlimmste war, was die einheimischen Hooligans in petto hatten.

Er wandte sich zu Don und Jennifer um. »Gehen wir.«

Die Invasoren waren bereits auf der Treppe zur Promenade hinauf und verteilten sich oben an der Straße. Sie schienen die Polizei zu ignorieren.

Myles nahm den Lift hinunter zur Privatwohnung des Bürgermeisters auf der Rückseite des Stadthauses. Er mochte die Wohnung nicht sonderlich; die Decken waren zu hoch für seinen Geschmack, die Räume zu groß. Es war kein Ort, an dem man mit einer Familie leben konnte. Doch sein eigenes Haus lag auf der anderen Seite der Stadt, vierzig Minuten entfernt, daher mussten sie während der Woche hier wohnen.

Sein Büro besaß eine breite Doppeltür, die sich zu einem kleinen Patio hin öffnete. Francine war draußen im Garten. Sie lag auf einer Liege im Schatten einer japanischen Kiefer. Sie trug ein einfaches schwarzes Kleid mit weißen Trägern. Der Saum war kürzer, als er es billigte, ein gutes Stück über dem Knie. Doch er hatte diese Art von Auseinandersetzung mit ihr nicht mehr gewonnen, seit sie dreizehn gewesen war. Cindy hätte gewusst, wie sie mit ihr fertig werden konnte. Verdammt, ich hätte wieder heiraten sollen. Keine Zeit zu finden ist wirklich eine verdammt erbärmliche Ausrede.

Francine rückte ihre Sonnenbrille zurecht. Myles bemerkte ihr Stirnrunzeln und erkannte, dass sie wahrscheinlich auf einen der Nachrichtenkanäle zugriff. Er wollte zu ihr nach draußen und den Arm um sie legen, um sie zu trösten und ihr zu versprechen, dass es bald vorüber wäre und ihr nichts geschehen würde. All das, was richtige Väter im Augenblick überall auf Thallspring machten.

Doch die Kabinettsmitglieder und die Parteiführung warteten auf ihn, und auch sie hatten Familie. Mit einem letzten zögernden Blick hinaus in den Garten nahm er hinter seinem Schreibtisch Platz.

»Ich möchte noch einmal betonen, dass ich verstehen kann, wenn jemand mit sofortiger Wirkung zurücktreten will«, sagte er. »Ein Rücktritt unter den gegebenen Umständen würde weder Ihre Pensionen noch die sonstigen Vergünstigungen beeinträchtigen.«

Einen Augenblick lang herrschte verlegenes Schweigen, doch niemand meldete sich. »Also schön, dann. Ich danke Ihnen für Ihre Unterstützung, ich weiß es zu schätzen. Wie Sie inzwischen wissen, habe ich beschlossen, Strauß' Vorbild zu folgen und mit den Invasoren zu kooperieren. Sie sind sehr viel stärker als wir, und Gott weiß, wie gemein und niederträchtig sie werden können. Der Versuch, die chemischen Fabriken zu sabotieren oder ihre Soldaten mit Steinen zu bewerfen, wird zu Vergeltungsmaßnahmen in einem Umfang führen, den ich nicht akzeptieren kann. Also werden wir es lächelnd ertragen und hoffen, dass ihre Raumschiffe auf dem Weg nach Hause in ein Schwarzes Loch fallen. Wenn wir kooperieren, denke ich, dass wir relativ unbeschädigt aus dieser Sache hervorkommen, wenigstens im Hinblick auf unsere Infrastruktur. Margret?«

Margret Reece, die Polizeichefin, nickte zögernd. Sie betrachtete die Meldungen, die über ihre Membranen liefen, und achtete nicht auf ihre Umgebung. »Ich habe die Akten vom letzten Mal studiert. Sie sind nur an unseren Industrieprodukten interessiert. Dort werden sie den Schwerpunkt ihrer Kräfte konzentrieren. Wir können in der Stadt machen, was wir wollen, Barrikaden, alles niederbrennen – es ist ihnen egal. Solange die Fabriken intakt bleiben und mit Rohmaterial versorgt werden, und solange das Personal zu jeder Schicht erscheint, lassen sie uns in Ruhe.«

»Und wir werden sicherstellen, dass es so bleibt«,

sagte Myles. »Wir werden unseren Geschäften nachgehen wie gewohnt. Der Alltag wird nicht beeinträchtigt werden. Die Stadt muss weiter funktionieren, damit die Fabriken laufen. Dafür tragen wir Sorge, ganz gleich, was es kostet.«

»Stehlen sie auch unser Essen?«, fragte Jennifer. »Ich erinnere mich noch, dass die Nahrungsvorräte beim letzten Mal ziemlich knapp geworden sind.«

»Sie nehmen nur, was sie selbst brauchen«, antwortete Margret. »Angesichts der Tatsache, dass mindestens ein Drittel der Touristen noch rechtzeitig abgereist ist, bevor der Flugverkehr heute Morgen eingestellt wurde, sollten unsere Nahrungsmittelfabriken ausreichend Überkapazität für die verbleibende Bevölkerung bereitstellen. Der Grund, warum beim letzten Mal Nahrungsmittelknappheit eintrat, waren irgendwelche verdammten Rebellen, die zwei der Produktionslinien in Brand gesteckt haben.

»Was wir nicht noch einmal zulassen dürfen«, sagte Myles entschlossen. »Ich werde nicht dulden, dass irgendeine heldenhafte Widerstandsbewegung das Leben der Bürger in Gefahr bringt.«

»Ich bezweifle, dass es einen organisierten Widerstand gibt«, erwiderte Margret. »Zantiu-Braun achtet peinlich genau darauf, dass die Bestrafung für irgendwelche Aktionen gegen sie härter ist als der Propaganda-Gewinn. Trotzdem werden wir die Leute genau observieren, von denen wir wissen, dass sie Scherereien machen könnten.«

»Was ist mit den Touristen?«, fragte Don. »Viele haben es nicht geschafft, rechtzeitig nach Hause zu fliegen. Der Flughafen sieht aus wie ein Flüchtlingslager.«

»Das liegt nicht in meinen Händen«, erwiderte Myles. Er musste seinen Ärger herunterschlucken, bevor er mit klarer Stimme weitersprechen konnte. »Der Gouverneur wird entscheiden, wie viel ziviler Verkehr gestattet ist. Wenn man bedenkt, weswegen sie hergekommen sind, schätze ich, dass sie jeden auf seinem Arbeitsplatz und so produktiv wie möglich sehen wollen.«

»Eines ihrer Platoons hat den Hauptplatz erreicht«, verkündete Margret laut. »Sie werden jeden Augenblick hier sein.«

So schnell? Myles atmete tief durch. Es hing sehr viel davon ab, ob er eine funktionierende Beziehung mit dem Gouverneur zustande brachte. »Also schön. Gehen wir und begrüßen die Bastarde mit einem Lächeln.«

Denise bewegte sich unter der Menschenmenge, die sich am Rand des Livingstone District versammelt hatte. Menschliche Neugier hatte über jede Angst gesiegt, und Hunderte von Bürgern waren aus ihren Häusern geströmt, um das Spektakel aus erster Hand zu beobachten. Nur wenige Kinder waren darunter, hauptsächlich Erwachsene und ältere Jugendliche, die grimmig die Straße hinunter auf den Strand und die Promenade starrten, wo die Polizei eine Absperrung errichtet hatte. Die Konversation war unterdrückt und düster, Geschichten über die Fähigkeiten von Skinsuits und die ungeheuerlichen Gräueltaten, die beim letzten Mal begangen worden waren.

Die Bars hatten noch immer geöffnet und waren gut besucht. Die meisten Männer tranken Dosenbier, während sie auf ihren Membranen und Brillen die aus dem Himmel schießenden Lander beobachteten. Ihr Verhalten erinnerte Denise an die Aufregung vor einem wichtigen Spiel, Fans der Heimmannschaft, die die provozierenden Mätzchen der Gäste nur mühsam ertrugen. Instinktives Revierdenken war noch immer ein wichtiger Bestandteil der menschlichen Psyche. Das würde ihnen zum Vorteil gereichen. Es war eine sehr explosive Situation, und der größte Teil der Polizeikräfte war unten an der Promenade und am Ufer zusammengezogen. Der Bürgermeister hatte sich wohl gesorgt, dass seine lieben Bürger hinunter zum Strand rennen könnten, sobald die Lander ans Ufer kamen. Idiot. Ein offener, ungeschützter Strand war kein Platz für einen Kampf, ganz gewiss nicht gegen einen gut ausgerüsteten und organisierten Gegner.

Ihre Sonnenbrille zeigte Datapool-Videos von den landenden Invasoren. Die misstönenden Stimmen aus der Menge ringsum wurden lauter. Denise setzte eine Serie kodierter Nachrichten an Mitglieder der Zelle ab, die entlang der Straße verteilt standen. Bestätigungen kamen zurück. Alle waren bereit.

Die ersten Söldner von Zantiu-Braun erschienen am Ende der Straße. Fünf Mann. Sie marschierten selbstbewusst voran und zögerten nicht einmal, als sie die Menschenmenge sahen.

Denise hob ihre Sonnenbrille und starrte den Ersten an. Ihre Iris fokussierten den Ersten. Die Skin war ähnlich dem, woran sie sich erinnerte. Geformt wie ein Bodybuilder in einem dunkelgrauen Turnanzug. Die Finger waren sehr dick, und auf den Armen befanden sich eigenartige Auswölbungen. Das Helmdesign hatte sich verändert; die Skin endete um den Kiefer herum und ging in einen schützenden Panzer über, der das Gesicht und den Schädel einhüllte. Ein Band aus Sensoren zog sich auf Augenhöhe um den Panzer herum, und auf den Wangen gab es zwei Luftgrills. Die einzige sichtbare Waffe war eine schwere Pistole an einem Gürtel zusammen mit ein paar Taschen (wohl des Eindrucks wegen, dachte sie). Das Wärmeprofil war überraschend gleichmäßig über den ganzen Körper verteilt, mit einer Temperaturdifferenz von nicht mehr als einem oder zwei Grad.

Sie zoomte wieder heraus. Neun Skins kamen die Straße herauf. Ein Chor obszöner, beleidigender Sprechgesänge erschall aus der Menge, die sich unruhig auf den Bürgersteigen drängte. Niemand näherte sich den Skins weiter als bis auf vier oder fünf Meter. Plötzlich trat ein junger Mann vor den Skins mitten auf die Straße hinaus. Er hielt eine Bierdose in der Hand und leerte sie mit wenigen großen Zügen. Die Skins ignorierten ihn, während sie näher kamen. Also wandte er ihnen den Rücken zu, bückte sich und ließ seine Hosen herunter.

»Leckt mich am Arsch!«

Die Menge lachte und johlte. Mehrere Dosen flogen rings um die Skins auf die Straße. Schaum quoll aus den offenen Verschlüssen. Die Skins marschierten weiter, schweigend und scheinbar unaufhaltsam. Denise musste eingestehen, dass ihre Disziplin bemerkenswert war. Ihr Pearl-Ring fing kurze verschlüsselte Datenpakete einzelner Anzüge auf. Ihr Prime begann sogleich, die Verschlüsselung zu dekodieren.

Ein dicker Stein segelte über die Köpfe der Menschen hinweg und traf einen Skin an der Brust. Denises erweiterte Sicht bemerkte, wie die äußere Schicht des Skinsuits im Augenblick des Aufpralls um die Aufprallstelle herum hart wurde. Der Skin zögerte eine Sekunde, als der Stein von ihm abprallte. Noch immer reagierten sie nicht. Ermutigt durch ihre scheinbare Passivität rannten ein paar Hooligans auf die Straße und versuchten, die Invasoren in Rugby-Manier zu rammen.

Ein Skin blieb stehen und wandte sich dem Burschen entgegen, der auf ihn zustürmte. Der Junge schrie mit aller Kraft, während er die Arme ausbreitete und sich auf den Aufprall vorbereitete. Einen Sekundenbruchteil vorher machte der Skin einen kleinen Schritt, bog sich leicht zur Seite und schwang einen Arm herum. Es war eine perfekt abgepasste Bewegung. Der Arm traf den Jugendlichen an der Brust. Es war, als sei er gegen einen Baum gerannt. Er wurde von den Beinen gerissen, und sein Schwung riss ihn herum, bis seine Beine senkrecht in die Luft zeigten.

Sein Schlachtruf riss unvermittelt ab und verwandelte sich in entsetztes Heulen, als er sich drei Meter hoch in der Luft und auf dem Weg zu einer Häuserwand wiederfand. Er ruderte wild mit Armen und Beinen. Die erstarrte Menge beobachtete, wie er mit einem dumpfen Geräusch, gefolgt vom berstenden Krachen von Knochen, gegen die Mauer prallte und zu Boden rutschte, wo er leblos liegen blieb.

Der zweite Skin streckte lediglich den Arm und die Finger aus und deutete auf seinen Angreifer. Er bewegte sich nicht, als der Bursche gegen ihn krachte. Die ausgestreckten Finger trafen ihn mitten auf der Brust. Es gab einen hellen elektrischen Blitz, und der Junge segelte mit wild zuckenden Gliedern rückwärts und brach zusammen.

Die Menge heulte wütend auf. Sie näherte sich den Skins von allen Seiten. Ein Schwarm von Bierdosen und Steinen segelte durch die Luft.

Lawrence sah, dass die Situation gar nicht gut war, sobald sie die Strandpromenade hinter sich gelassen hatten und er ein Stück voraus die Menschenmenge am Straßenrand bemerkte. Er hätte vorgezogen, wenn die Polizei die Stadtbevölkerung zum Strand hinunter geführt hätte. Die Straße war zu eng. Es provozierte förmlich Zwischenfälle.

»Bleibt ruhig«, sagte er zu seinem Platoon, hauptsächlich wegen Hal. »Sie müssen früher oder später herausfinden, wozu wir imstande sind. Besser jetzt als zu spät. Eine rasche Schockdemonstration wird sie in Zukunft zweimal nachdenken lassen.«

Die Rufe und Beleidigungen waren nichts. Bier spritzte über ihre Stiefel, und sie stampften hindurch. Ein gut gezielter großer Stein traf Odel an der Brust.

»Ignoriere es!«, befahl Lawrence.

»Sollten wir ihnen nicht eine Lehre erteilen?«, fragte Hal. In seiner Stimme lag Nervosität. »Sie werden immer aufsässiger.«

»Das ist noch gar nichts«, entgegnete Edmund. »Ein einziger Skin könnte sie mit Leichtigkeit außer Gefecht setzen. Hör auf, dir in die Hosen zu machen, Kleiner.«

Lawrence vergrößerte Hals Telemetrie aus dem Gitter und überprüfte die Herzfrequenz des Jungen. Sie war hoch, aber noch im akzeptablen Rahmen.

»Diese Leute müssen glauben, wir wären unbesiegbar«, sagte Amersy. »Sie in diesem Glauben zu wiegen ist die halbe Miete. Also geh einfach weiter, als sei nichts geschehen, ja? Komm schon, erinnere dich an das Training!«

Zwei junge Burschen stürmten wütend aus der Menge direkt auf das Platoon zu.

»Keine Waffen!«, befahl Lawrence. »Lewis, du benutzt den Schocker.« Der andere rannte geradewegs auf Hal zu. Lawrence sagte nichts; er wollte sehen, wie der Junge damit fertig wurde. Wie sich herausstellte, war es ein perfekter Schlag. Er sandte den Angreifer krachend gegen eine Hauswand.

»Sehr gut, Kleiner!«, krähte Nic.

»Netter Schlag!«, antwortete Jones bewundernd. »Allerdings hättest du dich ein wenig schneller bewegen können.«

»Du jedenfalls nicht«, entgegnete Hal fröhlich. »Du bist zu alt. Deine Reflexe sind verbraucht.«

»Leck mich doch am Arsch.«

»Los, Formation einnehmen«, befahl Lawrence. Die Stimmung der Menge gefiel ihm nicht. »Gut gemacht, Hal. Trotzdem, wir wollen keine unnötige Aufregung.«

Die Menge näherte sich von allen Seiten. Es sah aus, als suchte sie die Konfrontation. Steine und Dosen flogen unaufhörlich.

»Wollen wir sie mit Pfeilen begrüßen?«, fragte Dennis.

»Noch nicht.« Lawrence schaltete seinen Externlautsprecher ein und drehte die Lautstärke hoch. »Zurücktreten!« Er sah, dass die Menschen, die ihm am nächsten standen, zusammenzuckten und die Hände über die Ohren schlugen. »Sie verursachen eine Störung der öffentlichen Ordnung, und ich bin befugt, Ihnen mit der notwendigen Gewalt entgegenzutreten. Beruhigen Sie sich, treten Sie zurück, gehen Sie nach Hause. Der Gouverneur und der Bürgermeister werden in Kürze zu Ihnen sprechen.«

Seine Stimme ging in einem Geheul von Obszönitäten unter. Beim Anblick der hasserfüllten Gesichter stellte er sich vor, wie es sein musste, der wütenden Menge ohne Skinsuit gegenüberzutreten. Der Gedanke ließ ihn erschauern. »Also schön, nehmt eure Punch Pistolen, ich möchte...«

Eine Warnmeldung von seiner AS blinkte auf den optronischen Membranen auf. Die Sensoren hatten einen heißen Punkt entdeckt, der sich rasch näherte.

Der Molotow segelte in hohem Bogen durch die Luft und zog eine Spur aus blauen Flammen hinter sich her. Er würde Karl treffen.

»Lass ihn«, befahl Lawrence.

Karl hatte bereits den Arm gehoben, und die Neun-Millimeter-Mündung lugte aus der Panzerung. Die Ziellaser hatten den Molotow gefunden. »Scheiße, Sarge!«, brummte Karl. »Ich hasse das!«

Der Molotow traf ihn am Helm. Das Glas platzte, und ein dichtes Flammenmeer hüllte den gesamten Skinsuit ein. Die Menschen in der Nähe schrieen erschrocken auf und stolperten zurück, als die Flammen heißer wurden, ernährt vom Hihydrogen aus der

Flasche. Der Rest des Platoons zog gelassen die Punch Pistolen und legte die Sicherungshebel um.

»Sag ihnen deinen Spruch, Karl«, befahl Lawrence.

Die Flammen erstarben, und der Skinsuit darunter war unbeschädigt. »Die Person, die den Molotow geworfen hat, steht hiermit unter Arrest«, verkündete Karl durch seine Lautsprecher. »Treten Sie bitte vor, auf der Stelle.« Er zog seine eigene Punch Pistole. »Ich sagte auf der Stelle.«

Die Menge begann erneut zu rufen und zu johlen. Weitere Steine flogen. Drei weitere Molotows segelten durch die Luft. Einmal mehr waren alle auf Karl gezielt.

Organisierter Widerstand!, erkannte Lawrence mit plötzlicher Deutlichkeit. Die Molotows kamen aus verschiedenen Richtungen und zielten auf die gleiche Stelle. »Schaltet sie aus«, befahl er.

Karl und Amersy feuerten auf die Flaschen, als sie noch hoch in der Luft waren. Große Feuerbälle regneten auf die Menschen herab. Ein Dutzend Leute rannten brennend und schreiend davon. Die Menge drehte durch. Sie stürmte heran wie ein Mann.

»Verteilen!«, brüllte Lawrence über den Lärm hinweg. Er zielte mit seiner Pistole und feuerte. Die Plastikkugel traf einen Mann mitten in die Brust und schleuderte ihn zurück gegen die drei hinter ihm. Sie kippten um wie menschliche Kegel und wurden von den Nachrückenden niedergetrampelt.

Das Platoon hatte einen Kreis gebildet. Die Pistolen feuerten. Rein psychologisch hätte das Feuer aus den großen Waffen viel abschreckender wirken müssen als Pfeile. Eine gefährlich aussehende Pistole, ein lauter

Knall, und ein Mann geht zu Boden. Es war offensichtlich und physisch, und man sah es geschehen. Normalerweise hätte die Menge davonrennen müssen.

Lawrences AS meldete das Geräusch von Gewehrschüssen und aktivierte zugleich ein Analyseprogramm. Irgendjemand in der Menge schoss mit einer Schrotflinte. Er sah, wie Dennis mit vollkommen erstarrtem Skinpanzer rückwärts stolperte.

»Wo zur Hölle kam das her?«

Drei Skin-AS-Programme koordinierten ihre Audio-Triangulation und zeigten die Schusslinie an. Lawrences visuelle Sensoren erfassten einen Mann, der durch die Menge rannte – er hielt etwas Dunkles, Langes in der Hand. Lawrence übermittelte das Bild an Lewis und Nic. »Packt ihn! Ich will ihn haben!«

Sie sprangen mitten hinein in den Mob und stießen rücksichtslos Menschen beiseite.

Jemand sprang Odel in den Rücken, einen Arm um seinen Hals in dem Versuch, ihn zu würgen. Odel griff nach hinten und packte seinen Angreifer mühelos. Zwei Männer warfen sich auf Lawrence. Er traf einen am Arm. Trat nach dem anderen und hörte sein Bein brechen. Jedes Mal korrigierte die AS seines Skinsuits die Kraft des Schlages. Ein Volltreffer mit einer Skin-Faust war stark genug, um einen menschlichen Brustkorb zu zerquetschen. Wenn man jemanden nicht umbringen wollte, war es sicherer, sich auf seine Gliedmaßen zu konzentrieren.

Der Mob war inzwischen zu nahe für die Punch Pistolen. Lawrence wich einem tobenden Burschen aus, der einen Stuhl auf seinem Kopf zertrümmern wollte. Ein anderer zerbrach eine Flasche an seiner Schulter;

die Glassplitter glitten unschädlich am Skinpanzer ab.

Jones schrie auf. Lawrence sah, wie sich das Symbol im Gitter rot färbte. Grafik jagte wild über seine optronischen Membranen, als die AS versuchte, in den Daten etwas zu erkennen. Visuelle Sensoren schalteten sich auf.

Jones stürzte zu Boden. Seine Arme bewegten sich wie in Zeitlupe. Er krachte auf das Pflaster, und es zerbrach unter seinem Anprall.

»Jones!«, brüllte Lawrence. »Status!«

»Okay!« grunzte Jones. »Ein elektrischer Schock. Ich bin unverletzt. Verdammte Scheiße! Sie haben mich mit einer elektrischen Ladung gezappt! Gottverdammt, was für eine Scheiße!«

»Amersy!«, befahl Lawrence. »Die Pfeile.«

Amersy streckte den Arm in die Höhe. Mündungen durchbrachen den Panzer rings um sein Handgelenk. Fünfzig Pfeile jagten davon.

Es war, als hätte irgendeine unsichtbare Macht die Angreifer ausgeknipst. Die vordersten Reihen brachen zusammen wie vom Blitz getroffen, und die verblüfften Mienen entspannten sich rasch zum neutralen Gesicht von Tiefschläfern. Innerhalb von Sekunden waren Lawrence und das Platoon von einem fünfzehn Meter breiten Ring lebloser Körper umgeben. Dahinter starrte der Rest des Mobs in dumpfem Entsetzen auf seine komatösen Kameraden.

Amersy feuerte eine weitere Salve.

Schreie brachen los, als weitere Angreifer zu Boden gingen. Der Rest begann zu rennen und verschwand mit unglaublicher Geschwindigkeit in irgendwelchen Seitengassen.

»Eins zu null für die Guten«, sagte Edmund.

»Sie sind verrückt!«, jammerte Hal. »Total verrückt! Wird es die ganze Zeit über so weitergehen?«

»Ich hoffe ernsthaft nicht«, sagte Odel.

»Jones?« Lawrence ging zu dem Squaddie, der sich nun langsam wieder aufrichtete. »Alles in Ordnung?«

»Scheiße. Ich schätze ja. Die Isolation hat das Schlimmste abgehalten. Der verdammte Schock hat die Hälfte meiner elektronischen Systeme außer Kraft gesetzt. Sie kommen nach und nach wieder online. E-Alpha-Fortress bootet die gesamte AS neu.«

Lawrence gefiel die Situation überhaupt nicht. Der Skinsuit hätte seinen Träger vor jeglichem Strom schützen müssen, und die Elektronik war EMP-sicher. Er blickte die verlassene Straße entlang. Viele der Bewusstlosen bluteten, und er sah eine Reihe Verletzter, die von den Molotows erwischt worden waren. Die Verbrennungen sahen schlimm aus.

Steinbrocken. Molotows. Schrotflinten. Elektroschocks.

Das ist nur ein erster Test, dachte er. Irgendjemand möchte herausfinden, was unsere Skins aushalten.

»Dennis, kümmere dich um Jones, bitte.«

»Ja, Sarge.«

»Hat irgendjemand gesehen, wie Jones den Schock verpasst bekommen hat?«

»Ich war beschäftigt«, antwortete Karl. »Sorry, Sarge.«

»Kein Problem. Wir können die Sensoraufzeichnungen analysieren.«

»Newton?«, erklang die Stimme von Captain Bryant. »Was zur Hölle ist passiert?«

»Ein Mob, Sir. Die Leute sind außer Kontrolle geraten. Ich glaube nicht...« Das Displaygitter mit Nic Fuccios Video flackerte und wurde schwarz. Ein medizinischer Alarm schrillte in Lawrences Ohren.

»Sarge!«, kreischte Lewis. »Sarge! Sie haben ihn erschossen! O Jesus! O du verdammte Scheiße! Sie haben ihn glatt erschossen!«

»Dennis!«, brüllte Lawrence. »Zu mir!« Er rannte. Er bewegte sich mit unglaublicher Geschwindigkeit über die leblosen Körper hinweg und in eine kleine Seitengasse hinein. Helle indigofarbene Navigationsdisplays rollten ab und führten ihn. Rechts herum. Kurve. Rechts herum. Eine Gruppe von Leuten auf der anderen Seite der schmalen Gasse stand reglos da und starrte ihn an. Er drängte sie rücksichtslos beiseite, ohne sich um ihre schmerzerfüllten Proteste zu kümmern.

Ein Skin lag reglos auf der gepflasterten Straße. Dunkelrotes Blut quoll in einer sich rasch ausbreitenden Pfütze unter ihm hervor. Zwischen Nics Schultern klaffte ein faustgroßes Loch im Panzer. Es war schlimm, doch sein Skinsuit hätte ihn am Leben erhalten können. Das Kreislaufsystem war noch immer mit den Aderventilen gekoppelt; in einer Extremsituation wie dieser würde die AS das Gehirn mit Sauerstoff versorgen, bis die Sanitäter eintrafen. Wer auch immer der Heckenschütze gewesen war, er musste es gewusst haben. Der zweite Schuss war abgefeuert worden, als Nic bereits zu Boden gegangen war. Er hatte ihm die obere Hälfte des Schädels weggerissen. Von der Nase an aufwärts war nichts mehr da.

Lewis kniete neben ihm auf der Straße. Notventile an der Unterseite seines Helms hatten sich geöffnet, und ein Schwall Erbrochenes bedeckte seine Brust.

»Er ist tot!«, heulte Lewis. »Tot! Er hatte nicht den Hauch einer Chance!«

Lawrence sah sich um. Die Zivilisten wichen eilig zurück. Köpfe verschwanden in Fenstern, die hastig zugeschlagen wurden.

»Woher kamen die Schüsse?«, fragte Lawrence.

»O Gott! O Gott!« Lewis schaukelte vor und zurück.

»Lewis! Woher kamen die verdammten Schüsse?«

»Ich weiß es nicht, Sarge! Ich weiß es nicht!«

Lawrence blickte die fast leere Straße hinauf und hinunter, während er die letzten telemetrischen Daten von Nic durchging. Er war nach Osten gerannt, also war er nach dem Einschlag zu urteilen hinterrücks erschossen worden. Kein offensichtliches Fenster und kein Balkon, auf dem der Schütze gelauert haben konnte. Als Lawrence den Blick hob, bemerkte er einen Kirchturm, der hoch über die Dächer ragte. Von dort aus war die gesamte Straße frei einsehbar. Doch er musste über einen Kilometer entfernt sein.

Myles Hazledines stille Hoffnung, dass der Gouverneur ein mit allen Wassern gewaschener politischer Mitarbeiter von Zantiu-Braun wäre, löste sich in dünne Luft auf, noch bevor er ihm begegnet war. Er stand draußen vor dem Haupteingang zum Ratsgebäude und beobachtete, wie die Invasoren in ihren Skinsuits über den Platz marschierten. Die wenigen

Einheimischen, die halsstarrig im Weg standen, wurden rücksichtslos beiseite gedrängt. Die Schläger von Zantiu-Braun machten sich nicht einmal die Mühe, die Kraft ihrer Skinsuits zu regeln, und die Opfer flogen förmlich durch die Luft und landeten hart auf dem Pflaster.

Die drei Söldner an der Spitze des Trupps stapften die breiten Stufen hinauf. Im letzten Augenblick erkannte Myles, dass sie nicht vor ihm stehen bleiben würden. Hastig wich er zur Seite, als sie die Türen aufstießen und dabei fast das schwere Glas und die Holzrahmen zerbrachen.

Doch es war nicht ihre rohe Kraft, die Myles' entmutigte, sondern die unverhohlene Arroganz, die sie an den Tag legten. »Hey!«, begann er.

»Sie sind der Bürgermeister?«

Es war eine unnötig laute Stimme, die diese Frage stellte. Die Skins blieben vor Myles' und seinen Leute stehen.

»Ich bin der demokratisch gewählte Vorsitzende des Rates von Memu Bay, ja.«

»Mitkommen.«

»Sehr wohl. Allerdings würde ich gerne ...«

»Jetzt.«

Myles zuckte die Schultern, nickte seinen Beratern zu und folgte den Skins in die Eingangshalle zurück. Die Schläger von Zantiu-Braun verteilten sich. Ihre harten Absätze klapperten über den Marmorboden wie Hufe. Nervöse Angestellte starrten durch offene Türen und wichen hastig zur Seite, als die großen Skins anfingen, sämtliche Büros zu überprüfen. Einige von ihnen rannten die Treppe zum ersten Stock hinauf.

Die Hauptgruppe marschierte direkt in das Büro des Bürgermeisters. Myles musste fast rennen, um mit ihnen Schritt zu halten. Niemand fragte ihn nach dem Weg. Der Grundriss war in ihren Suits gespeichert. Natürlich.

Ich hätte das Gebäude umbauen lassen sollen, dachte er. Das hätte ihnen die Schau verdorben.

Die Tür zu seinem Büro wurde aufgestoßen. Sieben Skins marschierten hinein. Myles sah Francine von ihrer Liege im Garten aufspringen. Sie packte Melanie und hob das kleine Mädchen zu sich hoch. Melanies Gesicht verzog sich schmollend, aber nicht ängstlich, wie Myles stolz feststellte. Er gab seinen Töchtern einen kurzen beschwichtigenden Wink.

Einer der Zantiu-Braun-Schläger stand an der Tür und deutete auf Myles' Mitarbeiter. »Sie«, donnerte seine Stimme. »Sie warten draußen.« Ein dicker Finger winkte Myles. »Sie kommen rein.«

Myles fand sich vor seinem eigenen Schreibtisch stehend wieder, als die Tür hinter ihm krachend zugeworfen wurde. Eine der Skin-Gestalten setzte sich auf seinen Schreibtischsessel. Myles zuckte zusammen, als die antike Kiefer unter dem gewaltigen Gewicht ächzte.

»Sie sollten lernen, Ihre Skins besser zu kontrollieren«, sagte er ruhig. »Wenn Sie hier fertig sind, ist wahrscheinlich in ganz Memu Bay keine Tür mehr heil.«

Einen Augenblick lang herrschte Schweigen, dann öffnete sich die Skin des Mannes auf seinem Sessel längs über die Brust. Der Eindruck von Unbesiegbarkeit verging. Der Mann hatte Mühe, seinen Kopf aus dem Helm zu ziehen, und als es ihm endlich gelang, war sein Gesicht mit einem klebrigen blauen Gel bedeckt.

Myles grinste. »Mussten Sie da drin vielleicht niesen?«

»Mein Name ist Ebrey Zhang. Ich bin der Kommandant der Zantiu-Braun-Streitkräfte in Memu Bay und den umgebenden Siedlungen, was mich zum Gouverneur für die Zivilbevölkerung macht. Ich werde Ihnen nun den einzigen Rat geben, den Sie von mir während der gesamten Operation hören werden: Versuchen Sie nicht, mich aufs Kreuz zu legen. Haben Sie das verstanden?«

Er war ungefähr so, wie Myles ihn sich vorgestellt hätte: Irgendwo in den Vierzigern, mit dunkler asiatischer Hautfarbe, leicht schräg stehenden Augen und zurückweichendem schwarzem Haar. Seine Augäpfel waren von ungewöhnlich dicken optronischen Membranen bedeckt, ähnlich Eidechsenschuppen. Es trug nichts dazu bei, seinen mürrischen Gesichtsausdruck zu verbergen. Nichts weiter als ein gewöhnlicher militärischer Bürokrat, der sich alle Mühe gab, kompromisslos und als Herr der Lage zu erscheinen.

»Klare Worte, eh?«, fragte Myles.

»Ja. Ich mag Politiker nicht. Sie verdrehen einem das Wort im Mund.«

»Ich mag keine Besatzungsarmeen. Sie bringen Menschen um.«

»Gut, dann wissen wir, woran wir sind. Sie sind der Bürgermeister, Myles Hazledine?«

»Ja.«

»Ich möchte die Zugriffskodes für das zivile Verwaltungsnetz.«

Sie benötigten die Kodes nicht; mit ihrer hochentwickelten Software waren sie imstande, das Netz innerhalb von Sekunden unter ihre Kontrolle zu bringen. Doch darum ging es nicht. Myles war der besiegte Häuptling der Barbaren, der vor Cäsar niederkniete und Roms Macht und Ruhm anerkannte.

»Selbstverständlich«, sagte Myles. Er befahl seinem Desktop-Pearl, die Kodes anzuzeigen.

Ebrey wandte sich zu einem der gesichtslosen Skins. »Ich will, dass wir in neunzig Minuten mit dem lokalen Datapool verlinkt sind und ihn kontrollieren. Verschaffen Sie mir einen vollständigen Überblick über die industriellen Kapazitäten und die polizeilichen Akten. Ich will wissen, wer bei ihnen registriert ist und aus welcher Richtung wir mit Widerstand zu rechnen haben.«

»Sir!«, antwortete der Skin.

»Herr Bürgermeister, ich bestelle Sie hiermit offiziell zu meinem zivilen Stellvertreter. Ihre Aufgabe besteht von diesem Augenblick an darin, sicherzustellen, dass die zivile Verwaltung in dieser Stadt ungestört weiter funktioniert. Sie werden also im Grunde genommen das Gleiche tun wie bisher, mit einigen Ausnahmen. Ich werde Ihre Arbeit beaufsichtigen, und der Stadtrat ist für die Dauer der Operation suspendiert. Ich denke nicht daran, mich mit einer Horde von Schwatzmäulern abzugeben, die mir Tag und Nacht jammernd mit irgendwelchen Beschwerden in den Ohren liegt. Zweitens, Sie werden nicht zurücktreten. Drittens, Sie werden mir in der Öffentlichkeit Ihre volle und uneingeschränkte Unterstützung zukommen lassen und jedermann als Beispiel vorangehen. Viertens, mein Stellvertreter übernimmt von diesem Augenblick an das Kommando über Ihre Polizeikräfte. Die Gesetze bleiben die Gleichen wie zuvor, mit einer zusätzlichen Klausel. Wer unsere Arbeit stört, macht sich eines Schwerverbrechens schuldig. Womit wir bei dem kleinen Schwein angekommen wären, das eben einen von meinen Männern erschossen hat.«

»Erschossen?«

»Erschossen. Ich gehe davon aus, dass Sie jede Kenntnis davon abstreiten?«

Myles starrte die Gestalten in ihren Skins an und wünschte sich nichts sehnlicher, als dass er ihre Gesichter hätte sehen können. »Das wusste ich nicht...«

»Natürlich. Ich glaube Ihnen – für den Augenblick. Doch wir werden jede Widerstandsbewegung finden, die Sie zusammengewürfelt haben, und wir werden sie auslöschen. Ich werde nicht dulden, dass Sie unsere Operation stören, und ganz gewiss nicht in diesem Ausmaß.«

»Jemand hat einen Ihrer Leute erschossen?«

»Ja. Und der Platoon Leader scheint zu glauben, dass es eine Falle war, in die seine Leute gelockt wurden.«

»Aber ... hatte Ihr Mann denn keinen Skinsuit an?«

»Er hatte. Das ist es, was mir an dieser Geschichte überhaupt nicht gefällt.«

»Gott im Himmel!«

»Ganz recht. Nun, ich nehme an, Sie haben inzwischen von unserer Politik gegenseitiger Sicherheit und Abhängigkeit gehört?«

Die Nachricht vom Tod des Söldners hatte Myles

einen heftigen Schock versetzt, und einen Augenblick lang war Panik in ihm aufgestiegen. Zantiu-Braun war noch keine dreißig Minuten in Memu Bay, und schon war der Kommandant gezwungen, über Vergeltungsmaßnahmen nachzudenken. Der Hinweis auf ›gegenseitige Sicherheit‹ schnürte ihm die Brust zusammen. »Habe ich.«

»Selbstverständlich haben Sie.« Ebrey Zhang griff in eine der Taschen an seinem Gürtel und zog ein Bündel weißer Plastikschnüre hervor. »Wir werden tausend ehrbare Bürger von Memu Bay auswählen und ihnen diese Plastikbänder umlegen. Jedes Einzelne enthält eine winzige Ladung eines Nervengifts. Es wirkt schmerzlos; schließlich sind wir keine Wilden, doch es tötet seinen Träger innerhalb von fünf Sekunden, und unnötig zu sagen, dass es kein Gegengift gibt. Jeder Mechanismus hat eine eigene Nummer, und für jeden Akt der Gewalt gegen Zantiu-Braun werden zufällig eine oder mehrere Nummern ausgewählt. Sie werden von unseren Satelliten ausgestrahlt, der Mechanismus wird ausgelöst und der oder die Träger sterben. Sollte jemand versuchen, sein Halsband zu manipulieren oder zu entfernen, entlädt es sich ebenfalls. Und es gibt einen eingebauten Zeitgeber, der alle vierundzwanzig Stunden von den Satelliten zurückgesetzt werden muss, ebenfalls durch Übertragung eines Kodes. Falls also jemand glaubt, er kann entkommen, indem er sich unter der Erde oder in einem abgeschirmten Raum aufhält, so kann er dies nicht länger als vierundzwanzig Stunden lang. Irgendwelche Fragen?«

»Ich denke, Sie haben sich recht unmissverständlich ausgedrückt.«

»Sehr schön. Hoffen wir, dass es funktioniert und dass sich der Mord von heute nicht wiederholt.« Er rieb die Plastikbänder geistesabwesend zwischen seinen dicken Skin-Fingern.«

Myles konnte den Blick nicht abwenden. »Wollen Sie mir jetzt auch eins umlegen?«

»Gütiger Gott, nein, Bürgermeister! Was hätte das für einen Sinn? Die Bänder sollen garantieren, dass sich andere vernünftig benehmen, nicht Sie. Wenn Ihre politischen Gegner sehen würden, dass Sie eines tragen, würden sie nach draußen gehen und dem erstbesten meiner Leute einen Stein auf den Kopf schlagen. Verstehen Sie, Bürgermeister, ich möchte Sie gewiss nicht zum Märtyrer machen. Ich möchte lediglich all den schönen Worten von Gegenseitigkeit und Sicherheit Nachdruck verleihen. Lassen Sie mich Ihnen zeigen, wie es funktioniert.« Er drehte sich im Stuhl um und lächelte Francine an, die noch immer mitten in dem kleinen Garten stand.

»Nein!«, rief Myles entsetzt. Er wollte vorspringen, doch eine schwere Skinhand legte sich auf seine Schulter und hielt ihn fest. Es war unmöglich, sie abzustreifen. Tränen traten ihm in die Augen, als der Griff fester und fester wurde, und er war sicher, dass sein Schlüsselbein jeden Augenblick brechen würde.

Ebrey Zhang winkte. Francine warf ihm einen rebellischen Blick zu, doch dann setzte sie ihre Schwester vorsichtig ab und flüsterte ihr ein paar Worte ins Ohr. Melanie rannte durch den Garten davon und verschwand auf der anderen Seite hinter einer Tür. Francine richtete sich kerzengerade auf und kam in Myles' Arbeitszimmer.

»Ich habe ein Geschenk für dich, Liebes«, sagte Ebrey Zhang. Die Plastikschlaufe öffnete sich.

»Verdammt, Zhang!«, brüllte Myles. »Sie ist doch erst fünfzehn!«

Francine schenkte ihrem Vater ein tapferes Lächeln. »Schon gut, Daddy«, sagte sie und kniete vor dem Gouverneur nieder, der ihr das Plastikband um den Hals legte. Die beiden Enden verschmolzen miteinander, und es zog sich zusammen, bis es ganz eng um ihren Hals lag.

»Ich weiß«, sagte Zhang mitfühlend zu Myles. »Sie würden mich jetzt am liebsten umbringen.«

Francine rannte durch das Zimmer und warf sich ihrem Vater in die Arme. Er drückte sie an sich und strich ihr über das kastanienfarbene Haar. »Wenn ihr irgendetwas zustößt, werden Sie sterben«, sagte er zu dem Gouverneur. »Und es wird weder schnell noch schmerzlos sein.«

Es war einer von Memu Bays attraktiven weiten Boulevards im Zentrum der Stadt. Die Bürgersteige waren gesäumt von großen, kräftigen Bäumen, deren Blätterdach angenehm kühlen Halbschatten für die Fußgänger warf. Karl Sheahan wanderte in der Mitte der Straßenbahnschienen und hoffte, dass irgendein Arschloch versuchen würde, ihm dumm zu kommen oder ihn auch nur eigenartig anzusehen. Alles, was ihm eine legitime Entschuldigung lieferte, irgendeinem einheimischen Arschloch den Schädel einzuschlagen. Er wollte Rache für Nic, koste es, was es wolle.

Sie hatten Amersy und den Kleinen bei dem Toten

als Wache zurückgelassen, um weiter nach Plan vorzugehen und ihr Gebiet zu besetzen. Karl war dagegen gewesen. Sie hätten alle bei Nic bleiben sollen, schon aus Respekt für den Toten, wenn schon nichts anderes. Doch der gottverdammte Sarge hatte darauf bestanden, dass sie weitermachten. Also hatten sie sich in die zugewiesenen Straßen begeben, und jetzt war er hier und sollte nach Anzeichen von organisiertem Widerstand Ausschau halten.

Wenigstens half die Wut, seine Nervosität zu überwinden. Ein paar von diesen Fischfickern hatten tatsächlich Kanonen, die durch Skin schossen, als gäbe es sie gar nicht. Das war schlimm. Wirklich schlimm. Es bedeutete, dass sie alle verwundbar waren, jedenfalls so lange, bis die Jungs vom Geheimdienst die Quelle ausfindig gemacht hatten. Und das würden sie. Sie *würden* die Quelle finden. Er klammerte sich daran. Die Burschen vom Geheimdienst waren unheimlich, doch sie arbeiteten effektiv. Bis es soweit war, musste er mit heruntergelassenen Hosen durch die Gegend marschieren und darauf warten, dass ihm irgendjemand in den Hintern trat. Böse Sache. Böse, böse Sache.

Er blickte sich aufmerksam um, während er über die Schienen wanderte, und suchte nach allem, das auch nur entfernt nach einem Gewehrlauf aussah. Er trug seine Punch Pistole schussbereit und gut sichtbar; bis jetzt sah es aus, als würde sie die Menschen einschüchtern, wie es wohl auch gedacht war. Alle blieben in ihren Häusern und beobachteten ihn verstohlen durch die Fenster. Es hatte ein paar höhnische Rufe gegeben, doch das war alles. Die Nachricht von seinem gefallenen Kameraden überflutete den lokalen Datapool. Das und die Pfeilschwärme hatten dafür gesorgt, dass die Straßen ziemlich schnell frei geworden waren.

Irgendein alter Säufer schlurfte aus einer Seitenstraße. Er fuchtelte aggressiv mit einem Gehstock und benahm sich, als gehörte ihm der Planet. Karl ging weiter.

»Hey, du! Söhnchen!«, rief der Alte.

»Was?«

Der Alte war am Bordstein stehen geblieben. »Komm her.«

Karl fluchte in seinen Helm hinein und änderte seine Richtung. »Was wollen Sie?«

»Ich suche nach deiner Mutter.«

Karls Sensoren zoomten näher heran. Der alte Mann war wirklich steinalt. Wahrscheinlich hatte er im Lauf der Jahre zu viel Sonne abbekommen. »Meiner Mutter?«

»Ja. Sie schickt deine Schwester auf den Strich, wusstest du das? Ich möchte wissen, wie viel sie nimmt. Ich würde euch gerne einen guten Fick verpassen.«

Karl ballte die Fäuste. Die AS seines Skinsuits musste den Griff um die Punch Pistole nachregeln, sonst hätte er das Gehäuse zerquetscht. »Mach, dass du in das Irrenhaus zurückkommst, aus dem du abgehauen bist, du blöder alter Furz!«

Er wandte sich ab und ging weiter. Diese gottverdammten Kolonieparasiten! Bastarde! Er hatte nie verstanden, warum Zantiu-Braun nicht einfach die ganze verdammte Oberfläche mit Gammastrahlen bombardierte und ihre eigenen Leute nach unten schickte, um die Fabriken zu übernehmen.

Der Spazierstock segelte durch die Luft und krachte auf Karls Rücken. Der Skinsuit musste sich nicht einmal verhärten, um ihn zu schützen.

»Gottverdammt, hör auf damit, du dämlicher alter Wichser!«

»Sie werden ihn hier begraben, Söhnchen.«

Der Stock hatte eine Eisenspitze, und der Alte versuchte inzwischen, damit einen der Sensoren in Karls Helm zu durchbohren.

»Hör auf damit!« Karl versetzte dem Alten einen leichten Stoß, und fast wäre er hinterrücks gefallen. Im letzten Augenblick fand er sein Gleichgewicht wieder und startete eine neue Attacke mit dem Stock.

»Ihr könnt die Toten nicht mit nach Hause nehmen. Sie wiegen zuviel, und Zantiu-Braun ist zu billig. Dein Freund wird hier bleiben und hier begraben. Ich werde ihn wieder ausgraben, wenn ihr weg seid.«

»Verpiss dich.« Karl packte den Spazierstock und schleuderte ihn weg.

»Wir werden auf ihn und den Rest von seinem Schädel pissen, Söhnchen. Wir werden darüber lachen, wie er gestorben ist, mit Scheiße, die aus seinem Arsch getropft ist, und Schmerzen, dass ihm der Verstand weggeblieben ist.«

»Verdammter Bastard!« Karl packte den irren alten Mistkerl und holte mit der anderen Faust aus. Der Alte lachte gackernd auf.

»Karl?«, kam Lawrences Stimme. »Karl, was ist da bei dir los?«

Dieser gottverdammte Telemetrieschaltkreis in seinem Skinsuit! Karl wusste schon nicht mehr, wie oft er das Ding rausreißen hatte wollen. Er atmete tief durch, die Faust noch immer zum Schlag erhoben. »Ich hab einen von ihren Rädelsführern erwischt, Sarge. Er weiß Bescheid über das Gewehr, das sie benutzt haben.«

»Karl, er ist ungefähr zweitausend Jahre alt. Setz ihn wieder ab.«

»Er weiß Bescheid!«

»Karl. Lass nicht zu, dass sie dich so weit bringen. Genau das wollen sie erreichen.«

»Jawohl, *Sir*.«

Karl ließ den Alten los, dann wurde ihm bewusst, dass er sich trotzdem auf gewisse Weise rächen konnte. »Hey, Arschgesicht! Du bist jetzt meine Trophäe. Wie gefällt dir das, eh?« Er öffnete eine Gürteltasche und zog ein Plastikhalsband hervor. Der alte Narr lachte ununterbrochen, während Karl ihm das Halsband umlegte – als wäre es das Beste, was ihm überhaupt geschehen konnte.

Michelle Rake hatte den ganzen Morgen damit verbracht, mit vor der Brust angezogenen Knien auf ihrem Bett zu sitzen. Sie war vollständig angezogen, doch sie brachte nicht genug Energie auf, um ihr kleines Apartment zu verlassen. Einige der anderen Studenten im Wohnhaus waren nach draußen gegangen, um zuzusehen, wie die Invasoren durch Durrell marschierten. Es würde damit enden, dass sie Steine auf die Söldner von der Erde warfen, die sich mit ihren gemeinen Betäubungswaffen wehrten und dann ihre Opfer wegschleiften, um ihnen explosive Halsbänder umzulegen.

Also war sie in ihrem Apartment geblieben und

hatte die Nachrichten im Datapool verfolgt. Auf diese Weise hatte sie live mitverfolgen können, wie die Lander am Stadtrand niedergegangen waren und Tausende der Söldner in Skinsuits ausgespuckt hatten, die unverzüglich über die Stadt ausgeschwärmt waren. Und sie hatte Recht. Die Menschen hatten Steine geworfen und Flaschen und sogar eine Art Feuerbomben. Sie hatten Barrikaden errichtet und in Brand gesteckt. Die Söldner waren hindurchmarschiert, als wäre es Regen und keine Flammen. Nichts konnte sie beeindrucken oder auch nur verlangsamen.

Es hatte weitere Formen des Widerstands gegeben. Die Nachrichten wussten zu berichten, dass einer der Hihydrogen-Tanks am Flughafen in die Luft geflogen war. Ein paar Zivilgebäude waren in Brand gesteckt worden, und dichte Rauchwolken standen über der Hauptstadt. Der Datapool reagierte träge, und manchmal brach ihre Verbindung minutenlang zusammen während im elektronischen Schatten der Stadt ebenso unheimliche wie faszinierende Softwareschlachten ausgefochten wurden.

Eine Viertel Stunde, nachdem die Lander aufgesetzt hatten, fielen kleine Kapseln mit Ausrüstung an großen gelben Fallschirmen vom Himmel. Sie trieben in die Parks und Wiesen westlich von Durrell. Kameras verfolgten mehrere Kapseln, deren Fallschirme sich verwickelt hatten; sie stürzten wie Kometen zu Boden und zerschellten in einer Kaskade von Metall- und Plastiksplittern.

Sie hatte von Anfang an eine Verbindung zu ihren Eltern in Colmore offen gehalten, einer Siedlung zweitausend Kilometer südlich von Durrell. Vielleicht war es schwach von ihr, doch sie wussten, wie sehr die Invasion ihre Tochter verängstigte. Es war ihr erstes Jahr in der Universität, und sie hatte noch nicht viele Freunde gefunden. Sie wollte eigentlich nur nach Hause, doch die Zivilflüge waren bereits einen halben Tag nach Entdeckung der Raumschiffe von der Erde eingestellt worden. Sie saß in Durrell fest.

Jedes Mal, wenn sie darüber nachdachte, sagte sie sich, dass sie erwachsen war und damit fertig werden müsste. Doch dann fing sie an zu weinen. Durrell war die Hauptstadt von Thallspring; hier würden mehr Söldner herumlaufen als irgendwo sonst auf der Welt. In Durrell war alles größer – einschließlich der möglichen Schwierigkeiten.

Eine Stunde nach Landung der Invasoren wurde ihre Verbindung nach Colmore unterbrochen. Sie unternahm alles Mögliche, um sie wieder herzustellen – vergeblich. Die Management-AS des Datapools meldete lakonisch, dass die Satellitenverbindungen gestört seien. Kein Wort darüber, warum oder wie es dazu gekommen war.

Sie umschlang ihre Knie fester und zuckte bei jedem Geräusch im Wohnheim zusammen. Ihre Phantasie füllte das Treppenhaus und die Gänge mit Skinsuits, und die Invasoren zerrten Studenten aus ihren Zimmern und legten ihnen die explosiven Halsbänder um. Sie würden es alleine deswegen machen, weil Studenten stets Scherereien verursachten, weil sie aufrührerisch waren und demonstrierten und weil der Universitätscampus eine ständige Brutstätte von Revolutionären war.

Ein Klopfen ertönte an der Tür. Michelle kreischte erschrocken. Das Klopfen wiederholte sich. Sie starrte auf ihre Zimmertür. Es gab keinen Ort zum Verstecken, keine Möglichkeit zur Flucht.

Sie nahm die Arme von den Knien und stand auf. Das Klopfen kam erneut. Es klang weder autoritär noch ungeduldig. Sie hasste sich dafür, dass sie so verängstigt war, während sie über den abgetretenen Teppich tappte und den Schlüssel im Schloss umdrehte. »Es ist offen«, flüsterte sie.

Sie zitterte, als wäre es tiefster Winter, während sich die Tür langsam öffnete. Jemand stand dort und betrachtete sie neugierig. Sie hatte so wenig mit ihm gerechnet, dass sie im ersten Augenblick glaubte, ihr fieberndes Gehirn erzeugte Halluzinationen.

»Josep?«, murmelte sie.

»Hi, Baby.«

»O mein Gott, du bist es!« Sie sprang ihn an und umklammerte ihn so heftig, als wollte sie ihn zerquetschen. Aber ... Josep!

Sie hatten sich in diesem Sommer kennen gelernt, als sie Urlaub gemacht und ihr traumhaftes Examen gefeiert hatte. Der erste Urlaub, den sie je alleine gemacht hatte. Es war eine unglaubliche Zeit gewesen. Vorher hatte sie immer über die klischeehafte Dummheit einer Ferienromanze gelacht. Doch es war anders gekommen; sie hatte sich tatsächlich verliebt. Und in der Nacht hatte sie die Leidenschaft ihres Körpers fast erschreckt, die Dinge, die sie miteinander im Hotelbett getan hatten. Fast. Aus Memu Bay abzureisen hatte ihr das Herz zerrissen.

Sie schluchzte hilflos, während er sie in den Armen hielt. »Ich dachte, du wärst einer von ihnen«, sprudelte sie hervor. »Ich dachte, sie wären gekommen, um mich zu einer Geisel zu machen.«

»Nein, nein.« Er streichelte ihren Rücken. »Ich bin es nur.«

»Wie bist du hergekommen? Warum bist du hier? Oh, Josep, ich hatte solche Angst!«

»Ich hab den letzten Flug aus Memu Bay bekommen. Ich hab dir doch gesagt, dass ich mit dir kommen und mich an der Universität einschreiben will. Ich hatte eben beschlossen, in der Tauchschule zu kündigen, als diese Bastarde angekommen sind.«

»Du bist ... du bist wegen mir hierher gekommen?«

Er nahm ihr Hände und drückte sie mit seinen, bis sie aufhörte zu zittern. »Natürlich bin ich das. Ich konnte dich nicht vergessen. Nicht eine Sekunde.«

Sie begann erneut zu weinen.

Er küsste sie sanft auf die Stirn, dann am Hals. Jede Berührung seiner Lippen war eine Wohltat. Er war hier, der wunderbare Josep mit seinem starken, aufregenden Körper. All das Schlimme, das auf ihre Welt herabgekommen war, konnte ihr jetzt nichts mehr anhaben.

Steve Anders ging vorsichtig die Betonstufen in den Keller unter der Bar hinunter. Die Betonstufen waren ausgetreten und von der feuchten Salzluft der Küste morsch geworden, was sie schlüpfrig machte. Er hatte nicht gewusst, dass die Bar einen solchen Raum besaß – doch es war auch lange her, dass er in einer der Touristenfallen entlang der Marina gewesen war. Sein Gehstock tastete vorsichtig über jede Fläche, bevor er seinen Fuß darauf setzte. In seinem Alter riskierte man nicht leichtfertig gebrochene Knochen.

Er kicherte bei diesem Gedanken. Es war sein Alter, das ihn hierher geführt hatte. Bei Gott, es war gut, beim Kampf gegen die Schweine mitzumachen, die beim letzten Mal seinen Sohn ermordet hatten. Gut, dass er etwas unternehmen konnte, dass sein Alter endlich auch mal zu etwas nutze war.

Der Raum war ein typischer Bier- und Lagerkeller. Kisten mit leeren und vollen Flaschen standen an den Wänden aufgestapelt. Eine Falltür mit einer motorisierten Plattform, um die Fässer nach oben und unten zu bringen. Zerbrochene Stühle, Werbeplakate von vor Jahren, Kisten mit alten Bierdeckeln, zerbrochene Flachschirme, die zusammengerollt und hinter Tontöpfen aufgestapelt lagen, in denen immer noch vertrocknete Pflanzen standen.

Er erreichte die unterste Stufe und sah sich im Halbdunkel um. Der Raum war von einem einzigen trüben grünen Leuchtkonus erhellt.

»Hallo, Mr. Anders.«

Er spähte das Mädchen an, das aus dem Schatten trat. Ein ziemlich junges Ding. »Ich kenne Sie«, sagte er. »Sie sind die Kindergärtnerin.«

»Besser, wenn wir uns nicht mit Namen ansprechen«, sagte Denise.

»Ja. Ja, natürlich. Es tut mir Leid.«

»Schon gut. Ich danke Ihnen für das, was Sie getan haben. Es war sehr mutig von Ihnen.«

»Pah!« Seine freie Hand kam automatisch hoch und strich über das Plastikhalsband. »Es war ziemlich leicht. Und ich hatte jede Menge Spaß dabei, diesen Scheißkerl so richtig zu ärgern, der es mir angelegt hat.«

Denise lächelte und deutete auf einen Stuhl. Steve

nickte schroff, um seine steigende Nervosität zu verbergen, und setzte sich. Er beobachtete interessiert, wie sie einen ganz gewöhnlichen Desktop-Pearl aus ihrer Umhängetasche nahm. Das Gerät war kaum größer als ihre Hand, ein flaches, schwarzes Rechteck mit einem aufgeklappten Sichtschirm. Nichts Besonderes.

Sie hielt das Gerät in der offenen Hand wie einen verletzten Vogel, dann schlossen sich ihre Augen, und auf ihrer Stirn entstanden kleine Falten.

Steve Anders wünschte sich, er wäre sechzig Jahre jünger. Sie war bezaubernd.

Der Desktop-Pearl veränderte seine Form. Das Plastik zerfloss und verwandelte sich in eine Sichel mit messerscharfen Spitzen.

»Das ist ungewöhnlich«, sagte Steve und bemühte sich, unbeeindruckt zu klingen. Vor seiner Pensionierung war er Proteinzellentechniker gewesen. Nichts Aufregendes; er war nicht mehr als ein Mitläufer in der Nahrungsmittelraffinerie von Memu Bay. Doch er kannte Thallsprings technologischen Entwicklungsstand.

Denises Augenlider öffneten sich flatternd. »Ja. Sind Sie bereit?«

Steve war plötzlich ein ganzes Stück zuversichtlicher, dass er diese Geschichte am Ende doch überleben würde. »Fangen Sie an.«

Denise brachte das Gerät hoch und berührte mit den Spitzen das Plastikhalsband. Steve versuchte zu sehen, was sie dort machte.

»Er verbindet sich mit dem eingebauten System«, sagte sie verständnisvoll, als sie seine Anspannung bemerkte. »Indem wir ihre Signale aufzeichnen, lernen wir ihre Funktionsweise zu verstehen. Sobald wir alles haben, liegen ihre Systeme offen vor uns.«

»Klingt mehr nach einer Philosophie als nach Hacken.« Wollte sie die Software duplizieren, oder vielleicht die Hardware? Wie auch immer, er hatte noch nie von einem Apparat gehört, der so etwas konnte. Es faszinierte und verängstigte ihn zugleich.

»So, das hätten wir«, sagte sie zufrieden.

Das Plastikhalsband wurde schlaff. Denise nahm es ihm ab, und Steve stieß einen erleichterten Seufzer aus. Er sah, dass die Spitzen des Apparats eine Art vernetztes Geflecht gebildet hatten, Fasern, die so dünn waren wie menschliches Haar und im Plastik das Halsbands verschwanden.

Nein, nichts auf Thallspring war zu etwas Derartigem imstand.

»Das ist alles?«, fragte er.

»Das ist alles.«

Kapitel sieben

Das Gedränge bildete sich mit einem lauten Krachen, als die Köpfe der Spieler in der vorderen Reihe zusammenprallten. Jeder der Jungen spannte sich, biss auf die Zähne und atmete angestrengt durch, während alle darauf warteten, dass die Gedrängehalbspieler den Ball hereinschoben.

Von seiner Flankenposition aus konnte Lawrence nur durch das Gewirr schmutzverkrusteter Beine sehen. Der Ball war ein dunkler Schatten, als er durch die schmale Lücke kam. Er schrie vor Anstrengung, als er seinen Teamkameraden beim Schieben half. Die Hakler warfen sich auf den Ball wie ein Paar menschlicher Presslufthämmer.

Lawrences Stiefel begannen wegzurutschen. Die vorderen Gedrängespieler von Lairfold waren die vermutlich größten Achtzehnjährigen, die Lawrence je im Leben gesehen hatte. Die ersten Fünfzehn von Hillary Eyre verloren so gut wie jedes Gedränge, und das kostete eine Menge Punkte.

Diesmal jedoch gelang es Nigel, dem Hakler von Eyre, den Ball für sein Team zu schnappen. Er ging nach hinten und zur zweiten Reihe. Die Mannschaft von Lairfold sah, was geschehen würde, und versuchte, das Gedränge zu drehen. Rob schnappte den Ball aus der zweiten Reihe und warf ihn in einem weiten Pass zur Flanke von Eyre, bevor er unter dem gewaltigen Angriff des wütenden Lairfold-Teams unterging.

Das Gedränge löste sich auf, und die schweren Jungs trotteten in Richtung der Flügelläufer, die den Ball führten. Er wurde dreimal weitergegeben, bevor Alan ihn unmittelbar vor der Halblinie fing. Er war kleiner als die meisten anderen aus seiner Mannschaft, doch in seinem gedrungenen Körper steckten gewaltige Kräfte. Er sprintete schneller davon, als seine Gegner erwarteten. Die zwanzig Jungen, die ihn abfangen wollten, mussten mehrfach ihre Richtung ändern, was ihm ein paar zusätzliche Sekunden Luft verschaffte, bevor einer der Flankenläufer von Lairfold ihn abfangen konnte. Es war ein heftiger Zusammenprall. Beide Jungen verließen den Boden und strampelten mit den Beinen in der Luft. Der Ball flog geradewegs und gut gezielt aus dem Gedränge, während Alan schrie: »Lauf, Lawrence, lauf!«

Lawrence fing ihn, ohne auch nur innezuhalten. Er jagte in Richtung Torlinie von Lairfold.

Das Jubeln von der Seitenlinie erhob sich zu einem donnernden Kreischen, Johlen und Singsang. Aus dem Augenwinkel sah Lawrence die roten und purpurnen Pompons der Cheerleader von Eyre, die ihr Bestes gaben. Er konnte nicht erkennen, welche von ihnen Roselyn war. Dann sah er den Schlussspieler von Lairfold direkt auf sich zukommen, und der dünne Mistkerl war schneller als er. Er würde den Touchdown nicht schaffen. Auf der anderen Seite des Felds lief Vinnie Carlton mit und achtete peinlich darauf, dass er nicht ins Abseits kam.

Zwei Sekunden, bevor der Schlussspieler ihn packen konnte, warf sich Lawrence zur Seite und passte den Ball. Der Schlussspieler schlang die Arme um seine Beine, und Lawrence schlug der Länge nach ins durchnässte Gras. Der Ball segelte quer übers Feld. Alles starrte ihm hinterher, selbst die Fans an den Seitenlinien vergaßen ihr Gejohle. Vinnie rannte weiter. Und das Team von Lairfold bemerkte ihn. Ihre Gorilla-Gedrängespieler stießen einen wütenden Kriegsschrei aus – doch keiner war auch nur in der Nähe.

Vinnie fing den Ball wunderbar leicht, zehn Schritte vor der gegnerischen Grundlinie. Er segelte mit einem glückseligen Schrei hinüber und riss den Ball in die Höhe, während er sich zwischen die beiden mächtigen Torpfosten warf. Und den Ball auf das Gras donnerte.

Die Menge war außer sich. Lawrence lachte, als hätte er den Verstand verloren, während er sich unter den wütenden Verteidigern hervor kämpfte. Seine Rippen und Schultern brannten wie Feuer, und der Angriff hatte ihm die Luft geraubt – trotzdem lachte und lachte er. Das Eyre-Team jubelte Vinnie zu, während er Lawrence umarmte.

»Großartiger Pass, Mann!«

»Großartiger Versuch.«

»Noch ein Punkt hinten«, sagte Alan, der stets Depressionen verbreitete.

Lawrence schüttelte den Kopf. »Zwei Punkte vorne, meinst du wohl. Keine Angst. Richard schafft es.«

Sie kehrten in ihre eigene Hälfte zurück, während Richard den Boden mit dem Absatz bearbeitete und den Ball sorgfältig aufrecht stellte. Lairfold reihte sich zwischen den Torpfosten auf, mit dem Gesicht zu ihm. Doch für Richard, den Rekordkicker von Eyre, war das Drei-Punkte-Tor ein einfacher Anlauf und ein schneller Tritt. Der Ball segelte fast gemächlich zwischen den hohen weißen Pfosten hindurch.

Das Spiel dauerte noch weitere drei Minuten. Eyre spielte taktisch. Kein Bodenverlust. Den Ball in den eigenen Reihen halten.

Dann pfiff der Schiedsrichter ab, und die Kapitäne gaben sich in der Spielfeldmitte die Hände. Lawrence stand bei seinen Mannschaftskameraden und verabschiedete seine Gegenspieler mit drei herzlichen Hochrufen, als sie das Feld verließen.

Alan lachte grausam. »Seht sie euch an. Eine Bande von Wichsern. Geht nach Hause und hängt euch auf, Jungs!«

Nigels Hand legte sich über seinen Mund. »Zeig ein wenig Würde, Mann!«

»Tue ich doch!« Alan grinste selbstgefällig. »Ich amüsiere mich verdammt noch mal prächtig! Ich liebe es, wenn arrogante Typen wie diese auf die Schnauze fallen!«

»Hey, Mann des Spiels!« John schlang einen Arm um Vinnie und zog ihm die Haare über das Gesicht. »Was für ein Lauf!«

Vinnie grinste glücklich. »Hätte ich niemals ohne Lawrence geschafft!«

»Man tut, was man kann«, sagte Lawrence in seinem bescheidensten Tonfall.

»Ja«, brummte Alan. »Aber nur, wenn Roselyn dich lässt.«

Einige der Cheerleader kamen über das Spielfeld gerannt, um ihre Helden zu begrüßen. Sie trugen kurze purpurrote Röcke und kornblumenblaue Sporthalter.

»Das nenne ich eine Begrüßung!«, sagte Alan. Sein

Lachen klang wie ein schlimmer Schluckauf. Er breitete die Arme aus und rannte den Mädchen entgegen. Sie wichen ihm aus.

Roselyn versetzte ihn einen Schlag mit ihrem Pompon und tänzelte um ihn herum zu Lawrence. »Du hast gewonnen!«, rief sie, während sie ihn küsste.

»Es war die Mannschaft.«

»Nein, war es nicht. Es war dein genialer Wurf, der das Spiel herumgerissen hat. Ich habe alles genau gesehen. Küss mich!«

»Ach du liebe Scheiße!«, murmelte Alan und trottete in Richtung Umkleidekabine davon.

Lawrence und Roselyn lachten ihm hinterher.

»Igitt, du bist ganz schmutzig!«, beschwerte sie sich unvermittelt. Kalter feuchter Schmutz aus seinem Hemd waren auf ihren Halter gekommen. »Geh und wasch dich.«

»Jawohl, Ma'am.«

»Und beeil dich. Es ist kalt hier draußen.« Sie rieb sich die Arme und warf einen misstrauischen Blick auf die Ventilatoren der Kuppel. Die Schule senkte die Temperatur für Rugbyspiele und Fußball, damit sich die Spieler nicht zu sehr erhitzten, doch das hier fühlte sich an, als wehte die Außenluft direkt in die Kuppel. »Geht ihr heute Nacht zur Party?«, fragte Nadia. Sie drückte sich an Vinnie, und er hatte den Arm besitzergreifend um ihre Hüfte gelegt. Doch es war Lawrence, dem ihr intensiver Blick galt.

»Ja, sicher«, antwortete Lawrence vorsichtig und in neutralem Ton. Roselyn schien über telepathische Fähigkeiten zu verfügen, wenn es um seine Gedanken über andere Mädchen ging. Nicht, dass er sich

Gedanken wegen anderer Mädchen machte – natürlich nicht.

Eigenartig nur, dass jahrelang kein Mädchen an der Hillary Eyre High auch nur das geringste Interesse an ihm gezeigt hatte. Erst jetzt, seit er mit Roselyn zusammen war, bekam er unverhohlene Signale. Und das nicht nur von Nadia.

»Wir sehen uns später«, sagte Roselyn. Sie wandte sich ab, dann wirbelte sie wieder zu ihm herum. »Noch einen Kuss!«

Er gehorchte.

»Und? Ist sie nun schwanger?«, fragte Alan im Umkleideraum.

»Was? Wer?« Lawrence hatte geduscht, nachdem er das Shampoo von jemand anderem gefunden hatte. Jetzt rieb er sich neben seinem Spind die Haare trocken.

»Roselyn.«

»Nein!«

»Und wozu dann all die Übung?« Alans Frage ging in sein gackerndes Lachen über.

»Mein Gott, du bist ein Perverser!«

»Gott? Ah, du hast dir Roselyns Gott ausgeborgt, oder wen meinst du?«

»Leck mich.«

»Hört her«, sagte Alan mit erhobener Stimme, sodass die anderen ihn ebenfalls hören konnten. »Drei Mal hab ich ihn letzte Woche gefragt, ob er mit ausgehen will. Jedes Mal hat er mit weinerlicher Stimme geantwortet: ›Nein, ich kann nicht, wir müssen zusammen studieren!‹«

»Welchen Teil von ihr hast du denn studiert?«, rief Rob.

»Ja!« Nigel lachte. »Kennst du denn immer noch nicht alle wichtigen Teile von ihr?«

»Leckt mich am Arsch!«, rief Lawrence zurück und hoffte, dass sein Grinsen nicht allzu offensichtlich war. Es war eine ziemlich prestigeträchtige Geschichte, so lange mit ein und dem gleichen Mädchen zusammen zu sein, dass alle wussten, dass ihre Beziehung solide war.

»Sie sind nur eifersüchtig«, sagte Vinnie. »Freaks ohne Mädchen.«

Lawrence verneigte sich vor ihm. »Danke.« Er mochte Vinnie Carlton – der Junge war erst achtzehn Monate zuvor auf Amethi angekommen, kurz nach Roselyns Familie, doch es war schon so, als wäre er immer hier gewesen. Lawrence hatte sich ungefähr um die gleiche Zeit mit ihm angefreundet, als er sich bei seinen Altersgenossen wieder integriert hatte. Vinnie hatte keine Familie in Templeton; sein Vater war noch immer auf der Erde und schloss Verträge für seine Softwarefirma ab, bevor er endgültig nach Amethi übersiedelte. Da Vinnie bereits siebzehn gewesen war, als er an Bord des Raumschiffs gegangen war, durfte er nach dem Gesetz ohne Aufsicht von Erziehungsberechtigten leben. Er hatte sein eigenes Apartment, und eine Anwaltsfirma kümmerte sich um finanzielle Angelegenheiten und die übrigen offiziellen Dinge, wie beispielsweise einen Platz in der Schule. Zuerst war Lawrence bodenlos eifersüchtig auf Vinnies Apartment gewesen. Doch sie besaßen eine Menge Gemeinsamkeiten, gingen in die gleichen Kurse und in den Fliegerclub – Vinnie war auf der Erde schon einmal selbst geflogen – behauptete er zumindest –, spielten in den gleichen Mannschaften, spielten I-Games gegeneinander. Sie sahen sich sogar in gewisser Hinsicht ähnlich, auch wenn Lawrences Haare ein wenig heller waren und Vinnies Augen dunkelbraun statt graugrün. »Ihr seht aus, als wärt ihr Cousins!«, hatte Roselyn einmal gesagt.

Lawrence hatte gelacht und gesagt: »Bestimmt nicht.« Obwohl er Vinnie ein paar Monate nach ihrem Kennenlernen nach seiner Familie gefragt hatte. Und bei dieser Gelegenheit entdeckte, dass die Carltons diejenigen waren, die *Halo Stars* nach Amethi importiert hatten. Was Vinnie zu einer wirklich wichtigen Persönlichkeit machte – er bekam die Upgrades vor allen anderen. Nicht, dass Lawrence die I's noch annähernd so häufig gespielt hätte wie früher. Er fand einfach nicht mehr genügend Zeit.

»Alan, wir müssen dir ein Mädchen finden, bevor dein Verstand wegen hormoneller Überlastung durchbrennt«, sagte Vinnie. »Du wirst von Tag zu Tag schlimmer. Du kommst doch wohl mit heute Nacht, oder?«

»Selbstverständlich komme ich mit! Diese Party war immerhin meine Idee, hast du das vergessen?«

Lawrence erinnerte sich, dass Roselyn und Nadia gesagt hatten, das Team solle nach dem Spiel ausgehen und entweder seinen Sieg feiern oder seine Niederlage betrauern, doch er entschied sich klugerweise, es an dieser Stelle nicht zu erwähnen.

»Wir könnten noch ein paar andere Mädchen einladen«, schlug Richard vor.

Die Vorstellung, dass Richard so etwas wie andere Mädchen überhaupt kannte, war genauso eigenartig, und Lawrence behielt auch diesen Gedanken für sich. Richard war seit Ewigkeiten mit Barbara zusammen. *Ein einziges* anderes Mädchen, und sie würde ihn umbringen.

»Macht euch wegen mir keine Gedanken«, sagte Alan in seinem aufreizendsten Tonfall. »Ich hab ein narrensicheres System, um bei den Frauen zu landen.«

»Was?«, schnaubte Nigel. Es sollte verächtlich klingen, doch er konnte seine Neugier nicht ganz verbergen.

Der Umkleideraum wurde wie durch Magie still, als die anderen in der Mannschaft rein zufällig Alans Prahlerei hörten. Nicht, dass einer von ihnen ein System benötigt hätte, doch es konnte nie schaden, mehr zu wissen.

»Ganz einfach«, sagte Alan, erfreut, weil er plötzlich im Mittelpunkt des Interesses stand. »Mein Freund Steve, ihr kennt ihn doch alle, der schlaue Bursche, der letztes Jahr zur Universität gegangen ist? Ja. Nun, er schwört jedenfalls, dass es funktioniert; er macht es ständig. Man geht auf eine Party und sieht sich um, bis man das schönste Mädchen gefunden hat. Dann geht man direkt zu ihr und fragt sie unverblümt, ob sie mit einem schlafen will.«

Einen Augenblick herrschte Stille, während die Rugby-Mannschaft seine Worte verdaute.

»Blödsinn!«

»Du bist ein Arschloch!«

»Was für ein dämlicher Mist!«

Ein Schuh, geworfen von einem Ungläubigen, traf Alan am Arm. Er schrie auf und suchte nach dem heimtückischen Angreifer. »Hey, hör mal, das ist kein

Witz!«, rief er. »Steve sagt, dass es funktioniert! Er macht es jedes Wochenende! Ehrlich!«

»O ja!«, höhnte John. »Und das schönste Mädchen auf der Party wirft einen Blick auf eine giftige Laus wie dich und sagt ja!«

»Nun ja, vielleicht?«, entgegnete Alan. »Wenn man Glück hat?«

»Ich glaube, ich halte mich lieber an die traditionelle Methode und gebe ihr zu viel zu trinken«, murmelte Lawrence vor sich hin.

Der Lärm schwoll erneut an. Die Jungen zogen sich wieder an.

»Hey, hört mal!«, protestierte Alan. »Das ist Statistik! Solide Mathematik! Es funktioniert wirklich!«

»Aber du hast gerade selbst zugegeben, dass dieses geheimnisvolle Supermodel dir wahrscheinlich einen Korb geben wird!«, beschwerte sich Nigel.

»Na und? Das macht doch nichts! Du suchst dir einfach das zweithübscheste Mädchen und fragst es das Gleiche. Wenn sie nein sagt, gehst du weiter die Schönheitsskala nach unten, bis eine endlich ja sagt.«

Johns Gesichtausdruck zeigte Mitleid. »Alan, nicht eine von ihnen wird ja sagen. Nicht dazu.«

»Und ob! Sie sind aus genau dem gleichen Grund auf der Party wie wir! Sie geben es nur nicht so offen und unverhohlen zu!«

»Du hältst Vorträge über Offenheit?«, rief Lawrence. »Mein Gott, wir sind zum Untergang verdammt!«

»Mädchen mögen es, wenn man offen ist«, beharrte Alan.

»Sie mögen Höflichkeit und Komplimente sehr viel mehr«, entgegnete Richard.

»Die meisten von ihnen, die meiste Zeit, ja. Aber das ist eine Party, richtig? Sie haben getrunken, der Abend schreitet fort, und sie haben noch niemanden gefunden. Eine von ihnen sagt ja. Es ist Statistik. Ich hab's euch doch erklärt!«

Vinnie ließ vor Verzweiflung den Kopf in die Hände sinken. »Alan«, fragte er, »hast du dich je gefragt, warum du noch keine Freundin hast?«

»Hey, ich hatte Hunderte von Mädchen, ja?«

»Wann denn?«, fragte Lawrence. »Verrate uns einfach, wann dir dein wunderbares System schon einmal geholfen hat, ein Mädchen zu finden.«

»Heute Abend.«

»Ich wusste es. Du redest Scheiße.«

»Nein! Es ist wirklich so! Steve hat die Hälfte aller Mädchen auf dem Campus ins Bett gekriegt! Es ist unglaublich! Man muss nur den Mumm haben, es zu tun.«

»Du hast vor lauter Samenstau den Verstand verloren, schätze ich«, grunzte John säuerlich.

Alan tippte sich stolz mit dem Daumen gegen die Brust. »Hör zu, Freund! Ich bin derjenige, der heute Nacht eine Frau ins Bett schleppt. Du bist der traurige Bursche, der allein an der Bar stehen bleibt und frustriert nach Hause läuft. Ich sage dir, es funktioniert!«

Die Party begann wie alle Partys – nicht sonderlich viel versprechend. Um halb acht wanderten die ersten Mannschaftsmitglieder mit ihren Freundinnen zum Hillier's, das in einer Kuppel lag, die sie alle zu Fuß erreichen konnten. Es war ein großer alter

Club unter einem Wohnturm mit drei oval geformten Abteilungen, in denen Lounge, Tanzboden und Brasserie untergebracht waren und deren Mitte eine runde Bar bildete. In seinen guten Tagen war das Hillier's der Treffpunkt für die jüngeren Mitglieder der Vorstandsfamilien gewesen. Ein Ort, wo die Schickimickis abhängen und die Poolsharks auf der Lauer liegen konnten. Doch die Zeit war nicht stehen geblieben, und das Hillier's war nicht mehr angesagt.

Jetzt trafen sich dort die noch jüngeren Mitglieder der Familien aus der zweiten Garde. Sie hielten das Hillier's selbstverständlich immer noch für superb, ein echter Nachtclub, der keinen unnötigen Wirbel an der Tür veranstaltete und nach dem Alter seiner Gäste fragte. Das Hillier's konnte es sich nicht mehr leisten, wählerisch im Hinblick auf seine zahlende Kundschaft zu sein, und diese Jugendlichen schienen über eine ziemliche Menge Taschengeld zu verfügen.

Der Plan sah vor, dass sie zuerst etwas aßen, bevor sie mit dem Trinken und dem Tanzen anfingen. Als Lawrence eintraf, waren die Jungs alle in der Lounge und nahmen einen Drink zu sich, bevor sie in die Brasserie gingen, um etwas zu essen.

»Du bist spät«, sagte Vinnie. Er war bereits bei seinem zweiten Bier.

»Ich habe Neuigkeiten«, sagte Lawrence bescheiden. Er hatte geglaubt, dass nach dem Spiel zu Hause ein weiterer Anschiss auf ihn warten würde. Sein Vater hatte ihn zu sich in sein Arbeitszimmer bestellt, und Lawrence wurde nie aus irgendeinem anderen Grund dorthin zitiert. Doch als er im Büro eintraf, lächelte sein Vater ihn an und hielt ihm ein Blatt Papier hin. »Ich dachte mir, du würdest das hier vielleicht gerne sehen«, sagte Doug Newton fröhlich.

Lawrence nahm das Papier nervös von seinem Vater entgegen und begann zu lesen. Es war ein vorläufiger Aufnahmebescheid von der Templeton University, in dem ihm ein Studienplatz in Allgemeinen Wissenschaften und Managementstrategie angeboten wurde.

Doug klopfte seinem Sohn auf den Rücken. »Du hast es geschafft, mein Junge! Meinen Glückwunsch. Ich musste nicht einmal irgendwelche Verbindungen spielen lassen.«

Lawrence starrte das Schreiben an, erfreut und verängstigt zugleich wegen dem, was es bedeutete. Alle bewarben sich an der Templeton University, und die Quote der Ablehnungsbescheide lag bei achtzig Prozent. »Nur, wenn ich in den Abschlussarbeiten die entsprechenden Noten erreiche«, sagte er vorsichtig.

»Lawrence, Lawrence. Was mache ich nur mit dir? Du wirst es schaffen, das wissen wir beide. Angesichts der Art und Weise, wie du dich in den letzten Jahren in der Schule auf den Hosenboden gesetzt hast, wirst du deinen Abschluss wahrscheinlich mit Auszeichnung machen.« Er nahm seinen Sohn bei den Schultern. »Ich bin stolz auf dich, Lawrence. Wirklich stolz.«

»Danke, Dad.«

»Geht ihr heute Abend feiern? Ihr habt das Spiel gewonnen, wenn ich richtig informiert bin?«

»Ein paar von uns dachten daran, heute Abend zum Hillier's zu gehen, ja.«

»Der alte Schuppen existiert also noch immer, hm? Ah, schön für euch. Aber ich denke, du hast etwas Handfesteres verdient für dieses Ergebnis. Ich habe zehn Tage in Orchy für dich gebucht. Du kannst auf dem Barclay Skilaufen gehen. Na, wie klingt das?«

»Das klingt verdammt gut...« Seine Begeisterung verblasste. »Äh...«

»Die Buchung ist für zwei Personen«, sagte Doug freundlich. »Falls du jemanden mitnehmen möchtest...«

Lawrence blickte sich in der Lounge des Hillier's um. »Wo ist Roselyn?«

»Hab sie noch nicht gesehen.« Nigel signalisierte der Kellnerin, noch zwei Bier zu bringen. Sie war Mitte zwanzig und immun gegen sein hoffnungsvolles jungenhaftes Lächeln.

»Oh.« Lawrence suchte weiter. »Was ist mit Alan?«

»Bin ich dein persönlicher Nachrichtenbote? Er ist irgendwo hier und redet mit einem Mädchen.«

»Was?« Lawrence starrte Nigel aus weit aufgerissenen Augen an. »Willst du damit sagen, dass sein System funktioniert hat?«

»Nun mach aber halblang!«, rief Nigel. Die Kellnerin sah ihn stirnrunzelnd an und stellte die beiden Biere wortlos vor ihm ab. Nigel starrte ihrem sich entfernenden Hintern sehnsüchtig nach, bevor er Lawrence anfunkelte. »Danke.«

»Du bist genau so schlimm wie Alan, weißt du das? Eine Frau wie sie und du – so weit wird es niemals kommen.«

»Vielleicht wenn ich ihr ein großzügiges Trinkgeld gebe...«

»Denk nicht mal dran.« Lawrence nahm sein Glas hoch und trank einen Schluck. Das Bier war so kalt, dass es nach gar nichts schmeckte. »Was ist nun mit Alan? Wie kommt er voran?«

»Eine Ohrfeige, zwei Cocktails ins Gesicht, und ich weiß nicht, wie oft er gesagt bekommen hat, dass er sich verpissen soll«, sagte Vinnie fröhlich. »Wir überlegen schon, ob wir ein I-Drama daraus machen sollen.«

»Erinnert mich an einen Tag vor fünf Jahren«, sagte Lawrence. Er bemerkte Roselyn und winkte. Sie trug ein grünes Kleid mit einem großen freien Oval auf der Vorderseite, das ihren Bauchnabel zeigte. Was sie auch anzog, sie sah immer sensationell aus. Sie hatte den Bogen einfach raus. Und wie üblich wurde sich Lawrence mit schrecklicher Deutlichkeit seiner eigenen Kleidung bewusst. Er hatte Sorge, dass sein bronzefarben schimmerndes Jackett neben ihr einfach nur krass aussah.

Roselyn kam zur gleichen Zeit in der Bar an wie Alan, der aus der entgegengesetzten Richtung hereinstolperte. Ein langer Streifen pinkfarbenes Toilettenpapier steckte hinten in seiner Hose. Die übrigen Gäste in der Bar beobachteten fasziniert, wie er seinen dünnen Schwanz hinter sich herzog.

»Verdammter Mist!«, schimpfte Alan. »Sie tun alle so, als wären sie schwer zu kriegen!«

»Wer?«, fragte Roselyn.

»Die anderen Mädchen.« Alan starrte seine Freunde anklagend an. »Habt ihr sie vielleicht gewarnt?«

Nigel beugte sich vor, und auf seinem Gesicht

zeigte sich verletzte Bestürzung. Er zog Alan das Toilettenpapier aus der Hose und sagte: »Das war nicht notwendig.«

»Was?« Alan starrte nachdenklich auf das Papier. »Oh, danke. Muss in meiner Ritze kleben geblieben sein. Die nächste Runde geht auf mich.« Er schnippte laut mit den Fingern nach der Kellnerin. »Hey, wie sieht es mit etwas zu trinken aus?«, rief er.

»Ich habe Neuigkeiten«, erzählte Lawrence Roselyn.

Sie grinste ihn an. »Ich auch.«

»Du zuerst.«

»Nein, du.«

Beide lachten.

»Ladies first«, sagte Lawrence.

»Ich muss gleich kotzen«, murmelte Alan.

»Also schön.« Roselyn kramte in ihrem kleinen Handtäschchen und zog schließlich einen Memorychip hervor. »Ich komme zu spät, weil ich das hier noch aus der Kommunikations-AS der *Eilean* herunterladen wollte. Sie ist eben von der Erde im Orbit eingetroffen. Judith hat mir eine weitere Staffel geschickt.«

Lawrence starrte sie mit offenem Mund an. Beinahe ehrfürchtig nahm er den Chip aus ihren Händen entgegen. »Die sechste Staffel?«, fragte er.

»M-hm.« Sie nahm einen Margarita von John entgegen und wischte sorgfältig das Salz von einem Teil des Randes. »Die letzte Staffel.«

»Ich werd' verrückt! Die letzte Episode! Ich frage mich, ob sie wieder nach Hause zurückkehren!«

Roselyn hob sittsam eine Augenbraue. »Es gibt nur eine Möglichkeit, das herauszufinden. Oh, und es ist auch Material von der Fan-Seite dabei.«

»Phantastisch!«

»Ich werd' verrückt!« Alan grinste Roselyn an. »Das ist ein Augenblick wie damals, als dein Gott seinen Stunt abgeliefert hat. Was war es noch mal? Ach ja, er ist von den Toten auferstanden oder so was.«

»Die zweite Wiederkehr Jesu. Eine Zeit der Offenbarung überall im Universum.«

»Genau das, ja.« Alan hob sein Glas. »Darauf, dass Lawrence endlich herausfindet, was mit einer Band verwichster Schauspieler passiert ist, als sie für die siebte Staffel mehr Geld haben wollten.«

»Es gab einen richtigen Handlungsfaden!«, protestierte Lawrence. Zu spät erkannte er seinen Fehler. Er hatte Alan wissen lassen, dass er sich für etwas interessierte.

»Hoho! Ich hatte also Recht, es ist eine Offenbarung! Bitte, Lawrence, tu uns allen einen Gefallen und kümmere dich um das richtige Leben!«

»Alan?«, erkundigte sich Roselyn mit unverhohlener Neugier in der Stimme. »Kennst du dieses Mädchen?«

»Welches?«

»Dort drüben, in dem blauen Top.«

»Die da?« Er deutete mit dem Glas in der Hand in die allgemeine Richtung, während er sein schmutziges Lachen ausstieß. »Mensch, ich sehe, was du meinst! Zwei Möpse in einem blauen Sack.«

Roselyns Gesicht blieb ernst. »Ja, sie.«

»Nie im Leben gesehen, Euer Gnaden. Ich würde mich ganz sicher an sie erinnern.« Er leerte sein Glas und rülpste ungeniert. Zum Glück hatte er zu viel Bier bestellt, und so fand sich ein volles Glas auf dem Tresen, das er sofort an sich nahm.

Lawrence warf Vinnie über Alans Kopf hinweg einen verzweifelten Blick zu und formte mit den Lippen die Frage: »Wie lange ist er schon hier?«

Vinnie zuckte hilflos die Schultern.

»Sie hat dich beobachtet«, sagte Roselyn.

»Scheiße! Tatsächlich?« Alan lachte erneut, dann stieß er Richard gegen die Brust. »Ich hab's dir doch gleich gesagt, es funktioniert. Reine Statistik.« Er richtete sich auf und ging zu dem anderen Mädchen. Für einen Augenblick stand Panik auf ihrem Gesicht, als sie sah, dass er sich näherte.

»Erinnere mich daran, dass ich dich niemals wütend mache«, murmelte Nigel zu Roselyn.

Lawrence verzog schmerzhaft das Gesicht, während er Alans Fortschritte beobachtete. »Ich weiß nicht, ob ich das noch länger ertrage. Das Schmerzniveau ist einfach zu hoch.«

»Und was wolltest du mir erzählen?«, kehrte Roselyn zum Thema zurück.

»Ach ja.« Freude kehrte in Lawrences Gesicht zurück. Er steckte den Memorychip ein. »Ich hab heute Post von der Templeton bekommen.«

Roselyn sah ihn in verzückter Bewunderung an, als er erklärte, dass er vorläufig an der Templeton University angenommen war und sein Vater ihm einen Skiurlaub bezahlte. »Ich wusste, dass du es schaffen kannst, Lawrence«, murmelte sie leise. »Sehr gut.« Sie küsste ihn dicht unter dem Ohr am Hals.

»Was ist mit deiner Mutter?«, fragte er angespannt. »Glaubst du, sie lässt dich mit mir nach Orchy fahren?«

»Überlass das nur mir.«

Er griff um ihre Taille und zog sie zu sich heran.

»Klingt gut.« Sie küssten sich. Er schmeckte das scharfe Aroma des Margarita auf ihren Lippen.

»Hey, Leute, ich denke, wir sollten jetzt rüber gehen«, sagte Vinnie.

Alan war so mit seinem obszönen Smalltalk beschäftigt, dass er überhaupt nicht bemerkte, wie der Freund des Mädchens mit dem blauen Top zurückkehrte und nun neben ihr stand.

»Bestimmt nicht!« John schüttelte den Kopf. »Seht euch nur diesen Riesen an.«

»Je größer sie sind, desto härter fallen sie«, erklärte Rob. Er war beinahe so betrunken wie Alan.

»Solange er auf dich fällt und nicht auf mich«, sagte Nigel.

»Er ist unser Freund«, sagte Lawrence. Irgendwie klang er nicht sehr überzeugend. Der Freund des Mädchens war ebenfalls nicht alleine.

»Sagt einfach den Kellnern Bescheid«, drängte Roselyn. »Die Rausschmeißer kümmern sich um den Rest.«

»Zu spät!«, stöhnte Vinnie.

Alan hatte endlich den Freund bemerkt.

Sie beobachteten in ungläubigem Staunen, wie Alan seine eigene narrensichere Methode einsetzte, um sich aus brenzligen Situationen zu lösen, indem er seinen Kalauer vom Papagei und dem Raumschiffssteward erzählte.

»... die Luftschleuse fiel ins Schloss, und als sie durch den interstellaren Raum taumelten, drehte sich der Typ zu dem Papagei um und sagte, ziemlich mutig für jemanden ohne Raumanzug.« Alan kicherte hysterisch über seine gelungene Pointe.

Der Freund des Mädchens mit dem blauen Top

besaß, wie sich herausstellte, keinen Sinn für Humor.

Lawrence kam erst um halb drei morgens nach Hause, nachdem sein Vater und der Anwalt der Familie ihn aus dem Polizeigewahrsam befreit hatten.

Das turbulente Klima Amethis änderte sich erneut. Die Phase des unablässigen Schneefalls ging zu Ende. Im Verlauf der letzten paar Jahre hatte der Barclay Gletscher Millionen Tonnen Wasser freigesetzt. Die Schmelze war immer schneller vorangeschritten. Die Änderungen des atmosphärischen Drucks waren marginal, doch effektiv. Die Atmosphäre war schwerer geworden, und die Gashülle des Planeten konnten nun mehr Wärme speichern als zuvor. Die Durchschnittstemperatur stieg um ein paar Grad. Auf der dem Gletscher abgewandten Seite des Planeten wich der ewige Schnee langem Dauerregen. Wenn der Wind auffrischte, kam es zwischenzeitlich über Templeton zu einer aufgerissenen Wolkendecke.

Viele Leute sahen dies als schlechtes Omen. Für sie bedeutete es, dass das Erwachen zu Hurrikans führte, die ihre Kuppeln zerfetzten. Die offizielle Meinung lautete, dass die Zunahme der Windgeschwindigkeiten normal war und ein unausweichlicher Prozess auf dem Weg zu einem normalen Jahreszeitenzyklus. Es mochte vielleicht den einen oder anderen Ausschlag geben, doch am Ende würde sich alles normalisieren.

Ob man es glaubte oder nicht, der klarere Himmel bedeutete, dass die Passagierflugzeuge ihren Liniendienst wieder aufnehmen konnten, nachdem der

Flugverkehr in den vorangegangenen Jahren fast völlig zum Erliegen gekommen war. Lawrence und Roselyn nahmen den Morgenflug von Templeton. Der Flug nach Oxendale würde fünfzehn Stunden dauern. Eines Tages würde Oxendale die größte Stadt auf einer langen Inselkette inmitten eines Ozeans sein. Für den Augenblick befand sie sich auf einem flachen Hochplateau, dem Gipfel eines massiven Berges und dem größten in einem Rücken ähnlicher Berge, die sich aus dem dicken Salzwassermorast am Meeresgrund erhoben.

Auf dieser Seite der Welt, der Nizana zugewandten, beherrschte der Gletscher noch immer das Klima. Die Luft war sehr viel kälter, aus den Wolken fiel immer noch Schnee, während sie zur wärmeren Seite trieben. Der Jet setzte auf einer Landebahn auf, die von dichtem Pulverschnee bedeckt war. Sie sahen nur einen winzigen Abschnitt, bevor die Räder den Boden berührten. Die gesamte letzte Stunde waren sie blind durch dichten Nebel geflogen. Oxendale lag einen Kilometer über dem zukünftigen Meeresboden, und das bedeutete, dass es nahezu ständig in den Wolken lag.

Sie mussten eine halbe Stunde in der Empfangshalle des Flughafens warten, während ihr Gepäck transferiert wurde, dann wechselten sie in ein dreißigsitziges STL-Flugzeug, das speziell für arktische Bedingungen gebaut war. Orchy lag weitere zwei Flugstunden entfernt. Vierzig Minuten nach dem Start zog sich die Wolkendecke in größere Höhen zurück, und vor sich sahen sie in der Ferne den Barclay-Gletscher.

Da Amethi fast ein Viertel des Weges entlang seines

Orbits von der Hauptkonjunktion entfernt war, schien die Sonne fast senkrecht auf den vertikalen Rand des Riesengletschers. Sie trennte Land und Himmel mit ihrem silbrig-weißen Licht, das sich von Nord nach Süd erstreckte, als wäre in der Landschaft ein Riss entstanden und gestattete einer anderen, näher liegenden Sonne von hinter dem Planeten hindurch zu scheinen. Lawrence musste seine Sonnenbrille anziehen, um direkt auf den Gletscher zu sehen. Die Farben waren monoton. Die Oberfläche des Gletschers schimmerte in reinem Weiß, und selbst die Wolken schienen keinen Schatten zu werfen. Konturen waren, zumindest aus dieser Entfernung, nicht zu erkennen. Das Einzige, was sich sagen ließ, war, dass das Eis brüchig war, mit langen, geschwungenen Kurven, die sich auf dem Weg zum Rand hin überlappten. Oben leuchtete der Himmel in einem erstaunlichen, metallischen Blau. Die dominante ockerfarbene Sichel Nizanas leuchtete aufdringlich fremdartig, und ihre Dunkelheit schien nichts Gutes zu verheißen. Wolkenschleier wirbelten umher. Sie waren fast so hell wie der Gletscher selbst. Alles bewegte sich in die gleiche Richtung, weg vom Eis des Gletschers und über den Meeresboden hinaus nach draußen.

Als Lawrence direkt nach unten blickte, sah er nichts außer braunen Schlammdünen mit weißen Kämmen. Die Zwischenräume wurden von brackigem Wasser ausgefüllt und bildeten einen unendlichen Plexus aus miteinander verbundenen Rillen. Alle paar Kilometer verlief ein tiefer Fluss, der sich seinen Weg durch den Schlamm schnitt. Hier floss das Wasser schnell und dreckig, und es fraß an den Seiten seines Bettes und löste große Brocken von

Lehm heraus. Eisklumpen tanzten auf dem Wasser und kollidierten so heftig miteinander, dass es laut krachte und splitterte, und manchmal brachen sie sogar dabei auseinander.

Der Anblick faszinierte Lawrence. Er hatte sich immer vorgestellt, dass die Tundra außerhalb von Templeton öde und langweilig wäre, doch das hier war reinste Verwüstung. Kein Anzeichen, dass die Algen des Terraformprojekts hier in diesen schlammigen Salztümpeln Fuß gefasst hatten. Keine mäandernden Spuren von Slowlife-Organismen, die den Boden mit ihren Sporen und Bakterien imprägniert hatten. Das hier war unberührte, alte Geologie in ihrer reinsten Form, fernab von den machiavellistischen Ranken jeglichen Lebens. Lawrence fühlte sich bei diesem Anblick klein und bedeutungslos.

Nach einer Weile schwenkte das kleine Flugzeug herum und flog auf den Gletscher zu. Ein großer Teil der Kante war noch immer steile Klippe, doch ein nicht unbeträchtliches Stück war in gewaltige Geröllhänge zerbrochen, die sich kilometerweit hinaus in den Schlamm erstreckten. Die Oberseite des Gletschers war zerschnitten von tiefen Rissen, in denen die Flüsse aus dem Inneren verliefen. Einige dieser zerklüfteten Canyons waren über einen Kilometer tief und expandierten immer noch weiter, als das Wasser am Boden fraß, doch das ließ sie immer noch hoch über dem Meeresboden enden. Die Kante des Barclay-Gletschers war Ort der spektakulärsten Serie von Wasserfällen auf allen bekannten Welten. Mehr als eintausend gewaltige Ströme endeten abrupt Hunderte von Metern über dem Boden und schossen ihr Wasser in monumentalen Bögen hinaus, von wo aus es in zerklüftete Krater hinunter donnerte, die seine eigene erbarmungslose Strömung gerissen hatte.

Die Stadt Orchy lag oberhalb einer dieser Schluchten, Coniston's Flaw, einem langen zerklüfteten Gully, der sich mehr als tausend Kilometer nach Osten erstreckte. An manchen Stellen war er mehr als drei Kilometer breit, und seine steilen Hänge erinnerten an die alpinen Täler Frankreichs oder der Schweiz. Orchy befand sich gegenwärtig oberhalb einer breiten geschwungenen Biegung, und der Fluss schäumte sechshundert Meter tiefer über den Boden des Canyons. Die Biegung bedeutete, dass das Wasser unablässig am Eis fraß, eine Erosion, die gewaltige Lawinen aus den Seiten brechen ließ. Nachdem sie sich gesetzt hatten, bildeten sie exzellente Skihänge. Obwohl die Strömung, die sie geschaffen hatte, sie letzten Endes unterminieren und das Profil des Tals erneut ändern würde. Die gesamte Länge von Coniston's Flaw war eine veränderliche Geometrie, die sich in monatelangen Wellenlinien fortsetzte, und nur der terminale Wasserfall war ein halbwegs beständiger Punkt. Selbst die Nebenflüsse entsagten ihm nach abrupten und heftigen Rutschen und wichen auf andere Flüsse aus.

Orchy bewegte sich, um mit diesen Launen im Einklang zu bleiben. Eine wahrhaft mobile Stadt, die aus rechteckigen Gebäudemodulen bestand, die von großen Tiefladern getragen werden konnten. Wann immer die Hänge verwitterten oder zu beben begannen oder rutschten, wurden die silbrigen Module aus ihren Verankerungen gehoben und entlang der Kante von Coniston's Flaw zur nächsten geeigneten Stelle geschleppt.

Das STL-Flugzeug fuhr sein Skikufenlandegestell aus und schlitterte über ein flaches Stück Eis, das mit Stroboskoplichtern markiert war. Die Propeller heulten auf, als der AS-Pilot die Anstellwinkel umkehrte und sie inmitten eines Mikroblizzards zum Halten kamen. Ein Bus brachte sie in die Stadt und ließ sie am Hepatcia Hotel heraus. Es war identisch mit jeder anderen Ansammlung von Metallmodulen, die die Stadt bildeten. Sie waren in einem dichten Fischgrätenmuster ausgelegt und standen auf Stelzen, die siebzig Zentimeter Platz ließen zwischen dem Boden und dem Eis. Die Rezeption befand sich am einen Ende des Rückgrats, mit der Bar, der Lounge und dem Speisesaal am anderen. Die Einrichtung war schick, ohne prunkhaft zu sein. Sie erinnerte Lawrence an Flugzeugmobiliar.

Ihr Zimmer bestand aus drei Modulen, was ihnen ein Schlafzimmer, ein kleines Badezimmer und etwas verschaffte, das der Page unbedingt als »Verandazimmer« bezeichnen wollte. Es war im Grunde genommen ein Alkoven mit Liegestühlen und einem breiten, vom Boden bis zur Decke reichenden Dreifach-Isolierglasfenster, das ihnen einen Ausblick über den Coniston's Flaw bot.

»Ich frage mich, was der alte Barclay wohl dazu sagen würde?«, sinnierte Lawrence. Dichte Wolken kochten über ihnen, doch sie waren rein weiß und fluoreszierten von der Sonne. Eis und Schnee glitzerten darunter und machten es schwierig zu erkennen, wo der Horizont lag. Orchy befand sich im Zentrum seines eigenen kleinen strahlenden Universums. Mit seiner neuen Sonnenbrille konnte Lawrence gerade eben winzige dunkle Gestalten erkennen, die über die Hänge unterhalb des Hotels flitzten.

»Ich denke, er wäre beeindruckt«, sagte Roselyn. Ihre Grübchen waren zurückgekehrt, als sie den Ausblick in sich aufnahm. »Ich bin es.«

Er blickte sich im Zimmer um. »Nicht ganz der gleiche Standard wie das Ulphgarth.«

»Es muss wohl reichen.« Sie gab ihm eine kleine Schmuckschatulle.

»Was ist das?«

»Mach es auf.«

Im Innern lag ein kleines schmales Halsband mit einem Hologramm-Anhänger. Als er ihn ins Licht hielt, lächelte ihn eine kleine Roselyn in einem blauen Kleid aus dem Plastik hervor an.

»Damit ich immer bei dir sein kann«, sagte sie, plötzlich schüchtern.

»Danke.« Er legte sich die Kette um den Hals und befestigte den Clipverschluss. »Ich ziehe sie nie wieder aus.«

Ihre Hand drehte sein Gesicht herum, bis er sie ansah, und sie küssten sich leidenschaftlich. Er zerrte ungeduldig an ihrer Bluse.

»Warte«, murmelte sie. »Ich muss nur eben wohin.«

Lawrence tat sein Bestes, um nicht seine Frustration zu zeigen, als sie eine Tasche nahm und damit ins Badezimmer ging. »Du könntest dich auch schon fertig machen«, sagte sie, als sie die Tür hinter sich schloss. »Und ich mag es, wenn das Licht schummrig ist, vergiss das nicht.«

Er starrte ihr eine Sekunde lang hinterher, dann rannte er zur Zimmertür und sperrte ab. Weiter zu den großen Verandafenstern und machte sie undurchsichtig. Wischte das Handgepäck vom Bett. Zerrte die Decke auf den Boden. Kämpfte mit seiner Hose, tanzte auf einem Bein, als sie am Schuh stecken blieb. Verfing sich in einem Hemdsärmel, als er das Hemd über den Kopf streifen wollte. Stellte das Kommunikationspaneel so ein, dass es Anrufe entgegen nahm. Landete hart auf dem Bett und stieß einen leisen Freudenruf aus, als die Matratze unter ihm wogte. Schüttelte die Kissen auf und warf sich zurück auf sie, die Hände hinter dem Kopf, während er dümmlich zur Decke hinauf grinste.

Zehn Tage!

Roselyn spazierte aus dem Badezimmer. Sie trug ein weißes Seidennegligee, das nicht mehr als zehn Gramm wiegen konnte. Ihre Sinnlichkeit hatte ihn niemals zuvor so eingeschüchtert.

»Du bist wundervoll«, flüsterte er.

Sie setzte sich zu ihm auf die Bettkante. Als er sich erhob, um sie zu umarmen, hob sie einen Finger und schüttelte sanft den Kopf. Er ließ sich wieder zurücksinken, nicht sicher, wie lange seine Selbstbeherrschung noch hielt.

»Ich hatte so gehofft, dass du mich so genießen würdest«, sagte sie leise.

»Kaum vorstellbar, dass ich es nicht tun würde ...« Er brach ab, als er das leichte Stirnrunzeln auf ihrem Gesicht bemerkte.

Sie streckte eine Hand nach dem Anhänger aus, dann zeichnete sie sanft die Umrisse seiner Brustmuskeln nach. »Ich hab das hier angezogen, weil ich dir eine Freude machen wollte. Ich möchte, dass du weißt, wie viel mir diese Nacht bedeutet.«

»Mir bedeutet sie auch sehr viel.«

»Wirklich, Lawrence?« Ihre Hand strich über seinen Unterleib.

Die Erotik der Bewegung war eine wahnsinnige, wundervolle Tortur. Fast wären ihm die Tränen in die Augen gestiegen. Er konnte nichts weiter tun, als in kleinen, scharfen Zügen zu atmen, während ihre grauen Augen in seinem Gesicht suchten und alles errieten, was er fühlte. Niemals zuvor war er so nackt gewesen.

»Wir werden die Nacht miteinander verbringen«, sagte sie. »Verstehst du das?«

»Natürlich verstehe ich das.«

»Wirklich? Nun, ich sag's dir trotzdem. Es bedeutet, dass wir uns so lange lieben können, wie unsere Körper es aushalten. Dass es nichts anderes gibt, woran wir denken müssen, keine Zeit, kein nach Hause gehen müssen, keine Vorsicht, weil irgendjemand hereinkommen könnte. Nur du und ich allein mit so viel Spaß, wie wir schaffen können. Und wenn wir beide fertig sind, schlafen wir in unseren Armen ein. Das hatten wir noch nie, Lawrence. Und für mich wird es der kostbarste Augenblick von allen sein, weil ich in dem Wissen einschlafe, dass ich neben dir aufwachen werde. Du weißt gar nicht, wie lange ich mich schon danach sehne.«

Selbst im dämmrigen Licht sah er die Bewunderung in ihrem Gesicht und ihre Hoffnung. »Ich wünsche es mir genau so sehr wie du«, sagte er. »Ich wünschte, du hättest es früher gesagt. Wir hätten einen Weg gefunden, es schon früher zu machen.«

»Das hättest du getan? Für mich?«

»Ja.«

»Ich liebe dich, Lawrence.« Ihr Gesichtsausdruck wurde reumütig. »Und jetzt weißt du alles von mir, alles, was ich bin, ganz gleich, wie dumm es ist.« Sie schwang ihre Beine herum und hockte sich rittlings auf seine Hüften.

»Du bist nicht dumm«, sagte er ernst zu ihr.

Das Grinsen, das auf ihren Mund trat, war verschlagen und listig. Ihre Finger glitten zu seiner Brust hinauf. »Du bist so fit geworden«, sagte sie rau. »Es ist schon beinahe unanständig.«

»Du warst diejenige, die mich in diesem Zustand haben wollte.«

»Das war ich. Und ich bin ein dankbares Mädchen.« Sie bog den Rücken durch, und langsam, spöttisch knöpfte sie die Schlingen auf, die auf der Vorderseite ihres Negligees verliefen.

Sie versäumten die erste geplante Stunde ihres Skiunterrichts und blieben mehr als einen Tag auf ihrem Zimmer. Nicht, dass es irgendetwas ausgemacht hätte. Amethi würde noch mehr als sechzig Stunden nicht in die Penumbra von Nizana gleiten. Und die ganze Zeit über würde es hell bleiben.

Als sie endlich aus dem Bett aufstanden, um zu frühstücken, rief Lawrence in der Schule an und vereinbarte eine neue Stunde. Der AS-Rezeptionist sagte ihm, dass der frühestmögliche Zeitpunkt in fünf Stunden sei.

Sie unternahmen einen Spaziergang durch die Stadt und sahen sich die Restaurants und Cafés und Bars an. Die Bürgersteige waren Aluminiumstege, die zwischen den einzelnen Gebäuden verliefen und auf den gleichen Stelzen standen. Lawrence liebte es. Die erste offene Stadt, die er je gesehen hatte; das Gefühl von Freiheit war berauschend. Die Temperaturen lagen wenigstens zehn oder fünfzehn Grad unter dem Gefrierpunkt. Nicht, dass es ihm etwas ausgemacht hätte; beide trugen ihre brandneuen Skianzüge. Farbenprächtige einteilige Kleidungsstücke mit einem Flechtwerk aus aktiven thermischen Fasern, deren Leitfähigkeit von einem integralen Thermostaten geregelt wurde, der es gestattete, die Temperatur ganz nach Belieben auszuwählen. Die Kapuzen waren eng anliegend und besaßen zusätzliche Klappen, die man vor das Gesicht ziehen konnte. Sie waren essentiell, um Windbrand vorzubeugen, wenn man mit Skiern unterwegs war, doch in der Stadt ließen die meisten Leute sie einfach herunterhängen.

»Es ist, als könnte man spüren, wie einem das Eis die Hitze aus der Haut zieht«, rief Lawrence. Er beugte sich über ein Geländer und blickte hinunter auf das, was Orchys Hauptstraße darstellte. Busse und Eisbikes rauschten vorbei und transportierten Feriengäste zwischen den Hotels und den Pisten.

»Schön zu wissen«, sagte Roselyn. Sie hatte jede Klappe an ihrer Kapuze eng geschlossen, und nur ihre Brille sah hervor. Trotzdem stand sie leicht vornüber gebeugt, als kämpfte sie gegen die Kälte.

Lawrence lachte und ging weiter. Sie betraten eine Reihe von Geschäften. Der einzige Unterschied, den sie zwischen den einzelnen Läden finden konnten, waren die Namen der jeweiligen Besitzer. Alle waren Franchise-Unternehmen der Company, die Orchy unterhielt. Und alle verkauften die gleichen Skiausrüstungen; es gab noch nicht so viele Hersteller auf Amethi.

»Eine geschäftliche Möglichkeit«, beobachtete Roselyn. Sie kicherte über Lawrence, der eine andere Kapuze ausprobierte; sie sah schrecklich aus, lauter pink- und orangefarbene Streifen. »Zwei geschäftliche Möglichkeiten«, verbesserte sie sich.

»Ich möchte, dass man mich auf der Piste sieht«, sagte er mit verletzter Würde.

»Als was?«

Sie gingen weiter. Das Dumme an einer Stadt, die aus identischen Modulen bestand, entschieden sie, war, dass man nicht wusste, welche Art von Geschäft sich in ihnen verbarg, bevor man es betreten hatte. Die Namen, die über den Türen prangten, gaben keinen Hinweis. Der Zugriff auf den lokalen Datapool war eine Qual und viel zu funktional. Sie wollten einfach nur spazieren und den Anblick in sich aufnehmen. Orchy war nicht dafür gebaut worden, es besaß keine städtische Identität; sein Sinn war, die Menschen zwischen ihren Skiausflügen zu beherbergen und zu ernähren.

Schließlich fanden sie ein einigermaßen vernünftiges Café. Das Flood Heights, das über vier Module verfügte, die mit Glaswänden untereinander verbunden waren. Es befand sich so dicht am Rand des Abgrunds, wie die Sicherheit gestattete. Also setzten sich Lawrence und Roselyn an einen der Fenstertische und bestellten heiße Schokolade und einen Teller mit dänischem Gebäck.

Er saß da und trank von seiner Schokolade, während er mit sehnsüchtiger Bewunderung in den Himmel hinauf blickte. So wie hier hatte er den Nizana noch nie gesehen, nicht mit eigenen Augen. Hier auf der Nahseite hing der Gasriese direkt über ihnen, ein massiver Kreis, durchschnitten von Tausenden kompakter Wolkenbänke, klar definierte Linien aus Rostrot und schmutzigem Weiß, die mit ineinander verhakten Schnörkeln und Fransen aneinander zerrten und rissen. Hunderte von Zyklonen und Hurrikans von der Größe kleiner Monde durchzogen ununterbrochen die oberen Schichten. Sie störten das hübsche Arrangement von Bändern, Chaosmaschinen, die die üblichen Farben in verrückte Schattierungen mit ozeangroßen Quellen eigenartiger Chemikalien aus unsichtbaren Tiefen vermischten. Felder aus Elektrizität schossen aus den Augen hervor, zu schnell, um einfach als Blitze bezeichnet zu werden: Ganze Kontinente aus Elektronen, geboren und erloschen im Verlauf von Mikrosekunden. Die kurzlebige Illumination sorgte dafür, dass die Nachtseite des Nizana niemals dunkel wurde; eine jadefarbene aurale Phosphoreszenz zuckte ununterbrochen durch den Käfig der Ionosphäre, während die Entladungen selbst zerfetzte Wolkenflecken von Tausenden von Kilometern Durchmesser erhellten.

»Sie bewegen sich so schnell«, sagte Roselyn und sah hinunter auf die Skifahrer, die über den Schnee glitten. »Glaubst du, wir lernen auch, so schnell zu fahren?«

»Hmmm?« Lawrence richtete seine Aufmerksamkeit wieder auf den Boden und auf sie. »Falsche Frage. Du hast lange Stücke aus Kunststoff unter die Füße geschnallt, und du stehst oben auf der Spitze eines Berges aus Eis. Der Trick besteht darin, zu lernen, wie man langsam hinunter fährt.«

Sie hörte auf, Zuckerstücke in ihre Schokolade zu werfen, und schnippte eines auf ihn. »Doofmann. Du weißt genau, was ich meine!«

»Ja. Ich schätze, es ist nicht so schwer, jedenfalls nicht auf den Anfängerhängen. Sie behaupten, dass sie einem innerhalb einer Woche eine gewisse Fertigkeit beibringen können.«

»Es sieht gefährlich aus, aber ich glaube, ich werde es mögen.« Sie beobachtete mehrere Läufer, die unten am Ende des Haupthangs ankamen und in einem eleganten Schauer aus Schnee hielten. Der Kabellift begann, sie wieder nach oben zu ziehen. Auf der anderen Seite der Schlucht erstreckten sich schmale Risse tief in die Wand aus Eis, überschnitten sich und wanden sich in verschlungenen Geometrien. Sonnenlicht schien hinein und wurde zu wunderbaren schillernden Regenbögen zerlegt, die für immer unter der durchsichtigen Oberfläche gefangen bleiben würden.

Roselyn seufzte zufrieden. »Ich bin so glücklich! Ich habe dich, ich lebe. Es ist eigenartig; ich hätte nie gedacht, dass ich glücklich werden würde, nachdem ich von der Erde weggegangen bin. Weißt du, was das Einzige ist, das ich vermisse?«

»Was denn?«

»Schiffe.« Sie deutete überschwänglich um sich. »Ich meine, Amethis Freizeitindustrie beginnt gerade erst, sich zu entwickeln. Es gibt das hier, und all die Hotelkuppeln mitten im Nichts und diese alberne Fünf-Städte-Motorrallye, die für nächstes Jahr geplant ist. Aber es gibt keine Boote.«

»Lass uns Zeit. Unsere Ozeane füllen sich gerade erst, und auf den Kontinenten entstehen Seen.«

»Ha! Es dauert noch wenigstens tausend Jahre, bis dieser Gletscher geschmolzen ist! Also werde ich nichts von alledem sehen, bevor ich entweder tot bin oder zu alt, um noch etwas davon zu haben. Es ist eine Schande! Es wäre so schön gewesen, am Bug eines Schiffs zu stehen, während hinter mir die Segel flattern, und den Wind im Gesicht zu spüren.«

»Hast du das schon jemals getan?«

»Dublin hat einen Hafen, was denkst du denn? Obwohl dort hauptsächlich die großen Frachtschiffe verkehren, die aus England und Europa kommen. Aber es gibt auch Segelclubs entlang der Küste. Ich weiß, wie man ein Dingi steuert. Ich war ziemlich gut im Windsurfen.« Ihre grauen Augen starrten auf den Horizont. »Ich habe es wenigstens ausprobiert.«

Lawrence lümmelte sich in seinen Sitz. »Und ich werde es niemals tun.«

»Du armer Junge.« Sie zog einen Schmollmund. »Ich bin ziemlich oft ins Wasser gefallen. Es war eisig kalt, und es hat auch nicht besonders gut geschmeckt. Der Himmel allein weiß, wie viel Gift in diesem Wasser war. Das ist das Dumme mit den Erinnerungen, man behält nur immer die guten zurück.«

Die Unterrichtsstunde lief, wie alle ersten Skistunden verlaufen. Lawrence und Roselyn verbrachten einen großen Teil der Zeit damit, immer und immer wieder in den Schnee zu fallen. Doch sie machten auch Fortschritte, genug, um den Anfängerhügel mehrere Male hinunterzugleiten, ohne Hals über Kopf zu stürzen, und auch genug, um eine Vorstellung davon zu bekommen, wie aufregend es sein musste, den Haupthang hinunter zu jagen, und genug, um zu versprechen, dass sie am folgenden Tag wiederkehren würden, und diesmal pünktlich.

Erst als sie wieder im Hotel waren, fingen ihre Muskeln an, wegen des ihnen widerfahrenen Missbrauchs zu protestieren. Knöchel und Schenkel schmerzten und wurden von Minute zu Minute steifer. Lawrences Schultern pochten, als wären sie geprellt, was er nur auf die Art und Weise zurückzuführen vermochte, wie er mit den Stöcken gearbeitet hatte. Unter Lachen, durchbrochen von schmerzerfülltem Zusammenzucken, streiften sie ihre Kleidung ab und gingen gemeinsam in die Badewanne. Sich gegenseitig einzuseifen war ein erotisches Vorspiel, das sich rasch in richtigen Sex verwandelte. Wasser spritzte aus der Wanne, bis der ganze Boden nass war. Sich gegenseitig mit den großen, weichen Handtüchern abzureiben hatte den gleichen Effekt. Von dort aus gingen sie in das Hauptzimmer, wo das Bett einladend wartete.

Nach dem dritten Mal bestellten sie ein großes Dinner auf das Zimmer, komplett mit kaltem Champagner. Die Matratze war zu weich, um im Bett zu essen, also setzten sie sich vor das Verandafenster, eingehüllt in große Badetücher, und schlangen ihr Essen hinunter.

»Diese Hänge sehen bei Sonnenuntergang bestimmt ganz phantastisch aus«, sagte Roselyn.

Der Skilehrer hatte ihnen erzählt, dass die Hänge von orangefarbenen und grünen Laternen erhellt wurden, sobald Amethi in die Umbra wanderte. Die Skifahrer selbst hatten rote und weiße Lampen an ihren Helmen. Es war, als würde die gesamte Seite des

Tals von Schwärmen tanzender Sternenlichter erobert.

Lawrence nahm ihre Hand und drückte sie. »Wir werden sehen. Unsere letzten Tage hier liegen in der Konjunktionsnacht. Bis dahin sind wir gut genug, um selbst den Haupthang hinunter zu fahren. Sie sagen, wenn wir im Herzen der Umbra sind, ist der Nizana wie ein flammendes Halo, als hätte die Sonne den äußeren Rand der Atmosphäre in Brand gesteckt.«

»Ich kann es kaum erwarten.«

Sie nahmen die halbleere Champagnerflasche und eine Schachtel Schokoladenkekse mit zurück zum Bett. Lawrence lag auf der Matratze, eine Champagnerflöte in der einen Hand, die Schokoladenbox in der anderen und Roselyn zusammengekuschelt neben sich.

Sie rückte ein wenig hin und her, bis sie es vollkommen bequem hatte, dann sagte sie: »Also schön, weiter.«

»Danke.« Er küsste sie auf die Stirn und befahl der Zimmer-AS: »Greife auf meine persönliche Datei zu, Unterhaltungssektion, und lade die fünfte Episode aus der sechsten Staffel von *Flight: Horizon*. Ich möchte die Standardversion sehen, aus der dritten Person.«

»Bist du jetzt glücklich?«, fragte Roselyn.

Sie sah jede Folge mit ihm zusammen, auch wenn er ziemlich sicher war, dass sie es nur ihm zuliebe tat und nicht aus wirklichem Interesse an der Besatzung der *Ultema*. »Bin ich, danke sehr«, sagte er würdevoll. Sie kuschelte sich noch ein wenig enger und nahm einen Schluck aus ihrer eigenen Flöte, während die

Credits über den Schirm rollten und die Titelmelodie spielte.

Achtzig Minuten später war es der *Ultema* gelungen, eine planetare Kollision zu verhindern, die drei intelligente Alien-Spezies ausgelöscht hätte. Eine der Spezies war wütend über die Einmischung in ihr glorreiches Geschick als Engel der Apokalypse; sie stürzten sich aus allen Rohren einiger ziemlich gemeiner Waffen feuernd auf das Raumschiff. Drei Besatzungsmitglieder waren tot, bevor die Episode zu Ende war, zwei von ihnen waren gerade erst eingestellt worden.

»Sieben Mann in drei Episoden«, sagte Lawrence bestürzt. »Das sind genau so viele wie in der gesamten vierten Staffel!«

»Meine Güte!« Roselyn presste die Lippen zusammen, um nicht laut zu kichern. Sie bemühte sich um einen ernsten Gesichtsausdruck: »Das ist also nicht gut, stimmt's?«

»Es vergrößert nicht gerade ihre Chancen, nein.«

»Oh, mein armes Baby.« Sie wand sich herum, bis sie auf ihm lag, und gab ihm einen langen Kuss, während sie kicherte.

Lawrence spielte stur.

Roselyn lachte laut auf. »Oh, es tut mir Leid. Es ist nur, dass du es so ernst nimmst!«

»Ich habe es verdammt ernst genommen. Es waren gute Vorbilder, als ich jünger war. Sie haben mir eine Menge bedeutet. Jetzt ist es, als wären sie alte Freunde. Ich kann mich freuen, ohne gleich zu übertreiben. Du hast mir gezeigt, dass es mehr im Leben gibt als die I's. Trotzdem sage ich noch immer, dass es eine verdammt gute Serie ist.«

»O Lawrence!« Sie drehte sich um und bedachte den großen Schirm mit einem reuigen Blick. »Das war gemein von mir. Manchmal vergesse ich eben, wie unterschiedlich unser Hintergrund ist.«

»Hey!« Er streichelte sanft ihren Rücken. »Du könntest überhaupt nicht gemein sein, selbst wenn du es wolltest.«

»Außer gegenüber Alan.«

Lawrence kicherte. »Das war nicht gemein, das war lustig.«

»Zugegeben.« Sie rollte wieder neben ihn und sah ihm von ganz nah in die Augen. »Und du hattest Recht: *Flight: Horizon* ist gar nicht schlecht für einen heranwachsenden Jungen.«

»Nun, ich wachse jedenfalls allmählich heraus. Mensch, stell dir vor! Ein Studienplatz in Verwaltung in Templeton! Das ist ungefähr so weit weg von allem, was ich jemals wollte, wie es nur geht!«

»Nein, ist es nicht. Führungsqualitäten sind immer gleich, egal, welchen Namen man daran heftet. Und es ist eine verdammt gute Grundlage, wenn man je seine Meinung ändert und eine Offizierslaufbahn einschlägt.«

»Ha, Offizierslaufbahn wozu? Wie Dad so schön gesagt hat: Wir haben nur noch Liniendienst. Du solltest es wissen; du warst schließlich an Bord. Ich wollte die Galaxis erkunden, die Grenzen weiter ausdehnen. Das ist alles vorbei.«

Roselyn stemmte sich auf einen Ellbogen und starrte ihn an. »Manchmal verstehe ich dich einfach nicht, Lawrence! Du erzählst mir immer wieder, wie sehr du McArthur hasst, weil sie ihr Erforschungsprogramm eingestellt haben, und doch redest du nie von etwas anderem, als hierzubleiben und deinen Beitrag zur Entwicklung von Amethi zu leisten, zur Entwicklung der Company. Das ist schizophren, gerade für jemanden wie dich!«

»Wovon zur Hölle redest du da?«

»Wenn du hier nicht tun kannst, was du möchtest, warum gehst du dann nicht und machst es irgendwo anders?«

»Weil es kein irgendwo anders gibt!«, sagte er ärgerlich.

Ihr Blick war genauso ärgerlich. »Nun ja, abgesehen von der Erde und ihrem halben Dutzend Forschungsflotten, da hast du Recht.«

Trotz der Wärme des Zimmers und ihres Körpers und dem Champagner in seinem Kreislauf war Lawrence mit einem Mal eisig kalt, und er fühlte sich schrecklich. Was sie da sagte, stimmte einfach nicht. Es widersprach seiner gesamten Welt, allem, was er gekannt und getan hatte seit jenem temperamentvollen Tag, als er die Plattwürmer getötet hatte. »Was hast du gesagt?«

»Dass du zur Erde gehen und bei einer anderen Company unterschreiben solltest, wenn du unbedingt in den Weltraum möchtest!«

Seine Hände schlossen sich um ihre Oberarme und drückten hart zu. »Was für andere verdammte Companys?«

»Lawrence!« Sie blickte von seinen Händen hinauf in sein Gesicht.

»Entschuldige.« Er ließ sie los. Versuchte, seine Aufregung in den Griff zu kriegen. Sie schien genauso groß wie seine plötzliche Furcht. »Was für

Companys? Willst du damit etwa sagen, dass irgendwer noch immer Erkundungsschiffe in Betrieb hat?«

»Aber selbstverständlich! Alphaston, Richards-Montanna, Quatomo und Zantiu-Braun, die größten von allen Companys mit Aktivitäten im Raum. Keine der Flotten ist so groß wie früher einmal, bevor alle mit ihren Gewinnrealisierungs-Widerwärtigkeiten angefangen haben, aber sie schicken immer noch Raumschiffe nach draußen, um neue Sternensysteme zu erkunden. Und Zantiu-Braun verfügt außerdem über seine Portal-Kolonien.«

»Irgendjemand gründet noch immer neue Kolonien?« Seine Stimme war zu einem entsetzten Flüstern gesunken.

»Ja, Lawrence. Wusstest du das etwa nicht?«

»Nein.«

»Scheiße.« Sie warf ihm einen sehr besorgten Blick zu. »Lawrence, ich ...«

»Ich möchte eine vollständige Datapool-Recherche!«, sagte er der AS mit tonloser Stimme. »Ich will einen Suchping über sämtliche Informationen, die es über gegenwärtige interstellare Forschungsaktivitäten gibt. Insbesondere die Aktivitäten von Alphaston, Richards-Montanna, Quatomo und Zantiu-Braun.«

»Es gibt keine Dateien über gegenwärtige interstellare Forschung«, antwortete die AS. »Sämtliche Informationen betreffend gegenwärtiger Raumflugaktivitäten beziehen sich auf kommerzielle sowie Gewinnrealisierungsmissionen.«

Lawrence stieß ein dumpfes Schnauben aus, und für den Augenblick überflügelte Staunen seinen Zorn. »Er hat mich angelogen! Er hat mich verdammt noch mal angelogen! Mein Vater hat mich angelogen! Dieser Bastard!«

»Lawrence?« Roselyn streckte zaghaft die Hand nach ihm aus und berührte seine Schulter.

»Diese ganze Welt ist eine Lüge! Alles, was ich tue, ist eine Lüge! Nichts ist wahr!« Er sprang aus dem Bett, als hätte er sich verbrannt, und stand mit angespannten Muskeln da. »Ich könnte es jetzt in diesem Augenblick tun! Ich könnte auf der Erde und an einer Offiziersschule sein! Und was mache ich stattdessen? Ich studiere dämliche Verwaltungswissenschaften! Das ist es, was ich verdammt noch mal tue! Ich war so froh, dass ich mich qualifiziert hatte, dass ich gefeiert habe! Gefeiert! Heiliges Schicksal...« Seine Faust flog hoch auf der Suche nach etwas, das er schlagen konnte. Irgendetwas zum Bestrafen. Die Wut fühlte sich wunderbar an und machte alles so klar.

»Lawrence, so beruhige dich doch!«

»Warum?«, brüllte er. »Ich habe vier Jahre lang Ruhe gehalten! Genau das ist es, was er wollte! Dieses Stück Scheiße! Das ist es, was McArthur aus dieser Welt gemacht hat, kleine, hübsche, gehorsame Drohnen, die tun, was man ihnen sagt, um die Aktienkurse in die Höhe zu treiben!«

»Lawrence, bitte!« Roselyn war den Tränen nahe. »Hör auf.«

Der Schmerz in ihrer Stimme überwand jeden Verteidigungsreflex, den er besaß. Roselyn durfte niemals verletzt werden, das war der Sinn seines Lebens. »In Ordnung.« Er hielt die Hände hoch, eine versöhnliche Geste. »In Ordnung, du hast Recht. Es ist nicht deine Schuld. Niemand macht dir einen Vorwurf.« Er jagte durch das Zimmer, ohne zu wissen, wonach er suchte. Nichts in diesem Raum, so viel war sicher. »Wir verschwinden. Pack deine Sachen.«

»Lawrence, wir können nicht von hier weg.«

»Ich muss aber!« Er senkte seine Stimme zu etwas, das fast ein Flehen war. »Roselyn, er hat mich belogen! Er hat mich von Grund auf belogen, mir die ganze Welt verdreht dargestellt. Er hat alles zerstört, was ich je wollte, alles, was ich war. Kannst du das verstehen?«

Sie nickte langsam. »Und was willst du nun tun?«

»Ihn fragen, nein, ihn zwingen, mir die Wahrheit zu sagen! Ich will wissen, ob ein Universitätsabschluss von Amethi mich qualifiziert, zur Offiziersakademie einer anderen Company zu gehen. Ich will wissen, wie ich dorthin komme. Ich will wissen, wie viel es kostet. Ich verlange es zu wissen!«

Sie nahmen ein Taxi vom Templeton Airport. Lawrence sagte ihm, zuerst Roselyn in ihrer Kuppel herauszulassen und ihn dann zum Newton-Besitz zu bringen. Es war Nachmittag, Templeton-Zeit, als er endlich zu Hause war, und er war beinahe zwanzig Stunden unterwegs gewesen. Die Flüge zu wechseln war relativ einfach gewesen. Die Gesellschaft war daran gewöhnt, dass Fluggäste vorzeitig aus Orchy abreisten, wenn sie sich verletzt hatten und nicht mehr Skilaufen konnten. Die Passagierlisten waren so ausgelegt, dass sie in letzter Minute erweitert werden konnten.

Das Licht schien im vollen Spektrum von der Kuppeldecke herab, als Lawrence die Hauptkuppel des

Besitzes betrat, und erfüllte das weite Rund mit gleißender Helligkeit. Die Sonne war Tage zuvor hinter Templetons Horizont gesunken, als Amethis Orbit den Planeten in die kleine Konjunktion geführt hatte. Irgendwie erschien ihm die künstliche Beleuchtung immer falsch, als würden die Ingenieure das Spektrum einer ganz anderen Sonne simulieren.

Schwache multiple Schatten gingen fächerförmig von ihm aus, als er über den Steinweg marschierte. Die roten und goldenen Kletterrosen, die sich an den Säulen zu beiden Seiten empor rankten, welkten bereits und verstreuten ihre Blütenblätter ringsum auf dem Boden. Als er weiterging, hörte er die Rufe und Schreie seiner Geschwister von einer der tieferen Rasenflächen her. Er wollte ihnen nicht begegnen und schlug am Ende des Weges einen rechtwinkligen Haken, um sich dem Haus auf einem Umweg zu nähern. Er wollte überhaupt nicht, dass irgendjemand von seiner Rückkehr erfuhr. Es war eigenartig, doch er spürte noch immer Verantwortungsgefühl gegenüber seinen Geschwistern. Sie waren zu jung, um zu begreifen, was für ein Mensch ihr Vater wirklich war. Die kindliche Unschuld sollte erhalten werden, sie war zu kostbar, als dass er sie in seiner Wut und der Stunde der Wahrheit hätte zerstören wollen.

Ein paar Pfauen pickten lustlos zwischen den Kieseln rings um das Haus. Sie reagierten nicht einmal auf ihn, als er zu einer der kleineren Nebentüren ging, die sich an der Rückseite des Hauses befanden. Innen lag alles ruhig. Es war die Zeit des Tages, zu der das Personal nichts mehr zu tun hatte und die jüngeren Newtons alle zum Spielen draußen waren. Eine

Zeit, die Lawrence immer geliebt hatte, wegen der Einsamkeit, die sie bot. Er war vertraut mit der vorherrschenden Mausoleumsatmosphäre. Die Luft ringsum stand still; sie war warm und ein wenig staubig. Flache Strahlen rosafarbenen Lichts schimmerten durch die hohen Fenster, als Lawrence zur Treppe ging. Als er den Absatz erreicht hatte, hörte er das leise Murmeln von Stimmen aus dem Arbeitszimmer. Er wusste, dass sein Vater um diese Zeit dort sein würde, obwohl es ungewöhnlich war, dass jemand anderes bei ihm war.

Die Tür stand nur angelehnt. Lawrence schob sich näher heran und achtete vorsichtig darauf, kein Geräusch zu machen. Sein Vater war einer der Leute im Zimmer, diese zuversichtliche, selbstbewusste Stimme kannte er. Die andere war weiblich. Er glaubte, dass es Miranda war, das neueste Junior-Kindermädchen; eine weitere von diesen beeindruckenden Schönheiten Anfang zwanzig.

»... schaffen es wahrscheinlich nicht einmal bis zu den Skipisten«, sagte sein Vater amüsiert. »Die beiden haben eine ganze Woche für sich allein. Verdammt, er wird sich den Verstand aus dem Leib gevögelt haben, wenn er wieder zurück ist. Wahrscheinlich muss ich ihn mit einem Ambulanzhelikopter abholen lassen.«

Miranda kicherte. »Das ist es doch, was du wolltest. Du hast es selbst gesagt.«

»Ja, ich weiß. Verdammt, sie ist wirklich gut in ihrem Job. Und preiswert noch dazu. Diese Beine – hast du ihre Beine gesehen?«

Job. Das Wort echote lautlos durch Lawrences Gehirn. Job?

»Ja. Ich hab sie gesehen«, antwortete Miranda. »Warum? Gefallen sie dir?«

»O ja. Definitiv sogar. Ich bin versucht, sie hinterher einen Monat für mich selbst zu bezahlen.«

»Was denn, seine Freundin? Das ist wirklich abartig, Doug! Außerdem sind meine Brüste viel größer als ihre. Du hast gesagt, du magst das. Du hast immer gesagt, du magst meine Brüste.«

»Na und? Ich könnte euch beide zusammen haben; auf diese Weise bekomme ich das Beste von euch beiden.«

»Zusammen?«

»Ja. Ich mag einen richtig guten schmutzigen Dreier. Das wäre mal etwas, euch beide dabei zu beobachten, wie ihr es euch macht.«

»Weißt du, ich glaube, es würde mir gefallen. Roselyn sieht wirklich süß aus.« Ohne den Namen hätte sich Lawrence vielleicht einreden können, dass sie über jemand anderen redeten. Dass es irgendein alberner, scheußlicher Zufall war. Zwei andere Leute, die ebenfalls zu einem Skiurlaub unterwegs waren. Ein anderes Mädchen, auf das sein Vater scharf war. Irgendjemand anderes, nur nicht Lawrence und Roselyn.

Mit bebenden Fingern stieß Lawrence die schwere Holztür auf. Sein Vater saß hinter dem Schreibtisch, und Miranda hockte vor ihm. Die Vorderseite ihres Kleides war aufgeknöpft, und ihre Brüste quollen hervor. Die rechte Warze war mit einem Diamantstecker gepierct. Doug leckte langsam an der harten, aufgerichteten Knospe aus Fleisch. Er blickte erschrocken hoch, als die Tür aufgestoßen wurde und Lawrence zum Vorschein kam.

Miranda ächzte und zerrte hastig ihr Kleid zusammen.

»Sohn?«

Es war das erste Mal, dass Lawrence seinen Vater richtig verlegen sah. Die Schuld und der Schock gehörten einfach nicht auf dieses ewig selbstsichere Gesicht.

»Oh, mein Junge. Hör zu, was wir gesagt haben...«

»Ja?« Lawrence war selbst überrascht, wie ruhig er reagierte. »Was denn, Dad? Es ist nicht so schlimm, wie ich vielleicht glaube? Ist es das, was du mir sagen willst?«

Dougs Selbstbeherrschung kehrte mit einem reumütigen Grinsen zurück. »Ich glaube nicht, dass ich das kann. Nein.«

»Du hast sie gekauft.«

»Es ist ein wenig komplizierter als das.«

»Wie? Was ist daran kompliziert? Hast du für sie bezahlt oder nicht?«

»Lawrence...«

Lawrence machte drei rasche Schritte durch das Zimmer, bis er vor dem Schreibtisch stand. »HAST DU DAFÜR BEZAHLT, DASS ROSELYN MIT MIR VÖGELT, DU VERDAMMTES STÜCK SCHEISSE?«

Doug zuckte zurück, überrascht von der Wut seines Sohnes. »Hör mal, du warst dabei, alles zu verlieren, richtig? Deine Schulnoten waren unterste Schublade, du hattest keine Freunde, der Psychiater meinte, du wärst emotional unterentwickelt und nicht imstande, mit der realen Welt zu kommunizieren. Ich war in tiefer Sorge. Ich bin dein Vater, ganz gleich, wie gut oder schlecht ich darin sein mag.«

»Also hast du mir eine Hure gekauft!«

»Sohn, du musstest endlich erkennen, wie viel Amethi jemandem wie dir zu bieten hat. Ich konnte nicht mit ansehen, wie du alles weggeworfen hast. Und sie hat dich zurückgebracht. Nenn sie, wie auch immer du willst. Gib mir die Schuld für das, was ich gemacht habe, und ich gestehe, es war wirklich ziemlich gemein. Aber sieh dich heute an, sieh, was sie geschafft hat, wie sehr sie dich aufgebaut hat! Du gehörst zu den Besten in der Klasse, du spielst in sämtlichen A-Mannschaften, und außerhalb der Schule bist du jemand, den jeder gerne zum Freund hat. Sie hat dir gezeigt, wie lebenswert das Leben hier ist. Ich verspreche dir, ich habe dich nicht belogen, als ich sagte, wie stolz ich auf das bin, was du erreicht hast.«

»Natürlich bist du stolz. Ich bin genau das geworden, was du gewollt hast. Warum hast du mich überhaupt je in die Welt gesetzt, Dad? Warum hast du nicht einfach dich selbst geklont?«

»Sohn, bitte. Ich weiß, es ist nicht einfach für dich. Ich meine – zur Hölle, ich hätte nie gedacht, dass du dich so über beide Ohren in sie verlieben würdest.«

»Warum nicht? Sie ist heiß, hast du das nicht selbst gesagt? Was hätte ich sonst tun sollen, ein Verlierer, wie ich es nun einmal bin?«

»Lawrence, du wirst darüber hinwegkommen. Ich gebe zu«, er zuckte die Schultern, »dass du mich wahrscheinlich bis an das Ende deines Lebens dafür hassen wirst, aber damit kann ich leben, weil ich weiß, dass ich das Richtige getan habe.«

»Nein, Dad, das hast du nicht.« Lawrence wandte sich um und ging hinaus.

Lawrence wusste nicht, wie er dorthin gekommen war. Er wusste nicht, wann er dorthin gekommen war. Doch irgendwann später an diesem Tag, in dieser Woche oder in diesem Jahr stand er vor der Wohnungstür der O'Keefs. Selbst als es ihm endlich dämmerte und er bemerkte, wo er sich befand, brauchte er noch lange Zeit, bis er seine Hand nach oben brachte und anklopfte.

Es war ein leises Klopfen mit den Knöcheln. Lawrence hörte es selbst kaum. Er klopfte fester. Dann noch fester. Schließlich hämmerte er gegen die Tür, bis sie im Rahmen erzitterte.

»Aufmachen!«, schrie er. »Lass mich rein!«

Das Schloss klickte, und er hörte auf zu hämmern. Seine Hand schmerzte. Blutstropfen bildeten sich an den abgeschürften Knöcheln.

Lucy O'Keef öffnete ihm. »Oh, Lawrence. Du bist es.« Ihre Schultern sackten herab, wahrscheinlich vor Schuldgefühlen. »Dein Vater hat mich angerufen. Er hat gesagt, dass du...«

»Wo ist sie?«, grollte er.

»Ich glaube nicht, dass das jetzt...«

»WO IST SIE?«

Roselyn schob ihre Mutter zur Seite. Sie schien sehr lange geweint zu haben, so rot waren ihre Augen.

Sie hatte noch nie so bewundernswert und verletzlich ausgesehen wie in diesem Augenblick. Er starrte sie wortlos an. Er brachte es nicht fertig, etwas zu sagen. Weil er in diesem Augenblick wusste, dass alles wahr war. Und was er am wenigsten auf der Welt ertragen konnte, war, dass sie es ihm gestand.

Er wandte sich ab und ging durch den Korridor zum Aufzug zurück.

»Lawrence!« Roselyn kam aus der Wohnung und folgte ihm. »Lawrence, bitte, geh nicht.«

Er ging schneller. Dann rannte er. Seine Hand krachte auf den kleinen silbernen Knopf in der Wand. Barmherzigerweise öffnete sich die Aufzugstür auf der Stelle. Er trat hinein und drückte auf den Knopf für die Lobby.

»Lawrence.« Sie schlug die Hand gegen die Türkante, und sie blieb stehen. »Es tut mir so Leid, Lawrence. Es tut mir so Leid. Ich liebe dich.«

»Er hat dich bezahlt.« Seine Gedanken waren so durcheinander, dass er Schwierigkeiten hatte, die Worte zu formulieren. »Er hat dich bezahlt, damit du es machst.«

»Nein.« Sie schluchzte. »Nein, Lawrence.«

»Was dann? Er hat dich nicht bezahlt?«

»Das Geld war nicht für mich. Du verstehst das nicht. Es ist nicht, wie du denkst.«

»Wie ist es denn? Was verstehe ich nicht?«

»Ich habe wegen Mary und Jenny eingewilligt.«

»Deine Geschwister? Was haben deine Geschwister mit alledem zu schaffen?«

»Wir standen vor dem Nichts. Wir hatten überhaupt nichts mehr. Die Anteile an McArthur sind auf der Erde so gut wie wertlos. Nicht, dass wir je viele besessen hätten. Du wirst niemals wissen, wie es ist, arm zu sein. Nicht du. Du bist ein goldenes Kind auf einer Welt, die zu jung ist, um irgendeine Form von Niedergang zu kennen. Es war die einzige Möglichkeit für uns, von Dublin zu entkommen und die Erde zu verlassen. Wenn ich ... es tue.«

»Du gehörst dazu! Du bist der größte Teil seiner Lüge! Ich hasse dich dafür!«

»Ich habe dich niemals belogen, Lawrence.«

Er drückte erneut auf den Lobby-Knopf und sehnte sich nach einem Ende der Qual. »Halt den Mund! Halt den Mund, du Miststück! Alles war nur gespielt. Alles war nichts als eine einzige Lüge!«

»Nur der Anfang.« Sie lehnte sich gegen die Wand, als die Erschöpfung sie übermannte. »Das war alles, Lawrence. Nur mein ›Hallo‹. Ein einziges kleines Wort. Nicht der Rest davon. Alles seitdem war echt. Ich kann nicht anderthalb Jahre lang so tun, als würde ich dich lieben. Du weißt, dass es echt ist. Du weißt es!«

Die Tür glitt zu. Roselyns elender, verzweifelter Aufschrei schnitt mitten in sein Herz.

Vinnie Carlton öffnete seine Tür und fand Lawrence draußen zusammengesunken an der Wand. »Was zur Hölle ist mit dir passiert, Mann?«

Lawrence verriet durch nichts, dass er die Frage gehört hatte. Er starrte geradeaus, ohne zu sehen und ohne zu hören. Vinnie zuckte die Schultern, schob seinem Freund den Arm unter die Achseln und half ihm hoch. »Los, wir schaffen dich nach drinnen, bevor die Reinigungsroboter dich aufsammeln und in die Müllklappe stopfen«, sagte Vinnie. »Komm schon, du siehst aus, als könntest du einen Drink gebrauchen oder zehn.«

Lawrence wehrte sich nicht, als er in die Lounge des Apartments bugsiert wurde. Ein Becher Tee wurde ihm in die Hand geschoben. Er trank ihn automatisch, dann sprudelte er hervor: »O Scheiße, das ist ja widerlich, Vin! Was ist das für ein Zeug?«

»Rum. Ich mag es.«

»Oh.« Lawrence trank ein paar weitere Schlucke, diesmal vorsichtiger. Tatsächlich, gar nicht schlecht.

»Willst du mir nicht erzählen, was passiert ist?«, fragte Vinnie.

Lawrence blickte sich unsicher um. Er war hergekommen, weil Vinnie der einzige Mensch war, an den er sich wenden konnte, ohne dass gleich irgendwelche Eltern Wind davon bekamen. Auch wenn Vinnie ein guter Freund war, besuchte er ihn nicht sehr häufig in seinem Apartment.

»Du hast ja gar keine Ahnung, wie gut du es hast, weil du alleine wohnst«, sagte Lawrence.

»Wieso?«

Lawrence erzählte es ihm.

Vinnie saß da und lauschte der gesamten Geschichte, und auf seinem Gesicht spiegelte sich ein breites Spektrum an Emotionen. »Scheiße, Lawrence!«, sagte er am Ende. »Das klingt vielleicht blöde, aber bist du dir absolut sicher?«

»O ja. Absolut sicher.«

»Meine Güte. Ich glaube das nicht. Ich dachte immer, Roselyn wäre großartig! Sie war so ... natürlich.«

»Ja. Frauen, eh?« Lawrence versuchte, es so klingen zu lassen, als sei es ihm egal, als wäre es ein ganz gewöhnliches Problem, wie es in jeder Beziehung auftauchen konnte. Es funktionierte nicht. Er war zu dicht davor, erneut zusammenzubrechen. Er hasste sich selbst dafür.

»Ja, Frauen.«

Das Mitgefühl in Vinnies Stimme veranlasste Lawrence, sich in der Wohnung umzusehen, als würde ihm in diesem Augenblick bewusst, dass etwas fehlte. »Wo ist eigentlich Nadia?«

»Ha! Wir haben uns nach der Party im Hillier's getrennt! Sie sagte, sie wollte nicht mit jemandem zusammensein, der sich in der Öffentlichkeit so peinlich benimmt. Dumme Kuh! Was hätten wir denn tun sollen? Zusehen, wie Alan zu Brei geschlagen wird?«

Lawrence lächelte kurz bei dem Gedanken an diesen Abend. »Nun ja, fast wäre es ja auch so weit gekommen.«

»Ja! Und ich habe absolut nichts für jemanden übrig, der sich so verhält.«

Der Humor verblasste.

»Was wirst du jetzt tun?«, fragte Vinnie.

»Ich weiß es nicht. Ich kann nicht nach Hause, nicht nach dem, was geschehen ist. Und ich ertrage es nicht, sie jemals wieder zu sehen.«

»Scheiße, Lawrence. Nun ja, du kannst hier wohnen, das weißt du.«

»Danke, aber das geht nicht. Ich muss weg von hier. Einen sauberen Schnitt machen, weißt du?«

»Du meinst, in eine der anderen Städte ziehen?«

»Nein, ich meine ganz weg. Hör zu, du bist von der Erde hergekommen; hat sie mir die Wahrheit gesagt, unternehmen die anderen Companys noch immer Erkundungsmissionen? Gibt es noch Forschungsschiffe?«

»Sicher. Es gibt nicht mehr so viele wie früher, wie du dir denken kannst. Ich hab nicht so sehr darauf geachtet. Aber sie hat wahrscheinlich Recht mit Richards-Montanna, und ganz sicher mit Zantiu-Braun. Zur Hölle, Zantiu-Braun besitzt inzwischen fast die halbe Erde!«

»Und warum finde ich nichts von alledem im Datapool von Amethi?«

»Oh, es ist bestimmt da. Es ist nur, dass du nicht über die entsprechenden Zugangsberechtigungen verfügst.«

»In Ordnung. Aber warum ist der Zugang beschränkt? Es ist doch wohl nicht staatsgefährdend?«

»Wer weiß? Vielleicht Paranoia der Company. Vergiss nicht, dass wir hier keine Demokratie haben.«

»Doch, haben wir«, widersprach Lawrence automatisch.

»Anteilsbesitz an der Company ist ein wenig anders als das traditionelle Modell. Deine Stimme steht in direktem Zusammenhang mit deinem Reichtum.«

»So muss es auch sein. Man darf schließlich nicht zulassen, dass die Armen mit ihren Stimmen für mehr Wohlfahrtsgelder stimmen; das wäre wirtschaftlicher Selbstmord.«

Vinnie presste die Fingerspitzen an die Schläfen. »Lawrence, ich werde nicht mit dir streiten. Ich bin freiwillig hergekommen, um hier zu leben, vergiss das nicht. Amethi ist eine stille und wohlhabende Welt, ein Zustand, den sich die Bewohner mit einer schweren Last sozialer Scheinheiligkeit erkaufen. Trotz alledem spricht einiges dafür, dass es so ist. Ich sage nur, wenn der Vorstand Amethis Entwicklung stetig und auf dem sicheren Kurs steuern will, den sie projektiert haben, dann gibt es einige politische Themen und Aktivitäten, die man besser vermeidet. Ich könnte mir beispielsweise vorstellen, dass es ihnen nicht gefällt, wenn irgendjemand sich mit dem Gedanken trägt, Amethi wieder zu verlassen. Es wäre kaum die erste Regierung, die dieser Meinung ist. Und je mehr neue

Planeten entdeckt und für die Kolonisierung freigegeben werden, desto mehr Möglichkeiten haben die Leute wegzugehen. Wenn sie nirgendwo hin können, dann müssen sie bleiben, wo sie sind und zum Wohle des größeren Ganzen arbeiten.«

»Bastarde!«

»Es war nicht persönlich gemeint, Lawrence. Sie haben nicht bemerkt, wie sehr du von der Entdeckung neuer Sternensysteme besessen bist, als sie den Zugang zu sämtlichen Informationen über Forschungsmissionen aus dem Datapool beschnitten haben.«

»Ich muss von hier weg«, stöhnte Lawrence. »Ich kann nicht hier bleiben! Das verstehst du doch, oder?«

»Willst du etwa den Planeten verlassen?«

»Ja. Ich will zur Erde. Wenn es irgendeine Chance gibt, irgendeine, dass ich an einer Forschungsmission teilnehme, dann muss ich sie ergreifen. Ich könnte nicht mit dem Gedanken leben, es nicht wenigstens versucht zu haben, weißt du?«

»In Ordnung, ich verstehe das.«

Lawrence blickte auf und bemühte sich, einen Rest von Würde zu bewahren. Er wollte nicht betteln, nicht einmal bei einem Freund. »Wirst du mir helfen?«

»Wie denn?« Vinnie wurde plötzlich vorsichtig.

»Es wäre nicht viel; ich bin reich. Ich habe Anteile an McArthur, vergiss das nicht. Sie sind an meinem achtzehnten Geburtstag vom Treuhänder freigegeben worden. Ich kann damit tun und lassen, was ich will. Und ich will ein Ticket zur Erde kaufen.«

»Dein alter Herr wird das niemals zulassen.« Vinnie

nahm sich Zeit. »Hast du genug? Es hat meine Familie ein Vermögen gekostet, mich hierher zu senden.«

»Ich habe genug. Aber ich weiß, was mein Vater unternehmen wird, sobald ich versuche, meine Anteile zu verkaufen. Deswegen möchte ich den Namen der Anwaltsfirma, die die Angelegenheiten deiner Familie regelt. Sie sind doch unabhängig, oder? Wenn irgendjemand helfen kann, das durchzustehen, dann sie.«

»Würde dir nichts nützen. Sie sind unabhängig, sicher, aber dein Daddy sitzt im Vorstand. Wenn er sagt, du darfst nicht gehen, dann gibt es keinen Anwalt und kein Gericht auf diesem Planeten, das sich über sein Wort hinwegsetzt.«

»Verdammte Scheiße!« Lawrence spürte, wie er sich spannte. Bis jetzt hatte er jeden neuen Schock mit erstaunlicher Fassung getragen. Doch das würde nicht anhalten. Jedes Mal wurde das Bedürfnis stärker, physisch um sich zu schlagen. »Ich muss weg von hier!«, brüllte er Vinnie an. »Ich muss einfach!«

»Ich weiß.« Vinnie bedachte ihn mit einem zweifelnden Blick, während er seine Optionen abwog. »In Ordnung. Vielleicht kann ich dir helfen. Aber wenn ich es tue und es nicht funktioniert, dann steckst du in ziemlich tiefen Schwierigkeiten.«

»Du meinst, ich bin jetzt nicht in Schwierigkeiten?«

»Nicht im Vergleich zu dem, was dann auf dich zukommen würde.«

Lawrence war plötzlich sehr interessiert. Er kannte Vinnie gut genug, um zu wissen, dass es nicht der übliche Zwirn war, den sie sich gegenseitig erzählten. »Und was für Schwierigkeiten sind das?«

»Ich habe eine Software, die ich eigentlich nicht haben dürfte. Und ich meine wirklich: Nicht haben dürfte. Sie ist illegal, nennt sich Prime und ist so gefährlich, dass sie auf der Erde als Waffe eingestuft ist. Wahrscheinlich war es ein Kapitalverbrechen, eine Kopie davon anzufertigen und sie von der Erde mit hierher zu bringen.«

»Kein Scheiß? Was kann dieses Prime denn?«

»Es ist eine quasi-intelligente Routine. Du aktivierst sie in irgendeinem neurotronischen Pearl, und sie kann jede AS auf Amethi unterwandern. Soweit es dich betrifft, kannst du jeden Suchping und jede Fortress lokalisieren, die dein Vater in den Datapool schickt, ohne dass irgendjemand dieses Manöver bemerkt. Du kannst deinen Anteil verkaufen und ein Ticket zur Erde erwerben, ohne dass irgendjemand dahinter kommt. Er wird es erst bemerken, wenn du ihm ein Video von einem Strand am Mittelmeer schickst, mit einem Pina Colada in der Hand.«

»Heilige Scheiße, ist es wirklich so gut?«

»Ich werde auf keinen Fall das Risiko eingehen, dir die neueste und stärkste Version zu überlassen, Lawrence. Ich gebe dir eine Version, die genau das kann, was du brauchst. Und Lawrence, wenn du auf der Erde angekommen bist, erzähl niemandem, dass du es besitzt. Das Prime ist allem auf Amethi weit überlegen, aber ich habe meine Kopie vor einer ganzen Weile gezogen, und ich schätze, der irdische Datapool ist inzwischen vor dieser Version geschützt. Die kritischen Sektionen sind zweifellos abgeschirmt.«

»In Ordnung, ich werde es nicht vergessen. Und danke, Vinnie.«

»Schon gut. Du warst hier ein guter Freund für mich, und ich weiß das zu schätzen. Vergiss mich nur nicht, wenn du auf deinen Abenteuerreisen bist.« Er grinste. »Das heißt, bis zu dem Punkt, an dem sie dich mit dem Prime erwischen.«

Kapitel acht

Es war ein weiterer heißer, feuchter Tag in Memu Bay, als Lawrence sein Platoon auf die sechste Morgenpatrouille führte. Sie waren inzwischen seit einer Woche auf Thallspring, und dieser Feldzug war bereits viel schlimmer als beim letzten Mal, als er über diese hübschen offenen Straßen marschiert war. Ebrey Zhang hatte bisher noch kein Halsband gezündet, doch Lawrence war sicher, dass es nicht mehr lange dauern konnte.

Nicht, dass es so schlimm gewesen wäre wie Santa Chico, sagte er sich immer wieder. Sei dankbar für kleine Gefälligkeiten.

Platoon 435NK9's festgelegter Patrouillensektor war der Dawe District. Eine landeinwärts gelegene Gegend, hauptsächlich Wohngebiet, wo die hübschen Vorstadthäuser einen der niedrigen Hügel am Fuß des die Stadt umschließenden Gebirges umgaben. Die Straßen waren breit und sauber, und hohe Sitka-Fichten wuchsen zu beiden Seiten. Ihre Äste bewegten sich unablässig und zeichneten ein Gewirr merkwürdiger Schatten auf das Pflaster. Zwei Tram-Linien verbanden die Bürger von Dawe mit dem Stadtzentrum; die großen, schwerfälligen Vehikel rollten über ihre Schienen und läuteten laut die Glocken beim Anblick eines jeden Radfahrers, der ihnen zu nahe kam. Eigenartigerweise läuteten die Glocken nicht, wenn ein Skinsuit vor ihnen mitten auf der Straße marschierte.

Angeblich war es Aufgabe des Platoons, die regulären Polizeikräfte zu unterstützen, die zu Fuß patrouillierten. In Wirklichkeit unterstrich ihr sichtbares Auftreten überall die Anwesenheit von Zantiu-Braun.

435NK9 wanderte eine Straße hinauf, die von kleinen Läden gesäumt war. Nicht viele Menschen waren draußen in der Sonne des späten Vormittags, und die wenigen, die es waren, starrten die vorbeimarschierenden Skins hasserfüllt an. Beleidigungen und Obszönitäten begleiteten jede ihrer Bewegungen. Die Constables, die sie begleiten sollten, lächelten über die Rufe und unternahmen keinen Versuch, ihre Verachtung für die Besatzer zu verbergen.

»O Mann, ich hasse das!«, murmelte Hal. Es war bereits das hundertste Mal, dass er sich an diesem Morgen beschwerte.

Lawrence überprüfte das Positionsdisplay, das seine Skinsuit-AS zeigte. Hal befand sich an der rechten Flanke. »Halt dich einfach zurück, Hal. Sie haben noch nichts Schlimmes getan.«

»Ja, gib endlich mal für ein paar Minuten Ruhe!«, sagte Lewis.

»Aber hört euch doch an, was sie rufen!«

Lawrence hatte nichts anderes getan. Den gesamten Morgen hatte er *KillBoy* gehört. Diese eine Phrase, die sie ihnen immer und immer wieder entgegenschleuderten. In der Absicht zu provozieren und einzuschüchtern zugleich. Der vorgebliche Name des Heckenschützen, der Nic kurz nach der Landung erschossen hatte.

KillBoy war bereits zu einem modernen Robin Hood avanciert. Ein verwundetes, gedemütigtes oder gefoltertes Opfer der letzten Gewinnrealisierungsoperation von Zantiu-Braun vor zehn Jahren – such es dir aus. Er schlich durch die Straßen von Memu Bay auf der Suche nach einsamen Skins. Wenn er einen fand, erschoss er ihn mit einer Superwaffe, die Skin durchschlug wie gewöhnliche menschliche Haut. Ein weiterer niederträchtiger Eroberer beißt in den Dreck, und all die guten Bürger von Memu Bay können sich wieder aufrichten, weil sie wissen, dass die Eroberer verlieren werden, und dass es Gerechtigkeit gibt im Universum.

Lawrence gefiel es überhaupt nicht. Es gab keinen *KillBoy*, keinen leibhaftigen zumindest. Nichts weiter als eine dunkle Widerstandsgruppe, wahrscheinlich von der Regierung selbst ins Leben gerufen und mit gemeiner Hardware ausgerüstet. Gerüchte und Spannungen sorgten für den Rest. Doch es verschaffte den Einheimischen eine Ikone, an die sie glauben konnten, einen Beschützer, der sie retten würde, wenn sie sich zu weit vorwagten. Nicht gut. Denn dieser Glaube verhalf ihnen zu einem Gefühl von Unverwundbarkeit. Die sie gegen die Skins ganz sicher nicht hatten. Außerdem waren die Platoon nach der katastrophalen Landung nervös. Die Situation konnte sich nur verschlimmern.

Plötzlich drang Musik aus einer geöffneten Bar und verstummte genauso schnell wieder. Drei Mitglieder des Platoons hatten sich zu der Störung umgewandt, nur um von mehreren jungen Männern mit erhobenem Mittelfinger begrüßt zu werden.

»Schätze, wir können diesen Laden von der Liste streichen«, sagte Karl. »Er ist nicht gerade einladend.«

»Keiner von ihnen ist das«, sagte Edmond.

»Verdammt, er hat von Anfang an nicht auf meiner Liste gestanden!«, brummte Hal. »Mann, was für eine Absteige! Außerdem gibt es in diesem Teil der Stadt sowieso keine richtige Action. Wir müssen schon runter zur Marina, wenn wir eine richtige Pussy suchen.«

Lawrence grinste, während er ihrem dümmlichen Geplapper lauschte. Sie würden an diesem Abend Ausgang haben und endlich aus ihren Baracken kommen. Zantiu-Braun hatte eine Reihe von Hotels unmittelbar hinter der Marina beschlagnahmt, in denen die Platoons untergebracht waren. Es gab nichts, woran es ihnen dort mangelte. Lawrence hatte ein großes Doppelzimmer in einem Vier-Sterne-Hotel. Ein großes komfortables Bett, einen Balkon über den Hafen hinaus, ein anständiges Restaurant unten in der Halle, eine Bar, ein Spielzimmer, einen Fitnessraum, einen Swimmingpool, sogar eine Sauna – die die verdammten Offiziere für sich allein in Beschlag genommen hatten. Doch sie durften nicht nach draußen. Nicht, bevor sich die Dinge nicht beruhigt hatten, hatte Ebrey Zhang erklärt.

Am Ende der ersten Woche schließlich hatte der Commander entschieden, dass dieser Zeitpunkt gekommen war. Es hatte keine weiteren Zwischenfälle mit Heckenschützen gegeben. Die Produktion in den biochemischen Anlagen war fast wieder auf dem gleichen Niveau wie vor der Landung. Die einheimische Bevölkerung hatte widerwillig begonnen, die Realität der Besatzer zu akzeptieren.

Vergangenen Abend hatten ein paar der Platoons

einen Test gestartet, und es hatte keinerlei Zwischenfall gegeben. Heute Nacht würde Platoon 435NK9 seine Chance bekommen, der Stadt seinen Stempel aufzuprägen.

Lawrence hielt es noch immer für zu früh. Die Junior-Offiziere mussten Zhang übertriebene Berichte ihrer Patrouillengänge abliefern, sodass er glaubte, alles wäre ruhig in der Stadt. Doch niemand hatte Lawrence nach seiner Meinung gefragt. Selbstverständlich war er froh, dass die Platoons ihren Ausgang bekamen – er brauchte irgendwann zwei ungestörte Tage, um hinaus ins Hinterland zu fahren und seinen eigenen persönlichen Gewinn zu realisieren.

Ein TLV88 Helikopter grollte über ihre Köpfe hinweg. Mehrere Skins saßen in der weiten Seitenluke und ließen die Füße baumeln, während sie die Gebäude unten am Boden beobachteten. Unbewegliche, konturlose Gargoyles, bereit, unverzüglich auf jede Form von Widerstand zu antworten. Die Helikopter waren Zantiu-Brauns Antwortete auf *KillBoy*, sichtbare Luftunterstützung für die Bodentruppen, ausgerüstet mit einer schier unglaublichen Feuerkraft. Mehrere Skins von 435NK9 winkten, als die Maschine über sie hinwegglitt.

»Meine Güte, du widerwärtiger Kindskopf!«, schimpfte Odel gerade. »Kein Mädchen von ganz Thallspring wird dich auch nur ansehen! Wenn wir eine Bar betreten, leert sie sich schneller, als wenn ein Schwarm Hornissen eingefallen wäre, das kann ich dir garantieren!«

»Sag du es ihm, Kretin!«, sagte Karl.

»Er hat Recht, Hal«, sagte Lewis. »Bleib bei deinem

Simsuit und lass ein paar I-Pornos laufen. Diese Mädchen tun alles, was du ihnen sagst.«

»Ich brauche diesen Scheiß aber nicht!«, protestierte Hal. »Sie waren auch in Queensland nicht allzu scharf auf uns, und ich hatte nie Probleme, auf dem Cairns Strip zum Zug zu kommen!«

»Hast hinterher nicht mehr viel Geld übrig gehabt, Hal, wie?«, höhnte Karl. »Und jeden Morgen ein Abstecher in die Krankenstation für eine kleine Impfung.«

Der Kommunikationslink des Platoon füllte sich mit johlendem Gelächter.

»Das ist überhaupt nicht lustig!«, sagte Hal. »Meine Eier werden explodieren, wenn ich heute Nacht keine richtige Pussy bekomme! Und ich sage euch, es wird kein Problem werden! Nicht für mich! Ich bin jünger als ihr alten Säcke, und ich bin gut gebaut, wisst ihr? Ich sehe gut aus. Die Mädchen fliegen auf mich, ganz gleich, wo in der Galaxis wir gerade sind. Fit zu sein ist immer in.«

»Jetzt mach aber mal halblang!«, sagte Lewis. »Wenn die Bräute auf irgendetwas fliegen, dann ganz bestimmt nicht auf irgendeinen dahergekommenen Sträfling, der noch unter Bewährung wegen einer Vergewaltigung steht.«

»Ich habe mich verdammt noch mal freiwillig bei der Strategischen Sicherheit beworben!«

»Die Bräute stehen jedenfalls auf Burschen mit Erfahrung, stimmt's, Dennis?«

»Absolut. Du hast überhaupt keine Vorstellung von dem, was heute Nacht angesagt ist, Kleiner. Wir haben einen gewissen Neuigkeitswert. Sieh den Tatsachen ins Auge, wir sind rein technisch gesehen Aliens von einem anderen Planeten. Die Ladies sind fasziniert von uns. Wir können sie damit einwickeln. Und auf je mehr Welten wir gewesen sind, desto größer ist ihre Faszination. Jeder außer Hal profitiert davon.«

»Hey!«

»Sieh es ein, Kleiner, du hast einfach nicht das Stehvermögen von uns Großen.«

»Das ist doch Scheiße! Ihr alten Fürze kriegt ihn nicht einmal mehr hoch, ganz zu schweigen von Stehvermögen! Die Mädchen wissen genau, was sie wollen, und heute Abend kriegen sie es von mir.«

»Lasst uns die Formation enger zusammenziehen«, sagte Amersy, bevor die Wortgefechte noch hitziger werden konnten. »Komm schon, Jones, du fällst zurück. Und Dennis, du auch; komm näher heran und gib Odel Deckung!«

»Verstanden, Corp.«

Das Platoon überprüfte seine relativen Positionen und kehrte in Formation zurück.

Ein Stück vor Lawrence öffnete sich die Straße zu einem kleinen Platz hin. Eine winzige zentrale Rasenfläche war umgeben von hübschen Blumenbeeten. Klapprige alte Gartenroboter krochen am Rand der roten und weißen Salbeipflanzen entlang und bearbeiteten mit rostigen Geräten den Boden. Die Constables verlangsamten ihren Schritt und ließen sich zurückfallen, genau wie an jeder größeren Kreuzung, für den Fall, dass hinter der Ecke ein Hinterhalt wartete.

Edmond und Lewis vergrößerten den Abstand zwischen sich und näherten sich den Ladenfronten, um im Vorwärtsgehen die entgegengesetzten Seiten des Platzes zu decken. Es gab keinen Hinterhalt. Keinen

KillBoy. Das Platoon überquerte den Platz, und die Constables trotteten hinterher.

»Was meint ihr, sollen wir uns vielleicht ein paar Klamotten kaufen?«, fragte Hal. »Ich meine, um unter den Einheimischen nicht aufzufallen und so weiter. Wir wollen doch nicht als vollkommen idiotische Ausländer auftreten, oder? In einer Bar muss man einfach schick aussehen.«

»Hal«, sagte Lawrence, »konzentrieren wir uns doch einfach auf die vor uns liegende Aufgabe, ja?«

»Sicher. Sorry, Sarge.«

Lawrence marschierte über den Rasen und überquerte die Straße. Er intervenierte nicht gerne bei den normalen Unterhaltungen seiner Leute, doch der Junge war zu starrköpfig, um Amersys Hinweise zu begreifen. Mit ein wenig Glück würde er am Abend tatsächlich irgendeine dumme Kuh finden, die es gerne mit einem fremden Besatzungssoldaten trieb. Der Junge musste auf die eine oder andere Weise Spannung abbauen. Er fing an, jeden zu verärgern.

Rote Symbole blinkten auf Lawrences Sensorgitter. Die Skinsuit-AS schaltete seine Kommunikation auf den Link, den Oakleys Platoon benutzte. Eine indigofarbene zweidimensionale Karte expandierte aus dem Gitter und zeigte Aufmarschsymbole, unterlegt mit Marschbefehlen, während die taktische AS des Hauptquartiers den Zwischenfall analysierte.

Der Zwischenfall: Ein Mann aus Oakleys Platoon war zu Boden gegangen, ein Squaddie namens Foran. Eine Steinmauer war über ihm zusammengebrochen. Datapool-Überlagerungen aus dem zivilen Bereich zeigten eine Art Verkehrsstörung in der gleichen

Gegend. Ein Robottransporter, ein Dreißigtonner, war außer Kontrolle geraten. Forans medizinische Telemetrie unter dem Haufen Geröll und Trümmer war abgehackt, doch bis jetzt zeigte sie, dass der Panzer seines Skinsuits von den herabfallenden Steinen an mehreren Stellen durchbrochen worden war. Innere Organe waren verletzt, Knochen gebrochen, und er litt unter Blutverlust.

Oakleys Platoon patrouillierte den Sektor, der an den von Lawrence angrenzte.

»Ausschwärmen, Muster eins«, befahl Lawrence. Es konnte ein klassisches Ablenkungsmanöver sein, und in diesem Fall war es unwahrscheinlich, dass der Angriff so bald erfolgte. Doch Lawrence ging kein Risiko ein, nicht in dieser feindseligen Umgebung.

Das Platoon verließ die Straße mit professioneller Perfektion und betrat die nächstgelegenen Gebäude durch Türen und größere offenstehende Fenster. Lawrence selbst schoss in einen kleinen Friseurladen. Die Frauen unter den Trockenhauben wurden steif vor Angst. Die beiden Constables waren draußen zurückgeblieben und sahen sich nun erstaunt um. Videotelemetriegitter zeigten Lawrence verschiedene aufgebrachte Bewohner, die seine Männer anbrüllten.

Lawrence schaltete auf den Kommandokanal um.
»Oakley, brauchst du Hilfe?«

»Scheiße, ich weiß es nicht! Nimm ihn, nimm ihn! Den da, ja, los, hoch damit!«

»Oakley, wie ist euer Status? Ist es ein Ablenkungsmanöver?«

»Nein, verdammt noch mal! Nein! Eine gottverdammte Mauer ist auf ihn gefallen! Scheiße, sie ist so groß wie ein Berg! Wir kriegen ihn niemals darunter hervor!«

Lawrence sah, dass die Aufmarschsymbole, die Oakleys Platoon repräsentierten, sich alle auf einer Stelle drängten. »Ihr seid zu dicht zusammen! Wenn dieser Heckenschütze in der Nähe lauert, werdet ihr dafür bezahlen! Ich schlage vor, dass du einen Teil deiner Leute verteilst!«

»Leck mich doch, Newton, du gefühlloses Neurotronengehirn! Das ist einer von meinen Leuten unter dieser Mauer!«

»Newton!«, sagte die Stimme von Captain Bryant. »Nehmen Sie ein paar von Ihren Leuten und helfen Sie Oakley beim Graben. Wir müssen Foran dort rausschaffen.«

»Sir, ich glaube nicht, dass das ...«

»Er lebt, Sergeant! Ich dulde nicht, dass einer meiner Männer hier stirbt! Das war ein Verkehrsunfall und kein Hinterhalt für einen Scharfschützen! Haben Sie das verstanden, Sergeant?«

»Jawohl, Sir!« Lawrence nahm sich einen Augenblick Zeit, um seine Fassung zurückzugewinnen. Er wusste nur zu genau, dass seine eigene medizinische Telemetrie für Bryant offen lag. Nicht, dass der Captain darauf geachtet hätte. »Hal, Dennis, ihr kommt mit mir. Amersy, du führst unsere Patrouille zu Ende.«

Es war eine schmale Seitengasse in einem alten Geschäftsviertel. Senkrechte Mauern aus Stein und Beton mit verwitterter weißer Farbe, die sich bereits wieder abschälte, und dürre Unkräuter, die entlang der Fundamente in den Ritzen wuchsen. Die einzigen Fenster waren hoch oben und mit Gittern gesichert;

das Glas zu schmutzig, um hindurchzusehen; die Türen aus stabilem Metall, verschweißt oder mit dicken genieteten Platten verstärkt. Noch immer quoll Staub aus der Einmündung, als Lawrence sich näherte, dicke graue Wolken voller krebserregender Partikel, die sich klebrig auf seinen Skinpanzer legten. Zivilisten drängten sich auf der Hauptstraße, einige davon mit Taschentüchern über Mund und Nase, und spähten in die düstere Seitengasse. Zwei TVL88 Helikopter kreisten dicht über den Dächern, und ihre magnetischen Gatlingkanonen waren aus den Nasen ausgefahren wie die Fresswerkzeuge von großen Insekten. Ihre Rotoren verschlimmerten das Staubproblem beträchtlich.

Lawrence überprüfte mit einem raschen Blick die Lage. Es gab kein erkennbares hohes Gebäude, von dem aus ein Heckenschütze in die Gasse hinunter feuern konnte. Seine Skinsuit-AS erhöhte den infraroten Anteil seiner Sensoren, als er sich einen Weg durch den Staub hindurch in die Gasse bahnte; seine optische Sicht verlor sämtliche Farbe bis auf Grau, Schwarz und Grün – wenigstens behielten die allgemeinen Umrisse ihre Integrität.

Er sah zu beiden Seiten der Gasse aufgetürmten Müll, Kisten, Tüten, Kartons und Tonnen, alle mit dem Symbol der Stadt und bereit zur Entsorgung. Es sah aus, als sei wenigstens einen Monat lang kein Fahrzeug der Müllabfuhr mehr vorbeigekommen. An manchen Stellen stapelte sich der Abfall so hoch, dass er bis auf die Fahrbahn reichte. Lawrence musste klettern, um tiefer in die Gasse vorzudringen.

Die Gasse beschrieb einen Knick, und unvermittelt stand er vor der eingestürzten Mauer. Er knurrte bestürzt. »Scheiße, was für ein Chaos!« Ein großer Abschnitt war eingefallen, und die zerfetzten Überreste des Verstärkungsgewebes aus Tigercotton flatterten entlang der stehen gebliebenen Ränder rechts und links. Die Mauer musste zu einer Art Lagerhaus gehört haben, oder einer leerstehenden Fabrik. Ein großer Saal mit alten Metallpfeilern und Leitungen, die über dem Putz verliefen, verbogen und verdreht und ganze Stränge abgerissen und gefährlich frei herunterbaumelnd. Die flache Betondecke war zusammen mit der Mauer eingestürzt. Sie war heruntergekracht und auf dem Beton des Fußbodens zersprungen und hatte einen schweren Laster unter sich begraben. Auf der gegenüberliegenden Seite, an der Vorderseite, war ein Rolltor auseinandergerissen worden. Dahinter war eine breite Straße zu sehen, verstopft mit stehendem Verkehr.

Lawrence benötigte nur eine Sekunde, um festzustellen, dass der Laster außer Kontrolle geraten sein musste. Er war durch das Tor gebrochen und in die Wand gekracht. Genau als Foran auf der anderen Seite in der Gasse gestanden hatte.

Ein verdammt außergewöhnlicher Zufall.

Er glaubte nicht eine Sekunde daran. Instinkte, geschärft und perfektioniert im Verlauf der letzten zwanzig Jahre, blinkten auf eine Weise auf, die alarmierender war als jedes denkbare AS-Symbol.

Skins wimmelten über dem massiven Trümmerhaufen, schleuderten mannsgroße Betonbrocken und Steine durch die Luft, als wären sie federleicht. Sie gruben einen weiten Krater über ihrem verschütteten Kameraden, und sie besaßen die verzweifelten ruckhaften, für maximale Effizienz synchronisierten Bewegungen von stammbildenden Insekten.

»Lasst uns mithelfen«, sagte Lawrence knapp zu Hal und Dennis. Sie gesellten sich zu den übrigen Skins und stemmten große Brocken aus Mauerwerk beiseite. Geröll und pulverisierte Trümmer ergossen sich aus jedem Stück wie eine trockene Flüssigkeit. Die Flut von Dreck und Staub machte die Sicht selbst mit den Skin-Sensoren noch schwieriger. Infrarote Helmscheinwerfer wurden auf maximale Intensität gedreht und erzeugten wirbelnde rote Auren, als würden bezwungene Sterne in der Wolke erlöschen.

Es dauerte nahezu fünfzig Minuten, die Trümmer beiseite zu schaffen. Am Ende war der Krater am Boden so eng, dass nur zwei Skins gleichzeitig arbeiten konnten. Vorsichtig nahmen sie die Steinklumpen auf und reichten sie an eine Kette anderer Skins weiter, die sie aus dem Weg schafften. Die Kraterwände waren so unsicher, dass es nur sehr wenig bedurfte, um einen weiteren Einsturz hervorzurufen. Forans Skin wurde langsam freigelegt. Der Staub rings um ihn herum war klebrig von dunkelrotem Blut. Die Blutpack-Reserven und gespeicherter Sauerstoff hatten ihn am Leben erhalten, auch wenn fast die Hälfte seiner medizinischen Telemetrie im gelben Bereich war und verschiedene Organfunktionen überhaupt nicht mehr messbar. Er war außerdem bewusstlos, als sie ihn endlich aus dem Loch hoben.

Die Sanitäter taten nichts weiter, als seine Ventile mit neuen Blutpacks zu verbinden. Der Skinsuit bot die stabilste denkbare physiologische Umgebung, bis sie ihn in die Traumachirurgie geschafft hatten. Sie eilten mit ihm davon zu dem Medevac-Helikopter, der am Ende der Seitengasse in der Mitte der Straße gelandet war.

»Ich dachte, nichts könnte durch unseren Panzer schlagen«, sagte Hal lahm, als sie am Fuß des Trümmerbergs umherwanderten. Der Staub setzte sich allmählich. Die unmittelbare Umgebung war ganz in Grau gehüllt.

»Glaub mir«, sagte Dennis, »hundert Tonnen scharfkantiger Steine, die dir auf den Kopf fallen, durchbrechen auch deinen Panzer.«

»Der arme Bastard. Kommt er durch?«

»Sein Gehirn ist noch immer am Leben, und es wird mit Sauerstoff versorgt. Also werden sie ihn wohl ohne Schwierigkeiten wieder zu vollem Bewusstsein bringen können. Der Rest von ihm ... ich weiß es nicht. Er braucht eine Menge Wiederherstellungsarbeit.«

»Aber wir haben doch Prothesen mitgebracht, oder?«

»Sicher, Junge, wir haben eine ganze Schiffsladung voll mit Biomech-Teilen. Ich schätze, er wird zumindest seine volle Beweglichkeit zurückerhalten. Ob er sich allerdings wieder dem Platoon anschließen kann, ist eine andere Frage. Du weißt, welche Anforderungen an unsere körperliche Leistungsfähigkeit gestellt werden.«

Trotz der Skin-Muskeln, die jede Bewegung verstärkten, fühlte sich Lawrence in diesem Augenblick alles andere als körperlich leistungsfähig. Einen Augenblick lang brachte der alles bedeckende Schleier aus Staub ein Bild von Amethi aus der Zeit des Erwachens in ihm hervor, als der Schlamm an allem klebte und die Welt in einem dreckigen Winter gefangen gehalten hatte. Er blickte sich in der engen Gasse um. Die Müllhaufen waren hier genauso hoch wie am Eingang. Foran hatte gar keine andere Möglichkeit gehabt, als direkt an der Mauer entlang zu laufen.

Langsam bewegte sich Lawrence über den unteren Teil der Trümmer, bis er in das zerstörte Gebäude sehen konnte. Der Verkehr auf der Hauptstraße bewegte sich wieder. Skins standen an dem zerstörten Rolltor Wache. Ein paar Techs untersuchten den Laster und räumten Betonbrocken zur Seite, sodass sie an den Motorraum gelangen konnten. Captain Bryant stand hinter ihnen.

»Was ist damit passiert, Sir?«, fragte Lawrence über den sicheren Kommandolink.

»Sie wissen es noch nicht«, erwiderte Bryant. Er klang verärgert. »Verdammt, ich brauche wirklich keine Unfälle wie diesen, die meine Pläne durcheinander bringen!«

»Es war kein Unfall, Sir.«

»Selbstverständlich war es ein Unfall! Der Laster geriet außer Kontrolle und ist gegen die Wand gekracht.«

»Er ist gegen einen von uns gekracht, Sir.«

»Ihre Sorge um unser Personal ist sehr lobenswert, doch in diesem Fall unbegründet. Dies war ein gewöhnlicher Verkehrsunfall. Ein tragischer, das gebe ich gerne zu, doch ein Unfall.«

»Was hat die Verkehrsregelungs-AS als Fehler eingetragen?«

»Sie hat überhaupt nichts eingetragen, Sergeant.

Das ist das Problem. Die Elektronik des Lasters erlitt eine Fehlfunktion.«

»Die Software oder die Hardware?«

»Sergeant, Sie können den Bericht selbst lesen, sobald er fertig ist. Bis jetzt haben wir nicht einmal den Speicherblock des Lasters geborgen.«

»Was ist mit den Sicherungen?«

»Newton, was zur Hölle haben Sie vor? Was ist los mit Ihnen? Er wird sich wieder erholen, Sie wissen, dass er die bestmögliche Behandlung erhält.«

»Sir, ich sehe einfach nicht, wie es ein Unfall gewesen sein könnte.«

»Das reicht jetzt, Sergeant. Es war ein unglücklicher Zufall, aber so etwas geschieht.«

»Nicht, wenn die Sicherungen nach einem Absturz der Elektronik greifen. Sir, nicht einmal Thallsprings Technologie ist so zurückgeblieben. Und der Laster ist mitten durch ein Tor hindurchgerast, nicht am Rand und nicht gegen eine Mauer.«

»Sergeant!«

»Anschließend bringt er eine Wand zum Einsturz, während einer unserer Männer genau dahinter steht. Eines der wenigen Dinge, mit denen man einen Skinsuit beschädigen kann. Ich kann das nicht glauben, Sir. Das war kein Zufall, das waren mindestens tausend Zufälle, die sich alle gleichzeitig ereignet haben.«

»*Genug*, Sergeant! Es war ein Unfall, und zwar genau aus diesen Gründen! Niemand könnte so etwas organisieren. Niemand wusste, wann genau Foran hinter jener Mauer stehen würde. Das heißt, niemand sonst wusste es. Selbstverständlich habe ich die Aufmarschpläne des heutigen Morgens überwacht. Wollen Sie etwa andeuten, dass mich eine Schuld an dieser Geschichte trifft?«

»Nein, Sir!«

»Ich bin froh, das zu hören, Sergeant. Damit wäre die Angelegenheit erledigt.«

Der Kommandolink war tot.

Das Dumme war, Lawrence konnte genau verstehen, warum Bryant so reagierte. Warum er die Möglichkeit ablehnte. Der Captain war zu schwach, um einen Gegner einzuräumen, der eine derart genial organisierte Falle stellen konnte. Der Gedanke, dass jemand so viel Wissen und so viel Geschick aufbringen und so eine Geschichte durchziehen konnte, war in der Tat höchst beunruhigend.

»Wären die Wilfrien heute noch am Leben, würde man sie für Engel halten. Sie waren die Goldenen, und in ihrer Gegenwart zu sein bedeutete, sie anzubeten. Auf dem Höhepunkt seiner Macht gehörte das Königreich der Wilfrien zu den mächtigsten Mitgliedern des Ring-Imperiums. Es war eines der Gründungsmitglieder. Die Wilfrien halfen dabei, den dichten Gürtel aus Sternen rund um das galaktische Zentrum zu erkunden. Sie stellten Kontakt mit Hunderten verschiedener Spezies her und brachten sie zusammen. Ihre Technologie gehörte zum Besten, was es je gegeben hat; Wilfrien-Wissenschaftler entwickelten Schiffsantriebe, die alle anderen kopierten, sie fanden heraus, wie man die Patternformsequenzer erschafft, die rohe Materie in Maschinen oder Gebäude oder sogar lebende Organismen verwandeln konnte. Und sie gaben all diese Kenntnisse freimütig an die

Spezies weiter, denen sie begegneten, und halfen ihnen dabei, alle Wunder in ihre Gesellschaften zu integrieren. Sie löschten die Armut aus und die Konflikte, die soziale Ungleichheit stets mit sich brachte. Sie waren eine weise und sanftmütige Rasse, die von allen anderen im Ring-Imperium bewundert und respektiert wurde. Sie setzten den Standard für eine Zivilisation, die alle zu erreichen hofften, und nur wenigen gelang es jemals. Jede Geschichte über das Ring-Imperium schloss sie mit ein, denn sie waren das leuchtende Beispiel für das, was aus intelligentem Leben werden kann. Wann immer wir sagen ›Ring-Imperium‹, dann denken wir mehr oder weniger an die Wilfrien.« Denise lächelte die Kinder der Reihe nach an. Sie waren draußen im Garten und lagen auf dem Rasen, mit Gläsern voll kaltem Orangensaft und Limonade. Große weiße Baumwollschirme warfen breite Schatten. Wie immer beobachteten die Kinder Denise anbetungsvoll, als sie sie einmal mehr mit ihren Geschichten verzauberte.

»Die Wilfrien bewohnten mehr als dreihundert Sternensysteme. Mit ihren Patternformsequenzern hatten sie fabelhafte Städte und Orbitalstationen errichtet. Sie bauten sich wundervolle Schlösser tief im Weltraum, sie hatten Metropolen mitten in den Sturmbändern von Gasriesen, kunstvoller und schöner als die Wirbel der Wolken, durch die sie trieben. Sie waren wirklich beeindruckend, diese Wilfrien. Sie lebten aus Freude an diesen bizarren Orten, und sie genossen alles, was das Universum zu bieten hatte. Und sie konnten genauso wild und überschwänglich sein wie nachdenklich und würdevoll.«

Ihre Erzählung kam nicht einmal ins Stocken, während das Prime den Fortschritt der Zantiu-Braun-Platoons während ihrer morgendlichen Patrouillen verfolgte. Informationen von den verschlüsselten Kommunikationslinks der Platoons wurden von genetisch manipulierten Neuronen direkt in ihr Gehirn projiziert. Sie betrachtete die geschäftigen kleinen Symbole und schwirrenden Schriftzeichen mit sanfter Verachtung. So primitiv und roh, wenn man die Daten entschlüsselt hatte. Mehrere Skins näherten sich der Seitengasse. »Angesichts ihrer Natur, ganz zu schweigen ihres Rufs, wusste Mozark bereits, dass er die Wilfrien besuchen würde, noch bevor er zu seiner großen Reise aufbrach. Eigenartigerweise schienen die einheimischen Völker um so weniger von den Wilfrien beeindruckt, je näher er dem eigentlichen Königreich kam. Und als er schließlich auf ihrem Heimatplaneten landete, fand er den Grund dafür heraus.«

Einfache Geschwindigkeitsgleichungen lieferten eine Liste von drei möglichen Lastern. Prime-Programme installierten sich selbst in ihrer Elektronik und löschten auf dem Weg dorthin ihre Spuren im Datapool.

»Die Wilfrien waren eine alte Spezies, und selbst ihre Individuen hatten Lebensspannen von Hunderttausenden von Jahren. Sie waren weiter und schneller gereist als jede andere Spezies im Ring-Imperium. Ihre fehlerlose Technik hatte ihren Gipfel erreicht. Jede Rasse rings um die Wilfrien herum war zufrieden und reich dank ihrer Freigebigkeit. Es gab keinen Ort mehr, wohin sie hätten gehen können, weder physisch noch mental. Wenn man bei ihnen überhaupt von einem Makel sprechen konnte, dann waren es die

Impulsivität und das Interesse, mit dem sie allem begegneten, das sie umgab. Doch es gab nichts Fremdes mehr in ihrem Universum und keine Geheimnisse. In den alten Zeiten konnten die Menschen an den Rand ihrer Karten ›Hier wohnen die Drachen‹ schreiben, als die wirkliche Bedeutung noch lautete: Wir wissen nicht, was dort ist. Keine der Sternenkarten der Wilfriens hatte Drachen, sie waren genau und detailliert bis in den hintersten Winkel der Galaxis. Die einzige Reise, die den Wilfrien noch blieb, war der Weg zurück dorthin, wo sie hergekommen waren. Sie wandten sich nach innen.

Mozark landete am Rand einer Stadt, deren Türme die ›Der Stadt‹ beschämten. Einige von ihnen waren so hoch, dass sie die Atmosphäre durchstießen, andere waren lebendig wie Korallenriffe, die aus dem Boden gewachsen waren, dritte bestanden wiederum ausschließlich aus Energiefeldern. Mozark erblickte sogar einen Turm, der ganz aus transparenten Saphirzellen zu bestehen schien, die sich scheinbar willkürlich umeinander bewegten, obwohl der Turm stets die gleiche äußere Gestalt behielt. Doch sie waren ausnahmslos leer, diese atemberaubenden Spindeln und Paläste. Die Wilfrien hatten sie verlassen, um unten am Boden zu leben. Wilde Tiere und Pflanzen waren in die Türme eingedrungen und eroberten sie allmählich zurück.«

Einer der Skins betrat die Gasse. Müllberge, die von den Mitgliedern der Zellen sorgfältig im Verlauf der letzten Woche verteilt worden waren, zwangen den Skin, dicht an der Wand entlang zu marschieren. Denise erteilte dem Prime, das die vollständige Kontrolle über den Laster übernommen hatte, den entscheidenden Befehl. Der Laster beendete seine Verbindung zur Verkehrsregelungs-AS mit einem letzten Notruf, der in dem Augenblick abbrach, als er die Sicherheitsbarriere traf. Die Lagerhaustore lagen genau voraus. Masseträgheit besorgte den Rest, während das Prime sich selbst wieder löschte, und dreißig Tonnen krachten mit fünfzig Stundenkilometern durch das Tor und weiter gegen die dahinter liegende Wand.

»Selbstverständlich würde es Jahrhunderttausende dauern, bis die Verwitterung die wunderbar starken und widerstandsfähigen Materialien abgebaut hätte, aus denen die Bauwerke der Wilfrien gemacht waren. Fürs Erste standen sie so stolz und unversehrt wie eh und je. Doch die ersten Zeichen ihrer unausweichlichen Zukunft waren bereits erkennbar. Blätter und Zweige sammelten sich unten an der Basis der Türme und vermoderten zu einen fruchtbaren Kompost, aus dem noch kräftigere Pflanzen entsprangen, und die leuchtenden Farben verloren unter Sporen und Flechten ihre Intensität. Hunderte von Jahren hatten die Winde Sand und Boden durch die unteren Etagen geweht, und nun setzte die Verwesung überall dort ein, wo einfachere Stoffe zur Errichtung der Artefakte eingesetzt worden waren.

Mozark konnte kaum glauben, was er dort mit seinen eigenen Augen sah, als er über Felder mit Früchten und Getreide wanderte, die dort angelegt worden waren, wo sich einst wunderbare Parks erstreckt hatten. Die Wilfrien, die die Felder bestellten, ließen ihre Arbeitstiere zurück und begrüßten ihn herzlich. Unter Verneigungen und Stottern, denn ihr Erscheinungsbild erfüllte die Wesen in ihrer Gegenwart noch immer mit Ehrfurcht, fragte er die Wilfrien, was mit ihrer Zivilisation geschehen war, die einst ein Reich von mehr als tausend Lichtjahren umfasst hatte. Sie lächelten freundlich über seinen Mangel an Verständnis und sagten dann, sie seien fertig damit. Ihre Schlacht um Wissen, sagten sie, sei gewonnen, sie wüssten alles, was wissenswert wäre. Daher hätte das, was sie gewesen waren, keinen weiteren Sinn. Sie seien deshalb auf einen ganz neuen Weg aufgebrochen. Das Leben selbst würde angenehm und einfach werden. Ihre Körper änderten sich und passten sich an, bis sie perfekt für ein Leben in einer natürlichen planetaren Umgebung waren. Doch anders als eine primitive, prä-technologische Zivilisation würden sie niemals hungern oder krank werden, denn ihre Einfachheit war künstlich erschaffen, und sie nutzten alles, was ihr Planet ihnen bieten konnte. Ihr Bewusstsein würde im Verlauf der Generationen ruhiger werden, bis die Freude an einem einzigen Sonnenuntergang genauso viel Befriedigung verschaffen würde wie das Einreißen der Barrieren von Raum und Zeit mit den mentalen Werkzeugen der Mathematik und Physik. Sie würden ihre Früchte anbauen und ihre Kinder großziehen und nackt im Regen tanzen, der aus einem ungezähmten Himmel fiel. Während die Relikte aus ihrer Vergangenheit ringsum verrotteten und lautlos in die Erde zurücksanken, würden sie eins werden mit ihrer Welt und im Frieden mit sich selbst leben.

Mozark geriet in Zorn über diesen vorsätzlichen Niedergang einer Zivilisation, und er vergaß sowohl seinen Anstand als auch seine frühere Ehrfurcht. Er fragte, nein, er bettelte sie an, sich alles noch einmal zu überlegen und nach neuen Herausforderungen zu suchen. Einmal mehr die goldenen Wilfrien zu werden, die er aus der Ferne so sehr verehrt hatte. Sie lachten traurig über seinen Glauben, dass der Fortschritt stets nur in einer Richtung zu finden war, weiter und höher. Ihre Natur, so sagten sie, habe sie bis zu diesem Punkt geführt. Deswegen waren sie nun so. Es war das, was sie wollten. Leben ohne Komplexität. In ihrer neuen Umgebung würden sie glücklich sein, ohne ständig nach dem Glück suchen zu müssen. So sollte doch jedes Leben sein, sinnierten sie. Ob er denn nicht selbst einen Zustand des ewigen Glücks erreichen wolle, fragten sie. Als er ihnen von der Suche berichtete und seiner großen Reise, von seinem eigenen Königreich und von Endolıyn, lachten sie einmal mehr und mit noch größerer Traurigkeit. Reise weit genug, sagten sie zu ihm, und du wirst genau wie wir an der Stelle herauskommen, von der du gestartet bist. Das Universum ist nicht groß genug, das zu verstecken, was du suchst.

Mozark kehrte zu seinem Schiff zurück und startete augenblicklich. Er drehte seine Maschinen auf und raste von der Heimatwelt der Wilfrien weg, als sei sie von Monstern bewohnt. Als sie auf den Bildschirmen schrumpfte, verfluchte er sie dafür, dass sie das monumentale Erbe ihrer Vorfahren so mit Füßen traten. Sie hatten alles weggeworfen, was ihre Vorfahren jemals erreicht hatten, wie verzogene, dekadente Kinder. Er hielt es für eine schlimme Verfehlung, schlimmer noch durch die Tatsache, dass nur jemand von außen die wirkliche Größe des Vermächtnisses beurteilen konnte. Die Wilfrien selbst waren nicht imstande, das Falsche an ihrem neuen Weg zu erkennen. Ihr Rückzug in den Niedergang widersprach allem, woran Mozark glaubte. Allein der Gedanke, was Endoliyn dazu sagen würde, wenn er nach Hause käme und ihr erzählte, dass wahre Glückseligkeit nur in Unwissenheit zu finden wäre, bereitete ihm Schmerzen. Denn das war es, was die Wilfrien seiner Meinung nach machten – sie verschlossen sich vor der Realität wie eine Blume am Ende des Tages. Vielleicht, so dachte er, vielleicht waren sie am Ende vom Universum geschlagen worden. Vielleicht waren seine Wunder für sie einfach zu groß gewesen. Er wusste, dass er von seinem Wesen her trotz all ihrer Großartigkeit stärker war als sie, er hätte eine solche Niederlage weder vor seinem Volk noch vor sich selbst jemals eingestanden. Allein dadurch hatte er sich über seine alten Helden erhoben. Auch wenn er sicher war, dass er ihren Rückschritt für den Rest seines Lebens bedauern würde. Ein Teil des Zaubers war aus der Galaxis verschwunden. Die Goldenen waren befleckt, und sie würden niemals wieder wie vorher glänzen. Doch Mozark reiste immer noch weiter, entschlossen wie eh und je.«

Ein plumper schwarzer Helikopter donnerte über ihre Köpfe hinweg, und der Lärm übertönte Denises Stimme. Die Kinder sprangen auf und rannten unter den Schirmen hervor, um zu beobachten, wie das fremde Fluggerät ihren Himmel verschmutzte. Es raste in Richtung Dawe District, während schwere bedrohliche Kanonen aus seinen Nasenöffnungen glitten.

Denise folgte den Kindern hinaus ins Sonnenlicht und beobachtete die heißen Abgase aus den Turbinen des Eindringlings, während er die Luft mit seinem Kampflärm erfüllte. Sie nahm Wallace und Melanie bei den Händen, als die Kinder sie unsicher anschauten. »Bei dieser Geschwindigkeit verkaufen sie bestimmt nicht viel Eiskrem«, kicherte Denise. Die Kinder kicherten überschäumend, lachten und schnitten dem sich entfernenden Horror Grimassen. »Dann kommt wieder zurück«, sagte Denise und hob die Hände. Melanie wirbelte unter ihrem Arm hindurch. »Ich muss noch eine Geschichte zu Ende erzählen. Wir sind fast fertig für heute, und die Bösen werden uns nicht unseren Spaß verderben, oder doch?«

»Nein!«, riefen die Kinder. Die Rückkehr unter die Sonnenschirme wuchs sich zu einem Wettlaufen aus, und alles drängte, um als Erster dort zu sein. Denise ließ Melanie und Wallace los und erlaubte ihnen, mit übertriebener Wichtigkeit gleich zu ihren Füßen zu sitzen.

»Miss, gab es im Ring-Imperium Leute wie die von Zantiu-Braun?«, fragte Jedzella.

Denise sah in die besorgten Gesichter ringsum. »Nein«, versicherte sie den Kindern. »Es gab Leute, die böse waren, manchmal sogar sehr böse. Doch die Gesetze des Ring-Imperiums waren scharf, und die Polizei war klug und wachsam. Etwas wie Zantiu-Braun und diese Invasion hier hätte es im Ring-Imperium niemals gegeben.«

Edmond wandte sich zu seinen Altersgenossen um und machte »Puh!«, während er sich die Stirn wischte. Die Kinder lächelten wieder, zufrieden, dass ihr Ring-Imperium unbefleckt geblieben war.

Bei der dritten Haltestelle in der Corgan Street sprang Denise von der Tram, mehrere hundert Meter hinter dem Skin-Platoon. Sie wusste, dass sie dort waren, ohne ihre Systeme in den Datapool einzulinken. Der Klang der aufgeregten Stimmen ringsum verriet ihr genug.

KillBoy hat den Laster gesteuert!
Volltreffer! Volltreffer!
Skins im Leichensack!
Volltreffer!

Sie lächelte hinter ihrer Sonnenbrille. An *KillBoy* war sie nicht beteiligt; irgendein namenloser Poet im Pool hatte ihn erfunden, am Tag nach dem Heckenschützenattentat. Doch *KillBoy* wurde rasch zu einem der besten Verbündeten ihrer Sache.

Es waren meist Jugendliche, die ihre Sprechgesänge sangen. Ehrbare, verantwortungsbewusste Erwachsene, die normalerweise nach der Polizei gerufen hätten, sobald zwei Teenager auf der Straße Bier tranken, nickten schweigend Ermunterung, während sie an ihnen vorbeigingen.

Das war der Grund, warum sie hier war: Sie wollte die Stimmung des durchschnittlichen Bürgers von Memu Bay abschätzen. Das ließ sich nicht aus Editorials oder Berichten aus dem Datapool bestimmen. Doch nach diesen Reaktionen zu urteilen hatten ihre lieben Mitbürger einen gewissen Hang zur Boshaftigkeit, den sie nicht unbedingt bei den Nachkommen aufrechter Liberaler vermutet hätte. Leute zu verspotten, deren Freund und Kamerad soeben einen grauenvollen Unfall erlitten hatte, das war ein Tabu, von dem Denise nicht unbedingt erwartet hätte, dass sie es brechen würden. Sie fühlte sich fast ein wenig unbehaglich.

Sie erreichte das Platoon und hielt sich im Hintergrund der Menge, die ihm unablässig folgte. Ihre manipulierten neuralen Zellen fingen die verschlüsselte Kommunikation der Skins ab und lieferten ihr vollständige Intimität in Ton und Bild. Die Söldner ignorierten die Spottgesänge und Obszönitäten größtenteils. Das Platoon überquerte eine weite betonierte Fläche vor einem großen Apartmentblock, auf der die Kinder aus der Gegend normalerweise spielten. Vielleicht ein Dutzend hagerer Jungen, kaum älter als fünfzehn Jahre, traten einen Fußball durch die Gegend. Ihr Spiel kam unruhig zum Erliegen, als sie die sich nähernden Skins anstarrten.

Der größte Teil der Menge zog sich bereits wieder zurück zu den Läden und Bars und Restaurants an der Straße, wahrscheinlich eingeschüchtert von der weiten offenen Fläche. Denise lungerte vor einem Laden herum und sah dem abrückenden Platoon hinterher. Es wäre zu auffällig gewesen, den Söldnern zu folgen, außerdem hatte sie längst in Erfahrung gebracht, weswegen sie hergekommen war.

Unvermittelt segelte der Fußball durch die Luft. Fast hätte er einen der Skins getroffen – niemand Geringeren als den Sergeant selbst –, doch er wich geschickt im letzten Augenblick zur Seite. Denise blinzelte, als sein Fuß hochkam und den Ball mitten im Flug stoppte. Mit den Zehenspitzen nahm er ihn herum, und ließ ihn senkrecht in die Höhe springen. Er ließ ihn zweimal auf dem Knie aufspringen, dann trat er ihn zu einem anderen Skin. Sie passten sich den Ball gegenseitig zu.

Die Jungen, deren Spiel unterbrochen war, standen schnaubend und mit verächtlich in die Hüften gestemmten Händen abseits, um zu zeigen, was für harte und unbeeindruckte Burschen sie waren.

»Gebt uns den Ball zurück!«, rief einer. Er war der größte von allen, ein schlaksiger Bursche mit einem wirren Schopf lockiger schwarzer Haare.

»Sicher«, antwortete der Sergeant.

Der Junge machte einen überraschten halben Schritt zurück, als er die kaum verstärkte freundliche Stimme hörte. Dann marschierte der Skin auf ihn zu und dribbelte dabei mit dem Ball. Er tänzelte provozierend vor dem Jungen her, der den Fehler beging, den Ball anzugreifen. Der Sergeant umspielte ihn geschickt und dribbelte weiter zum Nächsten. Ein weiterer Versuch, ein weiterer Fehlschlag. Der Sergeant wurde schneller, und plötzlich waren alle Jungen hinter ihm her, um ihm den Ball abzujagen. Er umspielte weitere drei Gegner, dann trat er den Ball über ihre Köpfe hinweg. Er segelte in einem perfekten Bogen und landete vor den Füßen eines anderen Skins. Dieser trat ihn entschieden gegen die Wand zwischen den beiden verblassenden weißen Linien, welche das Tor markierten.

Der Sergeant hielt die Arme hoch. »Easy.«

»Ach ja?«, höhnte der größte Junge. »Du bist ein Skin, Arschloch. Komm raus und versuch es ohne deinen Panzer.«

Einen Augenblick lang herrschte Stille, dann teilte sich der Skinsuit des Sergeants um den Hals herum. Der Junge wich verblüfft zurück, als sich der Kopf des Mannes unter dem Helm hervor wand. Sein Gesicht und seine Haare glänzten von einem blass-blauen Gel, doch er lächelte.

Denises Hand flog an ihren Mund und erstickte

den überraschten Ausruf. Der Schock hatte all ihre erzwungene Ruhe vertrieben. *Er* war es. *Er!*

»Die Skinsuits geben uns Kraft«, sagte Lawrence unbekümmert, »aber nicht Geschick. Aber keine Sorge, ein paar von euch sind ziemlich talentiert. In zwanzig Jahren seid ihr bestimmt so gut wie wir.«

»Scheiße!«, kreischte der Jugendliche. »Ihr Bastarde würdet uns auf der Stelle erschießen, wenn wir euch nicht gewinnen lassen!«

»Glaubst du? Wegen eines Fußballspiels?«

»Ja!«

»Dann tust du mir Leid, Junge. Ihr seid diejenigen, die uns erschießen, du erinnerst dich?«

Der Junge zuckte verlegen die Schultern.

Lawrence nickte ihm freundlich zu. »Wenn ihr euch tatsächlich Chancen auf einem richtigen Spielfeld ausmalt, dann kommt vorbei, und wir machen ein Spiel. Fragt nach mir, Lawrence Newton. Wir nehmen eure Herausforderung an. Wir kaufen euch sogar ein Bier, falls ihr gewinnt.«

»Du nimmst mich auf den Arm.«

»Probier es aus.« Lawrence zwinkerte ihm zu, dann verschwand sein Kopf wieder unter dem Helm. »Wir sehen uns dann.«

Schlau, dachte Denise, als das Platoon abrückte und die Jugendlichen unendlich verwirrt zurückließ. Der Kommunikationslink des Platoons schwirrte mit einem Dutzend Variationen von »*Was zur Hölle war das nun schon wieder, Sarge?*«

Andererseits, sagte sich Denise, hätte sie von *ihm* kaum etwas anderes erwarten können. Er war schlau, und er war ein verdammter Humanist. Jemand wie er würde immer wieder versuchen, eine Brücke zum Feind zu bauen.

Gott sei Dank, flüsterte ein kleiner verräterischer Teil ihres Verstandes.

Denises Unterkiefer wurde hart und entschlossen. Es spielte keine Rolle. *Er* durfte nicht anders behandelt werden als alle anderen. Die Sache erlaubte es nicht.

Sie ging durch die Corgan Street zurück, während sie darüber nachdachte, wie sie das Fußballspiel zu ihrem Vorteil nutzen konnten. Im Krieg, und das hier *war* Krieg, bedeutete seine Freundlichkeit eine Schwäche, die sie gegen ihn wenden konnte.

Myles Hazledine hasste die Warterei im Vorzimmer. Ganz gleich, wie dringend er gerufen wurde und wie wütend Ebrey Zhang auch war, stets musste er dieses Ritual über sich ergehen lassen. Er zeigte seine Entrüstung nicht und fügte sich stattdessen in die bittere Ironie. Dies war das Vorzimmer *seines* Arbeitszimmers, und hier hatte Myles *seine* Besucher warten lassen, ganz gleich, ob sie Verbündete oder politische Gegner waren.

Wie offensichtlich und erbärmlich dieses Verhalten war, wie durchschaubar seine Bemühungen, zu zeigen, wer die Autorität besaß. Haben sie eigentlich immer über mich gelacht?, fragte er sich.

Die Türen öffneten sich, und Ebrey Zhangs Assistent winkte ihm einzutreten. Wie üblich saß der Zantiu-Braun-Gouverneur hinter Myles' großem Schreibtisch. Und wie üblich ärgerte es Myles über alle

Maßen. Die deutlichste Mahnung an Thallsprings würdelose Kapitulation.

»Ah, Mr. Bürgermeister. Danke, dass Sie kommen konnten.« Ebreys fröhliches Lächeln war genauso unecht wie boshaft. »Nehmen Sie doch Platz.«

Mit mühsam beherrschtem Gesicht setzte sich Myles auf den Besucherstuhl vor dem Schreibtisch. Rechts und links von ihm standen Zhangs Gehilfen. »Ja?«

»Heute gab es einen hässlichen Verkehrsunfall.«

»Ich habe davon gehört.«

Ebrey neigte erwartungsvoll den Kopf zur Seite. »Und?«

»Einer Ihrer Leute wurde verletzt.«

»Und in einer zivilisierten Gesellschaft würde man erwarten, dass jemand anderes etwas wie ›Tut mir Leid, das zu hören‹ sagt. Oder ›Ich hoffe, es geht ihm gut‹. Ganz gewöhnliche Höflichkeitsfloskeln, die selbst hier gelten, wie ich glaube.«

»Das Hospital sagt, dass er überleben wird.«

»Versuchen Sie, nicht so enttäuscht zu klingen. Ja, er wird überleben. Allerdings wird er nicht mehr in den Dienst bei den Platoons zurückkehren. Nie wieder.«

Myles lächelte dünn. »Tut mir Leid, das zu hören.«

»Treiben Sie es nicht auf die Spitze, Bürgermeister!«, fauchte Ebrey. »Ich werde diesen Unfall gründlich untersuchen lassen. Meine Leute werden die Spurensicherung beaufsichtigen. Falls sie irgendetwas Verdächtiges bemerken, werde ich ein paar meiner Halsbänder benutzen. Vergeht Ihnen nun das Grinsen, Bürgermeister?«

»Das kann nicht Ihr Ernst sein! Ein Laster ist in eine Mauer gerast!«

»Zumindest sieht es vordergründig danach aus. Aber vielleicht sollte es ja auch so aussehen. Wie oft geschieht es, dass ein automatisches Fahrzeug in einen Verkehrsunfall gerät?«

Myles runzelte unwillkürlich die Stirn; er hatte tatsächlich noch nie von einem solchen Vorfall gehört. »Ich weiß es nicht.«

»Der letzte Unfall dieser Art liegt fünfzehn Jahre zurück. Ein Todesfall noch viel länger. Selbst Ihre antiquierte Elektronik schafft es, den Verkehr reibungslos zu gestalten. Ich finde den Zeitpunkt für diesen Zwischenfall höchst verdächtig.«

»Die Wahrscheinlichkeit nimmt mit jedem Tag zu. Sagen Sie mir nicht, dass Ihre Systeme so viel besser sind.«

»Wir werden sehen.« Ebrey aktivierte einen Desktop-Pearl und wartete, bis sich der Bildschirm entrollt hatte. Er warf einen Blick auf die Schrift und scrollte den Bericht durch. »Nun denn, ich sehe, dass die Fabriken von Orton und Vaxme noch immer nicht ihre normale Kapazität erreicht haben. Woran liegt das, Herr Bürgermeister?«

»Die Orton-Anlage wurde modernisiert, als Sie gelandet sind. Sie haben angeordnet, dass die Produktion wieder aufzunehmen sei, bevor die neuen Komponenten richtig integriert waren. Es wird wahrscheinlich eher schlimmer werden als besser.«

»Ich verstehe.« Ein Finger tippte auf den Schirm, und ein neuer Bericht erschien. »Und Vaxme?«

»Das weiß ich nicht.«

»Auch wenn Sie ohne jeden Zweifel eine technisch

begründete Ausrede finden werden. Schließlich kann es unmöglich ein menschlicher Fehler sein, nicht wahr?«

»Warum sollte es?«, erwiderte der Bürgermeister freundlich. Er wusste, dass er Ebrey bis an die Grenzen provozierte, doch es war ihm egal.

»Schaffen Sie die Produktion auf ihren alten Stand«, sagte Ebrey tonlos. »Sie haben zehn Stunden. Machen Sie Ihren Leuten klar, um was es geht. Ich lasse mich nicht auf diese Spielchen ein.«

»Ich werde sehen, was ich tun kann.«

»Sehr schön.« Ebrey winkte in Richtung Tür. »Das wäre für den Augenblick alles.«

»Nein, wäre es nicht.« Myles genoss den Anflug von Verärgerung, der über Ebreys Gesicht huschte. »Ich habe meine Bitte heute bereits zweimal Ihren Assistenten vorgetragen, ohne eine Antwort zu erhalten. Es ist schließlich nicht so, dass ich jedes Mal bei Ihnen antanzen will, wenn wir ein medizinisches Problem haben.«

»Was für eine Bitte?«

»Ich brauche einige Ressourcen aus der biomedizinischen Abteilung der Universität. Sie haben unser qualifiziertestes Personal abgezogen, um bei diesen neuen Impfstofftests zu helfen, die sie drüben in Madison durchführen.«

»Ich kann niemanden entbehren, um eine Bande von zurückgebliebenen Studenten mit schlechten Ergebnissen zu unterrichten.«

»Darum geht es überhaupt nicht. Es hat eine Reihe neuer Lungenerkrankungen gegeben. Sie liegen im Hospital.«

»Und?«

»Die Ärzte sind nicht sicher, doch wie es scheint, handelt es sich um eine Tuberkulose-Variante. Nichts, das wir je zuvor gesehen hätten.«

»Tuberkulose?«, fragte Ebrey in einem Tonfall, als hätte Myles bei einer Beerdigung einen schlechten Witz erzählt. »Wollen Sie mich auf den Arm nehmen? Tuberkulose ist Geschichte, Bürgermeister. Sie taucht nicht plötzlich wieder auf, schon gar nicht auf einer Welt, die Lichtjahre von der Erde entfernt ist.«

»Wir wissen nicht genau, worum es sich handelt. Deswegen benötigen wir die Diagnose eines Experten.«

»Meine Güte, wenn es unbedingt sein muss.« Er schaltete den Desktop-Pearl aus. »Sie können die Leute einen Tag lang haben. Aber ich werde Sie verantwortlich machen, wenn das Madison-Projekt darunter leidet.«

»Danke sehr.«

Das Junk Buoy sah aus wie Tausende anderer Bars am Meer, die Lawrence in seinen Zwanzigern besucht hatte, und alle waren Jahrhunderte außer Mode gewesen, noch bevor er auf der Erde eingetroffen war. Es wurde von allen Arten von Publikum besucht, auch wenn der plötzliche Einfall der Zantiu-Braun-Platoons in den beiden letzten Nächten die meisten Einheimischen vertrieben hatte. Als das erste Platoon hereingekommen war und an der Theke Bier bestellt hatte, wollte sich der Geschäftsführer zuerst weigern. Sie waren darauf vorbereitet gewesen: Der Sergeant hatte eine Kommunikationskarte mit einer offenen Verbindung zum Stadthaus. Ein paar Worte über

Lizenzen, und es hatte keine weiteren Schwierigkeiten mehr gegeben, außer offener Ablehnung. Doch die Platoons waren daran gewöhnt, und es verdarb ihnen den Abend kaum jemals.

Lawrence und Amersy saßen unter einer Markise draußen im Patio, während die rot-goldene Sonne hinter dem Vanga Peak versank. Beide tranken Bluesaucer Beer aus gekühlten Flaschen, während der Rest des Platoons sich in der Bar verteilte.

»Hast du von Turegs Platoon gehört?«, fragte Lawrence leise. Keiner seiner Männer war in der Nähe. Vier von ihnen waren am Pooltisch. Edmond saß in einer Ecknische und unterhielt sich mit einem gutgekleideten Einheimischen – was Lawrence kurz die Stirn runzeln ließ. Hal saß – natürlich – an der Theke. Er trug ein weißes T-Shirt, das eng genug war, um jeden Muskeln zu betonen, und grinste alle Mädchen an, die das Lokal betraten.

»Ich hab's gehört«, sagte Amersy. »Die Luke hat Duson fast in zwei Teile geschnitten, als sie versuchten, die Kapsel zu öffnen. Sie glauben, das Ding hatte einen Druck von wenigstens zehn Atmosphären. Diese gottverdammte Company mit ihrem Billignachschub!«

»Das ist Käse, und das weißt du sehr gut! Wie soll denn eine Nachschubkapsel einen Innendruck von zehn Atmosphären aufbauen? Völlig unmöglich!«

»Einer der RCS-Stickstofftanks war undicht. Das Ventil hat geklemmt. So was passiert.«

»Ein Ventil war undicht! Diese Dinger sind absolut ausfallsicher! Und Stickstoff ventiliert nicht in das Innere der Kapsel, das weißt du!«

»Es kann trotzdem passieren, wenn genügend Dinge schief gehen.«

»Ha!«

»Was denn?«

»Foran wurde von einem außer Kontrolle geratenen Laster erwischt, oder?«

»Jetzt komm aber!« Der Fleck weißer Haut auf Amersys Wange wurde eine Spur dunkler. Er beugte sich vor. »Das ist nicht dein Ernst!«, zischte er. »Wie sollen sie denn eine Landekapsel sabotieren?«

»Sie ist außerhalb des Zielbereichs runtergekommen.«

»Na und? Willst du vielleicht sagen, dass diese *KillBoy*-Typen es geschafft haben, die vorgegebene Flugbahn zu manipulieren?«

»Nein, natürlich nicht. Sie ist abgetrieben, das passiert ständig. Aber diese Kapsel lag eine ganze Woche draußen im Dschungel herum, bevor wir dazu kamen, einen Trupp zur Bergung abzustellen. Reichlich Zeit, um sie zu finden und den Stickstofftank zu manipulieren.«

»Du musst dich irren, Mann! Es gibt nur eine Möglichkeit, wie sie das schaffen konnten. Dazu hätten sie unsere Software-Sicherung umgehen müssen.«

»Ja.«

»Nein. Bestimmt nicht. Wir reden hier von E-Alpha. Nichts kann diese Verschlüsselung knacken.«

Lawrence verzichtete darauf, seine Prime-Software zu erwähnen, die er noch immer in dem Pearl am Handgelenk mit sich trug. Er hatte sie nie gegen E-Alpha getestet, doch sie war auf jeden Fall mächtig genug, um die zweitstärkste Verschlüsselung von Zantiu-Braun zu dekodieren. »Ich hoffe, du hast Recht.«

»Ich habe Recht, Lawrence.« Seine Stimme klang fast flehend. »Wenn sie imstande wären, E-Alpha zu durchbrechen, wären wir wie ein offenes Buch für sie. Verdammt, wir wären erst gar nicht aus dem Orbit heruntergekommen!«

»Ja, sicher.« Lawrence nahm einen weiteren Schluck aus seiner Flasche. Es war seine vierte, oder vielleicht sogar die fünfte. Kein schlechtes Gebräu, basierend auf irgendeinem nordischen Rezept, das dreihundert Jahre alt war, und mit einem Prozentsatz an Alkohol, an den er nicht gewöhnt war. »Ich schätze, du hast wirklich Recht.« Die Sonne war inzwischen untergegangen, und über Memu Bay hatte sich ein Schleier aus tiefer tropischer Dunkelheit gelegt. Straßenlaternen und Neonreklamen warfen einen rötlichen Schein in die Luft über der Marina. Weiter unten am Strand hatte irgendjemand ein Freudenfeuer angezündet. Lawrence ließ den Blick durch die Bar schweifen und beobachtete seine Männer. »Sieh dir das an, Mann. Wir befehligen die größte Bande von Verlierern in der gesamten Galaxis.«

»Sie sind verdammt gut, und das weißt du. Wir sind alle erschüttert wegen Nic, weiter nichts.«

»Vielleicht. Aber diese ganze Ausrüstung ist nicht mehr das, was sie mal war. Früher waren wir verdammt noch mal genug Leute, um sicherzustellen, dass es keine Zwischenfälle wie verrückt spielende Laster und unter Überdruck stehende Kapseln gab. Niemand hätte eine Chance gehabt, aus dem Hinterhalt auf uns zu schießen und einen von uns zu erwischen.«

»Lawrence ...«

»Ich meine es ernst! Ich habe mitgespielt, solange ich jünger war. Heute bin ich älter, und heute weiß ich es besser. Ein ganzes Stück besser.«

»Meine Güte, Lawrence, lässt du deine Midlife-Crisis an mir aus? Ist es das?«

»Nein, das ist es definitiv nicht.«

»Hast du Zweifel an unserem Job? Wenn ja, dann lass dir von mir gesagt sein, dass du aufhören musst! Es ist falsch, wenn jemand uns führt, der Zweifel an seinem Auftrag hat! Du könntest...«

»Zögern zu schießen? Ich würde nicht zögern. Darüber bin ich mir schon vor langer Zeit klar geworden. Unsere Skin ist es, die verhindert, dass wir jeden Tag aufs Neue vor dieser Entscheidung stehen. Wir töten niemanden, dafür sorgt unsere Technologie. Wir holen sie von den Beinen und verpassen ihnen die Mutter aller Kopfschmerzen, aber das belastet unser Gewissen nicht.«

»Was hat das alles dann zur Hölle zu bedeuten? Worum geht es eigentlich?«

»Mein Leben. Ich sollte nicht hier sein, weißt du? Ich habe vor langer Zeit eine falsche Entscheidung getroffen.«

»Heilige Scheiße!« Amersy nahm einen großen Schluck Bier. »Geht es schon wieder um dieses Mädchen?«

Lawrences Hand bewegte sich automatisch zu dem kleinen Anhänger unter seinem T-Shirt. »Mein Gott, was war ich dumm! Ich hätte sie niemals verlassen dürfen. Niemals!«

»Ich wusste es! Gottverdammt, ich wusste es! Wer außer dir zerfleischt sich zwanzig Jahre lang wegen eines Mädchens? Lawrence, Mann, ich kann mich nicht einmal mehr an mein erstes Mal erinnern, geschweige denn, wie ihr Name war.«

Lawrence grinste ihn über seine Flasche hinweg an. »Doch, kannst du.«

»Gut, zugegeben. Vielleicht. Aber Jesses ... zwanzig Jahre! Ich meine, deine Kleine von damals ... wahrscheinlich wiegt sie inzwischen hundert Kilo, eine fette Mamsell auf Antis, um den Tag zu überstehen, mit wenigstens zwei Exmännern, ganz zu schweigen von ein paar Enkelkindern.«

»Nicht Roselyn. Sie hat etwas aus ihrem Leben gemacht. Sie war nicht so dumm wie ich. Und außerdem war sie nur ein Teil von Amethi.«

»Du redest immer von diesem Planeten, als wäre es ein Paradies. Warum bist du dann überhaupt abgehauen?«

»Ich hab es dir doch gesagt, weil ich ein dummes Arschloch bin! Das dümmste Arschloch, das es gibt! Ich habe einen Fehler gemacht. Ich hatte alles, weißt du? Ich habe es einfach nicht erkannt damals!«

»Jeder ist so, wenn er jung ist. Ich meine, Jesses, du hast meine Kinder kennen gelernt!«

»Beschwer dich nicht, sie sind in Ordnung. Du hast Glück, dass du so eine Familie hast.«

»Sicher. Schätze, du hast Recht.«

Lawrence musste unwillkürlich lächeln. Verdammt, zwei Burschen in einer Bar unterhielten sich über ihre Familien und darüber, wie sehr sie ihr Leben vermasselt hatten. Wie viel tiefer konnte man rutschen?

»Würdest du aufhören?«, fragte er langsam und bemüht, es beiläufig klingen zu lassen.

»Womit aufhören?«

»Mit dem Platoon. Der Strategischen Sicherheit.

Zantiu-Braun. Allem. Würdest du aufhören, wenn du könntest?«

»Komm schon, Mann, du weißt sehr genau, dass ich eine Familie habe! Meine Anteile sind nicht genug wert, um sie zu versorgen, wenn ich aufhöre zu arbeiten. Ich kann gar nicht aufhören.«

»Aber wenn du könntest? Wenn du dir wegen deiner Anteile keine Sorgen mehr machen müsstest?«

Amersy grinste breit. »Sicher. Wenn ich mit dieser Scheiße aufhören könnte, dann lieber jetzt als gleich. Wer würde das nicht?«

»Gut«, sagte Lawrence zufrieden. Wenn er diese Mission in das Hinterland durchziehen wollte, dann brauchte er Amersy an seiner Seite. »Komm, wir holen uns noch etwas zu trinken.«

Edmond Orlov lief ihnen über den Weg, als sie zur Bar gingen. Er klammerte sich an Amersy und hielt nur mühsam das Gleichgewicht. Sein Grinsen war glückselig. »Hey, Corp! Sarge! Wie geht's denn so? Ist das nicht ein cooler Laden? Abgesehen von der Hitze, heißt das.«

Er kicherte wild. Lawrence hatte nicht auf seine Worte geachtet, doch er war einigermaßen sicher, dass Orlov gerade von der Toilette gekommen war.

»Es ist noch ziemlich früh am Abend«, entgegnete Amersy. »Du musst lernen, die Sache langsamer anzugehen, Mann.«

»Sicher!« Edmond salutierte unsicher und hätte fast seinen Kopf verfehlt. »Du hast es erfasst, Corp! Aber keine Sorge, ich hab alles im Griff!« Er torkelte zur Jukebox hinüber, und nachdem er sie eine Weile unsicher angestarrt hatte, gelang es ihm, seine Münze in den Schlitz zu schieben. Ein Videomenü erschien in der zylindrischen Fläche. Edmond murmelte: »Oh yeah!« und »You, Baby, you!« zu der AS, während sein Finger auf verschiedene Menüpunkte tippte. »Gib mir mehr davon. Oh, Bruder, das da will ich auch.« Ska Calypso dröhnte aus den Deckenlautsprechern. Edmond wich von der Jukebox zurück, die Augen geschlossen, und fuchtelte in einem Rhythmus mit den Armen, der nicht ganz zu irgendetwas aus den Lautsprechern passte.

Ausnahmslos alle Einheimischen stießen sich in die Rippen und grinsten über die einsame schwankende Gestalt. Seine eigenen Platoon-Kameraden und Squaddies der anderen Platoons lachten und klatschten, als Edmond schneller wurde.

»Ich brauche jedenfalls ein neues Bier«, sagte Amersy und wandte sich zur Theke.

Lawrence warf einen letzten Blick auf Edmond. Irgendetwas musste er wegen ihm unternehmen. Aber nicht heute Nacht. »Seine Schmerzebene ist einfach zu hoch«, sagte er leise zu sich selbst, als er Amersy folgte.

Hal saß noch immer auf seinem Hocker mitten vor dem Tresen. Er grinste noch immer jedes Mädchen an, das den Laden betrat. Es dauerte niemals länger. Die Mädchen, die in Gruppen eintrafen, durchschauten ihn augenblicklich und gingen kichernd weiter, während sie sich nach einem Platz abseits von ihm umsahen. Er bekam eine Reihe harter warnender Blicke von einheimischen Freunden. Die Mädchen ohne Begleitung hatten offensichtlich alle das gleiche herablassende Schnauben perfektioniert.

»Ich bin übers Ohr gehauen worden!«, jammerte Hal an Amersy gewandt, als sich der Corporal auf den Tresen lehnte und versuchte, einen der Kellner herbeizuwinken. »Können wir unsere Anwälte einschalten und diese Typen hier verklagen?«

»Wovon zur Hölle redest du da?«, entgegnete Amersy.

»Das da.« Hal blickte bedeutungsvoll nach unten.

Amersy sah auf die Füße des Squaddies. »Deine Schuhe passen nicht?«

»Nein! Nicht das!«

»Was ist denn los?«, fragte Lawrence. »Hal, du bist noch da? Ich dachte, du hättest dir längst eine Braut geschnappt und wärst verschwunden?«

»Man hat mir eine Fälschung verkauft«, berichtete Hal zwischen zusammengebissenen Zähnen hindurch. Er hob den linken Arm und zeigte ihnen ein glänzendes schwarzes Band um sein Handgelenk. »Ich habe nicht einen einzigen Mucks aus diesem Ding gehört, den ganzen Abend nicht! Achtzig gottverdammte Credits hat mir dieser Hurensohn dafür aus der Tasche geleiert!«

Lawrence musste sich zusammenreißen, um nicht laut aufzulachen. »Ist es das, was ich glaube, das es ist, Hal?«, fragte er.

»Es ist nicht illegal, Sarge!«, protestierte Hal. »Der Typ im Laden hat geschworen, dass jeder hier auf dieser Welt PSAs benutzt.«

»Meinetwegen. Vielleicht ist einfach niemand hier mit deinen ... Vorlieben.«

»Unmöglich!« Hal senkte die Stimme zu einem verzweifelten Flüstern. »Ich hab offene Akzeptanz einkodiert. Das heißt, dass ich bei *allem* mitmache, worauf diese Girls gerade Lust haben. Dieses beschissene Ding funktioniert nicht!«

Endlich gelang es Amersy, einen Kellner herbeizuwinken und noch zwei Flaschen Bluesaucer zu ordern.

»Lass ihm ein wenig Zeit«, riet Lawrence.

»Ich bin schon über eine Stunde hier! Und Edmond hat mir von diesem Schuppen erzählt!«

»Was hat er dir erzählt?«

»Sie mögen...« Hal drehte den Kopf von einer Seite zur anderen und überzeugte sich, dass niemand ihn belauschten konnte, dann fuhr er mit gesenkter Stimme fort: »Sie stehen auf Dreier hier.«

Lawrence stöhnte. Er hätte sich denken können, dass Hal diese einheimische Legende von der falschen Seite sehen würde. »Du meinst: Dreiehen, Hal. Das ist etwas anderes.«

»Sicher, aber sie müssen sich doch vorher irgendwie dran gewöhnen, oder? Es ausprobieren.«

Lawrence legte freundlich den Arm um Hals Schulter. »Hör auf meinen Rat, Kleiner, vergiss dieses Armband und die Dreier für heute Nacht, okay? Sei einfach du selbst. Es müssen Dutzende von Mädchen hier drin sein. Geh zu einer und frag sie, ob sie Tanzen möchte...« Er deutete auf die Tanzfläche, wahrscheinlich nicht die beste Illustration seiner Worte: Zwei Squaddies hüpften um den selbstvergessenen Edmond herum und imitierten seine abgehackten Bewegungen mit grotesker Übertreibung. Beide hielten ihre Bierflaschen in den Händen, und schäumende Flüssigkeit spritzte durch die Gegend. Ihre Zuschauer feuerten sie an. »... oder einen stillen Drink«, fügte Lawrence hastig hinzu. »Es spielt überhaupt keine Rolle, was du zu ihnen sagst, solange du überhaupt etwas sagst. Vertrau mir.«

»Schätze, du hast Recht, Sarge«, brummte Hal missmutig. Er funkelte sein PSA-Armband an, als könnte er das Display mit reiner Gedankenkraft zum Leben erwecken. Es blieb hartnäckig dunkel.

»Guter Mann.« Lawrence und Amersy nahmen ihr Bier entgegen und flohen zurück hinaus in den Patio.

Eine Stunde später hatte Jones Johnson den Pooltisch durchschaut. Eine der Mitteltaschen hatte eine abgenutzte Bande, auf die man achten musste, wenn man von oben stieß, und es gab ein definitives Gefälle weg von der unteren linken Ecke. Nachdem er all das wusste, konnte er vielleicht ein wenig Geld damit verdienen. Zumindest von den übrigen Platoons, und falls er Glück hatte auch von dem einen oder anderen Einheimischen, der meinte, er wäre der König des verzogenen Tisches.

Der größte Teil seines Platoons hing um den Tisch herum, je länger der Abend dauerte, feuerte ihn an oder stöhnte mitfühlend, wenn die Kugeln sich weigerten zu fallen. Das Junk Buoy war nach Sonnenuntergang voll geworden. Platoons, die in der vorangegangenen Nacht hier gewesen waren, hatten berichtet, dass die Einheimischen ferngeblieben wären. Nicht so heute Nacht.

Die Pool-Spiele gingen weiter. Drei Siege. Zwei Niederlagen – eine davon strategisch. Karl und Odel und Dennis bestellten sich etwas zu essen. Sie machten sich über die großen Portionen her und stürzten die zu süße Pferdepisse herunter, die in Memu Bay als Bier durchging. Ihre Billardstöcke lagen bei ihnen am Tisch.

Nach ein paar Stunden ließ Edmonds Rausch langsam nach. Er verließ die Tanzfläche und fiel in einen Stuhl, wo er sich an die Brust fasste und zitterte, als hätte die Nacht eisige Luft vom Meer herangeweht. Jones war einigermaßen erfreut darüber. Edmonds Tanzen war immer irgendwie peinlich, doch wenn er auf einem Trip war, musste jemand ein Auge auf ihn haben. Alle hatten den Wink gesehen, den Lawrence ihm gegeben hatte – bevor der Sarge und Amersy sich an einen Tisch verzogen und sich selbst ernsthaft die Kante gegeben hatten. Nicht, dass es irgendeine Rolle spielte – hier drin achtete jeder auf den anderen, als wären sie draußen auf Patrouille. Das war es, was Platoon-Kameradschaft ausmachte.

Selbst der Junge, der inzwischen betrunken genug war, um zu den Mädchen zu gehen und sie anzuquatschen. Keiner konnte genau hören, was er ihnen sagte, doch er tippte immer wieder wütend gegen das schwarze Armband an seinem Handgelenk, wenn er zum nächsten Mädchen weiterging. Alle Mädchen, die er ansprach, winkten ab oder drehten ihm den Rücken zu. Die Tanzfläche war voll von Menschen.

Jones' Zielsicherheit mit dem Billardstock ließ allmählich nach – zu viel Alkohol. Der DJ des Junk Buoy legte inzwischen auf und hatte die Jukebox abgeschaltet. Die Stimmung stieg von Minute zu Minute. Ein paar verdammt hübsche Röcke waren aufgetaucht. Und die Zeit unter Verschluss hatte seit ihrer Abfahrt aus Cairns schon viel zu lange gedauert.

Jones bewegte sich zusammen mit Lewis und Odel auf die Tanzfläche. Selbst mit dem vielen Bier im Leib konnte er sich bewegen. Und da war ein Mädchen in einem roten T-Shirt mit einem hochsitzenden Saum. Sie erwiderte sein Grinsen. Sie war noch viel zu jung, noch keine Zwanzig – was die Sache nur noch heißer machte.

Er tanzte ein paar Minuten mit ihr, dann legte er die Arme um sie und begann zu knutschen. Sie war genauso scharf und ließ zu, dass er ihren Hintern tätschelte. Ihre eigene Hand kam nach vorn und umschloss seine Eier. Sie hatten noch immer nicht ein einziges Wort gesprochen.

Schreie. Wütende Rufe vom Rand der Tanzfläche. Leiber, die hastig aus dem Weg wichen, wie sie es taten, wenn irgendjemand drückte. Jones hob den Kopf und sah neugierig nach dem Grund. »Ach du Scheiße!«

Es war der Junge. Er hatte sich an ein Mädchen herangemacht, das nicht mit einer Gruppe zusammenstand. Was er nicht gesehen hatte – vielleicht war er auch bereits zu betrunken: Ihr Freund. Der von einem halben Dutzend anderer Jungen Rückendeckung hatte.

Betrunken oder nicht, Hal war durchtrainiert und besaß noch immer genügend Reflexe, um auf den Stoß zu reagieren. Er nutzte den Schwung des Aufpralls, wirbelte herum, der Arm schoss heraus, die Hand flach zum Schlag erhoben. Er schrie die Jugendlichen an, sich aus der Sache rauszuhalten. Sie brüllten ihre Wut über fremde Motherfucker zurück. Zwei drangen auf Hal ein. Er ging in eine Verteidigungspose, Arme und Beine *locker*. Er sah ziemlich albern aus, mit den selbstversunkenen Tänzern, die hinter ihm auf der Tanzfläche unverzagt weitertanzten.

Die erste Salve von Fäusten flog. Ein Mädchen schrie aus Leibeskräften. Hals Knöchel krachten in einen Brustkorb, und ein befriedigender Ruck lief durch seinen Arm. Eine Faust traf ihn selbst am Hals. Ein roter Blitz. Und er stolperte zurück in andere Leute. Blut schäumte aus seinem Mund.

Plötzlich schien jeder im Junk Buoy zu wissen, was geschah. Einheimische sahen einen Eindringling – den Wichser, der den ganzen Abend die Mädchen angequatscht hatte –, wie er brutal einen ihrer eigenen Freunde angriff. Platoon-Squaddies sahen einen der ihren umzingelt und in Bedrängnis.

Eine Implosion von Leibern stürzte sich nach innen zum Ort des Kampfes.

Jones bahnte sich einen Weg durch das barbarische Gedränge. Ellbogen stießen gegen ihn. Er trat aus. Eine zerbrochene Flasche wurde nach seinem Gesicht gestoßen. Er duckte sich, wirbelte herum und versetzte dem Angreifer einen Tritt.

Schreie. Blutdurst. Der DJ drehte die Musik noch lauter. Wilde Fäuste und Füße. Willkürliche Ziele. Eine Menge Rufe wurden laut: »*KillBoy, KillBoy.*«

Ein Mädchen sprang Jones an und biss ihm ins Ohr. Er brüllte wütend auf und schleuderte sie gegen einen Pfeiler. Sie erbrach sich, als sie umkippte. Er sah Lawrence zurück in den Patio stolpern. Ein Messer blitzte.

»Sarge!« Ein Stuhl kam als verschwommene Bewegung über und hinter ihm in sein Sichtfeld. Jones riss den Arm hoch, um ihn abzublocken – doch es war zu spät. Die massive Rückenlehne aus Holz krachte gegen seine Stirn. Sterne explodierten. Sehr kurz.

Lawrence gelang es nur mit Mühe, der Messerklinge auszuweichen, die der Mann nach ihm stieß. Irgendwo in seinem Gehirn war die perfekte Gegenbewegung, eine Art physisches Schachmanöver, das ihn in die Lage versetzte, seinen Gegner zu entwaffnen und kampfunfähig zu machen, so leicht, als würde er mit dem Finger schnippen. Oder so etwas.

Er lachte fröhlich, während er versuchte herauszufinden, wie er eine flüssige Kung-Fu-Haltung einnehmen konnte. Unglücklicherweise ging hinter ihm jemand zu Boden und krachte gegen seine Beine, und er stolperte rückwärts. Er krachte gegen eine Wand. »Aua! Hey, das hat weh getan, verdammt!« Er lachte erneut. Dann stockte er unvermittelt und erbrach sich. Ein Mädchen auf allen Vieren neben ihm kreischte angewidert auf, als alles über ihr kurzes rotes Kleid spritzte. Sie schlug nach ihm und rappelte sich auf die Beine. Lawrence winkte und wollte sich entschuldigen, weil er das Gefühl hatte, dass es wichtig war. Doch er konnte sie irgendwie nicht mehr sehen, und er musste sich erneut erbrechen. Es war verdammt noch mal Jahrhunderte her, dass er eine richtige Kneipenschlägerei erlebt hatte. Auch wenn er meinte, dass es ihm beim letzten Mal mehr Spaß gemacht hatte.

Polizei traf ein, verstärkt von zwei Skin-Platoons und innerhalb von vier Minuten, nachdem der Besitzer des Junk Buoy Alarm geschlagen hatte. Zu diesem Zeitpunkt hatte sich die Schlägerei auf die Straße ausgeweitet. Mehrere Leute waren im Wasser und zappelten mehr oder weniger hektisch je nach Grad ihrer Betrunkenheit.

»Aufhören, augenblicklich!«, sagte der Senior Sergeant. Selbst die durch den Skinsuit verstärkte

Stimme wurde von niemandem beachtet. Mehrere Flaschen segelten in Richtung der Skins.

Die beiden Platoons bildeten einen lockeren Halbkreis um das Getümmel, und die Polizisten gingen hinter ihnen in Position. Der Senior Sergeant nahm einen dicken zylindrischen Behälter von seinem Gürtel, hielt ihn vor sich in die Höhe und zielte damit auf das Junk Buoy. Es gab einen dumpfen Schlag am einen Ende des Zylinders, und ein Netz flog heraus, ein Geflecht aus feinen Fasern, die wogten wie ein grau-silberner Nebel, als sie sich in der Luft ausdehnten und dann über den Kämpfenden niedersanken. Stränge blieben an Kleidung und Haut haften und streckten sich mit jeder Bewegung. Niemand schien etwas zu bemerken. Dann flossen mehrere Tausend Volt hindurch. Menschen schrieen, als sich ihre Muskeln verkrampften und purpur-weiße Blitze rings um ihre Gliedmaßen und Haare zuckten. Dann lösten sich die leitenden Moleküle aus dem Netz, und der Strom hörte auf zu fließen.

Zurück blieben ein betäubtes Schweigen und konvulsivische Zuckungen. Nach einigen Sekunden konnten die, die am schlimmsten getroffen worden waren, wieder atmen. Niemand kämpfte mehr. Glieder bebten und zitterten unkontrolliert. Die Einheimischen starrten verängstigt auf die dunklen Skins. Squaddies, die vom Netz getroffen worden waren, grinsten nervös und hielten die Hände erhoben.

»Danke sehr«, sagte der Senior Sergeant knapp. »Sie stehen ausnahmslos unter Arrest. Warten Sie hier.« Er marschierte auf den Eingang des Junk Buoy zu. Der verbrauchte Netzbehälter wurde achtlos weggeworfen und klapperte auf das Kopfsteinpflaster. Der Sergeant zog einen neuen Behälter aus dem Gürtel und blieb im Eingang stehen. »Aufhören!«, bellte er. Das Geflecht wurde in das Lokal geschossen.

Lawrence wachte auf in dem Bewusstsein, dass er nur noch Sekunden zu leben hatte. Sein Kopf war offensichtlich gespalten, und irgendjemand goss siedendes Öl über sein Gehirn. Er stöhnte und bewegte sich schwach. Ein großer Fehler. Er würgte, doch sein Magen war bereits leer. Seine Hände tasteten schwach umher und kamen in Berührung mit dünnen Fäden von Erbrochenem, die aus seinem Mund hingen.

»O du verdammte Scheiße!«

Das Licht war schmerzhaft grell und drang tief in seinen gespaltenen Schädel. Er blinzelte weniger, als dass er weinte, bis er wieder klar sehen konnte. Nicht besonders klar, wie er sich eingestand.

Irgendjemand hatte ihn in eine verdammt merkwürdige Hölle geworfen. Er lag auf den grauen Teppichfliesen eines Raums, der aussah wie eine hell erleuchtete Airport-Lounge. Es gab lange Reihen roter Plastikstühle, die am Boden festgeschraubt waren. Leute saßen schlaff darin. Einige der Männer waren verletzt und hielten sich Kompressen an Schnitte und Platzwunden. Blut befleckte das weiße Gewebe. Mädchen in engen kurzen Kleidern lehnten aneinander und schliefen entweder oder starrten leer geradeaus. Andere Leute schliefen auf dem Boden. Wenigstens nahm er an, dass sie schliefen; keiner von ihnen bewegte sich. Mehrere Skins standen ringsum an den Wänden Wache, beeindruckend groß und reglos.

Lawrence dämmerte es, und die Erinnerung kehrte zurück. Die Schlägerei. Er war also im Wartezimmer eines Krankenhauses. Doch nicht in der Hölle.

Langsam, sehr langsam, drehte er sich auf die Seite und stemmte sich dann in eine sitzende Position. Schmerz hämmerte durch die Seite seines Schädels, und ihm wurde erneut übel. Er zuckte zusammen und betastete die Stelle. Er hatte eine große schmerzempfindliche Beule hinter dem linken Ohr.

Amersy saß neben ihm in einem der roten Stühle. Der weiße Fleck im Gesicht des Corporals war grau, und beide Augen waren stark blutunterlaufen. Er hielt eine Kühlpackung an die Stirn, und seine Schultern zuckten.

Lewis, Karl, Odel und Dennis saßen auf den Stühlen neben ihm. Odels Hand steckte in einer blauen Erste-Hilfe-Schiene, Karl hatte eine gebrochene Nase und Blut auf Lippen und Kinn. Edmond lag zusammengerollt zu Karls Füßen auf dem Boden.

»Heilige Scheiße...«, krächzte Lawrence. »Was...«

»Wir wurden eingenetzt«, murmelte Lewis. »Der Besitzer hat die Bullen gerufen.«

»Na großartig!« Er zögerte und atmete tief durch. »Alle so weit in Ordnung?«

»Sicher. Wir haben ihnen ziemlich in den Arsch getreten in diesem Schuppen, bis unsere eigene Kavallerie über den Hügel kam und auf uns schoss. Scheiße, auf welcher Seite stehen diese Typen eigentlich?«

Lawrence würde darauf keine Antwort geben. »Wie ist unser Status?«

»Der Kleine ist im Augenblick drinnen beim Arzt.«

Amersy deutete mit dem Daumen in Richtung des mit einem Vorhang abgetrennten Untersuchungsabteils auf der Rückseite des Raums. »Nichts Schlimmes, zumindest keine Knochenbrüche. Und wir stehen unter ärztlicher Beobachtung, bis wir anderweitigen Bescheid erhalten.«

»Wunderbar!« Er blickte sich um auf der Suche nach einem Kissen, auf das er seinen Kopf legen konnte. »Wo steckt Jones?«

»Das weiß Gott.«

»Das ist gut. Er findet seinen Weg allein nach Hause.« Die Anstrengung des Denkens und Redens war unglaublich ermüdend. »Weckt mich, wenn ich an der Reihe bin.« Er senkte den Kopf zurück auf die Teppichfliesen.

Die Krankenschwester war erstaunlich mitfühlend. Lawrence wusste nicht, wie spät es war, als er schließlich in das Untersuchungsabteil gerufen wurde, um diagnostiziert und versorgt zu werden. Sehr früh am Morgen, schätzte er.

Sie durchleuchtete die Seite seines Schädels, wo die Beule saß, und die medizinische AS entschied, dass er keine Fraktur erlitten hatte. »Trotzdem werde ich einen menschlichen Arzt rufen, um das Bild zu begutachten, sobald einer frei ist«, sagte sie zu ihm. »Nur um sicherzugehen.«

»Danke.«

»Es wird ein Weilchen dauern. Sie sind im Augenblick ziemlich beschäftigt.« Sie drehte ihn auf die Seite und zog ihm das schmuddelige T-Shirt über den Kopf.

»Tut mir Leid.«

»Muss es nicht. Sie haben schließlich nicht damit angefangen, oder doch?«

»Nein. Aber ich hätte erkennen müssen, was geschehen würde.«

Sie drückte irgendeine Art kühlende Reinigungslösung auf seine Beule. Lawrence grunzte, als es anfing zu brennen.

»Das hätte jeder Dummkopf erkennen können.«

»Ich bin nicht irgendein Dummkopf. Ich trage die Verantwortung.«

»Sie tragen also die Verantwortung, wie?« Eine Kompresse wurde auf seine Haut gedrückt und saugte die überschüssige Flüssigkeit auf.

»Ja, ich weiß. Hören Sie, vermutlich haben Sie nichts gegen meine Kopfschmerzen?«

»Kopfschmerzen oder Kater?«

»Beides. Und beide zusammen passen wirklich nicht in meinen Kopf.«

»Überrascht mich nicht. Halten Sie das hier.« Sie nahm seine Hand und drückte sie gegen die Kompresse. Er konnte nur ihre Schuhe sehen, als sie zu einem Wandschrank ging.

»Wurde irgendjemand schwer verletzt?«, fragte er.

»Von Ihnen oder von uns?«

»Irgendjemand.«

»Drei tiefe Stichwunden. Eine Notfall-Regeneration – das Gesicht eines Mädchens wurde zerschnitten...«

»Ach du Scheiße!«

»...und ein paar Knochen gebrochen. Und diese Elektroschockwaffe Ihrer Kameraden hat eine ganze

Reihe Leute sehr zittrig gemacht. Niemand ist gestorben. Ich nehme an, wir sollten schon für Kleinigkeiten dankbar sein.« Sie reichte ihm zwei purpurne Kapseln und ein Glas Wasser. »Hier, nehmen Sie die.«

Er schluckte die Kapseln automatisch. Erst hinterher wurde ihm bewusst, wie vertrauensselig er gewesen war. Die Politik der Strategischen Sicherheit war eindeutig, was medizinische Hilfe von außen betraf, insbesondere in nicht lebensgefährlichen Situationen.

Der Vorhang wurde zurückgerissen, und Captain Bryant stürmte herein. Er trug seine volle Montur, und das hellgraue Gewebe des Skinsuits zeigte seine Wut. »Da sind Sie ja, Newton!«

»Entschuldigen Sie«, sagte die Krankenschwester, »ich versorge diesen Mann gerade.«

»Er ist versorgt.« Bryant hielt ihr den Vorhang auf. »Das wäre alles, Schwester.«

Sie bedachte ihn mit einem indignierten Blick und marschierte hinaus.

»Würden Sie mir das bitte erklären, Sergeant?«

»Sir?«

»Was zur Hölle ist heute Abend passiert? Ich lasse Sie auf einen stillen Drink nach draußen, und das Nächste, was ich höre, ist, dass Sie Santa Chico wieder auferstehen lassen.«

»Es gab einen Streit. Wegen eines Mädchens, glaube ich. Daraus hat sich alles weitere entwickelt.«

»Es hätte sich verdammt noch mal nicht daraus entwickeln dürfen! Verdammt noch mal, Newton, es ist Ihr Job, so etwas zu verhindern!«

»Ich war nicht direkt dabei, Sir! Ansonsten hätte ich es getan!«

»Sie hätten dabei sein müssen, Newton. Sie sind ihr Sergeant! Ich verlasse mich darauf, dass Sie für Ruhe und Ordnung sorgen!«

»Wir waren nicht im Dienst, Sir.«

»Fangen Sie mir bloß nicht auf diese Tour an, Newton! Ihr Job beinhaltet ein verdammtes Stück mehr als offizielle Pflichten, und das wissen Sie sehr genau. Wenn nicht, sollten Sie diese Streifen nicht tragen.«

»Sir«, brachte Lawrence mit extremer Halsstarrigkeit hervor. Wäre er nicht so wacklig auf den Beinen gewesen, hätte er ihm wahrscheinlich ein paar passende Worte gesagt oder ihm sogar ein Ding verpasst.

»Wo steckt Johnson?«

»Sir?«

»Jones Johnson. Sie erinnern sich?«

»Ich dachte, Jones wäre alleine zur Unterkunft zurückgekehrt.«

»Er hat sich noch nicht wieder gemeldet, und die Polizei hat ihn nicht mit dem Rest Ihres Platoons einkassiert. Wo steckt Johnson?«

»Ich weiß es nicht, Sir. Haben Sie im Krankenhaus nachgefragt?«

»Selbstverständlich habe ich das!«

Lawrence rieb sich die Augen. Die Kapseln schienen allmählich zu wirken; zumindest die Übelkeit legte sich. Doch er fühlte sich unglaublich müde. »Offiziell muss er sich erst um null-sechshundert zurückmelden, Sir.«

»Spielen Sie mir nicht den Schlaumeier, Sergeant,

dazu haben Sie nicht den IQ. Johnson ist der einzige Squaddie, den wir nicht gefunden haben, und er steht unter meinem Kommando. Haben Sie überhaupt eine Vorstellung, wie schlecht das in meiner Akte aussieht? Nach diesem Debakel dulde ich keine weiteren Eskapaden. Haben Sie das verstanden, Sergeant?«

»Ich sage nur, Sir, dass Jones wahrscheinlich mit einem Mädchen unterwegs ist, wenn er vor der Schlägerei raus ist.«

»Das wäre besser für ihn! Ich möchte, dass Sie diesen Sauhaufen, den Sie ein Platoon nennen, auf der Stelle zurück in die Unterkunft führen. Sie haben doppelten Dienst in den Unterkünften, und alle Schäden aus dem Junk Buoy werden von Ihrer Besoldung abgezogen. Außerdem werde ich einen offiziellen Vermerk in Ihrer Akte festhalten. Und jetzt schaffen Sie sich aus meinen Augen, Newton!«

Der Vorhang wurde heftig beiseite gerissen, und der Captain stampfte wütend davon. Lawrence zeigte seinem unsichtbaren Rücken den Mittelfinger und stöhnte elend, als er wieder auf den Untersuchungstisch zurücksank.

Jones Johnson erwachte mit einem heißen Schmerz in den Handgelenken und im Rücken. Abgesehen davon fror er erbärmlich.

Nicht überraschend – er war nackt, und seine ausgebreiteten Arme waren mit Handschellen an einen ovalen Rahmen gefesselt. Die Knöchel waren an die Basis des Rahmens gefesselt. Der Rest des Raums war leer. Soweit er sehen konnte, besaß er nicht einmal ein Fenster. Nur eine nackte Holztür zu seiner Linken. Die Wände waren weiß gestrichener Beton, der Boden irgendein schwarzes, weiches Kunststoffmaterial.

Instinktiv zerrte er an seinen Handschellen. Wer auch immer diesen Rahmen gebaut hatte, er hatte gewusst, was er tat. Sein Bewegungsspielraum war extrem eingeschränkt.

Das Schlimmste von allem war jedoch, dass er sich beim besten Willen nicht erinnern konnte, wie er hergekommen war. Es hatte eine Schlägerei im Junk Buoy gegeben. Er hatte ein Messer aufblitzen sehen. Zusammen mit einem Stuhl?

Was zur Hölle ist danach passiert?

Der kurze Kampf mit den Handschellen kostete ihn eine Menge Kraft. Und auf seiner Stirn war ein dumpfes Pochen, das auf eine mächtige Beule hindeutete.

»Hey!«, rief er. »Könnt ihr Jungs mich hören? Irgendjemand da? Hey!«

Er beobachtete eine Weile die Tür in der Erwartung, dass jemand kommen und nachsehen würde, was die Aufregung zu bedeuten hatte. Nichts geschah.

Es ist ein Bordell, sagte er sich. Irgendeine dumme S&M-Geschichte, weiter nichts. Ich hab bei dieser Schlägerei eins abgekriegt, und diese Nasen Karl und Lewis haben für das hier bezahlt. Gleich kommt irgendeine Domina rein und fängt an, mir mit einem Stöckchen den Hintern zu versohlen. Diese Bastarde.

»Hey, kommt schon, Jungs! Das ist nicht mehr lustig!«

Noch immer geschah nichts. Er konnte keinen Verkehrslärm hören, keine Tiere, nichts. Absolute Stille.

Bastarde!

Er musste außerdem pinkeln. Gottverdammt!

Und wer hätte geglaubt, dass es in Memu Bay ein Haus gab, das sich auf so etwas spezialisiert hatte! Er unterbrach diesen Gedankengang, bevor er zu weit führen konnte.

Einige Zeit später öffnete sich die Tür.

»Das wurde aber auch allmählich Zeit!«, bellte Jones. »Los doch, schafft mich hier weg!«

Ein Mann trat ein, gekleidet in einen dunkelblauen Overall. Er beachtete Jones überhaupt nicht. Er trug einen großen, eindeutig schweren Glascontainer, den er neben Jones' gefesselten Füßen abstellte.

»Hey! Hey du!«, sagte Jones. »Was zur Hölle hat das zu bedeuten? Hey, rede mit mir! Sag etwas!«

Der Mann drehte sich um und ging hinaus.

Jones schüttelte sich und zerrte erneut an seinen Fesseln. Vergeblich. Die Handschellen gaben keinen Millimeter nach. Doch die Tür war nicht geschlossen worden.

»Hey, hör zu! Was auch immer sie dir bezahlt haben, ich zahle das Gleiche noch einmal!«

Der Mann kehrte zurück. Er trug einen zweiten, identischen Zylinder.

Jones merkte, dass er angefangen hatte zu schwitzen. Sein Herz schlug auf eine Art und Weise, die ihm verriet, dass sein Unterbewusstsein längst wusste, dass irgendetwas ganz und gar nicht stimmte. Er wollte es sich nur noch nicht eingestehen, denn in diesem Augenblick würden Panik und Angst einsetzen.

»Bitte!«, flehte er. »Was hat das alles zu bedeuten?«

Doch der Mann war wieder gegangen.

Jones wollte das Undenkbare nicht denken. Nicht das. Nicht *KillBoy*. Nicht, dass es kein Scherz war, den Karl und Lewis sich in ihren betrunkenen Köpfen ausgedacht hatten. Nicht, dass er sich wie der dümmste Idiot im Universum angestellt und von irgendeiner fanatischen Widerstandsgruppe hatte fangen lassen.

»Aber ich weiß doch gar nichts«, flüsterte er. »Absolut überhaupt nichts!«

Folter war Jahrhunderte aus der Mode. Absolut aus der Mode. Es gab Drogen, alle möglichen neuen Techniken. Erhältlich für alle modernen, vernünftig ausgestatteten und finanziell einigermaßen flüssigen Polizei- und Sicherheitskräfte. Hatte Thallspring etwa keine? Das hinterwäldlerische, primitive Thallspring?

Es spielt keine Rolle, sagte er sich. Weil Zantiu-Braun die Stadt auf den Kopf stellen wird, um mich zu finden. Der Sarge würde nicht dulden, dass sie die Suche einstellten, bevor sie ihn gefunden hätten. Er kümmerte sich um seine Leute. Der gute alte Sarge. Jede Sekunde würde die Tür aus ihren Angeln fliegen und das Platoon hereinstürmen, um ihn zu retten.

Der stumme Mann war zurückgekehrt und trug einen dritten Container. Diesmal hatte er außerdem eine Ladung transparenter Plastikschläuche mitgebracht, die er um den kurzen Hals des Containers wickelte. Jones starrte darauf, und sein Zorn wurde von Bitterkeit und Ablehnung angestachelt. Der Apparat war für einen Einlauf. Sie würden ihn vergewaltigen. Wahrscheinlich gleich von einer ganzen Bande. Es gehörte zu ihrer Strategie, ihn weich zu machen. Ihn zu zerbrechen.

Er ballte die Fäuste und zerrte an den Handschellen. »Gott, nein! Nein, nein, nein!« Fast wären ihm die Tränen gekommen. »Warum ich? Warum ausgerechnet ich? Das ist nicht fair! Einfach nicht fair!«

Die Tür schloss sich hinter dem Mann. Jones stieß einen Seufzer aus, und die Spannung wich ein wenig von ihm. Er hing kraftlos an dem ovalen Rahmen.

»Bitte«, flehte er den leeren Raum an. »Ich bin ein Niemand. Ich bin völlig unwichtig. Ihr müsst das nicht mit mir tun. Bitte.«

Er schluchzte jetzt. Elend und erbärmlich. Daheim auf der Erde hatten sie ein Anti-Verhör-Training mitgemacht, das ihre Entschlossenheit steigern sollte. Gelernt, wie man gegen Müdigkeit und Stress ankämpfte und verhinderte, dass man sich in Lügen verfing. Doch das war Training gewesen. Nicht real. Anders als jetzt. Dort hatte einen keine Bande von psychopathischen Terroristen nackt an einen Rahmen gefesselt, als wollten sie einen im nächsten Augenblick kreuzigen. Und es hatte keine absolute Hilflosigkeit gegeben. Wo steckten sie bloß? Gottverdammt, wo steckte bloß das Platoon?

»Jeder ist auf seine Art und Weise wichtig, Mr. Johnson.«

Jones' Kopf fuhr herum. Eine wunderschöne junge Frau stand im Raum, mit einem ebenmäßigen Gesicht, das jeden Mann verzaubert hätte. Dichtes schwarzes Haar rahmte ihren Kopf ein, als sie ihn anstarrte. Ihre Bewegungen waren vogelartig, während sie ihn aus verschiedenen Winkeln musterte. Sie drehte einen goldenen Ring auf dem Zeigefinger.

»Bitte!«, flehte er. »Lassen Sie mich einfach gehen.«

»Nein«, antwortete sie mit einer Entschiedenheit, die blankes Entsetzen in ihm auslöste.

»Warum nicht? Wer sind Sie?«

»In diesem speziellen Stadium unserer Mission könnten Sie mich vermutlich eine revolutionäre Anarchistin nennen. Meine Aufgabe besteht darin, Chaos und Unordnung über Memu Bay zu bringen.«

»Was?«, sprudelte er hervor.

Sie lächelte freundlich und trat einen Schritt näher. Ihre Nähe war alarmierend sinnlich. Doch dann nahm sie den Schlauch zur Hand. Ein Ende wurde sorgfältig in einen Container gesteckt. Sie wickelte den Rest auseinander.

»Nicht!«, bettelte er. »Bitte nicht...«

»Sie werden nur sehr wenig Schmerz empfinden«, sagte sie. »Ich bin keine Sadistin, Mr. Johnson.«

Jones kniff die Pobacken zusammen, als ginge es um olympisches Gold. »Ich erzähle Ihnen alles. Aber nicht... nicht das.«

»Es tut mir Leid. Sie sind nicht hier, weil wir Sie verhören wollen. Ich weiß bereits mehr über das Universum, als sie sich je erträumen würden.«

Er starrte sie an, und der Schock fuhr ihm in die Glieder, als ihm dämmerte, dass sie keine Revolutionärin war, sondern schlicht und ergreifend wahnsinnig. Absolut und rettungslos irre. Es war eines der gemeinsten Verbrechen des Universums, dass ein so wunderschönes Wesen eine wahnsinnige Seele besitzen konnte.

»Menschen werden dafür sterben!«, heulte er auf.

»Ihre Leute. Die Leute, für die Sie angeblich kämpfen! Ist es das, was Sie wollen?«

»Niemand wird sterben. Zantiu-Braun wird niemals erfahren, ob Sie tot sind oder nicht. Es ist ein Dilemma, das ihnen den Schlaf rauben wird. Und genau das ist es, was ich will.«

Sie brachte das Ende des Schlauchs zu seinem Hals. Mit nicht mehr zu steigerndem Entsetzen bemerkte er, dass das Ende genau wie das Ventil eines Skinsuits geformt war. Es klickte glatt in den Stutzen an seiner Halsschlagader.

»Es wird nicht funktionieren«, sagte er heiser. »Wenn Sie mich töten wollen, müssen Sie es schon auf die harte Tour erledigen. So einfach geht das nicht, *Miststück*!«

»Leben Sie wohl, Mr. Johnson.« Sie betrachtete ihren Ring.

Jones lachte ihr ins Gesicht. Dieses dumme Miststück wusste nicht, dass die Ventile E-Alpha-geschützt waren. Sein Lachen erstarb in einem terminalen Schrei, als er sah, dass sein kostbares rotes Blut durch den Schlauch raste und in den Container plätscherte.

Er sah sie tatsächlich zusammenzucken. In ihren Augen standen Tränen und verrieten ihre Scham. »Sie sollen eines wissen«, sagte sie. »Ihr Geist wird weiterleben, in einer Welt ohne Sorgen. Das verspreche ich Ihnen.« Dann wandte sie sich ab.

Er verfluchte sie bis in die Hölle und wieder zurück. Er schrie. Er flehte. Er weinte.

Und die ganze Zeit floss sein Blut durch diesen Schlauch.

Kämpf dagegen an, sagte er sich. Die Jungs werden

mich finden. Verlier nur nicht das Bewusstsein. Die Jungs werden mich retten. Sie werden. Meine Freunde. Noch ist Zeit. Es ist nie zu spät.

Einer der Container war zur Gänze voll. Und der Schlauch war noch immer rot von Blut, das sein Herz zuversichtlich weiterpumpte.

Dann wurden Blut und Welt endgültig grau.

Kapitel neun

Lawrences Reise zur Erde dauerte mehrere Wochen. Er litt nicht unter jenen klaustrophobischen Kabinen und bewusstseinslähmenden Einschränkungen, die im Verlauf all seiner späteren Raumfahrten die Regel sein sollten. Passagiere von Amethi waren eine Seltenheit; an Bord der *Eilean* waren insgesamt nur acht, als sie den Kompressionsantrieb endlich aktivierte. Es bedeutete, dass nur eines der Habitationsräder aktiv war. Doch selbst unter diesen Umständen hatte er eine ganze Familienkabine für sich allein – und den Rest des Schiffes, um frei umherzustreifen. Die Besatzung neigte dazu, ihn zu ignorieren; offensichtlich hielt man ihn für irgendeinen reichen Balg, dessen allzu nachsichtige Familie für die Passage und eine Weltreise gezahlt hatte. Die übrigen Passagiere registrierten ihn erst recht nicht – hohe Manager von McArthur, welche die ganze Zeit über mit ihrer persönlichen AS verbunden waren. Er verbrachte so viel Zeit, wie er Lust hatte, im Fitnessraum, und die restlichen wachen Stunden mit der ausgedehnten Multimedia-Bibliothek des Schiffes.

Es hätte eine, wie er später dachte, phantastische Weltraumreise gewesen sein müssen, langsam und müßig. Das einzig denkbare Äquivalent war eine Reise an Bord eines echten Luftschiffs der dreißiger Jahre des neunzehnten Jahrhunderts, obwohl es dort wahrscheinlich besseres Essen gegeben hatte. Und einen anständigen Ausblick.

Perfekt – wenn er *sie* doch nur hätte vergessen können. Doch die Einsamkeit und die relative Isolation führten dazu, dass er jeden winzigen Erinnerungssplitter maßlos übertrieben empfand. Die Farbe eines Displays erinnerte ihn an ein bestimmtes Kleid, das sie einmal getragen hatte, genau der gleiche türkise Farbton. Das Essen erinnerte ihn an Restaurantbesuche mit ihr. Menüs in der Multimedia-Bibliothek brachten die Stunden zurück, die sie auf der Couch in seiner Höhle einander in den Armen liegend damit verbracht hatten, I-Games zu spielen.

Raumfahrt, der große Wunsch seines Lebens, verdorben durch das Elend der Liebe seines Lebens. Schlimmer konnte eine Ironie kaum sein.

Die Erde zumindest war keine Enttäuschung. Während seines Orbitaltransits von Glencoe Star, der Lagrangepunkt-Basis von McArthur, verbrachte er fast die gesamte Zeit an einem der vier Sichtfenster der Fähre und beobachtete, wie der Planet größer und größer wurde – ohne sich der Strahlungsgefahr bewusst zu sein. Er hatte geglaubt, seine letzten Blicke auf die kleiner werdende Welt Amethi wäre die wunderbarste Aussicht seines Lebens gewesen, mit ihren ockerfarbenen, aschfahlen und weißen Flächen und Nizanas dunkler Strahlung, die vom Barclay reflektiert wurde. Doch die Erde mit ihrer lebendigen Vielfalt von Farben ließ ihm das Herz übergehen, je näher sie kamen und je größer und heller sie erstrahlte. Er landete in einer Xianti und war außer sich, weil das Raumflugzeug keine Fenster besaß.

McArthurs wichtigster Raumhafen war Gibraltar. Die Bewohner des Felsens hielten noch immer halsstarrig an ihrer Unabhängigkeit von Spanien fest, wenn nicht der gesamten europäischen Föderation. Ihre Regierung hatte einen Vertrag mit McArthur ausgehandelt, nach dem liberale Steuern als Gegenleistung für Investitionen in die Infrastruktur zu zahlen waren und beide Seiten im Übrigen ihre Nichteinmischung in die Angelegenheiten der jeweils anderen erklärten.

Die Politik war für Lawrence eindeutig eine Stufe zu hoch. Nachdem er aus dem Raumflugzeug ausgestiegen und durch die Ankunftshalle marschiert war – wo er für einen kurzen Zeitraum im Mittelpunkt des Interesses der Sicherheit stand, die beunruhigt darüber war, ein Mitglied der führenden Familien unbegleitet umherlaufen zu lassen –, wollte er nur noch nach draußen und die Romantik der Alten Welt mit eigenen Augen erleben. Er wanderte weg vom Terminalgebäude, das an der Stelle des ehemaligen RAF-Stützpunkts errichtet worden war, und ging zu der riesigen Rollbahn, welche die Company gebaut hatte, einen fünf Kilometer langen Betonstreifen, der in das Mittelmeer hinaus ragte. Stundenlang stand er einfach nur dort bei den großen Felsbrocken, die den Beton vom Wasser trennten, und starrte hinaus auf das Meer. Spanien lag auf der einen Seite, ein ununterbrochenes Band von Städten, die sich von einem Ende des Horizonts bis zum anderen erstreckten, und dahinter die gesprenkelten braunen Hänge niedriger Berge. Auf der anderen Seite des Meeres lag Afrika, ein dunkler, formloser Streifen, der die Grenze zwischen Wasser und Himmel markierte.

Aus irgendeinem seltsamen Grund schien diese Welt sehr viel größer zu sein als seine Heimat, und das, obwohl er halb Amethi überflogen hatte. Er konnte sich einfach nicht an den Maßstab der Elemente gewöhnen. So viel Wasser, das zu seinen Füßen schwappte und plätscherte. Es roch höchst durchdringend, Hunderte subtiler Düfte, die sich in der harschen Salzluft vermischten. Und die Luft ... Nichts in seinem Leben war je so warm gewesen, dessen war er sich absolut sicher, nicht einmal die tropischen Kuppeln. Die Hitze und die Feuchtigkeit machten ihm das Atmen schwer.

Erst, als die Sonne bereits unterging und die Lichter von der Costa über das weite Wasser schimmerten, wandte er sich ab und fuhr nach Gibraltar Stadt. Geld war kein Problem – seine Amethi-Credits wurden in der Bank gegen EZDollars getauscht. Mit dem gewechselten Geld konnte er monatelang in einem Mittelklassehotel logieren, bevor er auch nur anfangen musste, über einen Job nachzudenken. Das war es nicht, was er wollte.

Er blieb mehrere Tage in Gibraltar und verbrachte fast die gesamte Zeit damit, auf den globalen Datapool zuzugreifen und die signifikanten Lücken in seiner politischen Ausbildung zu füllen. Er war erleichtert festzustellen, dass Roselyn wenigstens in einer Hinsicht die Wahrheit gesagt hatte: Zantiu-Braun. Die meisten Companys reduzierten ihre Weltraumoperationen tatsächlich bis auf ein unumgängliches Minimum. Sie hielten Kontakt mit bestehenden Kolonien und führten Gewinnrealisierungsmissionen auf Planeten durch, die sie von ihren ums Überleben kämpfenden Gründungsgesellschaften billig erworben hatten. Zantiu-Braun stand fast allein mit ihrer kleinen Flotte von Forschungsschiffen und gründete noch immer mit Hilfe der Portale neue Kolonien.

Auch wenn nicht einmal Zantiu-Braun neue Schiffe baute. Die Schiffswerften in den Lagrangepunkten waren entweder eingemottet oder in Wartungs- und Instandsetzungsanlagen umgebaut.

Raumflug schien tatsächlich eine Epoche zu sein, die sich dem Ende zu neigte. Doch sie war noch nicht ganz vorüber. Selbst beim gegenwärtigen Rückgang würden noch jahrzehntelang Schiffe unterwegs sein.

Eine Woche nach seiner Ankunft auf der Erde nahm er einen Zug nach Paris und marschierte in das Hauptquartier von Zantiu-Braun. Die Personalabteilung war – genau wie die Sicherheitskräfte von McArthur bei seiner Ankunft – ein wenig verlegen wegen seiner Herkunft, doch die AS und der menschliche Diensthabende überzeugten ihn schließlich, dass der beste Weg zur Forschungsflotte über ihre Abteilung für allgemeine Astronautik führte. Er besäße nicht, wie sie sagten, genügend Geld, um sich gleich von Anfang an einen Anteil an Zantiu-Braun zu kaufen, der groß genug war, um seine Karriere von vornherein festzulegen. Stattdessen sollte er, wie Hunderttausende anderer auch, ganz unten anfangen und sich die nötigen Anteile verdienen, um den Wechsel zu vollziehen. Ein zusätzlicher Vorteil, so sagten sie, wäre, dass Personal, welches sich firmenintern bewarb, stets den Bewerbern von außerhalb vorgezogen würde. Seine fehlende Universitätsausbildung wurde in diesem Stadium als unwichtig abgetan. Zantiu-Braun bot seinen ehrgeizigeren Mitarbeitern Sabbatjahre an, wenn sie die Karriereleiter der Company hinaufklettern wollten. Wie es der Zufall wollte, gab es ein paar freie Stellen in der Abteilung für allgemeine Astronautik, die einen ausgezeichneten Einstieg in die Raumpilotenkarriere ihres jungen Kollegen darstellten. Ob er je an eine Laufbahn in der Strategischen Sicherheit nachgedacht hätte?

Zwei Tage später saß er im Zug nach Toulouse.

Acht Monate danach war er erneut im All, mit Kurs auf das Kinabica-System. Er und Colin Schmidt waren die beiden jüngsten Mitglieder von Platoon 435NK9 und wurden von ihren Squaddie-Kameraden mit der entsprechenden Herablassung behandelt.

Kinabica war eines der ersten Sonnensysteme, die von Menschen kolonisiert worden waren, und es hatte im Lauf von zweieinhalb Jahrhunderten einen beachtlichen sozioökonomischen Status mit einem hohen technologischen Niveau erreicht. Wie genau die Gründungsgesellschaft Kaba sich selbst einer so vorzüglichen Kapitalanlage hatte entledigen können, wurde in den Missionsbriefings der Platoon niemals genauer erklärt. Kinabica mit seiner Bevölkerung von siebzig Millionen war jedenfalls effektiv unabhängig von der Erde. Sämtliche grundlegenden Investitionen waren abgeschlossen. Es gab keine schweren Maschinen mehr, die per Schiff dorthin verfrachtet werden mussten, keine biochemischen Fabrikationsanlagen und keine Nahrungsmittelraffinerien, keine Bergbauausrüstung, die nicht lokal hergestellt werden konnte. Alles war an Ort und Stelle, und alles arbeitete zur allgemeinen Zufriedenheit der Kolonisten.

»Der Grund ist, dass sie keine Dividende zahlen«, sagte Corporal Ntoko eines Tages während der Fahrt zu Lawrence. Wie jeder Anfänger füllte auch Lawrence seinen Tag mit endlosen Fragen, auch wenn er noch mehr stellte als Colin. Ntoko hatte sich seiner erbarmt und lieferte ihm ein paar Antworten. Damit unterband er wenigstens für eine Weile weitere Fragen. »Kaba hat Geld in Kinabica gepumpt, seit das System entdeckt wurde, und sie haben so gut wie keinen Ertrag erhalten. Das ganze System ist ein einziges Fass ohne Boden für jeden Investor von der Erde.«

»Aber es ist ein ganzer Planet!«, beharrte Lawrence. »Er muss doch profitabel sein!«

»Ist er auch, allerdings nur innerhalb des eigenen Sonnensystems. Angenommen, sie würden einen Speicherchip produzieren, der genauso hoch entwickelt ist wie die irdischen Chips, dann müssten sie ihn immer noch fünfzehn Lichtjahre weit verfrachten, um ihn zu verkaufen. Wohingegen eine irdische Fabrik ihre Ware höchstens ein paar Tausend Kilometer weit transportieren muss, bis sie beim Abnehmer landet, und das per Zug oder Frachtschiff. Welche Transportmethode ist wohl die teurere?«

»Also gut, dann muss Kinabica eben etwas Einzigartiges produzieren. So funktioniert echter Handel; ein gleichberechtigter Austausch von Waren zwischen Produzenten und Konsumenten auf beiden Seiten.«

»Das ist die Theorie, sicher. Aber was kann Kinabica herstellen, das die Erde nicht produzieren könnte? Selbst wenn sie Glück haben und einen neurotronischen Pearl entwickeln, der allem auf der Erde meilenweit voraus ist, würde es höchstens ein paar Monate dauern, bis unsere Companys auf der Erde ihn analysiert hätten und nachbauen könnten. Auf unserem gegenwärtigen Fertigungsniveau ist die einzige Produktion, die irgendwie Sinn ergibt, eine lokale Produktion. Und Raumfahrt ist gottverdammt kostspielig.«

»Und warum unternehmen wir diese Missionen?«

»Weil Gewinnrealisierung die einzige Möglichkeit darstellt, interstellare Raumfahrt zu begründen. Für die Erde ist es ein rein buchhalterisches Konzept; Zahlen werden in Tabellen verschoben. Es hat nur wenig mit richtigem Geld zu tun. Zantiu-Braun hat Kabas negative Bilanz in Kauf genommen, um sein Problem der Finanzierung eigener Schiffe zu lösen. Beide ergänzen sich gegenseitig vollkommen, vorausgesetzt, man hat genügend Grips, um die Strategie zu durchschauen. Und das ist der Grund, warum wir in dieser Blechbüchse sitzen und schneller als ein Photon durch die Gegend rasen. Wir sind diejenigen, die die hübsche Finanztheorie der Company in schmutzige physikalische Praxis verwandeln. Zantiu-Braun hat fast im gleichen Boot gesessen wie Kaba, was die Finanzierung unserer Raumflotte angeht. Wir haben im Verlauf der letzten zwei Jahrhunderte eine Billion Dollars ausgegeben und verdammt wenig auf der Habenseite als Gegenwert, außer fünfzig Multi-Milliarden-Dollar-Raumschiffen ohne ein richtiges Ziel. Doch jetzt haben wir Kabas Schulden in unseren Büchern, und wir können unsere Schiffe legal dazu einsetzen, einen Teil der Schulden einzutreiben. Da wir die Gründungskosten für die Kolonie prinzipiell bereits abgeschrieben haben, brauchen wir lediglich ihre Produkte, um sie auf der Erde zu verkaufen. Auf diese Weise streichen wir die Produktionskosten aus der Gleichung, und sämtliche Einnahmen aus dem Verkauf der auf Kaba hergestellten Hightech-Güter gehen direkt in den Unterhalt von Zantiu-Brauns Raumflotte, der Strategischen Sicherheit und den Abbau ihrer Schulden. Wenn die Buchhalter richtig gerechnet haben, machen wir sogar Profit bei der Geschichte.«

»Klingt in meinen Ohren wie Piraterie«, sagte Lawrence.

Ntoko lachte zu Lawrences Überraschung laut auf. »Du hast es kapiert, Kleiner.«

435NK9 sollte planmäßig auf Floyd landen, einem großen Mond im Orbit um Kinabica. Während der Rest der Platoons der Dritten Flotte versuchen würde, die ebenso aufsässige wie erfinderische Bevölkerung von Kinabica in Schach zu halten, würden sie die dreitausend Einwohner von Manhattan City einschüchtern.

Floyd war eben groß genug, um eine Atmosphäre zu halten, eine dünne Hülle aus Methan und Argon, aus der es in der Nacht manchmal Ammoniak schneite, wenn die Temperaturen sehr niedrig waren. Es gab keine Meere oder Seen, und die Oberfläche war mit einer schwammartigen eintönig-roten Vegetation bedeckt, die aussah wie Flechten mit Dendritwedeln. Das widerstandsfähige Zeug bedeckte jeden Quadratzentimeter des Mondes, von den Gipfeln der verwitterten Bergrücken bis hinab in die tiefsten Kraterbecken. Nicht einmal Felsbrocken oder Klippen blieben frei; die Herrschaft der Vegetation war umfassend und vollkommen. Die Einheimischen nannten sie Wellsweed, nach dem fraßgierigen marsianischen Gewächs in *War of the Worlds*.

Vom Landefahrzeug des Platoons sah es aus, als glitten sie über einen Ozean aus dicker Flüssigkeit, mit merkwürdig zerknitterten Wellenmustern, die in der Zeit erstarrt waren und lange, breite Schatten warfen. Sie mussten stark modifizierte lunare Frachtlander einsetzen, um hinunter zur Oberfläche zu kommen. Die Fahrzeuge waren normalerweise einfache zylindrische Druckkabinen mit Raketenmotoren, Tanks, Sensoren, Thermopaneelen und Frachtcontainern, die in beinahe willkürlicher Anordnung ringsum verteilt waren, während drei metallische Spinnenbeine weit nach unten ausgestreckt waren, um den Aufprall der Landung zu absorbieren. Dieses klobige Gefährt war nun in einen linsenförmigen Rumpf eingebettet, der dazu gedacht war, den dicken Kern während der Landung und der Verzögerung vor der mageren Atmosphäre zu schützen. Es sah einer fliegenden Untertasse ähnlicher als alles, was Menschen je an Raumschiffen gebaut hatten, auch wenn ihm die glatte Eleganz fehlte, die normalerweise mit dem Konzept assoziiert wurde.

Die Sonne war soeben hinter den niedrigen Hügeln hinter Manhattan City aufgegangen und begann mit ihrer fünfundsiebzigstündigen Überquerung des Himmels, als sie über dem Raumhafen hereintaumelten. Zahlreiche Stroboskoplampen und Leitinstrumente umgaben den Flecken aus geschmolzenem Fels – alle gegenwärtig dunkel und inaktiv. Giftig gelbliche Flammen spieen aus dunklen Löchern im Rumpf des Vehikels. Beine entfalteten sich mit mühsamen, ruckhaften Bewegungen und gestatteten ihnen, mit einem alarmierend kreischenden Geräusch und dem dumpfen Brüllen der Raketenjets, die gegen den fleckigen Rumpf trommelten, aufzusetzen.

Ein zweites, dann ein drittes Fahrzeug der Dritten

Flotte schwebte unelegant heran und landete neben ihnen. Nichts verriet sie mehr als Eindringlinge als die einheimischen Orbitalfahrzeuge, die auf der anderen Seite des Raumhafens parkten. Silbrig-weiße pfeilförmige Raketenschiffe, die aufrecht auf geschwungenen Flossen standen und aussahen, als stammten sie aus den Träumen der Neunzehnhundertfünfziger.

Das Platoon ging von Bord und schob sich unbeholfen eine Aluminiumleiter hinunter, die an eines der Landebeine geschweißt war. Am Boden hatte Lawrences Muskelskelett-AS Mühe, die niedrige Schwerkraft zu kompensieren, und sie behinderte jede Bewegung. Sie rempelten, hüpften und schlitterten in Richtung der Hauptluftschleuse von Manhattan City. Sperriger Panzer über dem Muskelskelett ließ sie aussehen, als hätten sie sich in Puffball-Raumanzüge gequetscht, um die geringe Distanz zu überbrücken. Die kleineren Ein-Personen-Schleusen waren gerade groß genug, um einen von ihnen passieren zu lassen.

Es war die Kombination von Floyds Mineralien und der merkwürdigen Biochemie, die das Wellsweed hervorgebracht hatte, die zur Errichtung von Manhattan geführt hatte. Im Grunde genommen nichts weiter als eine Schlafstadt für die Raffinerien und Verhüttungsanlagen, die komplexe organische Moleküle herstellten, die von Kinabicas medizinischer und chemischer Industrie benötigt wurden. Produkte mit hohem Wert und geringer Masse, perfekt für Zantiu-Braun, um sie zu beschlagnahmen und zur Erde zurückzuschaffen.

Nachdem die Platoons erst im Innern von Manhattan waren, verlief die Mission eher nach Standardschema. Der befehlshabende Offizier lieferte sein höfliches Ultimatum beim Administrator der Stadt ab, der sich unverzüglich mit sämtlichen Forderungen einverstanden erklärte. Technische Unterstützungsteams kamen hinzu und gingen das Inventar und die Spezifikationen der Raffinerien durch.

Es gab reichlich geeignete Produkte, die hinauf zum Raumschiff im Orbit um Floyd verfrachtet werden konnten. Unglücklicherweise lagerten kaum nennenswerte Mengen in Manhattan; die Chargen wurden in der Regel ohne Verzögerung hinunter nach Kinabica geschafft. Und aus irgendeinem unerfindlichen Grund hatten sämtliche industriellen Produktionsanlagen auf Floyd fünf Stunden, nachdem die Dritte Flotte aus der Kompression gekommen war, ihren Betrieb eingestellt.

Platoons wurden zusammen mit Technikern abgestellt, um dem Personal der Stadt dabei »behilflich« zu sein, die Produktionsstraßen mit der geringstmöglichen Verzögerung wieder in Gang zu setzen.

Am zweiten Tag fand sich Lawrence mit Colin, Ntoko und zwei anderen 435NK9-Squaddies über das allgegenwärtige Wellsweed in einen kleinen Krater einen Kilometer nördlich von Manhattan City hüpfend und springend wieder, wo eine chemische Fabrik in die schützende Isolierung des Regoliths gegraben worden war. Sie eskortierten zwei Zantiu-Braun-Techniker und fünf Mitglieder der Wartungsmannschaft der chemischen Anlage, die den Auftrag hatten, die Maschinen wieder zu starten.

Er suchte mit seinen Bildverstärkern die Umgebung ab, begierig, so viel in sich aufzunehmen, wie er nur konnte. Seine erste fremde Welt. Zugegebenermaßen unterschied sie sich sowohl von Amethi als auch von der Erde. Er war nur ein wenig enttäuscht, dass sie nicht interessanter war. Das Wellsweed ließ alles danach aussehen, als sei es gewissenhaft eingepackt worden, um in irgendeinem Lager zu verschwinden. Er sah immer wieder nach oben zu der großen leuchtenden Sichel von Kinabica, die über dem Horizont hing, und wünschte sich, er hätte diesen Auftrag erhalten. Eine *echte* neue Welt. In den Bildverstärkern leuchtete sie verführerisch.

Abgesehen vom Raumhafen war der Krater das erste Gebiet, das sie vorfanden, wo das Wellsweed nur lückenhaft wuchs. Duzende von Fahrwegen und Radspuren überzogen den Boden und schnitten mitten durch die Vegetation. Das Zentrum des Kraters wurde von einer Reihe regelmäßiger Buckel eingenommen, jeder einzelne vielleicht zweihundert Meter lang. Oben auf den Buckeln standen gerippte zylindrische Wärmetauschertürme, die an die Ziegelschornsteine der Industriellen Revolution vier Jahrhunderte zuvor und siebzehn Lichtjahre entfernt erinnerten. Der schmutzige Boden war gesprenkelt mit eintönig rotem, neu gewachsenem Wellsweed, Flecken, die sich nach und nach ausbreiteten und miteinander verschmolzen. Im Vergleich zu dem zerfetzten Teppich unten auf dem Kraterboden wirkten die neu gewachsenen Pflanzen nicht besonders gesund.

Die Luftschleuse war groß genug, um die ganze Gruppe durchzulassen. Nach dem Schleusenzyklus öffnete sich die innere Luke in ein Gewirr von Betonkorridoren. Lange rechteckige Fenster in den Wänden boten einen Ausblick auf Säle voller Maschinerie und Rohre. Nackte Stahltüren führten in Büros, Werkstätten und Lager, in denen sich Speichertanks reihten.

Es war verwirrend für die Squaddies, obwohl ihre Muskelskelett-HUD-Visiere ihnen eine vollständige Karte der Anlage boten. Die Techniker und Wartungsleute waren unbeeindruckt und marschierten auf direktem Weg zum stillen Kontrollzentrum. Innerhalb weniger Minuten redete die Management-AS an einem halben Dutzend Stationen gleichzeitig zu ihnen, während die Fabrik allmählich zum Leben erwachte.

»Ihr solltet vielleicht den Rest der Anlage in Augenschein nehmen«, schlug der Seniortechniker Ntoko vor. Eine einigermaßen höfliche Aufforderung, aus den Füßen zu gehen.

»Machen wir«, versicherte ihm der Corporal.

»Was denn in Augenschein nehmen?«, fragte Colin, nachdem sie das Kontrollzentrum verlassen hatten.

»Revolutionäre und Terroristen, schätze ich«, antwortete Ntoko. »Entspann dich, mein Junge; wir haben eine leichte Aufgabe übernommen. Sechs Stunden lang durch die Gegend laufen, und dann zurück zur Unterkunft, ohne dass irgendjemand Schaden genommen hat.«

»Ich dachte, es würde mehr dahinter stecken als das«, gestand Lawrence.

»Das tut es niemals, Kleiner«, erwiderte Ntoko fröhlich. »Die Platoons sind nur hier wegen dem einen oder anderen anarchistischen Hitzkopf, der einen Dreck auf gegenseitige Sicherheit und unsere

Gammastrahler gibt. Alle anderen ducken sich mit zusammengebissenen Zähnen und machen weiter mit ihrer Arbeit. Sie mögen uns vielleicht nicht, aber sie verursachen keine Scherereien.«

»Benutzen wir denn den Gammastrahler jemals?«

»Bis jetzt noch nicht. Ich bezweifle, dass es jemals so weit kommt.«

»Gott sei Dank.«

»Es hat etwas mit Logik zu tun, nicht mit Gott. Wenn wir je in eine Situation geraten, wo wir ihn benutzen müssen, haben wir bereits verloren. Wenn die Dinge so außer Kontrolle geraten, dass wir eine halbe Million Menschen töten müssen, um den Rest dazu zu zwingen, uns zu gehorchen, dann macht es wohl kaum Sinn, ihn einzusetzen. Mit so einem Wahnsinn würden wir überhaupt nichts erreichen, außer die Feindseligkeit über jede Vernunft hinaus aufzupeitschen und damit die Wahrscheinlichkeit zu erhöhen, dass wir es nicht wieder zurück nach Hause schaffen. Setz Gammastrahlen gegen einen Planeten ein, und sie werfen deinen Schiffen alles entgegen, was sie haben, um Vergeltung und Rache zu üben.« Seine dicken gepanzerten Hände tippten mit einem lauten Klacken gegen seine Hüfte. »Abgesehen davon könnte ich einen derartigen Befehl niemals erteilen. Du vielleicht?«

»Nein, Sir«, sagte Lawrence entschieden.

»Selbstverständlich nicht. Trotzdem wirst du deine Scatter-Pistole abfeuern, wenn ich es dir befehle.«

»Kein Problem, Corp.«

»Guter Junge. So, du und Colin, ihr sucht die beiden östlichen Bunker ab. Stellt sicher, dass sich niemand dort herumdrückt und unserer Überwachung zu entgehen versucht. Es wäre nicht das erste Mal. Einige Leute trauen ihren Mitbürgern einfach nicht zu, dass sie Frieden halten. Traurig, aber wahr.«

Sie wanderten durch schlecht beleuchtete Korridore und nahmen willkürlich Abzweigungen. Weder auf Infrarot, noch auf Bewegungsdetektoren oder Bildverstärkern und Geräuschfiltern war irgendjemand anderes im Bunker zu entdecken.

»Das ist völlige Zeitverschwendung«, brummte Colin auf Lokalfrequenz. »Es ist nicht wie auf einem Planeten, wo sich die Leute außerhalb der Städte verstecken können. Wir wissen ganz genau, wie viele Personen es in Manhattan gibt. Sie sind im AS-Memory aufgelistet.«

»Hör auf zu jammern. Wie der Corp gesagt hat, es ist ein leichter Job.«

»Sicher. Aber wie sieht das in unserer Akte aus? Ich wollte ein wenig Action sehen und vielleicht die Chance bekommen, mir eine Auszeichnung zu verdienen.«

»Wirst du wohl endlich damit aufhören? Ganz Manhattan City unter Kontrolle zu halten, ohne auch nur einen einzigen Schuss abzufeuern, ist die perfekteste Operation im Universum. Und wir sind Teil davon. Damit bekommen wir unsere Auszeichnung. Die Company mag es, wenn die Dinge glatt laufen.«

»Vielleicht.«

Über ihren Köpfen gurgelten und bebten die Fabrikohre, als Flüssigkeiten durch sie schossen. »Newton, Schmidt, hierher«, befahl Ntoko. »Bunker drei, Sektion vier.«

»Was gibt's denn, Corp?«, fragte Lawrence.

»Kommt einfach her.« Ntokos Stimme klang ausdruckslos.

»Auf dem Weg.«

Sie konnten nicht rennen. Jede wirkliche Kraft, die ihre Beine ausübten, würde sie geradewegs gegen die Decke krachen lassen. Stattdessen bewegten sie sich mit langen, schwingenden Schritten, die Arme abwehrbereit erhoben, um sich von der Decke abzudrücken, falls ein Bogen zu hoch wurde.

Als sie sich der Tür zu Bunker drei näherten, zog Colin seinen Karabiner und schaltete die Sicherung aus.

»Bist du verrückt?«, zischte Lawrence. »Diese Dinger sind mit explosiver Munition geladen! Du könntest glatt ein Loch in eine Wand schießen.«

»Wir sind unter der Oberfläche, Lawrence. Ich werde also höchstens gegnerische Kräfte und Felsen erwischen.«

»Und Maschinen im Wert von einer Milliarde Dollars.« Lawrence zog seine eigene Scatter-Pistole. Das Magazin war mit Toxin-Pfeilen geladen. »Du kennst die Vorgaben. Wertsicherung hat Vorrang.«

»Eine schöne beschissene Vorgabe ist das!«, brummte Colin. Ein paar weitere Worte wurden gemurmelt, die das Helmmikrophon nur mit Mühe auffing. Lawrence schätzte, dass sie sowieso auf deutsch waren; Colin kehrte immer zu seiner Muttersprache zurück, wenn er sich gestresst fühlte. Er zögerte, dann schob er seinen Karabiner zurück ins Halfter und zog stattdessen einen Maserstab.

Lawrence sagte nichts dazu. Er trat vor, und die Bunkertür glitt auf. Der Hauptkorridor erstreckte sich vor ihnen, und seine Röhrenlichter flackerten in einer beinahe unterschwelligen Frequenz.

»Wir sind im Bunker, Corp«, sagte Lawrence.

»Gut. Dann kommt jetzt runter zu uns.«

Lawrences HUD zeigte die Grundrisse von Bunker drei. Sektion vier lag am Ende eines Seitenkorridors, achtzig Meter entfernt. Sie gingen darauf zu.

»Meinst du, es ist eine Schikane?«, fragte Lawrence. Er hatte seinen Sender abgeschaltet und benutzte den externen Lautsprecher seines Panzeranzugs auf niedriger Lautstärke.

»Keine Ahnung«, antwortete Colin. »Glaubst du, der Corp würde so einen Stunt mit uns abziehen?«

»Weiß nicht. Vielleicht will er herausfinden, wie wir reagieren.«

»Wenn er doch nur gesagt hätte, warum wir herkommen sollten.«

»Vielleicht haben sie ihn gefangen.«

»Jetzt mach aber halblang!«

»Nun ja, es wäre möglich. Warum sonst ist er so...«

Lawrences Panzeranzugsmikrophon fing ein schlurfendes Geräusch auf. Sein Bewegungsdetektor registrierte eine schnelle Luftbewegung im Hauptkorridor direkt hinter ihnen. Beide wirbelten herum und gingen in eine geduckte Haltung, und ihre Waffen suchten nach einem Ziel. Die BVs suchten die Wände und den Boden mit hoher Auflösung ab und fanden nichts.

»Was zur Hölle...!«

Lawrence aktivierte den gesicherten Kanal. »Corp, ist außer uns noch irgendjemand in diesem Bunker?«

»Niemand, der von der AS autorisiert wäre, warum?«

»Irgendjemand bewegt sich hier draußen.«

»Augenblick.«

Lawrence und Colin richteten sich auf und hielten ihre Waffen weiter schussbereit.

»Könnte Maschinerie sein, die eingeschaltet wurde«, sagte Colin. »Wer weiß schon, was die Sensoren dazu sagen?«

»Die AS hätte es herausfiltern müssen.«

»Ich habe bei unseren Leuten im Kontrollzentrum nachgefragt«, sagte Ntoko. »Alle sind dort. Die lokale AS überträgt Kamerabilder in meinen Suit. Ich kann euch beide sehen, aber sonst ist niemand hier drin.«

»Wir dachten, vielleicht sind es die Maschinen, die unsere Sensoren stören«, sagte Lawrence.

»In Ordnung. Haltet die Augen offen. Und schaltet eure BVs auf mittlere Auflösung. Hohe Auflösung erzeugt einige eigenartige Effekte.«

»Roger. Wir sind in einer Minute da.«

Sie erreichten den Seitenkorridor ohne weitere Zwischenfälle und betraten ihn. Die Tür am anderen Ende stand offen. Lawrence konnte niemanden dahinter sehen, nur einen weiteren großen Saal voll schwarzer und silberner Maschinen, die Art von hoch aufragender mechanischer Versammlung, die direkt aus dem Maschinenraum eines Dampfschiffs hätte kommen können. Dünne Gase leckten aus Rohren, und der allgemeine Lärm nahm mit jedem Schritt zu.

Eine Gestalt in einem Panzeranzug erschien in der Tür. »Hi, Jungs«, sagte Meaney. Er hob einen Arm, um ihnen zu winken. Hinter ihm bewegte sich etwas und verdeckte eine der Deckenlampen.

»Runter!«, brüllte Lawrence. Er und Colin rissen ihre Waffen hoch. Ein Zielkreis blitzte in seinem HUD.

Meaney erstarrte im Durchgang. Seine behandschuhte Hand machte eine plötzliche Bewegung zu dem Karabiner im Halfter über seiner Brust. Der dunkle Schatten tanzte hinter ihm und entfernte sich vom Licht. Dann war er verschwunden und in das eingeweideartige Gewirr von Rohren und Ventilen getaucht.

»Hinter dir!«, rief Colin.

»Was...?« Meaney drehte sich herum, den Karabiner halb aus dem Halfter. Die beiden anderen rannten auf ihn zu, und ihre AS richtete ihre Muskelskelette aus, sodass sie sich in steilem Winkel nach vorn richteten und in der niedrigen Gravitation ein gewisses Maß an Gleichgewicht behielten.

»Wo ist es hin?«

»Dort, in diese Lücke.«

Lawrence sprang vorsichtig hoch. Die Waffe feuerbereit vor sich ausgestreckt und auf den metallischen Spalt gerichtet, während seine Helmsensoren nach oben gingen. Der grüne Schimmer des BV enthüllte einen Spalt, der nichts außer einem dunklen Gewirr verdrehter Rohre und verschlungener Kabel war. Infrarot zeigte einige rosafarben leuchtende Rohre.

Er entspannte den Finger um den Abzug, als er auf den Hacken landete. »Scheiße. Hab's verpasst.« Sein HUD-Display zeigte eine hohe Herzfrequenz. Adrenalin brummte in seinen Ohren. Das war alles viel zu komplex, um eine Schikane zu sein. Er versuchte, sich auf sein Training für unbekanntes Terrain zu konzentrieren. Sei misstrauisch. Immer.

»Was zur Hölle macht ihr zwei da?«, fragte Meaney.

»Hast du es denn nicht gesehen, um Himmels willen?«, sagte Colin. »Es war direkt hinter dir. Sind deine Sensoren gestört oder was?«

Meaneys Karabiner schwang herum auf die Klippe aus chemischer Maschinerie. »Was war hinter mir?«

»Ich weiß es nicht. Irgendwas oben an der Decke.«

»Wo?«

»Meine Güte, was ist bloß mit deinen Sensoren?«, fragte Colin.

»Nichts, verdammt noch mal!«

»Dann musst du es doch gesehen haben?«

»Was verdammt noch mal gesehen?«

Ntoko tauchte aus einem Gang auf, der von aufragenden Stapeln aus Maschinen gebildet wurde. Er hielt seine Scatter-Pistole schussbereit in der rechten Hand. »Also schön, was glaubt ihr beiden Heißsporne gesehen zu haben?«

»Ich bin nicht sicher, Corp«, gestand Lawrence. »Wir haben gesehen, wie sich etwas hinter Meaney bewegt hat.«

»Meine Sensoren haben nichts aufgefangen«, sagte Meaney.

»Etwas?«, fragte Ntoko. »Eine Person oder einen Roboter?«

»Nun, es war dort oben, und es war klein«, sagte Lawrence in dem Bemühen, sich das schattige Bild ins Gedächtnis zu rufen.

»Es hat sich nicht wie ein Roboter bewegt«, sagte Colin. »Es war schnell.«

»Könnte eine Ratte gewesen sein«, sagte Ntoko.

»Eine Ratte?«, fragte Lawrence. »Warum sollte Kaba Ratten importieren, insbesondere nach Floyd? Sie tragen überhaupt nichts Nützliches zur Ökologie bei.«

»Sie sind nicht importiert, Sohn. Sie schleichen sich einfach an Bord. Überall in diesem Universum, wo es Menschen gibt, findet ihr auch Ratten. Kleine listige Mistviecher, und bösartig obendrein.«

»Auf Amethi gab es keine.«

»Nein? Nun, dann hattet ihr Glück. Und jetzt lasst eure AS konstant nach kleinen bewegten Objekten suchen. Wenn irgendjemand etwas sieht, sagt er es mir auf der Stelle. Habt ihr das verstanden?«

»Ja, Corp.«

»Gut. Dann kommt jetzt mit mir.« Er marschierte durch den Gang zurück, durch den er gekommen war.

»Was hast du denn gefunden, Corp?«, fragte Colin und eilte hinter ihm her.

»Staub.«

»Staub?«

»Ja, Staub. Aber falschen.«

Ntoko führte sie zu einer freien Fläche am Ende der Maschinerie, wo Kibbo wartete. Auf der anderen Seite der Raffinerieausrüstung waren zwei große zylindrische Tanks in die Betonwand eingebettet. Das kuppelförmige Ende des Tanks, den Kibbo ansah, war fünf Meter hoch. Die Schweißnähte der einzelnen blütenblattförmigen Segmente waren deutlich sichtbar. Bolzen von der Dicke einer Faust sicherten den Rand am Ende des Tanks.

Ntoko hockte sich hin und winkte Lawrence und Colin zu sich heran. Er deutete auf den Boden. »Da, seht ihr?«

Lawrence erhöhte seine Verstärkerempfindlichkeit in dem Wissen, dass es eine Abnormität geben musste. Der ursprünglich graue Betonboden war dunkel vom Alter und von Chemikalienflecken. Staub lag zwischen kleinen Graten und Blasen. Er nahm den Fokus zurück. Eine breite Spur führte zum Tank, Räder und Füße schienen sich hin und her bewegt zu haben wie bei einer regelrechten Prozession. Interessant, aber wohl kaum alarmierend. Er wechselte zum zweiten Tank, doch der Boden davor hatte eine gleichmäßige Verteilung von Schmutz.

»Und?«, fragte er vorsichtig. »Sie haben diesen erst kürzlich gewartet.«

»Versuch's mit Infrarot«, sagte Ntoko leise.

Der Tank mit der Spur, die zu ihm führte, war fünf Grad wärmer als der andere.

»Das war es, was uns zuerst aufmerksam gemacht hat«, sagte Ntoko. »Die Signatur ist völlig anders. Und doch sind nach dem AS-Inventar der Anlage in beiden Tanks exakt die gleichen Flüssigkeiten.«

»Und was ...«

Diesmal bemerkten alle die Bewegung. Sie wirbelten zu ihr herum wie ein Mann, die Waffen schussbereit. Gegen jedes Training und jeden Instinkt feuerte niemand.

Das Alien kroch drei Meter über dem Boden aus der Maschinerie und hing so an den Leitungen und Streben, dass es neunzig Grad zur Vertikalen war. Lawrences erster Gedanke war Enttäuschung; es war wenig beeindruckend. Ein Körper von der gleichen

Größe wie ein Alsation, mit sechs – oder acht, er konnte es nicht genau erkennen – spinnenartigen Beinen, die um die Kniegelenke herum fast um hundertachtzig Grad gebogen waren und in kleinen hornigen Zangen endeten. Der krause Schuppenpanzer besaß die Farbe eines schmutzigen, ölgefleckten Regenbogens. Die einzige wirkliche Abnormität, wahrhaft fremdartig, waren die Augen – oder das, wovon er annahm, dass es die Augen darstellten: Chromschwarze Knospen entlang der Flanken, die sich ununterbrochen bewegten. Es gab eine Art Kopf; ein Ende des Körpers war knollig mit einem nackten Schlitz als Mund.

Es trug an jedem seiner Glieder ein Plastikband, direkt oben an den Körpergelenken. Sie schienen mit dem Fleisch verschmolzen zu sein.

»Alarm«, verkündete Ntoko gelassen. »Kommen, Ops, wir haben eine Kontaktsituation. Ops?«

Lawrences HUD blinkte ihm rote Kommunikationssymbole entgegen; die lokalen Netzrelais waren gestört. Er schenkte ihnen wenig Aufmerksamkeit. Ein zweites Alien kroch aus der Maschinerie.

»Da oben!«, krächzte Meaney.

Ein drittes Alien wanderte über ihnen an der Decke entlang, und seine schlanken Zangen hielten sich ohne sichtliche Mühe an den Rohren fest, während es sich seinen Weg suchte.

Es waren acht Gliedmaßen, erkannte Lawrence nun. Definitiv nicht-terrestrisch also. Er beobachtete die Kreaturen mit einer Mischung aus freudiger Erregung und Staunen. Die Bänder waren Hightech-Artefakte. Sie waren intelligent! Er stellte einen Erstkontakt mit intelligenten Aliens her.

Dieser Augenblick war alles, was er sich je vom Leben erträumt hatte. Er stieß ein leises, nervöses Lachen aus; unglaublich, dass es jetzt und hier geschehen sollte. Seine Hand zitterte. Eilig aktivierte er die Sicherung seiner Pistole, dann befahl er der Skelett-AS, die Bestimmungen zu finden, die einen Erstkontakt betrafen. Sie mussten irgendwo im Memory sein.

»Corp, was machen wir nun?«, fragte Colin. Seine Stimme war hoch und aufgeregt. Er schlurfte zurück zu dem Tank und hielt seine Waffe auf das erste Alien gerichtet.

»Bleibt einfach ...«

Das Alien vor ihm streckte eines seiner Gliedmaßen aus. Ein Maserstab von höchst menschlichem Design wurde von der Zange gehalten. Lawrence starrte die Waffe wie betäubt an.

»Das ist ...«

Das Alien feuerte. Lawrences HUD zeigte augenblicklich ein Diagramm seines Panzeranzugs. Rote Symbole drängten sich wie aufgeregte Wespen und deuteten auf die Stelle des Energieaufpralls. Supraleitende Shunts rasten auf ihre Überlastungsgrenze zu, als sie versuchten, den Strahl zu verteilen.

»Bewegung!«

Lawrence tauchte zu einer Seite in dem Versuch, dem Maserstrahl zu entgehen. Die Anstrengung ließ ihn hinauf zum Dach segeln, und er ruderte panisch mit Armen und Beinen. Eine automatische Waffe eröffnete unter ihm das Feuer, und Projektile hämmerten in Beton und Metall. Die Lichter gingen aus. Lawrence berührte den Boden und prallte fast einen Meter in die Höhe. Sein HUD berichtete, dass der

Maser nicht länger auf ihn gerichtet war. Er wedelte vergebens mit seiner Scatter-Pistole herum.

Der Raum um ihn herum war erhellt von den Mündungsblitzen zweier Pistolen. Das topasfarbige Stroboskoplicht enthüllte große Wolken aus dichtem Dampf, der aus den Fabrikationsmaschinen entwich. Weitere Aliens huschten aus mechanischen Nischen hervor. Er sah zwei von ihnen, die eine Mini-Gatling zwischen sich schleppten.

»Heilige Scheiße!« Er rollte sich ab, ließ seine Pistole fallen und griff nach dem Karabiner.

»Wie viele?«, brüllte Kibbo.

»Wo?«

»Was ist mit dem Licht passiert?«

Lawrences Bewegungsdetektor war nutzlos wegen der Dampfwolken. Infrarot hatte Mühe, durch den dichten Dunst etwas zu erfassen. Die BVs vergrößerten lediglich die Wirbel im Dunst und verliehen ihnen ein funkelndes Grün. Ein weiteres Warnsymbol blitzte auf, begleitet von einem akustischen Signal, und machte ihn auf die zunehmende Toxizität der Atmosphäre im Saal aufmerksam.

Ein Karabiner eröffnete das Feuer und sandte explosive Projektile in die Dunkelheit. Detonationen wurden vom widerlichen Gas verschluckt, und ihre Blitze verwandelten sich in einen reinweißen Nebel. Die Sichtweite war auf fünfzig Zentimeter herunter und sank rasch.

»Feuer einstellen!«

Lawrence zielte mit seinem Karabiner in die Richtung, wo er die Aliens mit der Mini-Gatling gesehen hatte, und feuerte zwanzig Schuss ab. »Sie haben schwere Artillerie, Corp!«, brüllte er, während die

Waffe in seinen Armen ruckte. Explosionen pulsierten durch den Bunker. Irgendjemand anderes schoss ebenfalls, mit einer Handfeuerwaffe. Ein Projektil traf Lawrences Panzer unterhalb seines rechten Brustmuskels. Er wurde in die Luft geschleudert und drehte sich. Rote und bernsteinfarbene Symbole malten kunstvolle Kreise um ihn herum wie ein schützender Schwarm holographischer Vögel. Schmerz bohrte sich mitten durch die harte Außenschale und das Muskelskelett.

Der Kommunikationskanal war ein Gejaule von Schreien und gebellten Befehlen. Nichts ergab einen Sinn. Lawrence landete auf dem Rücken, und der Aufprall trieb ihm den letzten Rest Luft aus den Lungen. Er ließ den Karabiner fallen. Irgendetwas bewegte sich unter seine Beine, wand sich drängend, drückte seine Knie auseinander. Schock mobilisierte ihn auf der Stelle und gestattete ihm, seine schmerzerfüllte Benommenheit abzuschütteln. Er drehte sich hastig herum und beugte sich vor, um zu packen, was auch immer sich zwischen seine Beine zu schieben trachtete.

Unerträglicher Schmerz biss in sein Bein, direkt oberhalb des Knies. Symbole meldeten, dass sowohl der Panzer als auch das Muskelskelett aufgeschnitten waren. Seine Hände tasteten umher und berührten ein Objekt, und sein Gehirn sagte ihm, dass es die gleiche Größe hatte wie der Körper eines Aliens. Durch den wirbelnden Dampf konnte er den infraroten Schatten gerade eben erkennen. Es war ein Alien, und eines seiner Gliedmaßen hielt eine Powerklinge. Lawrence griff nach dem Messer und riss es aus den Zangen. Er sah, wie das Bein des Alien von der Gewalt seines Griffs brach. Nahm einen Atemzug und schlug mit der freien Hand nach dem Körper, wobei er die volle Kraft seines Muskelskeletts einsetzte. Seine gepanzerte Faust ging glatt durch das Fell der Kreatur und zerquetschte innere Organe.

Fast hätte er sich erbrochen. Zog seine Hand heraus und brachte tropfende Reste von Gewebe und Eingeweide mit. Eine weitere Kugel traf ihn und sandte ihn auf alle viere.

»Die Decke!«, bellte Ntoko. »Schießt die Decke raus! Explosivgeschosse. Los, macht schon!«

Explosionen schlugen in den Beton über Lawrence. Die Druckwellen ließen seinen zerfetzten Panzeranzug vom intensiven Druckstress knirschen. Er fummelte mit der Hand über den Boden und suchte nach seinem eigenen Karabiner. Ein Maserstrahl wusch erneut über ihn und erzeugte einen Schauer roter Symbole, und er warf sich aus der Schussbahn. Feuer aus kleinen Waffen durchsiebte die Luft über ihm. Eine Art gelatinöser Schlamm kroch über den Betonboden und schwappte gegen seinen Panzer.

»Was machen wir?«, fragte Meaney. »Warum schießen wir sie ab?«

Lawrence schlug ein weiteres Magazin in seinen Karabiner. Er hatte die gleiche Frage stellen wollen.

»Wir brechen den Bunker«, sagte Ntoko. »Ich werde dieses Gas und die verdammten Aliens sauber in den Weltraum blasen!«

Lawrence eröffnete erneut das Feuer. Über die Explosionen hinweg konnte er ein schrilles Geräusch hören, das an Stärke zunahm. Abrupt wurde der chemische Nebel dünner, und das Pfeifen verstärkte sich zu einem gequälten Heulen. Ein Sonnenstrahl bahnte sich einen Weg durch den Dampf und dehnte sich rasch aus. Lawrences BV beeilte sich mit dem Kompensieren und warf Filter hoch. Er wechselte seine Schussrichtung und ließ die Karabinergeschosse am Rand des sich weitenden Risses in der Decke fressen. Eine große Sektion von Beton flog nach oben, angetrieben von der entweichenden Atmosphäre des Bunkers. Das letzte Gas schoss nach oben und zerrte Lawrence vom Boden. Dann taumelte er in absoluter Stille nach unten. Grelles Sonnenlicht schien in den Bunker und enthüllte Konfusion und Chaos. Das dichte Konglomerat aus Maschinerie war zu Ruinen zerfetzt, Rohre aufgerissen, unerschütterliche Prozessoreinheiten nur noch Schrott. Noch immer pumpten Schauer von Flüssigkeit und Gas hinaus, und ihre ausgefransten Rauchfahnen kurvten nach oben, bevor sie sich verflüchtigten. Mehrere Alienleichen hingen schlaff von Metallfängen; sie alle waren von Waffenfeuer getroffen worden, das das gelbbraune Fleisch in Brei verwandelt hatte.

»Kommen, Ops! Wir haben einen Notfall hier!«, sagte Ntoko. »Erbitte augenblickliche Verstärkung! Wir stehen unter feindlichem Beschuss!«

Lawrences AS bestätigte, dass ihre Kommunikation wieder funktionierte, nachdem das Dach aufgerissen war. Er rappelte sich schmerzerfüllt auf die Beine, während Ops begann, Ntoko auszufragen. Blut leckte aus seinem Knie, wo die Powerklinge durch den Panzer gegangen war, doch das meiste, so hoffte er zuversichtlich, stammte vom Muskelskelett. Stränge aus Schmerz flammten mit jeder Bewegung, die er machte, durch seinen Körper. Er konnte gerissene

Beulen im Panzer sehen, und Brandmarken hatten die äußere Schicht Blasen werfen lassen. »Verdammte Scheiße!«, stöhnte er.

»Wir schlagen sie!« Kibbos Stimme hatte einen hysterischen Unterton. »Wir schlagen die Mistkerle.«

»Was waren sie?«, fragte Colin. »Wo zur Hölle sind sie hergekommen?«

»Heilige Scheiße, Jungs«, sagte Meaney. »Wir haben gerade unseren ersten interstellaren Krieg ausgefochten.«

»Und den Bastard gewonnen! Wir haben ihnen in den Arsch getreten, eh?«

»Das haben wir, Mann! Sie werden sich nicht wieder mit diesem Platoon anlegen, so viel ist sicher.«

»Ich begreife das nicht«, sagte Lawrence. »Was haben wir ihnen getan? Warum haben sie geschossen?«

»Wen interessiert das schon?«, sagte Meaney. »Wir sind jetzt die Herren.« Er stieß einen Schrei aus und hob die Arme zu einem Siegesgruß. Er erstarrte. »Heilige Scheiße!«

Lawrence sah hoch. Aliens krochen am Rand des zerstörten Dachs entlang, und ihre Vordergliedmaßen betasteten vorsichtig die geschwärzten Betonecken. Mehrere schoben sich durch den Riss im Dach und packten die verdrehten Armierungsstreben. Maserstrahlen zuckten herab und erfassten die Squaddies. Sie erwiderten das Feuer und benutzten ihre Karabiner, um weiter am Beton zu fressen.

»Geht in Deckung!«, befahl Ntoko. Er führte sie hinüber zu der schnaufenden Masse Maschinerie und feuerte unablässig weiter, während er ging.

»Sie sind Eingeborene!«, sagte Lawrence schockiert über die Erkenntnis. »Sie brauchen keine Druckanzüge, um zu überleben, seht nur. Sie müssen einheimisch sein.«

»Ja, verdammt prima!«, brüllte Meaney. »Was um alles in der Welt haben wir getan, um sie derartig sauer zu machen?« Er schoss, während er hinter einen soliden Brocken Maschinen auswich.

»Wir haben ihnen ihr Land und ihre Frauen gestohlen, schätze ich«, sagte Lawrence.

»Das ist wirklich eine verdammt große Hilfe, Lawrence!«, brüllte Kibbo. »Was ist nur los mit diesen Alien-Freaks?«

Colin sandte ein ganzes Magazin aus seinem Karabiner in die Decke und zerfetzte Beton und Aliens ohne Unterschied. »Wir haben diese Bastarde nicht in den Weltraum geblasen, wir haben ihnen nur besseren Zutritt verschafft, verdammte Scheiße!« Beton und Fleisch regneten auf die Squaddies herab.

»Kein Sperrfeuer mehr!«, befahl Ntoko. »Spart, was ihr habt. Schaltet sie gezielt aus.«

Lawrence duckte sich in einen Alkoven und hob seinen Karabiner. Ein durchkreuzter Zielkreis zeichnete scharfe violette Linien auf die ruinierte Decke. Er schaltete auf Einzelfeuer und lokalisierte ein Alien. Ein Schuss zerfetzte seinen Körper. Für Aggressoren waren sie unglaublich verwundbar. Das ergab nicht sonderlich viel Sinn.

»Wie lange noch, bis die Kavallerie kommt, Corp?«, fragte Colin.

»Muss jede Minute da sein. Haltet durch.«

Zum ersten Mal in seinem Leben ertappte sich Lawrence beim Beten. Er wand sich tiefer in den Alkoven hinein, während er sich fragte, ob der Gott, von dem er wusste, dass er nicht existierte, irgendwie nützlich sein konnte. Die Frage konnte die Dinge unmöglich verschlimmern.

Simon Roderick hatte nicht erwartet, im Verlauf der Mission Floyd zu besuchen. Soweit es Zantiu-Braun betraf, war der Mond nichts weiter als eine unbedeutende Produktionsstätte, leicht zu kontrollieren und von allen Reichtümern zu befreien. Das war während des Planungsstadiums gewesen. Jetzt hatten sich diese Annahmen drastisch verändert. Und als Ergebnis musste sich Simon nun mit niedriger Gravitation und der unkomfortablen Würdelosigkeit eines Raumanzugs herumschlagen.

Die elenden Dinger hatten sich seit dem letzten Mal, als er in einem gesteckt hatte, acht Jahre zuvor, nicht wesentlich verbessert. Eine innere Schicht, die sein Fleisch grimmig umhüllte, und eine Helmkugel, die ihm trockene Luft ins Gesicht blies und seine Augen zum Tränen brachte. Der Tornister wog zu viel, was auf Floyd zu einer unangenehmen Trägheit führte.

Es war fast verlockend, ein Muskelskelett zu tragen, wie seine Drei-Mann-Eskorte es tat. Doch er konnte sich nie recht entscheiden, welches der beiden Übel das kleinere war.

Seine Eskorte blieb draußen, als er die Luftschleuse der chemischen Fabrik betrat. Nach dem Zyklus kam er in einem trüben Betonkorridor heraus. Ein Empfangskomitee hatte sich für ihn eingefunden, sechs Squaddies in vollem Muskelskelett mit unglaublich eleganter und gefährlich aussehender Waffen-Hardware. Bei ihnen wartete Major Mohammed Bibi, der Kommandant der Floyd-Operation, Iain Tobay vom Nachrichtendienst der Dritten Flotte sowie Dr. McKean und Dr. Hendra vom biomedizinischen Stab von Zantiu-Braun.

Simons Raumanzug-AS bestätigte, dass die Atmosphäre in der chemischen Fabrik atembar war, und er entriegelte seinen Helm. »Rechnen wir mit weiteren Schwierigkeiten?«, fragte er leichthin, während sein Blick auf den steif in Habacht stehenden Squaddies ruhte.

»Nein, rechnen nicht, nein, Sir«, sagte Bibi. »Aber wir hatten schließlich auch nicht mit diesem Zwischenfall gerechnet.«

Simon nickte zustimmend. Der Major kompensierte das unerwartete Feuergefecht wahrscheinlich über, doch es war vernünftig. Er konnte ihm seine Antwort nicht vorhalten.

Sie trampelten durch weitere identische Korridore zu Bunker drei, Sektion vier. Ein spürbarer Unterschied lag in der Luft, sobald die Stahltür aufglitt. Ein mildes chemisches Gebräu durchdrang den Standard-Stickstoff-Sauerstoff-Mix, mit einer Obernote aus Ammonium. Er rümpfte die Nase.

Dr. McKean bemerkte die Bewegung. »Sie werden sich nach einer Weile daran gewöhnen. Wir haben zusätzliche Gaswaschtürme hereingebracht, doch die Verarbeitungsmaschinerie verströmt immer noch einige flüchtige Substanzen.«

»Ich verstehe.« Nicht, dass es Simon interessiert hätte. Diese Techniker erklärten ihre Welt stets zu umfassend.

Er ging durch einen von Maschinerie gebildeten

Gang, und die Spuren des Kampfes gewannen an Deutlichkeit. Pfützen aus dunkler klebriger Flüssigkeit quollen von unterhalb hervor, während die Gerüche stärker wurden. Metall war verbogen und verdreht; aufgerissene Fänge, von explosiver Hitze geschwärzt. Als er am Ende auf einer freien Fläche herauskam, war die komplizierte Maschinerie einfach zerfetzter Schrott. Provisorische Plastikschirme waren an der zerbrochenen Decke befestigt, und das Epoxy trug eine weitere saure Duftnote zu der Mischung bei. Helles Sonnenlicht schien mit rosafarbenem Schimmer durch die transparente Abdeckung.

Der Tank, der all die Aufregung verursacht hatte, war nun offen, sein gigantischer Deckel auf dicken hydraulischen Stempeln zur Wand geklappt wie der Eingang eines riesigen Bankgewölbes. Eine Rampe war aus dem Innern herausgefahren. Mehrere Zantiu-Braun-Mitarbeiter bewegten sich davor, halfen beim Aufräumen und schoben Kulis mit Ausrüstung die Rampe hinauf und hinunter.

Simon sah, dass sich zwei von ihnen langsam bewegten, jede Bewegung vorsichtig, als hätten sie Schmerzen. Er rief ihre Daten mit seinem DNI auf: Meaney und Newton. Beide in das Feuergefecht verwickelt, beide verletzt und beide mit leichten – zivilen – Aufgaben betraut. Newtons Hintergrund erweckte sein flüchtiges Interesse.

»Wie geht es voran?«, fragte er sie.

Newton richtete sich von einem mobilen Luftreiniger auf und salutierte. Sein Blick ging zu Major Bibi. »Gut, danke, Sir.«

»Jawohl, Sir«, sagte Meaney.

»Das war gute Arbeit, die Sie geleistet haben«, sagte Simon. »Muskelsuits sind nicht gerade geschaffen für militärische Konfrontationen.«

»Es sind gute Systeme, Sir«, sagte Newton. Er entspannte sich ein wenig, nachdem er begriffen hatte, dass sie keinen Anschiss kassieren würden.

»Nachdem Sie die Anzüge im Kampf benutzt haben – irgendwelche Vorschläge?«

»Bessere Sensorintegration wäre hilfreich gewesen, Sir. Bessere Sensoren überhaupt. Wir waren so gut wie blind, nachdem die AS die Gasventile geöffnet hat; der Dampf hat unsere BVs und die Bewegungsdetektoren außer Gefecht gesetzt.«

»Das muss schwierig gewesen sein.«

»Corporal Ntoko wusste, was zu tun war, Sir. Er hat uns zusammengehalten. Aber wie Sie schon sagten, Sir, hätten wir es mit ernsten Gegnern zu tun bekommen, wären wir in Schwierigkeiten gewesen.«

»Ich verstehe. Nun, danke sehr für Ihre Meinung. Ich werde sehen, was ich tun kann – nicht, dass die Konstrukteure auf einen leitenden Angestellten hören würden. Sie haben keine besonders hohe Meinung von uns.«

»Aber Sie bezahlen sie, Sir. Und davon haben sie eine hohe Meinung.«

Simon grinste. »Sicher, das haben sie.« Er deutete auf den Kadaver eines Aliens, bedeckt von einer Plane aus blauem Polyethylen. »Ihre erste Begegnung mit einer fremden Lebensform, Newton?«

»Jawohl, Sir. Eine Schande, dass es unter diesen Umständen geschehen musste. Einen Augenblick lang habe ich geglaubt, es wären wirkliche Aliens.«

»Wirkliche Aliens? Ich glaube nicht, dass es unter diesen Umständen wirklicher geht.«

»Ich meinte intelligent, Sir. Es ist ein Verbrechen, was man mit diesen armen Wesen angestellt hat, sie zu hirnlosen Waldo-Robotern zu degradieren.«

Simon wog die idealistische Bestürzung des jungen Mannes ab. Nur die wirklich jungen konnten sich diese Art von Moral leisten. Kein Wunder, dass Newton gegen seinen Hintergrund rebelliert hatte. »Vermutlich haben Sie Recht. Waren Sie schon in diesem Tank?«

Newton verzog das Gesicht. »Ja, Sir.«

»Ah. Nun, jetzt bin ich an der Reihe.«

»Sir?«

»Ja?«

»Wird man sie bestrafen, Sir?«

»Wen?«

»Die ... die Leute, die den Aliens das hier angetan haben, Sir.«

»Ah, ich sehe. Nun, Sie müssen verstehen, Newton, solange wir hier sind, erzwingen wir nicht nur die Einhaltung der lokalen Gesetze, wir unterliegen ihnen auch selbst. Das gibt uns das legitime Recht zu unserer Gewinnrealisierung, weil wir uns innerhalb ihrer eigenen legalen Grenzen bewegen, auch wenn es ihnen nicht gefällt oder sie es nicht zugeben wollen. Was wir nicht tun, ist, der einheimischen Bevölkerung fremde Gesetze aufzuzwingen. Wenn ihre Verfassung sagt, dass es in Ordnung ist, mit seiner Schwester zu schlafen, dann hindern wir sie nicht daran. Und unglücklicherweise ist das Versklaven von Tieren oder Aliens und das Experimentieren mit ihnen zwar auf der Erde verboten, aber nicht hier.«

»Sie meinen, sie haben nichts Falsches getan?«

»Ganz im Gegenteil. Sie haben einen gewaltsamen Angriff gegen legitime Polizeistreitkräfte in der Verfolgung ihrer Aufgaben gestartet.«

»Und was wird mit ihnen geschehen?«

»Das werde ich noch entscheiden.«

Simon schwieg, während er die Rampe hinaufging und auf einen weiteren diskret zugedeckten Alienkadaver herabsah. »Haben Sie etwas über sie herausgefunden?«, fragte er McKean.

»Nicht viel«, gestand dieser. »Sie sind auf Floyd heimisch. Säugetiere. Sozial gesehen stehen sie halb zwischen einem Rudel und einem Schwarm. Ihre gesamte Physiologie verlangsamt sich beträchtlich während der nächtlichen Kälte. Sie fressen Wellsweed, tatsächlich verbringen sie neunzig Prozent ihrer Zeit mit Nahrungsaufnahme. Und das ist auch schon so ungefähr alles.«

»Also sind sie nicht intelligent?«

»Nein, Sir. Wir versuchen, irgendwelche Referenzen über sie aus dem Memory von Manhattan zu extrahieren, aber bis jetzt Fehlanzeige. Alles ist offensichtlich stark verschlüsselt. Ganz gewiss hat niemand auf der Erde etwas davon gewusst. Was mich doch ein wenig überrascht – vom xenobiologischen Standpunkt aus betrachtet kann ich gar nicht genug betonen, wie wichtig sie sind. Kaba hätte ihre Entdeckung in die ganze Welt hinausschreien müssen.«

»Der Vorstand Kabas auf der Erde wurde wahrscheinlich überhaupt nicht informiert«, sagte Simon. »Ein gutes Blatt enthüllt man nicht, Doktor.«

Er setzte seinen Weg die Rampe hinauf fort, und Major Bibi führte. Das Innere des Tanks bestand aus zwei Ebenen, von denen jede in mehrere Abteilungen aufgeteilt war. Es erinnerte ihn an einen Bombenunterstand. »Ich nehme an, Sie haben alles nach Fallen durchsucht?«, fragte er Major Bibi.

»Jawohl, Sir. Ich habe Techniker nach physischen Verteidigungsanlagen suchen lassen, und die AS der Anlage wurde in einen gesicherten Speicher verschoben. Sie hat beim Angriff auf die Squaddies mitgeholfen; das wissen wir wegen der entweichenden Gase. Unsere eigene forensische AS nimmt sie nun Kodezeile für Kodezeile auseinander, um herauszufinden, welche Routinen ihr untergeschoben wurden. Wir vermuten, dass sie auch die Aliens gesteuert hat. Ich habe außerdem Wipehounds durch den Datapool der Anlage geschickt, um sicherzustellen, dass es keine lauernden Subroutinen mehr gibt. Doch es gibt eine Menge elektronischer Schaltkreise hier, besonders in der verarbeitenden Maschinerie; in spätestens zehn Stunden sollten wir mit dem Durchforsten fertig sein.«

»Und die AS von Manhattan City?«

»Definitiv Teil des Ganzen. Sie auszulöschen dürfte schwieriger werden; sie überwacht eine Menge Hardware-Funktionen in der Stadt, einschließlich der Lebenserhaltungssysteme. Bisher haben wir uns damit zufrieden gegeben, im Datapool Limiter und Monitorprogramme zu installieren.«

»Sehr gut.« Sie hielten vor einer schweren Sicherheitstür. Auf einer Seite befand sich ein kompliziertes DNS-Schloss, doch die Platte aus verstärktem Metall selbst war zurückgezogen.

Im Innern des Raums waren medizinische Apparaturen zu komplizierten Säulen aufgestapelt. Acht von ihnen waren gleichmäßig über den Raum verteilt. Auf jeder einzelnen saß eine fünfzig Zentimeter durchmessende undurchsichtige Plastikkugel; dünne Drähte und Röhrchen wanden sich aus dem Äquator und verschwanden auf verschiedenen Ebenen in den Säulen. Fünf von ihnen waren inert, während die anderen drei leise summten und surrten und über verschiedenen Komponenten kleine Anzeigelichter leuchteten. Zwei Zantiu-Braun-Techniker waren damit beschäftigt, eine der inerten Säulen zu zerlegen. Dr. Hendra winkte ihnen unauffällig, und sie gingen ohne ein Wort nach draußen.

Simon stand vor der ersten aktiven Säule und starrte die Kugel an. »Ihre Meinung über die Lebensfähigkeit der Prozedur, Doktor?«

»Oh, sie ist lebensfähig. Tatsächlich ist sie weit tüchtiger als die Art von Verjüngungsbehandlungen, die auf der Erde zur Anwendung kommen.«

»Tatsächlich? Ich dachte immer, die Erde wäre führend auf diesem Gebiet.«

»Rein technisch betrachtet ist sie das auch. Doch einen ganzen menschlichen Körper viral neu zu schreiben ist enorm kompliziert. Man muss die neuen Gene in jede individuelle Zelle jedes Organs und jedes Knochens und jedes Blutgefäßes schreiben, ganz zu schweigen von der Haut. Und sämtliche Gene müssen spezifisch für ihren Zielort sein. Das Beste, was wir je geschafft haben, waren zwanzig bis fünfunddreißig Prozent in jedem Organ. Genug, um eine Wirkung zu zeigen, doch es gibt einfach zu viele Zellen, um alle zu revitalisieren. Das ist der Grund, warum es sinnlos ist, die Verjüngung über die dritte Behandlung hinaus fortzusetzen.

Man rennt voll in das Gesetz vom schwindenden Gewinn.«

»Kommt darauf an, wie jung man zum Zeitpunkt der ersten Behandlung ist«, murmelte Simon.

Dr. Hendra antwortete mit einem Schulterzucken. »Wenn Sie es sagen. Doch es ist ungewöhnlich, dass jemand unter Sechzig die Behandlung durchmacht. Heutzutage ist es weit wirkungsvoller, die Keimbahn viral umzuschreiben, um den Alterungsprozess aufzuhalten. Wenn man erst zehn Zellen groß ist, können all die schönen neuen Gene ohne Raum für Fehler eingebaut werden.«

Simon lächelte wissend. »Selbstverständlich.« Dr. Hendras Akte zeigte ihm, dass er als Embryo diesbezügliche genetische Anpassungen erfahren hatte, was ihm angesichts des damaligen Stands der Forschung eine Lebenserwartung von rund hundertzwanzig Jahren verlieh. Seine Eltern waren beide Anteilseigner von Zantiu-Braun, auf der Ebene des mittleren Managements. In den damaligen Tagen hatte die Company das Verfahren nur für die obersten Führungsriegen freigegeben; sie hatten Glück gehabt, sich zu qualifizieren. Heutzutage stand es selbstverständlich jedem Anteilseigner zur Verfügung. Ein weiterer großer Anreiz, sein Leben in Zantiu-Braun zu investieren, und einer der Gründe, warum Zantiu-Braun zu einer der größten Companys auf der Erde und darüber hinaus geworden war. »Und doch betrachten Sie diese merkwürdige Prozedur als effektiv?«

»In der Tat.« Dr. Hendra deutete auf die Plastikkugel oben auf dem medizinischen Stapel. »Isolieren Sie das Gehirn, und Sie können wenigstens fünfundachtzig Prozent der zerfallenen Neuronenstruktur restaurieren. Da Sie sich keine Gedanken darüber machen müssen, irgendetwas anderes zu reparieren, können Sie Ihre Ressourcen höchst effizient konzentrieren. Schließlich verjüngen Sie nur eine einzige Sorte Zellen, auch wenn es zugegebenermaßen eine ganze Reihe von Varianten gibt.«

Simon benutzte sein DNI, um das Kommunikationssystem der Säule zu aktivieren. »Guten Morgen, Vorstandsmitglied Zawolijski.«

»Und einen guten Morgen auch Ihnen, Repräsentant Roderick«, antwortete das Gehirn.

»Es war höchst unfreundlich von Ihnen, auf unsere Squaddies zu feuern.«

»Ich bitte um Entschuldigung. Meine Kollegen und ich sind ein wenig festgelegt in unseren Wegen. Das Eindringen Ihres Platoons hat uns erschreckt. Der Corporal hatte diesen Tank entdeckt. Und wir wünschen nicht, unsere Art zu leben mit dem Rest der zivilisierten Galaxis zu teilen.«

»Und das schließt den Vorstand Ihrer neuen Muttergesellschaft mit ein?«

»Selbstverständlich nicht. Ich spreche lediglich von der Tatsache, dass es machbar ist. Die ... Kosten würden von gewissen menschlichen Gruppierungen als inakzeptabel hoch betrachtet werden.«

»Das ist alles sehr ermutigend. Der Vorstand, den ich repräsentiere, würde sicherlich eine vollständige und umfassende technische Dokumentation zu schätzen wissen.«

»Ich bin sicher, das lässt sich arrangieren.«

Simons persönliche AS hatte in der Zwischenzeit Zawolijskis Verbindungen in den Datapool von Manhattan City analysiert. Das Gehirn fand sich zögernd mit den Sonden ab und gestattete den Zugang zu versiegelten Memoryblocks. Eine Datei expandierte in Simons Sichtfeld, indigofarbene Schrift, die sich rings um ein einzelnes Bild in vollen Farben zog. Es waren Kinabicas Polizei- und Gerichtsakten von Duane Alden, angefangen bei seinem Jugendarrest und seinen Verwarnungen wegen Ladendiebstahls, Fahrzeugdiebstahls und schwerer Körperverletzung; mit zunehmendem Alter ging es weiter mit Betäubungsmittelmissbrauch, Einbrüchen, Raubüberfällen, Erpressungen bis hin zum Mord. Das letzte Verbrechen war ein Überfall gewesen, der dank Duanes drogenvernebeltem Zustand von der Polizei hatte beendet werden können. Die gesamte traurige Geschichte war von einer Sicherheitskamera festgehalten worden. Seine Gerichtsverhandlung hatte lediglich drei Tage gedauert. Die Berufung war einen Monat später abgewiesen worden. Er würde in zwei Wochen von heute an hingerichtet werden, einen Monat nach seinem einundzwanzigsten Geburtstag. Die verbliebene Zeit hatte er in einem Hospitalflügel des Gefängnisses verbracht, wo hartnäckige Mediziner ihn gründlich dekontaminierten und zur gleichen Zeit durch ein intensives Gesundheitsprogramm schleusten. Zuerst hatte sich Duane geweigert, doch Aufsichtsbeamte haben immer ihre Methoden, selbst die widerspenstigsten Insassen zum Mitmachen zu bewegen. Sein Anwalt hatte eine Beschwerde wegen »missbräuchlicher Behandlung« vor Gericht anhängig gemacht, doch die Abweisung war reine Formsache.

Als Simon Roderick das lebensgroße, nackte Abbild von Duane Alden sah, das zwischen ihm und dem Gehirn in seinem Gehäuse zu schweben schien, dachte er unwillkürlich an *Goldene Jugend*. Duane war körperlich ohne jeden Makel und entschieden attraktiv.

»Ihr neuer Körper, nehme ich an?«, sagte er zu Zawolijski gewandt.

»Das ist korrekt«, antwortete das Gehirn. »Er ist recht prachtvoll, nicht wahr? Und dieses Gesicht ... so stolz. Ich bin sicher, die Ladies werden es schätzen.«

»Ich bin neugierig. Wie alt genau sind Sie?«

»Zweihundertachtzig Jahre, Erdstandard.«

»Und dieser Körper wäre Nummer ... ?«

»Mein fünfter Ersatzkörper. Ich blieb in meinem ursprünglichen Körper, bis ich sechzig wurde.«

»Ein neuer Körper alle dreißig Jahre. Das erscheint tatsächlich ein wenig extravagant.«

»Nicht wirklich. Von zwanzig bis fünfzig – die besten Jahre im Leben eines Mannes.«

»Im klassischen Modell, zugegeben, doch heutzutage können menschliche Körper viral für eine höhere Lebenserwartung umgeschrieben werden; der Zeitraum der besten Jahre ist beträchtlich länger.«

»Ganz recht. Doch diese Keimzellenbehandlungen werden auf Kinabica gerade erst eingeführt, und da die Eltern stets zusätzliche Modifikationen wie beispielsweise erhöhte Intelligenz verlangen, weichen diese Spezimen seltener von der Norm ab.«

Simon schloss Duanes Datei und blickte das Gehirn stirnrunzelnd an. »Sie glauben also, dass erhöhte Intelligenz ein nicht-kriminelles Leben sicherstellt?«

Das Gehirn kicherte. »Zumindest verringert es die Wahrscheinlichkeit, erwischt zu werden. Oder falls doch, dann erst nach langen und mühseligen Ermittlungen. Und bis dahin sind sie für den Vorstand nicht mehr von Nutzen.«

»Sie sollten gleichermaßen intelligente Polizeibeamte einsetzen, um sie zu fangen.«

»Bei dem Gehalt, das wir ihnen zahlen?«

»Ich verstehe. Was mich zu meiner nächsten Frage führt. Warum klonen Sie sich nicht einfach einen Ersatzkörper?«

»Ah, einer der Lieblingsmythen unserer Rasse. Haben Sie eine Vorstellung, wie schwierig und kostspielig dieses Unterfangen ist? Einen Menschen in vitro heranzuzüchten, bis er – echte – sechzehn Jahre alt ist? Wie wollen Sie während der gesamten Zeit das Erwachen seines Bewusstseins verhindern?«

»Würde dieses Problem denn überhaupt entstehen? Ich dachte immer, das Fehlen externer Stimulation würde jede Chance zunichte machen, dass Gedanken heranreifen?«

»Kohärente Gedanken vielleicht. Doch selbst Ungeborene besitzen ein schwaches Bewusstsein, und mehr als das nach der Geburt. Die Abwesenheit sensorischer Eindrücke für eine Zeitdauer von sechzehn Jahren führt zu einem monströs zurückgebliebenen Bewusstsein. Es qualifiziert sich nicht als Persönlichkeit, aber glauben Sie mir, es ist ein Problem, einen Körper länger als ein Jahr in einem Fruchtwassertank zu erhalten. Er will geboren werden und kämpft gegen sein Gefängnis an.«

»Dann klonen Sie eben einen Körper ohne ein Gehirn. Entfernen Sie es viral aus dem Genom.«

»Oh, bitte! Wie wollen Sie denn die autonomen Funktionen ersetzen? Technologisch? Es gibt viel zu viele Subtilitäten, als dass irgendein Chip sie regulieren könnte.«

»Und wie wäre es damit, Körperteile separat zu züchten? Das Wachstum eines Ersatzorgans zu beschleunigen, bis es reif ist, haben wir technologisch längst im Griff. Anschließend könnten sie die Einzelteile einfach zu einem neuen Körper zusammensetzen.«

»Wodurch das anfängliche Problem um zwei Größenordnungen schlimmer wird. Die Anzahl von Einzelteilen für einen Körper ist unendlich hoch, und dabei rede ich nur von den wichtigsten Drüsen und Organen. Vergessen Sie nicht das Kreislaufsystem, die Haut, ja sogar das Skelett. In welcher Reihenfolge wollen Sie mit dem Zusammensetzen anfangen, um sicherzustellen, dass sie während der Operation funktional bleiben? Wie viel Chirurgie ist überhaupt erforderlich, um einen erwachsenen Menschen zusammenzusetzen? Nein. Die Vorstellung ist reine Sciencefiction. Ich versichere Ihnen, wir haben all diese Möglichkeiten analysiert. Der effizienteste Weg, einen menschlichen Körper zu formen, besteht immer noch aus der altmodischen Methode ungelernter Arbeit. Bis es uns gelingt, eine Art aktiver Nanonik zu entwickeln, die imstande ist, Zellstrukturen zu integrieren oder individuelle DNS-Stränge zurückzusetzen, ist die Transplantation eines Gehirns in den Körper eines Kriminellen die verlässlichste Methode, um zu einem gesunden jungen Körper zu gelangen.«

»Sehr schön. Aber was ist mit dem Neuronen-Regenerationsprozess, den Sie verwenden? Es muss doch zu einem gewissen Gedächtnisverlust kommen?«

»Nicht von der Regeneration, nein. Mein Gedächtnisverlust rührt aus ganz gewöhnlichem Zerfall meines Gehirns her. Neue Neuronen enthalten eben keine alten Erinnerungen. Das ist durchaus akzeptabel, für uns alle. Tatsächlich ist es sogar lebenswichtig. Das Gehirn besitzt nur eine endliche Kapazität, ganz gleich, wie viele Verbesserungen wir jedes Mal viral hineinschreiben, wenn wir uns einer Verjüngung unterziehen. Ich muss genügend freie Kapazität besitzen, um die Erfahrungen meines neuen Lebens zu speichern, wenn ich mich zurück in die Gesellschaft begebe.«

»Wenn Sie die Vergangenheit abschütteln, dann haben Sie aber doch vergessen, wer Sie waren?«

»Niemals, das ist ja das Schöne an dieser Prozedur. Ich kann mich noch daran erinnern, wie ich als Säugling vor zweihundertachtzig Jahren von der Nabelschnur getrennt wurde, und das ist der bestimmende psychologische Faktor. Die stärksten Erinnerungen, die die Identität des Einzelnen ausmachen. Die Ereignisse, die definieren, was man ist, die die Persönlichkeit formen, sind so mächtig, dass sie zum Wesen selbst gehören. Sie sind zu Instinkt geworden und werden erhalten, ganz gleich, wie viel Regeneration erforderlich ist. Ich mag vielleicht nicht imstande sein, mich an die Einzelheiten eines Tages vor vielleicht hundertdreißig Jahren zu erinnern, aber das spielt auch keine besondere Rolle. Ich *weiß*, dass ich das Individuum bin, das diesen Tag erlebt hat. Kontinuität des Bewusstseins statt ununterbrochener Erinnerungen, das ist die menschliche Seele, Repräsentant Roderick.«

»Und was ist mit dem biologischen Imperativ? Genetisch betrachtet gehört Ihr Körper nicht Ihnen. Sie können sich nicht selbst reproduzieren; jegliche Nachkommen, die Sie in diesem Körper zeugen, werden genetisch die Kinder von Duane Alden sein. Welchen Sinn hat Ihre Existenz außer reinem Selbstzweck?«

»Und Sie beschuldigen uns, klassischen Modellen nachzuhängen? Wer hat schon wirklich noch eigene Kinder heutzutage, bei all den viral geschriebenen Veränderungen? Doch um Ihre Frage zu beantworten, dieser besondere Aspekt der Verjüngung hat eine ganz einfache Lösung. Meine Hoden sind geklont und werden zusammen mit meinem Gehirn in jeden neuen Körper transplantiert. Bei Frauen implantieren wir einfach geklonte Eierstöcke. Wir alle nehmen in vollem Ausmaß am Leben teil, wenn wir zurückkehren. Wir sind auf eine Weise vollkommen, die ein gewöhnlicher Lebender niemals erreichen kann: zwanzig Jahre alt und mit dem Intellekt eines Hundertjährigen.«

»Und als was kehren Sie zurück? Als entfernter Cousin?«

»Welche Identität auch immer gerade passt. Der Anteilsbesitz der Familien wird nicht überwacht und analysiert; die Trusts der Vorstandsfamilien arbeiten im Privaten, und Mitglieder des Vorstands stehen nicht im Licht der Öffentlichkeit.«

»Ein perfektes System.«

»Um uns und unsere Art zu leben zu ermöglichen, ja. Das ist der Grund, warum wir die Verfassung so geschrieben haben, wie sie heute gilt.«

»Und dann hat Ihr Vorstand auf der Erde die Kolonie verkauft.«

»Bitte, Repräsentant Roderick, es ist wirklich nicht nötig, dass Sie Ihre logischen Spielchen mit uns spielen. Zantiu-Braun ist hier, weil Zantiu-Braun die Schiffe und die Feuerkraft besitzt, unsere Welt zu plündern und ungeniert die eigenen Truhen zu füllen. Wir beugen uns der Realität Ihrer Macht.«

»Ich bin erfreut, das zu hören.«

»So, was also wollen Sie?«, fragte das Gehirn.

»Was haben Sie anzubieten?«

»Wir wollen unsere Existenz ohne Störung fortsetzen. Wir wären glücklich, Ihre Vorstandsmitglieder in unserer Gemeinschaft aufzunehmen. Es ist ein gutes Leben hier; Kinabica ist eine wohlhabende, fortgeschrittene Welt mit einer stabilen Gesellschaft. Es würde ihnen an nichts fehlen.«

»Der Vorstand, den ich repräsentiere, würde dieses Angebot nicht akzeptieren.«

»Ich biete Ihnen praktisch Unsterblichkeit und ein Leben als Plutokrat, und Sie lehnen ab?«

»Wir haben verschiedene Ziele und Lebensweisen.«

»Und Sie glauben nicht, dass diese Lebensweisen mit Unsterblichkeit vereinbar sind? Ich finde das schwer zu glauben.«

»Es geht Sie eigentlich auch nichts an.«

»Also was wollen Sie?«

Simon schürzte die Lippen und betrachtete das isolierte Gehirn mit misstrauischer Enttäuschung. Die Technik und der Erfindungsreichtum des Kinabica-Vorstands waren beeindruckend, doch ihre Ziele waren so *alt*. Sie wären mit einem Leben in der Epoche der Renaissance besser bedient gewesen, oder vielleicht in der Zeit des Britischen Empire. Sie hätten so viel mehr erreichen können mit dem, was sie hatten. Stattdessen suchten sie in der Vergangenheit nach Schemata und errichteten in einer stagnierenden Gesellschaft ein Steinschloss für sich. Sie hatten nichts weiter getan, als das zu sichern, was sie bereits hatten. Einen brandneuen Planeten zu ihren Füßen, mit unendlichen Horizonten, und trotzdem hatten sie keine neuen Möglichkeiten erforscht, keine unmöglichen Träume zu verwirklichen versucht. Es war wirklich erbärmlich.

»Wir wollen überhaupt nichts von Ihnen«, sagte Simon. »Wie Sie schon sagten, Ihre Welt ist reich. Es liegt im Interesse Ihres Vorstands, dafür zu sorgen, dass sich daran nichts ändert, und das läuft mit unseren Wünschen konform.«

»Sie haben keine Einwände gegen unsere Verjüngungstechnik?«

»Keine. Leben Sie, wie Sie wollen. Wir trachten nicht nach derartiger Banalität.«

Kapitel zehn

Zehn Minuten war der Tag alt, und schon jetzt lief er für Simon Roderick nicht besonders gut. Er hatte sich gescheut, Präsident Strauss' förmliches Büro für die Dauer des Verweilens der Dritten Flotte auf Thallspring zu übernehmen. Es wäre zu klischeehaft gewesen, seiner Meinung nach. Außerdem war General Kolbe der offizielle Verbindungsoffizier von Zantiu-Braun zur planetaren Exekutive, und er war derjenige, der für die Öffentlichkeit sichtbar sein sollte. Und während der glücklose General versuchte, eine bittere und ablehnende Bevölkerung zu besänftigen, hatte sich Roderick ein behagliches Büro im Ostflügel von Eagle Manor eingerichtet und die Schar von präsidialen Beratern verjagt, die sich um ihren Chef versammelt hatten und ihm mit Ratschlägen, Analysen und Schikanen zur Seite standen.

Das Eagle Manor lag auf einer flachen Erhebung im Zentrum von Durrell, was Simon eine weite Aussicht über die Stadt verschaffte. Normalerweise brachten die Morgen einen strahlenden Sonnenschein, der auf die beeindruckenden Bauwerke und auf die üppig grünen Plätze der Stadt herabbrannte. Heute jedoch verdeckten dicke dunkle Wolken den azurblauen Himmel. Nieselregen benetzte die breiten Scheiben hinter seinem Schreibtisch und verwischte die scharfen Linien der fernen Wolkenkratzer. Fahrzeuge auf dem Highway um Eagle Manors ausgedehntes Grundstück benutzten ausnahmslos die Scheinwerfer, und novablaue Lichtstrahlen glänzten auf dem nassen Asphalt.

Sobald er ankam, produzierte seine persönliche AS die Zusammenfassungen, mit deren Hilfe er den allgemeinen Status der Hauptstadt überwachte. Über Nacht war die Produktion in den Fabriken, die für die Gewinnakquisition vorgesehen waren, um mehrere Punkte gefallen. Es korrespondierte mit einer großen Anzahl Personal, das seine Schicht nicht angetreten hatte, und reduzierte den Nachschub an Rohstoffen. Selbst der Verkehr in der Hauptstadt war an diesem Morgen nur schwach. Obwohl er kein Nachlassen des Lärms feststellen konnte, als er aus dem Fenster auf den Stern breiter Avenuen blickte, die von der ringförmigen Straße um Eagle Manor wegführten. Noch immer bildeten sich an jeder Kreuzung Staus. Dann scrollte die indigofarbene Schrift der medizinischen Alarmdatei hoch.

Er saß völlig regungslos in seinem hochlehnigen Ledersessel, während er die Berichte las. »Tuberkulose?«, fragte er ungläubig.

»So lautet die Diagnose«, antwortete seine persönliche AS. »Und es ist wenig Spielraum für einen Irrtum. Fünfundsiebzig Fälle wurden in Durrell bereits identifiziert, die Prognose geht von doppelt so vielen bis zum Ende des Tages aus, Tendenz ansteigend. Berichte über mögliche Infektionen kommen inzwischen auch aus den umliegenden Distrikten und anderen Provinzen überall auf dem Planeten. Der Stamm scheint ein besonders bösartiger zu sein.«

»Gab es hier schon früher Fälle von Tuberkulose?«

»Nein. Es hat seit der ersten Landung nicht einen einzigen aufgezeichneten Fall von Tuberkulose gegeben.«

»Dann was zur Hölle ist die Ursache?«

»Die vorläufige Schlussfolgerung einheimischer Ärzte und der Gesundheitsbehörden lautet, dass wir die Ursache für die Infektion sind.«

»Wir?«

»Ja. Nachdem ich mit unserer medizinischen AS konferiert habe, stimme ich darin zu, dass die Schlussfolgerung logisch ist.«

»Erkläre das.«

»Dieser besondere Stamm ist das Produkt mehrerer hundert Jahre des Kampfs gegen die Krankheit mit ausgeklügelten medizinischen Behandlungen. Jedes Mal, wenn menschliche Wissenschaftler ein neues und stärkeres Antibiotikum entwickelten, um den Tuberkelbazillus zu kurieren, entwickelte der Bazillus einen resistenten Stamm. Gegen Anfang des einundzwanzigsten Jahrhunderts hatte sich Tuberkulose zu einem der sogenannten Superbugs entwickelt, immun gegen praktisch sämtliche Antibiotika.«

»Wenn ich mich recht entsinne, wurden ihnen die neuen Metabiotika entegegengesetzt.«

»Das ist korrekt. Metabiotika hielten die Superbugs für nahezu ein Jahrhundert in Schach. Doch schließlich entwickelten sie auch dagegen Resistenz. Zu diesem Zeitpunkt jedoch waren genetisch maßgeschneiderte Impfstoffe bereits in Mengen zugänglich. Sie haben seither eine effektive Behandlung ermöglicht. Für jeden neuen Stamm, den der Bazillus entwickelt, lesen wir einfach seine genetische Struktur und liefern einen spezifischen Impfstoff. Das hat zu einem Patt im Hinblick auf weitreichende Epidemien geführt.«

Simon starrte hinaus auf die nasse Stadt, während ihm finster dämmerte, wohin das alles führte. »Aber wir haben die Bakterien immer noch nicht ausgelöscht.«

»Nein. Das ist unmöglich. Die Städte der Erde sind und bleiben ein fruchtbarer Nährboden. Einheimische Behörden sind unablässig auf der Suche nach neuen Stämmen. Wenn ein neuer Fall entdeckt wird, ist es möglich, innerhalb von dreißig Stunden einen Impfstoff zu produzieren. Auf diese Weise wurden Epidemien seit zweihundert Jahren verhindert.«

»Und das gilt auch für die Kolonien?«

»Kolonisten wurden vor dem Abflug intensiv auf ein breites Spektrum von Krankheiten hin untersucht. Wäre einer von ihnen infiziert gewesen, hätte man ihn geimpft. Mit größter Wahrscheinlichkeit wurde der Tuberkel-Bazillus niemals durch den interstellaren Raum transportiert, zumindest nicht in einem aktiven Zustand.«

»Also gibt es hier nicht das gleiche Gesundheitsüberwachungsprogramm?«

»Nein.«

»Mit anderen Worten, wir haben die Tuberkulose eingeschleppt.«

»Es ist die offensichtliche Schlussfolgerung. Das wahrscheinlichste Szenarium sieht so aus, dass einer unserer Leute einem fortgeschrittenen Bazillus ausgesetzt und selbst immun war, entweder durch Impfung oder durch entsprechende genetische Manipulation im Keimstadium, in welchem Fall sein Immunsystem verbessert und extrem resistent war. Doch er hat den Bazillus trotzdem in sich getragen. Wenn das geschehen ist, dann wurde er im ganzen Raumschiff verteilt, in dem er gereist ist. Jeder an Bord trägt die Infektion in sich und verbreitet sie.«

»Untersuchen wir denn nicht jeden vor einer Mission?«

»Nicht auf spezifische Krankheiten. So ein Untersuchungsplan wäre zu kostspielig gewesen angesichts der Tatsache, dass die Flotten nicht länger zur Gründung von Kolonien dienen. Die Platoons stehen unter ständiger medizinischer Überwachung durch ihre Skinsuits. Bisher hat man das als ausreichend erachtet.«

»Heilige Scheiße.« Simon ließ den Kopf auf die Rückenlehne sinken. »Also ist es nicht nur einfache Tuberkulose, sondern eine Superzucht von Tuberkulose, und niemand auf dieser Welt ist immun dagegen.«

»Die medizinische AS glaubt, dass der Anteil der Bevölkerung mit genetischen Verbesserungen sich als resistent erweisen wird.«

»Prozentsatz?«, schnappte er.

»Etwa elf Prozent haben genetische Verbesserungen erhalten, die Hälfte davon unter fünfzehn Jahre alt.«

»In Ordnung. Was empfiehlt unsere medizinische AS?«

»Unverzügliche Produktion und Verteilung eines Impfstoffs. Isolation sämtlicher bestätigter Fälle und Beginn einer Zwangsbehandlung.«

»Ist es heilbar?«

»Es gibt vergleichbare Fälle. Die medizinische AS

besitzt Pläne von Metabiotika, die sich in jüngster Vergangenheit als wirksam erwiesen haben. Wir könnten sie zusammen mit Lungenregenerationsviren einsetzen. So eine Behandlung ist weder billig noch schnell.«

»Geschätzte Zeit?«

»Für vollständige Erholung: zwei Jahre.«

»Verdammt! Wie steht es mit der Zeit, die wir brauchen, um die Impfstoffproduktion aufzunehmen?«

»Die Produktion kann innerhalb von zwanzig Stunden, nachdem Sie eine Prioritätsautorisation erteilt haben, aufgenommen werden. Die Produktion von genügend Impfstoff zur Impfung der gesamten planetaren Bevölkerung wird drei Wochen in Anspruch nehmen.«

»Was zur Hölle wird aus unserem Produktionsplan?«

»Eine Einschätzung zum gegenwärtigen Zeitpunkt ist sinnlos. Es gibt gegenwärtig zu viele Unbekannte.«

Sein Schreibtisch-Interkomm piepte. »Präsident Strauss ist hier, Sir«, meldete sein Assistent. »Er verlangt, unverzüglich mit Ihnen zu reden.«

Jede Wette, dass er das verlangt, dachte Simon. »Führen Sie ihn herein.«

»Sir.«

»Und bitten Sie Mr. Raines ebenfalls herein.«

Wenn es darum ging, den Weg für die Gewinnrealisierung zu ebnen und sicherzustellen, dass das Personal von Zantiu-Braun gut mit der planetaren Legislative und den Behörden zurecht kam, war Präsident Edgar Strauss gewiss nicht der geeignete Mann. Die üblichen Drohungen und Zwangsmaßnahmen schienen bei ihm fast keine Auswirkungen zu haben. Er war grob, halsstarrig, unkooperativ und in vielerlei Hinsicht ein aktives Hindernis. Simon hatte sich sogar gescheut, Mitgliedern seiner Familie die Kollateralhalsbänder umzulegen; wenn sie nach ihm schlugen, wären sie wahrscheinlich mit Freuden einen Märtyrertod gestorben.

Strauss stürmte mit der gleichen Wucht in das Büro wie ein durchgehender Elefant. »Sie faschistischer Bastard! Sie bringen uns um! Sie wollen diese Welt frei von uns, damit Sie Ihre eigenen Familien herbringen können!«

»Mr. President, das ist einfach nicht...«

»Kommen Sie mir nicht mit diesem Schwachsinn, Sie kleiner Scheißkerl! Sie haben Tuberkulosebakterien freigesetzt, irgendeinen viral veränderten Typus, um seine Effizienz zu erhöhen!«

»Er ist nicht viral verändert. Es ist ein absolut natürlicher Organismus.«

»Blödsinn!« Strauss' graue Augen starrten aus seinem harten geröteten Gesicht. »Wir sind völlig wehrlos dagegen! Sie haben Genozid begangen und uns zu einem langsamen, qualvollen Tod verurteilt! Sie hätten gleich ihren Gammastrahler einsetzen sollen, Sie Bastard, weil wir jetzt die Gelegenheit haben, Ihnen einem nach dem anderen die Kehle durchzuschneiden! Was nutzt Ihnen jetzt noch ihr dämliches Halsband, eh?«

»Wenn Sie sich einfach nur beruhigen würden.«

Die Tür öffnete sich erneut, und Braddock Raines schlüpfte herein. Er gehörte zum Nachrichtendienst der Dritten Flotte. Er war Mitte dreißig und wäre normalerweise im Hintergrund einer jeden Szene aufgegangen, von wo aus er das Geschehen ohne Einflussnahme einheimischer Offizieller beobachten konnte. Es war der einfache Trick, Vertrauen in den Menschen zu wecken. Jeder, der mit ihm redete, würde hinterher sagen, wie angenehm er gewesen wäre, die Art von Bekanntschaft, mit der man sich gerne über einem Bier unterhielt. Simon wusste, dass er sich darauf verlassen konnte, von Raines stets einen scharfsinnigen Bericht über die schwierigsten Situationen zu erhalten.

»Wer ist das?«, fragte Edgar Strauss. »Ihr Henkersknecht? Ich weiß, dass Sie mich nicht am Leben lassen werden, nachdem ich die Wahrheit herausgefunden habe. Sie haben zu viel Angst vor mir. Wie werden Sie es machen, ein Messer oder eine hübsche dreckige Kugel in das Gehirn?«

Braddocks Unterkiefer sank herab. Er war zu schockiert, um zu antworten.

»Halten Sie die Klappe, oder ich werde Sie verdammt noch mal wirklich erschießen lassen!«, fauchte Simon.

Präsident Edgar Strauss schnaubte verächtlich.

Simon atmete tief durch und setzte sich, während er darauf wartete, dass seine Wut verrauchte. Er konnte sich nicht erinnern, wann er das letzte Mal die Fassung verloren hatte. Doch der Mann war völlig unerträglich. Wie typisch für einen hinterwäldlerischen Planeten wie Thallspring, einen ungeschliffenen »Mann des Volkes« wie diesen Strauss zu wählen. »Mr. President, ich wurde selbst gerade eben erst über diesen schrecklichen Seuchenausbruch informiert. Ich bin selbstverständlich schockiert und entsetzt, dass so etwas auf dieser wunderschönen Welt geschehen konnte. Und ich würde gerne auf der Stelle und offiziell Ihnen und der gesamten Bevölkerung gegenüber versichern, dass Zantiu-Braun alles unternehmen wird, um den lokalen Gesundheitsbehörden beim Kampf gegen diese Krankheit zu helfen. Die Matrizen für einen Impfstoff sowie die erforderlichen Metabiotika werden Ihnen unverzüglich zur Verfügung gestellt. Wenn sämtliche notwendigen planetaren Ressourcen zur Überwindung der Krise eingesetzt werden, sind wir sicher, dass wir das Problem schnell und effektiv aus der Welt schaffen können.«

»Es wird einen Monat dauern, bevor wir genügend Impfstoff hergestellt haben, um ihn zu verteilen, Söhnchen! Wie viele Menschen werden in der Zwischenzeit sterben?«

»Wir schätzen, drei Wochen maximal für die Produktion einer ausreichenden Menge Impfstoff. Und mit den richtigen Behandlungsmaßnahmen wird niemand sterben, der sich an der Krankheit angesteckt hat. Allerdings erfordert das völlige Kooperation seitens Ihrer Behörden. Werden Sie uns dabei unterstützen? Oder möchten Sie, dass Ihre Bevölkerung unnötig leidet?«

»Ist das der Grund, warum Sie die Seuche hergebracht haben? Um uns besser bändigen zu können?«

»Wir haben die Seuche nicht hergebracht«, stieß Simon gequält hervor. »Tuberkulosebakterien sind dafür bekannt, dass sie ständig neue und unangenehme Varianten entwickeln. Niemand weiß, wo sich dieser Stamm entwickelt hat. Nur ein Dummkopf oder ein Politiker käme auf den Gedanken, uns dafür die Schuld zu geben.« Seine persönliche AS informierte ihn, dass der Präsident einen Strom von Daten aus dem Datapool empfing, ausnahmslos verschlüsselt. Ohne Zweifel verschaffte er sich Informationen über Tuberkulose.

»Ach ja«, sagte Strauss schließlich. »Und dass Sie und die Seuche zusammen hier auftauchen, ist nur ein absoluter Zufall. Was für Untersuchungsmethoden setzt Zantiu-Braun eigentlich bei seinem strategischen Personal ein, bevor Sie von der Erde starten? Hm? Erzählen Sie mir das, Söhnchen. Die Leute aus den großen Städten auf der Erde, wo TB seit Jahrhunderten immer wieder auftritt. Haben Sie die wirklich alle untersucht? Haben Sie?«

Aus den Augenwinkeln sah Simon, wie Braddock Raines zusammenzuckte. Er ließ sich selbst nichts anmerken. »Wir setzen die gleichen Prozeduren ein, die jedes von der Erde startende Raumschiff schon immer benutzt hat, wie es das Quarantänegesetz der UN vorschreibt. Man würde uns gar nicht gestatten, ohne diese Maßnahme das Sonnensystem zu verlassen. Haben die Raumschiffe von Navarro House sie denn nicht benutzt?«

»Selbstverständlich haben sie das, verdammt! Und wir hatten auch keine Tuberkulose, bis ihr Bastarde gekommen seid und unsere Welt besetzt habt!«

»Warum geschah es dann nicht beim letzten Mal, als wir hier waren?«

Edgar Strauss' Wut schien noch zu wachsen. »Dieser Impfstoff ist also eine weitere von Ihren hübschen ›Verbesserungen‹, die wir annehmen sollen, wie? Ein weiteres Produkt, das weiter entwickelt ist als alles, was wir haben.«

»Und welches Problem haben Sie damit?«

»Sie mästen uns jetzt schon für das nächste Mal. Das ist alles, was sich hinter dieser trügerischen Großzügigkeit verbirgt. Sie nutzen sogar noch unser Elend zu Ihrem Vorteil aus. Diese Impfstoffe und Metabiotika werden uns doch nur zugänglich gemacht, damit Sie sie bei Ihrer nächsten gewaltsamen Besetzung ernten können, zusammen mit allen anderen Fortschritten! Ich habe gesehen, wie viele Neuentwicklungen sie unseren Companys und Universitäten zur Verfügung gestellt haben. Neurotronic, Software, Biochemie, Genetik, sogar Metallurgie und Fusionskraftwerksdesign. Und das alles aus reiner Herzensgüte.«

»Wir möchten natürlich, dass unsere Investition in Thallspring erfolgreich ist. Selbstverständlich helfen wir Ihnen bei der Weiterentwicklung Ihrer Technologie und wissenschaftlichen Basis.«

»Aber nur um des eigenen Profits willen. Wenn wir immer noch altmodische Systeme herstellen, wenn Sie das nächste Mal kommen, können Sie schließlich keine Dividende einstreichen!«

»Glauben Sie?«

»Ich weiß es, und Sie auch.«

»Dann müssen Sie doch nichts weiter tun, als nichts von alledem zu benutzen. Gehen Sie.« Simon deutete mit einer weitschweifenden Geste auf die Stadt hinter dem Fenster. »Gehen Sie und sagen Sie ihnen das, Mr. President. Überzeugen Sie sie, dass sie die neueste Version der Memory Management Software nicht benötigen, sagen Sie ihnen, dass sie keine modernen Bremsen an ihren Fahrzeugen brauchen, am besten, Sie sagen ihnen gleich, dass sie keine bessere Medizin benötigen.«

»Sie werden am Ende verlieren. Sie wissen das,

oder nicht? Es sind weniger Raumschiffe diesmal. Wo sind die anderen hin? Warum haben Sie keine neuen Schiffe gebaut? Eines Tages werden Sie herkommen, und wir werden stark genug sein, um Ihnen zu widerstehen. Wir wachsen, während sie langsam vertrocknen, wie jede andere dekadente Gesellschaft in der menschlichen Geschichte. Unsere Zeit kommt erst noch. Das Ende der Raumfahrt wird das Ende der Tyrannei mit sich bringen.«

»Haben Ihre Redenschreiber sich diesen Slogan ausgedacht, oder stammt er tatsächlich von Ihnen selbst?«

»Meine Enkelkinder werden auf Ihrem Grab tanzen, Sie kleiner Scheißkerl.« Edgar Strauss machte auf dem Absatz kehrt und stampfte nach draußen. Er pfiff die ersten Noten von Thallsprings Nationalhymne, als er ging.

»Das war lustig«, sagte Braddock stoisch. »Möchten Sie vielleicht, dass er einen Unfall hat?«

Simon gestattete sich ein trockenes Lachen. »Führen Sie mich nicht in Versuchung.«

»Warum bin ich dann hier?«

»Wir müssen mit diesem Impfstoffprogramm anfangen, das die medizinische AS empfiehlt. Ich möchte, dass Sie die Impfung von strategisch wichtigem Personal überwachen; jeder, der für die fortgesetzte Produktion von Vermögenswerten wichtig ist. Fangen Sie mit dem Fabrikpersonal an, aber vergessen Sie die Leute nicht, die in den Kraftwerken und anderen Zulieferbetrieben arbeiten. Ich möchte jede Unterbrechung unserer Planung auf ein absolutes Minimum beschränken.«

»Jawohl, Sir. Wird erledigt.«

Die Pumpstation war wenig beeindruckend. Eine Flachdach-Schachtel aus Beton von zwanzig Metern Seitenlänge, versteckt hinter einem Maschendrahtzaun, der wiederum hinter einer immergrünen Hecke aus hohen Dornenbüschen stand. Sie befand sich in der Ecke eines kleinen Industriegebiets am Stadtrand von Durrell. Unsichtbar von der Fernstraße aus, die daran vorbeiführte. Ignoriert vom restlichen Viertel.

Nachts wurde sie von hohen Halogenscheinwerfern angestrahlt, die um den Perimeter herum standen. Einer von ihnen war dunkel, ein anderer flackerte erratisch. Vielleicht lag es am Winkel ihrer Strahlen, doch sie schienen mehr Risse in den Betonmauern zu zeigen, als tagsüber zu sehen waren.

Von seiner geschützten Position in der Hecke aus beobachtete Raymond das Tor im Zaun. Eine einfache Kette und ein Vorhängeschloss waren alles, was es sicherte. Sie hatten zwar Distanzaufnahmen studiert, doch sie waren nicht ganz sicher gewesen, ob es wirklich alles war. Jetzt wusste er, dass es alles war. Ein einziges Vorhängeschloss.

Sicherheit war kein größerer Bestandteil der Agenda des Wasserwerks. Genug, um einheimische Jugendliche von einem Einbruch und Vandalismus abzuhalten. Aus diesem Grund gab es auch ein paar Alarmanlagen und Sensoren, die draußen aufgebaut waren. Zumindest waren sie die Einzigen, die im Inventar der Station gelistet waren.

Das Prime sondierte jeden Aspekt des internen Datennetzwerks der kleinen Station. Es untersuchte jeden Pearl und jeden Schaltkreis auf verborgene Fallen und Alarme. Und nicht nur die Station, sondern der gesamte lokale Datapool wurde auf inerte Links hin analysiert, die zur Station führten. Sekundäre Alarme, die sich erst dann in den Datapool linken würden, wenn ein Eindringling sie aktivierte. Falls sie dort waren, dann fand das Prime sie nicht.

Vorsicht konnte nur bis zu einem gewissen Grad getrieben werden, bevor sie sich in Paranoia verwandelte.

Raymond befahl dem Prime, zum nächsten Stadium überzugehen. Bilder von den visuellen und infraroten Sensoren rings um die Stationstür erstarrten, als die Software ihre Prozessoren infiltrierte, obwohl die digitalen Zeitgeber weiter durch die Sekunden zählten und den Datenstrom echt aussehen ließen. Eine weitere Routine schaltete sich auf das Schloss. Raymond hörte es von seinem Versteck aus klicken.

Er schlüpfte aus dem Schatten und kletterte am Zaun hinauf. Eine rasche turnerische Drehung oben, und er landete auf der anderen Seite im ungemähten Gras. Es dauerte drei weitere Sekunden, die Tür zu erreichen und zu öffnen. Gesamtzeit, die er nicht in Deckung gewesen war: sieben Sekunden. Nicht schlecht.

Seine Augen passten sich augenblicklich an die Dunkelheit im Innern an. Das einzige Licht stammte von winzigen LEDs auf den Maschinenschalttafeln. Es gab nur den einen Raum. Er konnte die Pumpen sehen, fünf dicke Stahlzylinder auf breiten Gestellen. Dicke Rohre kamen aus dem Beton neben jedem einzelnen. Ihr dumpfes Klopfen erfüllte die Luft mit stetigen Vibrationen.

Er nahm den Rucksack vom Rücken und kramte

den Sprengstoff hervor. Rasch bewegte er sich an den Pumpen entlang und befestigte die kleinen Ladungen direkt oberhalb der Lager.

Sein Rückzug war genauso schnell und effizient wie sein Eindringen. Sobald er über den Zaun war, nahmen die Türsensoren ihre Überwachung wieder auf. Das Prime zog sich aus dem Datapool von Durrell zurück und löschte alle Log-Spuren seiner Existenz, als es ging.

Die roten und blauen Stroboskoplichter waren lange vor der Pumpstation selbst zu sehen. Simon konnte sie durch die Windschutzscheibe des Wagens sehen, als sie von der Fernstraße abbogen und in das Industriegebiet fuhren. Sie warfen ihr Licht auf Gebäudewände, von denen es flackernd zurückkam. Über ein Dutzend Polizeifahrzeuge parkte vor der Pumpstation. Elektrisch-blaue Plastikbarrieren mit der Aufschrift »Verbrechensschauplatz. Betreten polizeilich verboten« waren errichtet worden und bildeten einen weiten Kordon um die verwilderte immergrüne Hecke herum. Uniformierte Beamte standen herum, während Spurensicherungspersonal und Roboter langsam und Zentimeter für Zentimeter den Grund absuchten.

Skinsuits bewegten sich innerhalb der Barrieren wie Wachen, die eine Chaingang beaufsichtigten, ohne je dem Spurensicherungsteam zu nahe zu kommen. Vor dem blauen Plastik drängte sich eine Gruppe von Reportern und hielt die Sensoren nach vorn. Es musste mehr als zwanzig direkte Einspeisungen in den Datapool geben, die der Öffentlichkeit die

Operation in jedem visuellen und akustischen Spektrum lieferten, das für die menschlichen Sinne akzeptabel war. Selbst Laserradar wurde eingesetzt, um eine dreidimensionale Karte der Szenerie zu erzeugen. Fragen wurden der Polizei und den Skins entgegengeschleudert, ohne Rücksicht auf den Rang. Eine konstante Schikane, absichtlich schrill, um eine Reaktion gleich welcher Art zu provozieren.

Simons DNI lieferte ihm die technischen Ergebnisse des Spurensicherungsteams, sobald ihre Sensoren eines erfassten. Ein Gitter aus Tafeln und Diagrammen, das deprimierend frei war von stichhaltigen Daten.

»Ist das zu glauben?«, fragte Braddock Raines. Er und Adul Quan teilten den Wagen mit Simon. Beide starrten hinaus auf den Rest der Zuschauer. Personal von den Fabriken und Büros auf dem Gelände hatten sich vor ihren jeweiligen Türen versammelt, um die Polizeioperation aus nächster Nähe zu beobachten. Sie zitterten in der morgendlichen Kühle, stampften mit den Füßen und tauschten Klatsch und Gerüchte aus, die meisten davon von ihnen selbst erfunden.

Braddock übernahm die manuelle Kontrolle über den Wagen und verzögerte ihn, während er um die Gruppen von Menschen herum steuerte, die auf der Straße standen. Die meisten von ihnen schienen den Verkehr vergessen zu haben.

»Wollen Sie reingehen, Chef?«, fragte Adul. »Es wird nicht sehr privat sein.«

Simon zögerte einen Augenblick. Zugegeben, I-Hologramme konnten ihm den Schauplatz des Verbrechens liefern, um ihn nach Belieben zu betrachten. Und er hatte eine eigene Hemmung, in irgendeiner

Weise als wichtige Gestalt identifiziert zu werden – insbesondere hier. Und doch war etwas an diesem ganzen Sabotageakt, das ihn beunruhigte. Er hatte nur noch nicht herausgefunden warum. Was auch immer er suchte, es würde nicht in einem Hologramm zu sehen sein, ganz gleich, wie hoch die Auflösung war.

»Ich denke, wir werfen einen Blick hinein.«

»In Ordnung.« Adul informierte den Platoon-Sergeant über ihr Eintreffen, während Braddock den Wagen so nah wie möglich parkte.

Reporter sahen sie kommen. Ein halbes Dutzend kam zu ihnen herüber, als sich die Türen öffneten. Drei Polizeibeamte und zwei Skins beeilten sich, sie abzufangen und Simon den Weg frei zu machen.

»Seid ihr Typen von Zantiu-Brauns Geheimpolizei?«

»Werdet ihr Kollateralhalsbänder zur Vergeltung zünden?«

Simon behielt einen neutralen Gesichtsausdruck, bis sie den Kordon passiert hatten. Als sie es bis in die Pumpstation geschafft hatten, rümpfte er die Nase wegen des Anblicks. Dann wurde ihm bewusst, dass er in einigen Zentimetern Wasser stand.

Jede der Pumpen war zerfetzt, Metallstücke steckten in den Betonwänden und der Decke. Kein Stück Maschinerie war intakt geblieben, selbst die Kontrollpulte waren verbogen.

Simons starrer Blick ging von einer Seite zur anderen. »Fachmännisch«, murmelte er. »Äußerst fachmännisch.« Er sah die leitenden Polizeibeamten, fünf an der Zahl, in einer Gruppe stehen. Der Anblick amüsierte ihn. Er hatte im Verlauf der Jahre eine große Zahl an Verbrechensschauplätzen besucht, und jeder über dem Rang eines Lieutenants suchte stets die Nähe Gleichgestellter. Als hätten sie Angst, von den niedrigeren Dienstgraden verprügelt zu werden, sobald sie allein waren.

Seine persönliche AS vernahm die Polizei-AS und entdeckte den verantwortlichen Offizier. Detective Captain Oisin Benson. Er war halbwegs einfach zu identifizieren; kein anderer Senior Officer hatte so ungekämmte Haare.

Oisin Benson erblickte ihn ihm gleichen Augenblick. Er bedachte seine Kollegen mit einem wissenden Blick und kam herbei.

»Kann ich Ihnen helfen?«

»Wir sind nur gekommen, um einen vorläufigen Blick auf die Sache zu werfen, Captain«, sagte Simon. »Wir kommen Ihnen nicht in den Weg.«

»Lassen Sie mich meine Frage besser formulieren«, sagte Oisin Benson. »Wer sind Sie, und wieso glauben Sie, Sie hätten das Recht, hier zu sein?«

»Ah. Ich verstehe. Nun, wir kommen aus dem Büro des Präsidenten, und wir sind auf Veranlassung von General Kolbe hier. Und wir sind hier, weil wir entscheiden wollen, ob dies ein Sabotageakt gegen Zantiu-Braun war.«

»Es war keiner.«

»Sie scheinen bemerkenswert schnell zu dieser Schlussfolgerung gelangt zu sein, Captain. Welche Hinweise haben Sie gefunden?«

»Keine Slogans an den Wänden. Kein Bekennerschreiben von irgendwelchen Freiheitskämpfern. Keiner Ihrer Leute und keine Ihrer Operationen ist betroffen. Dies ist eine rein zivile Angelegenheit.«

»Gibt es denn viele terroristische Explosionen auf Thallspring?«

Detective Captain Oisin Benson beugte sich ein winziges Stück weit vor und lächelte kalt. »Sie sind ungefähr so selten wie Tuberkulose, Mr. Roderick.«

So viel zum unauffälligen Auftritt, dachte Simon. »Offen gestanden, Captain, betrifft dieser Anschlag tatsächlich unsere Operationen. Die Pumpstation versorgt eine Reihe von Fabriken mit Wasser. Ausnahmslos alle müssen ihre Produktion zurückfahren, bis der Nachschub wieder hergestellt werden kann.«

»Von den siebzehn Fabriken, die von dieser Pumpstation versorgt werden, sind nur fünf gezwungen, für den Tribut an Sie zu arbeiten. Die Versorgungsgesellschaft, der diese Pumpstation gehört, ist auf der anderen Seite in mehrere Gerichtsprozesse verstrickt, in denen es um toxische Einleitungen geht und die von den Angehörigen der Betroffenen angestrengt wurden. Es ist eine richtige Gerichtsschlacht, die noch lange Zeit andauern wird, und die Company hat bisher keinerlei Abschlagszahlungen an die Opfer geleistet.«

»Wurde die Company denn bedroht?«

»Ihre Geschäftsführer haben zahlreiche Drohungen erhalten, sowohl verbal als auch in E-Packages. Sie sind normalerweise an sie persönlich oder ihre Familien gerichtet, doch es hat eine beträchtliche Anzahl gegeben, die an die Firma direkt gegangen sind.«

»Wie praktisch.«

»Sie mögen die Wahrheit nicht, was, Mr. Roderick? Insbesondere dann, wenn sie Ihren Plänen zuwiderläuft?«

Simon seufzte, wütend über sich selbst, weil er sich

mit diesem kleinlichen Offiziellen auf einen öffentlichen Streit eingelassen hatte. »Wir werden uns jetzt umsehen, Detective. Wir werden Ihre Zeit nicht länger in Anspruch nehmen.«

»Wie rücksichtsvoll.« Oisin Benson trat zur Seite und machte eine einladende Geste mit dem Arm.

Simon watete hinüber, um die erste der zerstörten Pumpen zu untersuchen. Er spürte, wie das Wasser durch seine Schuhe drang und seine Socken durchnässte. Zwei weitere Leute studierten die zerfetzte Maschinerie, ein Ingenieur, der die Uniform der Versorgungsgesellschaft trug, und ein Techniker von Zantiu-Braun. Der Techniker bedachte die drei Sicherheitsleute mit einen etwas gezwungen wirkenden Begrüßungsnicken. Der Ingenieur ließ sich überhaupt nicht anmerken, dass er sie gesehen hatte, während er mit einem handtellergroßen Sensor über die Wrackteile strich.

»Irgendetwas von Interesse?«, fragte Simon.

»Normaler kommerzieller Sprengstoff«, sagte der Techniker. »Es wurden keine Kodemoleküle bei der Herstellung eingearbeitet, daher bezweifle ich, dass die Polizei die Herkunft feststellen kann. Abgesehen davon denke ich, dass alle gleichzeitig gezündet wurden. Das impliziert ein Funksignal. Kann von außen gekommen sein, aber wahrscheinlicher ist ein Timer, der mit hier drin gewesen ist. Wiederum äußerst einfache Komponenten. Überall erhältlich.«

Der Ingenieur richtete sich auf und stemmte eine Hand in den Rücken. »Eines weiß ich mit Sicherheit«, sagte er. »Wer immer das hier getan hat, er wusste ganz genau, was er zu tun hatte.«

»Tatsächlich?«, fragte Simon. »Und wieso kommen Sie darauf?«

»Größe und Platzierung. Sie haben die minimal notwendige Menge an Sprengstoff für jede Pumpe genommen. Diese Pumpstation ist gebaut wie alle anderen auch; das Billigste, was es gibt, kaum mehr, als erforderlich ist, um Wind und Wetter von den Pumpen fern zu halten. Betonpaneele, die mit Tigercotton verstärkt sind, das ist alles. Und das Gebäude steht immer noch. Sechs Explosionen im Innern, und das Einzige, was Schaden genommen hat, sind die Pumpen. Ich würde so etwas eine bemerkenswert kontrollierte Explosion nennen.«

»Also halten wir nach einem Experten Ausschau?«

»Ja. Sie kannten sich mit den Pumpen und allem aus. Sehen Sie.« Er tippte auf eine Sektion des Gehäuses, die an eine zerrissene Blume erinnerte, metallische Fetzen, die aussahen wie abgeschält. Sie hatten es auf die Lager abgesehen. Nachdem die Lager zerstört waren, haben die Impeller die Pumpen von innen zerrissen. Sie drehen sich mit mehreren Tausend Umdrehungen, wissen Sie? Höllisch viel aufgestaute Masseträgheit.«

»Ja, sicher haben Sie Recht.« Simon konsultierte eine Datei, die seine persönliche AS herunterscrollte. »Sind Sie hier, um die Schäden zu begutachten?«

»Aye.«

»Wie lange wird es dauern, bis die Pumpstation wieder arbeitet?«

Der Ingenieur saugte die Backen nach innen und gab ein pfeifendes Geräusch von sich. »Nun, es geht hier nicht um Reparaturen, sehen Sie? Diese Pumpenstation muss völlig neu gebaut werden. Ich weiß mit Sicherheit, dass wir nur zwei Reservepumpen in unserem Lager haben. Wir müssen mit der Konstruktionsfirma in Verbindung treten, damit sie uns den Rest baut. Wir reden also von wenigstens sechs Wochen für den Bau und die Installation, wahrscheinlicher acht oder neun, wie die Dinge im Augenblick stehen.«

Zurück in seinem Büro wartete Simon, bis sein Assistent ihm und den beiden Geheimdienstoffizieren Tee serviert hatte, bevor er fragte: »Und?«

»Schlau«, sagte Adul. »Und gleich in mehr als einer Hinsicht.«

»Es gibt definitiv keinen Hinweis, der den Einsatz der Kollateralhalsbänder rechtfertigen würde«, sagte Braddock.

»Ich bezweifle sowieso, dass wir uns in den nächsten Wochen erlauben könnten, die Halsbänder zu benutzen«, sagte Simon düster. »Nicht mit diesem elenden Ausbruch von TB. Es wird auch so schwer genug werden, die Kontrolle zu behalten, wo die Einheimischen uns die Schuld geben. Wenn dann noch kollaterale Exekutionen zur Seuche hinzukommen, laufen wir ernsthaft Gefahr, die Kontrolle zu verlieren.«

»Wir dürfen ihnen wohl kaum eine verwundbare Stelle zeigen«, protestierte Adul. »Sie würden unsere Fabriken eine nach der anderen ausschalten.«

»Hmmm.« Simon lehnte sich in seinem tiefen Sessel zurück und trank von seinem Tee. »Das macht mir

Kummer, seit ich erkannt habe, wie perfekt dieser Angriff ausgeführt wurde. Wer genau sind diese ›sie‹?«

»Regierung«, sagte Adul. »Strauss hat eine heimliche Gruppe zusammengestellt und sie mit aller Ausrüstung und jeglichem erforderlichen Training ausgestattet. Es kann niemand anderes sein; sehen Sie sich doch nur an, wie viel Sachverstand am Werk war. Gerade genug, um uns zu stören, und niemals genug, um Vergeltung zu rechtfertigen.«

»Ich bin nicht so sicher«, sagte Simon. »Es erscheint mir ... geringfügig, insbesondere, wenn tatsächlich Edgar Strauss darin verwickelt ist. Was er wohl sein muss, um die Bildung einer geheimen Agentur zu autorisieren. Aber Strauss neigt eher zur offenen Konfrontation.«

»Gute Deckung«, sagte Braddock bitter.

»Nein«, sagte Simon. »Strauss ist kein so guter Schauspieler.«

»Es ist viel schlimmer, er ist Politiker! Einer der schlüpfrigsten, verschlagensten Bastarde, die das Universum je erschaffen hat.«

»Es klingt immer noch unwahrscheinlich«, sagte Simon. »Wer auch immer sie sein mögen, sie wissen genau, was wir tun. Und doch unternehmen sie nichts anderes, als uns wissen zu lassen, dass es sie gibt. Zähle sämtliche Anti-Zantiu-Braun-Aktionen hier in Durrell seit unserer Landung auf«, befahl er der Büro-AS. »Kategorie zwei und darüber.«

Die drei lasen die Datei, als sie über das holographische Display auf dem Schreibtisch scrollte. Es waren siebenundzwanzig, angefangen bei der Zerstörung der Hihydrogentanks auf dem Raumhafen während der Landung über ein paar Unruhen, die sich gegen die patrouillierenden Platoons gerichtet hatten, Squaddies, die angegriffen worden waren, als sie abends Bars und Restaurants besucht hatten, ein Laster, der einen Zantiu-Braun-Jeep gerammt hatte, Industrietechniker, die verprügelt worden waren, nachdem die begleiteten Squaddies weggelockt worden waren, durchgeschnittene Stromversorgungskabel, die zu Fabriken geführt hatten, Reservegeneratoren, die kurzgeschlossen worden waren, Produktionsmaschinerie, die von subversiver Software zerstört worden war, Rohmaterialien, die unterwegs verschwunden waren, und als Letztes die Explosion in der Pumpstation.

»Siebenundzwanzig in drei Wochen«, sagte Adul. »Wir haben Schlimmeres erlebt.«

»Kategorisiere die Zwischenfälle«, befahl Simon der AS. »Hebe nur die Ereignisse hervor, die unsere Produktion beeinträchtigt haben.« Er untersuchte die Resultate. »Fällt Ihnen etwas auf?«

»Wonach suchen wir?«, fragte Braddock.

»Lassen Sie die beiden Zwischenfälle weg, bei denen unser Personal von Schlägern in den Fabriken krankenhausreif geprügelt worden ist, und den Verkehrsunfall, bei dem die Ladung Biochemikalien auf dem Weg zum Raumhafen zerstört wurde.«

Braddock ging die Liste erneut durch. »Ah. Der Rest ist ausnahmslos Sabotage, und niemand wurde gefasst. Es gibt nie irgendwelche Spuren.«

»Der Angriff auf die Pumpstation gestern Nacht trägt die gleiche Handschrift. Wer auch immer dahinter steckt, er hat die Alarmanlagen und die Sensoren überwunden, als wären sie nicht existent. Es gibt absolut keinerlei Aufzeichnungen über einen unbefugten Zutritt.«

»Könnte ein Angestellter bei der letzten Inspektion gewesen sein.«

»Die liegt acht Tage zurück«, sagte Simon. »Und sie waren zu dritt. Das würde bedeuten, dass alle drei darin verwickelt sind.«

»Wie effektiv war diese Sabotage?«, fragte Adul die Büro-AS.

Das holographische Display zeigte mehrere Diagramme, auf dem sich die Zahlen neu ordneten.

»Herr im Himmel!«, rief Braddock. »Zwölf Prozent!«

»Das war eine sehr effektive Sabotage«, murmelte Simon. »Katalogisiere jeglichen Slogan am Ort des Verbrechens oder radikale Gruppierungen, die sich zu diesem Anschlag bekannt haben.«

»Kein Slogan, keine Gruppierung«, berichtete die Büro-AS.

»Die übrigen Zwischenfälle«, sagte Simon. »Die Unruhen und Schlägereien, katalogisiere Gruppierungen und eventuelle Slogans.«

Die Liste scrollte erneut über den Schirm. Ein komplexes Gewirr aus Linien entsprang jeder Datei und verband sie mit anderen. Simon öffnete willkürlich mehrere davon. Einige waren visuell und zeigten Graffito-Symbole an Hauswänden, die im Anschluss an die Zwischenfälle aufgetaucht waren, meist Dolche oder Hämmer, die das Company-Logo von Zantiu-Braun zerstörten. Andere waren kurze Audio-Botschaften, digital verzerrt, um Identifikation zu verhindern, die für die allgemeine Verteilung in den Datapool geladen worden waren und erklärten, dass verschiedene »Aktionen« im Namen des Volkes gegen die interstellaren Unterdrücker ausgeführt worden seien.

Simon spürte kurz aufflackernde Erregung, als er die Resultate sah. Das Gefühl einer beginnenden Jagd. Und mit Sicherheit ein würdiger Gegner. »Wir haben hier zwei Gruppen bei der Arbeit«, sagte er und deutete auf die Liste auf dem Schirm. »Die üblichen Rabauken und Amateure, die begierig darauf sind, ein paar Squaddies zu verprügeln und der Freiheit zu dienen, und jemand anderen.« Die AS schaltete das Display wieder zurück zu den Sabotagefällen. »Jemand, der ganz genau weiß, was er tut, und der kein Interesse daran hat, in der breiten Öffentlichkeit die Werbetrommel zu rühren. Dieser Jemand weiß auch, wo wir am leichtesten zu verwunden sind: bei den Finanzen. Es gibt nur eine kleine Spanne zwischen Erfolg und Fehlschlag bei diesen Gewinnrealisierungsmissionen. Wenn unsere Verluste und Verspätungen zu hoch werden, geraten wir möglicherweise in die roten Zahlen.«

»Ich habe ein Problem damit«, sagte Adul. »Diese Saboteure mögen ihre Aktivitäten vielleicht vor der restlichen Bevölkerung von Thallspring geheim halten, aber wir werden es trotzdem immer erfahren.«

»Sicher. Wir wissen es«, entgegnete Braddock, »aber wir können nichts beweisen. Wie bei der Pumpstation. Kein Sabotageakt ist direkt als gegen Zantiu-Braun gerichtet zu erkennen. Es gibt jedes Mal andere, plausibler klingende Erklärungen.«

»Wir wissen es«, sagte Simon. »Und wir werden es jedes Mal irgendwann erfahren. Das müssen sie doch ebenfalls erkannt haben.«

»Und deswegen führen sie ihre Angriffe so durch, dass man sie nicht als gegen Zantiu-Braun gerichtet zuordnen kann.«

»Wir übersehen noch etwas«, sagte Simon. »Wenn sie wirklich so gut sind, warum arbeiten sie dann nicht effektiver?«

»Was denn, Sie nennen zwölf Prozent in drei Wochen uneffektiv?«

»Betrachten Sie die Fähigkeiten, die sie demonstriert haben. Sie könnten leicht bei fünfzig Prozent sein, wenn sie es darauf angelegt hätten.«

»Bei fünfzig Prozent hätten wir die Kollateralhalsbänder benutzt, ganz gleich, welche Seuche die Bevölkerung tötet.«

»Mein Gott!«, sagte Adul. »Sie glauben doch wohl nicht, dass die Tuberkulose auch von ihnen ausgebrütet wurde? Das wird gewaltige Auswirkungen auf unseren Produktionsplan haben.«

»Ich will den Gedanken nicht völlig von der Hand weisen«, sagte Simon. »Doch ich muss sagen, dass ich es für unwahrscheinlich halte. Angenommen, wir hätten keine Matrizen für Metabiotika und Impfstoffe dabei gehabt? Sie würden ihre eigene Bevölkerung auslöschen. Das ist einfach nicht ihr Stil. Wir sind jedes Mal das Ziel, und niemals wird jemand an Leib oder Leben geschädigt.«

»Aber unser Handlungsspielraum wird jedes Mal ganz gewaltig eingeengt. Sie waren äußerst effektiv.«

Simon schüttelte den Kopf. »Sie halten sich sogar noch zurück.«

»Chef, das Einzige, was sie bisher nicht getan haben, ist, uns regelrecht den Krieg zu erklären.«

»Ich möchte, dass wir Folgendes durchdenken: Sie wussten von Anfang an, dass wir stets herausfinden, was sie getan haben, richtig? So viel ist offensichtlich. Sehr schön, durch kluge Schlussfolgerungen finden wir also heraus, dass es eine gut organisierte Untergrundgruppierung gibt, deren Absicht es ist, unseren Akquisitionsplan zu sabotieren. Wie wird unsere Reaktion darauf aussehen?«

»Wir jagen sie, bis wir sie haben«, sagte Adul.

»Selbstverständlich. Und?«

»Erhöhen unsere Sicherheitsvorkehrungen.«

»Genau. Und das wird einen großen Teil unserer Kapazitäten binden, sowohl, was menschliches Personal angeht, als auch AS-Zeit.«

»Sie glauben, dass wir dadurch für ihren richtigen Angriff verwundbarer werden? Dass dies alles nichts weiter als ein Ablenkungsmanöver ist?«

»Möglich. Auch wenn ich zugebe, dass ich sie vielleicht überschätze.«

»Wenn das, was wir bisher gesehen haben, nur ein Ablenkungsmanöver sein soll«, sagte Braddock, »dann möchte ich lieber nicht darüber nachdenken, wie ihr endgültiger Angriff aussehen wird.«

»Ihre Fähigkeiten sind besorgniserregend, ja«, sagte Simon. »Doch was mir mehr Kopfzerbrechen bereitet, ist ihr mögliches Ziel. Unsere Anwesenheit hier ist dreigeteilt. Personal, Raumschiffe und Finanzen. Sie haben bereits gegen unsere Finanzen losgeschlagen; wenn sie unsere Gewinnakquisition zunichte hätten machen wollen, hätten sie es gekonnt.«

»Sie würden den Einsatz der Kollateralhalsbänder verursachen«, sagte Adul.

»Santa Chico hat den Einsatz gesehen. Es schreckt hartgesottene Fanatiker trotzdem nicht ab. Betrachten Sie es von ihrem Standpunkt aus: fünfhundert, vielleicht sogar tausend Menschen tot, im Austausch gegen unseren Abzug. Nationale Befreiungskriege haben selten so wenig Menschenleben gekostet.«

»Also glauben Sie, dass der eigentliche Angriff entweder uns gilt oder den Schiffen?«

»Ja. Und in diesem Fall würde ich mein Geld darauf verwetten, dass sie es auf die Schiffe abgesehen haben.«

»Das schaffen sie nie.«

Simon lächelte den jüngeren Geheimdienstmann an. »Ich weiß. Darauf setzen wir unser gesamtes Vertrauen. Unsere sicherste Festung, so sicher wie E-Alpha. Wir können jede Rakete entdecken und vernichten, und unsere AS wird jede subversive Software daran hindern, die Bordnetzwerke zu infiltrieren. Und nichts kommt an den Sicherheitskräften auf dem Raumhafen vorbei. Wir scannen jedes Gramm Fracht mit Tiefenradar. Und kein Einheimischer darf jemals hinauf in den Orbit.

Aber stellen Sie sich einmal vor, sie kämen trotzdem durch. Oder sie sind irgendwie in den Besitz der Exo-Orbitalwaffen von Santa Chico gelangt.«

»Wie das?«, entgegnete Adul. »Santa Chico liegt dreißig Lichtjahre entfernt. Selbst wenn sie eine Masernachricht mit den Konstruktionsplänen geschickt haben, kann sie noch lange nicht hier eingetroffen sein. Außerdem haben wir keine Spin-Generatoren im Orbit entdeckt.«

»Wir nehmen immer an, dass die Erde die einzige Welt mit Raumschiffen oder Portalen ist. Wenn irgendjemand anderes sie konstruieren kann, dann Santa Chico.«

»Gütiger Gott, wenn die Chicos erst anfangen, den Widerstand gegen unsere Gewinnrealisierungsmissionen zu organisieren ...«

»Ganz genau. Doch davon bin ich selbst nicht überzeugt. Ich war auf Santa Chico. Interstellare Revolution passt nicht zu ihren sozialen Vorstellungen. Außerdem ist diese Welt gegenwärtig von der Raumfahrt abgeschnitten. Ich benutze sie nur als ein Beispiel, eine Warnung, nicht zu selbstzufrieden zu sein. Wir sind völlig abhängig von unseren Schiffen. Wenn sie eliminiert werden, dann sind wir effektiv tot. Unsere Nicht-Wiederkehr würde Zantiu-Brauns interstellare Operationen permanent schädigen, möglicherweise sogar zur völligen Einstellung führen. Das wäre eine Katastrophe, die wir unter keinen Umständen zulassen dürfen. Trotz aller Fähigkeit, sich selbst zu erhalten, sind die neuen Welten davon abhängig, dass wir ihnen technologischen Fortschritt bringen. Die Erde bleibt unser intellektuelles und wissenschaftliches Maschinenhaus. Wie unwillkommen unsere Verbindungen auch sind, sie dürfen nicht durchtrennt werden.«

»Sir, ich glaube, dass Sie überreagieren«, sagte Braddock und grinste nervös. »Es ist eine Sache, ein paar Wasserpumpen in die Luft zu jagen, und ich gestehe ein, dass sie keinen Fehler gemacht haben. Doch von dort aus auf den Abschuss oder die Sprengung unserer Raumschiffe zu schließen ... so weit wird es sicher nicht kommen.«

Simon dachte über den Einwand des Agenten nach. Er hatte gewusst, dass es schwierig werden würde, sie zu überzeugen, wie gefährlich diese nicht fassbare Bedrohung tatsächlich war. Jedermann bei Zantiu-Braun vertraute auf das Dogma der unverwundbaren Raumschiffe, selbst Quan und Raines, die von Natur und Beruf aus die misstrauischsten Mitglieder der Dritten Flotte waren. Diese Mission zu schützen würde sein Geschick und seine Autorität auf eine Probe stellen, wie er es sich beim Start nicht hätte träumen lassen.

Er hob eine Hand, und auf seinen Lippen zeigte sich ein leichtes, verstehendes Lächeln. »Nehmen Sie es für den Augenblick einfach hin. Wenn nichts anderes, dann müssen wir diesen Verdacht wenigstens eindeutig widerlegen.«

»Sir.«

Beide nickten eifrige Zustimmung, erleichtert wegen seiner gutmütigen Reaktion.

»Also lassen Sie uns als Nächstes über unsere Strategie nachdenken. Wir müssen definitiv die Sicherheitsvorkehrungen auf dem industriellen Sektor verschärfen. Parallel dazu müssen wir mögliche Sabotagerouten genauestens im Auge behalten, die zu den Raumschiffen führen könnten. Ich bin offen für Ihre Vorschläge.«

Die Bevölkerung von Memu Bay gab dem Platoon mehr Raum, als es sich entlang seiner Patrouillenroute bewegte. Odel Cureton hatte inzwischen genügend Patrouillen mitgemacht, um den Unterschied zu bemerken. Vor dem heutigen Tag hatten die Einheimischen sie mehr oder weniger ignoriert. Die Jugendlichen hatten geschrien und gespuckt, die Erwachsenen hatten sie nicht beachtet, und auf dicht bevölkerten Bürgersteigen ging niemand je aus dem Weg. Ganz normales Verhalten. Er hatte es während jeder einzelnen Gewinnrealisierungsmission erlebt – mit Ausnahme von Santa Chico. Heute war es, als hätte er rings um seine Skin ein unsichtbares Kraftfeld, geformt wie ein Schneepflug, das die Leute aus dem Weg räumte, sobald er sich näherte. Eines hatte sich nicht geändert: Die verächtlichen, hasserfüllten Blicke – wenn überhaupt irgendetwas, waren sie noch intensiver geworden.

Es war einen Tag nach der TB-Warnung, und ihr Status als Dämonen war unwiderruflich. Nicht nur, dass sie hier waren, um Memu Bays hart verdienten Reichtum zu stehlen, ihre bloße Gegenwart brachte jeden in Gefahr. Dämonen mit Killeratem; jedes Ausatmen entließ einen neuen Schwarm tödlicher Bakterien in die feuchte, salzige Luft.

Odel bog in die Gorse Street ein. Hal ging auf der anderen Seite und hielt sich auf gleicher Höhe. Heute war keine Polizei bei ihnen. Die zugewiesenen Constables waren einfach nicht aufgetaucht. Es kümmerte Odel nicht, er wusste, dass er sich hier draußen in den Straßen auf Hal verlassen konnte. Trotz aller verbalen Prügel, die er einstecken musste, war der Junge im Grunde genommen ein guter Squaddie. Während Odel ihn beobachtete, sah er, wie der Junge den Kopf leicht nach ein paar Mädchen verdrehte, die an ihm vorbeigingen. Er grinste in sich hinein und stellte sich vor, welche Sensorbilder sich der Kleine von seinem Skinsuit zeigen ließ. Nicht, dass er viele Erweiterungen benötigt hätte – die Mädchen trugen kaum Stoff am Leib.

Es war wahrscheinlich der heißeste Tag seit ihrer

Landung. Nicht eine Wolke in Sicht. Jede weiße Wand schien die volle Kraft der Sonne zu reflektieren. Mehrere Sektionen seines Displaygitters zeigten, wie sehr die Hitze ihre Skinsuits beeinträchtigte. Das Geflecht aus Thermofasern unter dem Panzer arbeitete auf hoher Kapazität und strahlte die Wärme ab, die sowohl sein Körper als auch die Muskeln des Skinsuits erzeugten. Sein Atemgrill filterte die Hitze aus der Luft, bevor er sie einatmete. Selbst der Panzer hatte einen hellen Farbton angenommen und reflektierte einen Teil der Sonnenstrahlen.

Rein taktisch brachte ihn das in eine beschissene Situation. Eine leuchtende Boje für ungefähr jeden existierenden Sensor. Odel hatte die Erinnerung an Nic noch nicht verdrängt.

Sie erreichten das Ende der Gorse Street. »Sektor acht in Ordnung«, berichtete er. Die Routine hatte in den letzten Tagen einiges an Trost zu bieten. Keiner der Squaddies murrte, weil der Sergeant darauf bestand, die Vorschriften einzuhalten. Wenn irgendjemand sie durch diese Sache hindurch und auf der anderen Seite wieder herausbringen konnte, dann war das Lawrence Newton. Nach den letzten paar Missionen wusste Odel, dass sein Vertrauen nicht an der falschen Person verschwendet war.

»Verstanden. Weiter nach Plan«, sagte Lawrence.

»Verstanden, Sergeant.«

Odel und Hal überquerten die Straße und bogen in die Muxloe Street ein. Eine weitere Reihe kleiner Ladengeschäfte unter hohen, nüchternen Apartmentblocks; die meisten behaupteten, General Stores zu sein und waren bis unter die schmutzigen Decken vollgestopft mit Plunder. Doch die Straße war breit, und es herrschte einigermaßen Verkehr. Der Sergeant hatte im Verlauf der letzten Tage unauffällig Nebenstraßen und schmale Gassen vom Patrouillenplan gestrichen. Belebte Straßen und viele Menschen machten Hinterhalte und Fallen schwierig.

Fußgänger wichen mit scharfen, giftigen Blicken zur Seite. Eine Frau zerrte ihre beiden kleinen Kinder zu sich und legte schützend den Arm um sie; ihre hohen Stimmen zwitscherten Fragen, als er vorbeiging.

Odel verspürte das starke Bedürfnis, stehen zu bleiben und laut gegen dieses Verhalten zu protestieren. Logisch und vernünftig zu argumentieren, zu erklären und zu beweisen, dass er kein übler Mensch war. Der Sergeant hatte es vor ein paar Tagen mit diesen Kindern beim Fußballspiel vorgemacht, doch Odel wusste, dass er so etwas nicht konnte. Er fand einfach nicht die Worte, und die Menschen lachten ihn aus wegen seines Akzents.

Er ging weiter die Straße hinunter. Taktile Sensoren blinkten Zahlen und verrieten ihm, wie heiß das Pflaster unter seinen Stiefelsohlen war. Er hatte gehört, dass Leute Eier auf Steinen gebraten hatten, die allein vom Sonnenlicht aufgeheizt worden waren. Das Pflaster war nicht weit davon entfernt.

Mehrere Läden in der Muxloe Street waren geschlossen. Fünf von ihnen zusammen in einem heruntergekommenen Block, dessen Betonwände in großen Blasen bröckelten. Graugrüner Pilz gedieh in den Spalten. Die Fenster waren mit verbogenen, rostigen Rollläden bedeckt. Die Farbe auf den Schildern über den Türen war verblasst und bot nur noch wenige Hinweise, was einst dort verkauft worden war.

Abfallsäcke aus Polyethylen und verwitterte Kisten waren entlang der Außenwand aufgestapelt. Ganz am Ende stand ein großes Glas, gefüllt mit einer hellroten Flüssigkeit. Um den dicken Hals herum hatte jemand ein grünes T-Shirt gebunden.

Odel war schon fast an den herrenlosen Läden vorbei, als er inne hielt und herumwirbelte. Zivilisten in der Nähe starrten ihn ängstlich und erschrocken an und fragten sich, was sie falsch gemacht hatten. Der visuelle Sensor des Skinhelms zoomte heran, bis das T-Shirt sein Sichtfeld ausfüllte.

»Sergeant!«, brüllte er. »Sergeant, ich hab etwas gefunden! Sergeant, komm und sieh dir das an! Sergeant!«

»Was ist denn?«

»Das musst du sehen, Sergeant!« Odel löste das T-Shirt vom Glas. Die weiße Schrift auf der Brust verkündete: SILVERQUEEN REEF TOURS CAIRNS.

Im Innern seines heißen Skinsuits begann Odel zu zittern. Er schaltete die Sensoren zurück auf die Flasche. Die Flüssigkeit in ihrem Innern...

Lawrence wartete im Vorzimmer, während zahlreiche Berater und Assistenten in das Büro des Bürgermeisters hasteten oder daraus hervorkamen. Jedes Mal, wenn einer hineinschlüpfte, wäre er am liebsten mitgegangen, um endlich Ebrey Zhangs Aufmerksamkeit zu fordern. Bisher fünfundvierzig frustrierende Minuten.

Captain Bryant hatte die Geduld mit ihm verloren, nachdem sie in der Unterkunft eine fruchtlose Stunde lang debattiert hatten. »Sie kennen meine

Antwort, Sergeant!«, hatte er gefaucht. »Ich kann zum gegenwärtigen Zeitpunkt keine weiteren Aktionen autorisieren.«

»Wenn nicht Sie, wer dann?«, hatte Lawrence gefragt. Angesichts der Tatsache, wie die Strategischen Sicherheitskräfte von Zantiu-Braun strukturiert waren, gab es wohl kaum eine schlimmere Beleidigung gegenüber einem vorgesetzten Offizier. Beide wussten es.

Captain Bryant brauchte einen Augenblick, bis er die Fassung zurückgewonnen hatte. »Sie haben meine Erlaubnis, Ihr Ansinnen Commander Zhang vorzutragen. Wegtreten, Sergeant!«

Ganz gleich, wie das Treffen mit Zhang ausging, Lawrence hatte es sich mit Bryant verdorben. Er bemerkte, dass er grinste, während er zum Stadthaus von Memu Bay marschierte. Er gab einen verdammten Dreck auf Bryant und den Bericht, den der Captain am Ende des Feldzugs über ihn verfassen würde. Er hatte sich soeben selbst ans Messer geliefert. Bis zu diesem Augenblick war seine eigene private kleine Gewinnrealisierungsmission mehr theoretisch gewesen. Die Steinchen waren an Ort und Stelle, doch er hatte sich bisher gescheut, irgendetwas anzufangen. Und dann hatte ihn die eine hitzige Frage davon erlöst, irgendeine überlegte Entscheidung zu treffen.

Typisch, sagte er sich ironisch. Jeder wichtige Wendepunkt in meinem Leben wird durch Jähzorn entschieden.

Dreißig Minuten nach seiner Ankunft in der Stadthalle flackerte die Beleuchtung und erlosch. Sie gewöhnten sich inzwischen an die Stromausfälle im

Hotel, welches dem Platoon als Unterkunft diente. Die Energieversorgung fiel an den meisten Morgen aus, wenn irgendjemand ein Kabel durchtrennte oder einen Molotow auf eine Verteilerstation warf. Doch das Fusionskraftwerk selbst war bisher verschont geblieben – die Stadt würde es schließlich brauchen, wenn Zantiu-Braun erst wieder weg war. Es waren nicht nur die Unterkünfte, die darunter litten, auch die Stromversorgung der Fabriken wurde unterbrochen. Die internen Gerüchte wussten, dass sie inzwischen mehr als zwanzig Prozent hinter ihrem Wertschöpfungsplan zurücklagen.

Lawrence grinste in sich hinein, als alarmierte und wütende Rufe durch die weiten Kreuzgänge hallten. Die Deckenbeleuchtung glühte für eine Minute schwach rot, dann kehrte etwa ein Drittel zur vollen Helligkeit zurück, als die Notstromversorgung eingeschaltet wurde. Der Rest blieb dunkel. Schatten schwollen aus den verzierten Alkoven und Bögen hervor. Wenn das Stadthaus war wie das Hotel, dann hatten sich die Zellen seit dem letzten Mal nicht wieder voll aufgeladen. Der Swimmingpool war bereits vor einer Woche geleert worden, weil die Filter und das Heizelement die Reserven des Hotels zu sehr belasteten.

Einer von Ebrey Zhangs Gehilfen rief ihn herein. Lawrence zog seine Uniform glatt und ging durch die offenen Türen. Er blieb vor dem großen Schreibtisch stehen und salutierte. Im Arbeitszimmer brannten sämtliche Lampen.

»Sergeant«, begrüßte ihn Ebrey Zhang in müdem Ton. Eine Hand winkte den Gehilfen aus dem Zimmer, und sie waren allein. Ebrey lehnte sich in seinem

Sessel zurück und nahm einen Desktop-Pearl in die Hand, um damit zu spielen. Er grinste. »Sie machen Captain Bryant eine Menge Schwierigkeiten, Newton.«

Lawrence hatte gehofft, dass es locker bleiben würde. Er kannte Zhang von mehreren zurückliegenden Kampagnen, als er noch Captain gewesen war. Der Mann war ein guter Offizier, ein Realist, der die Prinzipien des Befehlens beherrschte. Er wusste, wann man einem Untergebenen die Eier zerquetschen und wann man zuhören musste.

»Sir! Es ist einer meiner Männer, Sir.«

»Ja. Ich weiß das. Aber lassen Sie von Bryant ab. Er ist neu und jung und muss seinen Weg erst noch finden. Ich werde diesmal ein Wort mit ihm reden, aber das ist alles.«

»Danke sehr, Sir. Und Johnson?«

»Ich weiß.« Ebrey seufzte zögernd. »Seien Sie realistisch, Newton. Was kann ich tun, das Bryant nicht bereits getan hat? Geben Sie mir den kleinsten Hinweis, und ich fliege zehn Platoons mit den Choppern nach draußen.«

»Er ist tot, Sir. Es ist unsinnig, weiter nach ihm zu suchen. Wir müssen ihnen zeigen, dass sie damit nicht durchkommen. Keiner von uns kann sich sicher fühlen, solange Sie nichts unternehmen.«

»Ah. *Ihnen*. Ich nehme an, damit meinen Sie diesen *KillBoy* und seine Freunde?«

»Jawohl, Sir. Es erscheint plausibel. Es ist diese Gruppe, die alles organisiert. Sie müssen die Bürger gegen sie mobilisieren. Machen Sie jedem Einzelnen klar, dass er für die Toten verantwortlich ist, solange er nicht aufhört. Ohne die Unterstützung der Bevölkerung ist er aufgeschmissen.«

»*KillBoy*, das praktische Feindphantom.«

»Sir, man hat auf uns geschossen, man hat uns Fallen gestellt, man hat uns verletzt und ins Krankenhaus gebracht. Wir haben bereits fast so viele Verletzte wie auf Santa Chico. Die Hälfte der Platoons ist zu verängstigt, um den Fuß vor die Unterkunft zu setzen. Er ist kein Phantom, Sir.«

»Sie glauben wirklich, dass es so schlimm steht?«

»Jawohl, Sir, das glaube ich.«

»Ich weiß, dass es im Augenblick draußen auf der Straße hart ist, Newton. Aber wir haben schon Schlimmeres erlebt. Ich habe jedes Vertrauen in Leute wie Sie, unsere Squaddies unbeschadet durch diese Geschichte zu führen und am Ende heil nach Hause zu bringen.«

»Ich tue mein Bestes, Sir. Aber wir brauchen Hilfe, um die Leute im Zaum zu halten.«

Ebrey drehte den rechteckigen Desktop-Pearl ein paar Mal in den Fingern und starrte düster auf den zusammengerollten Bildschirm. »Ich verstehe, was Sie sagen wollen, Newton. Allerdings habe ich gegenwärtig ein Problem. Es ist sehr heikel, die Kollateralhalsbänder zu benutzen, solange diese TB noch grassiert. Thallsprings Bevölkerung macht uns dafür verantwortlich; wir bringen sie damit um. Ich muss absolut zweifelsfrei sicher sein, dass sie Jones Johnson ermordet haben, bevor ich ein Halsband aktivieren kann.«

»Sir. Es ist sein Blut. Vier Liter davon. Die DNS stimmt hundertprozentig.«

»Und das ist genau mein Problem. Wo ist der Rest? Verstehen Sie, er kann diesen Verlust mit Leichtigkeit überstehen. Eine Infusion mit künstlichem Blut ist nicht einmal eine schwierige medizinische Prozedur. Jeder Teenager mit einem Erste-Hilfe-Leistungsnachweis könnte es schaffen. Was also wird geschehen, wenn ich den Datapool überflute und Memu Bay mitteile, dass wir Vergeltung üben werden, weil einer meiner Squaddies ermordet wurde, und er wieder auftaucht, nachdem das Halsband aktiviert wurde? Haben Sie darüber nachgedacht? Weil das nämlich die Situation hier ist. Dieser *KillBoy* kann Heckenschützen und mysteriöse Unfälle organisieren. Er kann ganz bestimmt einen Gefangenen für zwei Wochen verstecken, bis wir Mist bauen. Ich darf nicht zulassen, dass es so weit kommt.«

»Er wird nicht wieder auftauchen, Sir. Sie haben ihn umgebracht.« Es gab noch andere Dinge, die Lawrence erwähnen wollte. Beispielsweise, dass die Mörder genau gewusst hatten, wo sie das Glas mit dem Blut abstellen mussten, damit die Patrouille es fand. Niemand außerhalb von Zantiu-Braun kannte die Patrouillenstrecke, die das Platoon nehmen würde, nicht einmal die einheimische Polizei. Sie wurde im Operationszentrum ausgearbeitet, zehn Stunden, bevor sie nach draußen gingen. Selbst er erfuhr es erst eine Stunde vorher. Nach seinem Dafürhalten war E-Alpha völlig kompromittiert, und doch konnte er sich trotz aller offensichtlicher Zugänglichkeit des Commanders vorstellen, wie er reagieren würde, wenn er das hervorsprudelte. Im Augenblick wäre es eine Konspiration zu viel.

»Sie haben wahrscheinlich Recht«, sagte Ebrey Zhang. »Und ich habe persönlich erfahren, wie es ist, ein Platoonmitglied zu verlieren. Mehr als einmal sogar. Also weiß ich sehr wohl, wie Sie sich fühlen.

Trotzdem kann ich das Risiko nicht eingehen. Es tut mir Leid, Newton, es tut mir wirklich Leid, aber meine Hände sind gebunden.«

»Jawohl, Sir. Trotzdem danke sehr, Sir, dass Sie mich empfangen haben.«

»Hören Sie, Ihr Platoon hatte zwei Ausfälle bis jetzt. Das macht den Rest ziemlich nervös, habe ich Recht?«

»Sie sind nicht besonders glücklich, Sir, nein.«

»Ich werde mit Bryant reden. Er soll Ihnen ein wenig zusätzliche Freizeit zuweisen.«

»Sir. Herzlichen Dank, Sir.«

»Und Sie können Ihren Männern von mir sagen, noch ein Zwischenfall wie dieser, und ich werde nicht länger zögern, die Halsbänder zu benutzen. Von heute an sind sie auf der Straße sicher.«

Wenn er die Ironie über den von ihm gewählten Zeitpunkt bemerkte, dann zeigte Josep Raichura es jedenfalls nicht. Ein Uhr morgens, und der Raumhafen von Durrell war beleuchtet von Hunderten elektrischer Lichter. Es sah aus, als sei ein kleines Stück der Galaxis zu Boden gesunken. Weiß-rosafarbenes Licht fiel aus Bürofenstern. Grellweißes Licht, mit einem leichten Stich ins Violette, überflutete das gigantische Arboretum im Zentrum des Terminalgebäudes. Lebendiges Natrium-Orange warf breite Flecken entlang der Straßenabschnitte, die das gesamte Feld durchzogen. Blaue Sterne aus Halogenlicht brannten aus den Scheinwerfern der wenigen Fahrzeuge, die auf diesen Straßen unterwegs waren. Blendende sonnenhelle Kegel waren eingebettet in die hohen Monotaniumbögen über den Parkbuchten wie die Pfeiler fehlender Brücken und erleuchteten große Flächen Asphalt, wo die deltaförmigen Raumflugzeuge schweigend warteten.

Eine Stickerei von Mustern, die sich an manchen Stellen überlagerten und andere in tiefer Dunkelheit zurückließen, und keine von ihnen enthüllte irgendwelche Aktivitäten. Das universale Anzeichen für menschliche Anlagen, die durch die Nachtschicht dösten. Sie war Heim allein für die wesentlichen Wartungsmannschaften, die in den großen Hangars versteckt waren und die Myriaden Maschinen für den Morgen und seine Woge von Aktivitäten vorbereiteten. Zwischen den inerten Gebäuden und in noch geringerer Zahl bewegten sich die Skins: diejenigen, die den schlechtesten Dienst gezogen hatten. Mürrisch in ihren privaten, unverwundbaren Kokons, verdrossen wegen der Langeweile, die das Abschreiten des leeren Perimeters mit sich brachte, und der Langeweile, immer wieder nach den Technikern sehen zu müssen, die über ihre diagnostischen Instrumente gebeugt waren, der Frustration über das Wissen, dass sie nach dem Ende ihrer Schicht zu müde sein würden, um den Tag zu genießen – als könnte das irgendeiner von ihnen in der feindseligen Hauptstadt. Trotzdem blieben sie dabei, denn sie wussten, dass es der einzige Ort war, der unter allen Umständen sicher bleiben musste, wenn sie jemals diesen Planeten verlassen und nach Hause zurückkehren wollten.

Der Raumhafen war um diese Zeit immer eine kleine Enklave trauriger Leute, die ihre Sollstunden mit einer Effizienz weit unter Par ableisteten. Eine Zeit, zu der der menschliche Kreislauf auf seinem absoluten Tiefpunkt war; die klassische Zeit für ruchlose Überfälle und Ausflüge. Eine Zeit der Verwundbarkeit, die jeder Wachkommandant seit vor dem Fall von Troja als solche kannte. Und trotzdem waren sie immer noch nicht imstande, unter den Männern, die sie führten, ein Gefühl für die Dringlichkeit erhöhter Alarmbereitschaft hervorzurufen.

Und so hielt es Josep, bewaffnet mit seinem Prime-Programm und seinem genmanipulierten Körper, mit der Tradition und der Geschichte und nutzte die frühen Morgenstunden für seinen Erkundungsausflug. Der Perimeter war leicht zu durchbrechen. Es gab einen Zaun und Lichter und elektronischen Alarm, die ganz gewiss nicht unter der menschlichen Schwäche im Verlauf der Nacht litten, und es gab Skins auf Wache. Hätte er es gewollt, er hätte sich wie ein Special Forces Commando zwischen allem hindurchschleichen können, und nicht einmal die Nachttiere hätten sein Vorbeikommen bemerkt. Aber warum sich die Mühe machen, wenn es ein großes breites Eingangstor gab?

Genau um Mittag war er mit seinem Scooter zu einer der acht Straßensperren gefahren, eingekeilt zwischen einem Sattelschlepper voller Biochemikalien und einem Konvoi aus Fahrzeugen, die den Arbeitern der Spätschicht gehörten. Er wischte seinen Sicherheitsausweis durch den Leseschlitz der Sperre und zog den Sturzhelm aus, damit die AS eine visuelle Identitätsprüfung durchführen konnte. Jedes empfangene Byte passte zu dem Profil, das seine AS am vorangegangenen Tag in das Raumhafennetzwerk geladen hatte, und die rot-weiße Schranke glitt nach oben und ließ ihn durch.

Vorsichtig fuhr er weiter über die schmalen Straßen, die Hangars, Lager und Büros auf der Nordseite des Terminalgebäudes miteinander verbanden. Thallspring besaß kein ausgedehntes Raumfahrtprogramm, doch die beachtliche Anzahl von Projekten und kommerziellen Unternehmungen wurden allesamt vom Raumhafen von Durrell bedient. Fünfzehn Standardstationen im niedrigen Orbit – 600 km – kreisten um den Äquator. Zwölf davon waren Industriekonzerne und produzierten Massen von Kristallen, Fasern und exotischen Chemikalien für die größten kommerziellen Konsortien des Planeten; die übrigen drei zielten auf sehr reiche Touristen ab, die den Stress des Fluges von der Oberfläche in den Orbit ertrugen, um die Aussicht zu bewundern und Schwimmen und Sex – gelegentlich auch beides kombiniert – in Schwerelosigkeit und in den stark abgeschirmten Stationen zu genießen. Eine kleine Flottille von interplanetaren Fahrzeugen wurde unterhalten, hauptsächlich, um die wissenschaftlichen Forschungsstationen zu versorgen, welche die Regierung auf mehreren Planeten errichtet hatte. Und hunderttausend Kilometer über dem Äquator kreiste der Asteroid Auley, der achtzig Jahre zuvor eingefangen worden war und an dem inzwischen Haufen von Verhüttungsmodulen angedockt waren. Tausende von Tonnen superreinen Stahls wurden dort Monat für Monat produziert und zu gigantischen aerodynamischen Körpern geformt, die durch die Atmosphäre hinunter nach Thallspring flogen, um die metallurgische Industrie zu versorgen. Zusätzlich wurden Hunderte anderer, komplizierterer Komponenten, die nur in einer Umgebung mit geringer

Schwerkraft hergestellt werden konnten, aus den Roherzen und Mineralien des Asteroiden extradiert und mit konventionelleren Methoden zur Oberfläche verfrachtet. Insgesamt hatten all diese Aktivitäten so stark zugenommen, dass eine Flotte von mehr als fünfzig Raumflugzeugen erforderlich war, um alles zu erhalten.

Die Galaxycruiser waren eine einheimische Konstruktion, behauptete jedenfalls die Thallspring National Astronautical Corporation, ein Konsortium einheimischer Luftfahrtgesellschaften, die sie herstellte. Obwohl jedermann mit Vollzugriff auf den irdischen Datapool die verblüffende Ähnlichkeit mit der Boeing-Honda Stratostar 303 bemerkt hätte, die zum ersten Mal im Jahre 2120 geflogen war und von der acht Stück nach Thallspring verschifft worden waren. Welchen Ursprungs auch immer, die Scramjet-getriebenen Raumflugzeuge waren ein Erfolg. Sie brachten fünfundvierzig Tonnen hinauf in den niedrigen Orbit und konnten mit sechzig Tonnen an Bord landen.

Zantiu-Braun hatte mehrere von ihnen von ihren normalen Pflichten abgezogen, um die geplünderten Güter hinauf zu den wartenden Raumschiffen zu verfrachten. Angesichts der Tatsache, dass die meisten Raumflugzeuge bereits eingesetzt wurden, um die Industrie in den Orbitalstationen zu versorgen, welche die wertvollsten Produkte von allen herstellte, war die Anzahl der Maschinen, die aus ihrem normalen Flugplan abgezogen werden konnten, ziemlich eingeschränkt. Jedenfalls gab es nicht genügend Passagier-Raumflugzeuge, um die gesamte Invasionsflotte nach dem Ende der Kampagne wieder hinauf in den Orbit zu schaffen. Also hatte Zantiu-Braun zweiundvierzig ihrer eigenen Xianti 5005 Raumflugzeuge mitgebracht, um die einheimischen Kapazitäten zu verstärken.

Es waren diese Neuankömmlinge, die Josep interessierten. Er nahm sein Mittagessen in der Wartungspersonalkantine ein und saß an einem der Panoramafenster mit Ausblick auf ein Vorfeld. Nur zwei Fracht-Xiantis standen dort geparkt, mit eigenen Zantiu-Braun-Manschaften und Robotern, die an ihnen arbeiteten. Die restlichen waren in der Luft. Er aß sein Essen langsam, nahm sich Zeit, die Gegend zu untersuchen, merkte sich, wo Kisten gestapelt worden waren. Die kürzeste Distanz von den Raumflugzeugen zu einem Gebäude. Die Türen.

Nach dem Essen blieb er in Bewegung, spazierte entweder durch das Terminal oder fuhr mit seinem Scooter zwischen den Sektionen hin und her. Menschen, die aussehen, als verfolgten sie ein Ziel, können selbst in der abgesichertsten Umgebung unbemerkt bleiben. Die ganze Zeit über korrelierte er die physische Realität des Vorfeld-Layouts mit der elektronischen Architektur, die das Prime aus dem Datapool extrahiert hatte. Er ging sogar das Risiko ein, sie an die Zantiu-Braun-AS zu schicken, die im Raumhafen-Kommandozentrum installiert worden war, um die Bodenoperationen zu koordinieren. Details über die Alarmanlagen und Sensoren installierten sich in Joseps Sichtfeld, ein Geisterdiagramm aus Leitungen und Detektoren, die sich in seine visuelle Wahrnehmung drängten, während sie in Gebäuden oder unterirdischen Schächten verschwanden oder aus ihnen hervorkamen. Pläne, Zeittafeln und

Personallisten folgten. Er ging sie alle durch, grenzte langsam seine Möglichkeiten ein, fand das am besten positionierte Raumflugzeug, den besten Weg zu ihm, die optimale Zeit, eine Vielzahl von Fluchtwegen. Der Nachmittag wich dem Abend, und die Raumhafenlichter gingen an, als die goldene Sonne hinter den Hügeln versank, die Durrell einrahmten. Es gab inzwischen weniger Starts und mehr Landungen, als die großen Maschinen für die Nacht nach Hause zurückkehrten.

Gegen ein Uhr wurde der Flugverkehr ganz eingestellt. Josep ging an der Rückseite eines großen Wartungshangars vorbei, dessen gewölbtes Dach fünf Xiantis und drei Galaxycruiser überspannte und immer noch über vier leere Stellplätze verfügte. Die Beleuchtung im Innern war nicht so hell wie draußen; die Lichtkegel, die an den Metallträgern befestigt waren, leuchteten zwar, doch sie waren alle stark fokussiert und sprenkelten den Beton mit ihrem harten, intensiven weißen Licht. Hinter ihnen umfing Schatten mehr als ein Viertel des Hangarvolumens. Sein Weg hielt ihn am Rand der beleuchteten Flächen und weitab von den Bays, wo die Mannschaften arbeiteten. Ein paar Skins wanderten im Hangar umher, sodass er vorsichtig sein musste, damit seine Bewegungen nicht verdächtig wirkten. Ganz aus dem Licht zu bleiben hätte ihre Aufmerksamkeit erweckt.

Josep erreichte eine der nicht besetzten Bays und bewegte sich vorwärts. Direkt an der Seite des massiven Gleittors an der Vorderseite befand sich eine kleinere Tür. Er erreichte sie und legte die Handfläche auf die Sensorplatte. Das Schloss summte, und er drückte sie auf.

Zwanzig Meter entfernt zeigte die gemeißelte Nase einer Xianti auf den Wartungshangar. Solarkonusse leuchteten hoch oben und glitzerten auf dem perlweißen Karbon-Lithium-Kompositrumpf. Ein Servicetruck parkte auf jeder Seite des Raumflugzeugs, und Schläuche steckten in den verschiedenen Anschlüssen entlang der Unterseite. Eine fahrbare Treppe führte hinauf zur vorderen Luftschleuse.

Josep ging über den Asphalt und konzentrierte sich mehr auf die Symbole, die vom Raumhafen-Netzwerk übertragen wurden, als auf seine Sicht. Vier Kameras deckten das Raumflugzeug ab. Sein Prime hatte jede einzelne infiltriert und sein Bild aus den Datenströmen an die AS von Zantiu-Braun eliminiert. Drei Ringe mit Sensoren waren konzentrisch um die schlanke Maschine herum angeordnet. Keiner von ihnen registrierte seine Anwesenheit, als er sie überschritt. Keine Skins befanden sich im Umkreis von fünfhundert Metern.

Die Gangway war sowohl durch ein stimmkodiertes Schlüsselwort als auch durch einen Biosensor gesichert, der seine Blutgefäß- und seine Knochenstruktur registrierte. Es war ein effektives Sicherheitsgerät, aber nur so gut wie die Strukturen, die in die E-Alpha-Fortress des Systems geladen waren. Joseps Schlüsselwort sowie seine Körperkarte korrespondierten mit einem der Datensätze, und die Tür glitt auf. Er nahm zwei Stufen auf einmal. Die Luftschleuse oben besaß einen einfachen manuellen Hebel. Ziehen und drehen.

Sekundärbeleuchtung flammte auf und erhellte die kleine Kabine mit smaragdgrünem Schein. Diese Xianti war eine der Fracht-Varianten. Die Kabine war beengt, mit einem Minimum an Einrichtung und Raum für bis zu fünf Sitze für die Systemingenieure und Frachtmanager. Gegenwärtig waren nur zwei Sitze am Boden festgeschraubt; die Sockel für die anderen waren mit Plastikhüllen bedeckt. Josep ging nach vorn und nahm im Pilotensitz Platz. Die geschwungene Konsole vor ihm war überraschend kompakt mit nur drei holographischen Displays, die schräg aus ihr hervorkamen. Die beiden schmalen Windschutzscheiben gestatteten ihm, über die gesamte Länge der Nase zu sehen, doch sie zeigten darüber hinaus nur sehr wenig. Er konnte das verstehen. Rein technisch betrachtet waren weder Kontrollen noch Scheiben überhaupt notwendig. Der menschliche Pilot war mit einem DNI ausgerüstet. Und das wurde nur für die effiziente Kommunikation mit dem AS-Piloten gebraucht, der in Wirklichkeit das Raumflugzeug kontrollierte. Die Konsole und die Displays waren nur für den Notfall da, auch wenn viele Leute die Schirmgrafiken den Indigo-Symbolen eines DNI vorzogen. Windschutzscheiben waren einzig und allein aus psychologischen Gründen vorhanden.

Josep nahm einen elektrischen Standard-Allen-Schlüssel aus seiner Gürteltasche und kauerte sich in den Sitz, um die Basis der Konsole zu untersuchen. Es gab mehrere Inspektionspaneele auf der Unterseite. Er öffnete zwei von ihnen und fand, wonach er gesucht hatte. Die neurotronischen Pearls, die die AS beherbergten, waren versiegelte Einheiten, die tief in einem Servicemodul vergraben waren, doch sie mussten immer noch mit den Systemen des Raumflugzeug verbunden sein. Er drückte seinen Drachen-extrudierten Desktop-Pearl in die schmale Lücke und in Richtung der optischen Faserverbindung und wartete, während die kleine Einheit ihre Gestalt veränderte und Nadelsonden in die Einheit sandte. Prime flutete hinein.

Vielleicht wäre es ihnen gelungen, ein Raumflugzeug-AS-Piloten-Programm mithilfe eines Satellitenrelais zu infiltrieren, doch das Risiko einer Entdeckung war zu groß. Es war ein einzelner Kanal, der leicht von gesicherten AS's an Bord der Raumschiffe auf Abnormitäten hin überwacht werden konnte. Entweder, sie versuchten, jede Zantiu-Braun-AS zu übernehmen, oder sie etablierten eine direkte physikalische Verbindung. Die erste Option wurde nicht einmal in Erwägung gezogen.

Der Datenfluss kehrte sich um und lud das gesamte AS-Pilotenprogramm in den Desktop-Pearl. Sie würden es später analysieren und die Einzelheiten des Boden-Orbital-Flugs des fremden Gefährts in Erfahrung bringen. Seinen Kommunikationsverkehr. Andock-Prozeduren. Wenn die Zeit kam, würde Zantiu-Braun nicht einmal merken, dass jemand und etwas an Bord waren, bis es viel zu spät war.

Die Desktop-Pearl-Karte informierte Josep, dass sie die gesamte AS kopiert hatte. Prime zog sich aus den Pearls des Raumflugzeugs zurück und löschte jeden Hinweis auf seine Invasion. Nadelsonden glitten aus dem fiberoptischen Anschluss und verschwanden zurück im Gehäuse. Josep setzte das Paneel wieder ein und befestigte es.

Trotz aller Vorbereitungen, aller Planung und Vorsicht hatten sie akzeptiert, dass es keinen Schutz gegen den Zufall geben konnte.

Josep hatte bereits die gesicherte Tür am unteren Ende der Gangway geöffnet, als seine Übertragung von den Kameras auf dem Vorfeld ihm einen Mann zeigte, der aus dem Wartungshangar kam. Das Prime startete augenblicklich Identifikationsroutinen. Dudley Tivon, siebenunddreißig Jahre alt, verheiratet, ein Kind, seit acht Jahren beim Raumhafen angestellt, letztes Jahr zum Supervisor befördert, voll qualifiziert für die Hydraulik von Galaxycruisern. Er besaß kein DNI, doch sein Armband-Pearl war auf Standby und mit dem Raumhafen-Netzwerk verbunden. Prime begab sich in den Kommunikationsschaltkreis und blockierte seine Verbindung mit dem Datapool.

Es gab einen Augenblick, als Josep sich hinter der Gangway hätte verstecken können, außerhalb von Dudley Tivons Sicht. Doch das bedeutete ein unbekanntes Risiko. Er wusste nicht, in welche Richtung Dudley Tivon gehen oder wie lange er draußen herumlaufen würde. Jede Sekunde, die er geduckt verbrachte, war eine Sekunde des Ausgesetztseins, in der jemand anderes aus einer anderen Richtung kommen konnte. Drei Skins hielten sich gegenwärtig in der Nähe auf.

Stattdessen marschierte er geradewegs auf Dudley Tivon zu. Das verringerte das Ergebnis auf zwei Möglichkeiten. Entweder würde Dudley Tivon ihn für einen Nachtschicht-Techniker halten und nichts unternehmen. Gesehen zu werden bereitete Josep keine Sorge. Bisher hatte sein Besuch keinerlei Spuren hinterlassen. Zantiu-Braun ahnte nicht einmal, dass sie nach Hinweisen suchen mussten, dass jemand ihre Sicherheit penetriert hatte. Oder Dudley Tivon würde ihn fragen, was er tat. Und in diesem Fall...

Für ein paar Sekunden, während er sich näherte, glaubte Josep, dass er damit durchkommen würde. Dann verlangsamte sich Dudley Tivons Schritt, und er blieb stehen. Er runzelte die Stirn, sah zuerst zu Josep und dann zu dem fremden Raumflugzeug.

Das Prime in den umgebenden Kameras generierte augenblicklich ein falsches Bild und zeigte vier verschiedene Ansichten von Dudley Tivon, der ohne anzuhalten weiter über das Vorfeld ging.

»Was machen Sie hier?«, fragte Dudley Tivon, als Josep bei ihm angekommen war.

Josep lächelte und nickte in Richtung Hangar. »Muss rüber zu Bay sieben, Chef.«

»Sie sind aus diesem Raumflugzeug gekommen.«

»Was?«

»Wie zur Hölle sind Sie reingekommen? Sie sind nicht von Zantiu-Braun. Diese Dinger sind gesichert bis Sonntag und zurück. Was hatten Sie da drin zu suchen?« Dudley Tivon hob den Arm, an dem er seinen Armband-Pearl trug.

Informationen aus dem Datapool kamen in Joseps Bewusstsein. Dudley Tivons Ehefrau hatte ein Kollateralhalsband angelegt bekommen.

Der Assistant Supervisor würde an die große Glocke hängen, woher er Josep hatte kommen sehen, und er würde keinerlei Sabotageakte gegen Zantiu-Braun dulden. Vielleicht war es das Halsband seiner Frau, das als Vergeltungsmaßnahme aktiviert wurde.

»Ich wollte nur...« Joseps rechter Arm schoss hoch, und die steifen Finger krachten gegen Dudley Tivons Adamsapfel. Der Hals des Mannes brach von der Wucht des Schlages. Sein Körper taumelte zurück, doch Josep folgte ihm bereits. Er fing die schlaffe Gestalt auf, als sie zusammenbrach, und hob sie mühelos über seine Schulter.

Die Skins waren immer noch außer Sicht. Niemand sonst war draußen vor dem Wartungshangar. Hastig joggte Josep zu der Tür, die er bei seiner Annäherung an das Raumflugzeug benutzt hatte, und schlüpfte hindurch.

Es gab ein Büro fünfzehn Meter von der Tür entfernt, das für die Nacht geschlossen war. Er erreichte es in fünf Sekunden, legte die Leiche im Innern ab und sah nach, ob irgendjemand es bemerkt hatte. Weder die Wartungsmannschaften noch die Skins hatten reagiert, und keine Alarme kreischten im Datapool.

Sie hatten sogar einen Alternativplan für ein unvorhergesehenes Ereignis wie dieses. Am wichtigsten war es, den Leichnam aus dem Raumhafen zu schaffen, damit er beseitigt werden konnte. Die Umgebung durfte keinerlei Verdacht erwecken.

Josep rief ein Menü für Frachtroboter auf, die sich gegenwärtig im Wartungshangar befanden.

Die Kameras draußen zeigten immer noch Dudley Tivon, der weiter über das Vorfeld ging. Er öffnete eine Tür zu einem benachbarten Hangar und verschwand darin.

»Nach acht Jahren war Mozark halb um das Ring-Imperium herum gereist und hatte mehr als hundert Sternensysteme besucht, um sie zu erkunden und herauszufinden, welche Inspirationen sie ihm geben konnten. Er konnte sein eigenes Königreich nicht länger sehen. Der kleine Sternhaufen war hinter dem massiven Schein aus goldenem, rotem und dunkelpurpurnem Licht verschwunden, das das Zentrum bildete. Wenige von seiner Art waren je bis in diesen Teil des Ring-Imperiums gekommen, und doch fühlte er sich wohl unter all den anderen Rassen und Kulturen, die in diesem Abschnitt der Galaxis wohnten. Ihre Formen und ihre Biologie unterschied sich so sehr von der seinen, wie wir uns von den Asherfish von Romark unterscheiden, doch er konnte sie und ihre Art zu leben immer noch verstehen. Sie gingen ihren täglichen Geschäften nach, benutzten die gleiche Technologie, um Dinge herzustellen, die gleichen Maschinen, um ihre Raumschiffe anzutreiben, die gleichen Prozeduren, um den Mineralienreichtum nackter, einsamer Asteroiden einzusammeln. Die Endprodukte all dieser Aktivitäten waren unglaublich verschieden und so zahlreich wie die Chemie und die Bedürfnisse jeder einzelnen Rasse. Trotz all dieser Unterschiede waren sie immer noch aneinander gebunden von den gemeinsamen Wurzeln ihres Wissens, jenem Band, das das gesamte Ring-Imperium zusammenhielt.

Mozark mochte vielleicht noch keine von diesen Rassen gesehen haben, doch überall, wo er hinkam, war er imstande, mit seinen neuen Gastgebern zu kommunizieren und schließlich ihre unterschiedlichen Philosophien und Interessen und Ziele und Träume kennen zu lernen. In vielerlei Hinsicht ermutigte es ihn, dass er so viele Ideen zur Auswahl hatte, von denen er jede einzelne schließlich verstand. Manche erschienen ihm als wunderbar, und er konnte es kaum erwarten, sie in seinem Königreich einzuführen, wenn er wieder nach Hause zurückgekehrt war.

Anderer waren einfach so fremdartig, dass seine Rasse sie niemals annehmen oder sich daran gewöhnen würde, auch wenn sie auf rein intellektuelle Weise interessant waren. Und noch andere waren so scheußlich oder Furcht erregend, dass er nicht wagte, von ihnen zu sprechen.«

Edmund streckte augenblicklich die Hand in die Höhe, wie Denise es erwartet hatte.

»Ja, Edmund?«, fragte sie.

»Bitte, Miss, was waren das für Ideen?«

»Die scheußlichen und furchtbaren?«

»Ja!«

»Ich weiß es nicht, Edmund. Warum möchtest du das wissen?«

»Weil er schrecklich ist!«, rief Melanie. Die anderen Kinder lachten, kicherten und zeigten auf den heimgesuchten Knaben. Edmund streckte Melanie die Zunge heraus.

»Genug«, sagte Denise zu ihnen und wartete, bis sie wieder still geworden waren. »Ich möchte noch etwas über Mozarks große Reise erzählen. Eines der wichtigsten Dinge, die er lernte, war, dass man andere Leute nicht nach seinen eigenen Maßstäben beurteilen darf. Nicht in diesen Dimensionen. Wenn eine ganze Welt voller Lebewesen etwas gutheißt, das man selbst nicht mag, dann heißt das noch nicht, dass sie etwas Falsches tun. Jeder ist anders, und das gilt erst recht, wenn der Maßstab ganze Welten umfasst. Das bedeutet nicht, dass etwas richtig ist, das ganz offensichtlich böse und grausam ist. Doch Mozark hatte gelernt, dem Glauben und den Idealen anderer Wesen gegenüber toleranter zu sein. In dieser Hinsicht war seine Reise ein Erfolg – doch dahin kommen wir noch.«

»Heute?«, fragten mehrere der Kleinen.

Sie blickte in ihre eifrigen, flehenden Gesichter und lächelte. »Nein. Nicht heute.«

Ein Chor enttäuschter Seufzer lief durch den Garten, wo sie saßen.

»Obwohl es nicht mehr lange ist bis zum Ende. Aber in der heutigen Geschichte geht es nur darum, wie Mozark die Outbounds kennen lernt. Es war keine einzelne Rasse; wie die Letzte Kirche zogen die Outbounds und ihre Sache zahlreiche Wesen an. In vielerlei Hinsicht waren sie das Gegenteil der Letzten Kirche. Die Outbounds konstruierten Raumschiffe. Keine gewöhnlichen Schiffe, wie das Ring-Imperium sie für den Handel und das Reisen und die Erkundung einsetzte. Diese Schiffe waren intergalaktische Schiffe.« Sie schenkte den Kindern ein wissendes Lächeln, als sie laut staunende Rufe ausstießen. »Die großartigsten Maschinen, die die Technologie des Ring-Imperiums erbauen konnte. Es waren die größten, schnellsten, machtvollsten und am höchsten entwickelten Schiffe, die diese Galaxis jemals gesehen hat. Der Aufwand, sie zu bauen, war gewaltig, und die Outbounds hatten ein ganzes Sonnensystem als Konstruktionszentrum umfunktioniert. Nur ein Stern mit all seinen Planeten konnte ihnen die erforderlichen Ressourcen liefern. Mozark verbrachte einen Monat dort, während er mit seinem eigenen kleinen Schiff zwischen den Anlagen hin und her fuhr und zwischen all diesen Kathedralen der Ingenieurskunst Tourist spielte. Die Outbounds erzählten ihm stolz von den ozeangroßen Konverterdisks, die sie in die Sonne geworfen hatten, wo sie hinunter gesunken waren in die inneren Schichten, um mitten zwischen den intensivsten Fusionsprozessen, die im Inneren zu finden waren, zur Ruhe zu kommen. Es war die einzige Stelle, um genügend Energie für die Zehntausende industrieller Basen zu erzeugen, die überall im System arbeiteten. Sie waren selbst Behemoths und teilweise mobil, und sie konnten mittelgroße Asteroiden in einem Stück verschlingen. Die Felsen wurden verdaut und in ihre Bestandteile zerlegt, Mineralien, die anschließend in gewaltige Verhüttungstürme gespeist wurden. Biomechanische Frachter, die nur innerhalb des Systems operieren konnten, sammelten die fertigen Produkte auf und transportierten sie zu Fertigungsanlagen, wo die Komponenten des Raumschiffs aus ihnen gefertigt wurden.

Die Werften, in denen die Schiffe gebaut wurden, waren so groß wie ein kleiner Mond. Jedes einzelne intergalaktische Schiff war Meilen lang, mit silbernen und blauen hypermorphischen Rümpfen, die jeden Schimmer Sternenlicht in ihren Molekülen aufsammelten und in einem einheitlichen koronalen Glanz wieder abstrahlten. Wenn sie im Orbit parkten, waren sie glatt und eiförmig. Wenn ihre Maschinen zum Leben erwachten und sie mit mehrhundertfacher Lichtgeschwindigkeit in das Nullvoid schleuderten, verwandelten sie sich augenblicklich in schlanke Rapiere mit langen, aggressiv nach vorne zeigenden Schwanzflossen. Es war, als hätte das Nullvoid, durch das sie nun reisten, eine eigene Atmosphäre aus elementaren Photonen, durch die nur ihr metasonisches Profil fliegen konnte.

Mozark war natürlich begeistert von diesem Projekt. Die Outbounds waren die letzten und großartigsten Pioniere des Ring-Imperiums. Die intergalaktischen Schiffe brachten Kolonisten in andere Galaxien. Neue Imperien würden dort draußen geboren werden, auf der anderen Seite der tiefen Nacht. Es würde eine wunderbare Zukunft sein, die dort zwischen dem Unbekannten gedieh, voller Herausforderungen und Mühsal. Das Leben würde nicht so glatt und zufrieden sein wie im Ring-Imperium.

Er beobachtete, wie die gewöhnlichen Passagierschiffe dockten und Zehntausende von Kolonisten brachten, die alle ein neues Leben für sich und ihre Nachkommen suchten. Sie waren aus Königreichen in der gesamten Nachbarschaft des Ring-Imperium hergekommen, Hunderte verschiedener Spezies, alle mit der gleichen Wanderlust. Das erste Mal, als er ein intergalaktisches Schiff im Nullvoid verschwinden sah, fühlte er nichts außer Neid. Sie waren seine Seelenverwandten, und er wurde zurückgelassen. Doch es war seine Pflicht, nach Hause in sein eigenes Königreich zurückzukehren. Am liebsten wäre er an Ort und Stelle aufgebrochen, während sein eigenes kleines Schiff noch im energetischen Rückstrom des intergalaktischen Schiffsantriebs taumelte, um seinem Volk und seiner Welt die Kunde von diesem gewaltigen Unternehmen zu bringen. Er stellte sich vor, wie die Ressourcen des Königreichs auf ein ähnliches Projekt verwandt wurden und sie alle zu einer wunderbaren Reise in die Zukunft aufbrachen. Erst nachdem das massive Schiff von seinen Sensoren verschwunden war, drängten sich Zweifel und Desillusion in seine Gedanken. Er hatte diese Reise unternommen, um etwas zu finden, das sein gesamtes Volk inspirieren und allen helfen würde. Und doch, so fragte er sich, wie viele von ihnen würden wirklich alles aufgeben, was sie besaßen, und ihr Leben in die Waagschale werfen für eine wilde Reise in unerforschte Gegenden des Universums. Viele würden es tun, Millionen, vielleicht Hunderte von Millionen. Doch sein Königreich beheimatete Milliarden von Leuten, und sie alle führten ein einigermaßen glückliches Leben. Warum sollte er sie dazu bringen, das alles aufzugeben? Welches Recht hatte er denn, sie von ihren Welten und Gesellschaften wegzuzerren, die sie sich errichtet hatten und die ihnen gute Dienste leisteten?

Das war, als er endlich anfing, sich selbst und seine eigene Unzufriedenheit zu verstehen. Er sah aus seinem eigenen Schiff hinaus auf dessen stolze, gigantische Vettern, die eine namenlose, leere, öde Welt der Outbounds umkreisten, und ihm wurde bewusst, dass es nur einen Unterschied im Maßstab gab. Sowohl er als auch die Kolonisten waren bereit, in das Unbekannte zu fliegen, um für sich etwas zu finden, von dem sie hofften, dass es ein lebenswertes Leben wäre. Sie waren vermutlich tapferer als er und gingen ein größeres Risiko ein, denn sie konnten nicht wissen, was sie finden und wo sie enden würden. Doch für sie wäre es die Reise selbst, die das Ziel war. Wenn sie die ferne Küste erreichten, würden sie genau wie zuvor im Ring-Imperium jede Fähigkeit und jede Technik zu ihrer Verfügung haben. Es gab keine neuen Ideen, die sie dort draußen erwarteten, nur der Raum selbst, und er wäre – hoffentlich – ein klein wenig dünner besiedelt. Sie nahmen die gesamte Kultur des Ring-Imperiums in der Form von Daten und Technologie mit sich, ihr rechtmäßiges Erbe. Genau wie die Ähnlichkeiten, die im gesamten Ring-Imperium vorherrschten, auf seiner Technologie basierten, würden auch diese Samen identische Sprösslinge hervorbringen. Wenn überhaupt, so erkannte er, dann waren diese Kolonisten längst nicht so tapfer wie er. Sie rannten einfach nur davon. Er hingegen versuchte wenigstens, seinen Leuten daheim im Königreich zu helfen.«

Denise verstummte. Sie spürte sehr genau, dass die Kinder sie mit besorgten Gesichtern anstarrten. Eines oder zwei von ihnen waren sogar mürrisch und ungeduldig geworden. Sie zupften an Grashalmen und warfen den einen oder anderen sehnsüchtigen Blick hinaus zu der weißen Stadt hinter der Mauer. Es war nicht länger die Geschichte, die sie sich erhofft hatten, eine Reise voll schrecklicher Mühsal und Entbehrungen und Monster, gegen die der Held kämpfen musste. Alles, was sie jetzt noch hörten, war, dass Mozark die Nase über Wunder und Wunder rümpfte, die sie selbst niemals zu Gesicht bekommen würden. Ein schöner Held war er, dieser Mozark!

Sie schalt sich selbst, weil sie aus den Augen verloren hatte, wem sie diese Geschichte erzählte, und suchte in ihrer Erinnerung nach weiteren Einzelheiten. Es gab viel, das sie weglassen konnte, die Philosophie und die abstrakten Dinge, und trotzdem würde es vielleicht noch für sie funktionieren.

»So stand er nun in seinem Raumschiff und dachte all diese Gedanken über die Outbounds und die Letzte Kirche und ›Die Stadt‹ und selbst die Mordiff, und plötzlich wusste Mozark, was er zu tun hatte.«

»Was denn?«, fragte eines der Mädchen eifrig.

»Er musste nach Hause zurück«, sagte Denise. »Weil er in diesem Augenblick wusste, was er Endoliyn sagen musste. Die Sache, der er den Rest seines Lebens widmen wollte.«

»Was denn?«, riefen alle Kinder auf einmal.

»Es ist ein wunderschöner Tag«, antwortete Denise mit schelmischem Lächeln. »Ihr solltet spielen und ihn genießen. Ich erzähle euch bald, was geschah, nachdem Mozark in sein Königreich zurückgekehrt war.«

»Jetzt!«

»Nein. Ich habe gesagt, bald.«

»Dann morgen!«

»Vielleicht. Wenn ihr artig seid.«

Sie versprachen, es zu sein.

Sie ließ sie auf dem kleinen geschützten Rasen hinter dem Haus toben und spielen. Es war nicht nötig, auf ihre große alte Uhr zu sehen; sie wusste genau, wie spät es war. Das Goodwill-Fußballspiel würde jeden Augenblick anfangen.

Cluster von genetisch veränderten neuralen Zellen verbanden sich mit dem Datapool von Memu Bay. Mehrere Reporter berichteten von dem Spiel – nicht, dass es großes Interesse gegeben hätte; die Zuschauerzahlen für das Spiel waren minimal. Die Reporter richteten bereits ihre Kameras auf das Spielfeld und fokussierten auf die beiden Mannschaften, als sie durch ihre Aufwärmroutinen ging.

Lawrence stoppte den Ball sicher und dribbelte ihn mit der Innenseite seines rechten Fußes. Er hoppelte über den Boden und kam ein paar Meter vor Hal zur Ruhe, der ihm einen empörten Blick zuwarf. Das Manöver hätte ein anständiger Pass werden sollen, der direkt vor Hals Füßen landete, sodass er ihn in den Torraum des Gegners treten konnte. Stattdessen machte Hal einen hastigen Satz in Richtung des Balles, und zwei der Jugendlichen, gegen die sie spielten, griffen ihn mit Körpereinsatz an. Einen Augenblick lang meinte Lawrence, sie würden aus Versehen Rugby spielen. Hal hatte den Ball noch nicht ganz erreicht, und sie waren bereits mit grätschenden Beinen in der Luft.

Hal schrie auf, als er fiel und seine Schulter den ganzen Aufprall abfing. »Leck mich doch...«, grunzte er in sich hinein.

Der Schiri blies in seine Pfeife.

Hal sah ihn erwartungsvoll an.

»Freistoß«, grunzte der Schiri zögernd.

»Und was für eine Karte zeigst du ihm?«, fragte Hal empört. Der Schiri ging davon.

Lawrence und Wagner schoben die Hände unter die Schultern des Jungen und halfen ihm auf. »Das soll wohl ein Witz sein«, schrie Hal. »Das war wenigstens eine gelbe Karte!«

»Leicht andere Regeln hier«, sagte Lawrence in der Hoffnung, dass sich der Junge beruhigen würde. Hal sah aus, als wollte er eine Prügelei anfangen.

Die beiden gegnerischen Spieler, die ihn gefoult hatten, grinsten fröhlich. Einer von ihnen zeigte Hal den erhobenen Finger. »*KillBoy* sagt, du kannst dir den hier wohin stecken.«

Hal warf sich fauchend nach vorn. Lawrence und Wagner konnten ihn nur mit Mühe festhalten. Von der Seitenlinie, wo die Einheimischen versammelt waren, erklangen vereinzelte Hochrufe.

Es waren keine anderen Regeln, die hier galten. Zum zehnten Mal, seit das Goodwill-Spiel angefangen hatte, Lawrence's Loafers gegen die Avenging Angels, fragte sich Lawrence, ob es wirklich eine so gute Idee gewesen war. Die Einheimischen sahen in dem Spiel anscheinend nichts weiter als eine Gelegenheit, mit eigenartig langen Stollen an den Schuhen die Zantiu-Braun-Squaddies zu Klump zu treten, und ihr Körpereinsatz hätte einen Kung-Fu-Meister zusammenzucken lassen.

Unmittelbar vor dem Anstoß war Ebrey Zhang auf ein paar aufmunternde Worte vorbeigekommen. Nachdem er fertig war mit seinem Sermon über Gelegenheiten und verbesserte Beziehungen zur Zivilbevölkerung, hatte er zu Lawrence gesagt: »Wir möchten auf gar keinen Fall irgendwelchen Tumult, Sergeant. Lassen Sie es ruhig angehen da draußen, einverstanden?«

»Ist das der Befehl, dass wir verlieren sollen, Sir?«, hatte Lawrence gefragt. Vermutlich war es als Kompliment gedacht; ihr Commander nahm an, dass sie automatisch gewinnen würden. Doch Lawrence hatte ein paar der Jungen gesehen, gegen die sie spielen würden. Groß und durchtrainiert. Es würde ein ziemlich enges Spiel werden.

»Nein, nein«, antwortete Ebrey leise. »Aber wollen sie auch nicht in Grund und Boden spielen, nicht wahr? Wegen der Stimmung und allem.«

»Verstanden, Sir.«

»Guter Mann.« Ebrey schlug ihm jovial auf die Schulter und gesellte sich dann zu den übrigen Zantiu-Braun-Anhängern.

Der gute Wille hatte keine fünf Minuten angehalten. Nicht, dass die Avenging Angels überhaupt welchen mit aufs Spielfeld gebracht hätten.

Hal trat den Freistoß und sandte den Ball in weitem Bogen zu Amersy hinüber. Amersy startete mit dem Ball über den Flügel. Lawrence hielt sich auf der anderen Seite und auf gleicher Höhe. Zwei Gegenspieler deckten ihn eng. Eng genug, um versehentlich in ihn zu rennen, als der Schiri rein zufällig zur Seite sah.

Lawrence stolperte durch den Dreck und hätte fast das Gleichgewicht verloren. Amersy war weitergerannt, und Lawrence hing zu weit zurück, um einen Pass anzunehmen. »Mist!«, grollte er. Seine Manndecker reagierten überrascht, als er sie unter Ellbogeneinsatz beiseite rammte. Glücklicherweise beobachtete der Schiri immer noch Amersy, als der Corporal angegriffen wurde.

»Helft ihm!«, brüllte Lawrence seine Leute an. »Los, helft ihm, verdammt noch mal, ihr erbärmlichen Arschlöcher!«

»Also wirklich, Sergeant!«, kam Captain Bryants tadelnde Stimme schwach vom Seitenaus. »Es ist wirklich nicht nötig, so zu reden!«

Lawrence funkelte ihn wütend an und fluchte leise in sich hinein.

Amersy versuchte immer noch, sich wieder auf die Beine zu rappeln, als die Avenging Angels mit dem Ball davonstürmten. Die bulligen Hooligans verfügten tatsächlich über ein gutes Ballgefühl, gestand sich Lawrence widerwillig ein. Sie passten sich den Ball gegenseitig zu und umspielten mit Leichtigkeit einen Mittelfeldspieler, der versuchte, sie abzufangen.

Wo zur Hölle steckte der Rest der Mannschaft?

»Verteidigen!«, brüllte Lawrence verzweifelt und winkte mit den Armen wie ein Semaphor. Wenigstens verstanden seine Hinterleute etwas von Taktik. Zwei kamen nach vorn, um sich den Avenging Angels entgegenzustellen. Drei bewachten den Strafraum. Ein Mittelfeld-Duo war unterwegs zum anderen Flügel, um den Stürmer der Avenging Angels zu decken, der sich nach vorne in Position schob. Lawrence sah einen der gegnerischen Mittelfeldspieler zu einer freien Fläche im Zentrum laufen und sprintete los, um ihn abzufangen.

Es war doch kein so schlechtes Spiel, und seine Männer konnten ebenfalls harten Einsatz zeigen.

Die Landmine ging unter dem Verteidiger von Lawrence's Loafers auf der rechten Seite des Torraums hoch. Sie sprengte ihn drei Meter in die Luft, riss ihm die Beine ab und zerfetzte seinen Unterleib. Lawrence warf sich flach auf den Boden, als der dumpfe Donner der Explosion über ihn hinwegging. Ein unheimlicher Augenblick der Stille folgte. Dann polterte der Oberleib des Verteidigers auf das Gras, und leblose Arme zappelten grotesk von dem starken Aufprall. Sein Kopf fuhr herum und starrte blicklos auf das Tor. Lawrence erkannte Graham Chapell, einen Squaddie aus Ciarans Platoon. Blut und Eingeweide waren über den halben Platz verstreut. Noch immer war nicht der geringste Laut zu hören – alle waren viel zu schockiert, um zu schreien.

Lawrence blickte sich wild um und sah den rauchenden Krater, der aus dem Boden gerissen worden war. Er begriff augenblicklich, was sich ereignet hatte. Alle hatten sich zu Boden geworfen. Er beobachtete voller Entsetzen, wie der Ball weiterrollte und über das unebene Gras tanzte.

Bleib liegen!, beschwor er ihn lautlos. Gottverdammt noch mal, bleib liegen!

Der verdammte Ball war schwer genug, um die nächste Mine auszulösen, wenn er über eine rollte. Er rollte auf Denis Eason zu, der ihn kommen sah. Sein Gesicht war zu einer Fratze des Entsetzens und der resignierten Erwartung verzerrt.

Der Ball blieb einen halben Meter vor ihm liegen. Denis stieß ein erleichtertes Schluchzen aus, und sein Kopf fiel in den Dreck zurück.

Die Leute schrieen und brüllten jetzt durcheinander, Zuschauer und Spieler ohne Unterschied. Niemand auf dem Sportplatz war noch auf den Beinen. Zantiu-Braun-Personal brüllte allen zu, sich nicht zu bewegen und genau da liegen zu bleiben, wo sie waren. Hilfe war unterwegs.

Lawrence ballte die Fäuste und hämmerte in den Schmutz vor Wut über seine Hilflosigkeit. Er wartete, und jeder Muskel war verkrampft vor Angst und Anspannung. Unendlich verwundbar ohne Skinsuit. Jeder vorbeikommende Anfänger-Revolutionär mit einem Hang zum Heldentum konnte ihn erledigen. Er hasste *KillBoy* in diesem Augenblick. Hasste die ganze verdammte Welt. Das war noch nie vorher geschehen. Noch nie. Bisher war es niemals über Feindseligkeit und Verachtung hinausgegangen.

Sie hatten doch nur ein Goodwill-Fußballspiel veranstaltet, um Himmels willen! Fußball! Mit ihren eigenen Leuten, von denen nur wenige älter als neunzehn, zwanzig waren. Er konnte die jungen Avenging

Angels ringsum hören. Sie wimmerten vor Angst, und einige weinten sogar.

Was zur Hölle stimmte bloß nicht mit diesen Leuten? Er wollte es ihnen entgegenbrüllen. Sie würden es hören. Sie beobachteten ihn, freuten sich an der Angst und dem Schrecken, den sie verbreiteten. Drehten das Messer in der Wunde und genossen es.

Doch er konnte nichts weiter tun, als die Zähne zusammenbeißen und still daliegen, während das dreckige Wasser in sein Hemd und seine Shorts sickerte. Warten auf das wunderbare Geräusch der Helikopter.

Sieben Platoons wurden hastig in den Park geschafft, wo das Fußballspiel stattfand. Die Helikopter landeten auf den Straßen ringsum. Die Skins rückten vorsichtig vor, und ihre Sensoren sondierten den Boden, als sie kamen.

Zuerst arbeiteten sie sich zu Ebrey Zhang vor und führten den Commander über einen sicheren Weg davon, der mit gelb blinkenden Signalleuchten markiert war. Zhangs Helikopter donnerte über sie hinweg davon, während sich die verbleibenden Skins über den Park verteilten und mit ihren Sensoren den Boden absuchten. Die Leute wurden langsam einer nach dem anderen weggeführt und zitterten vor Erleichterung, als sie sich auf die Squaddies stützen konnten. Vierzig Minuten nach Eintreffen der Helikopter erreichten sie Lawrence. Er erhob sich unsicher und starrte um sich. Ein verwirrendes Muster aus gelben Warnlichtern blitzte überall auf dem Platz. Drei rote Lampen leuchteten hell unter ihnen. Eine war nur vier Meter von der Stelle entfernt, wo Lawrence gelegen hatte.

Ein Trupp Sanitäter sammelte die Stücke von Graham Chapell von den von Minen geräumten Abschnitten des Platzes ein und steckte sie in dicke schwarze Plastiksäcke.

»Bastarde!«, zischte Lawrence, während der Skin ihn auf die wartenden Jeeps zu führte. »Ihr verdammten elenden Bastarde!«

Dean Blanche wurde von einem von Ebrey Zhangs Assistenten in das Zimmer des Bürgermeisters geführt. Der Commander benötigte nur einen Blick in das sorgfältig ausdruckslose Gesicht des Captains der Inneren Sicherheit, um zu wissen, dass er schlechte Nachrichten überbrachte.

»Und?«, fragte er, als sich die Türen geschlossen hatten.

»Es waren unsere Landminen«, sagte Captain Blanche.

»Scheiße! Sind Sie sicher? Nein, vergessen Sie's, natürlich sind Sie sicher. Gottverdammt, wie konnte das passieren?«

»Das wissen wir noch nicht. Nach den Inventarlisten sind sie immer noch im Lager. Wir haben selbstverständlich selbst nachgesehen. Acht Stück sind verschwunden.«

»Acht?«, fragte Zhang erschrocken. »Und wie viele waren auf diesem Sportplatz vergraben?« Landminen waren etwas, das ihn stets mit Unruhe erfüllte. Die Politik von Zantiu-Braun erforderte, dass sie vorrätig waren, für den Fall, dass die Situation am Boden schwierig wurde und die Squaddies strategische Gebiete vor offener Aggression zu schützen hatten. Effektiv war damit der Raumhafen während der Rückzugsphase gemeint. Glücklicherweise hatte er bisher ihren Einsatz nie anordnen müssen. Die verdammten Dinger waren eine tödliche Hinterlassenschaft, die Jahrzehnte überdauerte und ihre Opfer ohne Unterschied tötete.

»Wir haben fünf gefunden. Eine ist hochgegangen...«

»Herr im Himmel.« Ebrey ging zu dem kleinen Barschrank an der Rückwand und schenkte sich etwas ein, was die Einheimischen vollmundig als Bourbon bezeichneten. Normalerweise trank er nicht vor seinen untergebenen Offizieren, erst recht nicht vor Mitarbeitern der Inneren Sicherheit, doch es war ein langer, schlimmer Tag gewesen, und dies war kein glückliches Ende. »Auch einen?«

»Nein, danke, Sir.«

»Wie Sie meinen.« Er stand an den französischen Fenstern und blickte hinauf in den nächtlichen Himmel. Es war drei Uhr morgens, und die Sterne funkelten einladend. Nach dem heutigen Tag fing er an, sich ernsthaft zu fragen, ob er es wieder dort hinauf zu ihnen schaffen würde. »Also bleiben drei Minen irgendwo dort draußen in der Stadt und warten darauf, dass wir drauftreten.«

»Zwei, Sir.«

»Was? Oh, ja. Zwei Minen, die noch fehlen. Besteht vielleicht die Möglichkeit, dass die Platoons sie im Park übersehen haben?«

»Möglich wäre es, Sir. Ich werde gleich morgen Früh eine weitere Suchaktion anordnen, wenn es hell ist.«

»Guter Mann. Aber wie in aller Herrgotts Namen haben sie die Minen aus unserer Waffenkammer stehlen können?«

»Ich weiß es nicht, Sir.« Blanche zögerte. »Es wäre nicht leicht.«

»Sie meinen für jemanden außerhalb von Zantiu-Braun.«

»Jawohl, Sir.«

»Ich kann nicht glauben, dass einer unserer eigenen Leute so etwas tun würde. Es gibt keine Vendetta und keinen Streit, der so etwas wert wäre.« Er blickte den sich unbehaglich windenden Captain scharf an. »Oder vielleicht doch?«

»Nein, Sir. Es gibt keine so ernsten Feindschaften unter unseren Platoons.«

»Außerdem haben wir einen Vermissten. Jones Johnson, der Squaddie, dessen Blut sie gefunden haben. Könnte er vielleicht... ich weiß nicht – könnte er übergelaufen sein?«

»Möglich, Sir.«

»Hätte Johnson die Möglichkeit, in die Waffenkammer einzubrechen?«

»Ich weiß es nicht, Sir. Eine Menge Squaddies kennen Abkürzungen durch unsere Software hindurch.«

»Verdammt! Wir haben diese Sicherungen nicht ohne Grund! Speziell bei den Waffen!«

»Sir. Wir haben eine mögliche Spur.«

»Ja?«

»Die anderen Minen waren auf Standby geschaltet. Die Fußballmannschaften sind dreißig Minuten lang über das Feld gerannt, bevor sich die Explosion ereignet hat. Die Mine muss unmittelbar, bevor Chapell über sie gerannt ist, aktiviert worden sein.«

Ebreys Miene hellte sich auf. »*KillBoy* hat einen Kode gesendet.«

»Ja, Sir. Wenn er durch den Datapool gegangen ist, können wir versuchen, ihn zurückzuverfolgen. Selbstverständlich könnte es auch ein isolierter Sender gewesen sein. In diesem Fall muss jemand nahe genug am Spielfeld gewesen sein, um den Kode zu senden. Ich kann sämtliche Speicher von jedem Sensor im Distrikt durchsehen. Die AS ist vielleicht in der Lage, jemanden zu finden, der in das richtige Verhaltensschema passt. Aber irgendwo in den Daten des heutigen Abends müssten sich Beweise finden lassen.«

»Was auch immer Sie benötigen, so viel AS-Zeit es auch kostet, Sie haben sie. Ihr Auftrag hat oberste Priorität. Finden Sie diesen Haufen Scheiße für mich! Es ist mir egal, wie lange Sie brauchen, aber ich will diesen Mr. *KillBoy* vor diesem Stadthaus hängen sehen, bevor wir Thallspring verlassen.«

[Ende des ersten Teil.
Teil zwei erscheint demnächst unter dem Titel:
DRACHENFEUER.]

Abwechslungsreich und farbenfroh:
für alle Leser von *Peter Hamilton*.

Samarkand ist eine lebensfeindliche Welt, die terrageformt werden soll. Erste Erfolge stellen sich ein, doch dann geschieht ein katastrophaler Unfall, der jedes menschliche Wesen auf Samarkand tötet.
Ian Cormac, seit dreißig Jahren dauerhaft mit einem galaxisweiten Computersystem vernetzt, wird nach Samarkand geschickt. Dort findet er zwei menschenähnliche Kreaturen, ein Dienerwesen und den sogenannten DRACHEN, eine monströse außerirdische Lebensform – die sich bald als künstliche Intelligenz erweist. Doch wer hat den Drachen erbaut, und zu welchem Zweck?

3-404-23242-9